Gisa Pauly
Gegenwind

PIPER

Zu diesem Buch

Mamma Carlotta hat ein schlechtes Gewissen. Schließlich hat sie ihren Schwiegersohn, Kriminalhauptkommissar Erik Wolf, ganz umsonst an seinem freien Tag gestört. Aber wer würde auch nicht das Schlimmste vermuten, wenn beim Syltlauf ein junger Mann plötzlich tot zusammenbricht? Erik ist überzeugt, es handle sich lediglich um einen unglücklichen Unfall – schließlich war der Tote, Haymo Hesse, nicht gerade eine Sportskanone. Doch dann ergeben die Untersuchungen: Mamma Carlotta hatte recht! Mord beim Syltlauf!
Aber wer hätte einen Grund, den Siebzehnjährigen zu töten? Erik hat alle Hände voll zu tun. Und Mamma Carlotta erst recht. Schließlich starb Haymo in ihren Armen, weswegen sie sich verantwortlich fühlt, den Mörder höchstpersönlich zu schnappen. Parallel dazu ermittelt Erik Wolf im Umfeld des Schülers. Und ahnt nicht, dass man ihn schon bald zur nächsten Leiche rufen wird …

Gisa Pauly hängte nach zwanzig Jahren den Lehrerberuf an den Nagel und veröffentlichte 1994 das Buch »Mir langt's – eine Lehrerin steigt aus«. Seitdem lebt sie als freie Schriftstellerin, Journalistin und Drehbuchautorin in Münster, ihre Ferien verbringt sie am liebsten auf Sylt oder in Italien. Gisa Pauly wurde mehrfach ausgezeichnet, darunter mit dem Satirepreis der Stadt Boppard und der Goldenen Kamera des SWR für das Drehbuch »Déjàvu«.

Gisa Pauly

GEGENWIND

Ein Sylt-Krimi

PIPER
München Berlin Zürich

Mehr über unsere Autoren und Bücher:
www.piper.de
Aktuelle Neuigkeiten finden Sie auch auf Facebook, Twitter und YouTube.

Von Gisa Pauly liegen im Piper Verlag vor:
Die Tote am Watt
Gestrandet
Tod im Dünengras
Flammen im Sand
Inselzirkus
Küstennebel
Kurschatten
Strandläufer
Sonnendeck
Gegenwind

Schöne Bescherung (Hg.)
Der Mann ist das Problem

MIX
Papier aus verantwortungsvollen Quellen
FSC® C083411

Originalausgabe
Mai 2016

Umschlaggestaltung: Eisele Grafik · Design, München
Umschlagabbildung: lakov Kalinin/Bigstock (Wiese); Veneratio/Bigstock (Sanddünen und Strand); Life on White/Bigstock (Kuh); titelio/Bigstock (Möwe); gualtiero boffi/Bigstock (Leuchturm)
Satz: Kösel Media GmbH, Krugzell
Gesetzt aus der Scala
Druck und Bindung: CPI books GmbH, Leck
Printed in Germany ISBN 978-3-492-30364-4

Er hatte einen guten Start in Hörnum. Breitbrüstig und mit ausgestellten Ellenbogen lief er los, und genauso würde er in Westerland an ihr vorbeiziehen. Er würde ihr zuwinken, ganz lässig, als machten ihm die 33,33 Kilometer nichts aus. Diesmal würde er durchhalten, dafür hatte er gesorgt. Niemand würde ihn Dicker nennen oder gar Schlappschwanz. Finisher würde er ab heute heißen. Hinterher wollte er ihr die Medaille zeigen, die man ihm in List um den Hals hängen würde.

Er wusste, dass sie in Westerland in der Nähe der Konzertmuschel stand. Vielleicht würde er kurz anhalten, vor ihr auf der Stelle traben und sie ansprechen. »Hey, lange nicht gesehen!« Und schon würde er mit dynamischen Schritten weiterlaufen und sie mit einer Menge Fragen zurücklassen …

Er schaute in den Himmel. Ein grauer Schleier, dahinter ein heller Kreis. Die Sonne würde nicht hervorkommen, aber mit Regen war nicht zu rechnen. Zwei Grad über null. Das perfekte Laufwetter! Nur der Wind könnte Probleme bereiten. Er kam von vorn und sollte im Laufe des Tages auffrischen. Gegenwind war gefürchtet unter den Läufern.

Von Hörnum bis Westerland verlief die Strecke neben der Straße, auf dem breiten Fahrradweg. Dann kam der schönste Teil: über die Kurpromenade und an der Konzertmuschel vorbei. Auf den steinernen Bänken saß sonst das Publikum der Kurkonzerte. Nun standen dort die Zuschauer des Syltlaufs und bejubelten die vorbeiziehenden Teilnehmer. Bis zum Restaurant Seenot ging es ein Stück auf den sandüberwehten Holzplanken, wo man leicht ausrutschen konnte, und dann über den Fußweg auf Wenningstedt und Kampen zu. Dahinter kam die Einsamkeit – es würde gut sein, sich anderen Läu-

fern anzuschließen. Und schließlich, auf der früheren Trasse der Inselbahn nach List, auf leicht ansteigender Strecke. Dieses letzte Stück würde das härteste sein.

Alles lief bestens. Morten Stöver hatte den Läufern geraten, bis Wenningstedt nicht an ihre Leistungsgrenze zu gehen, sonst würden sie später, wenn der Anstieg zum Ziel begann, keine Reserven mehr haben. Daran hielt er sich, obwohl er sich unbesiegbar fühlte. Stöver hatte ihnen auch eingeschärft, wegen des Windes in Gruppen zu laufen, aber diesen Rat beherzigte er nicht. Er war ein Einzelkämpfer, der sich allein durchbiss! In einer Gruppe würde sie ihn womöglich übersehen. Nur wenn er allein lief, konnte er sie auf sich aufmerksam machen.

Er hatte sich gut vorbereitet. Am Ende sollte niemand fragen: Wie kann ein Anfänger eine so gute Zeit laufen? Nein, er wusste, worauf es ankam. Er fand seinen optimalen Rhythmus und lief mit großen Schritten. Der richtige Rhythmus, darauf kam es an. Der Schweiß prickelte auf seiner Stirn, sein Atem ging schwer, aber das machte nichts. Er war ohne Angst, er hatte vorgesorgt, er war mächtig, auf seinen Willen kam es an. Einzig und allein auf seinen Willen!

Am Stadtrand von Westerland fühlte er sich immer noch gut, sein Plan schien aufzugehen. Der Himmel war heller geworden, die Kälte stach nicht mehr zu, sie strich nur noch sanft über die Haut. Doch inzwischen lief ihm der Schweiß in die Augen. Er wischte ihn weg und kam prompt aus dem Gleichgewicht. Im Rhythmus bleiben, immer schön im Rhythmus bleiben! Er fixierte das Hotel Miramar, das vor ihm erschien. Dahinter begann die Promenade und damit der wichtigste Kilometer seines Lebens.

Aber dann … plötzlich kam der Wind von der Seite, vom Meer. Er hatte Schwierigkeiten, geradeaus zu laufen. Oder war das nur Einbildung? Er spürte den Wind doch auf der anderen Seite seiner Stirn. Gegenwind! Was also drängte ihn nach rechts, als würde er vom Miramar magisch angezogen? Die Konturen der Fenster verwischten, und sein Kraftspender, die dicht gedrängte Zuschauermenge auf der Uferpromenade, hatte auf ihn keine Wirkung mehr.

Die anderen dagegen zogen ihr Tempo an. Dort, wo die Presse stand und am lautesten gejubelt wurde, wollte jeder besonders dynamisch laufen, voller Zuversicht und Energie. Jeder wollte zeigen, dass er es schaffen würde. Auch er wollte das. Unbedingt! Vor allem, weil er dort mit ihr rechnen musste, mit der Frau, für die er dieses Rennen machte. Er würde lächeln und winken, vielleicht sogar einen kleinen übermütigen Hüpfer machen und sie zum Lachen bringen.

Aber als die Trinkstation vor der Konzertmuschel in Sicht kam, veränderte sich alles. Die Umrisse der Gebäude verschwammen vor seinen Augen, die lachenden Menschen rückten von ihm ab. Es war, als liefe er am äußersten Rand der Welt und könnte jeden Augenblick abstürzen ins Nichts. Was geschah mit ihm?

Noch liefen seine Füße wie von selbst, noch war sein Körper in Bewegung, aber bald wusste er nicht mehr, ob er sich das nur einbildete. Trat er in Wirklichkeit auf der Stelle? Bewegte er sich gar nicht mehr vorwärts? Er kniff die Augen zusammen, weil er das Schwanken der Welt nicht mehr ertragen konnte. Im selben Augenblick wurden die Geräusche schrill und so laut, dass er sich am liebsten die Ohren zugehalten hätte. Aber er schaffte es nicht, die Hände zu heben. Er rang nach Atem und spürte, dass er am ganzen Körper zitterte. Musik hörte er nun, aufgeregte Stimmen und dann den Ruf einer Frau: »Avanti! Avanti!«

Diesen beiden Worten ließ er sich entgegenfallen. Sie klangen so, als könnten sie ihn halten und sogar wieder aufrichten. Avanti! Ein hoffnungsvolles Wort. Aber als dann dieselbe Stimme hervorstieß: »Madonna! Santa Madre in cielo!«, da wusste er auf einmal, dass es vorbei war. Madonna – das war ein Wort, das ihn im Jenseits begrüßte. Er fühlte zwei Arme, die ihn auffingen, und dachte an die Arme, in die er sich gern geschmiegt hätte. Als er zu Boden glitt, hoffte er, dass sie um ihn trauern würde …

Für Sport hatte Carlotta Capella nichts übrig. Joggen, Nordic Walking, Bodyforming oder Spinning? Niemals! Sie kannte diese Begriffe, denn ihre Enkelkinder waren Mitglieder im

Sportverein und klärten ihre Großmutter täglich darüber auf, wie man sich heutzutage in Form hielt. Dabei sparten sie nicht mit Vorwürfen, weil sie sich standhaft weigerte, an ihrer Fitness zu arbeiten.

»Muskelaufbau, Nonna! Das ist in deinem Alter sehr wichtig. Sport ist gut gegen Osteoporose! Du wirst bald sechzig. Wenn du keinen Sport treibst, bekommst du einen Witwenbuckel.«

Carolin schwärmte neuerdings für Zumba, Felix ging zweimal wöchentlich zum Gewichtheben und war fest entschlossen, die bevorstehenden Ferientage mit Frühsport am Strand zu beginnen. Aber Carlotta schüttelte über solche Aktivitäten nur den Kopf. Wenn Carolin Freude an Musik und Bewegung hatte, warum stellte sie dann nicht das Radio auf die Terrasse und tanzte durch den Garten? Und warum trug Felix nicht die Getränkekisten von Feinkost Meyer nach Hause, wenn er seine Muskeln stärken wollte, statt sie von seinem Vater mit dem Auto befördern zu lassen? Mamma Carlotta verstand nicht, dass diese Vorschläge bei ihren Enkeln auf Ablehnung stießen.

In ihrem Dorf in Umbrien wurde nur ein einziger Sport praktiziert: Fußball. Doch er wurde nicht Sport, sondern Spiel genannt. Ihre Söhne hatten Fußball gespielt, wie alle Jungen ihres Dorfes, und natürlich lief der Fernseher, wenn ein wichtiges Turnier übertragen wurde. Aber der Fußball war doch kein Sport, sondern ein Freizeitvergnügen – und dazu ein wichtiges Erziehungsmittel. Denn wenn die Jungs ins Flegelalter kamen, hatten sie viel überschüssige Kraft, die schließlich irgendwohin musste. Und da war Fußball ein besseres Ziel als zu frühe Erfahrungen in der Liebe oder Wettläufe mit der Polizei.

Fußball fand also durchaus Mamma Carlottas Zustimmung. Aber dass jemand Laufschuhe anzog, um vom Süden der Insel in den Norden zu laufen, und ständig auf seine Uhr starrte, um festzustellen, ob er gut in der Zeit lag und die Leistung vom Vorjahr steigern konnte, erschien ihr unsinnig. Sie war die Einzige, die die Teilnehmer des Syltlaufs kopfschüttelnd betrachtete, ohne das geringste Verständnis für ihren Ehrgeiz aufzubringen. Dennoch war sie bereit gewesen, sich für sie zu engagieren, weil ihre Enkel sie darum gebeten hatten. Mamma Carlotta war kein Mensch, der eine solche Bitte zurückwies.

»Alle Mitglieder des Sportvereins müssen mit anpacken, Nonna!«, hatte es geheißen. Und da jede Menge helfender Hände gebraucht wurden, hatte man auch die Angehörigen der Mitglieder rekrutiert. Etwa hundert ehrenamtliche Helfer waren erschienen, damit der Syltlauf so gut organisiert über die Bühne gehen konnte wie immer.

Mittlerweile machte ihr die Sache sogar Spaß. Zwar war es kalt, und sie fror trotz Eriks dicker Jacke, die er ihr immer zur Verfügung stellte, wenn sie auf Sylt war, trotz der Wollmütze und der Handschuhe, die sie trug, aber die vielen erwartungsvollen Menschen um sie herum, die Spannung, die in der Luft lag, Gelächter, ausgelassene Rufe – all das gefiel ihr außerordentlich. Wie gut, dass viele Touristen an der Laufstrecke standen, die aus den Teilen Deutschlands stammten, wo man laut jubeln durfte, ohne dass man schief angesehen wurde. So wie es einer Italienerin passieren konnte, wenn sie allein unter Friesen war. Ein paar Rheinländer stimmten sogar Schunkellieder an, was ihnen allerdings den Unmut eines Husumer Ehepaares einbrachte, das sich redlich mühte, mit versteinerten Mienen den ungebührlichen Frohsinn zu tadeln. Aber Rheinländer waren anscheinend ganz ähnlich wie Italiener. Sie ließen sich nicht davon abhalten, ihre Umwelt wissen zu lassen, dass sie sich freuten.

Bevor die ersten Läufer an der Versorgungsstation Westerland erwartet wurden, wanderte Mamma Carlotta ein wenig umher, um ihre kalten Füße zu wärmen und Ausschau nach Bekannten zu halten, mit denen sie über die schreckliche Kälte schwatzen und denen sie erzählen konnte, dass in Umbrien längst der Frühling eingezogen war. Als sie zum ersten Mal im

Winter auf Sylt gewesen war, hatte sie sich gefragt, wie ihre Tochter diese Kälte hatte ertragen können, inzwischen hatte sie längst die Erfahrung gemacht, dass der eisige Wind und die kalte Luft so belebend waren, wie es der laue Winter in Italien nie sein konnte.

Lucia hatte ihr oft erzählt, wie es war, durchgefroren vom Strand zurückzukehren, mit Fingerspitzen, die trotz dicker Handschuhe gefühllos geworden waren, mit Augen, die vom Wind tränten, und einer eiskalten Nasenspitze. Mamma Carlotta hatte sich trotzdem nicht vorstellen können, wie diese beißende Kälte eine Frau glücklich machen sollte, die an Sonne und Hitze gewöhnt war. Jetzt wusste sie es. Schade, dass sie es Lucia nicht mehr sagen konnte.

Gegenüber vom Strandaufgang zur Sylter Welle hatte Tove Griess seinen Stand aufgebaut. Unter dem Dach eines weißen Pavillons grillte er seine Bratwürste, die jetzt, kurz nach zehn, noch keinen reißenden Absatz fanden. Um diese Zeit deckten sich die Zuschauer des Syltlaufs lieber an der Crêperie ein, die unterhalb des Strandübergangs Friedrichstraße lag, wo es auch Heißgetränke gab. Aber in ein bis zwei Stunden würde Tove Griess viel zu tun haben. Der cholerische Wirt von Käptens Kajüte, der schmuddeligen Imbissstube am Hochkamp, war verblüfft gewesen, dass er diesmal tatsächlich die Konzession erhalten hatte, einen Stand auf der Kurpromenade aufzubauen. Bisher war sein Antrag Jahr für Jahr abschlägig beschieden worden, aber diesmal würde er endlich einmal mit voller Kasse nach Hause gehen. Auch deswegen, weil er auf Personal verzichtete und stattdessen den Strandwärter Fietje Tiensch angeheuert hatte, seinen einzigen Freund. Dabei bestritten beide vehement, mit dem anderen freundschaftlich verbunden zu sein. Nein, auf Nachfrage hätte jeder der beiden behauptet, den anderen nicht leiden zu können. Dass Fietje Tiensch dem Wirt von Käptens Kajüte an diesem Tag half, hatte angeblich nichts, aber rein gar nichts mit freundschaftlichen Gefühlen zu tun. Es ging nur darum, dass Tove Personalkosten einsparte und Fietje sein Bier umsonst bekam. Ihm, dem einzigen Stammgast in Käptens Kajüte, reichte die Bezahlung in Form von Freibier, er war mit dieser Regelung genauso zufrieden wie Tove selbst.

»Moin, Signora«, begrüßte der Wirt die Schwiegermutter des Kriminalhauptkommissars. Er wendete die Bratwürste mit einem Eifer, den sie bei ihm noch nie erlebt hatte, und auch Fietje Tiensch gab sein Bestes und spülte die Gläser in einem Tempo, das er bisher für gesundheitsschädigend gehalten hätte. Tove musste ihm sehr viel Freibier versprochen haben. Gelegentlich rutschte Fietje vor lauter Eifer sogar die Bommelmütze vom Kopf, und sein dünner Bart flog im Wind und blieb an den feuchten Gläsern hängen.

»Wollen Sie eine Wurst?«, fragte Tove Griess und bleckte sein Gebiss, womit er ein Lächeln andeutete, das jedes zartbesaitete Kleinkind in die Arme seiner Mutter getrieben hätte. Das mochte daran liegen, dass die Kappe, die er heute trug, sein Gesicht mehr als sonst zusammendrückte, das ohnehin die Neigung hatte, sich in den negativen Gefühlen, die Tove Griess zu Hauf produzierte, zu zerknautschen. Seine Brauen schienen an diesem Tag noch dichter zusammenzustehen, seine Stirn wölbte sich noch weiter vor, die Augen waren unter dem Mützenschirm kaum zu erkennen. Bei dem Wirt von Käptens Kajüte konnte ein Lachen dieselbe optische Wirkung haben wie ein Wutausbruch.

Doch auf die Kappe war er stolz.

»Habe ich extra anfertigen lassen«, verkündete er und wies auf die Buchstaben, die über seiner Stirn prangten.

»Käpten Tove«, las Mamma Carlotta. »Waren Sie wirklich mal un capitano?«

»Aber so was von! Bis mein Kahn gesunken ist. Das war vor Gibraltar.«

Fietje Tiensch mischte sich ein. »Da hat er sich schwimmend an Land gerettet, während der Rest der Mannschaft abgesoffen ist. Das wissen Sie doch, Signora. Das hat er Ihnen schon hundertmal erzählt.« Er warf Tove einen geringschätzigen Blick zu. »Wahrer wird es davon aber auch nicht.«

»Willst du behaupten, ich hätte mir das nur ausgedacht?«

Fietje Tiensch mochte keine direkten Fragen, die direkte Antworten erforderten. Zum Glück kam in diesem Moment Kundschaft und nötigte ihm Höchstleistungen ab. Fietje Tiensch, der noch nie ein Feinmotoriker gewesen war, musste Tove einen Pappteller hinhalten, damit der eine Bratwurst dort platzierte. Nun war es Fietjes Aufgabe, eine Scheibe Brot danebenzulegen und sich bei dem Gast nach der gewünschten Beilage zu erkundigen. »Senf oder Ketchup?«

Senf sollte als anmutiger Klecks, Ketchup als Zickzackornament auf der Wurst serviert werden. So etwas erforderte äußerste Konzentration. Fietje konnte, während er diese Aufgabe erledigte, unmöglich noch kniffelige Fragen beantworten.

Tove betrachtete seine Anstrengungen mit misstrauischem Blick, was Fietjes Handhabung der Ketchupflasche nicht gerade optimierte. Mamma Carlotta beschloss daher, Tove Griess von den Bemühungen des Strandwärters abzulenken. »Haben Sie auch den Rotwein aus Montepulciano am Stand?«

»Sicher doch, Signora!« Tove griff in eine Kiste und hielt eine Flasche in die Höhe. »Der ist gut gegen die Kälte.«

Das ließ Mamma Carlotta sich gerne einreden, die für Alkoholgenuss am helllichten Tage immer einen guten Grund benötigte. Sie trank einen Schluck, fand, dass Tove recht hatte, fühlte sich umgehend angenehm erwärmt und trat einen Schritt zur Seite, damit ihr der Blick aufs Meer nicht verstellt war. Es war an diesem Tag so grau wie der feuchte Sand, nachdem eine auslaufende Welle sich zurückgezogen und eine Gischtspur hinterlassen hatte. Die Augen auf den Horizont gerichtet, erzählte sie Tove und Fietje, dass sie am Abend zuvor sogar bei der Nudelparty im Westerländer Congress Centrum als Helferin dabei gewesen war.

»Kohlenhydrate«, brachte sie mühsam heraus, stolz auf diese komplizierte Erweiterung ihres Sprachschatzes. »So was brauchen Sportler.«

Mit großem Enthusiasmus hatte sie die Tomatensoße auf die Nudeln gegeben und erzählte nun Tove Griess und Fietje Tiensch, dass sich sogar der Gewinner des vorjährigen Syltlaufs von ihr hatte bedienen lassen. Eigentlich wollte sie noch anfügen, dass die Tomatensoße, die in ihrer eigenen Küche entstand, um ein Vielfaches besser sei, da ertönten mit einem Mal laute Rufe.

»Dio mio! Der erste Läufer kommt!«

Mamma Carlotta kippte den Rotwein hinunter, vergaß das Bezahlen und hastete zur Versorgungsstation zurück, wo die großen Platten mit den Bananenstücken soeben durch winzige Schokoküsse erweitert worden waren. Wenn der Spitzenläufer erschienen war, würden bald weitere folgen, und dann musste sie zur Stelle sein.

Schon eine halbe Stunde später war aus dem Warten fröhlicher Trubel geworden. Jeder Läufer, der auf der Uferpromenade erschien, wurde mit Applaus und Anfeuerungsrufen begrüßt. Mamma Carlotta hielt ihnen Becher hin, die mit warmen und kalten isotonischen Getränken oder mit Wasser gefüllt waren, und wünschte jedem, der danach griff, mit großer Herzlichkeit Erfolg. Sie hatte gehört, was Fritz Nikkelsen, einer der Organisatoren des Syltlaufs, einem Sportler zugerufen hatte, und gab dessen Worte nun weiter, wo es ihr nötig erschien. »Langsam anfangen! Nicht zu früh die Kräfte verpulvern! Auf dem letzten Stück gibt es starken Gegenwind!«

Manchem Läufer mochte sie wie eine Expertin vorkommen. Tatsächlich war sie trotz ihrer fast sechzig Jahre noch flott auf den Beinen, nach eigener Einschätzung sogar flotter als mancher, der sich stöhnend an ihr vorbeischleppte, aber sie wäre niemals auf die Idee gekommen, bei diesem Sportevent mitzumachen, obwohl es ihr durchaus unterhaltsam erschien. Das hatte sie auch Fritz Nikkelsen erklärt, einem drahtigen Sechzigjährigen, der sich ihr immer wieder näherte, als wollte er sie für den Sport und speziell für den nächsten Syltlauf gewinnen. Er selbst war einmal ein guter und erfolgreicher Läufer gewesen, bis er nach einer Knieverletzung das Laufen an den Nagel gehängt hatte und seine Erfahrungen stattdessen für die Organisation des Syltlaufs nutzte.

Er neigte sich jedes Mal an Carlottas Ohr, wenn er mit ihr sprach, als müsste er sich gegen großen Lärm durchsetzen, sie aber hatte längst erkannt, dass es ihm um die körperliche Nähe zu ihr ging. Wenn sie auch längst aus dem Alter heraus war, in dem ein Flirt infrage kam, und viel zu früh geheiratet hatte, um Erfahrungen im Verliebtsein zu sammeln – als Italienerin merkte sie sofort, wenn Amore im Spiel war oder etwas, was so aussehen sollte wie Amore.

»Sie würden eine wunderbare Läuferin abgeben«, hatte Nikkelsen noch vor einer halben Stunde behauptet und ihr gezeigt, wie sehr ihm ihr helles Lachen gefiel.

Nein, Carlotta Capella lief nur aus einem einzigen Grund: um zu einem Ziel zu gelangen. Dann bummelte sie, wenn sie Zeit hatte, lief schnell, wenn sie dringend Mandeln fürs Dolce brauchte, oder rannte wie der Teufel, wenn sie den Doktor zu einem Kind holen musste, das vom Baum gefallen war. Laufen, weil es Sport genannt wurde und weil Sport angeblich gesund war und mit einem straffen Körper belohnt wurde? Darüber konnte sie nur lachen und erklärte Fritz Nikkelsen ausführlich ihre Abneigung gegen jede Art sportlicher Betätigung. In ihrem Dorf musste sie die Einkäufe eine steile Gasse hochtragen, das ersetzte jedes Krafttraining. Wenn sie Apfelkuchen backen wollte, musste sie vorher in den Baum steigen und sich für jedes Kraut, das sie in der Küche brauchte, tief über ein Beet beugen. Ausdauertraining hatte sie damit also auch. Ganz zu schweigen von der Jagd nach den Hühnern, wenn sie sich nicht schlachten lassen wollten, und nach den kleinen Enkelkindern, wenn sie Gefahr liefen, vor den Trecker des nächsten Weinbauern zu geraten. Wer wie sie den ganzen Tag in Bewegung war, der brauchte keinen Sport.

»Ciao, Sören!« Mamma Carlotta freute sich, als sie den Mitarbeiter ihres Schwiegersohns entdeckte, der ihr freundlich zuwinkte. Sie hätte ihn in seiner eng anliegenden Laufkleidung und mit dem Stirnband, das sein rundes Gesicht noch runder machte, kaum erkannt. »Buona fortuna! Viel Erfolg!«

Sören Kretschmer, der junge Kommissar vom Polizeirevier Westerland, dankte ihr mit einem Handzeichen und winkte auch Carlottas Enkelin Carolin zu, die mit ihrer Klassenkameradin Ida hundert Meter weiter stand.

Mamma Carlotta gefiel der Syltlauf immer besser. Es gab viele, die sie anfeuern konnte, weil sie mittlerweile auf Sylt gut bekannt war. »Avanti! Avanti!«

Der Bäcker von Wenningstedt, der schon jetzt einen roten Kopf hatte und stark schwitzte, dankte ihr mit einem verkrampften Lächeln, der Leiter der Obst- und Gemüseabteilung von Feinkost Meyer ließ sich durch ihren Ruf aus seiner Lauflethargie aufschrecken, die Apothekerin, die trotz ihrer Leibesfülle erstaunlich behände lief, winkte sogar zurück. Gerade hatte Mamma Carlotta dem jungen Mädchen einen Gruß zugerufen, das ihr am Tag zuvor auf dem Trödelmarkt vorm Westerländer Rathaus ein Spitzendeckchen verkauft hatte, da wurde sie auf den Jungen aufmerksam, der schwankend näher kam, von den anderen Läufern ignoriert oder sogar unwillig zur Seite geschoben, damit er überholt werden konnte. Seine Beine bewegten sich, als wären sie aufgezogen, den Kopf ließ er hängen, die Arme baumelten an der Seite. Er schien zu laufen, ohne zu wissen, was er tat. Schließlich stolperte er und fiel vornüber, ohne etwas zu tun, um den Sturz zu verhindern oder wenigstens abzufangen. Doch zum Glück fiel er weich. Direkt in Mamma Carlottas Arme ...

Erik Wolf genoss den dienstfreien Sonntag. Besonders deswegen genoss er ihn, weil die Kinder und seine Schwiegermutter an diesem Tag beschäftigt waren, schon früh das Haus verlassen hatten und so bald nicht zurückkehren würden. Er hatte ein paar Stunden Alleinsein vor sich. Ein wunderbarer Gedanke! Er konnte am Frühstückstisch sitzen, solange er wollte, und konnte lesen, ohne ständig gestört zu werden. Seine Schwiegermutter ertrug es ja nicht, wenn jemand in ihrer Gegenwart schwieg, und das eigene Schweigen war für sie reinste Folter. So fielen ihr immer irgendwelche Fragen ein, die sie ihm stellen konnte. Offenbar glaubte sie, dass eine Frage nicht weiter lästig fiel, wenn sie mit den Worten eingeleitet wurde: »Ich will dich ja nicht stören, aber …« Und selbst wenn sie es geschafft hätte, ihn nicht alle zwei Minuten anzusprechen, hätten ihn ihre Selbstgespräche bald aus der Küche vertrieben.

Nichts dergleichen hatte er an diesem Morgen zu befürchten, nicht einmal der Lärm, den Felix mit seiner Gitarre machte und der angeblich unter den Oberbegriff Musik fiel, drang von oben herab, und von dem Getöse, das sein Sohn Gesang nannte, blieb Erik ebenfalls verschont. Nur Carolin hätte er jetzt gern an seiner Seite gehabt, sie war ja ganz ähnlich wie er selbst. Wenn sie zu Hause geblieben wäre, säße sie mit ihm am Tisch und läse ein Buch oder ginge in ihr Zimmer, wo es den ganzen Vormittag ruhig bliebe.

Erik gähnte, warf einen Blick in den grauen Tag vor dem Küchenfenster und lauschte den spitzen Schreien der Möwen, die sich übers Haus hinwegtreiben ließen Richtung Meer. Dann bedachte er die Mortadella mit einem trotzigen Blick, die ihn mit dunklen Wursträndern ermahnte, den Aufschnittteller endlich in den Kühlschrank zu stellen. Aber er ignorierte sie genauso wie den vor Fett glänzenden Käse, den kalten Rest seines Rühreis und die Butter, die allmählich aus der Form geriet. Vielleicht würde er später mit dem Fahrrad nach Westerland fahren und sich in der Nähe der Konzertmuschel ansehen, wie die Syltläufer vorbeizogen. Zwar hatte er eigentlich keine Lust auf dieses Spektakel, aber Felix hatte von den Organisatoren die Erlaubnis bekommen, mit seiner Band zur lautstarken Unterhaltung beizutragen, und trotz der herrlich gleichgültigen Stimmung, in der Erik sich gerade befand, fühlte er sich verpflichtet, das künstlerische Engagement seines Sohnes durch Anwesenheit zu würdigen. Aber das schmutzige Geschirr würde er auf dem Tisch stehen lassen und am Abend über das Schimpfen seiner Schwiegermutter nur lachen. Ein herrlicher Gedanke! Er passte so recht zu dem Wunsch, an diesem Sonntag einmal nur das zu tun, wonach ihm der Sinn stand.

Erik griff nach seiner Pfeife und blickte, bevor er mit der Zeremonie des Stopfens begann, auf die Uhr. Die Spitzenläufer mussten bald die Konzertmuschel erreichen. Erst nach einer Weile würde das breite Feld die Zuschauer passieren, die dort besonders dicht gedrängt standen. Später, zwischen den Ortschaften und erst recht hinter Kampen, wenn es auf List zuging, würden die Läufer schrecklich allein sein. Viele von denen, die auf der Kurpromenade den Ansporn und die Mut machenden Rufe noch genossen, würden vermutlich die Strecke gar nicht bis zum bitteren Ende bewältigen. Erst recht nicht bis vierzehn Uhr, wenn das Ziel in List geschlossen wurde. Wer danach noch dort ankam, hatte es zwar geschafft, blieb aber ohne Platzierung.

Als sein Handy klingelte, legte er die Pfeife zur Seite. Er lächelte, weil im Display der Name seiner Tochter erschien. Da sie weder zur Theatralik noch zu Übertreibungen neigte, musste er nicht befürchten, mit unwichtigen und lästigen Kleinigkeiten gestört zu werden. Zum Beispiel dass ein Läufer gestartet sei, dessen Vorfahren in demselben umbrischen Dorf gelebt hatten, in dem der Vater seiner Schwiegermutter aufgewachsen war, oder dass ein Bandmitglied der Toten Hosen gesichtet worden sei, das er verhaften sollte, damit Felix sich auf der Polizeistation in aller Ruhe ein Autogramm geben lassen konnte. So etwas war bei Carolin undenkbar.

Doch er hatte Pech. Nicht die leise Stimme seiner Tochter, sondern das sich überschlagende Organ seiner Schwiegermutter prallte an sein Ohr. »Enrico! Du musst sofort kommen! Subito! Es hat einen Toten gegeben!«

Der Schreck fuhr Erik durch sein ungewaschenes Sweatshirt direkt in die ausgeleierte Jogginghose. »Ein Mord?«

»No, no … oder …? Non lo so, ich weiß nicht. Vielleicht, vielleicht auch nicht.« Die Stimme seiner Schwiegermutter wurde leiser und verlor einen Teil ihrer Aufregung. Das konnte nur bedeuten, dass ihr jetzt auffiel, was er ihr oft vorwarf: Sie hatte mal wieder die Reihenfolge des Nachdenkens und Handelns durcheinandergeworfen. »Er ist zusammengebrochen. Direkt in meine Arme gefallen. Dio mio! Es ist so schrecklich, Enrico! Ich hatte einen Toten in meinen Armen. Jetzt liegt er zu meinen Füßen. Madonna! Auf der kalten Erde! Ganz bleich ist er.«

»In so einem Fall ruft man nicht die Polizei, sondern einen Arzt. Habt ihr den Notarzt verständigt?«

»Sì. Oder …? Sì, sì, ich sehe Fritz Nikkelsen telefonieren, einer der Organi… come si dice?« Sie wartete seine Erklärung gar nicht ab. »Das ist einer der wichtigen Leute hier. Molto importante. Ganz viele andere halten ihr Telefonino in der Hand. Wahrscheinlich rufen sie alle schon den Arzt an.«

»Bitte erkundige dich, ob wirklich jemand den Notarzt verständigt hat. Und frag, ob sich jemand mit der stabilen Seitenlage und Mund-zu-Mund-Beatmung auskennt.« Er musste tief durchatmen, um zu der Ruhe zurückzufinden, in der er sich sicher fühlte. »Und nun gib mir Carolin.« Seine Tochter würde in der Lage sein, einen Bericht zu liefern, der nicht emotional aufgebauscht war und mehr Vermutungen als Fakten enthielt. Sie würde ihm sagen können, ob der Mann wirklich tot war oder ob seine Schwiegermutter es lediglich für möglich hielt.

Für die war ja jeder Mensch, der längere Zeit am Stück nichts sagte, eher tot als lebendig. Und da für sie das Schlimmste immer am interessantesten war, hielt sie sich mit dem Wahrscheinlichsten nicht lange auf.

Aber Mamma Carlotta lehnte seine Bitte ab. »Carolina ist mit dem Fahrrad losgefahren, um Sören einzuholen. Der ist gerade erst an uns vorbeigelaufen.«

Nun wechselte Eriks Überdruss in Verärgerung. »Sören trainiert seit Monaten für den Syltlauf. Und ihr macht ihm jetzt alles kaputt, weil jemand zusammenbricht, der vielleicht einfach nur ein gesundheitliches Problem hatte?«

»Woher willst du das wissen?«

»Das liegt auf der Hand.«

»Aber er könnte doch auch ...«

»... ermordet worden sein? Ja? Wurde er erstochen, erdrosselt, erschossen?« Nun klang seine Stimme tatsächlich ähnlich laut wie die seiner Schwiegermutter, und mit seiner Ruhe war es endgültig vorbei.

Am anderen Ende wurde es still. »No, Enrico.« Die ganze Telefonleitung war voll von Schuldbewusstsein und Reue.

»Schickt Sören gleich wieder auf die Strecke, wenn er bei euch aufgetaucht ist. Eine gute Zeit kann er dann zwar nicht mehr erreichen, aber immerhin hat er noch die Chance, Finisher zu werden.«

Wenig später stieg er zornig die Treppe hoch, um sich umzuziehen. Der arme Sören! Seit Jahren machte er beim Syltlauf mit und war jedes Mal stolz gewesen, die Strecke bewältigt zu haben. In diesem Jahr ging es ihm zum ersten Mal darum, nicht nur anzukommen, sondern seine Bestzeit vom vergangenen Jahr zu unterbieten. Und was tat seine Schwiegermutter? Sie holte ihn zurück, weil sie immer gleich an Mord und Totschlag dachte, wenn sich ein Todesfall auf Sylt ereignete. Nur weil sie zufällig die Schwiegermutter eines Kriminalhauptkommissars war! In Umbrien hätte sie in einem solchen Fall den

Arzt und dann den Pfarrer verständigt, aber Sylt war für sie ein Ort, in dem alles Schreckliche möglich war, was sie in ihrer Heimat niemandem zutraute. Hier machte sie aus jedem Herzinfarkt gleich einen Mordfall.

Erik trat ans Fenster, um mit einem Blick in den Garten seinen Ärger zu vergessen. Aber was sonst funktionierte, gelang an diesem Sonntag nicht. Denn die schwarze Katze, die auf seiner Terrasse hockte, machte das Maß voll. Erik konnte Katzen nicht leiden. Er schützte sich mit heftiger Ablehnung vor ihrem Charme, ihrem weichen Fell und ihrer Anschmiegsamkeit, seit er als kleiner Junge vor dem Haus seiner Großeltern mitansehen musste, wie die geliebte Katze seiner Oma von einem Auto überfahren worden war.

Wütend riss er das Fenster auf. »Weg!«, schrie er und griff nach dem Nächstbesten, was er in die Hand bekam. Es war das Haargel seines Sohnes, das er nach der Katze warf.

Natürlich verfehlte er sie, aber immerhin hatte er sie von der Terrasse verjagt. Nun hockte sie in einem Gebüsch an der Grenze zum Nachbargrundstück und starrte zu ihm hoch. Während er das Fenster schloss, redete er sich ein, dass ihr Blick verschlagen und rachsüchtig war. »Mistvieh!«

Wütend kämmte er seinen Schnauzer und kürzte ihn an der rechten Seite um ein paar Millimeter. Für die Haare reichten ein paar Bürstenstriche. In seiner Lieblingskleidung, einer dunkelbraunen Breitcordhose, einem hellen Hemd und einem grob gestrickten Pullunder in der Farbe der Cordhose, ging er die Treppe hinunter und nahm noch einmal die Pfeife zur Hand. Als er sie angesteckt hatte, beschloss er, statt des Fahrrades das Auto zu nehmen. Er wollte so schnell wie möglich nach Westerland kommen, ehe seine Schwiegermutter noch weiteres Unheil anrichtete.

Der Krankenwagen stand zwischen dem Eingang des Hotels Miramar und dem Strandübergang, der Notarzt war die Treppe zur Uferpromenade hinabgelaufen, gefolgt von zwei Sanitätern, die eine Trage mit sich führten. Jene Läufer, die in diesem Augenblick unterhalb vom Miramar auftauchten, mit erwartungsvollen Mienen und die Arme schon erhoben, um sich für den Jubel zu bedanken, fielen aus ihrem Rhythmus, wurden langsamer, blickten umher und stellten fest, dass sie kaum Beachtung fanden. Man sah ihren Gesichtern die Enttäuschung an. Dann merkten sie, auf welche Stelle sich die Aufmerksamkeit der Zuschauer richtete, aber niemand von ihnen konnte erkennen, was geschehen war. Ein schnell errichteter Sichtschutz sperrte alle neugierigen Blicke aus.

Der junge Mann lag noch dort, wo Mamma Carlotta ihn hatte zu Boden sinken lassen. Neben ihm kniete der Notarzt, ein dynamischer Endfünfziger, so hager und gut trainiert wie die Spitzenläufer. Die beiden Sanitäter hatten dafür gesorgt, dass die Neugierigen auf ihre Plätze zurückkehrten. Ganz allmählich, da man vergeblich auf Erkenntnisse wartete und Vermutungen auf die Dauer unbefriedigend waren, setzte sich im Publikum der Grundsatz durch, dass die Lebenden wichtiger waren als die Toten. Man wandte sich wieder den Sportlern zu: Der Erste empfing einen Läufer mit euphorischer Freude, der Nächste fiel ein und feuerte den zweiten Läufer an, daraufhin stieg die Stimmung wieder an, wenn sie auch nicht mehr ganz so ausgelassen war wie vorher. Noch immer gab es Zuschauer, die spürten, dass sich in ihrer Nähe ein Schicksal entschied. Alle anderen ahnten es auch, versuchten jedoch, sich nicht vom Flügelschlag des Todes berühren zu lassen.

Sören beugte sich zum Notarzt hinab. »Kommissar Kretschmer vom Polizeirevier Westerland. Halten Sie Tod durch Fremdeinwirkung für möglich?«

Der Notarzt sah überrascht auf. »Wie kommen Sie denn darauf?«

Mamma Carlotta rechnete mit einem vielsagenden Blick von Sören, aber der antwortete nur: »Ist doch merkwürdig, dass ein junger Mann in diesem Alter mit einem Mal tot zusammenbricht.«

Der Notarzt schüttelte den Kopf. »So ungewöhnlich ist das gar nicht. Er hat sich vermutlich übernommen, ist untrainiert, hat sich nicht gut vorbereitet …« Er nahm die Plane entgegen, die einer der Sanitäter ihm reichte, und deckte den Toten zu. »Übergewicht hat er auch. Diese jungen Kerle trinken sich manchmal sogar Mut an, ehe sie starten.«

Carlotta drängte sich an Sörens Seite. »Laufen Sie weiter, Sören! Enrico hat mir gesagt, Sie wollen eine gute Zeit schaffen. Madonna! Wie konnte ich Carolina bitten, Sie zurückzuholen! Das war dumm von mir. Molto stupido! Mi dispiace.«

Aber Sören winkte ab. »Schon gut, Signora.« Sein rundes Apfelgesicht mit den roten Wangen glänzte vor Schweiß. Er strich sich über die Oberarme, als fröre er.

Mamma Carlotta hatte noch immer die Hoffnung, sie könnte ihren Fehler wiedergutmachen. »Schnell, Sören! Avanti, avanti! Laufen Sie weiter! Madonna, es tut mir so leid.«

Er stoppte ihre Entschuldigungen. »Ich verstehe das, Signora. Wenn man plötzlich mit einem Toten im Arm dasteht, kann man nicht mehr logisch denken.« Er lächelte sie an, in seinem Gesicht war kein Vorwurf zu erkennen. »Dann braucht man jemanden, der sich mit Toten auskennt.«

»Sì, un commissario.« Mamma Carlotta seufzte dankbar, weil sie sich verstanden fühlte.

Friz Nikkelsen trat zu Sören und legte ihm eine Wärmefolie um, die im Ziel für alle Läufer zur Verfügung stand. »Sonst erkälten Sie sich noch.«

Der Notarzt betrachtete diese Maßnahme wohlwollend. »Ich tippe auf Herzinfarkt. Wir müssen jetzt sehen, dass wir den Toten ohne viel Aufheben wegbringen.«

Sörens Augen bahnten sich bereits eine Gasse durch die Zuschauer. »Ich werde dafür sorgen, dass niemand im Weg steht.«

Der Notarzt zückte sein Handy. »Aber erst muss ich den Bestatter verständigen. Ein Krankenwagen ist nicht für Tote da.«

Die Sanitäter klappten den Sichtschutz zusammen, und Sören drängte die Zuschauer zurück, sodass sich eine Gasse bildete. Mamma Carlotta hastete hinterher, weil sie noch viel Zeit und Gelegenheit haben wollte, Sören wissen zu lassen, wie groß ihr Schuldbewusstsein war und wie sehr sie es bedauerte, ihn um einen Sieg gebracht zu haben. Damit bewies sie Fritz Nikkelsen zugleich, dass sie ebenso gut trainiert war wie er, wenn nicht sogar besser, denn es fiel ihm nicht ganz leicht, mit ihr Schritt zu halten.

»Sören! Laufen Sie los! Sie können noch ... come si dice? ... Finisher werden. Das wollen Sie doch, è vero?«

Als sie am Krankenwagen angekommen waren, nickte er endlich, wenn auch zögernd. »Meinen Sie wirklich, Signora, dass Sie Ihren Schreck überwunden haben?«

Man sah ihm an, dass er beim geringsten Zweifel der Frau, die ihn täglich mit Antipasti, Primo Piatto, Secondo und Dolce verwöhnte, weiterhin zur Seite stehen und seinen Erfolg beim Syltlauf in den Wind schreiben würde.

»Naturalmente! Da sind mir schon ganz andere Schrecken in die Glieder gefahren. Wenn ich da an den Porsche denke, der plötzlich in meinem Küchengarten stand! Durch den Gartenzaun! Direkt in meinem Gemüsebeet! Alle Zucchini waren hin, und die meisten Tomaten auch.«

Der Notarzt unterbrach sie, als ahnte er, dass diese Geschichte sich noch eine Weile hinziehen könnte. »Gehen Sie ruhig wieder zur Trinkstation«, sagte er zu Mamma Carlotta und wandte sich an Sören. »Wenn Sie weiterlaufen wollen, dann jetzt. Noch sind Ihre Muskeln warm und geschmeidig.«

Aus der Dünenstraße, die hinter dem Miramar entlangführte, bog in diesem Augenblick ein alter Ford in die Friedrichstraße, die eigentlich den Fußgängern vorbehalten war. So etwas durften nur die Gäste des Miramar – oder aber ein Polizeibeamter in der Ausübung seiner Pflicht.

Mamma Carlotta griff nach Sörens Arm und drängte ihn zur Treppe. »Il dottore hat recht, Sie müssen weitermachen. Jetzt oder nie. Avanti!«

Erleichtert blickte sie Sören nach, der nun entschlossen die Treppe hinablief. »Madonna«, flüsterte sie vor sich hin. »Hoffentlich wird er wenigstens Finisher. Was tue ich, wenn er es nicht schafft, nur weil ich ihn zurückgeholt habe?« Durch ihren Kopf purzelten bereits die Namen aller Gerichte, die Sören besonders schätzte und die sie alle für ihn zubereiten wollte, bis sie sich sein Verzeihen erkocht hatte.

Der Notarzt wiederholte sehr laut und nachdrücklich: »Sie können sich getrost wieder um die Getränke und die Bananen für die Läufer kümmern, gute Frau.« Er gab Fritz Nikkelsen ein Zeichen, damit dieser dafür sorgte, dass er nicht mehr in der Ausübung seiner ärztlichen Pflicht gestört wurde.

Mamma Carlotta sah nervös zu, wie Erik aus dem Auto kletterte. Verärgert schüttelte sie Fritz Nikkelsen ab, der die Rolle des Trösters übernehmen wollte. Sie brauchte seinen Zuspruch nicht. Eigentlich hätte sie dem Notarzt gern in aller Ausführlichkeit auseinandergesetzt, wie grauenvoll es für sie gewesen war, in das Gesicht eines Toten zu blicken, seinen schlaffen Körper im Arm zu halten, sich auszumalen, mit welchen Hoffnungen er an den Start gegangen war, und sich vorzustellen, dass seine Mutter in List hinter der Ziellinie vergeblich auf ihn wartete. Bei dieser Gelegenheit hätte sie ihn auch gern darauf hingewiesen, dass einer Frau, deren Seele derart aufgerüttelt worden war, das Angebot eines medizinischen oder zumindest seelsorgerischen Beistands gemacht werden müsse. Zwar hätte sie beides natürlich abgelehnt, aber dass der Notarzt es nicht einmal für nötig hielt, sich mit ihrem Gemütszustand zu befassen, ärgerte sie.

Doch nun musste sie sich um Erik kümmern, der vielleicht noch immer zornig auf sie war. »Enrico! Gut, dass du kommst!«

»Hauptkommissar Wolf?« Der Notarzt begrüßte Erik kopfschüttelnd. »Was ist eigentlich los heute? Herrscht auf der Polizeistation Langeweile?«

Erik ließ ihn auf eine Antwort warten und wandte sich an seine Schwiegermutter. »Sören ist schon wieder auf der Strecke?«

»Sì, sì, schon lange!« Sie dehnte das A auf mindestens eine Viertelstunde und sorgte mit einer deftigen Handbewegung dafür, dass Fritz Nikkelsen nicht auf die Idee kam, ihre Behauptung zu korrigieren. Währenddessen warf sie einen Blick zur Uferpromenade und sah, wie Sören gerade die Wärmefolie abwarf und Carolin zuwinkte. Sie war froh, dass Erik der Laufstrecke den Rücken zukehrte und stattdessen zur Trage hinübersah, die noch neben dem Krankenwagen stand.

Der Notarzt vergewisserte sich, dass der Tote gut verhüllt war. »Hat der Bestatter zurückgerufen?«, fragte er den Sanitäter, der gerade sein Handy wegsteckte.

»Er kommt sofort. Ich habe ihm erklärt, dass der Tote direkt vorm Miramar liegt. Und dass es nicht lange dauern kann, bis der Portier erscheint und sich beschwert oder ein Hotelgast in Ohnmacht fällt, nachdem er über die Leiche gestolpert ist.«

Der Notarzt zuckte die Achseln. »Was sollen wir machen? Es ist verboten, einen Toten im Krankenwagen zu transportieren. Oder könnte man ihn vielleicht um die nächste Straßenecke ...?« Er unterbrach sich und starrte Erik fragend an.

Der nickte vorsichtig, sah sich um, blickte in viele neugierige Gesichter und nickte kräftiger. »Ja, bringen Sie ihn hier weg. Wer weiß, wann der Bestatter kommt. Wir können unmöglich einen Toten hier am Strandübergang liegen lassen.«

Der Notarzt schien erleichtert zu sein. »Ein Leichenwagen macht sich hier auch nicht besonders gut. Ganz zu schweigen von dem Wechsel des armen Kerls in den Sarg.«

»Auf keinen Fall hier«, entschied Erik. »Eine öffentliche Leiche muss sofort in die Rechtsmedizin.«

»Öffentliche Leiche?«, wiederholte Mamma Carlotta, die immer an neuen deutschen Begriffen interessiert war.

»Eine öffentliche Leiche liegt entweder auf öffentlichem Grund oder an einem Ort, der von der Öffentlichkeit eingesehen werden kann. Sie wird immer in die Rechtsmedizin gebracht.« Erik hatte automatisch geantwortet und schien sich nun darüber zu ärgern, dass er seine Schwiegermutter in die Geheimnisse seines Berufs einweihte. Unwirsch vollendete er, weil er wusste, dass sie sowieso nachfragen würde: »Nichtöffentliche Leichen liegen demnach auf privatem Grund oder dort, wo sie von der Öffentlichkeit nicht gesehen werden können. Mit ihnen wird anders verfahren.«

Mamma Carlotta hätte gerne weitergefragt, aber Erik drehte ihr mit einer so heftigen Körperbewegung den Rücken zu, dass sie wusste, er würde keine Antwort mehr geben. Fritz Nikkelsens Hand, die nach ihrem Arm griff, schüttelte sie unwillig ab.

»Todesursache?«, fragte Erik den Notarzt.

»Könnte ein Herzinfarkt sein.« Der Notarzt gab den Sanitätern ein Zeichen, damit sie den Toten in den Krankenwagen schoben und diesen in die Dünenstraße fuhren, wo es ruhiger war. »Wollen Sie die Startnummer wissen? Dann können Sie die Angehörigen verständigen.«

»Ja, bitte.«

»859!«

Der Krankenwagen rollte gerade davon und bog langsam um die Ecke, als ein Mann neben Erik auftauchte. Er war Ende dreißig, ein schlanker, aber muskulöser Mann, mit kurzen blonden Haaren und hellen Augen. Seine Haut war gebräunt, als hätte er einen Urlaub im Süden hinter sich.

»Morten Stöver«, stellte Fritz Nikkelsen ihn vor. »Er gehört auch zu den Organisatoren des Syltlaufs.«

Der junge Mann nickte dem Älteren zu, dann fragte er: »Was ist geschehen?«

Erik informierte ihn kurz und bündig, dann nannte er Morten Stöver die Startnummer des Toten. »Können Sie mal nachgucken, wie der junge Mann heißt?«

Morten Stöver starrte ihn erschrocken an, dann drehte er sich um und bedeckte für eine Weile sein Gesicht. Mamma Carlotta begriff sofort, dass er den Toten gekannt haben musste. Sie trat einen Schritt vor, wollte eine Hand auf seinen Arm legen, etwas Tröstendes sagen, konnte sich aber im allerletzten Moment zurückhalten. Erik schien vergessen zu haben, dass seine Schwiegermutter noch in der Nähe war, daran wollte sie nichts ändern. Wenn sie nicht von ihm weggeschickt werden wollte, dann musste sie sich unauffällig verhalten. Zum Glück hatte Fritz Nikkelsen es aufgegeben, sich ihrer anzunehmen, und endlich eingesehen, dass sie nicht von ihm getröstet und betreut werden wollte. Stattdessen hatte er sich zurückgezogen, und sie warf seiner großen, hageren Gestalt einen erleichterten Blick hinterher.

»Ich brauche nicht nachzugucken.« Morten Stövers Stimme klang gepresst. Er schien alle Kraft aufbringen zu müssen, damit sie nicht zitterte. »Haymo Hesse aus Flensburg! Ich kenne ihn, er war mal ein Schüler von mir. Als ich noch in Flensburg unterrichtete ...« Kopfschüttelnd starrte er auf einen Punkt vor seinen Füßen. »Ich habe ihm gesagt, er soll nicht starten. Er war in schlechter Verfassung, das war auf den ersten Blick zu erkennen. Blass war er und nervös. Er griff sich häufig an den Magen und klagte über Kopfschmerzen. Ich habe ihm mehrmals gesagt, dass es gefährlich ist, in diesem Zustand an den Start zu gehen. Er treibt sonst wenig Sport. Aber er wollte nicht auf mich hören. Irgendwo an der Strecke steht ein Mädchen, dem er imponieren wollte. Er ließ sich einfach nicht zurückhalten.«

Der Notarzt nickte, als hörte er so etwas nicht zum ersten

Mal. »Schlecht trainiert und dann noch schlecht vorbereitet. In diesem Alter hält man Gesundheit für selbstverständlich.«

Erik griff nach Morten Stövers Arm und zog ihn in die Dünenstraße, wo der Krankenwagen auf den Bestatter wartete. Dass seine Schwiegermutter ihnen folgte, fiel ihm zum Glück nicht auf.

»Was wissen Sie über die Kondition des Jungen?«, hörte sie ihn fragen.

»Er war nie ein guter Sportler. Es ist mir ein Rätsel, warum er unbedingt am Syltlauf teilnehmen wollte. Ich habe ihm geraten, das Mädchen stattdessen zum Essen einzuladen, aber er wollte nicht auf den Start verzichten.« Morten Stöver fuhr sich übers Gesicht, als könnte er seine tiefe Betroffenheit wegwischen. »Hätte ich nur darauf bestanden!«

Erik machte eine Geste, die zeigen sollte, dass Stöver keine Schuld traf. »Sie waren also dabei, als die Läufer in Hörnum starteten?«

Morten Stöver nickte. »Nachdem alle auf der Strecke waren, bin ich mit dem Fahrrad auf der Straße hinterher. Ich habe Haymo gesehen. Er lief gut, und ich dachte schon, ich hätte mich getäuscht.«

In diesem Moment tauchte ein schwarzes Auto auf und bog in die Dünenstraße ein. Langsam und pietätvoll kam es näher. Der Wagen des Bestatters. Erik sah sich nervös um, weil er Zaungäste ausschließen wollte, dabei fiel sein Blick auf seine Schwiegermutter.

Natürlich war sie beleidigt. Ohne ein Wort hatte sie sich umgedreht, den Kopf nach hinten geworfen und war kerzengerade zur Treppe gegangen, die zur Uferpromenade hinabführte. Dort wartete Fritz Nikkelsen auf sie, der es immer noch nicht aufgegeben hatte, sie zu beeindrucken, und sich zu freuen schien, dass sie endlich seine Anteilnahme willkommen hieß.

Aber er hatte auch diesmal Pech. Mamma Carlotta ging,

ohne ihn eines Blickes zu würdigen, zur Trinkstation zurück, wo sie sich unverzüglich wieder den Getränken, den Bananen und dem Aufmuntern der Läufer widmete. Mit eckigen, unwirschen Bewegungen, die ihre Kränkung verrieten. Nikkelsen wieselte hinter ihr her und redete auf sie ein.

»Dieser Schlawiner«, murmelte Erik.

Fritz Nikkelsen war dafür bekannt, dass er jedem Rock hinterherlief. Er hatte sich oft genug lächerlich gemacht, wenn er von jungen Frauen abgewiesen wurde, jetzt hatte er sich anscheinend auf das Hofieren reiferer Damen verlegt.

Im selben Moment verpuffte Eriks Ärger, und nichts als Schuldbewusstsein blieb zurück. Er hätte seiner Schwiegermutter nicht vorwerfen dürfen, dass sie neugierig sei, jedenfalls nicht vor den Augen und Ohren anderer. Und nicht nach diesem schrecklichen Erlebnis! Auf ihre Verteidigung, dass sie doch nur helfen wolle, hätte er auch nicht so rüde reagieren dürfen. »Lass mich in Ruhe, wenn ich arbeite!« Nein, das hätte er nicht sagen dürfen. Obwohl er ja recht hatte.

Nachdem er dem Wagen des Bestatters so lange hinterhergesehen hatte, bis er um die nächste Ecke verschwunden war, holte er seine Pfeife aus der Jackentasche, steckte sie an und stieg die Treppe zur Uferpromenade hinab, als wollte er sich den Zuschauern des Syltlaufs zugesellen. Dass er seine Schwiegermutter dabei im Auge behielt, bemerkte niemand. Er wollte die nächstbeste Gelegenheit nutzen, sich zu ihr zu stellen, etwas Belangloses, aber Freundliches zu sagen und sie so lange anzulächeln, bis sie ihren Ärger vergaß. Er wusste ja, dass sie niemals lange böse auf ihn sein konnte.

Dass Fritz Nikkelsen sich wieder um seine Aufgabe als Organisator des Syltlaufs kümmerte und Carolin neben ihrer Nonna stand und sich erzählen ließ, was sich zugetragen hatte, hielt er für eine gute Gelegenheit. Doch gerade als er zu ihnen gehen wollte, um sich mit einem belanglosen Einwand in ihr Gespräch einzuklinken, kehrte Carolin schon wieder zu ihrer

Freundin Ida zurück. Da Mamma Carlotta ihrem Schwiegersohn demonstrativ den Rücken zukehrte und sogar anfing, die Bananen zu zählen, nur damit sie ihn nicht ansehen musste, zog er es vor, ihr noch ein wenig Zeit zu geben. Er wusste ja, dass sie selbst am meisten unter einer Unstimmigkeit litt, selbst dann, wenn sie sich im Recht fühlte.

Er drückte sich hinter den Schaulustigen am Geländer entlang, das die Uferpromenade vom Strand trennte. Hinter der Konzertmuschel gab es neuerdings eine hölzerne Terrasse, sodass Flanierende die Möglichkeit hatten, während eines Konzertes über die Uferpromenade zu bummeln, ohne den Weg zwischen der Bühne und den Zuschauerreihen nehmen zu müssen. Er blieb kurz stehen, um eine Weile aufs Meer zu blicken.

Wenig später kam er bei den beiden Mädchen an, die sich gerade von einem Rollstuhlfahrer verabschiedeten, der Richtung Norden davonrollte. Er kam Erik bekannt vor, und ihm fiel auch gleich wieder ein, wo er ihn schon einmal gesehen hatte. Nebenan, bei der Familie Kemmertöns! Ihr kleines Holzhaus im Garten, das sie an Feriengäste vermieteten, war behindertengerecht umgebaut worden.

Carolin empfing ihn mit vorwurfsvollem Blick. »Papa! Du rauchst in der Öffentlichkeit? Dass du dich nicht schämst!«

Schon seit Jahren kritisierte sie ihren Vater, wenn er rauchte, und seit sie regelmäßig Sport trieb, war es noch schlimmer geworden.

Nachdem Erik soeben mit seiner Schwiegermutter aneinandergeraten war, wollte er nicht auch bei seiner Tochter in Ungnade fallen. Gehorsam löschte er seine Pfeife und steckte sie weg.

Carolin war zufrieden und bereit, das Thema zu wechseln. »Ist der Läufer wirklich tot, Papa? Woran ist er gestorben?«

»Vermutlich an einer Herzattacke. Dabei war er erst in eurem Alter, aber wohl untrainiert und auch leichtsinnig. Er hat sich über alle Warnungen hinweggesetzt. Die Nonna ist fix und fertig. Ich habe ihr gesagt, sie soll nach Hause gehen und sich hinlegen. Aber sie will nicht.«

»Natürlich nicht.«

Carlotta Capella verkraftete ein aufwühlendes Ereignis am besten, indem sie einfach weitermachte. Das wusste jeder in der Familie.

In diesem Augenblick liefen mehrere Klassenkameraden vorbei, die von den Mädchen lauthals angespornt wurden. Erik betrachtete die beiden lächelnd. Zurzeit waren sie sich ähnlich, seine Tochter und Ida, die ein paar Wochen bei ihnen lebte. Beide trugen sie Sportkleidung, dunkle Jogginganzüge und darüber ebenso dunkle Daunenjacken. Die Haare hatten sie am Hinterkopf festgesteckt, die Gesichter waren ungeschminkt. Ida würde auch so oder so ähnlich aussehen, wenn der Syltlauf vorbei war und die beiden zu einer Party aufbrachen.

Bei Carolin war das mittlerweile anders. Früher konnte es ihr gar nicht schlicht genug sein, dann aber hatte sich ihre Einstellung praktisch über Nacht geändert. Sie hatte ihre Haare gefärbt und türmte sie so hoch wie möglich auf, umrandete ihre Augen kohlschwarz, tuschte die Wimpern so dick, dass ihr die trockene Farbe gelegentlich auf die Wangen rieselte, rasierte ihre Augenbrauen und malte sich dicke Striche über die Augen, dorthin, wo die Natur sie einmal hatte wachsen lassen. Erik hatte sich schon oft mit kritischen Bemerkungen unbeliebt gemacht und hätte jetzt beinahe Carolins schlichtes Äußeres gelobt. Aber gerade noch rechtzeitig fiel ihm ein, dass dieses Lob wohl den gleichen Effekt gehabt hätte wie seine Kritik an ihrer Kriegsbemalung.

Deshalb wandte er sich lieber leutselig lächelnd an Carolin und Ida, während er versuchte, einen Blick auf seine Schwiegermutter zu erhaschen. Doch es gelang ihm nicht. »Wie wär's, wenn ich uns eine Bratwurst von Tove Griess hole?«, fragte er, als Carolin und Ida endlich mit dem Jubeln fertig waren.

Unter anderen Umständen hätte er den Stand von Gosch vorgezogen, aber der von Käptens Kajüte lag näher an der Trinkstation. So konnte er seine Schwiegermutter ganz scheinheilig fragen, ob sie auch Appetit habe, und dann …

Ehe er eine Antwort bekam, ging Idas Handy. Sie lächelte ihn entschuldigend an, als sie das Gespräch annahm. Wieder fiel ihm auf, wie ähnlich sie ihrer Mutter war. Blond und blass wie Svea Gysbrecht, mit einem schmalen Gesicht und hellgrauen Augen. Nur ihre Figur war anders. Svea war groß, einen halben Kopf größer als Erik, und sehr schlank, Ida hingegen klein und untersetzt. Vom Auftreten her wirkte sie oft wie eine Erwachsene und äußerte Meinungen und Argumente, die Erik überraschten. Manchmal fehlte ihm an ihr jedoch das Jugendliche, das Übermütige, Leichtsinnige, er hätte sie dann gerne weniger vernünftig erlebt.

»Nein, das geht nicht«, sagte sie ins Telefon und drehte sich weg. Aber er hörte trotzdem, was sie sagte. »Ich wohne zurzeit bei den Wolfs. Du weißt doch, meine Ma arbeitet für ein paar Wochen in New York.« Sie drehte sich zu Erik zurück, und er sah so etwas wie Hoffnung in ihrem Blick. »Nein, ich glaube, das geht nicht. Ich kann ihnen nicht noch einen Gast zumuten.«

Erik schüttelte entschlossen den Kopf. Er wollte die Bitte, die in Idas Augen erschien, weder sehen noch hören.

Das Mädchen hielt das Handy vom Ohr weg und sah Erik an wie ein Kind, das unbedingt ein Schokoladeneis wollte. »Morgen beginnen die Osterferien. Ich würde mich ganz allein um ihn kümmern.«

Aber Erik schüttelte nur umso heftiger den Kopf. Gleich am ersten Abend nach Idas Einzug war ein Junge mit Rucksack bei ihnen erschienen, der nach ihr gefragt hatte und sicher war, dass er dort, wo sie sich aufhielt, ein Obdach finden würde. Aber Erik wollte keinen Fremden im Haus haben, zumal der junge Mann nicht den besten Eindruck machte, und hatte ihn abgewiesen. Er ahnte, dass er in diesem Punkt nicht nachgeben durfte, dass er, wenn er einmal zugestimmt hatte, nie wieder würde ablehnen können.

Ida nahm das Handy wieder ans Ohr. »Klar, unsere Wohnung steht leer. Aber meine Ma hat mir den Schlüssel nicht dagelassen.«

Ja, das hatte Svea ihm erklärt. Wenn sich herumsprach, dass Ida, während ihre Mutter in New York war, bei den Wolfs wohnte, würden umherstreunende Jugendliche sie um ihren Schlüssel zum Apartment bitten und sich dann dort einnisten, das Bad verdrecken, die Vorräte aufessen und die Telefonrechnung in die Höhe treiben. Womöglich würden sogar streunende Hunde und herrenlose Katzen dort übernachten. Svea traute ihrer Tochter auf diesem Gebiet alles zu. Ida konnte einfach keine Bitte abschlagen.

Sie sah unglücklich aus, als sie das Gespräch beendet hatte. »Das war Jan«, sagte sie zu Carolin. »Er hat Stress mit seinen Eltern und will eine Weile irgendwo allein sein.«

»Wo es warm und gemütlich ist?«, fragte Erik provokant. »Wo er keine Miete zahlen muss und Strom und Wasser umsonst bekommt?«

Ida antwortete nicht, sondern blickte verlegen auf ihre Füße, Carolin strafte ihren Vater mit einem verächtlichen Blick, und Erik wusste, dass Svea alles richtig gemacht hatte.

Nun wandten sich auch die beiden Mädchen von ihm ab. Es war offenkundig, dass sie ihn kleinlich, vielleicht sogar spießig nannten, wenn sie es auch nicht aussprachen. Und ein Blick in Mamma Carlottas Richtung zeigte ihm, dass er dort ebenfalls auf Zurückweisung stoßen würde. Sie hatte zu ihm herübergeschaut, sich aber sofort wieder weggedreht, als sie seinen Blick bemerkte, und ignorierte ihn nun weiterhin. So, wie auch Carolin und Ida es taten, die demonstrativ in eine andere Richtung sahen.

Seufzend wanderte Erik weiter. Ein Familienmitglied gab es

ja noch, das ihm hoffentlich freundlich begegnen würde. Felix stand mit seiner Gitarre in der Nähe des Strandbistros Sunset Beach, wo viele junge Leute saßen, die sich nicht von lauter Musik stören ließen, neben ihm seine Freunde Ben und Finn, die mit Schlagzeug und Keyboard brillierten oder es zumindest versuchten. Der Verstärker, den sie anfänglich bis zum Anschlag aufgedreht hatten, war ihnen unter Androhung sofortigen Auftrittsverbotes in Richtung Minimum gestellt worden. Trotzdem hielten sich in ihrer akustischen Reichweite einige die Ohren zu, denn die drei taten ihr Bestes, den mickrigen Verstärker durch ohrenbetäubenden Gesang zu ersetzen. Heimlich nannte Erik es sogar Geschrei, aber das hätte er niemals laut gesagt. Ihn wunderte es kein bisschen, dass nur zwei Mädchen aus Felix' Klasse zur Musik der Toten Hosen tanzten – die Originalband hätte sie selbst womöglich gar nicht wiedererkannt. Auf Geschiebe und Drängelei oder gar Pogo vor der sogenannten Bühne mussten Die Verbotenen Dosen jedenfalls verzichten.

So gern Erik jetzt das Wohlwollen seines Sohnes genießen wollte – mit mehr als einem anerkennenden Wippen des rechten Knies tat er die Begeisterung über die Darbietung nicht kund. Aber da Felix ihn gut kannte, war er mit dieser Sympathiekundgebung sicherlich zufrieden.

Der Junge holte aus sich heraus, was möglich war. Da er erst seit einem Jahr Gitarrenunterricht hatte, war das nicht besonders bemerkenswert. Aber Die Verbotenen Dosen legten sowieso mehr Wert auf die Zurschaustellung der Musik als auf deren Qualität. Felix sprang herum, sodass die Löcher in seiner Jeans immer größer wurden, und Ben und Finn, die an ihre Instrumente gebunden waren, versuchten es mit sportlichen Einlagen, bei denen man dennoch die Finger auf den Tasten und die Schlagstöcke in den Händen halten konnte. Die beliebteste Art, seine Gitarre zu handhaben, war für Felix, auf dem rechten Bein von einem Ende der improvisierten Bühne zum anderen zu hüpfen und in die Saiten zu hauen, als wäre es sein Ziel, sie zum Reißen zu bringen. Das machte Breiti, der Gitarrist der Toten Hosen, angeblich auch so, und da Felix ihn noch mehr verehrte als Campino selbst, eiferte er ihm nach, wo immer es ging.

Gerührt betrachtete Erik seinen Sohn. Felix war das Abbild seiner Mutter. Er besaß die dunklen Locken, die auch Lucias Gesicht umrahmt hatten, ihre braunen Augen und ihre olivfarbene Haut, während Carolin mit ihrem blassen Teint und den grauen Augen ganz nach ihrem Vater kam. Auch das italienische Temperament war ihr nicht vererbt worden, wohl aber Felix, der so laut und schnell sprach wie alle Capellas, so viel lachte und redete wie seine italienischen Verwandten und das Leben gern auf die leichte Schulter nahm.

Erik fragte sich gerade, wie lange Felix noch auf eine Karriere als Musiker setzen würde, wenn es irgendwann auf mehr als durchlöcherte Hosen und groteskes Gehüpfe ankam, nämlich auf das perfekte Beherrschen seines Instrumentes. Er überlegte, ob es sinnvoller war, Felix Mut zu machen und ihn mit falschem Lob anzustacheln, oder, mit sachlicher Kritik dafür zu sorgen, dass er seine Defizite erkannte und versuchte, sich zu verbessern.

Da bemerkte er auf einmal Unruhe in der Nähe der Sylter Welle. Ein Mädchen kreischte, Erik sah winkende Hände und hörte laute Rufe. Eine Gruppe von Menschen scharte sich um etwas oder um jemanden. Schon wieder ein Todesfall? Erik vergaß seinen Sohn, der gerade mit »Hier kommt Alex« um seine Aufmerksamkeit buhlte, und reckte den Hals. Aber er merkte schnell, dass kein Unglück geschehen, sondern unter den Zuschauern des Syltlaufs ein Prominenter aufgetaucht war. Er glaubte sogar, den Namen »Grönemeyer« zu hören, und sah nun nicht nur Handys, die in die Höhe gereckt wurden, sondern auch Fotoapparate und Mikrofone mit Windschutz. Journalisten und Fernsehleute also! War womöglich Wiebke darunter? Wo sich Promis aufhielten, war sie meist nicht weit. Zwar hatte er sie monatelang nicht gesehen, aber er war davon überzeugt, dass sie sich gelegentlich auf Sylt aufhielt, wo hinter allen Ecken gute Storys lauerten.

Wiebke Reimers! Der Name erzeugte noch immer einen Klang mit einem langen Widerhall in ihm, einen schönen vollen Ton, der in seinem ganzen Körper vibrierte. Die Disharmonien vom letzten Sommer waren mehr und mehr in Vergessenheit geraten. Wiebke Reimers! Ihre Berufe hatten sie am Ende getrennt. Sie ständig auf der Jagd nach einer Titelstory, er in der Pflicht, Ermittlungsergebnisse zurückzuhalten oder sie der gesamten Presse zur Verfügung zu stellen und nicht vorab der Journalistin, mit der er liiert war. Ein ständiger Anlass zum Streit! Trotzdem ... wenn er ihr jetzt gegenüberstehen würde, wüsste er nicht, was schwerer wog, das Glück, sie wiederzusehen, oder die Erkenntnis, dass es vorbei war.

Er zauderte nur kurz, dann drehte er sich um und ging zum Strand, ohne sich um Felix' enttäuschten Blick zu kümmern. An der Wasserkante war er allein. Dort hatte das Bild von Svea Gysbrecht die Kraft, die Erinnerung an Wiebke zu überdecken. Idas Mutter gefiel ihm, ja. Sehr sogar. Aber noch wusste er nicht, ob er in ihr nur die Möglichkeit suchte, Wiebke zu vergessen. Das dürfte er Svea nicht antun. Wenn er sich ihr zuwandte, dann musste es nur um sie gehen.

Auch Carolin hatte schon die Erfahrung gemacht, dass eine Liebe nicht zu überwinden war, indem man sich in die Arme eines anderen warf. Ihre Beziehung zu einem Jungen, den sie auf einem Kreuzfahrtschiff kennengelernt hatte, war schon bald gescheitert, und der Klassenkamerad, nach dessen Gefühlen sie geschnappt hatte wie nach dem berühmten Strohhalm, war derjenige gewesen, der die Zeche bezahlen musste. Carolin hatte das schnell eingesehen und sich danach außer mit ihrem Liebeskummer auch noch mit Schuldgefühlen plagen müssen. Erik Wolf wollte von seiner Tochter lernen, das hatte er sich schon mehrmals vorgenommen. Vor allem aber musste er erst mal herausfinden, ob Svea Gysbrecht überhaupt an einer Beziehung zu ihm interessiert war.

Er warf einen Blick zurück, dann entschied er sich für das Meer. Mit seiner Familie war ja zurzeit nicht zu rechnen, und Großveranstaltungen wie der Syltlauf waren sowieso nicht sein Ding. Langsam ging er an der Wasserkante entlang Richtung Süden. Am Meer gab es keine Stille, aber verlässliche Ruhe. Selbst im Tosen der Brandung war es so ruhig wie an keinem anderen Ort der Welt. Gelegentlich warf Erik einen Blick auf die Läufer, die die Trinkstation Westerland noch nicht erreicht hatten: schwache, ältere, schlecht trainierte, die sich im großen Feld der Läufer nicht hatten halten können. Dann ließ er sich in einem herrenlosen Strandkorb nieder, mit dem Rücken zum Syltlauf, mit dem Blick aufs Meer. Mittlerweile war es vierzehn Uhr, Sören würde in List angekommen sein, wenn er durchgehalten hatte. Hoffentlich hatte er nach der Unterbrechung durch den toten Jungen wieder in seinen Rhythmus hineingefunden.

Erik ließ seinen Blick von der Brandung wiegen, ließ ihn aufs Meer hinausziehen und mit ihm wieder heranrollen. Er merkte, dass sein Körper den Rhythmus der Wellen aufnahm, vor und zurück, vor und zurück. Sein Atem ging langsamer, die Augen fielen ihm zu …

Er wusste nicht, wie lange er geschlafen hatte, als das Handy in seiner Jackentasche klingelte. Gerade als er endlich auf der Oberfläche seines Schlummers aufgetaucht war und das Handy aus der Tasche zog, verstummte es. Auf dem Display erschien: Anruf von Sören!

Er drückte auf »Antworten« und hielt das Handy vom Ohr weg, als ihm Lärm entgegenprallte. »Sind Sie das, Chef?«

Erik schrie automatisch zurück: »Sind Sie angekommen?«

»Ja!«, brüllte Sören.

»Herzlichen Glückwunsch!« Erik zog erschrocken den Kopf

ein, als ein Paar, das an der Wasserkante entlangspazierte, auf ihn aufmerksam wurde. Er versuchte es mit normaler Lautstärke: »Und Ihre Zeit?«

Aber Sören ignorierte diese Frage. Die Geräuschkulisse veränderte sich, es wurde ruhiger im Hörer, offenbar entfernte sich Sören aus dem größten Trubel. Als er wieder sprach, klang seine Stimme ruhig und gemessen. »Ich bin hier auf den Vater des toten Jungen gestoßen, Chef. Kersten Hesse! Er hatte auf die Ankunft seines Sohnes gewartet.«

Erik beugte sich vor. »Sie mussten ihm vom Tod seines Sohnes erzählen?« Es blieb eine Weile still im Hörer. Erik sah Sören vor sich, wie er schwermütig nickte und mit seinem Mitleid kämpfte. »Das war sicherlich nicht leicht«, fügte er teilnahmsvoll hinzu.

Aber auch darauf ging Sören nicht ein. »Der Mann sagt, sein Sohn wäre ermordet worden.«

Ein wenig fühlte sich Mamma Carlotta ebenfalls wie ein Finisher, während sie sich auf dem Fahrrad gegen den Wind stemmte. Auch sie hatte einen Sieg errungen, denn Erik war, als die Trinkstation abgebaut wurde, tatsächlich zu ihr gekommen und hatte sich entschuldigt. Nie wieder wolle er sie in Gegenwart anderer neugierig nennen. »Das war unhöflich von mir.«

Sehr reumütig war er gewesen und hätte sich beinahe sogar von ihr umarmen lassen, denn zu einer richtigen Versöhnung gehörte für Mamma Carlotta eigentlich mehr Emotion als ein Händedruck oder ein freundliches Schulterklopfen. Aber wie erwartet war Erik zurückgeschreckt, als sie die Arme nach ihm ausstreckte, und Mamma Carlotta war bereit gewesen, es bei dieser leidenschaftslosen Aussöhnung bewenden zu lassen. Ihre Tochter hatte sich nun einmal für einen Friesen entschieden! Und wenn Lucia ihn trotz seines fehlenden Überschwangs geliebt hatte, dann musste ihr selbst das auch gelingen. Sie trat, so schnell sie konnte, in die Pedalen und freute sich an der Geschwindigkeit, die sie erreichte, und vor allem darüber, dass sie warm wurde, je mehr sie sich anstrengte, und schließlich sogar den Verschluss der Jacke lockern musste, um nicht zu schwitzen.

In Umbrien fuhr sie nur selten mit dem Fahrrad, denn dort gab es keinen einzigen Weg, der so gerade und eben war wie die Straßen auf Sylt. Hier trug sie sogar eine Hose, von der in ihrem Dorf niemand wusste, dicke Handschuhe und eine Wollmütze, die sie sich sorgfältig über die Ohren zog. All das brauchte sie in Umbrien nicht. Dort durfte der Rock beim Radfahren flattern, und Mützen und Handschuhe gab es in keinem Schrank.

Während sie die schnurgerade Steinmannstraße entlangradelte, versuchte sie das bleiche Gesicht des jungen Läufers zu vergessen, nicht mehr daran zu denken, wie sich sein schlaffer Körper angefühlt hatte, und sich nicht vorzustellen, was mit seiner Seele geschehen war, als das Leben ihn verließ. Sie musste das alles vergessen und an etwas anderes denken. Sie hatte diesen jungen Mann ja gar nicht gekannt, konnte nicht um ihn trauern, sondern lediglich sein Schicksal beklagen. Echte Trauer war nur möglich, wenn man wusste, wie der Verstorbene gelebt hatte und wen er hinterließ, wem er demnächst fehlen würde. Der Tod des Fremden blieb auf der Haut haften und vor dem Eingang zum Herzen stehen. Er war nur ein großer Schreck gewesen, keine echte Trauer. Dieses Entsetzen, unter dem Mamma Carlotta noch immer litt, betraf mehr sie selbst als den Toten und die Hinterbliebenen. Am besten schob sie diese Gefühle von sich, weil sie dem armen Jungen sowieso nicht gerecht wurden. Das ging am ehesten, indem sie darüber redete, was ihm zugestoßen war, und ihre Seele so Stück für Stück erleichterte. Sie brauchte Gesellschaft!

Ein Bus voller Syltläufer kam ihr entgegen, die von List nach Westerland zurückgebracht wurden, wo sie die Möglichkeit hatten, sich in der Sylter Welle von den Strapazen zu erholen. Sören war vermutlich auch dabei oder würde im nächsten Bus sitzen. Aber er würde sich bestimmt nicht lange im Wellenbad aufhalten, denn er hatte etwas Wichtiges mit Erik zu besprechen. Das war wohl der tiefere Grund für Eriks Wunsch nach Versöhnung gewesen. Er wollte mit Sören in Ruhe reden! Und wo ging das besser als in der Küche, in der seine Schwiegermutter für ein gutes Essen sorgte?

Natürlich hatte Mamma Carlotta gefragt, was es denn an einem dienstfreien Sonntag zwischen zwei Polizeibeamten zu bereden gab, aber Erik war einer Antwort ausgewichen. »Etwas Dienstliches!« Mehr hatte sie nicht aus ihm herausbekommen. Trotzdem war sie zufrieden. Er hatte sein Versprechen gehalten, hatte ihr nicht Neugier vorgeworfen, und mal davon abgesehen, würde sie während des Essens ja sowieso erfahren, worum es ging. Wenn Erik und Sören über den Todesfall während des Syltlaufs sprechen wollten, hatte sie als diejenige, die den Toten im Arm gehalten hatte, sogar ein Recht darauf. Das redete sie sich so lange ein, bis sie es glauben konnte.

Keine Frage, dass Sören nach seinem anstrengenden Syltlauf ein besonders gutes Essen brauchte. Vor allem deswegen, weil sie viel wiedergutzumachen hatte. Sören hatte seine persönliche Bestzeit nicht erreichen, geschweige denn verbessern können, weil er von der Schwiegermutter seines Chefs zu einem toten Jungen gerufen worden war. Nun brauchte er die Zuwendung einer guten Köchin, um seine Enttäuschung zu überwinden, und sie selbst brauchte das Gefühl, ihn für ihren Fehler entschädigt zu haben. Also würde sie nicht am Süder Wung haltmachen, sondern sofort zu Feinkost Meyer fahren, um fürs Abendessen einzukaufen.

Als sie den Norderplatz umrundete, stand ihr Menüplan fest. Alles, was Sören schon einmal mit besonderem Behagen verspeist hatte und was zudem schnell zuzubereiten war, würde sie an diesem Abend auf den Tisch bringen: Artischockenherzen mit Tomaten und Oliven als Antipasto, danach Spaghetti mit Parmaschinken als Primo Piatto, als Secondo dann Hähnchenbrust mit Mozzarella und Butterreis und Mokkacreme mit Mascarpone als Dolce. Sören, der sich während der Vorbereitungszeit auf den Syltlauf nur gesunde Kost gegönnt und auf alles verzichtet hatte, was süß, fett, kalorienreich und durch und durch ungesund, aber lecker war, würde sich freuen.

Sie hängte gerade ihre gefüllten Einkaufstaschen an den Lenker des Fahrrades, als sie auf den Rollstuhlfahrer aufmerksam wurde, der über den Parkplatz von Feinkost Meyer rollte. »Signor Vorberg!«, rief sie. »Wie sind Sie so schnell nach Wenningstedt zurückgekommen? Heute Mittag habe ich Sie noch in Westerland gesehen.«

Der Feriengast der Familie Kemmertöns wendete den Rollstuhl und kam auf sie zu. »Mit dem Behindertentaxi«, antwortete er lächelnd.

Er war ein Mann von Ende vierzig, mit einem kantigen Gesicht und einer so weichen Haut, als brauchte er sich nie zu rasieren. Die feine Nase, der schmale Mund und die kleinen Augen schienen nicht zu seinen übrigen Proportionen zu passen. Vorbergs Oberkörper war breit und muskulös, seine Hände sahen aus, als könnten sie kräftig zupacken. Mamma Carlotta war froh, dass sie endlich jemanden vor sich hatte, dem sie erzählen konnte, was während des Syltlaufs geschehen war. Bei der Kassiererin hatte sie es versucht, an der Wursttheke ebenfalls, aber nirgendwo war Zeit gewesen für Anteilnahme und angemessenes Entsetzen.

Der Feriengast der Nachbarn war zu allem bereit, zum Zuhören, zum Mitfühlen, vor allem aber zum Staunen, weil Carlotta Capella nach ihrem Erlebnis nicht zusammengebrochen, sondern zu Feinkost Meyer geradelt war, um fürs Abendbrot einzukaufen. »Ich bewundere Sie. Eine richtige Powerfrau!« Er warf einen vielsagenden Blick auf ihre Einkaufstaschen. »Sie müssen für eine große Familie kochen, nicht wahr? Ich beneide Sie darum. Ihre drei Enkelkinder sind wirklich reizend.«

»Zwei«, korrigierte Mamma Carlotta. »Carolina und Felice. Ida wohnt nur für eine Weile bei uns. Ihre Mutter ist Innenarchitektin und hat einen Auftrag in New York angenommen. Bis sie zurück ist, kümmere ich mich um das Mädchen.«

Vorbergs Gesicht bekam einen schwärmerischen Ausdruck. »Wie nett sie ist! Gestern hat sie mir ein Informationsblatt für Rollstuhlfahrer besorgt. Ich wusste nicht einmal, dass es im Wenningstedter Kurhaus so etwas gibt.«

Mamma Carlotta seufzte. »Ja, das Mädchen ist ungewöhnlich hilfsbereit.«

Warum sie seufzte, als ginge es hier um eine unangenehme Eigenschaft, erklärte sie nicht. Kein Mensch durfte ein schlechtes Wort über jemanden verlieren, der so herzensgut war wie Ida, die die Tür für jeden einladend öffnete und keiner Bitte widerstehen konnte, selbst wenn sie noch so unverfroren war. Nein, ein solcher Mensch verhielt sich exakt so, wie der Pfarrer in Carlottas Dorf es von seinen Schäfchen verlangte. Ob der aber auch wusste, wie anstrengend es war, wenn sich jemand derart wortgetreu an die Gesetze der christlichen Nächstenliebe hielt? Vermutlich nicht. Der Pfarrer musste sicherlich noch nie für ein ausgesetztes Kätzchen sorgen, von dem der Herr des Hauses nichts erfahren durfte. Einfach war das wirklich nicht.

Mamma Carlotta beschloss, das Fahrrad zu schieben, obwohl sie eigentlich so schnell wie möglich nach Hause fahren wollte, um sich an die Zubereitung des Abendessens zu machen. Aber bisher hatte sie noch keine Gelegenheit gehabt, mit dem Feriengast der Familie Kemmertöns ausgiebig zu plaudern. Es fiel ihr immer schwer, auf eine neue Bekanntschaft zu verzichten, auf eine Lebensgeschichte, die sie noch nicht kannte. Außerdem ließ sie ungern eine Gelegenheit aus, aus ihrem eigenen Leben zu erzählen. Selten genug traf sie auf Menschen, die von ihrem Lebensweg nichts wussten, die sie bestaunten, weil sie schon mit sechzehn geheiratet und anschließend sieben Kinder zur Welt gebracht hatte. In ihrem Dorf in Umbrien kannte sie jeder, dort war niemand mehr mit Erzählungen aus ihrer Vergangenheit zu unterhalten. Nur wenn sie von Sylt zurückkehrte, hatte sie aufmerksame Zuhörer, sobald sie auf der Piazza von den Schönen und Reichen berichtete, die sie gesehen hatte, und von Eriks Beruf, der gelegentlich auch in das Leben seiner Schwiegermutter Aufregung brachte, die sich wunderbar ausschmücken und übertreiben ließ. In Panidomino konnte ja niemand den Wahrheitsgehalt dieser Erzählungen überprüfen.

Als sie in den Süder Wung einbogen, wusste Gerald Vorberg bereits, dass Carlottas Mann schon früh schwer erkrankt und von seiner Frau zwanzig Jahre lang gepflegt worden war. »Ich durfte nicht von seiner Seite weichen. Als meine Lucia nach Sylt zog, konnte ich sie nie besuchen, um zu sehen, wie es ihr ging.«

Bis zum Gartentor der Familie Kemmertöns hatte sich herausgestellt, dass auch Gerald Vorberg verwitwet war. Und als er erwähnte, dass sein einziges Kind einem Unfall zum Opfer gefallen war, brachte Mamma Carlotta es nicht fertig, das Gespräch zu beenden, nur weil sie sich dringend um die Artischocken kümmern musste. Gerne hätte sie den bedauernswerten Mann zum Essen eingeladen, doch gerade noch rechtzeitig fiel ihr ein, dass Sören und Erik ein dienstliches Gespräch führen wollten, das vermutlich nicht für fremde Ohren bestimmt war. Aber es würde bis zu ihrem Eintreffen ja noch eine Weile dauern.

»Haben Sie Lust, mir zu erzählen, wie es dazu kommen konnte?« Sie griff nach dem Rollstuhl und schob ihn einen Meter weiter, ehe Gerald Vorberg eingreifen konnte. »Madonna! Auch meine Lucia lebt nicht mehr. Ein Autounfall!« Sie nahm nicht zur Kenntnis, dass Vorberg zu den Rädern seines Rollstuhls griff, um ihn zu stoppen. »Nicht einmal zu ihrer Beerdigung konnte ich nach Sylt reisen, weil mein Dino mich brauchte. Aber seit er mich für immer verlassen hat, komme ich oft hierher. Mein Schwiegersohn braucht Unterstützung. Und die Kinder vermissen die mütterliche Zuwendung ...«

Endlich gelang es Gerald Vorberg, ihren Redeschwall zu unterbrechen. »Die Stufen!« Er zeigte auf die kleine Treppe, die zur Haustür hinaufführte.

Aber Mamma Carlotta hatte längst darüber nachgedacht, wie er ins Haus kommen könnte. Sie wies ihm den Weg in den Garten. »Rollen Sie über die Terrasse! Ich werde Ihnen von innen öffnen. Ein Espresso wird Ihnen guttun! Und ich habe noch Cantuccini im Haus. Dazu einen Vin santo! Buono!«

Es stellte sich heraus, dass sämtliche Türen im Hause Wolf breit genug für einen Rollstuhl waren, sogar noch für eine kleine schwarze Katze, die sich an den Rädern vorbei ins Haus drückte. So fand sich Gerald Vorberg kurz darauf in der Küche wieder, zu seinen Füßen ein Kätzchen, vor sich einen Espresso, ein Glas mit Vin santo und eine Schüssel voller Cantuccini. Ob er glücklich war, hier zu sein, oder ob er sich fragte, wie er sich gegen diese Einladung hätte zur Wehr setzen können, wusste er vermutlich selbst nicht genau. Wahrscheinlich war er sich nicht einmal sicher, ob ihn Mamma Carlottas Lebensgeschichte überhaupt interessierte. Dennoch hörte er sich geduldig an, wie Carlotta Capella in Umbrien lebte, dass sie in dem Dorf, in dem sie wohnte, auch geboren worden war und dass ihre erste Reise nach Sylt das größte Abenteuer ihres Lebens gewesen war. »Lucia hätte gewollt, dass ich mich um Enrico und die Bambini kümmere, sooft es geht.«

Gerald Vorberg schien es gutzutun, über sein eigenes Schicksal zu sprechen, jemanden vor sich zu haben, der nicht nur höflichen, sondern echten Anteil nahm. Er ließ sich sogar während seiner Erzählung ein paar Artischockenherzen zum Probieren hinschieben. »Wir waren eine glückliche Familie. Unser Sohn entwickelte sich gut, mein Geschäft florierte, sodass ich mir sogar eine eigene Jagd leisten konnte, wir waren gesund ...« Er stockte und griff zu einem Cantuccini, als brauchte er Kraft, um weiterzureden.

Mamma Carlotta, die gerade Schinken- und Zwiebelwürfel für die Spaghettisoße anbriet, schob die Pfanne vom Herd, um Gerald Vorberg ihre ganze Aufmerksamkeit zu schenken. Sie strich sich ihre dunklen Locken aus der Stirn, ihre braunen Augen funkelten, wie immer, wenn sie etwas Neues erfuhr. »E poi? Und dann?«

»Wir fuhren in die Schweiz, um dort Urlaub zu machen, meine Frau und ich. Björn war auf Klassenfahrt in Schweden, das war eine gute Gelegenheit. Meine Frau hätte den Jungen während der Schulzeit nicht allein gelassen. Sie war der Meinung, dass auch ein Teenager noch die Fürsorge seiner Mutter braucht.«

Mamma Carlotta bestätigte ihn lebhaft, schilderte, wie glücklich ihre beiden Enkel seien, wenn sie Mutterstelle an ihnen vertrat, und hatte auch gleich eine Geschichte von einem Jungen in ihrem Dorf parat, der zu oft allein gelassen worden war und die Geborgenheit einer Familie schließlich bei der Mafia gesucht hatte. »Auch große Kinder brauchen noch die Liebe ihrer Eltern.«

Gerald Vorberg folgte mit den Augen der Katze, während er leise weitersprach. »Dann der Anruf aus Schweden. Ein Badeunfall. Zwei Kinder ertrunken. Eines davon ...« Er schluckte, als müsste er seine Stimme zurechtrücken. »Unser Björn.«

Mamma Carlotta schlug die Hand vor den Mund. »Dio mio!«

»Wir haben uns sofort ins Auto gesetzt, um nach Schweden zu fahren. Wir wollten bei Björn sein, wollten uns überzeugen, dass er wirklich tot war ...«

Die kleine Katze strich an den Küchenmöbeln entlang und blieb dann vor der Tür sitzen, als wollte sie hinausgelassen werden, weil die Tragik die Küche ausfüllte wie ein Geruch, der ihr nicht behagte.

»Aber wir sind nie in Schweden angekommen. Ein Autounfall. So wie bei Ihrer Tochter. Ich war zu schnell gefahren, konnte nicht rechtzeitig reagieren, als ein Lkw ausscherte …«

Das Kätzchen kratzte an der Tür und maunzte, als wollte es sich in Sicherheit bringen. Geistesabwesend stand Mamma Carlotta auf, öffnete die Tür und schloss sie wieder, als die Katze nach draußen in den Flur geschlüpft war.

Gerald Vorberg hatte nichts davon wahrgenommen. »Meine Frau starb noch an der Unfallstelle«, flüsterte er, und seine feine Stimme, die nicht zu seinem breiten Oberkörper zu passen schien, wurde noch dünner. »Ich sitze seitdem im Rollstuhl. Alles habe ich verloren. Meinen Sohn, meine Frau, meine Gesundheit, mein Geschäft. Meinen ganzen Lebensinhalt.«

»Madonna!« Dies war einer der seltenen Momente in Mamma Carlottas Leben, in denen es ihr die Sprache verschlug. Sie ließ sich auf einen Stuhl fallen, suchte nach Worten, ohne welche zu finden, die diesem Unglück angemessen waren, und wiederholte nur hilflos: »Madonna!«

Gerald Vorberg nickte schweigend, als verstünde er, dass es für ihn keine Worte des Trostes geben könne. Er löste die Bremse seines Rollstuhls und drehte ihn herum. »Können Sie mir die Türen öffnen, Signora?«

Erik betrachtete verwundert den Küchentisch, auf dem noch das Tellerchen mit den Cantuccini, die Flasche Vin santo, zwei Gläser und zwei Espressotassen standen. »Du hattest Besuch?«

Er war froh, dass ihr Streit offenbar in Vergessenheit geraten war. Seine Schwiegermutter würde nicht darauf zurückkommen, sondern eine Geschichte von Frau Kemmertöns, einer ihrer zahlreichen Freundinnen oder irgendeiner Nachbarin erzählen, die ihr einen Überraschungsbesuch abgestattet hatte. Er betrachtete sie lächelnd und konnte mit einem Mal verstehen, dass Fritz Nikkelsen sich während des Syltlaufs um sie bemüht hatte.

Seine Schwiegermutter war noch immer eine hübsche Frau. Ihr gebräunter Teint, die sprühenden Augen, die dunklen Locken, um die sie vermutlich von vielen Frauen beneidet wurde, ihre mollige Figur, die zwar nicht dem heutigen Idealbild entsprach, aber manchem Mann besser gefallen mochte als die einer Frau, die dem Schlankheitswahn verfallen war. Alles an ihr war natürlich, nirgendwo hatte sie mit Stift oder Pinsel nachgeholfen. Ihr Temperament schreckte vielleicht manchen ab, war aber vermutlich für viele besonders attraktiv. Bei Fritz Nikkelsen konnte er sich gut vorstellen, dass er an Mamma Carlotta das Besondere liebte, das er bei einer Friesin nicht fand.

»Signor Vorberg war da! Ich habe ihn bei Feinkost Meyer getroffen.«

Erik lehnte sich zufrieden zurück. Da hatte er sich zwar in der Person geirrt, aber alles andere entsprach seinen Erwartungen. Seine Schwiegermutter hatte etwas zu erzählen, was nichts mit ihm selbst zu tun hatte. Weder der Aufschnittteller, den er auf dem Tisch hatte stehen lassen, noch der aufgeweichte Käse wurde ihm zum Vorwurf gemacht. Auch den toten Jungen erwähnte sie mit keinem Wort.

»Der Rollstuhlfahrer, der nebenan bei den Kemmertöns wohnt?«

»Esatto!«

Erik holte ein Glas und goss sich einen Vin santo ein, während er mit der anderen Hand nach einem Cantuccini angelte. Dann ließ er sich nieder, holte seine Pfeife hervor und begann sie zu stopfen. Seine Schwiegermutter gehörte ja zum Glück nicht zur Fraktion der Tabakgegner. Ihr Mann, ihr Vater, ihre Brüder, alle hatten sie ständig eine Zigarette im Mundwinkel gehabt, und auch ihre Söhne ließen sich weder vom Lungenkrebs des Großvaters noch von den verkalkten Arterien ihres ältesten Onkels vom Rauchen abhalten. Mamma Carlotta war es gewöhnt und hatte nicht einmal etwas dagegen, wenn die

Wohlgerüche in ihrer Küche durch Zigarettenrauch durcheinandergebracht wurden.

Ungeniert paffte Erik den Tabakrauch Richtung Herd, wo Mamma Carlotta die Hähnchenbrüste für das Petto di pollo vorbereitete. Währenddessen ließ er ihre Erzählungen an seinem Ohr vorbeirauschen. Dass sie nicht nachtragend war und ein unerfreuliches Ereignis gern von einem interessanten vertreiben ließ, gehörte eindeutig zu ihren positiven Eigenschaften.

»Stell dir vor, Enrico! Signor Vorberg hat auch ein Kind verloren, so wie ich. Und er ist verwitwet, so wie du und ich! Aber bei ihm ist alles noch viel schlimmer.«

»Das ist ja wirklich schrecklich«, murmelte Erik, als er Vorbergs gesamte Leidensgeschichte gehört hatte. »Der arme Mann!« Er versuchte den Schmerz, den er nach Lucias Tod empfunden hatte, mit dem Verlust eines Kindes, seiner Gesundheit und seines Berufs zu vervielfachen und spürte eine Gänsehaut auf seinem Arm. »Von einem Augenblick zum anderen! Alles vorbei.«

Mamma Carlotta war hocherfreut, weil ihr Schwiegersohn sich gegen seine sonstige Gewohnheit auf ein Thema einließ, das ihr am Herzen lag. Während sie den Parmaschinken für die Spaghettisoße anbriet, grübelte sie laut darüber nach, wie sie selbst mit einer solchen Häufung von Schicksalsschlägen fertiggeworden wäre. Prompt fiel ihr die Geschichte eines entfernten Verwandten in Sizilien ein, der ebenfalls in einem einzigen Augenblick viel verloren hatte. Nur lag die Sache dort anders, denn Ricardo waren die Nerven durchgegangen, als er für sein Eiscafé immer mehr Schutzgeld zahlen sollte, und er hatte den Geldeintreiber der Mafia kurzerhand erschossen. Das wiederum hatte ihm eine lange Gefängnisstrafe eingebracht, seine Frau hatte sich von ihm scheiden lassen, das Eiscafé musste mit großem Verlust verkauft werden, und die Kinder wurden von den Söhnen des toten Mafioso so lange drangsaliert, bis es zu einer Messerattacke kam, deren Verlauf nie ganz geklärt werden konnte. »Beide Kinder tot! Hätte Ricardo sich damals keine Pistole besorgt, lebten sie jetzt noch in Palermo und verkauften Eis.«

Erik spürte die altbekannte Gärung, die immer dann in ihm aufstieg, wenn seine Schwiegermutter ihr Gespräch über Stock und Stein führte, bis sie am Ende selbst nicht mehr wusste, worum es ursprünglich gegangen war. Aber diesmal bemühte er sich um Duldsamkeit und zeigte durch den einen oder anderen Einwurf sogar seine Anteilnahme.

Zu Eriks Freude erschien bald Sören, erschöpft, aber zum Glück ohne Enttäuschung und erst recht ohne Vorwurf. Sein rundes Gesicht mit den Apfelbäckchen glänzte, seine dünnen blonden Haare waren sorgfältig geföhnt. Er trug eine grasgrüne Baumwollhose, ein kariertes Hemd und darüber einen dunkelblauen Pullover. Sören sah nicht aus wie ein erfolgloser, frustrierter Syltläufer, sondern wie einer, der sich für eine Verabredung in Schale geworfen hatte.

Erik unterband die Entschuldigungen, zu denen seine Schwiegermutter erneut ansetzte, und drückte Sören auf einen Stuhl, servierte ihm einen Vin santo, schob ihm die Cantuccini hin und forderte ihn auf: »Nun erzählen Sie mal. Wie war das mit dem Vater des toten Jungen?«

»Er kommt morgen ins Kommissariat, aber ich dachte, ich bereite Sie schon mal vor.« Sören knabberte am Mandelgebäck herum und beobachtete, wie Mamma Carlotta die Artischockenherzen mit den Tomaten und Oliven in einer Schüssel vermischte. »Er war außer sich, als er hörte, was mit seinem Sohn geschehen war.«

»Verständlich«, murmelte Erik, während seine Schwiegermutter in vielen Sätzen und mit unzähligen eingestreuten italienischen Ausrufen ihr Mitgefühl für den bedauernswerten Mann zum Ausdruck brachte.

Sören wartete ihren Überschwang geduldig ab, ehe er fortfuhr: »Hesse hat böse Verdächtigungen geäußert. Angeblich sei Morten Stöver für den Tod seines Sohnes verantwortlich. Er habe ihm ein Dopingmittel gegeben. Da müsse was schiefgelaufen sein.«

Erik sah stirnrunzelnd auf. »Glauben Sie das?«

»Ich kenne Morten aus dem Sportverein. Ein guter Mann! Dass der sich darauf einlässt, einen Jungen zu dopen, der Eindruck bei einem Mädchen machen will, kann ich mir nicht vorstellen.« Sören kippte den Vin santo herunter und betrachtete das leere Glas, als bereute er, es ausgetrunken zu haben. »Der Mann stand wirklich neben sich. Vor Schmerz und Entsetzen hat er verbal um sich geschlagen. Ich glaube, der hat sich morgen wieder beruhigt. Ich würde mich nicht wundern, wenn er letztlich auf eine Anzeige verzichtet.«

»Sie meinen also, wir sollten bis morgen warten?«

»Da die Leiche sowieso in der Rechtsmedizin gelandet ist, kann Dr. Hillmot ja mal einen Blick darauf werfen.«

Mamma Carlotta stellte die Platte mit den Antipasti auf den Tisch. »Die Bambini kommen später. Sie wollen noch helfen, die Trinkstationen abzubauen und alles in die Turnhalle zu bringen.« Sie hielt Sören den Brotkorb hin. »Sie brauchen jetzt ein gutes Essen nach all den Strapazen.«

Tatsächlich langte Sören heißhungrig zu, während Erik nur gedankenvoll das Brot zerkrümelte. »Er kannte den Jungen von früher, hat Morten Stöver gesagt. Was wissen Sie von ihm?«

Sören musste sich Mühe geben, damit ein Teil seiner Aufmerksamkeit noch bei Haymo Hesses Tod blieb und nicht voll und ganz von der Vorspeise in Anspruch genommen wurde. »Morten Stöver ist auf Sylt geboren und hat hier sein Abi gemacht. Wo er studiert hat, weiß ich nicht, aber er hat mir mal erzählt, dass er in Hamburg an einem Gymnasium unterrichtet hat. Lieber hätte er als Sportler Karriere gemacht, aber er hat doch die Sicherheit des Lehrerberufs vorgezogen.«

»Vermutlich war er Sportlehrer?«

Sören nickte. »Sport und Bio. Aber im letzten Sommer hat er

den Beruf an den Nagel gehängt. Seiner Schwägerin gehört das Sporthotel in Westerland. Sie hat Morten immer wieder gebeten, im Wellenreiter die Sportabteilung zu übernehmen. Nun betreut er dort also die Fitnessräume und bietet alle möglichen Kurse an. Im Sommer bringt er den Gästen das Surfen und Wellenreiten bei.«

Erik wurde nachdenklich. »Die Besitzerin der Apotheke in der Kjeirstraße heißt auch Stöver. Ist die mit Morten verwandt?«

»Gondel Stöver ist seine Schwester. Die Stöver-Kinder sind alle auf Sylt geblieben. Nur Morten hatte es für ein paar Jahre aufs Festland verschlagen.«

»Aber der ist nun auch wieder da.« Eriks Stimme hörte sich an, als wäre er zufrieden über jeden, der seine Heimat so sehr liebte, dass er nicht woanders leben wollte.

Sören kehrte zum Ausgang des Gesprächs zurück. »Ich habe Hesse gefragt, ob er beweisen könne, dass Morten seinem Sohn ein Dopingmittel verpasst hat. Ob es Zeugen gibt! Aber er hat nur verworrenes Zeug geredet. Er glaubt, dass außer ihm niemand etwas bemerkt hat. Aber er selbst habe es genau gesehen.«

»Und nicht verhindert?«

Unter dem Küchenfenster war plötzlich lautes Gebell zu hören. Als im nächsten Moment auch die Stimmen von Carolin und Ida zu vernehmen waren, wurde Erik schlagartig klar, was auf ihn zukäme, wenn er jetzt nicht schnell reagierte.

Er lief zur Haustür und riss sie auf, ehe Carolin den Schlüssel ins Schloss stecken konnte. Der Hund, den Ida an einer provisorischen Leine hielt, bellte ihn an, riss an dem Stück Schnur, das an seinem Halsband befestigt war, und gab zu verstehen, dass er größtes Interesse an Eriks Waden hatte.

»Was soll das?«, fragte Erik, obwohl er die Antwort schon kannte. Breit stellte er sich in die Tür und stützte sich mit beiden Händen am Türrahmen ab, als müsste er sein Heim gegen Eindringlinge verteidigen.

»Er hockte neben einer Mülltonne«, begann Carolin die Verhandlungen, »und hat nach Essbarem gesucht.«

»Anscheinend ausgesetzt«, fügte Ida an und versuchte gleichzeitig, dem Hund zu verstehen zu geben, dass er sich mit seinem Gekläff um seine ohnehin geringen Chancen brachte.

»Bringt ihn ins Tierheim!« Erik gab die Tür nicht frei.

Ida sah ihn an wie ein kleines Mädchen, dem erklärt wurde, dass der kranke Teddy in der Mülltonne statt beim Puppendoktor landen sollte. »Ein Lebewesen einfach abschieben?«

»Ich habe eine Tierhaarallergie.«

»Gegen Katzen bist du allergisch«, korrigierte seine Tochter. »Von einer Allergie gegen Hunde hast du nie was gesagt.«

Erik war entschlossen, sich auf keine Diskussion einzulassen. »Ich will kein Tier im Haus haben. Das habe ich doch schon gesagt, als du neulich mit dem Zwergkaninchen angekommen bist, Ida.«

»Das hat zum Glück die Pflegerin aus dem Altenheim genommen.«

»Wenn du die Adresse des Tierheims nicht kennst, ich suche sie dir raus.«

»Aber der arme kleine Hund ...«

»Schluss! Glaub nicht, dass du mich rumkriegen kannst, wenn du auf die Tränendrüsen drückst.«

»Du bist so was von herzlos, Papa!« Carolin versuchte es mit Entrüstung, aber in ihrer Miene veränderte sich etwas, als hinter Erik ein Geräusch zu hören war.

Er wusste, was das zu bedeuten hatte, und drehte sich nicht einmal um, bevor er erwiderte: »Die Nonna wird euch auch nicht helfen. Wenn ich sage, es kommt kein Vierbeiner ins Haus, dann ist das so. Basta!«

Carolin machte einen Schritt zurück und stellte sich neben Ida. Der Hund hörte prompt auf zu bellen und setzte sich zwischen die Mädchen. Eine Mauer der Einigkeit, ein Bollwerk der Empörung.

»Tiere haben einen guten Instinkt«, sagte Ida, nun ganz erwachsen. »Sie wissen intuitiv, ob sie einen guten Menschen vor sich haben oder nicht.«

Erik dachte an Svea und holte tief Luft. Schließlich hatte er sich vorgenommen, während der Zeit, in der Ida bei ihnen wohnte, ein gutes Verhältnis zu ihr aufzubauen. Wenn Ida ihrer Mutter später erklärte, Erik Wolf sei ein kaltherziger Mann, der einen Hund und ein Zwergkaninchen ihrem Schicksal überließ, würde er bei Svea nicht weiterkommen. Und dass er das wollte, wurde ihm in diesem Moment klar.

Merkwürdig, dass er sie, obwohl er sie schon so viele Jahre kannte, erst seit ein paar Wochen mit anderen Augen sah. Ihre Eltern hatten früher im Norder Wung gewohnt, Svea und Erik waren sich als Jugendliche häufig über den Weg gelaufen, hatten sich zugewinkt, ein paar Worte miteinander gewechselt, mehr nicht. Nach der Schule war Svea dann zum Studium aufs Festland gegangen, Erik hatte sie nur noch selten gesehen. Und schließlich hatte sie geheiratet, und er hörte nur noch von Svea, wenn er ihre Mutter traf, die ihm vorjammerte, wie schrecklich es sei, dass die Sylter Jugend die Insel verließ, auf der es demnächst keine Sylter mehr, sondern nur noch Zweitwohnungsbesitzer geben würde.

Dass Svea ein Kind bekam, hatte er auf der Beerdigung ihres Vaters gehört, kurz darauf hatte er sie auch ein paarmal mit einem Kinderwagen gesehen. Jahre später war an ihrer Seite ein Schulkind gewesen, so alt wie Carolin, und er hatte es nicht fassen können, dass es sich um Sveas Tochter handelte. Sie waren älter geworden, hatten sie beide lachend festgestellt. Damals war sie länger auf Sylt gewesen, um den Umzug ihrer Mutter ins Altenheim zu organisieren, dann wieder waren ein, zwei Jahre vergangen, ehe er erneut von ihr hörte, von dem Scheitern ihrer Ehe. Bei Feinkost Meyer hatte sie ihm von ihrer Scheidung erzählt und er ihr von Lucias Tod. Ja, sie waren älter geworden, stellten sie fest, doch als sie ihm erzählte, dass sie nach Sylt zurückkehren werde, hatte er sich gefreut.

Vierbeiner! Hundehaare! Katzenallergie! Diese bösen Worte waren an Mamma Carlottas Ohren geprallt und hatten zu großem Entsetzen geführt. Sören fiel ein Artischockenherz von der Gabel, als die Schwiegermutter seines Chefs in die Höhe sprang.

»Un momento, Sören! Torno subito! Bin gleich zurück!«

Einer Italienerin war Höflichkeit eigentlich heilig, aber das gute Einvernehmen mit dem Schwiegersohn noch ein bisschen heiliger. Natürlich war es ganz und gar unmöglich, Sören allein am Tisch sitzen zu lassen, aber in diesem Fall ging es nicht anders. Mamma Carlotta fiel siedend heiß ein, dass die kleine Katze sich mit ihr ins Haus gedrückt hatte, als sie Gerald Vorbergs Rollstuhl hineingeschoben hatte. Wo war das Tier? Etwa noch im Haus?

Erik hatte noch keine Ahnung, dass es seit einigen Tagen einen vierbeinigen Mitbewohner gab, der sich einfach nicht abweisen ließ. Was sollte man auch gegen ein flauschiges Kätzchen tun, das einem schnurrend um die Beine ging und dankbar die Hand leckte, die ihm die abgeschnittenen Fettränder des Schinkens hinhielt und es hinter den Ohren kraulte?

Sie schaute unauffällig ins Wohnzimmer, aber das Sofa war leer. Eilig huschte sie hinter Erik, der noch immer mit Carolin und Ida debattierte, die Treppe hoch. Die Tür des Zimmers, in dem sie selbst schlief, war geschlossen, ebenso wie die Kinderzimmertüren. Dort konnte die Katze sich also nicht versteckt haben. Aber … Mamma Carlotta blieb das Herz stehen. Eriks Schlafzimmertür! Sie stand einen Spalt offen!

Sie warf einen Blick nach unten. Ida und Carolin hatten es noch immer nicht aufgegeben, Erik zu überzeugen. Rasch drückte sie die Schlafzimmertür auf und sah, was unbedingt hätte verhindert werden müssen: Die Katze lag auf Eriks Kopfkissen und schaute ungnädig auf, als sie im Schlaf gestört wurde.

Mamma Carlotta fackelte nicht lange, griff nach dem Tier, das erschrocken maunzte, drückte es fest an ihre Brust, ignorierte die Versuche der Katze, sich zu befreien, riss die Tür zu Carolins Zimmer auf und ließ das Tier dort hineinspringen. Sie stand schon wieder auf der obersten Treppenstufe, als Erik die Haustür zudrückte und hochblickte. »Du lässt Sören allein am Tisch sitzen?«

»Scusi!« Mamma Carlotta hastete die Treppe hinunter. »Ich hatte nur … ich dachte gerade …« Aber es wollte ihr einfach keine passende Ausrede einfallen. Also rettete sie sich, wie immer in solchen Fällen, in ein anderes Thema. »Incredibile! Einfach unglaublich, dass Ida alle Tiere nachlaufen, die kein Zuhause haben.«

»Ich glaube, es ist eher umgekehrt«, brummte Erik und ging in die Küche zurück, wo Sören vor einem leeren Teller saß und mit der Serviette spielte.

Mamma Carlotta entschuldigte sich lang und breit bei ihm, verzichtete aber auch hier auf eine Erklärung und führte das Gespräch schleunigst auf Ida zurück, die sich mal wieder eines hilflosen Wesens angenommen hatte und von Carolin darin sogar unterstützt wurde. »Dabei wissen die Mädchen, dass mein Schwiegersohn eine Tierhaarallergie hat.« Sie griff nach dem Parmesanstück und begann, ein paar Späne abzuhobeln. »Woran merkt man das eigentlich, Enrico?«

Erik stellte die Teller auf die Spüle und neue auf den Tisch, da Mamma Carlotta mit dem Primo fast fertig war. Sie goss die Spaghetti ab und schüttete sie in eine Schüssel.

»Die Augen schwellen zu«, erklärte er, »man bekommt keine Luft mehr, die Haut beginnt zu jucken, man muss ständig niesen.«

»Madonna!« Mamma Carlotta gab den gebratenen Parmaschinken über die Spaghetti und garnierte das Ganze mit Parmesan und Basilikumblättern. »Das ist ja … terribile. Aber wenn du all diese Beschwerden hast, ohne dass eine Katze in der Nähe ist, dann bist du einfach nur erkältet, è vero?« Sie starrte Erik an und hoffte auf die richtige Antwort.

Aber er schüttelte den Kopf. »Nein, die Symptome einer Allergie sind viel stärker als bei einer Erkältung. Ich merke sofort, wenn eine Katze mir zu nahe kommt.«

Mamma Carlotta wünschte mit kleinlauter Stimme einen guten Appetit und hätte am liebsten die Hände gerungen. Was sollte sie tun? Die Katze hatte auf Eriks Kopfkissen gelegen! Wenn er morgen früh mit geschwollenen Augen, Atembeschwerden und juckender Haut erwachte, würde er sofort die Wahrheit kennen. Ob es half, wenn sie heimlich den Kopfkissenbezug wechselte? Aber wie sollte sie das erklären, wenn Erik es bemerkte?

Sie war froh, dass ihm ihre Verwirrung entging und er erneut auf den toten Jungen und seinen Vater zu sprechen kam. »Ich glaube, der arme Mann brauchte nur ein Ventil, um den Schock loszuwerden.«

»Das vermute ich auch«, bestätigte Sören. »Ich traue Morten Stöver wirklich nicht zu, dass er einem Jungen ein Dopingmittel gibt.«

Mamma Carlotta warf sich mit großer Vehemenz in alle Überlegungen, die Erik und Sören anstellten, damit sie nicht darüber nachdenken musste, was geschehen würde, wenn ihr Schwiegersohn dem blinden Passagier in seinem Haus auf die Spur kam. Ida hatte versprochen, eine Familie zu suchen, die sich der jungen Katze annehmen würde. Nur so lange sollte das Tier im Hause Wolf Obdach bekommen. Keinen Tag länger! Welcher mitfühlende Mensch würde im kalten März eine Katze auf die Straße jagen, die womöglich nirgendwo ein warmes Plätzchen fand? Nein, so gefühlskalt konnte niemand sein. In Umbrien war das etwas anderes, in ihrem Dorf gab es viele streunende Katzen, die genug zu fressen und warme Plätze auf

Dächern, Fensterbänken und in Hauswinkeln fanden. Aber auf Sylt?

»Doping ist nicht erlaubt«, warf Erik gerade ein. »Warum sollte Stöver so ein Risiko eingehen?«

Sören ließ sich die Pasta schmecken. Zwischen zwei Bissen sagte er: »Ich hätte die Anschuldigungen von Kersten Hesse gar nicht ernst nehmen dürfen. Aber er war so aufgewühlt, geradezu außer sich … das hat mich irgendwie mitgerissen.«

Erik war voller Verständnis. »Wir werden Dr. Hillmot in jedem Fall darauf aufmerksam machen. Er soll ein bisschen genauer hingucken.«

Damit beendeten sie das Thema, Mamma Carlotta erzählte von einer Nichte, die bald einen Witwer mit fünf Kindern heiraten würde, und sogar Sören fiel eine lustige Geschichte aus seiner Familie ein, die er zögernd zum Besten gab. Felix traf noch vor der Pointe ein, warf sich auf einen Stuhl und rief nach Champagner. Den hatte er seiner Meinung nach verdient, denn Felix Wolf, Frontmann der Verbotenen Dosen, hatte sein erstes Autogramm gegeben. Auf den Arm eines gleichaltrigen Mädchens, das behauptet hatte, er sei besser als Campino. Vor allem jünger! Er löste seinen Pferdeschwanz, ließ seine Locken über die Schultern fallen und kümmerte sich nicht darum, dass seine Nonna ihn eine Ragazza nannte, weil sie lange Haare unmännlich fand, noch dazu in Kombination mit einem Ohrring.

Felix sah in die Runde. »Na? Was sagt ihr nun?« Anscheinend konnte er sich vorstellen, nun auch in dieser Küche um Autogramme gebeten zu werden.

»Grande, Felice!« Mamma Carlotta wusste die Erfolge ihrer Enkel immer zu würdigen, während Erik dasaß, als wollte er seinem Sohn keine weiteren Flausen einreden, die sich durch dieses Autogramm schon beängstigend vermehrt hatten. Mamma Carlotta jedoch feierte den frischgebackenen Star so laut und ausgiebig, dass das Eintreten von Carolin und Ida beinahe überhört worden wäre.

Erik sprang auf, als hätte er Angst, dass die beiden Mädchen einen Hund ins Haus schmuggeln würden. »Wo ist der Köter?«

Ida erschien in der Küchentür wie die tapfere Retterin aller gequälten Tiere. »Es gibt zum Glück Menschen«, erklärte sie sowohl würde- als auch vorwurfsvoll, »die bereit sind, einem armen Geschöpf zu helfen.«

Erik sank auf seinen Stuhl zurück, als wäre er von Idas Worten getroffen worden, und Mamma Carlotta erkundigte sich nach der Vokabel Geschöpf. Noch während Carolin das Wort erklärte, schob sie die Mädchen auf den Flur zurück, angeblich um dafür zu sorgen, dass sie sich gründlich die Hände wuschen, ehe sie ihnen die Reste des Abendessens auftischte.

Die beiden wehrten ab, denn sie hätten sich bereits in einer Dönerbude satt gegessen, aber Mamma Carlotta ließ sich lang und breit darüber aus, dass ein Döner zwar möglicherweise eine sättigende Mahlzeit sein könne, ganz gewiss aber keine gesunde. Darüber redete sie so lange, bis sie die Küchentür hinter sich ins Schloss ziehen konnte, und sprach laut und deutlich weiter von der Bekömmlichkeit gesunder Nahrung, während sie zwischen den Sätzen Erläuterungen flüsterte, die in der Küche nicht gehört werden konnten, begleitet von eindrucksvollen Gesten.

Die Mädchen begriffen schnell, dass das Kätzchen noch im Hause war und dass es auf Eriks Kopfkissen geschlafen hatte. Gefahr im Verzug! Carolin schob ihre Nonna in die Küche zurück, damit sie dort besonders laut redete, sodass weder die eiligen Schritte auf der Treppe noch das aufgeregte Getuschel oder das empörte Maunzen zu hören war.

Irgendwann vernahm Carlotta das Geräusch der Terrassentür und glaubte, sich entspannen zu dürfen. Endlich! Die Mädchen hatten das Kätzchen in den Garten entlassen. Sie ging in die Vorratskammer und holte eine Flasche Grappa. Madonna, das Leben mit einem Mädchen wie Ida war wirklich kein

Zuckerschlecken! Stöhnend goss sie sich ein Gläschen ein und behauptete, als sie Eriks fragenden Blick bemerkte, das Gesicht des toten Jungen verfolge sie in all ihren Gedanken. Das reichte für vollstes Verständnis bei ihrem Schwiegersohn, sodass sie auch einen zweiten Grappa trinken konnte. Jetzt blieb nur noch die Frage, ob sie Erik am nächsten Morgen einreden konnte, er habe eine schwere Erkältung, wenn er niesend und mit verquollenen Augen zum Frühstück kam.

Kersten Hesses Wut hatte sich noch immer nicht in Trauer verwandelt. Oder er gehörte zu den Menschen, die kein Gefühl zeigen konnten, das sie an den Rand der Tränen brachte. Erik war davon überzeugt, dass der Vater des toten Jungen in seiner Qual erkaltet war, dass aber unter dem erstarrten Außenbild ein heißer Schmerz tobte.

Er war ein attraktiver Mann von Anfang fünfzig, gut gekleidet, mit akkurat gescheiteltem Haar, das nur an den Schläfen ergraut war, und einer dunklen Hornbrille, die modisch war, ihm jedoch nicht stand. Aber das lag vielleicht auch an den leblosen hellen Augen und der bleichen Gesichtshaut. Beides ließ sich nicht mit einem modischen Accessoire in Einklang bringen. Dem Mann war sein Äußeres wichtig, und so hatte er sich auch am Tag nach dem Tod seines Sohnes um eine gepflegte Erscheinung bemüht.

»Ich verlange, dass Sie Morten Stöver festnehmen«, sagte er, nachdem er Erik und Sören mit festem Händedruck begrüßt hatte.

Erik machte eine beschwichtigende Geste, sah aber gleich ein, dass dieser Mann sich in einer derart außergewöhnlichen Lebenslage befand, dass ihm weder mit Besänftigung noch mit Anteilnahme beizukommen war. Erik kannte das. Manche Menschen brachen weinend zusammen, andere hingegen retteten sich in eine Emotion, in der das Leid für sie erträglich war. Bei Kersten Hesse waren es Wut und Aufbegehren.

Erik blieb besonnen. »Bitte, erzählen Sie mir genau, was Sie beobachtet haben. Am besten auch die Vorgeschichte.«

Kersten Hesse bemühte sich sichtlich, seinen Zorn in den Griff zu bekommen. »Haymo hatte sich vorgenommen, am Syltlauf teilzunehmen«, begann er, »obwohl er kein sportlicher Typ ist, das haben Sie ja gesehen. Er war zu fett, hatte keine Muskeln, Ehrgeiz sowieso nicht. Ein Weichei!«

Erik war betroffen angesichts der Grobheit, mit der Hesse sprach. Es kam ihm vor, als hätte er einen Vater vor sich, der mit seinem Sohn nicht zufrieden war. »Ist Haymo Ihr einziges Kind?«

Kersten Hesse nickte. »Mein Stiefsohn. Aber er ist wie mein eigenes Kind aufgewachsen. Ich habe seine Mutter schon vor der Geburt kennengelernt. Haymo ist mein Sohn, basta! Sein Erzeuger hat ihn nie gesehen.«

»Wo ist seine Mutter?«

Kersten Hesse blickte auf seine Hände, während er antwortete: »Sie weiß noch gar nicht, dass Haymo tot ist. Leni ist psychisch krank. Sehr krank. Seit acht Jahren lebt sie in einer Wohngemeinschaft für psychisch Kranke. Sie war nicht mehr in der Lage, für ihren Sohn zu sorgen. Im Gegenteil! Ich musste immer fürchten, dass sie ... etwas Schreckliches tun würde.«

Erik war sofort klar, was er andeutete. »Sie meinen Selbstmord? Vielleicht sogar erweiterten Selbstmord?«

Hesse nickte. »Sie war stark gefährdet. Und ich habe ihr zugetraut, ihren Jungen mit in den Tod zu nehmen. Sonst hat sie sich nicht um Haymo gekümmert, ganz im Gegenteil. Er musste sich um *sie* kümmern, in einem Alter, in dem ein Junge die Mutter braucht. Es belastete ihn sehr, dass seine Mutter nicht mit dem Leben zurechtkam. Sie rettete sich in ihre Musik, die den ganzen lieben Tag und sogar nachts aus ihrem CD-Player brüllte. Sie brauchte diese gewaltige Lautstärke, um sich darin zu verstecken. Der Junge hatte keine Ruhe für seine Schulaufgaben, es gab ständig Ärger mit den Nachbarn.

Haymo konnte keine Freunde zu sich einladen, er wollte sich aber auch nicht mit anderen treffen, weil er seine Mutter nicht allein lassen konnte. Wie soll ein Junge da gesund heranwachsen?«

»Sie waren beruflich vermutlich sehr eingespannt?«

»Ich bin zur See gefahren, war wochenlang nicht bei meiner Familie. Irgendwann habe ich abgemustert, um mehr zu Hause zu sein, aber das reichte nicht.«

Es entstand eine Pause. Kersten Hesse sah noch immer auf seine Hände, Erik lehnte sich zurück und lauschte in die Stille hinein. Sören war es, der sie durchbrach: »Daraufhin haben Sie Ihre Frau in Obhut gegeben.«

»Richtig. Ich bin seitdem alleinerziehender Vater und habe mein Bestes getan, Haymo zu einem Menschen zu erziehen, der seinen Platz im Leben findet und Erfolg hat.« Nun sah er zum ersten Mal wieder auf. »Ich habe ihm immer wieder geraten, mehr Sport zu treiben und sich vernünftig zu ernähren. Als er sich unbedingt zum Syltlauf anmelden wollte, dachte ich, meine Ermahnungen hätten endlich gefruchtet.«

»Aber er wollte nur einem Mädchen imponieren.«

Kersten Hesse nickte mit bitterer Miene. »Statt zu trainieren, hat er Morten Stöver dazu gebracht, ihn zu dopen.«

Damit waren sie beim Thema. Erik beugte sich vor und sah Hesse eindringlich an. »Was haben Sie beobachtet?«

Die Antwort kam ohne Zögern. »Ich habe gesehen, dass Stöver meinem Sohn etwas in die Hand gab. Das war am Start, unmittelbar bevor es losging. Er hat Haymo zur Seite genommen und ihm etwas zugesteckt. Es muss eine Pille gewesen sein. Vielleicht auch mehrere. Haymo hat sie aus der offenen Hand eingenommen. Dann fiel der Startschuss, und er ist losgelaufen.«

»Kann das nicht auch etwas ganz Harmloses gewesen sein? Traubenzucker zum Beispiel?«

»Von Traubenzucker stirbt man nicht.«

»Haymo ist vielleicht an Überanstrengung gestorben. Ein Herzinfarkt, weil er sich übernommen hat.«

»Ich will, dass Sie das herausfinden.«

»Zunächst interessiert mich etwas anderes«, erklärte Erik. »Warum haben Sie nicht verhindert, dass Haymo die Pillen nahm?«

»Ich wusste ja nicht, was er bekommen hatte. Natürlich habe ich an nichts Böses gedacht.«

»Aber jetzt glauben Sie zu wissen, dass es ein Dopingmittel war?«

»Ich vermute es zumindest. Schließlich ist Haymo tot. Also können das keine Lutschbonbons gewesen sein. Stöver wollte Haymo dopen, damit er es schafft, Finisher zu werden, und hat sich in der Dosierung vertan.«

»Warum sollte Stöver dieses Risiko eingehen? Er wäre als Organisator des Syltlaufs untendurch, wenn sich herausstellte, dass er einem Läufer ein Dopingmittel gibt. Und als Leiter der Sportabteilung im Hotel seiner Schwägerin womöglich auch.«

Kersten Hesse machte eine wegwerfende Handbewegung. »Was weiß ich! Stöver war mal der Sportlehrer meines Sohnes. Er hat sich immer bemüht, aus Haymo einen erfolgreichen Sportler zu machen.«

»Durch Doping? Oder durch Training und gesunde Lebensweise?«

Hesse zog es vor, diese Frage nicht zu beantworten. »Ich hoffe, Sie finden heraus, woran Haymo gestorben ist.«

»Das werden wir.« Erik stand auf, um Kersten Hesse zu zeigen, dass die Unterredung für ihn beendet war.

Hesse erhob sich ebenfalls, reichte aber weder Erik noch Sören die Hand. Er deutete eine winzige Verbeugung an, ehe er sagte: »Ich erwarte Ihre Nachricht.«

Carlotta Capella brauchte Zerstreuung, vielleicht sogar jemanden, dem sie etwas anvertrauen konnte, ein familiäres Problem, über das man eigentlich nur mit Angehörigen reden sollte. Aber was blieb ihr übrig, wenn es auf Sylt nur drei Angehörige gab, die das Problem selbst waren? In ihrem Dorf in Umbrien gäbe es jetzt einige Cousinen, die sich gern alles anhörten und sich über jedes Problem freuten, unter dem sie selbst nicht zu leiden hatten. Notfalls hätte Carlotta alles ihrer schwerhörigen Tante ins Ohr brüllen oder dem demenzkranken Onkel unterbreiten können, wenn auch beides nicht besonders ergiebig gewesen wäre. Die Tante verstand nur die Hälfte und reimte sich den Rest zusammen, was aufgrund ihrer ausufernden Fantasie manchmal zu weiteren Problemen führte, und der Onkel vergaß alles, was er hörte, im selben Moment wieder und redete zum hundertsten Mal von seinen Kriegserlebnissen, statt sich der Probleme seiner Nichte anzunehmen. Aber Carlotta wäre wenigstens losgeworden, was sie bedrückte. Besser, als auf Sylt von einem Fenster zum anderen zu gehen und mit sich selbst zu reden, weil niemand zu Hause war!

Erik war längst zur Arbeit aufgebrochen, Felix hatte sich einer Gruppe angeschlossen, die während der Osterferien mit Frühsport am Strand ihre Kondition verbessern wollte, und die Mädchen waren nach einem kurzen Frühstück zu einem Training aufgebrochen, das Pilates hieß und worunter Mamma Carlotta sich nichts vorstellen konnte. Idas Aufforderung, sie zu begleiten und es auch einmal mit dieser Art von Körperertüchtigung zu versuchen, hatte sie entschieden zurückgewiesen. So unangenehm sie das Alleinsein fand – es war allemal besser, als auf einer Sportmatte irgendwelche Muskeln anzuspannen, die auch durchs Bettenmachen, Fensterputzen oder Schränkeauswischen trainiert wurden.

Ihr Entschluss stand fest, als sie das Geschirr in die Spülmaschine geräumt, die Waschmaschine angeschaltet, die Betten gemacht und Eriks Hemden gebügelt hatte. In Käptens Kajüte würde sie ihre Probleme abwälzen und alle Fragen stellen können. Allerdings musste sie darauf achten, nichts preiszugeben, was Erik ein Dienstgeheimnis nannte. Erik wusste nicht, dass sie mit Tove Griess und Fietje Tiensch gut bekannt war, dass sie die beiden sogar heimlich ihre Sylter Freunde nannte. Sie müsste sich ja in Grund und Boden schämen, wenn er jemals herausbekäme, dass sie ihre Familiengeschichten vor zwei Männern ausbreitete, die in schöner Regelmäßigkeit von ihm verhaftet wurden, weil Tove mal wieder eine Schlägerei angezettelt hatte und Fietje vor fremden Schlafzimmerfenstern erwischt worden war. Vielleicht sollte sie sich auf den Trick verlegen, mit dem sie gelegentlich auch ihre Cousinen übertölpelt hatte, wenn sie den Ärger über eins ihrer Kinder loswerden wollte, ohne sich in die pädagogischen Karten gucken zu lassen! Sie würde einfach von den Kindern einer angeblichen Bekannten reden. Deren Vater habe jahrelang behauptet, gegen Katzenhaare allergisch zu sein, und sich dann beschwerdefrei und völlig gesund von einem Kissen erhoben, auf dem eine Katze stundenlang geschlafen hatte. Ja, so würde es gehen. Sie durfte nur Eriks Namen nicht aussprechen, dann konnte sie diesen Bekannten sogar ganz ungeniert einen Lügner nennen und auf Bestätigung hoffen.

In Käptens Kajüte würde sie auf eisiges Schweigen stoßen, wenn Tove und Fietje wussten, dass es um den Kriminalhauptkommissar Erik Wolf ging. So aber erfuhr sie vielleicht etwas über Katzenhaarallergien, was sie noch nicht wusste. Carolin und Ida hatten ja messerscharf geschlossen, dass Erik ein Heuchler sei, aber Mamma Carlotta wollte sich dieser Überzeugung erst anschließen, wenn sämtliche anderen Möglichkeiten ausgeschlossen werden konnten und alle Fakten gegen Erik sprachen.

Sie holte das Fahrrad aus dem Schuppen, das einmal Lucia gehört hatte. Bevor sie sich auf den Sattel schwang, setzte sie die Kapuze auf, schlang einen dicken Schal um den Hals und zog die Ärmel der Jacke so weit über die Handschuhe, dass kein bisschen Haut mit der eiskalten Luft in Berührung kam.

Mitte März war in ihrer Heimat längst Frühling, aber auf Sylt herrschte noch immer tiefer Winter. Dabei war Ostern nicht mehr fern.

Als sie das Rad auf die Straße geschoben hatte, stockte sie. Was war das? Sie zog sich die Kapuze von den Ohren. Ja, sie hatte sich nicht getäuscht. Sie hörte jemanden singen, begleitet von einer hübschen Gitarrenmelodie. Die Musik kam aus dem Garten der Kemmertöns, aus dem Holzhaus, so leise, dass es auch der Wind sein konnte, der eine Saite der Natur zum Klingen brachte.

Die Stimme erinnerte Mamma Carlotta an den Mönch aus dem Nachbardorf, der eigentlich Karriere an der Mailänder Scala hatte machen wollen, aber durch ein Gelübde im Kloster gelandet war. Gelegentlich zog er singend durch die Weinberge und schien zu bereuen, dass er geschworen hatte, sein Leben in den Dienst Gottes zu stellen, wenn dieser ihn aus den Fängen der Mafia befreite. Dann blieb alles stehen, es wurde still dort, wo der Gesang zu hören war. Der Weinbauer stellte den Motor seines Treckers ab, der Marktschreier verstummte, die Frauen hörten auf zu schwatzen. So erging es in diesem Augenblick auch Mamma Carlotta. Sie wagte es nicht, die Pedale des Fahrrades quietschen zu lassen, so schön war die Melodie, die an ihr Ohr drang.

Frau Kemmertöns, die gerade aus dem Garten trat, begrüßte Mamma Carlotta leise, als ginge es ihr wie denen, die in Umbrien den Mönch singen hörten. »Hat er nicht eine wunderbare Stimme?« Sie war eine Frau in Carlottas Alter, allerdings wesentlich korpulenter, unbeweglicher und ohne jeden Funken Temperament. Der Gesang Gerald Vorbergs jedoch schien etwas in ihr entzündet zu haben, was sie zu einer gewissen Lebhaftigkeit führte. »Ich könnte ihm stundenlang zuhören«, flüsterte sie.

Mamma Carlotta raunte zurück: »Und die Gitarre! Sie klingt ganz anders als bei Felix. So leicht und verspielt, als käme sie direkt aus dem Himmel.«

Sie schob das Fahrrad neben Frau Kemmertöns her. An der Straßenecke band sie die Kapuze wieder unter dem Kinn zusammen, die Musik war nun nicht mehr zu hören.

»Das ist keine Gitarre«, wurde sie von der Nachbarin belehrt, »sondern eine Ukulele. Herr Vorberg hat es mir erklärt. Eine Ukulele ist kleiner und hat nur vier Saiten. Er sagt, er hat immer, wenn er auf Reisen ist, ein Instrument dabei. Eine Gitarre ist zu groß und zu unhandlich, deswegen nimmt er dann die Ukulele. Er ist ein so feinsinniger Herr.« Ihr Gesicht leuchtete, mit feinsinnigen Herren hatte sie nicht oft zu tun. »Vielleicht wird man so, wenn man ein derart schweres Schicksal ertragen muss.«

Mamma Carlotta hielt das ebenfalls für möglich. Darüber redeten sie so lange, bis Frau Kemmertöns einfiel, dass ihr Dienst in der Kurverwaltung in wenigen Minuten begann, und sich hastig verabschiedete. Während Mamma Carlotta ihr nachblickte, bedauerte sie, dass sie nicht daran gedacht hatte, das Gespräch auf die Symptome einer Katzenhaarallergie zu bringen. Vielleicht hätte sie von Frau Kemmertöns etwas erfahren, was sie weitergebracht hätte. Blieb also fürs Erste nur Käptens Kajüte.

Über der Eingangstür gab es ein Schild, das sie bisher noch nicht kannte. Coffee to go! Sie betrachtete es eine Weile, versuchte den Sinn dieser drei Worte zu verstehen, gab es aber bald auf und betrat die Imbissstube.

»Ganz in Weiß mit einem Blumenstrauß …«, prallte an ihr Ohr, kaum dass sie eingetreten war. Tove Griess lehnte am Kaffeeautomaten, missmutig wie immer, Fietje Tiensch saß auf seinem Stammplatz am schmalen Ende der Theke und starrte in sein Jever, ohne das er keinen Tag begann. Das Ambiente der Imbissstube war düster wie eh und je, allerdings gab es ein paar Farbkleckse, die für Belebung sorgten. In die Kuchentheke hatte der Wirt ein paar Schokoladenhasen gestellt, auf allen Tischen lagen bunte Ostereier, auf der Theke gab es sogar ein paar Nester aus grünem Ostergras, in denen glänzende Zuckereier lagen, deren Glanz aber vermutlich vom Frittierfett stammte.

Vor der Theke stand ein Mann, wie er in Käptens Kajüte selten gesehen wurde. Der gut gekleidete Herr hatte eine Espressotasse vor sich stehen und einen Teller, auf dem ein halbes Käsebrot lag. Tove hatte wohl Glück, dass Ostern vor der Tür stand und in den meisten Bundesländern die Ferien begonnen hatten. Auf Sylt war eben nicht nur im Sommer Saison. Und wenn die Cafés überfüllt waren, konnte es schon mal passieren, dass jemand zum Frühstücken in Käptens Kajüte einkehrte.

»Buon giorno!«, grüßte Mamma Carlotta zögernd. Es wäre ihr lieber gewesen, mit Tove und Fietje allein zu sein.

»Moin«, gab der Wirt griesgrämig zurück, während der Strandwärter es dabei bewenden ließ, sich schmunzelnd den dünnen Bart zu kraulen.

Mamma Carlotta bestellte einen Cappuccino und wusste im selben Moment, warum ihr die Atmosphäre in Käptens Kajüte so fremd war. Sie hatte ein Gespräch unterbrochen, irgendetwas war durch ihr Erscheinen zerstört worden. Etwas, was den gut gekleideten Herrn verdross, der nun mit gerunzelter Stirn in seine Tasse blickte, und Tove Griess verunsicherte, der sich sehr umständlich und mit übertriebenem Eifer dem Cappuccino widmete. In Fietje Tienschs Gesicht las Mamma Carlotta eine Mischung aus Häme und Neugier – und gesteigerte Aufmerksamkeit! Immer wenn Fietje seine Bommelmütze, die er sommers wie winters und draußen wie drinnen trug, in den Nacken schob, gab es etwas, was ihn in höchstem Maße interessierte. Mamma Carlotta vergaß schlagartig den Grund, warum sie gekommen war.

»Was ist das für ein neues Schild über der Tür?«, fragte sie, während sie sich auf den Barhocker schob.

»Kaffee zum Mitnehmen!« Tove zeigte auf einen Stapel Plastikbecher. »Ab jetzt können Sie Ihren Cappuccino nehmen und wieder verschwinden, wenn Sie wollen. Das wird ein gutes Geschäft. Ich habe in diesem Monat schon doppelt so viel Kaffee verkauft wie im vergangenen.«

Mamma Carlotta winkte ab. So einen Cappuccino wollte sie auf keinen Fall. Niemals besuchte sie Käptens Kajüte wegen eines Getränks – den Cappuccino oder Espresso konnte sie sich auch zu Hause selber kochen. Sie kehrte in die Imbissstube ein, weil sie Gesellschaft suchte, nur deshalb. Coffee to go interessierte sie nicht.

»In Panidomino gibt es so etwas nicht«, sagte sie und nahm den Cappuccino dankend entgegen. »In meinem Dorf stellt man sich an die Theke, wenn man den Espresso für einen Euro haben will, und setzt sich an einen Tisch, wenn man Zeit hat und es ein bisschen teurer sein darf. Und wenn man nicht einmal die Zeit hat, sich an die Theke zu stellen, dann nimmt man die Tasse mit und bringt sie bei nächster Gelegenheit zurück. Coffee to go in Plastikbechern braucht man bei uns nicht.«

An knappe Reaktionen war sie in Käptens Kajüte gewöhnt, aber diesmal erntete sie nicht einmal ein zustimmendes Brummen. Der Eindruck verstärkte sich, dass sie ein Gespräch unterbrochen hatte, das nicht für ihre Ohren bestimmt war. Offenbar gab es irgendeine Verbindung zwischen dem Herrn an der Theke und dem Wirt von Käptens Kajüte. Das würde erklären, warum ein gut gekleideter Herr hier sein Frühstück einnahm und über das trockene Toastbrot, den billigen Käse und das düstere Ambiente der Imbissstube hinwegsah. In diesem Fall würde sie einfach warten, bis der Gast gegangen war, sich bis dahin still verhalten und so tun, als lauschte sie Roy Blacks Gesang.

»Tja, Tove! Wer hätte gedacht, dass wir uns je wiedersehen«, sagte der Fremde.

»Kein schöner Anlass«, brummte Tove Griess. »Tut mir echt leid, das mit deinem Jungen.«

Mamma Carlotta starrte ihn an. Tove Griess zeigte Anteilnahme und wusste sogar, wie man sie in Worte kleidete? Unauffällig drehte sie sich nach links und betrachtete den fremden Gast. Er war in Toves Alter, mit einem wettergegerbten Gesicht, aber sorgfältig frisiert, mit einer teuren Brille auf der Nase und glatt rasiert.

»Ich dachte, ich schaue trotzdem mal vorbei«, erwiderte der Mann. »Besser, als allein im Hotel zu sitzen. Ablenkung tut gut.«

»Warum fährst du nicht zurück nach Flensburg?«

»Ich bleibe hier, bis der Fall geklärt ist. Den zuständigen Beamten muss man ein bisschen Dampf machen.«

Tove warf Mamma Carlotta einen Blick zu, den sie nicht zu deuten verstand. Aber dann fuhr der Mann fort, und sie verstand, dass Tove die Angelegenheit peinlich wurde. »Im Polizeirevier Westerland scheint es ja sehr gemütlich zuzugehen. Die wollen nicht glauben, dass mein Sohn umgebracht wurde. Klar, ein Herzinfarkt ist für diese Beamten praktischer. Dann brauchen sie nicht zu ermitteln.«

Tove merkte zweifellos, dass Mamma Carlotta unruhig auf ihrem Hocker herumrutschte und nervös die Kaffeetasse zwischen den Händen drehte. Er wusste, dass sie ein Vulkan war, der jeden Augenblick ausbrechen konnte, wenn jemand einen ihrer Familienangehörigen verunglimpfte.

Fietje war es dann, der einsprang: »Hauptkommissar Wolf ist ein guter Mann. Wenn an dem Verdacht was dran ist, dann bekommt er es raus.« Er warf Mamma Carlotta einen Blick zu, als wollte er sich bestätigen lassen, dass er alles richtig machte. »Dem hat Tove noch nie ein X für ein U vormachen können.«

Tove fuhr wütend herum. Prompt zog Fietje die Bommelmütze bis zu den Brauen und beugte das Gesicht tief über sein Jever.

»Schnack kein dummes Zeug, Fietje Tiensch!«

Aber der Strandwärter war schon wieder in seine Schweigsamkeit versunken und reagierte nicht mehr. Nach zwei, drei vollständigen Sätzen musste er sich erst mal gründlich über das wundern, was er gesagt hatte, und darüber, dass er sich überhaupt geäußert hatte.

Der Mann grinste Tove an. »Du bist also immer noch derselbe Halunke wie früher? Wie oft habe ich dich durch die Daggen laufen lassen, weil du mal wieder für Unfrieden gesorgt hattest! Und die Sache vor Gibraltar? Ich bin heute noch davon überzeugt, dass du eine Meuterei anzetteln wolltest. Ausgerechnet ein Smutje!«

Mamma Carlotta hatte noch nie gesehen, dass Fietje Tiensch so jäh aus seiner Jever-Lethargie geholt wurde. Darüber vergaß sie, dass ihr Schwiegersohn soeben beleidigt worden war und eigentlich von ihr verteidigt werden musste. An Eriks Katzenhaarallergie dachte sie überhaupt nicht mehr.

Fietjes Kopf fuhr in die Höhe. »Smutje?«

Der Mann wischte am Ärmel seines Jacketts herum, als hätte es den Kontakt mit der Theke nicht unversehrt überstanden. »Tove konnte damals schon nicht kochen. Und wenn ich mir dieses Frühstück ansehe …« Er verzog das Gesicht. »Aber vor Gibraltar war dann ja Schluss. Unser schönes Schiff liegt heute noch auf dem Meeresgrund.«

Mamma Carlotta sah eine Möglichkeit, sich in das Gespräch einzuschalten. Von Gibraltar hatte Tove schließlich oft genug geredet. »Sie meinen, als Tove sich als Einziger schwimmend an Land rettete?«

Der Mann drehte sich zu ihr und betrachtete sie eingehend, ehe er antwortete: »Als Einziger? Schwimmend an Land? Als Erster, meinen Sie wohl! Aber im Rettungsboot!«

»Das kann nicht sein.« Mamma Carlotta ließ auf einen Freund genauso wenig kommen wie auf ein Familienmitglied. »Un capitano geht immer als Letzter von Bord.«

»Sicher doch! Ich bin natürlich geblieben, bis meine Mannschaft in den Booten saß. Für mich war dann kein Platz mehr. *Ich* war es, der sich schwimmend an Land retten musste.«

Wieder wollte Mamma Carlotta protestieren, aber dass Tove sich wegdrehte und anfing, die Hebel seines Kaffeeautomaten zu polieren, gab ihr zu denken. »Dann habe ich das wohl falsch verstanden«, murmelte sie. »Ich bin una italiana. Mein Deutsch ist nicht besonders gut.« Sie orderte einen weiteren Cappuccino, damit Tove der Theke noch eine Weile den Rücken zukehren konnte. Währenddessen erkundigte sie sich vorsichtig nach der Vokabel Smutje, die sie noch nie gehört hatte.

»Schiffskoch«, bekam sie zur Antwort. »Ja, Tove hat gelegentlich davon geträumt, als Landratte ein erstklassiges Restaurant zu eröffnen.« Er sah sich vielsagend um. »Hat ja gut geklappt.«

In diesem Augenblick beschloss Mamma Carlotta, dass sie den Mann nicht leiden konnte, und ihr schoss wieder durch den Kopf, dass er die Arbeit ihres Schwiegersohns herabgewürdigt hatte. Toves Lügengeschichten fielen in diesem Augenblick weit weniger ins Gewicht, wohl aber die Geringschätzigkeit, mit der der frühere Kapitän auf Toves Leben hinabschaute. Sie nahm die Tasse entgegen, ohne Tove anzusehen, und zeigte dem Besucher die kalte Schulter, während sie an dem Cappuccino nippte.

Der Mann zückte sein Portemonnaie und legte einen Schein auf die Theke. »Ich komme noch mal vorbei. Wenn's einem so richtig dreckig geht, ist man froh, ein bekanntes Gesicht zu sehen.« Er wehrte das Wechselgeld ab. »Selbst wenn es das Gesicht von dem Smutje ist, den ich oft am liebsten über Bord geworfen hätte.« Er ging zur Tür, und Mamma Carlotta widerstand der Versuchung, ihm nachzublicken. »Nichts für ungut, Tove.«

Die Tür fiel ins Schloss, und der Wirt sah seine beiden Gäste an, als erwartete er nun jede Menge Vorhaltungen. Aber Fietje, der schon drei Sätze an einem Stück von sich gegeben hatte, brauchte Erholung, und Mamma Carlotta musste sich nun dringend mit der Unverfrorenheit beschäftigen, mit der ein wildfremder Mann ihren Schwiegersohn beleidigt hatte. »Was wollte der überhaupt bei der Polizei?«

»Er glaubt, dass sein Sohn umgebracht worden ist.« Tove antwortete ungewöhnlich konziliant. Anscheinend hatte er fest damit gerechnet, dass die Schwiegermutter des Hauptkommissars, die immer so vehement auf Moral und anständiges Benehmen pochte, ihn nicht ungeschoren davonkommen lassen würde, nachdem er als Lügner entlarvt worden war. »Er war bei der Polizei, um Anzeige zu erstatten.«

»Umgebracht?« Mamma Carlotta griff sich ans Herz. »Madonna!«

Tove war froh, dass Mamma Carlotta nicht auf seine Vergangenheit als Schiffskoch zurückkam, und wurde ungewöhnlich gesprächig. »Sie waren doch dabei! Der Bengel, der Ihnen in die Arme gefallen ist. Das war der Sohn von Kersten Hesse.«

Mamma Carlotta brach der Schweiß aus. Sie zog sich die Jacke aus, die sie in Käptens Kajüte sonst nur ungern ablegte, weil Tove der Ansicht war, dass die Fritteuse und der Grill als Heizung reichten. Aber emotionale Erschütterung brachte sie ins Schwitzen, das war schon immer so gewesen. »Das ist ja molto tragico. Wenn ich das geahnt hätte! Ich hätte ihm sagen müssen, dass sein Sohn in meinen Armen gestorben ist.«

»Warum?« Tove glotzte sie verständnislos an.

Mamma Carlotta fiel es schwer, diese Frage zu beantworten. »Weil jeder Mensch wissen will, wie sein Kind zu Tode kam.«

»Das weiß er doch. Umgefallen! Tot! Dass er vorher an Ihrer Brust gelegen hat, interessiert keinen Menschen.«

Mamma Carlotta war empört über diese Gefühlsrohheit. »Sie haben keine Ahnung, weil Sie keine Kinder haben. Als meine Lucia gestorben war, wollte ich jede Einzelheit erfahren.

Ganz genau habe ich mir von Enrico am Telefon erzählen lassen, was er von den Sanitätern gehört hatte. Dass sie sofort tot gewesen war, dass sie nicht leiden musste …« Mamma Carlotta wurde durch ein merkwürdiges Geräusch unterbrochen, ein Knurren, das aus der Küche von Käptens Kajüte drang, ein Hecheln und Kratzen, ein rhythmisches Schlagen. »Dio mio! Was ist das?«

Statt einer Antwort ging Tove zur Küchentür und öffnete sie. Sekunden später musste Mamma Carlotta sich an der Theke festhalten, weil sie fürchtete, vom Barhocker geworfen zu werden. Ein Hund umkreiste die Stuhlbeine, schnappte nach ihren Schuhen, raste zu Fietje, der erschrocken sein Glas in die Höhe hielt, als hätte das Tier es auf sein Bier abgesehen.

Der Hund bewies jedoch, dass es ihm lediglich auf Bewegung und auf Gesellschaft ankam. Er drehte sich wie ein Brummkreisel und versuchte, seinen eigenen Schwanz zu erwischen, raste hinter die Theke und sprang Tove an, der so entsetzt zurückwich, als würde er von einem Raubtier angefallen. Dabei kam er prompt dem Grill zu nahe, und das machte ihn so wütend, dass es aussah, als wollte er mit dem Fischmesser hinter dem Hund herjagen. Aber der war längst zurück in den Gastraum gefegt, sprang auf einen Stuhl, von dort auf den Tisch und überblickte schwanzwedelnd das Terrain, von dem er wohl glaubte, dass er es erobert hatte.

»Hektor! Bei Fuß!«, schrie Tove.

Aber entweder gefiel dem Hund der Name nicht, oder er kannte den Befehl nicht, den Tove noch dreimal wiederholte, bis er endlich einsah, dass es zwecklos war.

»Wie kommt der Hund hierher?«, fragte Mamma Carlotta, als sie sich von ihrem Schreck erholt hatte.

»Das fragen ausgerechnet Sie?«, blaffte Tove. »Ihrer Sippschaft habe ich diesen durchgedrehten Bastard zu verdanken!«

Mamma Carlotta wurde von einer Ahnung beschlichen. »Ida?«

»Ihr Schwiegersohn scheint ja ein ganz Harter zu sein«, schimpfte Tove. »Ida hat mir erzählt, dass er den armen Hund nicht ins Haus gelassen hat.«

Beinahe hätte Mamma Carlotta gelacht. »Sie haben es nicht geschafft, Ida zu widerstehen?«

»Hätte ich gerne! Aber die hat mir kürzlich auch einen Gefallen getan, und da wollte ich nicht so sein.«

Nun mischte Fietje sich wieder ein, der vor lauter Schadenfreude gesprächig wurde. »Das Mädchen hat sich neulich eine Bratwurst geholt. Gerade, als eine Beschwerde kam. Eine Frau wollte Tove anzeigen, weil er für den Kartoffelsalat angeblich verdorbene Mayonnaise verwendet hat. Sie wollte den Rest konfiszieren, aber Ida hat ihn vorher beiseitegeschafft. Sie meinte, ein Sylter Gastwirt braucht eher ihre Hilfe als eine überkandidelte Touristin.«

Fietje stieß ein glucksendes Lachen aus, und Mamma Carlotta fiel auf, dass sie den Strandwärter zum ersten Mal lachen hörte. Bisher war er, wenn ihn etwas amüsierte, nie über ein Lächeln hinausgekommen.

»Bin ich ein Unmensch?«, fuhr Tove ihn an. »Die Mayonnaise war zwar in Ordnung, aber wenn mir einer einen Gefallen tut, dann revanchiere ich mich.«

Er tat sein Bestes, damit niemand auf die Idee kam, er könnte weichherzig und mitfühlend sein und habe gegen den bittenden Blick eines netten Mädchens nichts ausrichten können. »Die macht einen ja fertig. Wenn man dreimal Nein gesagt hat, kommt man sich vor, als hätte man den Köter quasi schon abgemurkst, weil er ja unmöglich allein überleben kann.« Er betrachtete den Hund mit finsterer Miene und versuchte es noch einmal, als der Hund anfing, die Wurstvorräte unter Toves Theke zu erschnuppern. »Hektor! Bei Fuß!«

Doch der Hund stellte fest, dass an die Würste nicht ranzukommen war, und trottete gelangweilt in die Küche zurück.

»Der hat noch viel zu lernen«, knurrte Tove ihm nach.

»Das wird er nie, wenn Sie ihn mit einem so schrecklichen Namen ansprechen«, behauptete Mamma Carlotta.

»Hektor ist ein guter alter Hundename. So hieß schon die Dogge meines Großvaters.«

»Eine Dogge ist riesengroß, è vero? Aber dieser Hund ist piccolo und molto carino. Sehr, sehr niedlich. Dieses schöne weiche Fell! Und die Schnauze mit den vielen hellen Löckchen! So ein Hund heißt nicht Hektor.«

»Was schlagen Sie vor?«

Mamma Carlotta zögerte, dann rief sie: »Bello! Der Name passt zu ihm.« Sie versuchte es noch mal: »Bello!«

Im selben Augenblick stand der Hund in der Küchentür und sah Tove aufmerksam an, als erwartete er einen Befehl.

Der Wirt war beeindruckt. »Also gut! Meinetwegen Bello!« Er runzelte die Stirn, und seine Miene wurde plötzlich sorgenvoll. »Hoffentlich bekomme ich keinen Ärger mit dem Gewerbeaufsichtsamt. Diese blöden Hygienevorschriften! Ich bin sicher, dass sich kein Hund in der Küche einer Imbissstube aufhalten darf.« Er fuhr sich durch die Haare, während er Bello betrachtete. »Ach, was soll's! Solange keiner was davon weiß, kann nichts passieren.«

Er blickte auf und wollte seiner Nachgiebigkeit einem jungen Mädchen gegenüber nun sogar mit einem Lächeln die Krönung aufsetzen. Doch dann sah er die Miene von Mamma Carlotta. Sie hatte in diesem Moment durchschaut, warum Tove so viel redete wie sonst in einer ganzen Woche nicht. Ihr war wieder eingefallen, was der Fremde verraten hatte …

Das Sporthotel Wellenreiter lag in der Lornsenstraße, in der Nähe des Parkplatzes, nicht weit vom Strandübergang entfernt. Eine ideale Lage für Leute, die ihren Urlaub vor allem mit sportlichen Aktivitäten am Strand verbringen wollten. Vom Wellenreiter konnten sie mit geschultertem Surf- oder Wellenbrett losziehen, barfuß, im Neoprenanzug. Und wer im Hotel die

Fitnessabteilung nutzte, war in wenigen Minuten am Strand, um dort die körperliche Ertüchtigung mit einem Strandlauf oder einem Sprung ins eiskalte Wasser fortzusetzen.

Erik zog schaudernd die Jacke enger um seinen Körper, während er zwei jungen Männern nachsah, die augenscheinlich die Absicht hatten, Wind und Wetter zu trotzen und einen Ritt auf den Wellen zu versuchen. Ihm fehlte jedes Verständnis für diese Art von Ehrgeiz. Anders als Sören, der den beiden neugierig nachblickte und zu überlegen schien, ob auch er sich demnächst mit dieser Art von Wassersport abgeben sollte.

»Wellenreiten und Surfen ist nichts für einen Polizeibeamten«, erklärte Erik. »Wie soll ich Sie im Notfall erreichen, wenn Sie auf dem Wasser sind? Und überhaupt ist das viel zu gefährlich. Am Ende passiert Ihnen was, und ich muss ohne Sie klarkommen.«

Sören schluckte, sein rotes Gesicht färbte sich noch eine Spur dunkler. Was Erik gesagt hatte, hörte sich für einen Friesen wie eine Liebeserklärung an. Sören war gerührt und hatte Mühe, seine Gefühle in den Griff zu bekommen, als sie vor der Rezeption erschienen.

Erik fragte nach Morten Stöver und wurde in die Wellness- und Fitnessabteilung verwiesen, die einen großen Teil des Hotels einnahm. Schon vor der Tür drang ein Geruch in Eriks Nase, der Gesundheit, Kraft und Wohlbefinden ankündigte. Eine Mischung aus feuchter Wärme und dem Aroma von Kräutern, die ihn unwillkürlich zum tiefen Einatmen zwangen. Ein Wohlgeruch, der Erik dennoch nicht gefiel, weil er ihn daran erinnerte, wie wenig er selbst für seine Fitness und seinen Körper tat.

Das Hotel bestand aus zwei Etagen, mehr ließ die Bauordnung nicht zu. Erlaubt war nur das Penthouse, das die dritte Etage bildete, dort lebten die Besitzer mit ihren Kindern. Das Gebäude wirkte relativ klein, wenn man sich die Fassade ansah. Erst, wenn man das Haus betrat, bemerkte man, wie geräumig es war. Hier mieteten sich keine Familien ein, die einen gemütlichen Strandurlaub verleben wollten, hier wimmelte es von knackigen, solariengebräunten Sportlern, vornehmlich männlichen, die nichts anderes als das Stählen ihrer Körper im Sinn hatten. Allerdings war das Wellenreiter dazu für seine attraktive Wellnessabteilung bekannt, in dem sich auch Tagesgäste aufhielten. Eriks Herz zog sich zusammen, als er an Lucias letzten Geburtstag dachte. Er hatte ihr einen Wellnesstag im Wellenreiter geschenkt. Begeistert war sie nach Hause zurückgekehrt und hatte von der Saunalandschaft, dem Innen- und Außenpool, dem Whirlpool und der Dampfsauna geschwärmt. Eine kosmetische Gesichtsbehandlung und eine Ganzkörpermassage hatten zu dem Gesamtpaket gehört, und Lucia hatte gesagt: »Das wünsche ich mir von jetzt an zu jedem Geburtstag ...«

Morten Stöver unterschied sich äußerlich kaum von seinen Gästen. Erik und Sören trafen ihn im Kraftraum an, wo er einem muskulösen Mann Gewichte auf eine Langhantel legte, die Erik beim bloßen Anblick ins Schwitzen brachten. Stöhnend begann der Mann zu stemmen, während Stöver darüber wachte, dass ihm am Ende genug Kraft blieb, die Langhantel wieder abzulegen.

Die beiden Polizeibeamten warteten, bis er seinem Gast dabei geholfen hatte, dann erst sprach Sören ihn an. »Können wir kurz mit dir reden, Morten?«

Stöver gab einem jungen Trainer einen Wink, der sich auf seinen Platz neben der Hantelbank stellte, dann ging er den beiden Polizeibeamten voran in einen Raum, in dem die Sportler vor dem ersten Training einem Gesundheitscheck und einem Fitnesstest unterzogen wurden. Dort ließ er sich an einem kleinen Schreibtisch nieder und zeigte auf zwei Stühle, auf denen Erik und Sören Platz nahmen.

»Geht's um Haymo?« Stöver fuhr sich über die Stirn, als wollte er den Gedanken an seinen früheren Schüler am liebsten verscheuchen.

Erik entschloss sich, nicht lange um den heißen Brei herumzureden. Kurz und bündig teilte er ihm mit, was Kersten Hesse ihm vorwarf. »Was sagen Sie dazu?«

Morten Stöver starrte ihn erschrocken an. »Ich soll Haymo ein Dopingmittel gegeben haben? Das ist ja völlig absurd.«

Erik nickte, als hätte er keine andere Antwort erwartet. »Hat Haymo Sie vielleicht darum gebeten?«

»Natürlich nicht. Er hätte gewusst, dass ich ihm niemals etwas geben würde.« Er zog einen Mundwinkel in die Höhe, als wollte ihm das Lächeln mit beiden nicht gelingen. »Ich wüsste auch gar nicht, wie ich an ein Dopingmittel kommen sollte. Bildet Herr Hesse sich etwa ein, dass in einem Sporthotel die entsprechenden Pillen an der Saftbar verkauft werden?« Nun wurde er heftig. »Doping führt zu großen Gesundheitsschäden. Nicht ohne Grund ist es verboten. Ich wollte, es fände endlich eine umfangreiche Aufklärung statt. Wenn die Öffentlichkeit mehr über Dopingpraktiken wüsste, käme niemand auf die Idee, dass ein Läufer mal eben vor dem Wettkampf gedopt wird, so wie man ihm ein Stück Traubenzucker zusteckt.«

»Wie gut kannten Sie Haymo Hesse und seinen Vater?«, erkundigte sich Erik.

Es war, als fiele die sportliche Bräune aus Morten Stövers Gesicht. »Haymo war mein Schüler, als ich noch in Flensburg als Lehrer tätig war. Ich kannte ihn nicht besonders gut, er gehörte nicht zu denen, die sich hervortaten. Seinen Vater habe ich nur auf Elternsprechtagen gesehen. Er war da sehr gewissenhaft, er kam immer. Väter sieht man eher selten in der Schule, meist erscheinen die Mütter. Aber Haymos Mutter ist psychisch krank.« Morten Stöver zögerte und fuhr dann fort: »Hesse ist jemand, der viel verlangt – von seinem Sohn, vermutlich auch von seiner Frau. Vielleicht sogar von sich selbst.«

»Zu viel?«, fragte Erik, als Stöver nicht weitersprach.

Morten bewegte den Kopf, was aussah, als nickte er. Aber

Erik war nicht sicher. »Er ist früher als Kapitän zur See gefahren. Das macht einen Mann wohl hart. Haymo sollte auch ein ganzer Kerl werden, das wurde jedes Mal deutlich, wenn ich mit Hesse sprach. Er hatte Ehrgeiz, er wollte aus Haymo etwas machen, was der Junge niemals sein konnte.« Er hob die Hände, als wollte er einen Einwand abwehren, den Erik jedoch gar nicht beabsichtigt hatte. »Ich glaube, dass er in bester Absicht handelte. Aber er hat den Jungen total überfordert. Manchmal habe ich mir gedacht, dass er auch seine Frau überfordert hat.«

»Und deshalb ist sie mit ihrem Leben nicht mehr zurechtgekommen?«

Morten schüttelte den Kopf. »Das ist wohl ein bisschen zu einfach. Küchenpsychologie!«

»Kann es sein, dass der Vater Haymo dazu gebracht hat, beim Syltlauf zu starten?«

Stöver zögerte. »Haymo hat mir gesagt, er wolle für ein Mädchen laufen. Er sei schon lange in sie verliebt und er wisse, dass ihr sportliche Typen gefallen. Wenn er Finisher würde, hätte er Chancen bei ihr, daran glaubte er fest. Ich bin sicher, dass seinem Vater die Idee gefallen hat. Deswegen hat er seinen Sohn nach Sylt begleitet. Er wollte ihn siegen sehen. Endlich einmal!«

»Wie konnte er so sicher sein, dass Haymo die Strecke durchhält?«

»Das frage ich mich auch. Aber für Kersten Hesse reicht es wohl, dass man sich eine Sache fest vornimmt. Dann schafft man das auch. Für ihn selbst scheint das zuzutreffen.«

»Für Haymo aber nicht«, sagte Sören.

»Er hat mir gesagt, er habe trainiert, er sei fit.«

»Sie waren jedoch anderer Ansicht.«

Es klopfte an der Tür, eine sehr junge Trainerin steckte den Kopf herein. »Der Spinningkurs fängt gleich an. Soll ich ihn übernehmen?«

Morten Stöver sah Erik fragend an, und dieser antwortete: »Wir sind fertig.«

Die Trainerin zog sich zurück. Die drei Männer standen gleichzeitig auf und reichten sich die Hand.

»Warum haben Sie den Lehrerberuf eigentlich aufgegeben?«, fragte Erik noch, während er zur Tür ging.

Morten Stöver zögerte, ehe er antwortete: »Ich habe eingesehen, dass ein sicheres Gehalt und die Aussicht auf eine Pension nicht alles ist.«

Zehn Minuten später gingen Erik und Sören durch die Dünen, bis sie den höchsten Punkt des Strandaufgangs erreicht hatten. Der Blick aufs Meer tat beiden gut. Es war ziemlich ruhig, trotz des frischen, kurzböigen Windes. Die Wasseroberfläche sah aus wie ein Waschbrett, mit kleinen, niedrigen Wellen und schwacher Brandung. Die Wolkendecke war geschlossen und ließ die Sonne nicht durch. Dennoch war es kein trüber Tag. Das Licht ging von den hellen Wolken aus und vervielfachte sich im Glitzern der Wellen.

»Warum haben Sie ihm nicht gesagt, dass wir Mord vermuten?«, fragte Sören.

Erik zögerte. »Wenn Stöver es war, dann ist es besser, wenn er sich in Sicherheit wiegen kann.«

»Ich kann mir nicht vorstellen, dass er Haymo umgebracht hat. Nicht Morten!«

Wieder zögerte Erik, dann nickt er. »Sie haben recht. Es fehlt einfach ein Motiv.«

Mamma Carlotta schwang sich aufs Fahrrad und radelte der Westerlandstraße entgegen. Verärgert und enttäuscht. Tove hatte so lange von dem toten Sohn seines früheren Käptens gesprochen und noch länger von Ida und dem Hund, den er nun am Hals hatte, dass sie beinahe vergessen hatte, auf den Schiffbruch vor Gibraltar zurückzukommen. Eriks angebliche Katzenhaarallergie war sowieso unerwähnt geblieben.

So lange hatte Tove niemanden zu Wort kommen lassen, dass Mamma Carlotta sich irgendwann gefragt hatte, was hinter dieser ungewohnten Redseligkeit stecken mochte. Normalerweise war er wie sein Stammgast, der Strandwärter. Was gesagt werden musste, wurde gesagt, alles andere war Geschwätz. Was der wahre Grund war, in diesem Fall einmal ausgiebig ein Thema zu erörtern, das war ihr beinahe zu spät klar geworden. Tove hatte verhindern wollen, dass sie ihm Vorwürfe machte, und wollte Fietje nicht zu Wort kommen lassen, damit der ihn nicht einen Lügner nennen konnte. Da hatte er sich aber zu früh gefreut!

»Ich muss mich ums Mittagessen kümmern«, hatte Carlotta gesagt, »aber vorher möchte ich noch erfahren, warum Sie mich angelogen haben.«

Fietje hatte sich erneut eingemischt. »Ich hab ja immer gesagt, dass Tove nie ein Käpten war. Und vor Gibraltar schwimmend an Land? Das habe ich ihm nie geglaubt.«

»Dann ist das hier also gar nicht Käptens Kajüte, sondern – come si dice? – Smutjes Kajüte?« Sie hatte das unbekannte Wort nur holprig über die Zunge gebracht.

»Smutjes Kombüse«, hatte Fietje korrigiert. »So heißt die Küche auf so einem Pott.«

»Pott?«

»Schiff!«

»Mein Laden heißt Käptens Kajüte! Dabei bleibt's!« Tove hatte einsehen müssen, dass durch sein langes Reden der Besuch von Kersten Hesse keineswegs vergessen worden war, und wieder alle Freundlichkeit fahren gelassen. »Ich bin jahrelang zur See gefahren, so viel steht fest. Und was man später an Land erzählt, ist Seemannsgarn. Fietje, sag der Signora, dass es dabei nicht so sehr auf die Wahrheit ankommt. Eigentlich überhaupt nicht.«

Aber Fietje hatte statt einer Antwort die Bommelmütze auf dem Kopf hin und her geschoben, sich am Bart gezupft und sich dann entschlossen, ohne ein Wort sein Jever zu trinken.

Tove hatte sich daraufhin verstanden und immer mehr im Recht gefühlt. »Das weiß jeder«, hatte er getönt, »dass Seemannsgarn nur unterhaltsam sein muss, aber nicht wahr. Wer das dann glaubt, ist selber schuld.«

Aber Mamma Carlotta wollte ihm nicht Absolution erteilen, nur weil er seine Lügen mit einem Ausdruck erklärte, den sie noch nie gehört hatte. Ohne viele Worte war sie aufgestanden, hatte ihn von oben bis unten gemustert und das Geld für die beiden Cappuccini auf die Theke gelegt. Sein Angebot, dass beides aufs Haus gehen solle, hatte sie überhört und war mit einem »Arrivederci« aus der Tür gegangen.

Sie hatte Tove schwer bestraft, das wusste sie. Und das hatte er auch verdient. Lügen waren Lügen und wogen nicht leichter, wenn man sie Seemannsgarn nannte! Und wer log, musste sein Unrecht einsehen, ehe ihm verziehen werden konnte. Verärgert dachte sie daran, dass sie nicht dazu gekommen war, über Eriks Katzenhaarallergie zu sprechen. Auch das hatte sie nur vergessen können, weil Tove sie mit seinem Seemannsgarn abgelenkt hatte.

Zornig trat sie in die Pedale. Der Wind hatte gedreht, er war unberechenbar geworden. Ein frecher, junger Frühlingswind, der den Winter an der Nase herumführte, der sich mehr herausnahm als eine leichte Sommerbrise oder ein Herbststurm. Sie konnte ihm ausweichen oder sich an seine Seite lehnen. Er tat gut, obwohl er sehr kalt war.

Im Nu war sie im Süder Wung angekommen. Es wurde Zeit, dass sie mit den Vorbereitungen fürs Mittagessen begann. Bald würden die Kinder heimkommen, und Erik und Sören würden hoffentlich auch pünktlich zum Essen erscheinen. Mamma Carlotta dachte an das, was sie in Käptens Kajüte gehört hatte, an den jungen Mann, der in ihren Armen gestorben und womöglich ermordet worden war! Hoffentlich wurde Erik nicht durch neue Ermittlungen davon abgehalten, zum Essen zu erscheinen. Dass er nicht allein kommen, sondern in Begleitung seines Assistenten sein würde, war für sie selbstverständlich. Es war längst zur Gewohnheit geworden, dass Sören im Hause Wolf seine Mahlzeiten einnahm, solange Mamma Carlotta auf Sylt in der Küche das Zepter schwang. Alles andere hätte sie tödlich beleidigt.

Über das schwarze Kätzchen, das völlig unerwartet vor ihren Füßen erschien, wäre sie beinahe gestolpert. Maunzend strich es um ihre Füße und blickte zu ihr auf. Die Bitte, die in den gelben Augen lag, war unverkennbar.

»No, no!«, wehrte Mamma Carlotta ab. »Das geht nicht. Enrico wird gleich kommen. Später, wenn er wieder im Büro ist!«

Es erforderte viel Feingefühl, die Tür zu öffnen, ohne dass die Katze zwischen ihren Füßen hindurchhuschte, und sie wieder zu schließen, ohne dem Tier die Schnurrhaare einzuklemmen. Mamma Carlotta ging ins Wohnzimmer und sah, was sie vermutet hatte. Die Katze hockte auf der Terrasse und starrte die Tür an.

»Scht, scht«, rief sie durchs Fenster. »Weg! Avanti! Enrico darf dich nicht sehen.«

Aber die Katze ließ sich davon nicht beeindrucken. Sie blieb sitzen, wo sie saß, und starrte die Tür an. Seufzend begab Mamma Carlotta sich in die Küche. Das Ossobuco schmorte bereits im Backofen, die Olivenpaste für die Vorspeise war fertig, und sie bereitete gerade die Omeletts mit Mozzarella vor, als Carolin die Haustür aufschloss.

»Carolina! Du kommst allein?«

Ihre Enkelin betrat erst die Küche, als sie vor dem Flurspiegel kontrolliert hatte, ob ihre komplizierte Frisur die Fahrt mit dem Fahrrad überstanden hatte. Am Tag vorher, während des Syltlaufs, hatte ihre Nonna noch die Hoffnung gehegt, dass die Entscheidung für einen schlichten Pferdeschwanz von Dauer sein könnte, am Morgen jedoch hatte Carolin wieder viel Zeit im Badezimmer verbracht, um die Haare so hoch wie möglich aufzutürmen und an den Schläfen zu Spiralen zu drehen, die bis zum Kinn reichten und mit Haargel verstärkt wurden.

Lucia war oft daran verzweifelt, dass ihre Tochter nichts auf Haarschmuck und farbenfrohe Kleidung gab und nie dabei erwischt wurde, dass sie den Lippenstift ihrer Mutter ausprobierte. Als Carolin endlich zum ersten Mal ein quietschbuntes T-Shirt kaufte und die Augen mit einem Kajalstift umrahmte, hatte Mamma Carlotta gehofft, dass ihre Tochter nun glücklich aus dem Himmel auf ihr Kind hinabblickte und sich freute, dass Carolin endlich aussah wie eine italienische Ragazza, die den Jungen die Köpfe verdrehte.

Mittlerweile war ihre Freude stiller Besorgnis gewichen. Zwar fiel ihr mehrmals täglich ein, dass man ein junges Mädchen nicht oft genug für seine Attraktivität loben konnte, aber heimlich hoffte sie darauf, dass Carolin zu einem Maß an Schönheitspflege gelangen werde, die nicht an einen Rauschgoldengel mit Kriegsbemalung erinnerte. Leider hatte Idas Aufenthalt in dieser Hinsicht nichts bewirkt. Das schlichte Äußere ihrer Klassenkameradin hatte Carolin nicht bewegen können, es ihr gleichzutun. Zwar verzichtete Carolin beim Sport auf Make-up und komplizierte Frisuren, aber kaum hatte sie die Trainingskleidung ausgezogen, lief sie ins Bad und verwandelte sich von der schlichten Sportlerin wieder in einen Paradiesvogel.

Carolin warf einen Blick in den Backofen. »Felix ist noch mit Ben und Finn zusammen.«

»Und Ida?«

»Die kommt gleich. Sie hat einen früheren Lehrer aus Flensburg getroffen. Ich hatte keine Lust, mir ihre Erinnerungen anzuhören, und bin schon mal vorgefahren.« Carolin sah sich in der Küche um, als suchte sie etwas. »Wo ist Kükeltje?«

Mamma Carlotta starrte ihre Enkelin ab, als hätte sie chinesisch gesprochen. »Kükel… Was ist das?«

»So haben wir die Katze genannt. Ida meint, sie braucht einen friesischen Namen, weil sie ja eine friesische Katze ist.«

»Kü-kel-tje? Was ist denn das für ein Name?«

»Das heißt auf Friesisch Schatz oder Liebling. Passt doch, oder?«

Beinahe hätte Mamma Carlotta bejaht, aber gerade noch rechtzeitig fiel ihr ein, dass sie damit womöglich einen schwerwiegenden Fehler begangen hätte. »Einer Katze, die uns nicht gehört, sollten wir keinen Namen geben. Sonst ist es so, als ...« Sie wollte sagen, dass ein Tier mit einem Namen wie ein Familienangehöriger war, aber sie entschloss sich, es lieber nicht auszusprechen. Am Ende würde Carolin sie nur darin bestärken wollen, aus der Katze tatsächlich ein Familienmitglied zu machen, und ihr die Aufgabe übertragen, ihren Vater zu überzeugen. Inzwischen war auch Felix eingeweiht und teilte die Meinung der anderen, dass Eriks Katzenhaarallergie reine Erfindung war.

»Also! Wo ist Kükeltje?«

»Eben hat sie noch auf der Terrasse gesessen. Aber natürlich habe ich sie nicht reingelassen. Dein Vater kommt bald.«

Carolin ging ins Wohnzimmer und kehrte kurz darauf achselzuckend zurück. »Sie ist nicht mehr da. Vermutlich ist sie zu Herrn Vorberg gelaufen. Ida hat ihn überredet, Kükeltje zu füttern, wenn sie hier nicht reinkann.«

Mamma Carlotta seufzte, enthielt sich aber einer Antwort. Ida brachte tatsächlich jeden Menschen dazu, etwas zu tun, was er eigentlich nicht wollte. Sogar einen Rollstuhlfahrer, der genug mit sich selbst zu tun hatte.

Carolin ließ sich auf einen Stuhl fallen und demonstrierte ihre Unlust an Konversation, indem sie sich um den Zustand ihrer Nagelhaut kümmerte. Die Haarspiralen waren vor ihr Gesicht gefallen, als hätte sie einen Vorhang geschlossen. Mamma Carlotta nahm ihn nicht zur Kenntnis und redete trotzdem auf ihre Enkelin ein, während sie die Tomaten für das Omelett schnitt, den Mozzarella zerteilte und die Basilikumblättchen abzupfte. Sie erzählte von der Ehe der Mazzinis, die an der Anschaffung eines Äffchens gescheitert war, das Signor Mazzini von einer Reise nach Sumatra mitgebracht hatte, und von der Katze der Catalanos, die dreimal vom Auto des Nachbarn überfahren worden war, aber jedes Mal überlebt hatte und schließlich noch zwanzig Jahre mit einem amputierten Hinterlauf ihr Dasein auf dem Balkon der Familie fristete, weil sie sich nicht mehr auf die Straße traute.

So plätscherte die Zeit dahin, wie Mamma Carlotta es liebte und Carolin es gewöhnt war. Als Ida das Haus betrat, stellte Mamma Carlotta gerade einen Teller Ciabattascheiben mit Olivenpaste auf den Tisch.

»Hm!«, machte Ida und schnupperte. »Dürfen wir schon anfangen?«

Aber da bettelte sie vergeblich. Eins der Gesetze im Leben Carlotta Capellas lautete, dass mit dem Essen erst begonnen wurde, wenn alle am Tisch saßen, die erwartet wurden.

Ida fand sich schnell damit ab. »Kükeltje ist bei Herrn Vorberg«, erklärte sie. »Ich habe ihm eine Dose Katzenfutter gebracht. Kükeltje hat schnell kapiert, dass sie auch dort gefüttert wird.«

Mamma Carlotta wollte nicht, dass Ida und Carolin von der Katze sprachen, als trüge sie nicht nur einen Vornamen, sondern auch schon den Nachnamen Wolf, und wechselte das Thema. »Carolina sagt, du hast einen alten Lehrer getroffen?«

Ida erhob sich wieder und räumte die Löffel und Schüsseln, die Mamma Carlotta benutzt hatte, in die Spülmaschine. »Ich hatte schon gehört, dass er nicht mehr unterrichtet und sogar aus Flensburg weggezogen ist. Aber ich wusste nicht, dass er nun auf Sylt lebt. War ganz nett, ihn wiederzusehen. Der Stöver war in Ordnung. In Bio ein bisschen langweilig, aber Sport machte bei ihm echt Spaß.«

Carolin riss sich von ihrer Nagelhaut los. »Morten Stöver kenne ich auch, vom Sportverein.«

»Er hat mir jedenfalls von dem Jungen erzählt, der gestern beim Syltlauf gestorben ist.« Ida sammelte die Geschirrtücher ein, die überall liegen geblieben waren, wo Mamma Carlotta sie gebraucht hatte, und hängte sie auf. »Und stell dir vor, den kannte ich auch!«

Mamma Carlotta wollte eigentlich einen Blick auf das Ossobuco werfen, ließ nun aber den Backofen geschlossen und forderte Ida auf, alles ganz genau zu erzählen.

»Haymo Hesse ist ein Klassenkamerad von mir aus Flensburg. Ich möchte wissen, wie der auf die Idee gekommen ist, beim Syltlauf mitzumachen. Der hatte mit Sport nie was am Hut.«

»Wie gut kanntest du ihn?«, erkundigte sich Mamma Carlotta, die auf interessante Einzelheiten hoffte.

Ida zuckte die Schultern. »Er stand auf mich. Aber er war echt nicht mein Typ. Trotzdem – ich fand's total assi, dass die anderen ihn immer fertiggemacht haben. Nur, weil er ein bisschen dick und nicht besonders stromlinienförmig war.«

Mamma Carlotta sah voraus, was folgen könnte, obwohl sie keine Ahnung hatte, was es bedeutete, wenn ein junger Mann stromlinienförmig war. »Du warst als Einzige nett zu ihm?«

Beinahe hätte sie diese Frage mit einem Seufzer abgeschlossen. Sören hatte davon gesprochen, dass Haymo Hesse einem Mädchen imponieren wollte. Was, wenn es sich um Ida gehandelt hatte? Eine Sorge schlich sich in ihr Herz. Wenn sie mit ihrer Vermutung richtiglag, würde sich Ida für Haymo Hesses Tod verantwortlich fühlen! »Madonna!«, flüsterte sie, ohne die Mädchen wissen zu lassen, was sie wirklich erschütterte. Sie würde nach ihrer Rückkehr mit dem Pfarrer darüber sprechen müssen, dass auch gutherzige Menschen wie Ida viel Schaden anrichten konnten, ohne es zu wollen. Dass Hilfsbereitschaft direkt in den Himmel führte und alle Menschen glücklich machte, wie es der Pfarrer jeden Sonntag von der Kanzel predigte, würde sie ihm nach dem nächsten Gottesdienst klar widerlegen. Anstand und Freundlichkeit konnten auch jede Menge Scherereien machen.

Ihre Bemühungen, das Gesprächsthema auf unverfängliches Gebiet zu führen, wurden durch das Erscheinen von Erik, Sören und Felix unterbrochen. Und Idas schwere Gedanken an ihren toten Mitschüler ließen sich durch Mamma Carlottas Worte verdrängen: »Buon appetito!«

Heißhungrig langte Ida zu. »Ich werde meiner Ma sagen, dass ich nun auch von ihr mittags und abends ein Essen mit vier Gängen erwarte. Na, die wird gucken.«

»Kann deine Mutter nicht kochen?«, fragte Erik.

»Geht so«, antwortete Ida. »Sie hat keine Zeit für so was.«

»Frauen gehören eben an den Herd«, verkündete Felix und duckte sich grinsend, weil er wusste, dass er nun von allen Seiten Prügel zu erwarten hatte. Tatsächlich schlug Carolin ihm prompt sämtliche Argumente um die Ohren, die für eine Berufstätigkeit der Frau sprachen, von Ida eifrig unterstützt, während Erik sich mit einer wegwerfenden Handbewegung begnügte, weil er wusste, dass es seinem Sohn nur darauf ankam, die beiden Mädchen zu provozieren.

Währenddessen kümmerte sich Mamma Carlotta um das Omelett, dachte an den toten Jungen, den sie im Arm gehalten hatte, und schickte ein Gebet zum Schutzheiligen ihres Dorfes, damit er dafür sorgte, dass es nicht Ida gewesen war, der Haymo Hesse imponieren wollte, sondern irgendein anderes Mädchen.

Erst das Klingeln von Eriks Handy holte sie aus ihren Gedanken. Gerade wollte sie aufbegehren und verhindern, dass Erik sich beim Essen stören ließ, da hörte sie, dass er den Gerichtsmediziner begrüßte, dessen Anrufe meistens sehr wichtig waren. Als sie den Teller mit den Omeletts auf den Tisch stellte, waren die Mädchen immer noch damit beschäftigt, Felix als

Macho zu beschimpfen. Sie bekamen nicht mit, was Mamma Carlotta alarmierte.

»Er ist wirklich ermordet worden«, sagte Erik leise zu Sören. Und Mamma Carlotta wusste genau, wen er meinte.

Die Staatsanwältin hatte sich am Telefon alles in Ruhe angehört, was Erik viel mehr verunsicherte als ihre sonst so rüde Art, ihn zur Eile anzutreiben und sich nicht einmal die Zeit für minimale Höflichkeit zu nehmen. Sie schien einen guten Tag zu haben.

Sören saß am Steuer und lenkte den Wagen schon an der Nordseeklinik vorbei, als Frau Dr. Speck sich endlich äußerte. Gerade hatte Erik fragen wollen, ob sie überhaupt noch in der Leitung sei. »Clonazepam?«, wiederholte sie langsam. »Nie gehört. Was ist das für ein Medikament?«

Erik zog den Zettel hervor, auf dem er sich während des Gesprächs mit Dr. Hillmot Notizen gemacht hatte. Wenn er mit der Staatsanwältin sprach, musste ihm alles flüssig von den Lippen kommen, sonst würde sie ihm gleich wieder Unsicherheit und Schwerfälligkeit vorwerfen. »Es wird zur Behandlung von Krampfanfällen eingesetzt. Meistens wird es gespritzt, aber das Clonazepam gibt es auch in Tabletten- und Tropfenform. Dr. Hillmot sagt, es wird schnell über den Magen-Darm-Trakt aufgenommen und erreicht seine maximale Konzentration nach etwa zwei Stunden.«

»Der Junge ist aber schon nach einer guten Stunde tot zusammengebrochen.«

»Anscheinend hat der Täter ihm sehr viel verabreicht. Er wollte wohl auf Nummer sicher gehen. Außerdem kommt es natürlich auf die Konstitution des Opfers an. Jedenfalls hat der Täter dafür gesorgt, dass der Tod verzögert eintritt, und sicherlich darauf gehofft, dass der Notarzt auf Überanstrengung tippt. Wir hatten Glück! Durch den Verdacht, den der Vater geäußert hat, wurde die Leiche gründlich in Augenschein genommen.«

»Könnte dieser Trainer ihm das Medikament verabreicht haben?«, wollte Frau Dr. Speck wissen.

»Es fehlt uns jeglicher Hinweis auf eine Motivation.«

»Versuchen Sie, das Motiv zu finden, Wolf. Was ist zum Beispiel mit dem Mädchen, dem der tote Junge imponieren wollte?«

»Bis jetzt wissen wir nicht, ob es das Mädchen wirklich gibt.«

»Vielleicht kennt der Vater ja den Namen?«

»Wir werden ihn natürlich fragen.«

»Für eine Verhaftung reichen die Beschuldigungen des Vaters aber nicht aus.«

»Und was ist mit der Aussage, Stöver habe dem Jungen etwas in die Hand gedrückt?«

»Der Trainer streitet es ab, haben Sie gesagt. Es steht also Aussage gegen Aussage. Solange kein Motiv zu erkennen ist ...«

Erik zögerte, sprach aber dann schnell weiter, weil er wusste, wie sehr die Staatsanwältin es hasste, wenn er nachdachte und dabei schwieg. »Das Wichtigste ist natürlich die Suche nach einem Motiv.«

»Wie geht's eigentlich Ihrer Schwiegermutter, Wolf? Wird sie mal wieder auf Sylt erwartet?«

Erik war über diesen Themenwechsel derart verblüfft, dass er zu stottern begann. »Meine ... meine Schwiegermutter ... sie ist zurzeit bei mir zu Besuch.«

Nun wurde die Stimme der Staatsanwältin sogar herzlich. »Dann richten Sie ihr bitte schöne Grüße aus! Und wenn sie mal nach Flensburg kommt, soll sie sich unbedingt bei mir melden.«

Der Abschied war wie immer: Er fehlte ganz. Frau Dr. Speck begann ein Telefonat nie mit einem Gruß, und sie beendete es auch vollkommen grußlos. Trotzdem brauchte Erik eine Weile, bis er über das persönliche Interesse der Staatsanwältin hinweggekommen war.

»Sie hat mich nach meiner Schwiegermutter gefragt und ihr Grüße ausgerichtet.«

Sören war genauso erstaunt. »Ehrlich? Dabei ist es doch schon Monate her, dass sie bei Ihnen zu Besuch war.«

Erik erinnerte sich nur ungern. »Im letzten Sommer.« Seine Schwiegermutter war von einer kurzen Kreuzfahrt zurückgekehrt, die sie bei einem Preisausschreiben gewonnen hatte. Die Staatsanwältin hatte an Bord ermitteln müssen, und bei dieser Gelegenheit waren die beiden sich nähergekommen, weil Mamma Carlotta ja jedem näherkam, der es sich gefallen ließ. Und ehe Erik es hatte verhindern können, war die Staatsanwältin von ihr zum Abendessen eingeladen worden. Das Schlimmste, was er sich vorstellen konnte. Und sie hatte die Einladung tatsächlich angenommen.

»Es war doch eigentlich ein netter Abend«, meinte Sören, der natürlich ebenfalls eingeladen gewesen war.

Erik gab es widerstrebend zu. »Aber es passt mir gar nicht, dass meine Schwiegermutter und die Staatsanwältin ...« Er sprach den Satz nicht zu Ende, weil es ihm schwerfiel auszudrücken, was ihm eigentlich so gegen den Strich ging. Es war wohl Mamma Carlottas Fähigkeit, die Herzen so vieler im Handumdrehen zu gewinnen, worum er sie im Geheimen beneidete. Aber das hätte er niemals zugegeben. Schließlich wusste doch jeder, wie sehr ihm der Kommunikationseifer seiner Schwiegermutter auf die Nerven ging!

»Kann doch gar nicht schaden«, redete Sören in seine Gedanken hinein, »wenn die Signora sich mit der Staatsanwältin gut versteht. Sympathien hat es ja bisher auf ihrer Seite nie gegeben.«

»Auf unserer auch nicht«, brummte Erik. »Am besten, wir fahren sofort zu Kersten Hesse. Er muss uns noch mal genau erklären, was er beobachtet hat. In allen Einzelheiten! Haben Sie sich notiert, wo er wohnt?«

Sören seufzte, setzte den Blinker und bog in eine Auffahrt

ein, um zu wenden. »Im Hotel Wiesbaden in Wenningstedt. Da sind wir schon vorbei.«

Schweigend fuhren sie nach Wenningstedt zurück. Einen Versuch machte Sören, das Gespräch noch einmal auf die gute Beziehung zwischen Eriks Schwiegermutter und der Staatsanwältin zu bringen, aber da sein Chef nicht reagierte, bemühte er sich kein zweites Mal. Und Erik ließ seine Gedanken nicht laut werden. Sören hatte natürlich recht. Ein besseres Verhältnis zur Staatsanwältin konnte nur gut sein. Bisher war Frau Dr. Speck nicht davon abzubringen gewesen, dass im Kommissariat Westerland viel zu langsam und zu lustlos gearbeitet wurde. Nur Erik wusste, wie ihre Antipathie seinerzeit zustande gekommen war. Vor einigen Jahren hatte er ihr in der Staatsanwaltschaft in Flensburg einen Besuch abstatten wollen. Die Fassade des Gebäudes wurde während dieser Zeit erneuert, und an jenem Tag machten die Bauarbeiter besonders viel Lärm. Frau Dr. Speck hatte weder sein Klopfen noch sein Eintreten gehört. Seitdem wusste Erik, dass sie die Angewohnheit hatte, am Fenster zu stehen und hinauszublicken, während sie nachdachte, und sich dabei die Rückseite ihrer Oberschenkel zu kratzen. Außerdem wusste er nun, dass sie halterlose Strümpfe und apricotfarbene Unterwäsche besaß. Dass er diesen Anblick fest in sich eingeschlossen und ihn mit niemandem geteilt hatte, konnte sie sich anscheinend nicht vorstellen. Seitdem behandelte sie die Beamten der Polizeistation Westerland allesamt unfreundlich und grob, unterstellte ihnen Faulheit und Desinteresse und drohte ihnen mit Versetzung und Disziplinarverfahren, wann immer es ihr gefiel. Das alles, so vermutete Erik, um ihnen zu zeigen, was ihnen blühte, wenn sie herausbekommen sollte, dass sie heimlich über sie lachten oder vielleicht sogar indiskret mit dem Wissen umgingen, wie es unter ihrem Rock aussah. Manchmal fragte Erik sich, ob er sie darüber aufklären sollte, dass ihr Geheimnis bei ihm gut aufgehoben war und dass sie ihre Gefühle, wenn überhaupt, in der

Zusammenarbeit mit ihm kompensieren sollte und nicht gegenüber seinen Mitarbeitern.

Das Hotel Wiesbaden lag am Hochkamp, nicht weit von Käptens Kajüte entfernt. Ein schönes weißes Giebelhaus, mit einem kiesbedeckten Parkplatz davor und einem sehr gepflegten Garten dahinter. Es war ein privat geführtes Hotel ohne Rezeption. Am Eingang befand sich eine Klingel, die derjenige benutzen musste, der keinen Schlüssel besaß. Draußen neben der Eingangstür stand ein Schuhregal, auf dem ein Dutzend Gummistiefel aufgereiht waren, große, kleine, dunkle, knallrote und gelbe, schlichte und bunt gemusterte, die Kinderstiefel geblümt oder mit Walfischen und Seesternen bedruckt.

Es öffnete ihnen ein freundliches junges Mädchen, das Eriks Blick bemerkte. »Wir bieten unseren Gästen regelmäßig Wattwanderungen vor Keitum an«, erklärte sie lächelnd. »Die schmutzigen Stiefel bleiben dann besser draußen.«

Sie war bereit, Herrn Hesse zu holen, der sich in seinem Zimmer aufhielt. Zehn Minuten später saßen sie in dem ansonsten menschenleeren Frühstücksraum, der mit hübschen hellblauen Holzmöbeln und knallroten Accessoires ausgestattet war.

»Habe ich also recht gehabt!«, sagte Kersten Hesse, aber es klang nicht zufrieden oder gar triumphierend, sondern sehr traurig. Er fuhr sich durch die Haare, sein gepflegtes Äußeres schien ihm nun egal zu sein. Seine Kleidung war jedoch so makellos wie bei ihrem letzten Zusammentreffen, er wirkte auch in diesem Augenblick leicht overdressed. »Dieses ... dieses Zeug hat ihm der Stöver gegeben. Und Haymo hat wohl gedacht, es wäre harmlos.«

»Warum hätte Stöver das tun sollen? Kennen Sie ein Motiv? Wollte er Ihren Sohn loswerden? Wenn ja, warum?«

Kersten Hesse zögerte, und Erik merkte auf. Der Vorwurf, der dem Vater des toten Jungen am Tag zuvor noch leicht von den Lippen gekommen war, schien nun schwerer zu wiegen.

Hatte er seine Meinung geändert? Wollte er Morten Stöver nun doch nicht mehr beschuldigen?

»Die beiden konnten nie besonders gut miteinander.« Hesse sah ärgerlich aus, weil er genau wusste, dass dieses Motiv nicht ausreichte.

»Wie viele Morde hätten Sie schon auf Ihr Gewissen geladen, wenn Sie alle Leute beseitigen würden, mit denen Sie nicht besonders gut können?« Erik erlaubte sich ein kleines Lächeln.

»Ich habe doch gesehen, dass er Haymo etwas gegeben hat.«

»Erklären Sie noch einmal genau, wie das war.«

»Kurz vor dem Start. Alle hatten sich schon versammelt, warteten auf den Startschuss. Haymo stand nicht mittendrin, er hielt sich abseits. Ich habe gesehen, dass Morten Stöver zu ihm ging und ihn aus dem Startfeld herauslockte. Die beiden drehten den anderen Läufern den Rücken zu, während Stöver meinem Sohn etwas in die hohle Hand gab.«

»Sie meinen, kein anderer Läufer konnte etwas gesehen haben?«

»Die waren alle nur auf den Start konzentriert.«

»Haben die beiden miteinander gesprochen? Musste Haymo erst überredet werden?«

Kersten Hesse schüttelte den Kopf. »Nein.« Er dehnte diese Silbe, als müsste er über ihre Bedeutung nachdenken. »Es sah so aus, als hätte Haymo darauf gewartet, etwas von Stöver zu bekommen. Er nahm es entgegen, schluckte es … und in diesem Moment fiel der Startschuss. Haymo rannte los.«

»Und Stöver?«

»Keine Ahnung. Um den habe ich mich nicht mehr gekümmert. Ich bin zu meinem Auto gelaufen. Wo es möglich war, habe ich Haymo mit dem Wagen begleitet, später bin ich dann nach List gefahren, um ihn dort zu erwarten.«

»Ein Motiv, warum Stöver Ihrem Sohn etwas antun wollte, können Sie mir also nicht nennen?«

»Ich sagte doch schon ...«

»... dass die beiden nicht gut miteinander konnten.« Erik griff nach seiner Jacke, um zu zeigen, dass er das Gespräch für beendet hielt. »Es wird Sie nicht wundern, Herr Hesse, dass mich dieses Motiv nicht überzeugt.« Er unterband mit einer schnellen Geste Hesses Einwand und fragte: »Wo wohnte Ihr Sohn auf Sylt? Auch in diesem Hotel?«

»Ja, ich hatte ein Doppelzimmer gebucht.«

»Dann werden wir uns Haymos Sachen ansehen.« Erik erhob sich, als wollte er keine Verzögerung zulassen.

Kersten Hesse wirkte nun ein wenig eingeschüchtert. »Also gut, kommen Sie!«

Haymos Habseligkeiten lagen noch da, als könnte er jeden Augenblick das Zimmer betreten.

»Ich habe nichts angerührt«, sagte Kersten Hesse leise. »Ich bringe es nicht fertig, seine Sachen einzupacken.«

»Umso besser.« Erik öffnete die Schranktür und griff nach Haymos Kleidung. In keiner Hosen- oder Jackentasche fand er etwas von Bedeutung. Er nahm sich Haymos Sporttasche vor, die im Schrank stand, und anschließend auch die Nachttischschublade neben Haymos Bett. Nichts! Erik griff nach dem Handy des Jungen, scrollte durch die Anrufliste, schaute nach den Mails und den Kurznachrichten und steckte es dann ein. »Das Handy wird im Kommissariat genauer überprüft«, erklärte er Kersten Hesse und ging ins Badezimmer. Während er Haymos Waschbeutel durchsuchte, fragte Sören nach Hesses Frau und ließ sich erklären, was der Tod des Sohnes für eine psychisch so schwer kranke Frau bedeuten mochte und ob sie überhaupt in der Lage sei zu ermessen, was mit Haymo geschehen war.

Hesse antwortete einsilbig. Seine Frau sei völlig auf sich selbst konzentriert, nehme ihre Umwelt nur noch begrenzt wahr und sei kaum in der Lage, sich in andere hineinzuversetzen. »Möglich, dass sie in einem Moment so reagiert wie jede andere Mutter, aber den Tod ihres Sohnes schon im nächsten Augenblick vergessen hat.«

Rasierschaum und Rasierer, Gesichtscreme, Deo, Kamm und Bürste, Haarwachs und eine Bodylotion packte Erik aus und tastete mit den Fingerspitzen durch den Waschbeutel, damit er ja nichts übersah. Ein feines Knistern war zu hören, und er stellte fest, dass der Beutel eine kleine Vortasche hatte. Er zog den Reißverschluss auf und griff hinein. Ein Kondom kam zum Vorschein. Erik betrachtete es mitleidig, seufzte und wollte es wegstecken … da bemerkte er, dass es noch etwas in der Vortasche gab. Ein Foto! Das Foto eines Mädchens, das schüchtern in die Kamera lächelte.

Erik starrte es erschrocken an, strich seinen Schnauzer glatt und zögerte. Dann steckte er das Bild in die Brusttasche seines Hemdes, strich den Pullunder, den er darübertrug, glatt und ging ins Zimmer zurück.

»Wir werden uns natürlich auch noch in Ihrer Wohnung in Flensburg umsehen«, wandte er sich an Hesse. »Am besten gleich morgen.«

Kersten Hesse nickte wortlos, steckte die Hände in die Hosentaschen und wippte auf den Zehenspitzen, als hätte er Mühe, seine Unruhe zu bezähmen.

»Was ist mit Ihrer Frau?«, fragte Erik. »Weiß sie inzwischen vom Tod ihres Sohnes?«

Hesse schüttelte den Kopf. »So einfach ist das nicht.«

»Morgen wird es in der Zeitung stehen.«

»Sie liest keine Zeitung.«

»Aber vielleicht gibt es andere in ihrem Umfeld, die es ihr erzählen könnten.«

»Ich habe schon Bescheid gegeben. Sie sollen es ihr heute schonend beibringen.«

»Das wollen Sie nicht selbst tun?«

Kersten Hesse zögerte. »Ich dachte, ich müsste hierbleiben, bis Haymos Mörder gefunden worden ist.«

»Wir werden uns morgen Haymos Zimmer in Flensburg ansehen. Wenn Sie dabei sein wollen …«

»Natürlich.«

Erik drehte sich schon zur Tür, da stellte Sören noch eine Frage: »Wir haben gehört, dass Ihr Sohn einem Mädchen imponieren wollte. Kennen Sie den Namen?«

Hesse runzelte die Stirn. »Unsinn! Haymo wollte Finisher werden, weil er sich selbst was beweisen wollte. Wurde ja auch Zeit.« Er wurde nun hektisch, als fürchtete er, dass die Polizisten gehen könnten, ehe er sie für sich und seine Anschuldigungen gewonnen hatte. »Da war noch etwas zwischen Haymo und Morten Stöver. Aber Haymo hat nie darüber geredet. Seit dem Klassenausflug nach Schweden. Da war nämlich etwas passiert. So schrecklich, dass Morten Stöver seinen Dienst quittierte …«

»Klassenausflug nach Schweden?« Erik musste lange nachdenken, bis diese drei Worte, die etwas in ihm anrührten, vor seinen Augen zu einer Geschichte wurden.

Bis das so weit war, hatte Sören schon gefragt: »Was ist während dieser Klassenfahrt passiert?«

»Zwei Schüler sind tot nach Hause zurückgekehrt.«

Wo ist Kükeltje?« Mamma Carlotta hatte diese Frage schon mehrmals gestellt, aber nie eine befriedigende Antwort erhalten. Seit Erik als überführt galt, war die Angst der Kinder vor Entdeckung nicht mehr ganz so groß wie vorher. Sie ließen die Katze überall herumlaufen, sich ihre eigenen Schlafplätze suchen und waren sich oft nicht einmal im Klaren, ob das Tier sich überhaupt im Haus aufhielt. »Wir müssen immer wissen, wo il gatto ist«, mahnte Mamma Carlotta, »damit wir sie herausschaffen können, wenn Enrico heimkommt. Er darf die Katze niemals …«

Felix fiel ihr ins Wort: »Papa soll den Ball mal schön flach halten. Der mit seiner angeblichen Katzenhaarallergie! Er hat gar kein Argument gegen Kükeltje. Wir brauchen sie nicht mehr zu verstecken.«

»Dein Vater ist der Herr des Hauses«, gab Carlotta zurück. »Er hat kein Argument nötig, um eine Katze in seinen vier Wänden zu verbieten.«

Diese Diskussion war nicht nach Felix' Geschmack. »Ich gehe mit meiner Gitarre zu Herrn Vorberg. Er hat gesagt, er könnte mir Tipps geben. Stell dir vor, Nonna, der hat Campino mal backstage getroffen.«

»Back... come?«

»Hinter der Bühne. Er hat ihm sogar die Hand geschüttelt und eine Weile mit ihm geredet.«

»Hat dieser Campino auch so lange Haare wie du, Felice?«

Felix bemerkte die Falle und blieb erstaunlich ruhig. »Das nicht. Aber er hat sie sich blond gefärbt.«

»Und hat er auch einen Ohrring? So wie eine Ragazza?«

»Wenn er will, hat er einen. Wenn er keinen hat, dann will er ihn nicht. Übrigens ist er auch tätowiert. Was hältst du davon, Nonna, wenn ich ...«

Mamma Carlotta ließ ihren Enkel nicht ausreden. »Wenn du das tust, Felice, dann ... dann backe ich dir nie wieder eine Amarettotorte zum Geburtstag.«

Felix lachte, entweder weil er der Drohung seiner Nonna nicht glaubte oder weil sie ihm egal war. »Herr Vorberg sagt jedenfalls, Campino wäre voll cool.«

Mamma Carlotta verzog nun ihr Gesicht zu einem ungläubigen Staunen, weil sie wusste, dass es von ihr erwartet wurde. »Incredibile!«

»Vielleicht ist Kükeltje bei ihm.«

»Felice ...« Mamma Carlotta hielt ihren Enkel zurück, als er, den Gitarrenkoffer geschultert, das Haus verlassen wollte. »Kannst du Herrn Vorberg bitten, mir mal etwas auf seiner Ukulele vorzuspielen? Ich habe ihn heute Morgen spielen und singen gehört. Das war einfach ... meraviglioso.«

Felix, der nicht die Musik im Sinn hatte, die seiner Großmutter gefiel, nickte dennoch gnädig. »Wenn ich ihm eine Portion von deinen eingelegten Antipasti verspreche, kann ich ihn vermutlich überreden.«

Mamma Carlotta bereitete schon die Pasta fürs Abendessen vor, als sie hörte, dass die Terrassentür aufgeschoben wurde. Mit einer Schalotte in der linken und dem Küchenmesser in der rechten Hand lief sie ins Wohnzimmer, wo Gerald Vorberg soeben von Felix ins Haus geschoben wurde. Auf dem Schoß hielt er seine Ukulele, ein kleines, schwarz gestrichenes Instrument, über dessen Klangkörper sich weiße, fein gezeichnete Girlanden rankten.

Er lachte Mamma Carlotta an und hielt ihr die Ukulele entgegen. »Stimmt es, was Ihr Enkel sagt?«

»Sì!« Mamma Carlotta bedauerte, dass sie keine Hand frei hatte, um Gerald Vorberg zu begrüßen. »Grazie! Grazie tante!«

Eilig lief sie ihm voran und öffnete die Türen so weit, dass der Rollstuhl hindurchpasste. »Wie oft habe ich meine Cousine Aurora beneidet. Deren Mann hat ihr auf der Querflöte vorgespielt, wenn sie ihm sein Lieblingsessen kochte. Am Ende war sie nur noch bereit zu kochen, wenn er flötete.«

Gerald Vorberg lachte. »Und dann hat er selber einen Kochkurs absolviert?«

Mamma Carlotta schüttelte traurig den Kopf. »No, er hat Aurora verlassen, weil er eine Flötistin kennengelernt hat, die überhaupt nicht kochen konnte.« Sie seufzte tief. »Aber wie man hört, hat auch diese Liebe nicht gehalten. Vielleicht besteht das Geheimnis einer Ehe darin, nichts zu übertreiben. Ein bisschen kochen, ein bisschen Musik, ein bisschen Liebe … dann wird niemand so schnell enttäuscht.«

Gerald Vorberg ließ die Finger über die Saiten der Ukulele gleiten. Er sah Carlotta gedankenvoll an, dann schüttelte er den Kopf. »Nein, von der Liebe braucht man immer die größte Portion. Ein bisschen reicht nicht für ein ganzes Leben.«

Kükeltje stand wie aus dem Boden gewachsen neben dem Rollstuhl und maunzte, als wollte sie Vorberg bitten, nun endlich mit dem Spiel zu beginnen. Felix setzte sich auf einen Stuhl, Carolin und Ida kamen in die Küche, und Kükeltje rollte sich im Einkaufskorb zusammen, der neben der Tür stand.

Gerald Vorbergs Stimme war tief und rau, er lächelte Mamma Carlotta an, als er den D-Dur-Akkord klingen ließ und dann zu singen begann. »He's got the whole world …«

Felix' Knie begann zu wippen, Ida war es, die anfing, im Rhythmus zu klatschen. Mamma Carlotta machte mit, Carolin schnipste nur leise mit den Fingern und ließ die Haarspiralen vor ihren Augen im Rhythmus wippen.

»When it rains five days …« Gerald Vorberg wechselte zum nächsten Lied, und Felix nickte fachmännisch. »Backwater Blues! Find ich cool.«

Gerald Vorbergs Gesicht war gelöst, während er sang und spielte, der Kummer, der seine Miene sonst verdunkelte, schien in diesem Augenblick vergessen zu sein. Er blickte auf ein Bild, das nur er sah, und schien sich von der Musik trösten zu lassen. Ein paar Minuten lang waren sein Spiel und sein Gesang eine Aufführung, dann zog er sich aus der Position des Vortragenden zurück und fand zurück in die Gegenwart, kam wieder in dieser Küche an und erzählte im Rhythmus des Liedes, wann er das Lied zum ersten Mal gespielt hatte und warum es ihm so gut gefiel.

Carlotta hatte längst mit dem Klatschen aufgehört, um nur noch zu lauschen oder mitzusummen, wenn sich ein Refrain wiederholte. Sie bemühte sich zu zeigen, wie gut ihr das Lied gefiel, wie sehr sie von Gerald Vorbergs Stimme berührt wurde. Dann aber wurde das Spiel leichter, der Gesang schien zu schweben, verlor das Gewichtige und bat nicht mehr um Beifall.

Gerald Vorberg sang und spielte nicht mehr für ein Publikum, auch nicht für sich, er schenkte dem Lied ein eigenes

Leben. Mamma Carlotta war an diese Art von Musik gewöhnt, die die Arbeit begleitete, sie leichter machte und den Alltag und das Leben ausschmückte, wie es auch ihrer Cousine Aurora gefallen hatte, begann die Schalotte und den Knoblauch zu hacken und bereitete die Auflaufform für die Spinatlasagne vor, ohne dass ihr der Verdacht gekommen wäre, den Künstler damit zu kränken, weil er sie für unaufmerksam halten könnte. Nein, so war es genau richtig. Gerald Vorberg lächelte, während er ihre Arbeit besang, während er die Bewegungen ihrer Hände auf die Saiten der Ukulele übertrug, und nickte den Kindern Einverständnis zu, als sie sich über die Reste der Cantuccini hermachten. Mamma Carlottas Messer hackte im Rhythmus des Liedes, das harte Gebäck zwischen den Zähnen der Kinder knackte ebenfalls rhythmisch.

So gab es auch keinen Applaus, als er endete, sondern nur strahlende Gesichter, die Gerald Vorberg offenbar glücklicher machten als jeder künstliche Überschwang.

»Ukulele zu spielen ist gar nicht so schwer«, sagte er zu Mamma Carlotta. »Wenn Sie wollen, bringe ich es Ihnen bei.«

Sie ließ die Pfanne im Stich, in der die Schalotte, die Knoblauchwürfel und die Tomaten brutzelten. »Io? Sie meinen …«

Carlotta schaffte es nicht, ihre Gefühle in Worte zu kleiden. Musizieren – das war für sie bisher immer ein Privileg einiger weniger Auserwählter gewesen. Kinder von Künstlern, Kinder von Eltern, denen eine musische Erziehung wichtig war, Menschen, die von ihrem Talent gedrängt wurden! Aber sie? Eine einfache Mamma aus Umbrien? Doch bevor sie ihre Zweifel zu Ende gedacht hatte, hörte sie sich schon sagen: »Sì. Das wäre meraviglioso. Wenn es wirklich so einfach ist …«

Felix wollte protestieren, weil er anscheinend Sorge hatte, dass seine Fähigkeiten auf der Gitarre in ein schlechtes Licht gerückt werden könnten, da war vor dem Haus Motorengeräusch zu hören.

Ida lief zum Fenster. »Erik ist im Anmarsch. Die Katze!«

Carolin sprang auf Kükeltje zu, die entsetzt aus dem Einkaufskorb hochfuhr, Felix versuchte, sich auf sie zu werfen, woraufhin die Katze ihr Heil in einem Sprung in Mamma Carlottas Arme suchte, die jedoch nicht damit gerechnet hatte und erschrocken zurückwich, statt das Tier an ihre Brust zu nehmen und schleunigst nach draußen zu tragen. So prallte Kükeltje an ihrer Schürze ab und landete auf den Knien von Gerald Vorberg, der nicht minder erschrak und die Ukulele fallen ließ. Das verursachte ein Geräusch, das dem Tier den Rest gab. Kopflos rettete sich Kükeltje auf die Arbeitsplatte, wo gerade der Spinat abtropfte, landete auf dem Stiel des Siebs, das einen Salto vollführte, der den Spinat nicht nur auf den Boden schleuderte, sondern auch an die Küchenschränke, an die Tür, auf den zum Glück noch nicht gedeckten Tisch und sogar an die Lampe. Die Küche sah aus, als wäre eine Kuh zu Besuch gewesen, die ihren Fladen im Verlauf einer Pirouette von sich gegeben und dann mit einem Propeller an den Hörnern das Haus verlassen hatte.

Gerald Vorberg saß da wie erstarrt, auch Mamma Carlotta war sekundenlang bewegungsunfähig, Carolin und Felix standen mit offenen Mündern da – nur die Katze hatte ihr Pulver noch nicht verschossen und setzte ihre Flucht fort. Allerdings derart kopflos und ungeplant, dass es nur Ida, die als Einzige einen kühlen Kopf bewahrte, gelang, sie zu überlisten. Kükeltjes Sprung in die Schüssel mit den Dosentomaten fing sie wenige Zentimeter vor dem Ziel ab, schnappte sich das Tier noch im Flug und hielt es so fest, dass der Katze sogar der Spielraum fehlte, Krallen und Zähne einzusetzen. Felix riss geistesgegenwärtig die Küchentür auf, da Ida unmöglich eine Hand von der um ihr Leben fürchtenden Katze nehmen konnte, schaffte es aber nicht mehr, ihr vorauszueilen und ähnlich blitzartig die Tür zum Wohnzimmer und danach die Terrassentür zu öffnen. So hielt Ida sich an das, was zufällig gerade offen stand: die Kellertür. Kükeltje landete im Flug auf der Treppe, die Kellertür fiel ins Schloss, und Ida erschien in dem Augenblick wieder in der Küche, als alle damit rechneten, dass sich der Schlüssel im Schloss drehen würde …

Sekundenlang saßen sie wie erstarrt da, die Ohren auf die Tür gerichtet, auf den Gesichtern eine Arglosigkeit, die so verräterisch war wie das Geräusch, das in ihren angehaltenen Atem drang. Ein Kratzen an der Kellertür! Kükeltje hatte sich nicht damit abgefunden, dass sie in den Keller verbannt worden war. Und Erik musste jeden Moment das Haus betreten!

Doch nichts geschah. Kein Schlüssel drehte sich im Schloss, es waren auch keine Schritte vor der Haustür zu vernehmen. Wo blieben Erik und Sören?

Ida war als Erste wieder auf den Beinen. Im selben Moment fiel Carlotta ein, dass sie unmöglich untätig auf einem Stuhl sitzen konnte, während sich die Küche in einem Zustand befand, der einen gründlichen Hausputz erforderlich machte. Felix und Carolin rannten los, um der Katze die Flucht durchs Wohnzimmer in den Garten zu ermöglichen. Sie rissen die Wohnzimmertür und die Terrassentür auf, aber Kükeltje wurde nun entweder von Trotz oder von Kopflosigkeit dirigiert. Ein dreistimmiger Schrei ließ erahnen, dass sie schon wieder entwischt war.

Auf der Flucht vor ihren Verfolgern, deren gute Absichten sie nicht erkannte, war sie blindlings losgerannt und landete erneut in der Küche, wo sie nach dem Fiasko, das sie kurz vorher angerichtet hatte, alles andere als willkommen war. Mamma Carlotta fuhr ihr entgegen, um sie mit beiden Händen aus der Küche zu wedeln, gab dabei Zischlaute von sich, als wollte sie der Katze suggerieren, sie habe es mit einer Giftschlange zu tun, erreichte damit aber das Gleiche wie vorher die Kinder. Die Panik der Katze steigerte sich sogar noch beträchtlich. So war es nicht verwunderlich, dass sie sich auf den einzigen ruhenden Punkt stürzte, den diese Küche zu bieten hatte: Gerald Vorberg, sein Schoß und darauf die Ukulele, die er gerade mühsam vom Boden aufgehoben hatte. Es gab ein hässliches Geräusch, als Kükeltje auf den Saiten landete, worüber sie selbst am meisten erschrak, da sie als Einzige nicht damit gerechnet hatte. Der Schrei, den sie von sich gab, hatte jedoch einen anderen Grund. Sie war mit der rechten Pfote zwischen zwei Saiten geraten und musste sich kurz darauf in das Schicksal ergeben, von einer Ukulele besiegt worden zu sein.

Erik und Sören verließen Seite an Seite den Garten der Kemmertöns. »Niemand da«, brummte Erik. »Also gehen wir erst mal zum Abendessen. Vielleicht ist Vorberg zurück, wenn wir fertig sind. Dann klopfen wir noch einmal bei ihm an.«

Als Erik seine Haustür aufschloss, stutzte er. Mit einem Mal war ihm so, als beträte er einen Tatort, wo nichts so war, wie es sein sollte. Das Geräusch, das aus der Küche drang, war ihm fremd, und alles, was ihn sonst empfing, fehlte gänzlich: die Stimme seiner Schwiegermutter, das Lachen und Zanken der Kinder, das Klappern in der Nähe des Herdes, das Schmurgeln und Braten, das Zischen auf der Herdplatte, wenn ein Topf überkochte.

Er riss die Tür auf, weil er plötzlich von der Angst getrieben wurde, dass ein Unglück geschehen sein könnte – und stand einem grün gesprenkelten Fiasko gegenüber. Spinatspritzer, wohin er sah, seine Schwiegermutter, die mit hochrotem Kopf am Küchenschrank herumwischte und dabei so tat, als ginge sie mit Freude einem Hobby nach, Carolin und Felix, die ihn anstarrten, als wäre auch sein Gesicht voller Spinat, und Ida, die sich über etwas beugte, was herzzerreißend wimmerte und von einem Mann gehalten wurde, den Erik in seiner Küche noch nie gesehen hatte.

»Herr Vorberg! Hier sind Sie! Wir wollten Ihnen gerade einen Besuch abstatten.«

Das Wimmern steigerte sich und wurde schriller. Als Ida sich aufrichtete, hielt sie etwas im Arm, was Erik in dieser

Küche ebenfalls noch nie gesehen hatte. Er vergaß sein Gespräch mit Gerald Vorberg und fragte: »Was ist hier eigentlich los?«

Mamma Carlotta fuhr auf der Suche nach einer guten Erklärung mit dem Putzlappen durch die Luft, Carolin und Felix bewegten sich unauffällig zur Tür, Ida hielt Erik die Pfote der rabenschwarzen Katze hin, als sei das Antwort genug. Erik erfreute sich an seiner eigenen Geistesgegenwart, denn ihm fiel ein, dass er nun unbedingt eine Reaktion zeigen musste, und er begann heftig zu husten. Das Niesen gelang ihm leider nicht.

»Alles meine Schuld«, erklärte Vorberg. »Die Katze ist mir abgehauen und in Ihr Haus gelaufen, weil wohl gerade eine Tür offen stand …«

»Das ist Ihre Katze?«, wunderte sich Erik.

Vorberg nickte. »Sie ist mir zugelaufen. Bis ich abreise, hat sich vielleicht der rechtmäßige Besitzer gefunden. Solange kümmere ich mich um sie. Es ist schön, mal wieder für jemanden zu sorgen.«

Erik sah sich um, deutete auf die grünen Spritzer an den Schränken, auf die Ukulele, auf die verletzte Pfote der Katze und ließ sich, noch bevor er eine Frage stellen konnte, von seiner Schwiegermutter erklären, dass das alles ganz harmlos sei und nichts zu bedeuten habe.

»Il gatto hat Angst bekommen und ist auf das Sieb gesprungen.« Warum sie nichts dabei fand, dass die Küche in diesen Zustand versetzt worden war, und weder fluchte noch den Himmel anrief, der dieses Unglück nicht verhindert hatte, konnte Erik nicht begreifen. »Sie wollte hinaus und hat den Ausgang nicht gefunden«, fügte Mamma Carlotta an, und Erik fragte sich, warum sie sich so deutlich um Diplomatie bemühte, was sie sonst nur dann tat, wenn es etwas zu beschönigen oder gar zu verheimlichen gab.

Sören hatte bis zu diesem Augenblick schweigend an der Tür

gestanden, mit einer Miene, als hätte er soeben einsehen müssen, dass die Erde doch eine Scheibe war. Dann aber straffte er sich, weil er anscheinend zu der Ansicht gekommen war, dass das Chaos sich am ehesten bändigen ließ, wenn man es ignorierte, es von jemandem beseitigen ließ, der sich darauf verstand, und sich auf das konzentrierte, was von dem Chaos unberührt geblieben war. Er wandte sich an Vorberg, als wäre dieser einer Vorladung ins Kommissariat gefolgt und säße nun vor seinem Schreibtisch. »Wir müssen Ihnen ein paar Fragen stellen.«

Ida schlich sich, mit der Katze auf dem Arm, aus der Küche, gefolgt von Carolin und Felix, die die Gelegenheit, sich unauffällig zu verdrücken, nicht verstreichen lassen wollten. Mamma Carlotta dagegen wischte weiter an den Küchenschränken herum, putzte den Tisch blank, als Erik sich daran niederließ, und wechselte die Schürze.

»Kennen Sie Haymo Hesse?«, fuhr Sören fort und setzte sich.

Gerald Vorberg brauchte nicht lange nachzudenken. »Ein Klassenkamerad meines Sohnes.«

»Der auch auf der Klassenfahrt in Schweden war«, ergänzte Erik.

»Die ganze Klasse war dabei. Von Haymo hat mein Sohn gelegentlich gesprochen. Er war dabei, als Björn und Daniel in den Sog gerieten, und hat Hilfe geholt.« Er blickte auf die Ukulele in seinem Schoß, und seine Ergänzung war kaum zu verstehen. »Leider vergeblich.«

Erik ließ ihn nicht aus den Augen. »Morten Stöver war damals einer der begleitenden Lehrer.«

Gerald Vorberg nickte, ohne aufzublicken.

»Wussten Sie, dass er mittlerweile auf Sylt lebt?«

Wieder nickte Vorberg. »Seinetwegen bin ich hier.«

Erik fiel auf, dass die Geräusche, die beim Putzen entstanden, verstummt waren. Er sah sich mit hochgezogenen Augenbrauen um, woraufhin seine Schwiegermutter sofort wieder den Putzlappen in den Eimer tauchte und auswrang. »Was wollen Sie von ihm?«, wandte er sich wieder an Vorberg.

»Er soll mir helfen.« Nun konnte er endlich aufblicken und den beiden Polizisten ins Gesicht sehen. Offenbar hatte er mit den Tränen gekämpft. »Ich muss mit der Sache abschließen. Mit Björns Tod, mit dem Tod meiner Frau, mit allem. Ich kann sonst nicht weiterleben.«

»Was meinen Sie damit? Wie wollen Sie mit der Sache abschließen?«

»Ich bin seit dem Unfall in psychotherapeutischer Behandlung. Kurz danach war ich suizidgefährdet, man hat mich sogar für eine Weile in einer geschlossenen Abteilung untergebracht. Zum Schutz vor mir selbst.« Er schluckte, ehe er fortfuhr: »Aber irgendwann hat das Leben wieder angeklopft, und ich habe eingesehen, dass ich mit ihm noch nicht fertig war. Ich wollte weiterleben.« Er legte die Ukulele auf einen freien Stuhl. »Der Unfall war in der Schweiz geschehen, ganz in der Nähe von unserem Urlaubsort. Dort wurde ich auch behandelt. Als ich nach Deutschland zurückging, hatte mein früherer Geselle schon alles vorbereitet. Er führt nun meine Firma weiter, er hat mir eine behindertengerechte Wohnung besorgt, ich konnte mein Leben weiterführen, wenn auch ganz anders als vorher. Aber mein Arzt war der Meinung, dass ich psychotherapeutische Hilfe brauchte. Und er hatte recht.« Vorberg runzelte die Stirn, als erinnerte er sich jetzt erst wieder an den Beginn des Gesprächs. »Was ist mit Haymo Hesse? Warum haben Sie mich nach ihm gefragt?«

»Haben Sie nicht von dem Todesfall während des Syltlaufs gehört? Der junge Mann, der auf der Kurpromenade tot zusammengebrochen ist!«

»Das war Haymo?« Gerald Vorberg sah sehr betroffen aus. »Mein Gott! Dem Unglück in Schweden ist er entkommen, und hier erwischt es ihn.«

Nun mischte sich Sören wieder ein. »Wissen Sie etwas über das Verhältnis zwischen Morten Stöver und Haymo? Herr Hesse behauptet, es habe Spannungen zwischen den beiden gegeben.«

Gerald Vorberg hob die Schultern. »Davon weiß ich nichts. Aber dass es zwischen Lehrer und Schüler Spannungen gibt, ist ja nichts Außergewöhnliches.«

Erik interessierte sich mehr für das, was Gerald Vorberg von Morten Stöver erwartete. »Wie soll er Ihnen helfen?«

»Ich möchte mit ihm reden. Mein Arzt sagt, ich muss mich den Ereignissen in Schweden stellen. Ich hatte versucht, alles zu verdrängen. Ich wollte nichts Genaues wissen, aber nun … nun möchte ich den Tod meines Sohnes aufarbeiten.«

»Indem Morten Stöver Ihnen von den Umständen seines Todes erzählt?«

Gerald Vorberg nickte. »Ich weiß nur, dass er die beiden Kinder aus dem See geborgen hat. Mehr wollte ich bisher nicht hören. Allerdings leide ich unter schrecklichen Albträumen, in meiner Fantasie haben sich Horrorszenarien gebildet. Den Tod meiner Frau habe ich miterlebt und konnte ihn daher eher akzeptieren, von Björns Tod weiß ich nicht viel – nur, dass er in eine Strömung geraten und ertrunken ist. Mehr nicht. Ich weiß nicht einmal, wie der See aussieht. Daher werde ich auch noch nach Schweden reisen und versuchen, mit dem Rollstuhl so nah wie möglich ans Wasser zu kommen. Ich will es sehen, dieses Wasser, das meinem Sohn zum Verhängnis wurde.«

Erik glaubte zu verstehen. »Haben Sie schon mit Morten Stöver gesprochen?«

Gerald schüttelte den Kopf. »Er hatte mit dem Syltlauf alle Hände voll zu tun, da habe ich mir gedacht, ich warte besser ein paar Tage. Ich hoffe, er ist überhaupt bereit, mit mir zu sprechen. Für ihn war das ja auch alles ganz schrecklich. Möglicherweise möchte er gar nicht mehr daran rühren.« Er blickte auf. Seine Augen schwammen in Tränen. »Ich kann ihn nur bitten. Aber ich hoffe, dass er Verständnis für mich haben wird. Ich kenne ihn nur flüchtig. Doch nach allem, was ich von ihm weiß, muss er ein angenehmer Mensch sein. Und er war ein beliebter Lehrer.«

Erik dachte daran, dass Morten Stöver ihm erklärt hatte, ein sicherer Job und ein gutes Gehalt seien nicht alles. »Sie meinen, er hat den Beruf hingeworfen, weil er mit dem Erlebnis auf der Klassenfahrt nicht fertigwurde?«

»Warum sonst? Ich habe übrigens Daniels Mutter vorgeschlagen, ebenfalls nach Sylt zu kommen.«

»Daniel ist der Schüler, der zusammen mit Ihrem Sohn ertrunken ist?«

Vorberg nickte. »Aber sie will nicht. Sie meint, dass sie genug Rückhalt in ihrer Familie hat. Sie ist ja nicht allein, so wie ich. Zwar lebt ihr Mann nicht mehr bei ihr, aber sie hat eine erwachsene Tochter, die ihr hilft, und noch zwei weitere Söhne, die sie brauchen. Sie stellt sich auf den Standpunkt, dass Ablenkung das beste Mittel ist, einen schweren Schicksalsschlag zu verkraften.«

Erik wollte eigentlich nicht daran denken, aber ihm fiel ein, dass er sich nach Lucias Tod in die Arbeit gestürzt hatte, um zu vergessen.

»Wir haben uns ein paarmal getroffen, als ich wieder in Deutschland war. Ich dachte, wir könnten uns gegenseitig helfen, aber es stellte sich bald heraus, dass wir auf unterschiedliche Weise mit dem Tod unserer Kinder umgingen. Ich konnte Frau Burkert nicht helfen und sie mir nicht. Außerdem ...« Gerald Vorbergs Blick ging an die gegenüberliegende Wand. »Sie kann ihr Leben weiterführen, kann ihrem Beruf nachgehen und ist nicht allein. Da ist es natürlich leichter.«

»Natürlich«, bestätigte Erik hilflos.

»Ich habe eine Selbsthilfegruppe gegründet. Wir nennen uns ›Verwaiste Eltern‹. Sie glauben gar nicht, wie wichtig es ist, über ein Unglück zu reden! Am besten mit Menschen, die das

Gleiche erlebt haben. Ich habe jedenfalls gelernt, dass es für mich das Beste ist, den Tod meines Sohnes nicht mehr zu verdrängen, auch die Umstände nicht. Ich muss mich ihnen stellen, dann werde ich Björns Tod verarbeiten. Ihn und alles andere auch.«

Obwohl Erik mit seiner eigenen Erfahrung ein geeigneter Gesprächspartner gewesen wäre, fühlte er doch den Widerwillen auf seiner Haut. Sie brannte, juckte und kribbelte. Er kratzte sich unauffällig und schämte sich, weil ihm die Vorstellung unangenehm war, dass Gerald Vorberg nun über sein Leid, seine Trauer, seine Verzweiflung sprechen würde. Er wollte nichts davon hören, weil er Angst hatte, dass Gerald Vorbergs Gefühle seinen ähnlich sein könnten. Er selbst hatte nach Lucias Tod nicht das Bedürfnis gehabt, über seine Erinnerungen und seine Trauer zu sprechen. Die Kollegen im Polizeirevier hatten ihm immer wieder versichert, dass er mit ihnen reden könne, aber er hatte auch ihre Erleichterung gespürt, als er darauf verzichtete. Vielleicht hätte er so eine Selbsthilfegruppe gebraucht. Sich etwas von der Seele reden, das konnte man wohl am besten vor den Ohren jener, die in einer ähnlichen Situation waren. Er selbst war Gerald Vorberg ein paar Schritte voraus, er hatte mit Lucias Tod inzwischen abgeschlossen, hatte ihn als etwas Unausweichliches akzeptieren müssen und war jetzt ein genauso schlechter Gesprächspartner wie alle, die sich nach Lucias Tod überfordert gefühlt hatten.

»Hat es zwischen Haymo Hesse und Morten Stöver in Schweden etwas gegeben, was zu Streit, Vorwürfen oder sogar zu Hass geführt hat?«

»Was sollte das gewesen sein?« Vorberg schüttelte den Kopf. »Beide haben getan, was sie konnten. Haymo hat sofort Hilfe geholt, er hat sich genau richtig verhalten. Und Stöver ist umgehend zum See gerannt, um die Jungen zu retten. Es war nicht seine Schuld, dass er nichts mehr für sie tun konnte.« Vorberg schloss die Augen und griff sich an den Magen, als litte er unter

Übelkeit. »Ich gebe zu, dass ich anfänglich versucht habe, die Verantwortung bei den Lehrern zu suchen. Ich wollte einfach, dass jemand schuld war, den ich dann hassen konnte.« Über sein Gesicht ging ein kleines trauriges Lächeln. »Als wenn das helfen könnte! Dass Hass alles nur noch schlimmer machte, habe ich zum Glück schnell gelernt. Wer einen anderen hasst, der hasst am Ende auch sich selbst.«

Mamma Carlotta hatte währenddessen die Küche in ihren ursprünglichen Zustand zurückversetzt und fing an, das Geschirr aus dem Schrank zu holen. Damit sie nicht auf die Idee kam, Gerald Vorberg zum Essen einzuladen, stand Erik auf und griff nach dem Rollstuhl. »Vielen Dank für Ihre Auskünfte. Darf ich Ihnen helfen, in das Holzhaus der Kemmertöns zurückzukehren?«

»Es reicht, wenn Sie mir die Türen öffnen«, antwortete Gerald Vorberg. »Den Rest schaffe ich allein.«

Erik sah ihm nach, wie er über die Terrasse rollte und hinter der Hausecke verschwand. Dann erst fragte er sich, wo eigentlich die Katze geblieben war, die Vorberg zugelaufen war. Aber er vergaß diese Frage schnell wieder und winkte Sören zu sich. »Kommen Sie! Wir gehen zu Stöver.«

Sören warf einen verlangenden Blick zur Küchentür, fügte sich aber.

Mamma Carlotta kam aufgeregt in die Diele. »Das Abendessen!«

»Hängt das nicht an den Küchenschränken?«, fragte Erik spöttisch.

»Nessun problema! Ich laufe schnell zu Feinkost Meyer und hole neuen Spinat. Aus der Tiefkühltruhe! Tiefgekühlter Spinat ist vielleicht gar nicht so schlecht und ungesund, wie man sagt. Bis ihr zurück seid, ist alles fertig.«

Mamma Carlotta hatte Idas Angebot zurückgewiesen, den Einkauf für sie zu erledigen. Einkäufe ließ sie sich ungern abnehmen. Sie wusste, dass die Kinder einfach etwas in den Einkaufswagen warfen, damit die lästige Pflicht schnell erledigt war, während sie selbst die Ware von allen Seiten betrachtete und begutachtete, bis sie sich zum Kauf entschloss. Nein, was Erik und die Kinder bei Feinkost Meyer erledigten, nannte sie Besorgungen – für sie hingegen hatte ein Einkauf eine ganz andere Bedeutung als eine Besorgung.

Eilig hatte sie eine Jacke über ihre Kittelschürze geworfen, ohne die sie in Panidomino niemals in die Küche ging, die sie auf Sylt jedoch nur selten trug, weil Carolin behauptete, so was wäre vollkommen unmodern. Dass in dem Dorf ihrer Nonna jede Hausfrau eine Kittelschürze trug, galt angeblich auf Sylt nicht. Sie solle nur niemals mit einer Kittelschürze auf die Straße gehen, hatte Carolin ihr eingeschärft! Mamma Carlotta hoffte, dass sie nicht unter der Jacke hervorsah, und wenn, dass Carolin von dieser schockierenden Tatsache nichts mitbekommen würde.

Sie lief den Süder Wung mit so schnellen Schritten entlang, dass ihr schon an der Straßenecke warm wurde. Im Osterweg hörte sie ein Auto hinter sich, das sehr langsam fuhr, so als suche der Fahrer etwas oder sei sich nicht sicher, auf der richtigen Straße zu sein. Mamma Carlotta wechselte vom Fahrbahnrand auf den Bürgersteig, weil ihr plötzlich in den Sinn kam, dass der Fahrer des Wagens Rücksicht auf sie nahm und in Sorge war, dass sie ihm vors Auto geraten könnte. Nun musste er wissen, dass er zügig vorbeifahren konnte.

Aber er erhöhte sein Tempo nicht. Als das Auto schließlich an ihr vorbeifuhr, bückte sie sich, um einen Blick ins Wageninnere zu werfen. Ein Mann saß am Steuer, blickte nach rechts und links und beugte sich vor, um die Straße genau überblicken zu können. Schließlich sah sie, dass er auf den Parkplatz von Feinkost Meyer einbog. Und in diesem Augenblick fiel ihr ein, dass ihr der Fahrer schon einmal begegnet war. In der Dämmerung hatte sie ihn nicht gleich erkannt, nun aber wusste sie, dass es Morten Stöver gewesen war, der Lehrer, der früher Ida und auch den Jungen unterrichtet hatte, der beim Syltlauf zusammengebrochen war.

Sie kam selbst nur wenige Augenblicke später auf dem Parkplatz an, wo nicht viel los war. Aber der hellgraue Wagen von Morten Stöver war nirgendwo zu entdecken. Mamma Carlottas Neugier wurde prompt geweckt. Wo war er geblieben? Als sie am Eingang des Supermarktes angekommen war, entdeckte sie ihn. Morten Stöver hatte sein Auto nicht vor dem Gebäude abgestellt, wie die meisten es taten, sondern links daneben, dort, wo sonst nur geparkt wurde, wenn vorne alles voll war. Er hatte sein Auto auf einem Platz abgestellt, der am weitesten entfernt lag vom Eingang, von der Box mit den Einkaufswagen, von den Fahrradständern, war bis zu dem Bretterzaun gefahren, hinter dem die Müllcontainer standen. Und er war im Auto sitzen geblieben, als wartete er auf jemanden. Sie war sicher, dass er hier nicht stand, weil er einkaufen wollte.

Kopfschüttelnd ging sie in den Laden, kaufte eine Packung Tiefkühlspinat und rechtfertigte sich vor der Kassiererin, der sie schon oft auseinandergesetzt hatte, warum es ihr so wichtig war, nur frische Lebensmittel zu verarbeiten und niemals auf Tiefkühlprodukte oder gar Konserven zurückzugreifen. Dann trat sie wieder vor die Tür. Ein Blick zeigte ihr, dass Morten Stövers Auto noch immer dort stand, wo sie es beim Hineingehen gesehen hatte. Und Stöver saß nach wie vor hinterm Steuer. Obwohl die Dämmerung schon wieder ein bisschen dichter geworden war, konnte sie erkennen, dass er sich so klein machte wie eben möglich.

Und nun bog ein Taxi auf den Parkplatz ein, mit einer Frau auf dem Beifahrersitz, die sich ebenso suchend umsah, wie Morten Stöver es getan hatte, und den Fahrer schließlich in den hinteren Teil des Parkplatzes dirigierte. Dort zahlte sie, stieg aus und wartete, bis das Taxi davongefahren war.

Mamma Carlotta tat so, als suchte sie etwas in ihrer Einkaufstasche, und beobachtete währenddessen, was geschah. Die Frau blickte sich um und steckte dabei die Hände in die Taschen ihrer Jacke, nur die Fingerspitzen, wobei sie graziös die Ellenbogen nach außen drehte. Über Mamma Carlotta sah sie hinweg und lief dann mit kleinen Schritten und trotz des Misstrauens in ihre Umgebung aufrecht und sehr beherrscht zu Morten Stövers Auto. So schnell sprang sie hinein, als wollte sie nicht gesehen werden. Zum Glück gab es eine Laterne auf dem Parkplatz von Feinkost Meyer, die bereits leuchtete. So konnte Mamma Carlotta erkennen, dass die beiden sich mit einem Kuss begrüßten. Eine heimliche Liebe also! Mamma Carlotta sympathisierte grundsätzlich mit Menschen, die ihre Liebe nicht offen zeigen konnten, selbst dann, wenn dahinter etwas so Unmoralisches wie Ehebruch steckte, den sie eigentlich verurteilte. Welchen Grund mochten diese beiden für ihre Heimlichkeit haben?

Während sie nach Hause lief, brachte ihre Fantasie bereits prächtige Blüten hervor. Vielleicht war die Frau verheiratet? Oder Morten Stöver hatte eine eifersüchtige Freundin? Möglich auch, dass die Frau eine Prominente war, die sich vor Paparazzi fürchtete! Diese Idee gefiel Mamma Carlotta am besten, dann sollte sie ein Auge auf die Sache haben. Sie könnte, wenn sie sicher geworden war, Wiebke anrufen und ihr einen Tipp geben. Wiebke, die sie immer noch heimlich Eriks Freundin nannte, würde dann nach Sylt kommen, Fotos von dem Liebespaar machen, sie an eine Zeitschrift verkaufen, eine kompromittierende Überschrift erfinden und viel Geld damit verdienen.

Die Art, wie Wiebke mit dem Privatleben berühmter Leute umging, gefiel ihr zwar nicht, aber in diesem Fall gab es noch einen anderen Aspekt, der erfreulich sein könnte: Sie würde Gelegenheit haben, Wiebke zum Abendessen einzuladen, und Erik damit die Chance verschaffen, sich mit ihr zu versöhnen. Dieser Gedanke gefiel ihr außerordentlich. Sie musste unbedingt mit Ida über ihren früheren Lehrer sprechen, vielleicht wusste das Mädchen etwas, was weiterhalf. Welches Ziel Mamma Carlotta damit verfolgte, durfte natürlich niemand wissen. Carolin und Felix waren erleichtert gewesen, als die Beziehung ihres Vaters mit Wiebke Reimers in die Brüche ging, und würden alles boykottieren, was zu einer Versöhnung führen könnte.

Als Mamma Carlotta nach Hause kam, trug Kükeltje einen Verband und schien begriffen zu haben, dass eine Verletzung nicht nur Nachteile mit sich brachte. Sie maunzte jämmerlich und erfreute sich prompt an den tröstenden Streicheleinheiten und Leckerlis.

»Total cool von Herrn Vorberg«, sagte Ida, »dass er behauptet hat, Kükeltje gehörte zu ihm.«

Dieser Ansicht waren auch Carolin und Felix. »Heute Nacht sollte Kükeltje im Heizungskeller schlafen«, schlug Felix vor. »Sie kann mit der verletzten Pfote nicht draußen herumlaufen.«

»Und wenn Papa sie entdeckt«, fuhr Carolin fort, »sagen wir einfach, dass Herr Vorberg wohl vergessen hat, sie mitzunehmen. Sie hat sich in den Heizungskeller verzogen, ohne dass es jemandem aufgefallen ist.«

Mamma Carlotta, zu deren wichtigsten Erziehungszielen der Mut zur Ehrlichkeit gehörte, war mit dieser Mogelei nicht einverstanden. »Habt ihr gar nicht gehört, wie Enrico gehustet hat, als er die Katze sah?«

»Als er sie sah«, wiederholte Felix mit einer Betonung, die seiner Nonna nicht gefiel, und drehte an seinem Ohrring, was ihr ebenfalls nicht gefiel. Sie blieb hartnäckig bei der Meinung, dass Ohrschmuck ausschließlich etwas für Mädchen und Frauen war, genau wie lange Haare. »Solange er von Kükeltje nichts wusste, hat er kein einziges Mal gehustet«, fuhr Felix fort. »Und haben seine Augen vielleicht getränt? Hatte er Atemnot? Nein! Nicht einmal, nachdem Kükeltje auf seinem Kopfkissen geschlafen hatte.«

Noch ein Erziehungsziel von Mamma Carlotta lautete, dass Kinder sich nicht über ihre Eltern lustig machen durften. Deswegen entschloss sie sich zu einem Themenwechsel. »Du hast nie über die Klassenfahrt nach Schweden gesprochen«, wandte sie sich an Ida, während sie den Aufdruck auf der Tiefkühlpackung studierte, damit sie wusste, wie man aus dem harten grünen Klumpen einen Spinat machte, der sich zwischen die Lasagneblätter schmiegen konnte.

Idas Gesicht verschloss sich, aus der Erwachsenen, die sie wurde, wenn sie jemanden schützen wollte, wurde nun das Kind, das sie war, wenn sie sich überfordert fühlte. »Darüber rede ich nicht gern.« Sie stutzte. »Woher wissen Sie überhaupt davon?«

»Herr Vorberg hat darüber gesprochen. Nicht zum ersten Mal übrigens. Aber eben habe ich erfahren, dass es um die Klasse ging, die du auch mal besucht hast. Und dieser Haymo Hesse ebenfalls.«

»Herr Vorberg?« Ida runzelte die Stirn. »Woher weiß der denn davon?«

»Er ist der Vater von einem der beiden Jungen, die damals zu Tode kamen.«

»Vorberg«, wiederholte Ida nachdenklich. »Stimmt! Björn hieß so. Björn Vorberg! War mir gar nicht aufgefallen.«

»Erzähl schon«, drängte Felix. »Was ist damals passiert?«

»Ich würde es am liebsten vergessen«, antwortete Ida. »Es war so schrecklich. Ich hatte vorher noch nie einen Toten gesehen. Und dann gleich zwei. Mit beiden hatten wir am Abend vorher noch jede Menge Spaß gehabt.« Sie starrte auf den Wandkalender, als sähe sie dort das Bild von unbeschwerten Jugendlichen am Anfang ihres Lebens, die nicht ahnten, dass es schon bald zu Ende sein würde. Ihr schmales Gesicht wurde blass, sie schien kleiner zu werden und krümmte sich, als wollte sie sich in ihrem Kapuzenpullover verstecken.

»Weiter«, drängte Felix und achtete nicht auf die Beschwichtigungen seiner Schwester, die nicht wollte, dass Ida sich quälte.

Mamma Carlotta stimmte ihr zu. »Wenn überhaupt, sollte Ida es nicht euch, sondern eurem Vater erzählen.«

»Warum denn das?« Nicht nur Ida, auch Carolin und Felix waren verblüfft.

Mamma Carlotta wurde unsicher. »Er hat Herrn Vorberg danach gefragt, also muss es wichtig sein. Es hängt vermutlich mit dem Tod des Jungen beim Syltlauf zusammen.«

»Nein, ich will das nicht.« Nun begann Ida ganz unvermittelt zu weinen und ließ sich sogar von Mamma Carlotta in den Arm ziehen, was Carolin schon seit Jahren nicht mehr zuließ und Felix nur unter Ausschluss der Öffentlichkeit. »Sollen sie doch den Stöver fragen. Der hat die beiden aus dem See geholt. Der weiß, wie schrecklich sie aussahen.«

»Morten Stöver?« Mamma Carlotta freute sich, dass es so leicht war, auf den Lehrer zu sprechen zu kommen. »Erzähl mal, was ist das für ein Mann?«

Aber sie war nicht besonders erfolgreich. »Ich will nicht darüber reden«, wehrte Ida ab. »Ich will das alles nur vergessen. Was war ich froh, als wir von Flensburg wegzogen und ich nichts mehr davon hören musste!«

Mamma Carlotta vergaß die heimliche Liebschaft, der sie auf die Spur gekommen war, und stand sofort an Idas Seite. »È vero. Es gibt Menschen, die verarbeiten etwas Schreckliches besser, indem sie es verdrängen. Ich könnte das ja nicht, aber ...« Im Nu fiel ihr eine Geschichte ein, die Ida helfen sollte. »Die Verkäuferin in unserem Alimentari wurde eines Nachts von einem Ganoven mit dem Messer bedroht, sie musste ihm ihr ganzes Geld aushändigen. Da war unser Pfarrer auch der Meinung, sie solle sich den Schreck von der Seele reden, damit sie wieder ruhig schlafen könne. Nach einem Jahr musste der Laden schließen, weil niemand mehr dort einkaufen wollte. Die Geschichte von dem Mann mit dem Messer konnte am Ende niemand mehr hören. Sie hing allen zu den Ohren raus.«

Tatsächlich gelang es ihr, damit ein Lächeln auf Idas Gesicht zu zaubern. »Ich glaube, manche Geschichten denken Sie sich nur aus, Signora.«

»Io?« Mamma Carlotta wies diesen Verdacht entrüstet von sich. »No, no! Das Leben schreibt so viele Geschichten. Ich gehöre nur zu denen, die sie weitererzählen. Manche Menschen erkennen nicht, dass die Welt voller Geschichten ist, und andere sehen sie zwar, aber machen nichts daraus, was sich zu erzählen lohnt.«

»Zu denen gehören Sie eindeutig nicht, Signora«, erklärte Ida lächelnd und mit der Überlegenheit einer Erwachsenen. »Was ich übrigens noch sagen wollte … ich habe meine Oma heute Nachmittag im Rollstuhl spazieren gefahren.«

»Du bist ein gutes Kind«, lobte Mamma Carlotta, die wusste, dass Idas Großmutter im Altenheim von Westerland lebte.

»Stellen Sie sich vor … neben einem Müllcontainer habe ich einen Schuhkarton gefunden, in dem zwei Goldhamster hockten. Verlassen und total ausgehungert. Einfach dort ausgesetzt! Sie fingen gerade an, sich durch den Karton zu fressen …«

»No, Ida!« Mamma Carlotta ließ das Mädchen nicht ausreden.

»Sie waren halb erfroren«, fuhr Ida trotzdem vorwurfsvoll fort. »Ich habe sie erst mal in Omas Zimmer untergebracht. Aber da können sie nicht bleiben. Die Altenpflegerin hat ja schon das Zwergkaninchen genommen. Ihre Chefin hat gesagt, morgen fliegen die Goldhamster raus. Ich muss mir noch heute etwas einfallen lassen.«

»No, Ida!«, wiederholte Mamma Carlotta und schickte ein stilles Stoßgebet zum Himmel, damit er ihr die Kraft gab, standhaft zu bleiben. »Enrico will keine Haustiere. Die Katze ist schon schlimm genug.«

»Im Wäschekeller würde er sie nicht sehen. Wenn Sie auf Sylt sind, Signora, geht er nie in den Wäschekeller.«

»No!«

Zum Glück gab Ida nun endlich auf, so schnell, dass Mamma Carlotta den Verdacht hatte, dass sie bereits ein anderes Asyl für die beiden Goldhamster im Auge hatte. »Okay, ich fahre gleich ins Altenheim. Es wird mir schon was einfallen.«

»Ich komme mit«, schlug Carolin vor, während Felix sich anbot, dafür zu sorgen, dass Kükeltje in seinem Zimmer ihre Verletzung auskurierte und keine Gelegenheit erhielt, ins Haus zu entwischen. »Die Nonna muss dann nur dafür sorgen, dass Papa mein Zimmer nicht betritt.«

»Wenn er heimkommt, sind wir wieder zurück«, erklärte Carolin. Sie wusste, wie wichtig es ihrer Nonna war, dass alle sich um den Tisch versammelten, wenn eine Mahlzeit eingenommen werden sollte.

Mamma Carlotta murmelte etwas Zustimmendes und verbot es sich zu fragen, was nun mit den beiden Goldhamstern geschehen würde. Sie wollte es lieber nicht wissen, um nicht in die Versuchung zu geraten, etwas zu tun, was ihr Schwiegersohn untersagt hatte.

Felix verschwand mit Kükeltje und versprach ihr auf der Treppe, sie dürfe die Nacht statt im Heizungskeller in seinem Bett verbringen, was Mamma Carlotta ebenfalls am liebsten nicht gehört hätte und sofort wieder vergessen wollte. Währenddessen zogen die Mädchen sich ihre dicken Jacken über.

»Ich habe übrigens deinen früheren Lehrer gesehen«, sagte Mamma Carlotta zu Ida, ehe die Gelegenheit vorüber war, das Gespräch auf Morten Stöver zurückzuführen. »In einem Auto, auf dem Parkplatz von Feinkost Meyer.«

Idas Interesse war nicht besonders ausgeprägt. »Er musste was einkaufen. Warum nicht?«

»Er hatte den Wagen nicht vorne abgestellt, sondern neben dem Gebäude. Da wird nur geparkt, wenn vorne alles voll ist.«

Carolin schwante als Erste, dass etwas Unterhaltsames folgen könnte. »Und dann?«

»Er war mit einer Frau verabredet. Signor Stöver saß im Auto, machte sich ganz klein auf dem Fahrersitz und wartete. Und dann fuhr ein Taxi auf den Parkplatz, und eine Signora stieg aus. Als das Taxi weg war, lief sie zu Morten Stövers Auto und sprang ganz schnell hinein, als wollte sie nicht gesehen werden.« Mamma Carlotta zwinkerte den Mädchen zu. »Eine heimliche Liebe? Was meint ihr?«

»Eindeutig!«, meinte Ida und sah Carolin dabei zu, wie sie sich vorsichtig eine Mütze auf ihre Frisur setzte, die keinen Schaden nehmen sollte, und sich die Haarspiralen vor die Augen zupfte. »Haben sie geknutscht?«

Mamma Carlotta fragte sich, ob der Begrüßungskuss, den sie beobachtet hatte, mit diesem Ausdruck richtig beschrieben wurde. Schließlich nickte sie, um der Geschichte nicht gleich wieder die Brisanz zu nehmen. »Sicherlich eine verbotene Liebe. Sie ist vielleicht … eine Prominente?«

Ida hielt es für möglich. »Der Stöver ist ein heißer Typ. In den waren auch einige Mädchen aus meiner Klasse verknallt. Niemand konnte verstehen, warum er nie geheiratet hat.« Sie schien sich an dem Thema zu erwärmen. »Wie war die Frau? Jung, hübsch, dick, dünn?«

Mamma Carlotta zögerte. »In seinem Alter, würde ich sagen. Schlank! Hübsch? Sì, beides! Sie hatte so etwas … Vornehmes. Sehr stolz, beinahe so wie eine adelige Dame.«

Leider war das Thema nicht weiter zu vertiefen. Ida fand es nicht halb so spannend wie Mamma Carlotta, dass ihr früherer Lehrer ein Verhältnis hatte, das verheimlicht werden musste.

Die Mädchen machten sich auf, um zwei Goldhamster aus dem Altenheim zu retten und für sie einen Unterschlupf zu beschaffen, Felix kümmerte sich derweil um den Asylanten im Hause Wolf, Mamma Carlotta musste also ihre Mutmaßungen anstellen, ohne auf Bestätigung hoffen zu dürfen.

Doch sie wurde schnell abgelenkt, denn ihr fiel die Ukulele ins Auge, die Gerald Vorberg vergessen hatte. Sie nahm sie zur Hand, vorsichtig, wie eine Kostbarkeit, erinnerte sich, wie Gerald Vorberg sie gehalten hatte, und versuchte, es genauso zu machen. Dann klimperte sie mit dem rechten Daumen über die Saiten und lauschte den Tönen nach. Und schließlich schlug sie alle vier Saiten auf einmal an. In einem Rhythmus, der ihr gefiel. Sie setzte sogar die Finger der linken Hand mal so und mal anders auf den Hals der Ukulele, drückte mal jene, mal eine andere oder sogar mehrere Saiten herunter und hörte, wie die Töne sich veränderten. Sie konnte sie mal dumpf und tief und dann wieder hell und sogar schrill klingen lassen. Wie wunderbar musste es sein, aus diesen Tönen eine Melodie zu machen! Oder ein Lied mit einem klangvollen Rhythmus zu begleiten. Gerald Vorberg hatte gesagt, es sei gar nicht so schwer.

In ihrem Innern regte sich mit einem Mal eine Melodie, die sie mit Dino gesungen hatte, kurz nachdem sie ein Paar geworden waren, in der Nacht, in der sie sich heimlich in die Hütte eines Bauern geschlichen hatten, um allein sein zu können. Das Lied, das ihr als Sechzehnjährige so gut gefallen hatte … »O Susanna«! Dino hatte damals gesungen: »O Carlotta!«, und sie war daraufhin unfähig gewesen, ihn zurückzuweisen. Ein Mann, der sang, war unwiderstehlich. Ein Mann, der ein Instrument beherrschte, erst recht. Sie hatte Felix schon oft geraten, es nicht immer mit Punkrock, sondern auch mal mit einem romantischen Liebeslied zu versuchen. Aber ihr Enkel hatte noch nicht erkannt, worauf es ankam. Und vermutlich war das auch besser so, denn Carlotta fiel gerade wieder ein, dass sie in jener Nacht, in der Dino »O Carlotta« gesungen hatte, schwanger geworden war.

Morten Stöver war am Strand, das erfuhren Erik und Sören von seiner Schwägerin, die sie an der Rezeption des Hotels Wellenreiter begrüßte. »Er holt die Bretter rein.«

Erik gab sich interessiert. »Ist fürs Wellenreiten schon im März Saison?«

Lene Stöver, die Frau von Mortens Bruder, lächelte. »Saison ist immer, wenn Wind und Wellen richtig sind. Aber eigentlich beginnt sie erst im Mai und Juni während der Frühjahrswellen. In den Sommerferien ist die Wellensicherheit geringer, im September geht es am besten. Dann ziehen die Wellen wieder an, und die Luft und das Wasser sind noch einigermaßen warm.«

Sören machte einen Schritt auf die Eingangstür zu und wunderte sich, dass sein Chef noch nicht folgte.

»Sicherlich ist es angenehm für Sie«, wandte er sich an Lene Stöver, »dass nun ein naher Verwandter Ihre Sportabteilung leitet?«

Lene Stöver war eine Frau von Mitte dreißig. Im Gegensatz zu ihren Gästen und den Trainern, die sie beschäftigte, war sie mollig, bieder gekleidet und altmodisch frisiert. Sie wirkte durch und durch unsportlich, was Erik sehr gefiel.

»O ja!«, antwortete sie lächelnd. »Wir haben lange auf Morten eingewirkt, bis er endlich bereit war, den Lehrerberuf aufzugeben, in dem er sich sowieso nicht mehr wohlfühlte.« Ihr Lächeln verschwand. »Warum wollen Sie mit Morten sprechen? Geht es immer noch um den Jungen, der beim Syltlauf zu Tode gekommen ist?«

Erik nickte. »Wir haben noch ein paar Fragen.«

Dann folgte er Sören. Als sie den Strandübergang erklommen hatten, blieben sie stehen und sahen sich um, als wären sie das erste Mal hier. Es war Eriks Gewohnheit genau wie Sörens, sich immer beim Blick aufs Meer seiner Farbe, der Kraft der Dünung und der Stärke und Länge der Brandung zu vergewissern. Die Wellen waren inzwischen so grau wie der Himmel, in ihnen spiegelte sich längst nicht mehr das Licht des Tages. Das Meer verband sich mit dem Horizont, die Brandung mit dem Sand.

Als sie den Strand überblicken konnten, stellte Erik fest, dass Morten Stöver nicht allein war. Eine Frau war bei ihm. Die beiden unterhielten sich so intensiv, dass sie nicht bemerkten, wie die beiden Polizeibeamten auf sie zukamen. Morten Stöver hatte die Bretter aufeinandergestapelt, aber noch nicht auf den Wagen gelegt, mit dem er sie zum Hotel transportieren würde. Er lehnte sich mit den Unterarmen auf den Stapel, die Frau stand auf der anderen Seite, aber aufrecht, ohne die Bretter zu berühren. Die beiden wirkten vertraut, das war selbst im Dämmerlicht zu erkennen. Als Erik näher kam, fiel ihm auf, dass ihr Gespräch kontrovers war. Man konnte nicht sagen, dass sie sich stritten, aber anscheinend waren sie unterschiedlicher Meinung.

Sie waren nur noch wenige Meter entfernt, als Stöver auf sie aufmerksam wurde. Er richtete sich auf und lächelte etwas verkrampft. »Oh, die Hüter der Ordnung! Was gibt's denn so Dringendes, dass Sie nicht im Hotel auf mich warten konnten?«

Erik verzichtete auf eine Antwort und sorgte dafür, dass die Frau, die Anstalten machte, sie zu verlassen, noch eine Weile blieb. Er reichte ihr die Hand und stellte sich vor.

Sie war eine gut aussehende Frau, ungefähr in Mortens Alter. Das Zwanglose, das er ausstrahlte, ging ihr jedoch vollkommen ab. Sie wirkte streng und unnahbar, ihr Gesicht war verschlossen, ihre Kleidung konventionell, während Stöver zu durchlöcherten Jeans, die auch Felix gefallen hätten, sehr angesagte Turnschuhe mit neongrünen Schnürsenkeln trug und sich eine grellgelbe Jacke übergeworfen hatte. Die Frau trug schlichte Jeans, dunkle Sportschuhe und eine helle Winterjacke, alles sehr unauffällig, wenn auch auf den ersten Blick qualitativ hochwertig.

Sie murmelte ebenfalls ihren Namen, den Erik jedoch nicht verstand.

»Eine frühere Kollegin von mir«, erklärte Stöver. »Aus Flensburg! Sie macht auf Sylt Urlaub. Die Osterferien haben ja gerade angefangen.« Er warf ihr einen Blick zu, dann sah er Erik an. »Frau Leding kann Ihnen übrigens bestätigen, dass ich Haymo Hesse am Start nichts gegeben habe, weder ein Dopingmittel noch ein Stück Traubenzucker. Sie stand direkt neben mir, als ich kurz vor dem Start mit Haymo gesprochen habe.«

Erik wandte sich der Frau zu, die sofort nickte. »Morten hat mir erzählt, dass Haymos Vater einen Verdacht ausgesprochen hat. Völlig aus der Luft gegriffen. Ich war die ganze Zeit in Mortens Nähe. Er hat Haymo definitiv nichts gegeben.«

Erik nickte. »Dann hat Herr Hesse sich wohl getäuscht. Oder … kann es sein, dass er Ihnen was anhängen will?«

Morten wirkte überrascht. »Warum sollte er?«

Ehe Erik antworten konnte, mischte sich Mortens frühere Kollegin ein. »Ich kann gehen, oder? Mir ist kalt. Wenn Sie es schriftlich haben wollen, dann melden Sie sich bitte bei mir. Ich wohne in der Residenz Mauritius, neben der Post. Morten kennt meine Handynummer.«

Erik blickte ihr nach, wie sie mit großen Schritten den Strandübergang hinaufging. Er wandte sich erst zurück, als Morten Stöver seine Frage wiederholte: »Warum sollte Kersten Hesse mir etwas anhängen wollen?«

»Ich habe von dem schrecklichen Badeunfall in Schweden gehört. Während der Klassenfahrt.«

Morten hatte angefangen, die Bretter auf den Wagen zu legen, hörte nun aber wieder damit auf. Erik erschrak regelrecht über seine heftige Reaktion. »Will Hesse etwa behaupten, ich wäre schuld am Tod der beiden Jungen?« Seine Stimme wurde lauter, es schien, als wollte er gegen den Wind anschreien. »Es hat damals ein Verfahren gegeben. Ich wurde von jeder Schuld freigesprochen. Die Kinder waren zwar für eine Weile allein gewesen, aber ich konnte beweisen, dass ich ein deutliches Verbot ausgesprochen hatte. Kein Schüler durfte im See baden, es war bekannt, dass es dort tückische Strömungen gab. Ich hatte dafür gesorgt, dass ein Volleyballspiel angepfiffen wurde, damit die Kinder beschäftigt waren, bis ich mich wieder um sie kümmern konnte. Ich konnte doch nicht ahnen, dass Daniel, Björn und Haymo sich absondern und zum See gehen würden, um zu baden. Das fand auch der Richter, der die Sache untersucht hat.«

Erik gab sich Mühe, beruhigend auf Morten Stöver einzuwirken. »Ich will keine alten Wunden aufreißen. Ich kann mir vorstellen, wie schrecklich das alles für Sie ist. Nur ... wo waren Sie denn, als das Unglück geschah? Warum waren die Kinder allein?«

»Astrid hatte sich verletzt«, antwortete Morten Stöver und legte nun wieder ein Wellenbrett aufs andere. »Meine Kollegin Astrid Leding, Sie haben sie gerade kennengelernt.«

Erik sah überrascht zum Strandaufgang, wo Astrid Leding jedoch nicht mehr zu sehen war. »Mit ihr zusammen haben Sie die Klassenfahrt unternommen?«

Morten nickte grimmig. »Sie war gestürzt, ich musste ihr einen Verband anlegen. So waren die Schüler eine Weile ohne Aufsicht. Diese kurze Zeit hat gereicht ...« Er brach ab, ließ die Arme sinken und sah nun so aus, als wäre er den Tränen nahe.

Erik ließ Stövers Erschütterung nicht an sich herankommen. »Herr Hesse behauptet, Haymo wäre nicht gut mit Ihnen ausgekommen. Stimmt das?«

Morten Stövers Gesichtsausdruck änderte sich erneut, aus Trauer wurde unvermittelt Wut. Er warf mit besonders viel Schwung das letzte Brett auf den Stapel und spannte einen Gurt darüber. »Für mich war er ein Schüler wie jeder andere. Wenn er nicht mit mir klarkam, war das nicht meine Schuld. Haymo trieb nicht gerne Sport und war nicht besonders erfolgreich. Über eine Vier ist er nie hinausgekommen. Bio war auch nicht gerade seine Stärke.«

Er hob den Wagen an, um ihn den Strand hochzuschieben. Aber Erik hielt ihn zurück. »Herr Stöver, wir müssen davon ausgehen, dass Haymo Hesse ermordet wurde.«

»Was?« Morten Stöver ließ den Wagen fallen. Prompt kippte er um, und die Bretter rutschten in den Sand. »Ermordet?«

»In seinem Körper wurde die Überdosis eines Medikaments gefunden«, erklärte Erik, während Sören es auf sich nahm, die Bretter wieder auf den Wagen zu laden. »Clonazepam. Sagt Ihnen das was?«

»Nein!« Stöver nahm Sören ein Brett aus der Hand, um es selbst auf den Stapel zu legen. Seine Hände waren fahrig, er griff ein paarmal daneben. »Und wenn Sie mich fragen wollen, ob ich es Haymo verabreicht habe ... das können Sie sich sparen. Ich habe ihm überhaupt nichts verabreicht. Nicht mal ein Stück Banane. Und dass Sie auf den Klassenausflug anspielen ... das ist lächerlich. Was hat der Syltlauf mit dem Tod der beiden Jungen in Schweden zu tun?« Sein Gesicht war rot angelaufen.

»Vermutlich gibt es keinen Zusammenhang«, beschwichtigte Erik. »Trotzdem frage ich Sie noch einmal: Kann es sein, dass Herr Hesse eine falsche Behauptung aufstellt, um Ihnen zu schaden? Wenn ja, warum tut er das?«

»Das müssen Sie ihn schon selber fragen.« Morten Stöver band den Gurt noch einmal über die Bretter und schob den Wagen durch den Sand, viel schwungvoller als nötig. Er stolperte zweimal, als hätte er sich selbst ein Bein gestellt.

Erik und Sören folgten ihm bis zum Hoteleingang, wo Erik den Wagen geparkt hatte. »Auf Wiedersehen, Herr Stöver.«

Morten gab etwas zurück, was sich wie ein Abschiedsgruß anhörte, aber er blickte sich nicht um, sondern ging ohne Zögern ums Haus herum und verschwand kurz darauf.

»Wissen Sie, was ich glaube, Chef?«, fragte Sören. »Wir sind auf einer völlig falschen Spur. Wir haben uns von Hesse verrückt machen lassen.«

»Kann sein.« Erik suchte seinen Schlüssel aus der Jackentasche, während er auf sein Auto zuging. »Aber wir lassen uns trotzdem die Akte schicken. Sorgen Sie bitte dafür? Ich will wissen, ob die beiden Lehrer wirklich mit weißer Weste aus der Sache herausgekommen sind.«

Sören nickte und stieg ein, Erik dagegen griff unter seinen Pullunder in die Brusttasche seines Hemdes, dann erst ließ er sich neben Sören auf den Fahrersitz fallen. »Ich muss Ihnen noch etwas zeigen.« Er hielt Sören das Foto hin, das er in Haymos Waschbeutel gefunden hatte. »Dies hier scheint das Mädchen zu sein, dem Haymo Hesse imponieren wollte.«

»Ida!«, rief Sören überrascht. Dann sah er seinen Chef strafend an. »Sie haben es einfach mitgehen lassen?«

Erik nahm das Foto wieder an sich und steckte es zurück. »Ich möchte nicht, dass Ida davon erfährt. Und … so wichtig ist es ja nicht.«

Sören verstand ihn erstaunlich rasch. »Sie meinen, Ida wird sich Vorwürfe machen?«

»Garantiert. Ich kenne sie inzwischen gut genug und habe darüber hinaus einiges von der Mutter erfahren.« Er rief sich kurz Sveas Gesicht vor Augen, ihre Sorge und gleichzeitig den Stolz auf ihre Tochter. »Haymo war anscheinend jemand, der keine Chancen bei den Mädchen hatte. Bei Ida auch nicht! Aber sie ist ja so ein gutherziges Ding, sie war trotzdem nett zu Haymo. Sie kann niemanden leiden sehen.«

»Und er hat das falsch verstanden«, ergänzte Sören. »Verdammt!«

Erik nickte, weil er fühlte, dass er Sören nicht mehr viel zu erklären brauchte. »Sie würde schrecklich darunter leiden, wenn sie erfährt, dass Haymo ihretwegen den Syltlauf auf sich genommen hat. Sie würde womöglich glauben, dass sie mitschuldig ist an seinem Tod. Das können wir ihr nicht antun.«

Sören schwieg eine Weile, dann nickte er und gab Erik ein

Zeichen, damit er endlich den Wagen anließ. »Sie haben recht. So wichtig ist der Name des Mädchens wirklich nicht.«

Am nächsten Morgen war Sören schon früh gekommen und dann mit Erik zur Arbeit gefahren. Gerade gönnte Mamma Carlotta sich einen zweiten Espresso, als Ida verschlafen in die Küche tapste. Sie gähnte herzzerreißend und rieb sich die Augen. »Guten Morgen.«

»Wie geht es Kükeltje? Hat sie wirklich in Felix' Bett geschlafen?«

Ida nickte lächelnd. »Sie hat sich die ganze Nacht nicht gerührt. Erik kann nichts mitbekommen haben. Ich war gerade in Felix' Zimmer. Sie hat sich den Verband heruntergezerrt und leckt nun ihre Pfote. Als ich das Fenster aufgemacht habe, ist sie aufs Dach gestiegen und von dort auf die Pergola gesprungen. Ihre Pfote ist wieder ganz in Ordnung.«

Mamma Carlotta seufzte erleichtert. Der Fall Kükeltje schien fürs Erste geklärt zu sein.

»Können Sie mir einen Gefallen tun, Signora?«, fragte Ida.

Wie sollte man einem Mädchen wie Ida einen Wunsch abschlagen? Schließlich hatte sie am Abend zuvor die Betten bezogen, die T-Shirts der gesamten Familie gebügelt und alle Gläser gespült, die nicht in die Spülmaschine durften. Am Ende hatte sie sogar ein langes Telefongespräch mit Carlottas Cousine Rosamaria ertragen, die seit Neuestem ihre Telefonnummer unterdrückte, damit niemand erkannte, dass sie anrief.

Irgendwann war Rosamaria aufgefallen, dass die neue Technik, die die Nummer des Anrufers verriet, sie einsam gemacht hatte. Alles, was sie zu erzählen wusste, hatte jedes Familienmitglied schon hundertmal gehört, und so waren in der Familie Capella mit großer Freude neue Telefone angeschafft worden, in deren Display die Nummer des Anrufenden erschien. Es hatte eine Weile gedauert, bis Rosamaria begriffen hatte, warum ihre Verwandten mit einem Mal nicht mehr zu erreichen waren, aber dann hatte sie die Bekanntschaft eines Herrn gemacht, der bei der italienischen Telekom arbeitete und ihren Anschluss so umstellte, dass ihre Nummer am anderen Ende der Leitung nicht mehr identifiziert werden konnte.

Sonst hätte Carlotta natürlich dafür gesorgt, dass niemand den Hörer abnahm, als das Telefon gegen zehn Uhr abends zu klingeln begann. Als sie Rosamarias Namen hörte, hatte sie sich einen Rotwein eingegossen, die Füße hochgelegt und sich auf stundenlanges Zuhören eingestellt, doch stattdessen war Ida Rosamarias Opfer geworden. Bereitwillig hatte sie sich angehört, welche Schmerzen Carlottas Cousine angeblich litt, wie unfreundlich ihre Nachbarn waren und dass der alte Professor, bei dem sie arbeitete, täglich mehrmals versicherte, es gebe keine bessere Haushälterin als sie. Nach zwei Stunden war Carlotta schlafen gegangen, während Ida noch immer der Meinung war, dass man dieser armen Frau Zeit schenken müsse, damit sie sich endlich mal verstanden fühlte.

Ida warf Carlotta einen flehenden Blick zu. »Es geht um Bello. Könnten Sie eventuell mit ihm Gassi gehen?«

Mamma Carlotta hatte es sich eigentlich schon gedacht. Als Tove Griess sich bereit erklärte, Bello für eine Weile bei sich aufzunehmen, hatte er zur Bedingung gemacht, dass das Gassigehen jemand anders übernahm, dafür war der Wirt von Käptens Kajüte nicht zu haben.

Draußen war es grau und diesig. Die Wolken hingen tief und wurden von einem scharfen Wind über den Himmel gejagt. Sprühnebel hing in der Luft, und zwei Radfahrer, die Mamma Carlotta entgegenkamen, stiegen vom Sattel, weil sie vom Gegenwind besiegt worden waren. Kein Tag für Radtouren und nach Carlottas Meinung eigentlich auch kein Tag für lange Spaziergänge.

Schon bevor sie den Imbiss betrat, hörte sie aus dem Küchenhof Toves Stimme: »Bello, fass!«

Empört lief Mamma Carlotta ums Haus herum und hätte

Tove dabei um ein Haar bewiesen, wie weit er mit seinen Erziehungsbemühungen schon gekommen war. Bello empfing sie mit einem bösen Knurren, das er zum Glück schwanzwedelnd herausbrachte. Und er vergaß es schnell, als Mamma Carlotta ihm die Scheibe Wurst zusteckte, die sie mitgebracht hatte.

»Wie soll er ein scharfer Wachhund werden, wenn er wie ein Schoßhündchen verwöhnt wird?«, hatte Tove geschimpft.

Mamma Carlotta brachte kein Verständnis für seine Bemühungen auf. »Es reicht, wenn ein Wachhund anschlägt, um einen Dieb zu vertreiben, er muss ihn nicht anfallen und verletzen. Und glauben Sie etwa, dass Sie demnächst mehr Gäste haben, wenn ein aggressiver Hund hier lauert?«

»Die Gäste dürfen überhaupt nicht mitkriegen, dass es hier einen Hund gibt.«

»Es sei denn, Sie halten ihn draußen in einer Hundehütte und lassen ihn weder in die Küche noch in den Gastraum.«

»Hören Sie, ich will die Töle so schnell wie möglich wieder loswerden. Schon vergessen? Da werde ich bestimmt kein Geld für eine Hundehütte oder eine Leine ausgeben. Ich hoffe, Ida hat bald jemanden gefunden, der den Köter zu sich nimmt.« Er führte Bello an dem provisorischen Stück Wäscheleine in die Küche, wo auf dem Boden ein Puddingschälchen stand, in dem die Reste eines weitgehend verschmähten Frühstücks lagen, auf die Bello sich umgehend stürzte.

Dass jemand den Gastraum betreten hatte, war weder Tove noch Mamma Carlotta aufgefallen. Erst durch einen Schrei wurden die beiden darauf aufmerksam. »Ratten!«, schrie eine weibliche Stimme. Was sonst noch in die Küche drang, war nicht zu verstehen. Es waren viele Silben, die gespickt waren mit spitzen I-Lauten, begleitet von Stühlepoltern und Gläserklirren.

Tove stieß mit der Fußspitze einen Karton an, der Mamma Carlotta bisher nicht aufgefallen war, dann fluchte er: »Diese verdammten Goldhamster!«, und rannte aus der Küche.

Carlotta folgte ihm erst, nachdem sie Bello an einem Heizungsrohr festgebunden und ihm eingeschärft hatte, sich ruhig zu verhalten. Erstaunlicherweise gehorchte ihr der Hund.

Als sie im Gastraum ankam, versuchte Tove gerade, einer Dame vom Tisch zu helfen, die seine Hand jedoch nicht ergreifen wollte, weil sie damit beschäftigt war, sich den Rock um die Beine zu wickeln. Schließlich hob Tove sie einfach herunter, ohne sich um ihre Zappelei zu kümmern.

»Nun stellen Sie sich mal nicht so an, junge Frau! Das waren zwei Goldhamster und keine Ratten. Was denken Sie denn?« Kopfschüttelnd sah er die Frau an, die noch immer ihren Rock festhielt und die Beine zusammenpresste. »Das hier ist ein anständiges Lokal.«

Die Frau hatte nun ihren Schreck überwunden. »Goldhamster laufen in einem anständigen Lokal genauso wenig herum wie Ratten«, fuhr sie Tove an.

Diesem wurde schlagartig klar, dass Schwierigkeiten auf ihn zukommen konnten. Er drehte sich zu Mamma Carlotta um und fauchte sie an: »Haben Ihre Enkel schon wieder ihre Goldhamster laufen lassen?« Er klimperte ihr mit dem rechten Auge zu, damit sie merkte, dass seine Worte nicht ernst gemeint waren. »Wenn das noch mal passiert, bekommen die Bengel es mit der Polizei zu tun.«

In aller Seelenruhe klaubte er einen Goldhamster hinter der Heizung hervor und holte den anderen von der Bank, die Fietje seinen Lieblingsplatz nannte, während Mamma Carlotta sich von der Frau böse Blicke gefallen lassen musste.

»Tut mir leid«, stotterte sie schließlich, weil sie das Gefühl hatte, dass eine Entschuldigung fällig war, damit Toves Kundin endlich besänftigt war. Diese stellte nun fest, dass die Tiere handzahm und sehr possierlich waren, und beruhigte sich allmählich wieder. Das Geräusch, das aus der Küche drang, hätte den Eindruck jedoch um ein Haar wieder zunichtegemacht. Bello erinnerte mit einem leisen Fiepen an seine Anwesenheit.

»Ein Hund in der Küche?«, schrie die Frau. »Hier nehme ich keinen Bissen mehr zu mir!«

Aber wieder schaffte Tove es, seine Imbissstube zu verteidigen. »Unsinn! Der Hund ist im Hof angebunden! Die Tür steht offen, sonst würde man ihn gar nicht hören.« Er drückte Mamma Carlotta die Goldhamster in die Hände und präsentierte noch einmal seine gut gespielte Entrüstung. »Wie gesagt, wenn Ihre Lausebengels das noch einmal machen, dann ...«

Eine konkrete Drohung erwies sich als überflüssig. Die Frau hatte die Imbissstube bereits fluchtartig verlassen, und man konnte nur hoffen, dass sie ihre Schritte nicht unverzüglich zum Gewerbeaufsichtsamt lenkte.

Nachdem die Goldhamster wieder in ihrem Karton saßen, fand Mamma Carlotta, dass sie auf den Schreck einen Cappuccino brauchte, bevor sie mit Bello Gassi ging. Und während Tove am Kaffeeautomaten hantierte, machte sie ihm klar, dass sie diese Stärkung als kostenlose Wiedergutmachung betrachtete.

»Sie haben schon wieder gelogen! Diesmal auf meine Kosten! Wenn mein Schwiegersohn davon erfährt! Wie soll ich ihm das erklären?«

»Was blieb mir anderes übrig? Soll ich mir das Gewerbeaufsichtsamt auf den Hals hetzen lassen? Und so schuldlos sind Sie gar nicht! Wohnt das Mädchen, das mir die Sache eingebrockt hat, etwa nicht bei Ihnen?«

Diese Logik wollte Carlotta gerade widerlegen, als Kersten Hesse eintrat. Die Qualität von Toves Frühstück schreckte ihn anscheinend nicht ab.

»Weiß man inzwischen, wer deinen Jungen auf dem Gewissen hat?«, begrüßte Tove ihn.

»Immerhin glaubt mir dieser verpennte Hauptkommissar endlich, dass Haymo umgebracht wurde.« Kersten Hesse sah aus, als hätte er in der Nacht nicht geschlafen. Seine Wangen waren eingefallen, die Augen klein und gerötet, die Hände zitterten, als er seinen Mantel über die Stuhllehne hängte. »Aber ich werde ihm Dampf machen. Ich fahre erst wieder nach Flensburg, wenn diese Schlafmütze den Fall aufgeklärt hat.«

Tove warf Mamma Carlotta einen Blick zu, als wollte er wissen, ob er ihre Identität offenlegen solle, bevor es womöglich zu weiteren Verunglimpfungen kam. Aber sie erwiderte seinen Blick nicht. Wenn sie Kersten Hesse auch nicht mochte – er befand sich in einer Ausnahmesituation. Man durfte ihm nichts übel nehmen, wenn er ein Ventil brauchte, um seine Verzweiflung in Wut zu verwandeln. Sie selbst hatte, nachdem sie von Lucias Tod erfahren hatte, sogar einen Mitarbeiter der italienischen Telekom beschimpft, weil seine Telefongesellschaft es ermöglicht hatte, dass eine solche Schreckensnachricht von Sylt nach Umbrien gelangt war.

»Dieser frustrierte Ordnungshüter nimmt mir immer noch nicht ab, dass ich den Mörder kenne. Gerade hat er mich angerufen und mir eröffnet, es gebe eine Zeugin. Und die habe ausgesagt, dass Stöver meinem Jungen nichts, aber auch rein gar nichts zugesteckt habe, bevor er startete. Komisch nur, dass ich niemanden in Stövers Begleitung gesehen habe. Da war keine Frau in seiner Nähe. Aber mir glaubt ja keiner. Jetzt stehe ich da wie du, Tove!«

Der Wirt von Käptens Kajüte stieß sich mit dem Zeigefinger gegen die Brust. »Ich? Wie stehe ich denn da?«

»Wie ein Lügner! Bist du ja auch. Aber ich bin es nicht.«

Natürlich wurde Tove wütend, klatschte den Käse lieblos auf die Toastscheiben, die er seinem früheren Kapitän servieren wollte, und auf die Garnitur von je einer Scheibe Tomate und Gurke verzichtete er gänzlich.

Das war der Moment, in dem Mamma Carlotta beschloss, die Imbissstube zu verlassen, bevor es ungemütlich wurde. Stattdessen pfiff sie Bello zu sich und ging mit ihm Gassi. Der Hund zeigte ihr, wie gut ihm der Spaziergang gefiel. Er zog an der Leine, stoppte oft unvermittelt und schnüffelte herum, lief dann wieder voraus, soweit es die Leine zuließ.

Mamma Carlotta versank beim Spazierengehen ganz in Gedanken und Erinnerungen. Irgendwann musste sie feststellen, dass sie viel zu weit gelaufen war. Daher kehrte sie um und bog vor der Nordseeklinik rechts ab, um zu dem Rad- und Wanderweg zu gelangen, der hinter den Dünen entlangführte. Als sie dort anlangte, war ihr warm geworden, warm und wohlig trotz des kalten Windes. Bello schien noch nicht viel von den Wundern zu wissen, die am Straßenrand auftauchen konnten. Es machte Mamma Carlotta Spaß, ihm möglichst viele davon zu zeigen, bevor er wieder mit Toves Küche vorliebnehmen musste. So lange, bis sein rechtmäßiger Besitzer endlich gefunden worden war oder Ida es übers Herz bringen würde, Bello im Tierheim abzugeben.

Sie wandte sich nach links, Richtung Westerland, statt nach rechts abzubiegen und nach Wenningstedt zurückzukehren. Die kurze Strecke durch den Lornsenhain würde Bello gefallen: viele Bäume und kein einziger Radfahrer, vor dem der Hund in Sicherheit gebracht werden musste! Das Stück durch den Lornsenhain war ein Fußweg, die Radfahrer mussten sich auf dem Weg halten, der an der meteorologischen Station vorbeiführte. Erst auf dem Parkplatz, der auf die Uthlandstraße führte, trafen die beiden Wege wieder aufeinander.

Begeistert schnüffelte Bello von einem Baum zum anderen. Dann plötzlich straffte sich die Leine, er blieb vor einer Bank stehen, bewegungslos, mit bebender Schwanzspitze, und starrte auf der gegenüberliegenden Seite in den kleinen Wald hinein. Standhaft und mit leisem Knurren widersetzte er sich Mamma Carlottas Bemühungen, ihn weiterzulocken. Und dann knurrte er lauter. So beängstigend, wie er knurrte, wenn Tove ihm zeigte, wie er auf den Ruf »Fass!« zu reagieren hatte. Und schließlich begann er zu fiepen. Seine Flanken vibrierten, das ganze Tier zitterte vor Erwartung, Erregung oder Spannung.

»Che cosa, Bello?« Mamma Carlotta betrachtete den Hund aufmerksam.

Bello antwortete, indem er plötzlich an der Leine zerrte und nun sehr aufgeregt wirkte. Auf dem Weg wollte er nicht bleiben, ihn zog es mit einem Mal in das Wäldchen hinein. Mit aller Macht! Carlotta stolperte ihm hinterher, die Leine fest in der Hand, die sich mal an einem Zweig, mal im Blätterwerk verhakte. Das Geäst peitschte ihr ins Gesicht, sodass sie die Augen schließen musste. Stehen bleiben konnte sie jedoch nicht. Bello drängte so kraftvoll vorwärts, dass ihr nichts anderes übrig blieb, als ihm, so gut sie konnte, zu folgen.

Und dann sah sie die Spur. Abgerissene Zweige, niedergedrücktes Gras, aufgerissenes Moos. Im selben Moment blieb Bello wie angewurzelt stehen. Er stieß ein leises, heiseres Bellen aus, so wie ein Mensch kaum hörbar aufschreit, wenn der Schreck ihm eigentlich den Mund verschließt. Der Hund war nicht bereit weiterzugehen.

In diesem Moment sah Mamma Carlotta die Turnschuhe. Vorsichtig machte sie einen Schritt vor und dann noch einen. In den Turnschuhen steckten zwei Füße. Sie gehörten zu einem Menschen, der zwischen zwei Baumstämme gefallen war. Bäuchlings lag er da. Sein Körper hatte die Zweige niedergedrückt, auf die er gefallen war, die Arme lagen links und rechts vom Kopf, auf dem Astwerk, das ihnen standgehalten hatte. Er sah aus wie ein Fallschirmspringer, der sich gerade aus dem Flugzeug stürzt.

Sören legte die Akte, in der er geblättert hatte, zur Seite und fuhr sich gelangweilt durch die dünnen blonden Haare. »Stöver hat recht. Er und seine Kollegin sind heil aus der Sache rausgekommen. Man konnte ihnen keinen Vorwurf machen, sie hatten ihre Aufsichtspflicht nicht verletzt, obwohl die Kinder eine Stunde allein waren.«

Erik nickte, als hätte er nichts anderes erwartet, und strich sich nachdenklich den Schnauzer glatt. »Vermutlich hat Haymos Tod gar nichts mit dem Geschehen in Schweden zu tun.«

»Warum dann aber die Vorwürfe seines Vaters? Und wer trachtet einem so jungen Menschen nach dem Leben? Wer hatte überhaupt Gelegenheit, ihm dieses Medikament zu verabreichen?«

»Wahrscheinlich hat es ihm jemand in die Trinkflasche gegeben. Einer der anderen Läufer oder ein Betreuer.«

»Dr. Hillmot sagt, das Clonazepam gibt es auch in Tropfenform«, erinnerte sich Sören. »Das lässt sich leicht in die Trinkflasche geben.«

»Was soll eigentlich dieser Verdacht gegen Morten Stöver?«, fuhr Erik fort. »Hesse unterstellt ihm einen Mord, führt aber Beweise an, die nicht zutreffen können.«

»Vielleicht ist doch Ida der Dreh- und Angelpunkt? Haymo könnte einen Rivalen gehabt haben.«

»Und der soll Angst gehabt haben, dass Haymo als Finisher eine Chance bei seiner Freundin haben könnte, und hat ihn vorsichtshalber beseitigt?« Erik stieß ein kurzes Lachen aus. »Außerdem weiß ich nichts davon, dass Ida einen Verehrer hat. Das hätte ich mitbekommen.«

»Sicher?« Sören wusste natürlich, dass sein Chef eine Menge von dem, was die Nonna in Sekundenschnelle den Gesichtern der Kinder ablas oder mit ihrer Intuition erfasste, nicht einmal dann verstand, wenn er es schriftlich vorgelegt bekam.

Eriks Empörung war schlecht gespielt. »Selbstverständlich!«

»Egal, so was ist ohnehin nicht sehr wahrscheinlich.« Sören stand auf und ging nervös hin und her. »Wir müssen Haymos Trinkflasche untersuchen.« Er ging zur Tür und öffnete sie. »Ich sage Enno und Rudi Bescheid. Sie sollen herausfinden, was mit Haymos Sachen geschehen ist.« Er nahm die Hand wieder von der Klinke. »Können Sie sich erinnern, Chef? Hatte er die Flasche noch bei sich, als er im Notarztwagen lag?«

Erik dachte eine Weile nach, dann schüttelte er den Kopf. »Ich kann mich nicht an eine Flasche erinnern.«

Sören sah deprimiert aus. »Vermutlich ist sie ihm aus der Hand gefallen, als er Ihrer Schwiegermutter in die Arme fiel. Oder aus dem Gürtel gerutscht, falls er sie am Körper trug. Und niemand hat sie beachtet. Dann kullert sie jetzt irgendwo herum oder ist schon im Müll gelandet.« Er lief aus dem Raum. »Enno und Rudi sollen es trotzdem versuchen.«

Erik öffnete seine Schreibtischschublade. Darin lag seine Pfeife, daneben eine geöffnete Tafel Trauben-Nuss-Schokolade. Manchmal kaute er gern auf seiner Pfeife herum, die er sich im Büro natürlich nicht ansteckte, diesmal entschied er sich für die Schokolade. Er hielt sie Sören hin, als dieser zurückkam. »Der Syltlauf ist vorbei. Jetzt dürfen Sie wieder.«

»Ich mache mir nichts aus Schokolade, das wissen Sie doch.« Sören ging in sein Büro, um wenig später mit einer Tüte zurückzukehren, die einen rabenschwarzen Inhalt hatte. Fast jeden Morgen ging Sören in den Bahnhofskiosk und holte sich dort seine Salmiakpastillen.

Als er ihm wieder gegenübersaß, fuhr Erik fort: »Das Medikament muss geschmacksneutral gewesen sein, sonst hätte Haymo etwas gemerkt.«

»Also kannte der Täter sich aus.« Sören hatte sich einen schwarzen Stern aus Salmiakpastillen auf den Handrücken geklebt und wollte gerade anfangen, ihn abzulecken, was Erik überhaupt nicht leiden konnte. Sören hatte die Hand schon erhoben und die Zunge herausgestreckt, als er plötzlich innehielt. »Stövers Schwester!«, stieß er hervor. »Sie hat eine Apotheke.«

Erik schob sich ein Stück Schokolade in den Mund, ehe er darauf einging. »Sie wird ihm kein Medikament überlassen.«

»Aber von ihr könnte er wissen, dass Clonazepam geschmacksneutral ist. Ist es das überhaupt?« Sören zuckte die Schultern. »Vielleicht hat Stöver das Clonazepam in der Apotheke mitgehen lassen.«

Erik schob die Schreibtischschublade wieder zu. »Dann sollten wir Gondel Stöver einen Besuch abstatten. Die Apotheke ist ja um die Ecke. Das schaffen wir, bevor der Autozug geht. Und wenn nicht, nehmen wir eben den nächsten.«

Erik erhob sich und ging schon zur Tür, um seine Jacke zu holen, als sein Telefon klingelte. Sören, der danebenstand, hob ab. An seiner Miene konnte Erik sofort ablesen, dass der Besuch in der Apotheke verschoben werden musste, weil es etwas Wichtigeres gab.

Wenig später legte Sören den Hörer so vorsichtig wieder auf, als wäre er aus Glas. »Ihre Schwiegermutter«, sagte er leise.

Erik erschrak. »Ist was mit den Kindern?«

Sören schüttelte den Kopf. »Die Signora ist auf eine leblose Person gestoßen. Im Lornsenhain! Zum Glück ist sie auf einen Spaziergänger gestoßen, der ein Handy dabeihatte.«

Erik sah ihn ungläubig an. »Was macht meine Schwiegermutter zu dieser Zeit im Lornsenhain? Sind Sie sicher, dass Sie alles richtig verstanden haben? Sie wissen doch, dass Sie zum Dramatisieren neigt.«

Aber Sören war schon in sein Büro gelaufen und stand Sekunden später mit der Jacke in der Hand vor Erik. »Wir müssen los.«

Erik betrachtete ihn kopfschüttelnd. »Wir wollten nach Flensburg fahren, um uns Haymo Hesses Zimmer anzusehen und mit seiner Mutter zu sprechen.«

»Wenn wir im Lornsenhain nicht gebraucht werden, fahren wir gleich zurück zur Verladestation.«

Er ging Erik voran ins Revierzimmer und wies Enno Mierendorf und Rudi Engdahl an, den Notarzt zu verständigen. Dann drehte er sich ungeduldig zu Erik um. »Kommen Sie, Chef! Ihre Schwiegermutter sollte in dieser Situation nicht lange allein bleiben.«

Erik folgte ihm nur widerwillig. »Die hat schon längst ein

Dutzend anderer herbeigeschrien. Meine Schwiegermutter ist nie lange allein.«

Die Wolken hatten sich noch tiefer gesenkt, schwere, graue Watte, die über der Insel hing, fast bewegungslos. Über ihnen aber jagten helle Wölkchen über den Himmel, vom Wind gepeitscht wie die Zweige im Lornsenhain. Mamma Carlotta lauschte auf die Brandung, die mit einem tiefen Grollen an den Strand rollte, immer lauter, als wollte sie sich nähern. Sie wusste, dass nur wenige Minuten vergangen waren, aber ihr kam es wie eine Stunde vor, als endlich etwas passierte. Der Notarztwagen rollte mit flackerndem Blaulicht über den Parkplatz an der Uthlandstraße und bog langsam in den Fußweg ein, der durch den Lornsenhain führte. Zum Glück war er breit genug.

Aufgeregt lief sie ihm entgegen, froh, vom Warten erlöst zu sein und etwas tun zu können. Eigentlich hatte sie nicht mit dem Notarzt, sondern mit Erik, der Spurensicherung und dem Gerichtsmediziner gerechnet, aber das war nicht weiter wichtig. Es kam nur darauf an, dass jemand eintraf, der kompetent war und wusste, was zu tun war.

Der Notarzt, noch genauso dynamisch wie zwei Tage vorher, sprang aus dem Wagen. »Was ist passiert?«

Mamma Carlotta konnte kaum antworten. Was sie sagte, klang wie ein Schluchzen. »Da, im Wald, zwischen zwei Bäumen. Ein Mann! Er rührt sich nicht mehr.«

Der Notarzt stutzte. »Kennen wir uns nicht?«

»Sì, sì, vom Syltlauf! Der Tote! In meine Arme ist er gefallen.« Deprimiert deutete sie in den Wald. »Und ich glaube, der da lebt auch nicht mehr.«

Sie drückte dem älteren Herrn in der beigen Windjacke, der neben ihr stand, die Hundeleine in die Hand, obwohl er sie nach seinem Mobiltelefon ausgestreckt hatte, das er Mamma Carlotta hatte leihen müssen. »Passen Sie bitte kurz auf den Hund auf, ja?« Dann rief sie dem Notarzt hinterher: »Und zertrampeln Sie bloß keine Spuren! Ich kenne mich aus. Mein Schwiegersohn ...«

Der Notarzt drehte sich jählings um, sodass sie den Satz nicht zu Ende sprach. »Sie meinen, hier ist ein Verbrechen geschehen?«

Mamma Carlotta hob ausnahmsweise wortlos die bebenden Schultern.

Der ältere Herr griff ergeben nach der provisorischen Hundeleine und glättete sich die schütteren Haare, als könnte er durch diese Geste einen guten Teil seiner Aufregung loswerden. Schließlich hatten ihm die Ärzte der Nordseeklinik Aufregung strengstens verboten. Seit einer Woche hielt er sich an alles, was ihm geraten worden war, auch an die Empfehlung, täglich einen Spaziergang zu unternehmen. Dass ausgerechnet diese Therapie ihm eine solche Aufregung beschert hatte, bereitete ihm Sorgen. Er würde nach seiner Rückkehr in die Klinik seinen Blutdruck messen lassen müssen. Mehrmals setzte er zu dem Hinweis an, dass er zu krank für derartige Aufregungen sei, mit schwacher Stimme, aber von Mal zu Mal hilfloser, weil ihm immer klarer wurde, dass er dieser Situation vollkommen machtlos gegenüberstand und ihm sowieso niemand zuhörte.

Mamma Carlotta war kurz vorher kopflos aus dem Wald gestürzt und hatte dem armen Mann einen gewaltigen Schrecken eingejagt. Dass sie außerdem einen aufgeregten Hund mit sich führte, hatte seine Angst noch vergrößert, denn der Mann hatte schlechte Erfahrungen mit Hunden gemacht und mied sie, so gut es ging. Aber er war nicht dazu gekommen, seine Angst in Worte zu kleiden.

»Haben Sie ein Handy?«, hatte Carlotta ihn atemlos gefragt.

Widerstandslos hatte er in seine Jackentasche gegriffen, als er ihr aufgeregtes Gesicht und ihre weit aufgerissenen Augen sah. Die Frage, was denn um Himmels willen geschehen sei, hatte er nicht über die Lippen gebracht.

Während er hörte, was die Frau in sein Handy haspelte, hatte er die rechte Hand auf sein Herz gelegt, um es am Holpern und Rasen zu hindern, und sich bemüht, den Hund am anderen Ende der Leine zu ignorieren, damit er auch von ihm nicht weiter beachtet wurde.

Nun, nachdem der Notarzt gekommen war, streckte er erneut eine Hand aus, damit Mamma Carlotta sein Handy hineinlegte, aber sie bat ihn, noch ein weiteres Gespräch führen zu dürfen. »Ein letztes, versprochen.«

Sie wartete seine Antwort nicht ab, sondern wählte mit fliegenden Fingern die Nummer des Hauses Wolf. Zum Glück war es Ida, die den Hörer abnahm. »Komm sofort zum Lornsenhain!«, stieß Mamma Carlotta hervor und berichtete im Eilverfahren, was geschehen war. »Du musst Bello abholen. Wie soll ich Enrico erklären, dass ich mit ihm spazieren gehe? Ich kann ihm nicht verraten, dass Bello zurzeit in Käptens Kajüte lebt.« Sie zögerte, weil sie Ida nicht verraten wollte, dass sie die Imbissstube nur heimlich besuchte und Erik nichts davon wissen wissen sollte, wie gut sie mit Tove Griess und Fietje Tiensch bekannt war. Kinder, die gelernt hatten, dass Ehrlichkeit ein hohes Gut war, durften nicht damit konfrontiert werden, dass die Erwachsenen, die sich mit der Erziehung zur Ehrlichkeit Mühe gaben, es selbst mit der Wahrheit nicht so genau nahmen. »Er wird das Gewerbeaufsichtsamt anrufen. Ein Hund hat in einer Imbissstube nichts zu suchen!«

Mehr brauchte sie nicht zu erklären. »Ich bin sofort da«, sagte Ida. »Mit dem Fahrrad sind das nur zehn Minuten.«

Nun endlich erhielt der Mann das Handy zurück, aber seine Hoffnung, dass ihm im Gegenzug die Hundeleine abgenommen würde, erfüllte sich nicht. Mamma Carlotta war viel zu nervös, um die Bitte in seinen Augen überhaupt zur Kenntnis zu nehmen. Sie war voll und ganz damit beschäftigt, zu klagen, zu jammern und Mutmaßungen anzustellen. Ein Schock, der andere verstummen ließ, verursachte bei ihr genau das Gegenteil.

Bello, von ihrer Unruhe angesteckt, rannte hin und her, soweit es der Strick zuließ, den Tove an seinem Halsband befestigt hatte, von dem Mann ängstlich beobachtet, der immer wieder den erfolglosen Versuch unternahm, die Leine loszuwerden. Er hätte auch gerne mehr von dem gewusst, was Mamma Carlotta im Wald widerfahren war, aber er kam nicht dazu, eine Frage zu stellen, und machte schon bald keinen ernsthaften Versuch mehr, da ihm klar war, dass er sowieso keine Antwort erhalten würde.

»Madonna!«, stieß Mamma Carlotta immer wieder hervor. »Dieser arme Mann! So viel Blut!«

Der Patient der Nordseeklinik öffnete den Mund, um sich ein letztes Mal nach dem Zustand des Menschen zu erkundigen, den Mamma Carlotta entdeckt hatte, aber er gab es nun endgültig auf. Ein alter, dunkelblauer Ford näherte sich auf dem Weg, der eigentlich den Fußgängern vorbehalten war. Mamma Carlotta lief auf den Wagen zu und stürzte sich auf den Fahrer, der aus dem Wagen stieg.

»Enrico! Da liegt ein Mann im Wald!« Sie zeigte zu dem flackernden Blaulicht. »Der Notarzt ist schon da. Ich glaube aber nicht, dass er noch etwas ausrichten kann.« Mit theatralischer Geste griff sie sich ans Herz. »Wie gut, dass dieser nette Herr zufällig vorbeikam.« Sie zeigte auf den Patienten der Nordseeklinik, der den Versuch machte, sich vorzustellen, aber über eine kleine Verbeugung und ein schwaches »Äh …« nicht hinauskam. »Er hat mir sein Handy zur Verfügung gestellt, damit ich dich anrufen konnte.«

»Was machst du eigentlich hier?«, fragte Erik, bevor Mamma Carlotta sich in den Einzelheiten ihres Schrecks, ihren jähen Gedanken und ihrer Erschütterung ergehen konnte.

Sören mischte sich ein, als wollte er endlich von Mamma Carlotta zur Kenntnis genommen werden. »Wie kommen Sie hierher, Signora?«

»Io? Ich … habe einen Spaziergang gemacht.«

»So weit? Sonst gehst du höchstens mal zum Strand«, meinte Erik.

»Heute brauchte ich viel Bewegung.«

»Bei diesem Wetter?«, fragte Sören.

Mamma Carlotta musste die Hände in die Jackentasche stecken, damit sie ihre Nervosität nicht verrieten und durch wildes Herumfuchteln vor Eriks Augen sein Misstrauen erregten. »An das Wetter auf Sylt habe ich mich längst gewöhnt. Lucia hat mir früher oft erzählt, wie das mit dem Wind und der Kälte auf Sylt ist …«

Erik unterbrach sie: »Und wie bist du auf den Mann gestoßen?« Er warf einen vielsagenden Blick zu der Stelle, wo der Notarzt und seine Helfer zu erkennen waren.

»Allora …« Mamma Carlotta merkte, dass es nun auf jedes Wort ankam. »Das war der Hund.« Sie zeigte auf Bello. Er hatte sich vor den Füßen des Mannes niedergelassen, der noch immer seine Leine hielt. »Der Hund hat den toten Mann im Wald ge… ge… come si dice?«

»Gewittert?«

»Sì! Aber il Signore traute sich nicht nachzusehen. Da habe ich das erledigt.«

»Sie haben sich getraut?« Sören sah sie fassungslos an.

»Dio mio! Ich habe mich schon ganz andere Sachen getraut. Per esempio …«

Die Idee, Erik und Sören durch das Aufzählen aller Gelegenheiten, in denen ihr Mut gefragt gewesen war, von dem Hund abzulenken, fand sie sehr gewitzt. Aber leider wurde sie von Erik durchschaut, der ihren Versuch schnell unterband. »Der Hund kommt mir bekannt vor. Ist das nicht der, mit dem Ida am Sonntag vor der Tür stand?«

»No, no!« Als Mamma Carlotta den Argwohn in Eriks Blick aufblitzen sah, entschied sie sich anders. »Sì, kann sein. Wahrscheinlich war der Hund ausgerissen.« Sie wandte sich dem Patienten der Nordseeklinik zu. »Stimmt's?«

Der Mann erschrak ob dieser direkten Ansprache. »Äh …«

»Esatto! Ida hat den Hund dann wohl zum Tierheim gebracht, und dort hat il Signore ihn abgeholt.« Sie wandte sich wieder an den Mann. »Sie wohnen sicherlich in der Nähe?«

Der Mann zeigte zur Nordseeklinik, deren Dach zu erkennen war, und hätte das Datum seiner Ankunft, die vermutliche Dauer seines Aufenthaltes und den Namen seiner Erkrankung von sich gegeben, wenn man ihn gelassen hätte.

»Sie sind Patient der Nordseeklinik?« Erik drehte sich um und ging zu dem Notarzt, der in diesem Augenblick von dem am Boden liegenden Mann abließ und auf ihn zukam.

»Nichts mehr zu machen«, hörte Mamma Carlotta ihn sagen. »Sie können den Gerichtsmediziner rufen.«

»Und die Spurensicherung«, ergänzte der Sanitäter, der seinen Notfallkoffer einpackte. »Der Mann ist nicht auf natürliche Weise gestorben.«

»Spurensicherung?«, wiederholte Sören, der neben Mamma Carlotta stehen geblieben war. Verzweifelt starrte er auf die Schneise, die zu dem Toten führte und auf der nichts anderes als die frischen Spuren des Notarztes und des Sanitäters zu sehen waren.

Erik betrachtete den Toten lange. Seine Kleidung war von vielen Stichen aufgerissen worden, so als hätte der Täter wahllos zugestochen oder aber im Blutrausch gehandelt. Im Hals- und Nackenbereich klafften offene Stichwunden, in der Jacke waren mindestens zwanzig Schnitte zu erkennen, wo das Messer die Kleidung durchstoßen hatte und in den Körper eingedrungen war. Der Mörder hatte offenbar noch auf sein Opfer eingestochen, als es schon am Boden lag.

»Wie haben Sie ihn vorgefunden?«, rief Erik nach hinten.

»Auf dem Bauch liegend.« Der Notarzt trat hinter ihn. »Ich habe ihn zurückgedreht. So wie jetzt lag er da, als wir ihn fanden. Er muss seit Stunden tot sein.«

»Der Fundort ist ziemlich sicher auch der Tatort. Hier wurde er von hinten angegriffen. Vor ein paar Stunden.«

»Sieht so aus. Was hat der Mann hier mitten in der Nacht gewollt?« Der Notarzt wartete Eriks Antwort nicht ab. »Das ist Ihr Job, Herr Wolf. Viel Glück bei der Aufklärung.« Er verabschiedete sich und fuhr zusammen mit dem Sanitäter davon.

Erik zwang sich, den Toten weiter zu betrachten, so grausam sein Anblick auch war. Der Mann hatte sehr viel Blut verloren, wie das oft bei Stich- und Schnittverletzungen der Fall war. »Nach außen verblutet!« Diesen Satz hatte er oft von Dr. Hillmot gehört.

Der Tote war ein schlanker, aber kräftig gebauter Mann. Er trug Jeans und Turnschuhe, die Erik bekannt vorkamen, dazu eine Jacke, deren Farbe nicht mehr zu erkennen war. Das Blut hatte sie braun gefärbt. Wo hatte er diese Schuhe schon einmal gesehen? Es war noch nicht sehr lange her, das war das Einzige, was ihm einfiel.

Dann aber traf es ihn wie ein Blitz. Er blickte auf und starrte Sören an, der an seine Seite getreten war, nachdem er Dr. Hillmot und die Spurensicherer benachrichtigt hatte. In seinem Gesicht sah er dieselbe Erkenntnis, die ihm selbst soeben gekommen war. Sören war blass geworden, Schweiß trat auf seine Stirn. »Mein Gott!«

Erik griff nach der rechten Schulter des Toten, um ihn ein wenig zu drehen, damit er sein Gesicht sehen konnte. Er hatte sich nicht getäuscht.

Sören brauchte eine Weile, bis er sich gefangen hatte. »Lieber Himmel! Ausgerechnet Morten!«

»Derselbe Mörder, der auch Haymo Hesse auf dem Gewissen hat?«

»Kann sein, muss aber nicht.«

»Wir haben noch immer kein Motiv.«

»Für den Mord an Haymo nicht! Und für diesen Mord kann ich mir auch kein Motiv vorstellen. Morten war überall beliebt.«

Erik starrte so lange auf die klaffendste der schrecklichen Stichwunden, bis er den Anblick nicht mehr ertragen konnte. »Die Klassenfahrt nach Schweden«, flüsterte er. »Ich glaube, dass dieser Tod und auch Haymos Tod etwas damit zu tun haben.«

Ein Motorengeräusch unterbrach ihn, wenig später waren schwere Schritte zu hören, ein Prusten und Schnaufen. Das alles kündigte Dr. Hillmot an, den Gerichtsmediziner. Er war ein dicker Mann, der körperliche Bewegung hasste und seit einer Weile auch seinen Beruf hasste, zumindest dann, wenn er ihn zu Anstrengungen zwang, die er unzumutbar fand. Leider kam das häufig vor, und Erik wusste, dass er in den nächsten Minuten viel zu hören bekommen würde über bedauernswerte Gerichtsmediziner, die trotz ihres biblischen Alters von über sechzig Jahren gezwungen wurden, ihre Arbeit gebückt oder gar im Knien zu verrichten.

»Moin, Wolf!« Dr. Hillmot drängte sich durchs Gebüsch, schimpfte auf das Wetter, das viel zu kalt war, obwohl Ostern vor der Tür stand, auf seine Schwester, die gestern versprochen hatte, ihm ein Fischfilet zu braten und dann dem Besuch einer Freundin den Vorzug gegeben hatte, auf die Touristen, die ihren Abfall einfach in den Wald warfen, und die vielen Hunde, die die Wege verdreckten. Dann war er endlich neben Erik und Sören angekommen und verwandelte sich in den aufmerksamen und engagierten Gerichtsmediziner, der er immer noch war, wenn er auch wesentlich öfter von Pensionierung und Jahresurlaub als von forensischen Fortschritten und Fachtagungen sprach.

»Ein Überraschungsangriff«, murmelte er. »Von hinten! Keine Abwehrspuren.«

Sören verzog das Gesicht. »Warum begnügen sich Messerstecher nie mit einem einzigen tödlichen Stich? Warum immer dieses schreckliche Gemetzel?«

Dr. Hillmot ließ sich auf die Knie sinken, was jedoch seiner

Arthrose genauso wenig bekam wie kurz vorher seiner Bandscheibe der gebeugte Rücken. »Das liegt daran, dass ein Opfer nach einem Messerstich oft keine Reaktion zeigt. Auch dann nicht, wenn der Stich tödlich war. Es kann ein paar Sekunden dauern, bis er zusammenbricht. Der Täter sticht dann mehrmals zu, weil er glaubt, dass der erste Stich sein Ziel verfehlt hat. Es sieht nach einer Tat im Blutrausch aus, das kann aber ein falscher Eindruck sein.«

Sowohl Sören als auch Erik bemühten sich, Interesse an Dr. Hillmots Ausführungen zu zeigen und gleichzeitig über die schlimmsten Verletzungen hinwegzusehen.

»Über die Einstichöffnungen kann ich erst etwas sagen, wenn ich ihn auf dem Tisch habe«, fuhr Dr. Hillmot fort. »Den Stichkanal, gegebenenfalls die Ausstichöffnung ... das schaue ich mir dann genauer an.«

Erik betrachtete die Umgebung der Leiche. »Die Tatwaffe hat der Mörder vermutlich mitgenommen.«

»Wenn nicht, wird die Spurensicherung sie finden«, sagte Sören. »Todeszeitpunkt?«

Dr. Hillmot zögerte nur kurz. »Er war vor Mitternacht tot.«

In diesem Augenblick klingelte Eriks Handy. Kersten Hesses Stimme versuchte sich gegen den Lärm am Bahnsteig durchzusetzen. »Sind Sie schon auf dem Weg nach Flensburg? Ich wollte den Zug nehmen, der in einer halben Stunde geht. Was haben Sie geplant?«

»Wir sind aufgehalten worden«, erklärte Erik.

»Gut, ich wollte nur verhindern, dass Sie früher ankommen als ich. Ich möchte nicht, dass Sie mit meiner Frau sprechen, wenn ich nicht dabei bin. Sie braucht mich dann.«

»In Ordnung.«

»Natürlich will ich auch dabei sein, wenn Sie sich Haymos Zimmer ansehen.«

»Selbstverständlich. Wir könnten uns auch in der Wohngruppe treffen, in der Ihre Frau lebt. Die Adresse habe ich ja.«

Erik entfernte sich mit kleinen Schritten von Dr. Hillmot und der Leiche, bis er in der Nähe des Weges angekommen war, wo noch immer seine Schwiegermutter und der Mann mit dem Hund standen.

»Aber es kann spät werden. Ich kann nicht garantieren, dass wir es heute überhaupt noch schaffen. Wir geben Ihnen noch Bescheid.«

Als Erik das Gespräch beendet hatte, fiel sein Blick auf den Mann neben seiner Schwiegermutter.

»Ist der Hund etwa schon wieder ausgebüxt?«, fragte er verwundert.

»No, no!« Mamma Carlotta ließ den Mann nur zu einem einzigen »Äh …« kommen, ehe sie weiterredete: »Seine Tochter hat den Hund gerade abgeholt. Sie will noch ein bisschen mit ihm spazieren gehen.«

Erik hörte ein Kläffen in der Nähe und sah durch die Bäume, wie sich jemand auf einem Fahrrad entfernte, mit dem Hund an der Leine. Ihm fiel ein, dass das Fahrradfahren auf diesem Stück des Weges verboten war, aber er beschloss, das jetzt nicht weiterzuverfolgen. Stattdessen wählte er die Nummer der Staatsanwältin, während er gleichzeitig seiner Schwiegermutter mit Gesten zu verstehen gab, dass sie sich vom Tatort entfernen durfte und am besten den älteren Herrn, der blass und schwer atmend neben ihr stand, gleich mitnahm. Ob sie ihn verstanden hatte, wusste er nicht, als bereits »Speck!« an sein Ohr drang. Die Staatsanwältin schoss mal wieder mit ihrem Namen auf arglose Anrufer.

Als sie hörte, dass auf Sylt ein weiterer Mord geschehen war, reagierte sie derart aufgekratzt, als hätte Erik sie aus einem tiefen Tal der Langeweile erlöst. Die Staatsanwältin liebte ihre Arbeit, konnte nie genug davon bekommen und kannte den Begriff Stress nur vom Hörensagen. »Gibt es einen Zusammenhang zwischen den beiden Todesfällen?«

Erik zögerte nicht lange. »Der gemeinsame Nenner ist ein

schrecklicher Unfall während einer Klassenfahrt.« So kurz und bündig, wie die Staatsanwältin es liebte, schilderte er, was in Schweden geschehen war. »Aber ein Mordmotiv lässt sich nicht erkennen. Haymo hat nichts falsch gemacht, und den beiden Lehrern konnte auch keine Schuld nachgewiesen werden.«

»Was ist mit den Eltern der beiden toten Jungen?«

Erik erzählte ihr von Gerald Vorberg, der nichts anderes wollte, als mit der Vergangenheit abzuschließen. »Nach seiner Schilderung ist auch die Mutter des anderen Jungen frei von Schuldvorwürfen.«

»Sie sollten trotzdem mit ihr reden. Vielleicht entdecken Sie einen verborgenen Hass auf den Lehrer, der nicht auf ihren Sohn aufgepasst hat. Dann wäre auch die zweite Lehrkraft in Gefahr.«

Erik durchfuhr ein Schreck. »Richtig, Astrid Leding! Sie ist zurzeit ebenfalls auf Sylt.«

»Kümmern Sie sich darum, Wolf. Was ist mit der Mutter von Haymo Hesse? Sie wollten heute mit ihr sprechen. Und das Zimmer des Jungen wollten Sie sich auch ansehen.«

»Eigentlich wollte ich längst unterwegs sein. Hesse ist bereits auf dem Weg nach Flensburg. Aber dieser neue Todesfall ...«

»Dann kümmere ich mich darum. Sie hören von mir, wenn ich etwas herausgefunden habe.«

Während Erik das Handy wegsteckte, sah er das Auto der Spurensicherung in den Weg einbiegen. Kommissar Vetterich, der Leiter der Kriminaltechnischen Untersuchungsstelle, stieg als Erster aus und begann gleich den Tatort abzusperren.

»Nun wird es aber Zeit, dass du hier verschwindest«, sagte Erik zu seiner Schwiegermutter. Die Worte, die er an den Patienten der Nordseeklinik richtete, waren wesentlich höflicher: »Wären Sie so nett, sich ebenfalls zu entfernen? Und passen Sie demnächst besser auf Ihren Hund auf.«

»Äh ...«, setzte der Mann zu einer Antwort an, aber Erik ging schon auf Kommissar Vetterich zu und begrüßte ihn.

»Tut mir leid, die meisten Spuren sind vom Notarzt zertrampelt worden. Ich hoffe, Sie finden noch etwas, was uns weiterhilft. Und natürlich die Tatwaffe! Ein Messer oder Ähnliches. Aber da sehe ich auch schwarz.«

An diesem Abend hatte Mamma Carlotta sich, wenn auch mit schlechtem Gewissen, für ein besonders einfaches Essen entschieden. Natürlich würde die Speisefolge wie immer aus Antipasti, Primo, Secondo und Dolce bestehen – etwas anderes kam ja gar nicht infrage –, aber die Zubereitung sollte möglichst schnell gehen und das Essen aus Zutaten bestehen, die bereits im Hause waren.

»Warum die Eile?«, hatte Ida gefragt, nachdem sie Mamma Carlotta eine Weile dabei zugesehen hatte, wie sie scheinbar wahllos Lebensmittel aus dem Vorrat holte und lieblos neben den Herd warf, statt sie wie sonst nach eingehender Prüfung der Qualität bereitzulegen. »Haben Sie noch was vor, Signora?«

Mamma Carlotta war es schwergefallen, in Worte zu fassen, was sie derart erregte. Noch immer kam es ihr so vor, als plante sie etwas Verbotenes, als wünschte sie sich etwas, was ihr nicht zustand. »Ich bekomme meine erste Stunde«, verriet sie, als gäbe sie ein lang gehütetes Geheimnis preis, und lachte in Idas verständnisloses Gesicht. »Ich lerne das Spielen auf der Ukulele. Signor Vorberg wird kommen, um es mir beizubringen.«

Ida war aufgestanden, zu ihr gekommen und hatte sie umarmt. »Schön, dass Sie mal etwas nur für sich tun, Signora, und nicht immer für andere. Ich helfe Ihnen, dann geht es noch schneller.«

Herr Vorberg erschien pünktlich an der Terrassentür, von Kükeltje begleitet und umschmeichelt, und kurz darauf saß Mamma Carlotta ihrem Lehrer gegenüber und ließ sich erklären, worauf es ankam, während die kleine Katze sich schnurrend im Einkaufskorb zusammenrollte. Neue Begriffe wie A-und G-Saiten, Viervierteltakte und Akkorde rauschten an ihr vorbei, sie war viel zu aufgeregt, um sich auf die Theorie einzulassen. Dann endlich erklärte ihr Gerald Vorberg, wie sie die Saiten anschlagen musste. Die ersten Klänge, die unter ihren Händen entstanden, versetzten sie in Euphorie. Kükeltje hingegen erhob sich, streckte sich und gab einen Laut von sich, der nicht gerade wie eine Beifallsbekundung klang.

»Nun die Greifhand«, sagte Gerald Vorberg und zeigte Mamma Carlotta, wie sie die Finger aufs Griffbrett legen musste, um die Töne zu verändern. »Akkord C-Dur«, erklärte er, ohne dass Mamma Carlotta verstand, was er meinte.

Dann sang Gerald Vorberg »Bruder Jakob« – mit einer hellen Stimme, die nicht in seinem Brustkorb ihre Kraft zu sammeln schien, sondern an einem anderen, tieferen Punkt seines Körpers. Er sang, und sie begleitete ihn mit dem Akkord, den er ihr gezeigt hatte, in dem Rhythmus, den er vorgab. Mamma Carlotta wurde von einem Glücksgefühl erfasst, das ihr vollkommen neu war. Die besondere Form des Glücks, wenn einem etwas gelingt, was man nie für möglich gehalten hätte.

Kükeltje kratzte an der Küchentür und bat unmissverständlich darum, sofort hinausgelassen zu werden, was Mamma Carlotta jedoch entging, die auf nichts anderes als auf die Ukulele konzentriert war. Nun verstand sie, was Felix fühlen mochte, wenn er mit seiner Gitarre auftrat. So also erging es ihm, wenn er außer Rand und Band geriet, sobald er die Saiten anschlug! Mamma Carlotta, die bisher den Kopf geschüttelt hatte, wenn ihr Enkel zum Rhythmus der Musik auf einem Bein durch die Küche hüpfte, konnte nun mit einem Mal verstehen, was die Musik mit ihm machte. Zwar würde sie selbst niemals auf einem Bein herumhüpfen, aber dass sie mit einer Ukulele in der Hand etwas ganz Neues tun könnte, war mit einem Mal vorstellbar.

Sie versuchte zu variieren, schlug mal fest, mal sanft, veränderte die Griffhand und produzierte absichtlich einen falschen Ton, lachte darüber, als wäre ihr etwas besonders Schönes geglückt, und begleitete dann wieder Gerald Vorbergs Gesang mit dem korrekten C-Dur-Akkord, der ihr von Anschlag zu Anschlag sauberer gelang.

Dann aber mischte sich ein anderer Klang ein, in einem ähnlichen Rhythmus und auf ungefähr gleicher Tonhöhe.

Gerald Vorberg bemerkte es als Erster. »Die Türglocke.«

»Ausgerechnet jetzt!« Mamma Carlotta lauschte ins Haus, hoffte, dass eins der Kinder zur Tür gehen würde, aber in der ersten Etage blieb alles ruhig. Nun erinnerte sie sich, dass Felix angekündigt hatte, sich mit einem Freund zu treffen. Die Mädchen wollten sich um Bello kümmern. Seufzend legte sie die Ukulele beiseite und ging zur Tür, um zu öffnen. Dass Kükeltje die Gelegenheit nutzte, ins Wohnzimmer zu entwischen, nahm sie nur am Rande wahr. Mit Erik war noch nicht zu rechnen, und irgendjemand, der ihm das Geheimnis um die kleine Katze verraten könnte, würde nicht vor der Tür stehen.

Draußen wartete eine Dame, deren äußere Erscheinung Mamma Carlotta unter anderen Umständen in Bewunderung versetzt hätte. Aber in diesem Augenblick war ihr ein Besuch derart unwillkommen, dass sie über das anziehende Äußere der Frau hinwegsah.

Die Besucherin war klein, was sie mit sehr hohen Absätzen ausglich, trug eine Frisur, der der Wind erstaunlicherweise nichts hatte anhaben können, und ein hellgraues Kostüm mit einer weißen Bluse, über das sie eine weite Lederjacke geworfen hatte, so lässig, als sollte sie dem strengen Outfit etwas Legeres geben. Sie kam Mamma Carlotta bekannt vor. Die Ausreden, warum sie gerade jetzt keine Zeit für eine Umfrage des Verkehrsvereins aufbringen konnte und auch nicht in der Lage war, über die Anschaffung eines neuen Staubsaugers zu verhandeln, schluckte sie herunter. Eine Stimme in ihrem Innern warnte sie davor, diese Frau wegzuschicken, so lästig sie ihr auch in diesem Moment war.

»Signora!«, rief die Frau lachend. »Erkennen Sie mich nicht?«

Im selben Augenblick ging Mamma Carlotta auf, wer da vor der Tür erschienen war. »Sì, sì!«, rief sie so laut, dass ein vorübergehender Spaziergänger sich erschrocken umdrehte. »Dottoressa! Come sta?«

Frau Dr. Speck lächelte, wie sie nach Eriks Aussage angeblich niemals lächelte. »Gut, danke. Ihr Schwiegersohn hat mir erzählt, dass Sie zurzeit wieder auf Sylt sind, Signora. Und da ich ihn sprechen muss, dachte ich, es sei eine gute Idee, es persönlich zu tun.« Sie machte einen Schritt auf die Tür zu, die Mamma Carlotta schleunigst einladend öffnete. »Immer nur Telefongespräche … gelegentlich muss man sich auch mal gegenüberstehen, um alles gründlich zu bereden. Und ein paar Tage Sylt können auch nicht schaden.«

Mamma Carlottas Verärgerung über die Störung wich nun dem Entzücken, das sie immer überkam, wenn eine Persönlichkeit von hohem Rang vor der Tür erschien. Vergessen war die Ukulele! Dass die Staatsanwältin, die imstande war, ihrem Schwiegersohn eine Menge Schwierigkeiten zu machen, ihre Gastfreundschaft suchte, war für sie die reinste Wonne. Dass Erik sich nicht halb so sehr über diesen Überraschungsbesuch freuen würde, wurde ihr erst klar, als sie Frau Dr. Speck bereits den Mantel abgenommen hatte.

Eigentlich musste ein so hochstehender Gast ja ins Wohnzimmer gebeten werden, aber da ein anderer Gast, der gekommen war, um Mamma Carlotta eine Gefälligkeit zu erweisen, in der Küche saß, wurde auch die Staatsanwältin dorthin komplimentiert, was ihr nichts auszumachen schien. »Ich habe Ihnen schon im letzten Sommer, als ich hier zu Gast war, gerne bei der Arbeit zugesehen.«

Gerald Vorberg hatte bereits die Bremse seines Rollstuhls gelöst, als Mamma Carlotta mit Frau Dr. Speck eintrat. »Ich werde mich dann lieber zurückziehen«, sagte er. »Ich lasse Ihnen die Ukulele da, Signora. Vielleicht haben Sie heute Abend noch Zeit, den C-Dur-Akkord zu üben.«

»Grazie tante!«, rief Mamma Carlotta überschwänglich und lief ihm voraus, um alle Türen zu öffnen. Erst während sie Gerald Vorberg nachsah, wie er um die Hausecke verschwand, fragte sie sich, wie Erik reagieren würde, wenn er die Staatsanwältin in seinem Hause vorfand. Hoffentlich zeigte er sein Missfallen nicht allzu deutlich.

Frau Dr. Speck hatte sich am Tisch niedergelassen, als Mamma Carlotta zurückkehrte. Sie schlug die Beine übereinander, sodass der obere Rand ihrer halterlosen Strümpfe zu sehen war. »Ihr Schwiegersohn hat ja auf Sylt schon mit dem nächsten Mordfall zu tun. Da muss er ja wirklich nicht extra nach Flensburg kommen. Die Wohnung, die durchsucht werden musste, liegt gar nicht weit von meinem Büro entfernt.«

Mamma Carlotta verkniff sich die Frage, um welche Wohnung es sich handelte. Stattdessen ebnete sie den Weg für mögliche Vertraulichkeiten, indem sie berichtete, dass sie selbst es gewesen sei, die die Leiche von Morten Stöver entdeckt hatte. »Dio mio! Es war ... terribile.«

Dann fiel ihr ein, dass sie ausgerechnet heute ein einfaches Abendessen geplant hatte, das dem Anlass natürlich überhaupt nicht gerecht wurde. Ihre Hochstimmung brach prompt zusammen. »Hätte ich geahnt, dass Sie kommen, dann ...«

Aber die Staatsanwältin unterbrach sie. »Deswegen habe ich nicht angerufen. Ich wollte nicht, dass Sie sich meinetwegen viel Arbeit machen.«

Durch Mamma Carlottas Kopf rasten die Gedanken. Crostini mit Zwiebeln! Dio mio! Ihre Schwägerin, weit und breit die einzige Akademikerin im Capella-Clan, hatte diese Vorspeise mehrmals naserümpfend betrachtet und behauptet, so viele Zwiebeln seien vulgär, wobei sie vermutlich mehr an die Folgen als an den Geschmack gedacht hatte. Die Staatsanwältin würde also eine Vorspeise vorgesetzt bekommen, die in den ärmlichen Bauernhäusern auf dem Land zubereitet wurde.

Und dann die Ribollita! Der Eintopf kam ebenfalls nicht ohne eine gehörige Portion Zwiebeln aus und gehörte zur ganz einfachen italienischen Küche. Zum Glück würde es als Hauptgericht Auberginenauflauf geben. Dieses Gemüse galt in Deutschland als Delikatesse, anders als in ihrer Heimat. Allerdings lagen sie schon seit zwei Tagen im Kühlschrank! Hoffentlich waren sie noch frisch genug und konnten die Staatsanwältin davon überzeugen, dass in der Küche des Hauptkommissars nicht gespart werden musste! Mit dem Dolce allerdings würde sie keine Ehre einlegen können, so viel war klar. Dino hatte zwar Pane fritto con marmellata geliebt, aber Mamma Carlotta war der Meinung, dass frittiertes Brot mit Marmelade nicht das Richtige für einen so hohen Besuch war. Doch was sollte sie tun? Es war nichts anderes im Haus.

»Wenn wenigstens die Kinder da wären«, seufzte sie. »Dann würde ich sie zum Einkaufen schicken. Aber jetzt in den Ferien sind sie ständig im Sportverein.«

Doch die Staatsanwältin winkte vehement ab. Sie gehörte zu den Frauen, die selbst keine Zeit zum Kochen hatten, die sich mit Kantinenessen oder mit Fast Food begnügen mussten und für die es schon außergewöhnlich war, wenn ein Essen auf den Tisch kam, das aus vier Gängen bestand und ohne Halbfabrikate auskam. Das versicherte Frau Dr. Speck so lange, bis Mamma Carlotta es ihr glaubte und bereit war, ihren hausfraulichen Ehrgeiz hintanzustellen.

Die Staatsanwältin erkundigte sich, wann denn der Hauptkommissar zu Hause erwartet würde. Im selben Augenblick war Carlotta Capella nur noch die Schwiegermutter eines schwer arbeitenden Polizeibeamten, der Tag und Nacht ermittelte und sich nur selten einen freien Abend oder gar ein unbeschwertes Wochenende gönnte. Während sie ein Loblied auf Erik sang, servierte sie Frau Dr. Speck ein Glas Franciacorta, den ihr ein Cousin nach Sylt mitgegeben hatte. Er beschäftigte sich in der Lombardei mit Weinanbau und wollte Erik bitten, seinen schmackhaften Spumante auf der Insel einzuführen, indem er ihn den Restaurantbesitzern anbot.

»Allerdings ist Enrico dazu noch gar nicht gekommen. Zu viel Arbeit!«

Sie schob das Brot in den Backofen, begann die Zwiebeln zu hacken und wischte sich die Tränen ab, die ihr dabei immer kamen.

Frau Dr. Speck hatte kein Verständnis für diese Qualen. »Warum kaufen Sie nicht tiefgekühlte Zwiebelstücke?«

Mamma Carlotta sah sie fassungslos an. »So was gibt's? No, no, das kommt nicht infrage. Crostini con cipolle sind nur gut, wenn die Köchin bei der Zubereitung viel geweint hat.«

Das wollte die Staatsanwältin auf keinen Fall einsehen, und so kam es in der Küche zu einer Debatte, die die Zeit auf das Angenehmste vertrieb. Sie dauerte an, bis Mamma Carlotta das Brot aus dem Backofen holte, es mit Honig bestrich und darüber die Zwiebeln und gehobelten Pecorino gab.

Erik fühlte sich nicht wohl. Ein Tag, an dem er eine Todesnachricht überbringen musste, konnte kein guter Tag mehr werden. Als er im Wellenreiter erschienen war, hatten Lene und Carsten Stöver gerade mit der Suche nach Morten begonnen und fingen an, sich Sorgen zu machen. Dass sie sein Bett unberührt vorgefunden hatten, war außergewöhnlich gewesen, wie Lene Stöver versicherte, hatte aber noch nicht zur Panik geführt.

»Eigentlich waren wir sogar erleichtert, dass er sich mal wieder verliebt hatte«, hatte Lene Stöver gesagt und unglücklich angefügt: »Wir haben natürlich gedacht, er hätte bei einer Frau übernachtet. Aber als sich die Teilnehmer seines Nordic-Walking-Kurses gemeldet haben, weil er nicht erschienen ist, habe ich es mit der Angst zu tun bekommen. Das sah Morten gar nicht ähnlich, einen Kurs ausfallen zu lassen, ohne sich abzumelden.«

Carsten Stöver hatte mit Tränen in den Augen genickt. »In dem Moment wurde mir klar, dass meinem Bruder etwas zugestoßen sein muss.«

Sie hatten Erik und Sören in ihre Wohnung gebeten, ein schickes Penthouse auf dem Dach des Hotels. Durch riesige Fenster genoss man einen herrlichen Blick aufs Meer. Erik stand lange da, bis er sich von dem Bild lösen konnte. Die Stövers schienen zu den wenigen Hoteliers zu gehören, die keine finanziellen Schwierigkeiten hatten und ihr Haus erfolgreich führten. Schon früh hatten sie aus ihrem Familienhotel ein Sporthotel gemacht und damit eine Klientel gefunden, für die es neben dem Wellenreiter kaum Alternativen gab. Erik betrachtete Carsten und Lene Stöver, die selbst keinerlei Ähnlichkeit mit ihren Gästen hatten. Clevere, aber solide Geschäftsleute, die wussten, worauf es ankam.

»Ich habe das Hotel geerbt«, berichtete Lene Stöver. »Mein Großvater hat es gegründet, unter der Leitung meines Vaters wurde die Arbeit dann schwieriger. Die Touristen zogen Ferienwohnungen vor, die Zahl der Hotelübernachtungen gingen auf der ganzen Insel zurück.« Sie tätschelte ihrem Mann den Arm. »Carsten hat dann das Sportkonzept entwickelt. In seiner Familie war ja von jeher viel Sport getrieben worden. Damit ging es wieder aufwärts.«

Carsten Stöver schenkte seiner Frau ein kleines Lächeln. »Wir wollen ein familiengeführtes Hotel. Ich musste, als ich um Lenes Hand anhielt, ihrem Vater versprechen, dass wir alles tun würden, um das Hotel zu erhalten. Es ist neben den Kindern unser Lebensinhalt. Den beiden wollen wir später ein Haus übergeben, das auf soliden Füßen steht.«

»Familiengeführt«, wiederholte Sören beeindruckt. »Deswegen wollten Sie, dass Morten Stöver bei Ihnen einsteigt.«

Carsten nickte, seine Frau rang sich sogar ein kleines, wenn auch trauriges Lächeln ab. »Morten war genau richtig. Sportlich wie unsere Gäste, lässig, unkonventionell und modern.«

»Sie hatten Glück, dass er mit dem Lehrerberuf nicht mehr zufrieden war«, sagte Erik.

Carsten Stöver schüttelte den Kopf. »Ich will nicht von Glück reden. Die Sache damals in Schweden ... das war für Morten schrecklich.«

»Sie meinen also«, hakte Sören eilig nach, »das war der Grund, dass Ihr Bruder sich gegen den Lehrerberuf entschied?«

»Nicht nur«, gab Carsten Stöver zögernd zurück. »Außerdem war da noch eine unglückliche Liebesgeschichte. Wir wissen nicht viel, Morten wollte nie darüber sprechen. Alles, was wir in Erfahrung bringen konnten, ist, dass er in eine Frau verliebt war, die sich nicht für ihn entscheiden wollte. Sie wohnte auch in Flensburg, deswegen wollte er weg.«

»Aus diesem Grunde war ich heute Morgen ganz froh«, erklärte Lene Stöver, »als ich Mortens Bett unberührt vorfand. Ich dachte, dass er sich diese Frau nun endlich aus dem Kopf geschlagen hat.«

»Den Namen kennen Sie nicht?«, fragte Erik.

Die Stövers schüttelten beide den Kopf.

»Er hat ihn uns nicht verraten, und wir haben nicht insistiert«, meinte Carsten Stöver. »Es war schließlich Mortens Sache, ob er darüber sprechen wollte oder nicht.«

Erik beugte sich vor und sah die beiden eindringlich an. »Wer könnte Morten auf dem Gewissen haben? Hatte er Feinde?«

Wieder ein doppeltes Kopfschütteln.

»War diese Frau, in die Morten verliebt war, womöglich verheiratet? Könnte es sein, dass der Ehemann ihn beseitigen wollte?«

Carsten Stöver antwortete mit einer wegwerfenden Handbewegung. »Die Sache war doch längst vorbei!«

»Wo ist Mortens Wohnung?«, fragte Sören. »Können wir sie sehen?«

Lene Stöver erhob sich. »Gleich nebenan. Wir haben seinen Schlüssel, und er hat unseren. Wenn wir zu ihm gehen oder er zu uns kommt, klingeln wir nicht, sondern benutzen den Schlüssel.« Ihr Lächeln war traurig. »Wie in einer richtigen Familie! Wir sind … wir waren glücklich über diese Vertrautheit.«

Sie ging Erik und Sören voran, griff in der Diele nach einem Schlüssel, der auf einem Tischchen lag, und verließ die Wohnung. Vor dem Aufzug blieb sie stehen und zeigte zu der anderen Wohnungstür, die Erik vorher nicht aufgefallen war. »Ursprünglich war diese Wohnung für eine Kinderfrau vorgesehen. Aber wir beschäftigen eine Frau, deren Familie in der Nähe wohnt, sie braucht keine Wohnung. So konnte Morten einziehen.«

Sie schloss die Tür auf. Erik, Sören und ihr Mann folgten ihr in die Wohnung. Sie bestand nur aus zwei kleinen Räumen, hatte aber einen großen Balkon, der sowohl vom Wohnzimmer als auch vom Schlafzimmer zu betreten war. In die winzige Küche und das enge, fensterlose Badezimmer warf Erik nur einen kurzen Blick. Das Wohnzimmer war aufgeräumt, aber nicht sonderlich gemütlich. Es erinnerte an ein Hotelzimmer, das zweckmäßig eingerichtet war, aber keine persönliche Note hatte.

Lene Stöver schien Erik die Gedanken vom Gesicht abzulesen. »Morten hat es möbliert übernommen. Er war ganz zufrieden, dass er sich um nichts zu kümmern brauchte und einfach einziehen konnte. Fertig! Sein Apartment in Flensburg hat er ebenfalls möbliert verkauft.«

»Um seine Möbel war es nicht schade«, sagte Carsten Stöver lächelnd. »Morten hatte keinen guten Geschmack, wenn es um Design ging. Ihm war es egal, wie er wohnte.«

Das Bett stand in der Mitte des Schlafzimmers, das Bettzeug lag ordentlich gefaltet auf der Matratze, das Kopfkissen war glatt gestrichen. Wer sich dort ausstreckte, konnte den Blick aufs Meer genießen. Zwar stand es an dieser Stelle nicht gut, denn es machte den kleinen Raum noch kleiner, aber Erik dachte, dass er es ebenfalls dort aufgestellt hätte. Der Ausblick war einfach wunderbar!

»So habe ich das Apartment heute Morgen vorgefunden«, erklärte Lene Stöver leise.

Aber dann veränderte sich ihre Miene plötzlich, sie krauste die Stirn und sah aus, als wäre sie sehr erschrocken.

»Ist was?«, fragte Erik beunruhigt.

Sie nickte, aber er musste lange warten, bis sie endlich antwortete: »Irgendwas ist anders als heute Morgen.«

Sören fragte aufgeregt: »Was? Was ist anders?«

»Ich weiß genau, dass die Schranktüren nicht ganz geschlossen waren«, antwortete Lene Stöver mit tonloser Stimme. »Morten hatte die Angewohnheit, eine Tür oder Schublade immer einen Spaltbreit offen zu lassen. So war es auch heute Morgen. Ich habe oft zu ihm gesagt: Morten, deine Wohnung sieht immer aus, als wäre sie gerade von einem Einbrecher durchsucht worden. Diese halb offenen Schränke und Schubladen!« Sie brach kopfschüttelnd ab.

»Jetzt ist alles geschlossen«, stellte Erik fest. »In diesem Fall vielleicht ein Indiz dafür, dass jemand die Wohnung durchsucht hat.«

Carsten Stöver war auch dieser Ansicht. »Du hast recht, Lene, das sah heute Morgen anders aus. Unsere Mutter hat früher beinahe täglich mit Morten geschimpft, weil er immer die Schranktüren und Schubladen offen stehen ließ.«

Erik war alarmiert. »Also war nach Ihnen noch jemand in der Wohnung?«

Während Lene Stöver in allen Schränken nachsah, blickte Erik ihr über die Schulter. »Sieht nicht so aus, als wären sie durchsucht worden.«

»Nein, alles so wie immer. Aber ich bin sicher, dass die Schranktüren einen Spalt offen standen. Die Schubladen auch.«

Erik glaubte ihr. »Da ist also jemand sehr behutsam vorgegangen.«

»Niemand sollte merken«, ergänzte Sören, »dass die Schränke durchsucht worden sind. Und dieser Jemand hat alle Türen und Läden automatisch wieder geschlossen, so wie das die meisten Menschen tun.«

Erik wandte sich an die Stövers. »Jemand war also hier in der Wohnung. Vermutlich, als Morten schon nicht mehr lebte. Wahrscheinlich der Mörder.«

Die beiden schüttelten die Köpfe. »Unmöglich! Sonst hat keiner einen Schlüssel.«

»Denken Sie nach«, bat Erik. »Die Zimmermädchen, das Personal an der Rezeption, die Kollegen aus dem Sportbereich ...«

»Nein!« Lene Stövers Stimme klang jetzt sehr energisch. »Hier oben kommt niemand rein. Der Aufzug fährt nur bis zur sechsten Etage, für die siebte braucht man einen Schlüssel, damit er weiterfährt. Auch unsere Putzfrau hat keinen Schlüssel. Sie klingelt, und ich hole sie dann in der sechsten Etage ab. Bei der Kinderfrau machen wir es genauso.« Sie sah sich um, ihr Blick verhüllte sich mit Bescheidenheit, aber Erik verstand ihn trotzdem. Offenbar gab es Wertgegenstände im Penthouse, die zu dieser Vorsichtsmaßnahme geführt hatten.

»Gibt es keine Treppe?«

Diesmal war es Carsten Stöver, der antwortete: »Es gibt nur eine Notfalltreppe an der Außenseite des Hauses. Falls Feuer ausbricht zum Beispiel, wenn wir fliehen müssten oder der Aufzug blockiert wäre. Doch wenn jemand die Treppe aufwärts benutzt, kommt er nicht auf diese Etage, sofern er keinen Schlüssel hat.« Er trat aus der Wohnung, ging zu einer weiteren Tür und drückte die Klinke herunter. »Eine Fluchttreppe. Auf dieser Seite ist die Tür offen, von der anderen geschlossen.«

Erik stellte sich neben ihn und blickte durch die Türöffnung auf eine Wendeltreppe, die zum Erdgeschoss hinabführte.

Dann sah er Carsten Stöver bedauernd an. »Die KTU wird

kommen und die Wohnung auseinandernehmen müssen. Das kann ich Ihnen leider nicht ersparen. Wenn jemand etwas in Mortens Wohnung nicht nur gesucht, sondern auch gefunden hat, ist es vielleicht zu spät. Aber es kann ja auch sein, dass derjenige erfolglos war. Unsere Leute haben mehr Zeit als einer, der in eine Wohnung eindringt und hastig alles durchsucht.«

Wer kann Mortens Wohnung betreten haben? Und warum?«, fragte Erik, während er mit Sören wieder zum Polizeirevier fuhr.

Sören antwortete: »Ich denke an seine frühere Kollegin, die wir mit Morten Stöver am Strand getroffen haben. Vielleicht ist sie die Frau, in die Morten verliebt war?«

»Warum gerade sie? Seine Kollegin, hat er gesagt. Wenn sie ein paar Tage Urlaub auf Sylt macht, ist es doch normal, dass sie sich mit ihm trifft.«

»Wir sollten trotzdem mit ihr sprechen«, beharrte Sören.

Inzwischen waren sie auf dem Parkplatz des Polizeireviers angekommen. Erik war ausgestiegen, und Sören machte Anstalten, auf die hintere Tür zuzugehen, die ins Polizeirevier führte.

»Gehen Sie ruhig schon mal vor, ich mache noch einen Besuch in der Apotheke«, rief Erik ihm nach. »Sie wissen ja … Gondel Stöver, die Schwester von Morten.«

Sören machte auf dem Absatz kehrt. »Ich komme mit.«

Gondel Stöver war ein paar Jahre älter als ihre Brüder. Erik kannte die Familie flüchtig und wusste, dass Gondel die einzige Tochter war. Ihre vier Brüder hatten gern Sport getrieben, auch Carsten, der heute so behäbig und untrainiert wirkte, Gondel dagegen war immer eine Leseratte gewesen, eine Stubenhockerin, die sich lieber mit ihren Hausaufgaben beschäftigte, als mit Gleichaltrigen am Strand zu spielen.

Sie hatte ein verweintes Gesicht, als die Apothekenhelferin

die beiden Polizisten in das kleine Büro führte, das hinter dem Verkaufsraum lag. Ihre Haare, die sie unordentlich im Nacken zusammengebunden hatte, zeigten bereits erste graue Strähnen. Ihr weißer Kittel stand offen, darunter trug sie einen dunklen Pullover mit ausgeleiertem Halsausschnitt und einen beigen Wollrock, an den Füßen derbe Halbschuhe. Eine Frau, die offenbar wenig Wert auf ihr Äußeres legte. Die Apotheke war ihr Lebensinhalt, alles andere hatte sich unterzuordnen.

»Ausgerechnet Morten«, schluchzte sie. »Der konnte keiner Fliege was zuleide tun. Ich kann mir einfach nicht vorstellen, warum ihn jemand umbringen wollte.« Sie schluckte die Tränen hinunter und bemühte sich, auf Eriks Fragen zu antworten. »Morten war nie auf Konfrontation aus, er war kein Kämpfer. Er war jemand, der zurückwich, wenn es ernst wurde. Das war auch bei seiner großen Liebe so. Er hat nicht um sie gekämpft, er hat aufgegeben.«

»Wer war diese Frau?«, hakte Erik nach.

Gondel sah ihn unglücklich an. »Er hat nie ihren Namen genannt, hat sie immer geschützt.«

»Geschützt?« Erik runzelte die Stirn. »Was meinen Sie damit?«

»Sie ist verheiratet. Ich habe oft gesagt: Morten, zeig ihr, dass sie mehr für dich ist als eine Affäre. Sie muss wissen, dass du dir ein Leben mit ihr wünschst. Vielleicht ist sie unglücklich in ihrer Ehe, vielleicht ist sie bereit, ihren Mann zu verlassen. Für dich!«

»Sie war aber nicht dazu bereit?«

»Wohl nicht. Jedenfalls hat Morten das angenommen. Aber wer weiß … vielleicht wäre sie es gewesen, wenn er ihr deutlicher gezeigt hätte, was sie für ihn bedeutete. Es kam mir so vor, als wollte er ihr seine Liebe nicht zeigen, um sie nicht zu bedrängen und ihr den Konflikt zu ersparen. So war Morten. Er forderte nie. Wenn er angegriffen wurde, hat er eher versucht, sich zu entziehen, statt sich zur Wehr zu setzen.«

»Er wurde von hinten erstochen. Es sieht ganz danach aus, als habe er versucht zu fliehen.«

Nun begann Gondel wieder zu weinen. »Das kann nur ein Zufall gewesen sein, dass ausgerechnet Morten angegriffen wurde. Irgendein Idiot, der Geld von ihm wollte. Morten hatte selten Geld dabei, und wenn, dann niemals viel. Das hat den Angreifer vielleicht wütend gemacht …«

»Wir gehen von einem geplanten Mord aus«, sagte Erik leise. »Es war kein Raubüberfall, er trug Geld und Handy bei sich. Nichts spricht dafür, dass er ein zufälliges Opfer war.« Er zögerte, ehe er fortfuhr: »Sie wissen wirklich nichts von dieser Frau? War sie vielleicht eine Kollegin von ihm?«

Aber Gondel Stöver schüttelte den Kopf. »Ich weiß nichts. Gar nichts. Morten war sehr verschwiegen. Und immer loyal.«

Erik beugte sich vor und sah Gondel Stöver eindringlich an. Das tat er immer, wenn er mit einer Frage aufwartete, die für ihn besonders wichtig und für den Befragten besonders quälend war. Er stellte fest, dass sie seinem Blick standhielt und ihre Tränen nicht wegwischte. Eine Frau, die einer Gefahr in die Augen schaute, so kam es ihm vor.

»Es gibt einen weiteren, bislang ungeklärten Todesfall auf Sylt«, begann Erik vorsichtig.

Sie nickte und schluckte ihre Tränen hinunter, ihr Blick wurde wieder klar. »Ich weiß. Während des Syltlaufs.«

»Der Vater des Jungen, der zu Tode kam, beschuldigt Ihren Bruder, seinen Sohn umgebracht zu haben.«

Gondel Stövers Kinnlade sackte herab, und sie rang nach Atem.

»Anfänglich glaubte er an ein Dopingmittel, das Ihr Bruder zu hoch dosiert hatte.«

»Wie kommt er nur auf so was?« Gondel Stöver war fassungslos.

»Er will gesehen haben, dass Ihr Bruder seinem Sohn kurz vorm Start etwas zugesteckt hat.«

»Völlig unmöglich.«

»Die Obduktion hat ergeben, dass der Junge vergiftet wurde.«

Nun veränderte sich Gondel Stövers Miene. In ihr Entsetzen mischte sich eine Spur von Wachsamkeit. »Womit?«

Erik musste wieder den Zettel hervorholen, auf dem er sich den Namen des Medikaments notiert hatte. »Clonazepam. Kennen Sie das Präparat?«

»Es wird zur Behandlung von zerebralen Krampfanfällen und bei Angststörungen eingesetzt. Nicht ungefährlich! Schon nach kurzer Anwendung führt es zu psychischer und körperlicher Abhängigkeit.«

»Gibt es dieses Medikament in Ihrer Apotheke?«

Gondel zögerte, dann nickte sie. »Es wird vor allem in der Akutbehandlung eingesetzt, zumeist intravenös oder intramuskulär. Ich denke, in Tropfenform habe ich es da.«

Erik warf einen Blick zur Tür, die in den Verkaufsraum führte, wo die hohen Regale und Schränke mit den Medikamenten standen. »Das wissen Sie, ohne nachzusehen?«

»Das weiß ich, weil das Medikament nur selten eingesetzt wird. Es wirkt angstlösend und schlafanstoßend, sehr gut bei Panikattacken. Aber für eine psychiatrische Indikation besteht in Deutschland keine behördliche Zulassung. Clonazepam wird nur im Einzelfall und dann nur durch einen Facharzt verordnet.«

»Ist es eigentlich geschmacksneutral?«, warf Sören ein.

Gondel Stöver nickte. »So gut wie. In klarem Wasser würde man es vielleicht herausschmecken, aber in einem isotonischen Getränk oder in Saftschorle auf keinen Fall.«

»Können Sie bitte nachschauen«, fragte Erik mit sanfter Stimme, »ob sich das Medikament noch dort befindet, wo Sie es aufbewahren?«

Gondel Stöver starrte ihn an. »Sie glauben …? Nein, das kann nicht sein.«

»Hatte Ihr Bruder die Möglichkeit, die Apotheke zu betreten, wenn Sie nicht da waren?«

Sie schwieg lange, und Erik wartete geduldig, bis sie endlich antwortete: »Er besaß einen Schlüssel zu meiner Wohnung.« Vage deutete sie in den Garten. »Gleich hinter der Apotheke. Morten goss meine Blumen, wenn ich mal nicht da war, und sah nach dem Rechten.«

»Er konnte also Ihre Wohnung jederzeit betreten? Und von dort auch die Apotheke?«

Gondel schluckte, ehe sie antwortete: »Er wusste, wo ich den Schlüssel aufbewahre.«

»Besitzen Sie auch seinen Wohnungsschlüssel?«

»Nein, das war nicht nötig. Carsten und Lene kümmerten sich um Mortens Wohnung, wenn er mal nicht da war.«

»Glauben Sie, dass die Frau, die er liebte, einen Schlüssel zu seiner Wohnung hatte?«

Gondel Stöver sah aus, als wäre sie mit dieser Frage überfordert. »Was sollte das für einen Sinn haben? Die Liebe war längst vorbei.«

Erik nickte, als wäre ihm das Erklärung genug. »Würden Sie bitte nachsehen, Frau Stöver, ob das Clonazepam noch da ist?«

Die Tränen schossen wieder in ihre Augen, während sie aufstand und das Büro verließ. Erik und Sören sprachen kein Wort, bis sie wieder zurückkam. Sie war blass und musste sich an den Türrahmen lehnen, als hätte sie Angst umzusinken. »Es ist weg«, flüsterte sie.

Gerade als Mamma Carlotta die Staatsanwältin davon überzeugt hatte, dass es beim Kochen auf frische Zutaten und viel Liebe ankam, klingelte es an der Tür.

»L'amore ist das Wichtigste, ohne l'amore beim Kochen können auch die frischen Zutaten nichts bewirken. Andererseits müssen Konserven oder Tiefkühlkost ein Essen nicht unbedingt verderben, wenn es mit amore gekocht wurde.« Sie zeigte der Staatsanwältin die Dosen mit gekochten weißen Bohnen und den geschälten Tomaten. »Die hat Enrico gekauft. Als alleinerziehender Vater muss er natürlich gelegentlich auf Fertigkost zurückgreifen. Und ich bin heute froh, dass ich diese Dosen im Vorrat gefunden habe, sonst hätte ich la Ribollita nicht kochen können. Die getrockneten weißen Bohnen hätten ja über Nacht eingeweicht werden müssen. Am besten sind natürlich die toskanischen Cannellinibohnen, die Signor Frattini auf dem Markt meines Dorfes verkauft. Aber hier, auf Sylt, muss ich eben mit den weißen Bohnen vorliebnehmen, die Feinkost Meyer anbietet. Und dass Tomaten in Dosen gar nicht so schlecht sind, habe ich schon gemerkt.«

Sie kam nicht mehr dazu, den Dosenöffner anzusetzen, sondern lief zur Tür, weil es bereits zum zweiten Mal klingelte, während sie der Staatsanwältin noch schnell empfahl, das mittlerweile zweite Glas Franciacorta auszutrinken, da sie es als Italienerin genauso hielt wie die Deutschen. »Auf einem Bein kann man nicht stehen.«

Der Mann, der vor ihrer Tür stand, strahlte, als hätte er nie eine schönere Frau als Carlotta Capella zu Gesicht bekommen. »Signora! Wie schön, Sie wiederzusehen! Ich habe ein paar dringende Informationen für Ihren Schwiegersohn, und da dachte ich, am besten wird es sein, wenn ich sie persönlich vorbeibringe. Sicherlich möchte er nicht bis morgen früh warten.«

»Dottore!« Die Freude war ganz auf Mamma Carlottas Seite. Dr. Hillmot, der Gerichtsmediziner, war schon oft zu Gast gewesen und hatte sich durch unbändigen Appetit und unermüdliches Lob für ihre Kochkunst einen Platz in ihrem Herzen gesichert. »Che gioia! Was für eine Freude!« Sie griff nach Dr. Hillmots Hand, nicht nur um ihn zu begrüßen, sondern um ihn gleichzeitig ins Haus zu ziehen. Sie wusste ja, dass er sich gern zierte, wenn sie ihm etwas zu essen anbot, und es liebte, wenn sie sich so verhielt, als wäre ihm am Ende gar nichts anderes übrig geblieben, als ihre Einladung anzunehmen. »Ich bin gerade mit dem Abendessen beschäftigt. Mögen Sie Ribollita? Das ist ein toskanischer Bohneneintopf. Vorher gibt es Crostini con cipolle. Als Secondo einen Auberginenauflauf. E poi … ach, hätte ich gewusst, dass Sie kommen! Dann hätte ich ein besseres Dolce als mein Pane fritto vorbereitet.«

Während ihr Wortschwall sich über den Gerichtsmediziner ergoss, nahm sie ihm den Mantel ab und schob ihn in die Küche, ohne seine Behauptung, er wolle auf keinen Fall beim Essen stören, zur Kenntnis zu nehmen, die sie sowieso für eine glatte Lüge hielt. Dr. Hillmot, das wusste sie von Erik, kam immer nur persönlich mit Obduktionsergebnissen ins Haus, wenn sie auf Sylt war, und dann immer zu einer Tageszeit, in der er mit einer Einladung zum Essen rechnen durfte. Der Gerichtsmediziner war Junggeselle, konnte nicht kochen, gab sein Geld nicht gern in Restaurants aus und ernährte sich von süßem Gebäck und Fischbrötchen. Gelegentlich ließ er sich von seiner Schwester, die in einem Fischgeschäft arbeitete, ein Seelachsfilet braten und dazu einen Kartoffelsalat servieren, das war für ihn schon höchster kulinarischer Genuss.

Eigentlich wollte Mamma Carlotta dem Doktor erklären, warum das Essen an diesem Abend so einfach ausfiel, und ihm von ihrer Absicht erzählen, das Ukulelespielen zu erlernen, da hatte er aber schon die attraktive Frau am Küchentisch gesehen und sich von dem Kavalier, wie Mamma Carlotta ihn kannte, in einen regelrechten Salonlöwen verwandelt. Sein Handkuss war perfekt, seine Komplimente zauberten sogar der verwöhnten Staatsanwältin ein Lächeln aufs Gesicht.

Doch als er erfuhr, dass er Frau Dr. Speck vor sich hatte, deren Name ihm selbstverständlich vertraut war, wurden seine Komplimente derart übersteigert, dass das Lächeln auf dem Gesicht der Staatsanwältin gefror. Das nahm Dr. Hillmot jedoch nicht zur Kenntnis, oder er wollte es nicht bemerken, und fuhr fort, die anwesenden Damen zu loben und zu preisen. Bei Mamma Carlotta ging es natürlich vor allem ums Kochen, bei

Frau Dr. Speck eher um ihre beruflichen Fähigkeiten. Ihre Attraktivität ließ er von da an unerwähnt, weil ihm wohl aufging, dass eine Staatsanwältin mit anderen Mitteln um den Finger gewickelt werden musste.

Frau Dr. Speck prostete ihm zu, als auch er ein Glas Franciacorta erhielt, dann kam sie derart zügig auf seinen Beruf zu sprechen, dass Dr. Hillmot seine Sorge anzusehen war, dieser Besuch könne zu kurz werden, um noch mindestens an der Vorspeise partizipieren zu können.

»Sie haben Morten Stöver obduziert?« Dass die Schwiegermutter des Hauptkommissars Zeugin dieses Dienstgespräches war, schien der Staatsanwältin nichts auszumachen. »Zu welchen Erkenntnissen sind Sie gekommen?«

Dr. Hillmot öffnete seine schmale Aktentasche und zog einige Papiere heraus. »Sollen wir nicht warten, bis der Hauptkommissar hier ist? Sonst muss ich alles zweimal erzählen.«

Aber die Staatsanwältin nahm ihm mit einer barschen Bewegung die Akte aus der Hand. »Ich schaue mir die Sache schon mal an.« Und dann vertiefte sie sich in Dr. Hillmots Obduktionsbericht, während Mamma Carlotta dem Gerichtsmediziner zwei Crostini auf den Teller legte. »Tun Sie mir den Gefallen, und probieren Sie mal? Ich bin mir nicht sicher, ob ich genug Pecorino darübergegeben habe.«

Dr. Hillmot war entschlossen zu glauben, dass es ihr wirklich nicht darum ging, ihm seinen ärgsten Hunger zu nehmen. Er probierte, bewegte jeden Bissen in seinem Mund, schlug die Augen nachdenklich zur Decke … und sagte dann strahlend: »Perfetto, Signora. Einfach wunderbar!«

Erik und Sören standen vor der Apotheke, als hätten sie den Weg zum Polizeirevier vergessen. Ein kalter Wind fuhr die Kjeirstraße entlang, die Möwen rasten mit ausgebreiteten Schwingen über den Himmel und schrien, als wollten sie vor dem Wind gerettet werden.

»Es ist nicht zu fassen«, meinte Sören leise. »Morten war ein so netter Mensch, und nun soll er auf einmal ein Mörder sein?«

»Wir wissen es doch noch gar nicht«, versuchte Erik seinen Assistenten zu trösten, nahm ihn am Arm und zog ihn sanft mit sich die Kjeirstraße entlang.

Sören schüttelte mutlos den Kopf. »Er hat ja offenbar das Medikament gestohlen, das Haymo Hesse getötet hat.«

»Wir wissen nur, dass er die Möglichkeit dazu gehabt hätte.« Erik konnte einfach nicht mit ansehen, wie niedergeschlagen Sören war. Er wollte ihn unbedingt aus der Enttäuschung zurückholen, wenn er auch seinen eigenen Argumenten nicht glaubte. »Vielleicht ist der Mörder ein anderer und hat den Verdacht auf Morten Stöver gelenkt. Und der ist ihm draufgekommen und musste deshalb sterben.«

Sörens Gesicht entspannte sich merklich. »Glauben Sie das wirklich?«

Nein, Erik glaubte es nicht, aber das wollte er nicht zugeben. »Solange es weit und breit kein Motiv für diese beiden Morde gibt, glaube ich alles und nichts.«

Sören blieb stehen und sah sich um wie jemand, der gerade aus dem Schlaf gerissen worden war. »Wohin gehen wir eigentlich?«

Erik wies auf den einen Parkplatz, der von einem dreigeteilten Apartmenthaus gesäumt wurde. Die Gebäudeteile waren in unterschiedlichen Farben gestrichen, Blau, Rot und Gelb.

»Die Residenz Mauritius«, erklärte er und zog sein Handy aus der Tasche. »Ich weiß, welche Immobilienfirma dieses Objekt verwaltet. Dort wird man mir sagen können, in welchem Apartment Astrid Leding wohnt.«

Zwei Minuten später wusste er Bescheid. »Das rote Haus, zweite Etage, Apartment 234.«

»Und wenn sie nicht da ist?«, fragte Sören, der anscheinend Angst hatte, noch mehr von Morten Stöver zu hören, als er verkraften konnte.

Erik antwortete nicht, sondern ging ihm schweigend voran. Erst vor der Haustür wandte er sich wieder an Sören: »Es sieht doch ganz danach aus, als hätten Morten Stöver und Astrid Leding ein freundschaftliches Verhältnis gehabt. Sie wissen ja, dass man von Freunden oft mehr erfährt als von Angehörigen.«

Er drückte den Klingelknopf neben der Nummer 234, doch die Tür blieb geschlossen. Die beiden Beamten sahen sich ratlos an, dann hörten sie ein Geräusch aus einer der oberen Etagen. Eine Balkontür hatte sich geöffnet, Schritte scharrten.

Erik trat zurück und blickte nach oben. Am Geländer eines Balkons in der zweiten Etage sah er Astrid Leding stehen.

»Können Sie uns bitte öffnen? Wir müssen mit Ihnen reden.«

Sie nickte nur, ging in die Wohnung zurück, und kurz darauf sprang die Tür auf. Erik steuerte auf den Aufzug zu, doch Sören ließ ihn links liegen. Widerwillig folgte Erik seinem Assistenten die Treppen hoch.

Astrid Leding empfing sie vor der Tür ihres Apartments. »Ich habe nicht mit Besuch gerechnet.«

»Sie haben uns ein Gespräch angeboten, als wir Sie am Strand getroffen haben.«

»Ich habe gesagt, dass Morten meine Handynummer kennt. Sie hätten sich anmelden können.«

Erik fixierte sie. »Es war nicht möglich, Herrn Stöver nach Ihrer Handynummer zu fragen.«

»Warum nicht?«

»Er ist tot.« Erik studierte ihre Reaktion, beobachtete das Erschrecken und stellte fest, dass es auf ihren ganzen Körper überging.

Astrid Leding schwankte leicht. »Was? Was sagen Sie da?«

Erik machte einen kleinen Schritt auf sie zu. »Dürfen wir reinkommen?«

Sie gab die Tür frei, und sie betraten das Apartment, das aus einem einzigen Raum bestand. Es gab keinen Flur, daher standen sie sofort neben der Küchenzeile und der Tür, die ins Bad führte. Der Wohn-Schlaf-Bereich war mit einer Ausziehcouch, zwei Sesseln, einem Tisch und einer Essgruppe ausgestattet. Obwohl alles geschmackvoll eingerichtet war, dachte Erik, dass er niemals einen Urlaub auf diesen paar Quadratmetern verbringen wollte. Er hätte gern die Balkontür geöffnet, um den Raum ein wenig zu vergrößern.

Langsam drehte er sich zu Astrid Leding um, die noch immer um Fassung rang. Sie trug eine dunkle Jeans und einen grauen Pullover mit V-Ausschnitt, dazu schwarze Ballerinas. Alles unauffällig, aber von guter Qualität, Kleidung, die man sofort wieder vergaß. So wie Astrid Leding selbst. Gut aussehend, dachte Erik, sehr hübsch sogar, aber dennoch eine graue Maus.

»Was ist mit Morten passiert?«, stieß sie hervor.

»Er wurde ermordet«, antwortete Erik und öffnete seine Jacke. Er hoffte, dass Astrid Leding sie ihm abnehmen würde, aber sie schien mit den Gedanken ganz woanders zu sein. »Wir suchen jetzt nach einem Motiv. Können Sie uns helfen?« Als sie nicht antwortete, ergänzte er: »Wir glauben, dass es mit der Klassenfahrt zu tun hat, auf der die beiden Kinder ums Leben kamen.«

»Wie kommen Sie denn darauf?« Astrid Ledings Stimme war kaum zu verstehen.

»Haymo Hesse wurde auch ermordet. Erst starben die beiden Jungen in Schweden, dann ihr Klassenkamerad und ihr Lehrer auf Sylt. Sagen Sie uns, was Sie wissen, Frau Leding.«

»Sie meinen, als Nächste bin ich dran?«

Erik war erstaunt, dass sie trotz ihrer Bestürzung zu dieser Schlussfolgerung in der Lage war. »Das kann ich nur beantworten, wenn ich die Motivation des Täters kenne.«

»Ich weiß nichts.« Jetzt endlich kam wieder Bewegung in Astrid Leding. Sie ließ sich auf einen Stuhl fallen, woraufhin Erik und Sören sich erlaubten, in den tiefen Sesseln Platz zu nehmen. Auch Sören öffnete seine Jacke und zog den Rollkragen seines Pullovers vom Hals.

»Die Klassenfahrt liegt fast zwei Jahre zurück«, sagte Sören. »Was kann geschehen sein, dass es nach so langer Zeit zu Racheakten kommt?«

»Sind Sie denn sicher, dass es sich um Rache handelt?« Astrid Leding stand auf und schien ihre Gefühle besser unter Kontrolle zu haben. »Kann ich Ihnen was zu trinken anbieten? Mineralwasser habe ich da.«

Die beiden Beamten nahmen dankend an und entledigten sich unauffällig ihrer Jacken, während Astrid Leding die Gläser aus dem Schrank holte.

»Sie sagen, Haymo ist ermordet worden?«, fragte Astrid Leding. »Kein Herzinfarkt?«

»Er ist durch die Überdosis eines Medikaments gestorben«, entgegnete Erik. »Vermutlich wurde es ihm in die Trinkflasche gegeben. So hat er nach und nach, Schluck für Schluck, das Zeug zu sich genommen, bis sein Körper nicht mehr mitmachte.«

»Dann stimmt es also, dass Morten ihm am Start nichts zugesteckt hat. Ich habe es ja gesagt.«

Erik zögerte, und Sören antwortete an seiner Stelle: »Die Trinkflasche ist sicherlich vorher präpariert worden. Morten hätte dazu Gelegenheit gehabt.«

»Wieso Morten?« Ihr rutschte das Glas aus der Hand, das sie gerade auf den Tisch stellen wollte. Zum Glück fiel es auf den weichen Teppich und blieb unversehrt. »Das kann doch sonst wer gewesen sein!«

»Aber Morten hatte die Möglichkeit, an das Clonazepam zu kommen«, gab Erik zurück.

»Kersten Hesse hat Morten anscheinend nicht getraut«, ergänzte Sören. »Seine Vermutung, er habe ihm etwas zugesteckt, war zwar aus der Luft gegriffen, aber er scheint fest davon überzeugt zu sein, dass Morten hinter dem Tod seines Sohnes steckt. Wie kommt er nur darauf?«

Astrid Leding stellte mit zitternder Hand die Flasche zurück. »Ich habe keine Ahnung.«

Erik betrachtete sie aus zusammengekniffenen Augen. »Sind Sie mit Morten Stöver befreundet?«

Sie zögerte. »Ich war es«, antwortete sie dann. »Seit Morten auf Sylt ist, haben wir nicht mehr viel voneinander gehört.«

»Aber jetzt haben Sie sich getroffen?«

»Wenn ich schon mal auf Sylt bin …«

Jetzt fing Erik an, seine Fragen abzuschießen, statt sie gemächlich vor Astrid Leding auszubreiten. »Es heißt, Morten Stöver habe sich in Flensburg unglücklich verliebt. Wissen Sie etwas darüber?«

»Nein.«

»Sicher? Könnte es nicht sein, dass Sie diese Frau sind, in die Morten Stöver verliebt war?« Erik bemerkte Sörens erstaunten Blick, erwiderte ihn aber nicht.

»Ich bin verheiratet.«

»Sie wären nicht die erste Frau, die ihren Mann betrügt.«

Astrid Leding sprang auf. »Was unterstehen Sie sich!«

»Wissen Sie, wo Morten Stöver gewohnt hat?«

»Im Hotel Wellenreiter. Das hat er mir erzählt.«

»Haben Sie ihn dort jemals besucht?«

»Nein, nie.«

»Sie haben keinen Schlüssel zu der Wohnung?«

Astrid Leding stemmte die Fäuste in die Seiten. »Jetzt reicht's aber! Ich sagte bereits …«

»… dass Sie verheiratet sind. Ja! Glücklich verheiratet?«

Diese Frage beantwortete sie mit einem wütenden Schnauben.

»Trotzdem machen Sie allein Urlaub?«

»Mein Mann kommt in den nächsten Tagen nach. Er konnte nicht so früh Urlaub nehmen wie geplant, weil mehrere seiner Kollegen erkrankt sind.«

»Haben Sie Kinder?«

Nun fiel die notdürftig errichtete Mauer der Arroganz von ihr ab, ihre gestraffte Figur wurde weich, ihr Oberkörper fiel zusammen. »Nein, aber das geht niemanden etwas an.«

»Sie wissen also nicht, mit welcher Frau Morten Stöver in Flensburg zusammen war?«

»Nein.«

»Obwohl Sie Freunde waren?«

»So eng befreundet waren wir nicht.«

Erik erhob sich und stellte sich vor Astrid Leding hin, als wollte er verhindern, dass sie die Flucht ergriff. »Glauben Sie wirklich nicht an einen Zusammenhang zwischen dem Geschehen in Schweden und den beiden Todesfällen auf Sylt? Könnte es nicht sein, dass sich jemand an Haymo gerächt hat, weil er seine Mitschüler nicht zurückgehalten hat? Und an Morten Stöver, weil er das Unglück nicht verhinderte?«

Astrid Leding stand ebenfalls auf. Es war Erik unangenehm, dass sie größer war als er und auf ihn herabblicken konnte. »Das ist Unsinn! Haymo und Morten hätten beide nichts verhindern können. Das haben sogar die Eltern der toten Kinder eingesehen. Ich konnte es auch nicht verhindern. Die Kinder waren in einem Alter, in dem dic aufsichtführenden Lehrer sie nicht mehr ständig im Auge haben müssen. Sie hatten klare Anweisungen und haben sie nicht befolgt. Deshalb – nur deshalb! – leben sie nicht mehr. Niemand anders war an dem schrecklichen Unfall schuld. Nur die beiden Jungen!«

Dr. Hillmot war in seinem Element. Und wie so oft dachte er dann nicht an die Menschen in seiner Gegenwart, in deren Alltag kein Blut, keine klaffenden Wunden und keine Organentnahme vorkam. Die Staatsanwältin war dergleichen natürlich gewöhnt, Mamma Carlotta jedoch hatte Mühe, die Tomaten zu den Bohnen zu geben, ohne dabei an zertrennte Adern und an das Blut zu denken, das aus ihnen hervorgequollen war, und verdrängte, während sie Sellerie, Möhren und Kartoffeln klein schnitt, den Gedanken an das Messer, mit dem Morten Stöver attackiert worden war. »Terribile!«

Dr. Hillmot hatte keine Probleme damit, während seiner Ausführungen die Crostini zu essen, die Mamma Carlotta ihm hinschob, ihm fiel auch nicht auf, dass sie ein weiteres Brot aus der Tiefkühltruhe holte und es in den Ofen schob, weil ihr klar geworden war, dass die Crostini nicht reichen würden, wenn Dr. Hillmot weiterhin so beherzt zugriff.

»Alle Stichwunden, die ich untersucht habe, waren ineinander verdreht. Das ist nicht außergewöhnlich, da sich das Opfer natürlich zu entziehen versucht, den Körper abwendet oder sich wegdreht.«

»Was können Sie über die Waffe sagen?«, fragte die Staatsanwältin.

Dr. Hillmot tupfte erst mit dem rechten Zeigefinger ein Stück Zwiebel von der Tischdecke, das ihm von seinem Crostini gefallen war. »Alle Stichwunden haben glatte Wundränder, trotzdem lässt sich schwer auf die Größe des Messers schließen. Ein Täter zieht das Messer selten gerade aus dem Körper seines Opfers heraus, sondern drückt es nach vorn oder nach hinten, sodass am Ende die Stichwunde größer ist als die Tatwaffe.«

Mamma Carlotta gab ein Geräusch von sich, das Dr. Hillmot mit einem erstaunten Blick quittierte, ohne aber zu bemerken, wie schwer es ihr fiel, all diese schrecklichen Worte in ihrer Küche zu hören.

»Wenn der Täter beim Herausziehen das Messer dreht«, führte er ungerührt weiter aus, »entsteht sogar eine zweite Wunde. Von der Wunde auf die Waffe zu schließen ist also sehr schwierig.«

»Und Sie haben keine Vermutung?«, hakte die Staatsanwältin nach.

»Ein Messer! Das ist alles, was sich mit Gewissheit sagen lässt«, antwortete Dr. Hillmot. »Sie wissen doch, dass ich aufgrund der Wunde keine genaue Beschreibung des Tatwerkzeuges abgeben kann. Umgekehrt kann ich Ihnen sagen, ob eine Waffe prinzipiell infrage kommt, wenn Sie mir eine vorlegen.«

Die Staatsanwältin bemerkte genauso wenig wie der Gerichtsmediziner, dass Mamma Carlotta unter dem Gespräch litt. »Ist er verblutet? Oder sind lebenswichtige Organe verletzt worden?«

»Letzteres kommt selten vor«, antwortete Dr. Hillmot. »Die meisten Opfer von Stichverletzungen verbluten. Eine Ausnahme ist der Stich direkt ins Herz. Der führt zu sofortigem Herzstillstand.«

»Was können Sie uns über den Täter sagen?«

»Er war ein großer Mensch«, kam es wie aus der Pistole geschossen zurück. »Das zeigen die Einstichkanäle sehr deutlich. Sämtliche Stiche sind von oben geführt worden. Mit großer Kraft.«

»Also ein Mann?«

Dr. Hillmot schüttelte den Kopf. »Nein, auch eine kräftige Frau wäre dazu in der Lage.«

Das Gespräch wurde unterbrochen, weil sich das Handy der Staatsanwältin meldete. Sie lächelte verschmitzt, als sie den Anruf annahm, was Mamma Carlotta sich erst erklären konnte, als sie hörte, wer der Anrufer war.

»Moin, Wolf! Gibt's was Neues?« Frau Dr. Speck ließ Erik kaum zu Wort kommen. »Das hat Zeit, Wolf! Gehen Sie erst mal nach Hause, Ihre Schwiegermutter wartet auf Sie. Wir können dann später reden.«

Ohne ein Abschiedswort drückte sie den roten Knopf ihres Handys. Mamma Carlotta sah sie konsterniert an. Schon mehrmals hatte Erik ihr erzählt, dass die Staatsanwältin die Gewohnheit hatte, ein Gespräch ohne Gruß zu beenden, aber sie hatte nicht glauben können, dass ein Mensch zu solcher Unhöflichkeit fähig war.

Frau Dr. Speck, die nichts von ihrer Fassungslosigkeit bemerkte, zwinkerte ihr zu. »Na, der wird Augen machen!«

Erik starrte sein Handy so lange an, bis Sören fragte: »Ist was?«

Das Gespräch mit der Staatsanwältin hatte nur wenige Augenblicke gedauert. Noch immer stand Erik da und sah aus wie vom Donner gerührt.

»Hat sie keine Zeit?« Sören wurde unruhig. »Sollen Sie später zurückrufen? Oder was ist los?«

Endlich konnte Erik sich von dem Display seines Handys lösen. »Sie hat gesagt, ich soll lieber nach Hause gehen, weil meine Schwiegermutter mit dem Essen auf mich wartet.«

Sören starrte seinen Chef an, als zweifelte er an dessen Verstand. »Sind Sie sicher, dass Sie mit Frau Dr. Speck gesprochen haben?« Er stieß ein Lachen aus, dann wurde er schnell wieder ernst. »Vielleicht ist sie krank? So schwer krank, dass sie vor ihrem nahen Ende dafür sorgen will, in guter Erinnerung zu bleiben?«

Erik schüttelte sich. »Am besten, wir vergessen das sofort wieder.«

Sören sah enttäuscht aus. »Das heißt, wir sollen der Staatsanwältin nicht gehorchen? Wenn sie meint, wir sollen nach Hause gehen, weil Ihre Schwiegermutter auf uns wartet?«

»Hören Sie, wir haben zwei Mordfälle am Hals. Nur weil die Staatsanwältin uns die Ermittlungen in Flensburg abgenommen hat, heißt das noch nicht, dass wir Zeit haben, früh Feierabend zu machen.«

Sören duckte sich. Aber nur kurz, dann richtete er sich wieder auf. »Wir wollen erfahren, was die Staatsanwältin in Flensburg herausbekommen hat, und sie würgt Sie einfach ab? Müssen wir jetzt zu Kersten Hesse gehen, um zu erfahren, wie der Besuch abgelaufen ist?«

»Wenn der überhaupt schon wieder auf der Insel ist«, wandte Erik ein.

»Dann schlage ich vor, wir machen einen Abstecher zum Hotel Wiesbaden. Wenn er zurück ist, reden wir mit ihm, wenn nicht, folgen wir den Anweisungen der Staatsanwältin.« Sören blickte auf die Uhr. »Unsere Bürozeiten sind längst vorbei. Ein schlechtes Gewissen brauchen wir nicht zu haben.«

Sie gingen an Gondel Stövers Apotheke vorbei, die gerade geschlossen wurde, und bogen in die Keitumer Landstraße ein. Ein Wagen fuhr auf die rote Ampel zu und stoppte. Mit einem kurzen Hupen machte der Fahrer auf sich aufmerksam.

Erik antwortete, indem er ihm zuwinkte, aber bevor er weitergehen konnte, ließ Fritz Nikkelsen das Fenster herunter. »Moin!«, rief er über die Straße. »Grüßen Sie Ihre Schwiegermutter von mir.«

Erik winkte noch einmal, als hätte er verstanden und wollte Nikkelsens Bitte erfüllen, aber während sie aufs Polizeirevier zugingen, brummte er: »Dieser Frauenheld! Der soll sich bloß nicht an meiner Schwiegermutter vergreifen!«

Sören lachte ungläubig. »Der will was von der Signora?«

Aber Erik wollte diese Frage nicht beantworten, eigentlich wollte er sie nicht einmal gehört haben. Ungeduldig winkte er ab. »Wir fragen jetzt Enno und Rudi, ob sie etwas herausbekommen haben.«

»Dafür brauchen wir nicht ins Büro zu gehen.« Sören steuerte, als sie wieder auf den Hof des Polizeireviers kamen, Eriks Auto statt die Hintertür an. »Ich habe sie schon gefragt. Die beiden haben Haymos Trinkflasche nicht gefunden. In der Rechtsmedizin wurde nur das aufbewahrt, was er am Leibe trug, die Trinkflasche war nicht dabei. Und auch sonst nichts, was uns Aufschlüsse geben könnte.«

»Ich muss mit Dr. Hillmot reden«, murmelte Erik, ließ sich aber zum Auto drängen und sogar zur Beifahrertür schieben, weil Sören anscheinend sichergehen wollte, dass sie wirklich Richtung Wenningstedt fuhren. »Vielleicht ist er schon mit dem Obduktionsbericht fertig.«

»Den können Sie von unterwegs anrufen.« Sören gab Erik einen Wink, damit er die Tür schloss, und startete dann. »Die Nummer haben Sie in Ihrem Handy eingespeichert, das weiß ich.«

Er hatte recht. Aber obwohl Erik es lange durchläuten ließ, meldete sich niemand am anderen Ende. »Dr. Hillmot hat schon Feierabend gemacht?« Erik konnte es nicht fassen. »Sonst lässt er das Seziermesser erst fallen, wenn er Ergebnisse hat. Und wenn er Ergebnisse hat, ruft er mich sofort an.«

Sören schaffte es nicht mehr, seine Ungeduld zu zügeln. »Hat der sich immer noch kein Handy angeschafft? Oder hält er die Nummer unter Verschluss, damit sein kostbarer Feierabend nicht gestört wird?«

»Jedenfalls habe ich keine Mobilnummer von ihm.« Erik steckte deprimiert sein Handy zurück. »Also gut, warten wir bis morgen früh auf das Ergebnis der Obduktion.«

Seine Laune besserte sich erst, als sein Handy kurz vor dem Ortseingangsschild von Wenningstedt läutete. Am anderen Ende war Kommissar Vetterich, der Leiter der Kriminaltechnischen Untersuchungsstelle, kurz KTU genannt. »Moin, Wolf! Wir sind jetzt fertig mit dem Tatort im Lornsenhain.«

»Und?« Erik schaltete den Handylautsprecher ein, damit Sören mithören konnte.

»Viel habe ich nicht zu bieten. Die Tatwaffe haben wir nicht gefunden, das war ja auch nicht zu erwarten. Und die Sache mit den Schuhspuren war schwierig. So, wie der Notarzt und der Sanitäter da rumgetrampelt sind! Ich habe trotzdem alle Spuren gesichert und konnte eine separieren, und zwar den Abdruck eines derben Stiefels, vermutlich eines Gummistiefels. Er passt nicht zu den Schuhspuren der Notarztwagenbesatzung und erst recht nicht zu den Spuren, die Ihre Schwiegermutter hinterlassen hat. Die Abdrücke des Opfers sind auch ziemlich gut zu erkennen. Natürlich bin ich mir nicht sicher, ob dieser Stiefelabdruck vom Täter stammt, aber es könnte sein. Er ist nicht frisch, aber auch nicht älter als die Spuren, die eindeutig vom Opfer stammen. Ich habe schon Fotos von dem groben Profil machen lassen. Das hat Wiedererkennungswert.«

»Welche Größe?«, fragte Erik.

»Fünfundvierzig, also wahrscheinlich ein Mann.«

Auf Eriks Gesicht breitete sich eine Zufriedenheit aus, von der er selbst wusste, dass sie völlig unangebracht war. Trotzdem sagte er, sobald er das Gespräch beendet hatte: »Endlich ein Ergebnis.«

»Bahnbrechend«, bemerkte Sören, bog in den Hochkamp ein und dann auf den Parkplatz des Hotels Wiesbaden. Der Kies knirschte unter ihren Füßen, als sie auf die Eingangstür zugingen. Ansonsten war es still um dieses Hotel. Wer Ruhe suchte, war hier vermutlich gut aufgehoben.

Diesmal öffnete ihnen die Hotelbesitzerin Frau Kruse-Petersen die Tür. Freundlich hörte sie sich an, warum die Polizei in ihrem Hause erschienen war. Dann schüttelte sie bedauernd den Kopf. »Herr Hesse ist leider noch nicht aus Flensburg zurück.« Sie krauste die Stirn, während sie zum Parkplatz blickte. »Komisch, sein Wagen steht aber schon da.«

Erik wandte sich um und betrachtete den dunkelbraunen Alfa Romeo mit dem Flensburger Kennzeichen. »Vielleicht hat er nicht den Autozug, sondern den IC genommen.«

»Nein, er ist mit dem Wagen losgefahren.« Ihr Gesicht hellte sich auf, sie sah zwischen Erik und Sören hindurch den Weg hinab. »Da kommt er ja gerade!«

Hesse erweckte den Eindruck, als hätte er einen Geschäftsbesuch gemacht. Er trug eine graue Hose, einen schwarzen Rollkragenpullover und darüber einen schwarzen Mantel. Eine abgegriffene Ledertasche hing über seiner Schulter. Er begrüßte Erik und Sören, als hätte er ihren Besuch erwartet.

»Ich brauchte erst mal einen Genever in Käptens Kajüte.« Eriks erstaunten Blick verstand er sofort. »Ja, ja, von gemütlicher Kneipe kann keine Rede sein, aber ich kenne Tove Griess von früher. Er war Smutje auf meinem Kahn.«

»Smutje?« Erik sah Hesse ungläubig an.

»Ich weiß, er erzählt allen, dass er als Kapitän zur See gefahren ist.« Hesse lachte verächtlich. »Er war schon immer ein Halunke. Und ein schlechter Smutje obendrein! Trotzdem tut es mir gut, mit jemandem zu schnacken, den ich schon so lange kenne. Damals war das Leben ja noch einfach ...«

Es entstand ein winziger, aber einschneidender Augenblick der Stille, der voller Schmerz, Sehnsucht und Mitleid war. Dann sagte Erik: »Wir möchten mit Ihnen sprechen.«

»Lassen Sie uns zum Strand gehen«, schlug Hesse vor. »Ich bringe nur eben meine Tasche ins Zimmer. Frische Luft tut immer gut.«

Erik war das sehr recht. Während sie den Hochkamp hinuntergingen, erzählte Kersten Hesse von seiner Heimatinsel, wo er geboren und aufgewachsen war. »Die Juister selbst gehen selten zum Strand, dort treffen sie ja nur Touristen. Aber ich bin schon als kleiner Junge gern ans Wasser gegangen, wenn ich was zu verarbeiten hatte. Manchmal sogar mehrmals täglich.« Er lachte, aber es klang ziemlich freudlos. »Deshalb muss ich an Tagen wie diesem unbedingt ans Meer, um zur Ruhe zu kommen.«

In Erik stieg ein Gefühl auf, das er jetzt nicht gebrauchen konnte. Auch Wiebke stammte von Juist und hatte ihre gesamte Kindheit dort verbracht. Ob die beiden sich kannten? Vermutlich! Nein, sogar sicher! Auf einer so kleinen Insel wie Juist kannte jeder jeden. Am liebsten hätte er Kersten Hesse nach Wiebke gefragt, besann sich aber im letzten Augenblick anders. Nein, jetzt nicht an Wiebke denken!

Stattdessen sorgte er dafür, dass sie vom Wetter redeten, von den Grundstückspreisen auf Sylt und dem neuen Kurhaus in Wenningstedt, dann bogen sie links in die Seedüne ein, und Erik erkundigte sich vorsichtig, wie der Termin mit der Staatsanwältin gelaufen war.

»Ich habe sie noch nicht sprechen können«, erklärte er. »Hat sie etwas gefunden, was uns bei den Ermittlungen hilft?«

Kersten Hesse zuckte mit den Schultern. »Besonders umgänglich ist die Dame ja nicht gerade. Sie hat ein paar Sachen beschlagnahmt, wollte mir aber nicht zeigen, worum es sich handelte. Fotos von einem Mädchen fand sie interessant, das ich noch nie gesehen habe. Kann sein, dass Haymo in dieses hübsche Ding verliebt war. Gesprochen hat er nie mit mir darüber.«

»Kennen Sie den Namen?«

»Den hat die tüchtige Staatsanwältin sicherlich längst herausgefunden. Das scheint ja eine ganz Clevere zu sein.«

Erik ließ sich zu keiner Entgegnung hinreißen und hoffte, dass Kersten Hesse das Schnauben seines Assistenten entging.

»Aber dass Haymos Tod etwas mit diesem Mädchen zu tun hat, kann ich nicht glauben.«

Erik meinte zu wissen, um welches Mädchen es ging, und versuchte deshalb, von diesem Thema abzulenken. »Wie hat Ihre Frau reagiert?«, fragte er, als sie am Dünenhof zum Kronprinzen vorbeigingen. Direkt nebenan stand das Strandwärterhäuschen: Fietje Tiensch hatte sich dort aufgestellt, damit niemand an den Strand kam, der keine Gästekarte vorzuweisen hatte.

Kersten Hesse tastete seine Jackentaschen ab. »Mist! Die habe ich im Hotel liegen lassen.«

Aber Erik winkte ab. Er selbst und Sören kamen als Einheimische ohne Karten an den Strand, und Fietje Tiensch sah sofort ein, dass ein Mann in der Begleitung der beiden Polizisten keine Gästekarte benötigte. »Moin, die Herrschaften! Bitte schön!« Er wies mit einladender Geste in Richtung Meer.

Sie blieben vor der ersten Treppenstufe stehen, die zum Strand hinabführte. Nun erst beantwortete Kersten Hesse Eriks Frage.

»Meine Frau hat getobt und geschrien, als sie hörte, was mit

Haymo passiert ist. Ein Arzt musste kommen und ihr eine Beruhigungsspritze geben. Danach war mit ihr nicht mehr zu reden.«

»Sollten Sie jetzt nicht besser bei ihr sein?«, fragte Erik.

Kersten Hesse begann die Treppe hinunterzugehen, als wollte er niemandem ins Gesicht sehen. Erik starrte auf seinen Rücken, während er ihm folgte. Der Wind, der vom Meer kam, wehte ihm Hesses Worte entgegen.

»Ja, das sollte ich wohl. Aber von den Betreuern habe ich mehr als einmal zu hören bekommen, dass meine Frau unruhig ist, wenn ich sie besuche. Wenn ich gegangen bin, braucht sie Beruhigungsmittel, um in Schlaf zu kommen. Ich tu ihr nicht gut.« Er blieb so unvermittelt stehen, dass Erik beinahe gegen ihn geprallt wäre. »Immerhin habe ich ihr Kind als mein eigenes angenommen und mich um Haymo gekümmert, als sie dazu nicht mehr in der Lage war. Habe ich damit nicht meine Pflicht erfüllt? Natürlich sorge ich auch finanziell für meine Frau, mehr kann ich einfach nicht tun. Dass ich jetzt nicht mehr gut für sie bin …«

Er führte den Satz nicht zu Ende, sondern setzte den Abstieg zum Strand fort, und Erik und Sören folgten ihm. Als Hesse den ersten Schritt in den Sand setzte, zupfte er seine Hosenbeine hoch und starrte sorgenvoll auf seine Füße, als wüsste er nicht, ob er das Risiko eingehen sollte, später mit Sand in den Schuhen zurückzukehren.

Leise sagte er: »Ich will hier sein, wo Haymo ist. Erst mit ihm werde ich zurückkehren. Hier bin ich verschont vor den Verwandten meiner Frau, die mir ständig in die Erziehung reingeredet haben. Jetzt wollen sie mir vermutlich in Haymos Beisetzung reinreden und mir vorschreiben, wie ich mit meiner Trauer um den Jungen umzugehen habe. Und wenn ich mich nicht nach ihren Vorstellungen verhalte, bekomme ich garantiert zu hören, dass ich ja nicht Haymos leiblicher Vater sei und dass sie gleich gesagt hätten, das könne ja nicht gut gehen.« Seine Stimme war immer lauter geworden, nun schrie er gegen den Wind an: »Bei allem, was ich für Haymo getan habe, wurde ich sein Vater genannt. Aber wenn ich etwas unterließ, war ich natürlich der Stiefvater.«

So schnell es im weichen Sand möglich war, stapfte er zum Meer. Erst dort, wo der Sand fest war, blieb er wieder stehen. Er starrte auf die Wellen, die an diesem Tag sehr dunkel waren und heftig schäumten. Er sah sich nicht um, schien aber davon auszugehen, dass Erik und Sören hinter ihm standen. »Die Staatsanwältin hat mir gesagt, dass Stöver umgebracht wurde.«

Erik war froh, dass er das Thema gewechselt hatte. Hesses Problemen mit seiner Vaterrolle hatte er hilflos gegenübergestanden. »Das ist richtig. Auch bei diesem Mord suchen wir nach einem Motiv.«

Hesse legte die Hand über die Augen, als wollte er das Schiff besser erkennen, das am Horizont zu sehen war. »Wollen Sie wissen, ob ich ein Alibi habe?«

Erik trat an seine Seite, um ihm ins Gesicht sehen zu können. »Ein Motiv hätten Sie natürlich. Sie glauben, dass Morten Stöver Ihren Sohn umgebracht hat.«

»Davon bin ich nach wie vor überzeugt, ja.«

»Aber ein überzeugendes Motiv für Morten Stöver können Sie uns immer noch nicht nennen?«

Kersten Hesse antwortete nicht auf diese Frage. »Ich habe ein Alibi. Die Staatsanwältin sagt, Morten sei in der Nacht erstochen worden, noch vor Mitternacht. Ich war in Käptens Kajüte. Bis weit nach vierundzwanzig Uhr! Tove hat irgendwann die Tür abgeschlossen, und wir haben in geschlossener Gesellschaft weitergemacht. Genever und alte Geschichten! Das hat gutgetan. Die Staatsanwältin hat mich übrigens gar nicht nach meinem Alibi gefragt.«

Damit ging er zu der Holztreppe zurück, die aufs Kliff hinaufführte. Auf ihrem höchsten Punkt stand der Strandwärter Fietje Tiensch und blickte auf sie herab.

Hesse sprach erst weiter, nachdem er den Aufstieg begonnen hatte. »Sie sollten mit der Staatsanwältin reden statt mit mir. Sie hat sich Haymos Sachen genau angesehen. Die Festplatte seines Computers hat sie sogar mitgenommen.«

Er ließ sich auf dem ersten Podest des hölzernen Treppengestells auf einer kleinen Bank nieder und zog seine Schuhe aus, um den Sand hinauszuschütteln. Erik und Sören verzichteten darauf. Sie waren beide mit dem Sand groß geworden, der auf Sylt nicht nur am Strand, auch in der Luft und im Wind, einfach überall war. Seit ihrer Kindheit hatte es in ihrer Kleidung und ihren Schuhen immer Sand gegeben. Hesse dagegen betrachtete verärgert seine Schuhe, die er nur ungern wieder anzog, weil ein paar letzte Sandkörner immer in den Schuhen stecken und an den Socken kleben blieben. »Hätte ich nur die Gummistiefel angezogen. Dann passiert so was nicht.«

Erik zeigte auf den Wagen, der vor seinem Haus stand. »Deshalb konnte ich Dr. Hillmot also nicht erreichen.«

Sören lachte. »Er hat mitbekommen, dass Ihre Schwiegermutter auf Sylt ist. Das hätten wir uns denken können. Dann bringt er die Obduktionsergebnisse ja immer gern persönlich vorbei.«

Lächelnd schloss Erik die Haustür auf. Aber kaum war er eingetreten, ertönte neben der tiefen, lauten Stimme des Gerichtsmediziners eine andere. Eine weibliche Stimme! Nicht die seiner Schwiegermutter, sondern eine, die ihm merkwürdig bekannt vorkam.

Eine helle Stimme mit einem spöttischen Unterton! Von einer Frau, die schnell redete, klar und bestimmt, in kurzen Sätzen, die alle, wenn sie aufgeschrieben würden, ein Ausrufezeichen erhielten.

»Das kann doch nicht wahr sein«, murmelte Sören.

Erik riss die Tür auf und starrte in das lächelnde Gesicht der Staatsanwältin.

»Da staunen Sie, was? Haben Sie wirklich geglaubt, ich schicke Sie zum Essen nach Hause? Natürlich will ich wissen, was Sie mir zu berichten haben. Und selbstverständlich müssen Sie erfahren, was ich in Flensburg herausbekommen habe.«

Mamma Carlotta flatterte aufgeregt zwischen Herd und Tisch herum, rückte zwei Stühle zurecht, fragte Erik, wie sein Tag gewesen sei, ohne seine Antwort abzuwarten, und redete, als wollte sie verhindern, dass die Staatsanwältin etwas sagte, was bei Erik das Fass zum Überlaufen brachte, oder dass er etwas sagte, was er später bereuen würde. »Enrico, gut, dass du da bist! Ciao, Sören, nehmen Sie Platz! I crostini sono pronti. Ist das nicht eine wunderbare Überraschung? Che sorpresa! Prima la dottoressa und dann noch il dottore! Was für eine Freude! Una gioia grande!« Anscheinend waren ihr vor lauter Nervosität die deutschen Vokabeln abhandengekommen.

Sie stellte den Teller mit den Crostini auf den Tisch, als wäre er die Antwort auf alle Fragen, die Erik sich nicht zu stellen traute. Der Blick seiner Schwiegermutter wurde nun eindringlicher. Sie sah ihn an, als wollte sie ihn zwingen, endlich etwas zu sagen oder zumindest zu nicken. Doch ihre Aufforderung blieb ohne Wirkung.

Sogar Dr. Hillmot, der bisher nie durch besondere Sensibilität aufgefallen war, sah verlegen von einem zum anderen, bis er sich darauf verlegte, die Crostini zu loben, was zum Glück eine Weile dauerte und dafür sorgte, dass Eriks Schweigen nicht zur Last wurde. Nur die Staatsanwältin ließ ihren Blick mit freundlichem Interesse auf Erik ruhen und schien nicht zu spüren, dass ihr Überraschungsbesuch keine große Freude hervorrief. Oder tat sie nur so?

Erik riss sich zusammen und schaffte es endlich, ein Lächeln zu produzieren. »Wirklich sehr nett«, sagte er.

Und Sören riskierte es, seinem Chef mit unverständlichem Gemurmel zuzustimmen.

Mamma Carlotta legte jedem einen Crostini auf den Teller,

kümmerte sich nicht um den Anfall von Bescheidenheit, in dem Dr. Hillmot zu bedenken gab, dass er schon vier Crostini bekommen habe und deshalb alle weiteren zurückweisen müsse, und erging sich lang und breit in Selbstvorwürfen, weil das Abendessen von so schlichter Qualität war.

Erik holte eine Wasserflasche aus dem Kühlschrank und stellte fünf Gläser auf den Tisch. Dass er für sich das Glas wählte, das Wiebke ihm vor einem Jahr geschenkt hatte, fiel ihm erst auf, als seine Schwiegermutter es bemerkte. Am liebsten hätte er es zurückgestellt und ein anderes Glas aus dem Schrank geholt, nur damit sie nicht glaubte, es ginge ihm darum, die Erinnerung an Wiebke wieder aufleben zu lassen. Aber er unterließ es und entschied sich für Gleichgültigkeit, die ihm überzeugender vorkam. Doch während er das Wasser eingoss, fragte er sich trotzdem, ob das Glas mit den nautischen Motiven ihm tatsächlich mehr bedeutete, als er bisher geglaubt hatte.

»Was ist mit den Kindern?«, fragte er. »Wollen wir nicht auf sie warten?« Schließlich wusste er, wie vehement sich seine Schwiegermutter dafür einsetzte, dass eine Mahlzeit gemeinsam eingenommen wurde, niemand vor den anderen etwas zu essen bekam und keiner zu spät bei Tisch erschien.

Diesmal war sie anderer Meinung. »Ich habe ihnen erlaubt, länger wegzubleiben. Schließlich sind seit gestern Osterferien.«

Erik ahnte, dass sie die Kinder, sobald sie ins Haus kamen, mit ein paar Euros zu Käptens Kajüte schicken würde, damit sie sich mit Currywurst und Pommes frites den Bauch vollschlugen, statt alle Ermittlungsdetails mitzubekommen. Die zart besaitete Ida würde sich sonst womöglich fürchten, wenn sie allein auf der Insel unterwegs war. Außerdem hatte Kersten Hesse erzählt, die Staatsanwältin habe auf Haymos PC-Fotos eines Mädchens gefunden, das sein Vater nicht kannte. Erik wollte auf keinen Fall, dass Ida irgendwelche unangenehmen Fragen beantworten musste.

Mittlerweile hatte er sich von seiner Überraschung erholt und eingesehen, dass es das Beste war, gute Miene zum bösen Spiel zu machen. »Da haben Sie mich ja ganz schön auf den Arm genommen«, sagte er zu der Staatsanwältin und versuchte, amüsiert auszusehen.

Sie schlug sich vergnügt mit der flachen Hand auf die Schenkel, Dr. Hillmot lachte lärmend, und Mamma Carlotta kicherte wie ein junges Mädchen, was sie immer dann tat, wenn der Sturz von höchster Anspannung zu außerordentlicher Erleichterung besonders hoch gewesen war.

»Spaß muss sein!«, dröhnte Dr. Hillmot.

»Dann mal raus mit der Sprache!«, rief die Staatsanwältin. »Was haben Sie zu erzählen, Wolf?«

Erik hatte Mühe, sich auf die Ermittlungsergebnisse zu konzentrieren. Seine Schwiegermutter hatte längst den Eintopf aufgetragen, als er endlich alles berichtet hatte – von Mortens Wohnung, in die offenbar jemand eingedrungen war, von dem Clonazepam, das aus der Apotheke seiner Schwester verschwunden war, von Astrid Leding, die einen späten Racheakt für ausgeschlossen hielt, von Kersten Hesse, der angeblich ein Alibi besaß, und schließlich von Kommissar Vetterich, der einen Schuhabdruck in Größe 45 entdeckt hatte, der möglicherweise vom Täter stammte.

Dann ging die Haustür, und Mamma Carlotta reagierte genau so, wie Erik es vorausgesehen hatte. Sie sprang auf und hinderte die Kinder am Betreten der Küche. Wenn sie hörten, dass die Staatsanwältin zu Besuch war, würden sie ihrer Nonna dankbar sein, denn alle in der Familie wussten, wie anstrengend Eriks Zusammenarbeit mit ihr war. Felix würde außerdem froh sein, wenn er sich nicht anhören musste, wie sich seine Großmutter für die Löcher in seinen Jeans entschuldigte und betonte, dass sie nicht etwa entstanden seien, weil der Junge ohne Mutter aufwachse und niemand bereit sei, seine Kleidung zu flicken. Carolin würde genauso erleichtert reagieren, weil ihre Nonna die Gewohnheit hatte, vor ihren Gästen das Vogelnest auf ihrem Kopf und die Spiralen vor ihrem Gesicht mit dem Hinweis zu kommentieren, dass ihre Enkelin sonst aber ein reizendes Mädchen sei. Und Ida wäre es sicherlich nicht recht gewesen, Zeugin der Lobeshymnen zu werden, die Mamma Carlotta auf ihre Hilfsbereitschaft, ihre Selbstlosigkeit und auf ihr großes Herzen zu singen pflegte. Dass sie auf der Stelle von der Staatsanwältin ins Kreuzverhör genommen worden wäre, wusste Ida natürlich nicht.

Das Getuschel vor der Küchentür erschien Erik dennoch merkwürdig, und die Geräusche, die kurz darauf aus dem Wohnzimmer drangen, konnte er sich gar nicht erklären. Es kam ihm sogar so vor, als gäbe es dort ein Handgemenge, eine Jagd auf etwas, was sich nicht fangen lassen wollte ...

Die Staatsanwältin unterbrach seine Gedanken. »Mein Besuch im familiären Umfeld des toten Jungen war auch recht aufschlussreich. Das Gespräch mit der Mutter war nur kurz, sie war völlig durch den Wind. Ganz ehrlich, wenn mein Ehemann mich so behandeln würde wie der Hesse seine Frau, dann wäre ich auch durch den Wind.« Sie lachte, als sie Eriks skeptischen Blick bemerkte. »Nein, bevor ich in so einer Gruppe für psychisch Kranke leben müsste, würde ich meinem Ehemann den Hals umdrehen.«

Erik hatte keinerlei Zweifel, dass es im Fall einer Verehelichung der Staatsanwältin der Mann sein würde, dessen Psyche behandlungsbedürftig würde. Aber natürlich äußerte er sich nicht, sondern lächelte nur, weil die Staatsanwältin das augenscheinlich von ihm erwartete.

»Dann das Zimmer des toten Jungen! Alles da, was ein Heranwachsender heutzutage braucht, und zwar vom Feinsten! Der Hesse scheint den Jungen zu verwöhnen. Wahrscheinlich hat er ein schlechtes Gewissen, weil er seinen Sohn tagsüber sich selbst überlassen muss. Er hat ja diesen Job in der Hafenbehörde angenommen, seit er nicht mehr zur See fährt. Sein

Kapitänspatent hat er dem Jungen zuliebe zurückgegeben, damit er wenigstens jeden Abend für ihn da sein konnte. Wirklich vorbildlich, das muss man sagen.« Sie machte eine bedeutungsschwere Pause, und Erik wusste, dass nun etwas kam, was ihn in Erstaunen versetzen sollte. »Zwei Fotos habe ich gefunden, die für uns interessant sind.« Sie griff nach der Aktenmappe, die am Stuhlbein lehnte, und öffnete sie. Mit großer Geste zog sie das erste Foto heraus. »Das scheint das Mädchen zu sein, für das Haymo Finisher werden wollte. Finden Sie heraus, Wolf, wie die Kleine heißt. Ich glaube zwar nicht, dass sie etwas zur Aufklärung beitragen kann, aber man weiß ja nie.«

Sören wollte etwas sagen, hatte schon Luft geholt ... aber Erik brachte ihn mit einem gezielten Tritt gegen sein Schienbein zum Schweigen. Wortlos schob Erik das Foto in die Brusttasche seines Hemdes.

Das nächste Foto, das die Staatsanwältin auf den Tisch legte, war die eigentliche Sensation. Von schlechter Qualität, dennoch gut genug, um zu erkennen, dass es sich um ein Liebespaar handelte, das im Auto saß und sich küsste.

Erik verschlug es die Sprache. »Das ist ja ein Ding!«

Die Nacht war voller Geräusche. Der Wind jaulte, rüttelte am Dach und rauschte in den Bäumen. Der Verkehr auf der Westerlandstraße war noch lebhaft, man fuhr entweder vom Gogärtchen in Kampen wieder heimwärts oder machte sich erst auf in ein nächtliches Abenteuer. In den kurzen Flauten war zu hören, wie ein Motor aufheulte, wie Bremsen quietschten oder jemand hupte, dann aber brandete der Wind wieder über jeden Laut hinweg und wischte ihn aus der Nacht.

Nur ein Geräusch blieb: ein feines Winseln, lang und klagend, das sich dem Rhythmus des Windes widersetzte, der in mächtigen Tönen blies, kurz, kräftig und schroff.

Als Mamma Carlotta erwachte, wusste sie nicht, wie lange sie geschlafen hatte. Ein Blick zur Uhr zeigte ihr, dass sie erst vor einer guten halben Stunde zu Bett gegangen war. Wovon war sie aufgewacht? Vom Wind? Oder war es die linke Hand gewesen, auf deren Rücken ein feiner Schmerz brannte? Hatte er sie geweckt? Kükeltje hatte sich ja einfach nicht von Eriks grünen Sofakissen erheben wollen, sosehr Carlotta und die Kinder auch gelockt und gefleht hatten. Am Ende war nur die Anwendung von Gewalt übrig geblieben. Und die hatte Kükeltje ihr heimgezahlt. Carlotta hatte ihre liebe Mühe gehabt, ihren zerkratzten Handrücken zu erklären, als sie in die Küche zurückkehrte. Ob Erik ihr die Geschichte von den Schnallen an Carolins Rucksack geglaubt hatte? Sie wusste es nicht.

Gerade wollte sie sich auf die andere Seite drehen, da fielen die Geräusche des Windes für Augenblicke in sich zusammen, und sie wusste mit einem Mal genau, was sie geweckt hatte. Das Winseln war jetzt ganz deutlich zu hören. Und dann ein holpriger Ton, der sich wie ein Schluchzen anhörte. Kükeltje? Nein, das war kein Geräusch, das von einer Katze stammte. Das war …

»Madonna!« Erschrocken sprang Mamma Carlotta auf und lief zum Fenster.

Tatsächlich! Unter ihrem Fenster saß Bello und wimmerte ihr Fenster und den Mond an. An seinem Halsband hing das Stück Wäscheleine, das Tove ihm umgeknotet hatte.

Mamma Carlottas Gedanken rasten. Was sollte sie tun? Den Hund ignorieren und darauf hoffen, dass er irgendwann zurücktrottete? Nein, unmöglich! Es grenzte an ein Wunder, dass er die belebte Westerlandstraße überquert hatte, ohne zu Schaden gekommen zu sein. Sie mochte sich gar nicht vorstellen, was geschehen konnte, wenn ein Auto nicht mehr rechtzeitig bremste. Sie musste ihn zurückbringen. Ida würde ihr nie verzeihen, wenn dem Hund etwas zustieß.

Sie öffnete das Fenster, ignorierte den Wind, der hereinfuhr, und beugte sich so weit hinaus, dass sie das nächste Fenster erkennen konnte. In Eriks Schlafzimmer brannte noch ein kleines Licht. Entweder las er noch, oder er war eingeschlafen, bevor er die Nachttischlampe hatte ausschalten können. Leise schloss sie das Fenster wieder und zog sich eilig etwas über.

Auf dem Flur lauschte sie an Eriks Schlafzimmertür, aber dahinter war alles ruhig, genauso wie in den Kinderzimmern. Nirgendwo ein Räuspern, das Rascheln einer Buchseite oder das Knarren der Matratze. Sie stöhnte leise auf. Wenn eins der Kinder, oder noch besser alle drei, sie begleiten würde, wäre ihr wesentlich wohler. Aber den Schlaf der Kinder stören? Nein, so etwas tat eine fürsorgliche Großmutter nur, wenn Gefahr im Verzug war, wenn der Dachstuhl brannte oder sich die Familie vor Einbrechern in Sicherheit bringen musste.

Leise, ganz leise schlich sie die Treppe hinab, ließ die knarrende Stufe aus und kam lautlos an der Garderobe an. Sie schaffte es, die Jacke vom Kleiderbügel zu nehmen, ohne dass er klapperte, und den Schlüssel in die Tasche zu stecken, ohne dass er klirrte. Dann öffnete sie die Tür ohne jedes Geräusch – und zog sie erschrocken hinter sich ins Schloss, als Bello vor ihr erschien und sie erwartungsfroh ankläffte.

»Pscht, Bello!«

Sie griff nach dem Stück Wäscheleine und ließ die Freude des Hundes über sich ergehen, während sie atemlos lauschte, ob im Haus Geräusche zu vernehmen waren. Sie hatte die Tür zu laut geschlossen, so viel war klar. Wenn Erik noch wach war, musste er es gehört haben. Aber alles war still. Der Wind war in diesem Fall ihr Verbündeter gewesen.

Sie bückte sich zu Bello und kraulte ihn. »Du Ausreißer! Das geht aber nicht, mitten in der Nacht einfach weglaufen! Wie hast du überhaupt dieses Haus gefunden?« Bello antwortete ihr mit aufgewecktem Schwanzwedeln, und Carlotta tätschelte ihn anerkennend. »Ich glaube, du bist schon viel öfter hier gewesen, als ich ahne.«

Sie blickte sich um. Nichts als schwarze Nacht. Keine Menschenseele war auf der Straße, in den meisten Häusern brannte kein Licht mehr. Auf dem Süder Wung war sie ganz allein. Eilig lief sie los, in Richtung Westerlandstraße, wo es belebter war, Bello immer voraus, die Nase in den Wind gestreckt und so freudig erregt, als wäre ihm etwas Großartiges gelungen, indem er Mamma Carlotta aus dem Schlaf gerissen hatte.

Die Abbiegung in den Hochkamp kannte Bello, er nahm sie, zögerte kurz, schnupperte an einem Findling, machte zwei vergnügte Sprünge … und blieb mit einem Mal wie angewurzelt stehen. Mamma Carlotta versuchte, ihn zum Weitergehen zu bewegen, aber Bello war von einem Augenblick zum nächsten ein anderer geworden. Vom fröhlichen Mischling zum Angreifer! Er ließ sich nicht ziehen und nicht locken, er stand da und knurrte leise.

Mamma Carlotta seufzte. Anscheinend trug Toves Erziehung bereits Früchte. »Avanti, Bello! Komm! Vieni!«

Aber Bello war nicht zu bewegen. Wieder knurrte er bedrohlich, seine Schwanzspitze zitterte, sein ganzer Körper bebte. Er starrte zu den Büschen, die das Hotel Wiesbaden umgaben, schien die Einfahrt zu fixieren, als gäbe es dort eine Gefahr.

»Das ist nur der Wind«, versicherte Mamma Carlotta, um sich selbst Mut zu machen.

Aber Bello ließ sich nicht täuschen von schlagenden Zweigen und rollenden Steinen. Er blieb wie angewachsen stehen und knurrte.

Mamma Carlotta hörte auf, an der Leine zu zerren, und blickte in dieselbe Richtung wie Bello, doch sie erkannte nichts anderes als wogendes Buschwerk und knackende Zweige, die dem Wind nicht standgehalten hatten. Oder hatten diese Geräusche einen anderen Grund? Carlotta bekam es mit der Angst zu tun.

Bello knurrte lauter und zerrte an der Leine, als wollte er es mit einem Gegner aufnehmen. Mamma Carlotta musste ihm folgen, wenn sie nicht riskieren wollte, dass der Hund auf etwas zustürmte, was womöglich ganz harmlos war, ein anderes Tier oder ein heimliches Liebespaar.

Dann aber hörte sie Schritte auf dem Kies, ein Prasseln, als liefe jemand sehr schnell, ein Rutschen, als wäre dieser Mensch ins Straucheln geraten. Kurz darauf hetzte eine Frau aus dem Eingang des Hotels Wiesbaden. Direkt auf Mamma Carlotta zu. Trotz der Dunkelheit sah sie die Angst im Gesicht der Frau. Sie lief um ihr Leben, sie rannte vor etwas Entsetzlichem davon.

Erik schreckte auf. Ihm war, als hätte ein Geräusch ihn geweckt, aber als er jetzt ins Haus lauschte, war alles ruhig. Er sah auf den Wecker. Kurz nach Mitternacht. Wahrscheinlich hatte der Wind ihn geweckt, vielleicht auch nur seine innere Unruhe. Er kannte das. Wenn er mit einem Mordfall beschäftigt war, ließen ihn die Ermittlungen nicht los, er nahm sie mit in seine Träume und wachte am nächsten Morgen mit ihnen zusammen auf. Und wenn es ganz arg kam, ließen sie ihn nicht schlafen.

Womöglich war es aber auch das Gespräch mit Svea, das ihm die Ruhe nahm. Er hatte, als er in sein Schlafzimmer gegangen war, lange nachgerechnet, wie spät es in New York sein mochte. Wenn es auf Sylt elf Uhr nachts war, dann hatte Svea auf der anderen Seite des großen Teichs womöglich noch nicht einmal Feierabend. Er beschloss, einen Anruf zu riskieren, und während das Telefonat rausging, betete er, dass er sich nicht irrte.

Aber er hatte richtig vermutet. Ihre Stimme klang eilig und gehetzt, sie war auf dem Weg in eine Besprechung, auf die sie sich noch vorbereiten musste. »Ist was mit Ida?«

»Nein, alles in Ordnung. Ida geht's gut. Die Asylsuchenden, die sie uns ins Haus bringen wollte, habe ich alle mit Erfolg abgelehnt.«

Svea war beeindruckt. »Das schaffen nicht viele. Wenn Ida sich was in den Kopf setzt ...«

Sie neigte dazu, die Endsilben und die letzten Wörter eines Satzes zu verschlucken, ihre Stimme klang immer fahrig, nicht nur wenn sie in Eile war. Dass es während des Syltlaufs einen

Todesfall und inzwischen einen Mord auf der Insel gegeben hatte, kommentierte sie nur mit halben Sätzen, und als sie Erik auseinandersetzte, dass ihre Auftraggeber einen schlechten Geschmack hätten und sich einfach nicht ihren Designvorschlägen fügen wollten, verstand er nur die Hälfte.

»Nett, dass du angerufen hast, Erik«, sagte sie beim Abschied. »Wenn du noch mal Zeit hast ... ich würde mich freuen.« Sie lachte leise. »Und jetzt drück mir die Daumen. Ich muss dem Hotelbesitzer seine Vorliebe für grünen Velours und Goldknöpfe ausreden. Wenn du wüsstest ...«

Was er wissen sollte, hatte er nicht mehr erfahren. Erik hatte das Licht angelassen, weil er noch über den Abend nachdenken und verhindern wollte, dass er umgehend einschlief. Aber wach war er trotz der eingeschalteten Nachttischlampe nicht geblieben.

Dem Besuch der Staatsanwältin hatte er längst den Titel »Überfall« gegeben. Zum Glück war sie nicht lange geblieben. Nach dem Dolce hatte sie sich ein Taxi gerufen und war in ihr Hotel gefahren. Da Dr. Hillmot sich satt gegessen hatte, war er ebenfalls umgehend aufgebrochen. Nachdem sich die Tür auch hinter ihm geschlossen hatte, waren die Kinder prompt in der Küche erschienen, um sich an den Resten des Abendessens zu bedienen, und er selbst hatte sich zu Bett begeben in der Hoffnung, dass jemand anders seiner Schwiegermutter beim Aufräumen helfen würde. Er merkte, dass er sich da auf Ida verließ, während er seinen eigenen Kindern zutraute, die Nonna mit der Arbeit alleinzulassen.

Erik schob sich ein Kissen in den Nacken und setzte sich auf. Astrid Leding hatte also gelogen. Er hatte vorhin das Foto in Händen gehalten, das ihre Affäre mit Morten Stöver bewies. Möglicherweise gehörte die Beziehung der Vergangenheit an, aber sicher war, dass sie ihren Mann mit ihrem Kollegen betrogen hatte. Erik würde noch einmal mit ihr reden müssen. Die Geliebte wusste vielleicht mehr als die Kollegin oder Freundin.

Morten Stöver mochte ihr etwas anvertraut haben, was man vor Kollegen oder Freunden versteckte, aber in der Vertrautheit einer Liebesnacht vielleicht verriet.

Und er musste mit Ida sprechen. Zwar war er nach wie vor entschlossen, ihr Foto unter Verschluss zu halten, aber sie würde ihm vielleicht etwas von Haymo erzählen können, was ihn weiterbrachte. Und dann fiel ihm Gerald Vorberg ein. Ob er mit Morten über den Tod seines Sohnes gesprochen hatte? Vielleicht war ihm währenddessen etwas aufgefallen, ein Nebensatz, der später in einem anderen Licht erschien, ein Anruf, der das Gespräch gestört hatte, eine Bemerkung, die etwas verriet. Und natürlich musste er Kersten Hesses Alibi überprüfen und schauen, was die Durchsuchung von Stövers Wohnung gebracht hatte.

Erik hatte Mühe, wieder zur Ruhe zu kommen. Als er das Licht ausgeschaltet hatte, schloss er die Augen und drehte sich auf die linke Seite, auf der er einzuschlafen pflegte. Dann holte er sich Sveas Bild vor Augen und nahm sich vor, sie bald wieder anzurufen. Er würde sie fragen, was Ida erzählt hatte, als sie aus Schweden zurückkam. Aber darüber würde er mit ihr reden, wenn sie abends in ihrem Apartment war, nicht während der Arbeitszeit. Noch einmal rechnete er nach. Svea hatte ihm erzählt, dass sie selten vor zwanzig Uhr nach Hause kam. Also würde er lange aufbleiben müssen, um etwas von ihr zu erfahren.

Er versuchte, sich Sveas Bild vor Augen zu führen, doch prompt erhielt ihr Gesicht unzählige Sommersprossen und wurde von roten Locken eingerahmt. Wiebke! Würde er sie jemals wiedersehen? Und was würde es mit ihm machen, dieses Wiedersehen? Mit einem Mal kam es ihm so vor, als müsste er ihr unbedingt noch einmal begegnen, um zu fühlen, ob es richtig gewesen war, sich von ihr zu trennen. Die Frage, was dann geschehen würde, konnte er nicht beantworten, er wusste ja nicht, was Wiebke momentan empfand. Gab es für ihn noch ein Plätzchen in ihrem Herzen? Oder dachte sie schon längst nicht mehr an die schöne Zeit, die sie gehabt hatten, sondern nur noch an die Zankereien und den Streit, der zum Ende ihrer Beziehung geführt hatte? Die Fragen drehten sich in seinem Kopf, erst schnell, dann immer langsamer, und schließlich blieben sie stehen.

Erik war eingeschlafen.

Die Frau rannte auf sie zu, als wollte sie sich in ihre Arme werfen. Vielleicht hätte sie es wirklich getan, wenn Bello nicht auf sie zugesprungen wäre wie auf einen Angreifer, der verbellt werden musste. Die Frau blieb wie angewurzelt stehen und starrte den Hund an, als wollte sie die Hände heben und sich ergeben.

Mamma Carlotta nahm Bello kurz. »Was ist passiert? Hat Sie jemand bedroht? Wovor haben Sie Angst?«

Die Frau sah sich hektisch um. »Gut, dass Sie hier sind! Sonst hätte er mich verfolgt.« Trotz ihrer Erleichterung war ihr Gesicht noch vor Angst verzerrt, sie schien erst allmählich daran glauben zu können, dass sie sich gerettet hatte.

»Wer wollte Sie verfolgen?«

Sie zuckte die Achseln. »Ich weiß nicht ...« Ihre laute Angst wich mit einem Mal einer leisen Zuversicht. »Vielleicht habe ich mich auch getäuscht.«

Mamma Carlotta griff fürsorglich nach ihrem Arm. »Wohnen Sie im Hotel Wiesbaden?«

»Nein, nein, ich wollte nur ...« Sie trat einen Schritt zurück, als wäre ihr Mamma Carlottas Geste peinlich, dann schüttelte sie heftig den Kopf.

Carlotta betrachtete sie eingehend. Etwas an dieser Frau kam ihr bekannt vor. Die große, schlanke Figur, das glatte Haar, über das sie jetzt die Kapuze ihrer Jacke zog. Sie band sie zu und steckte die Hände in die Taschen, mit einer Geste, die unnachahmlich war. Sie bohrte nicht die Fäuste in die Taschen, sondern fuhr nur mit den Fingerspitzen hinein und führte die Ellbogen nach außen, als gälte es, die Funktion dieser Taschen dem Publikum einer Modenschau vorzuführen. Ihre Bewegungen waren sparsam, ihr Körper blieb immer aufrecht, sie erlaubte sich keinen krummen Rücken und keine hochgezogenen Schultern. Plötzlich fiel Mamma Carlotta ein, wo und wann sie diese Frau schon einmal gesehen hatte.

Sie beschloss, die Sache diplomatisch und vor allem raffiniert anzugehen. Die Frau durfte ihr nicht so schnell wieder entwischen. Schließlich hatte sie die Chance, Wiebke nach Sylt zu holen und mit Erik zu versöhnen.

»Egal!«, stieß die Frau nun hervor. »Es geht schon wieder.« Sie warf den Kopf in den Nacken, als wollte sie ihr Gesicht vom Wind kühlen lassen.

»Soll ich die Polizei holen?«, bot Mamma Carlotta an, obwohl ihr gleichzeitig die Frage durch den Kopf schoss, wie sie Erik erklären sollte, was sie mitten in der Nacht mit einem Hund, der angeblich einem Patienten der Nordseeklinik gehörte, auf dem Hochkamp zu suchen hatte.

Aber die Frau reagierte so, wie sie erwartet hatte. Sie schüttelte den Kopf. »Auf keinen Fall! Ist ja nichts passiert.« Sie blickte ängstlich zurück. »Aber mein Fahrrad hole ich nicht. Das lasse ich da stehen, ich gehe nicht noch mal dahin zurück. Ich kann ja mit einem Taxi nach Westerland zurückfahren.«

»Das ist sowieso besser«, entgegnete Mamma Carlotta. »Um diese Zeit! Eine Frau mit dem Fahrrad allein! Da dürfen Sie sich nicht wundern, wenn etwas passiert.«

Die Frau nickte, als wollte sie zu allem nicken, was ihre Retterin sagte, um es sich nicht mit ihr zu verderben. Sie holte ihr Handy aus der Tasche. »Kennen Sie die Taxinummer?«

Mamma Carlotta hatte keine Ahnung. Aber selbst wenn ihr die Nummer bekannt gewesen wäre, hätte sie sie nicht verraten, um die Frau nicht in wenigen Minuten an einen Taxifahrer zu verlieren. Dann hätte sie ja nie herausbekommen, wie sie hieß und was ihr widerfahren war. Zum Glück kam ihr eine Idee.

»Kommen Sie! Da drüben gibt es eine Imbissstube.« Sie zeigte zu Käptens Kajüte, über deren Eingangstür ein Licht brannte. Das Zeichen, dass Tove noch hinter der Theke stand. »Dort kann man Ihnen ein Taxi rufen. Und Sie können auf den Schreck etwas trinken und sich erst mal beruhigen.«

Die Frau folgte ihr dankbar, immer darauf bedacht, Bello nicht zu nahe zu kommen, der keinerlei Sympathien für sie aufbrachte. Als sie Käptens Kajüte betraten, sah es sogar so aus, als wollte er verhindern, dass die Frau ihnen folgte. Der Hund blieb auf der Schwelle stehen und knurrte sie an.

Erst Toves Ruf lenkte ihn ab. »Tür zu! Der Wind holt mir sonst die Servietten von den Tischen.« Dann erkannte er Bello, der an der Leine zerrte. »Dieser verdammte Mistköter! Ist der etwa schon wieder abgehauen?« Bello sprang begeistert auf ihn zu und stand wie angewurzelt neben ihm, als Tove rief: »Bei Fuß!« Dann fuhr er Mamma Carlotta wütend an. »Wie sind Sie an den Hund gekommen?«

»Buona sera«, erwiderte Carlotta. Nur zu gern zeigte sie Tove und Fietje, was sich gehörte.

Tove verstand sofort. »Moin.« Und auch Fietje brummte etwas in seinen Bart, was sich wie ein Gruß anhörte.

»An den Hund bin ich gekommen, weil Sie nicht auf ihn aufgepasst haben. Er hat mich aus dem Schlaf geholt. Sie sollten mir dankbar sein, dass ich ihn zurückbringe. Unversehrt!«

»Dankbar?« Tove setzte das Gesicht auf, das jeder Gast zu sehen bekam, der sich über die Qualität seines Kartoffelsalats beschwerte. »Ist das mein Köter? Nein! Also muss ich auch nicht dankbar sein, wenn er mir zurückgebracht wird. Und es ist erst recht nicht meine Sache, wenn er abhaut.«

Mamma Carlotta wollte sich auf diese Diskussion nicht einlassen. Vor allem deswegen nicht, weil sie unbedingt verhindern wollte, dass die Frau, die verlegen hinter ihr stand, durch

Toves rüdes Benehmen vertrieben wurde. Sie sah nicht so aus, als hätte sie Erfahrung mit ungehobelten Wirten.

»Diese Dame braucht etwas zur Aufheiterung.« Mamma Carlotta zog die Frau an ihre Seite. »Etwas, was hilft, wenn man einen Riesenschreck bekommen hat.«

»Ein Köm also«, brummte Tove, holte die Schnapsflasche aus der Kühlung und goss ein Glas randvoll. »So was hilft in allen Lebenslagen.«

»Für mich auch«, bat Mamma Carlotta. »Mir ist der Schreck ebenfalls in die Glieder gefahren.«

Fietje erklärte prompt, dass es für ihn immer einen großen Schreck bedeute, wenn zwei Damen völlig unerwartet und so ungestüm neben seinem Jever erschienen, dass der Bierschaum zusammenfiel. Und da Tove bei Mamma Carlottas Eintreten ja immer zusammenzuckte, weil sie sich partout nicht angewöhnen wollte, so ruhig und bedächtig wie ein normaler Friese zu erscheinen, wurden kurz darauf vier Schnapsgläser gehoben.

»Nich lang schnacken, Kopp in Nacken!«, kommandierte Tove und goss die Gläser gleich noch einmal voll. »Geht aufs Haus!«

Die Frau machte jetzt einen ruhigeren Eindruck, der Schnaps und sogar die Gesellschaft in Käptens Kajüte schien ihr gutzutun. Noch immer war sie blass, und die Finger, die das Schnapsglas drehten, zitterten, aber die grelle Angst war aus ihrem Blick verschwunden. Jetzt konnte Mamma Carlotta erkennen, dass sie dezent geschminkt war und ein Halstuch trug, auf dem »Hermès« stand. So etwas besaß ihre Nachbarin in Panidomino auch. Allerdings hatte die es im Türkeiurlaub erworben und Mamma Carlotta ganz stolz erzählt, was für ein Schnäppchen sie gemacht habe und wie viel so ein Tuch in Rom, Paris oder Berlin kostete.

»Nun erzählen Sie mal ganz in Ruhe, was eigentlich passiert ist«, bat Mamma Carlotta. »Danach holt Signor Griess Ihnen ein Taxi. Oder er ruft, wenn Sie wollen, die Polizei.«

Tove wurde unruhig, wie immer, wenn von der Polizei die Rede war. »Moment! Ehe die Polizei hier auftaucht, will ich erst mal wissen, was los ist.«

Als sich drei Augenpaare auf die Frau richteten, kehrte ihre Unruhe zurück. »Keine Polizei! Ich ... ich habe nur Geräusche in den Büschen gehört und dachte, da hat sich jemand versteckt. Ein ... ein Triebtäter oder so.«

»Was haben Sie denn im Garten vom Hotel Wiesbaden gesucht?«, fragte Mamma Carlotta.

»Ich war verabredet, aber ...« Sie stockte und suchte nach Worten.

»Der Typ hat Sie versetzt?«, half Tove aus.

»Genau!« Dieses Wort stöhnte sie erleichtert hervor.

Mamma Carlotta sah sie eindringlich an, bis die Frau ihrem Blick auswich. »Sono Carlotta Capella«, sagte sie und wartete mit hochgezogenen Augenbrauen auf eine Erwiderung.

»Ich ... mein Name ist ... Annette Müller«, gab die Frau zögernd zur Antwort.

Mamma Carlotta hatte mit Menschen, die ihren Namen nicht nennen wollten, einige Erfahrungen. In der Pension von Signora Rodari in ihrem Dorf stiegen häufig Liebespaare ab, die sich in Panidomino, das touristisch nicht gut erschlossen war, und in der unauffälligen Pension von Signora Rodari sicher fühlten. Der Chef mit seiner Sekretärin, ein älterer Herr mit einem blutjungen Mädchen, eine verheiratete Frau mit ihrem Liebhaber ... Signora Rodari wusste viel Unterhaltsames über ihre Gäste zu berichten und bestritt so manchen Abend auf der Piazza damit. Wenn ihre Gäste aus Deutschland kamen, hießen sie Meier oder Müller, waren es italienische Gäste, nannten sie sich Rossi oder Bianchi. Von Signora Rodari hatte Mamma Carlotta gelernt, woran man die Leute erkannte, die sich mit einem falschen Namen vorstellten. Sie hatten sich nicht nur für den häufigsten Nachnamen ihres Sprachraums entschieden, sie nannten ihn dann besonders deutlich, mit unangemessener Betonung, und wenn sie eigentlich ehrliche Menschen waren, wirkten sie plötzlich auffällig verlegen.

Mamma Carlotta beugte sich zu der Frau und sagte leise: »Sie brauchen mir Ihren richtigen Namen nicht zu nennen. Ich verstehe das.« Der verblüffte Blick der Frau brachte sie zum Lachen. »Sie sind auf der Flucht vor den Paparazzi, è vero? Wäre ich eine Deutsche, hätte ich Sie vermutlich längst erkannt, weil Ihr Bild in allen deutschen Zeitschriften zu sehen ist. Habe ich recht?«

Die Frau starrte sie lange an, dann entspannten sich ihre Züge. »Wie haben Sie das erkannt?«

Mamma Carlotta sah Tove strafend an, der keinen Hehl daraus machte, dass er dem Gespräch interessiert folgte, und warf Fietje einen auffordernden Blick zu, der erstaunlicherweise sofort verstand und Tove etwas fragte, was der Ablenkung dienen sollte.

»Ich habe es mir schon gedacht«, sagte Mamma Carlotta sehr leise, »als ich Sie gestern Abend zufällig beobachtet habe. Auf dem Parkplatz von Feinkost Meyer haben Sie sich in das Auto von Morten Stöver geschlichen.«

»Das haben Sie gesehen?« Annette Müller blieb der Mund offen stehen.

Mamma Carlotta winkte großzügig ab. »Ich bin mit einer Reporterin sehr gut bekannt und weiß, wie lästig Journalisten für berühmte Leute sind.« Nun flüsterte sie sogar. »Jetzt, wo Morten Stöver tot ist, darf erst recht niemand erfahren, dass Sie ...« Sie schluckte den Rest des Satzes herunter. »Und dann noch ermordet! So was kann den Ruf einer Schauspielerin ruinieren. Oder ... Sängerin oder ...?«

In diesem Moment öffnete sich die Tür. Der Wind heulte in die Imbissstube und riss Kersten Hesse die Tür aus der Hand. Donnernd fiel sie ins Schloss.

»Ich schließe gleich«, brummte Tove statt einer Begrüßung.

»Für ein Bier wirst du wohl noch Zeit haben«, antwortete

Kersten Hesse und nickte Mamma Carlotta kurz zu, während sein Blick an der Frau hängen blieb, die sich Annette Müller nannte.

Diese fuhr erschrocken herum und gab Mamma Carlotta mit rollenden Augen zu verstehen, dass sie von diesem späten Gast auf keinen Fall erkannt werden wollte. Dann bat sie Tove, ein Taxi zu rufen, und drehte Kersten Hesse währenddessen konsequent den Rücken zu. So blieb sie stehen und merkte nicht, dass er mit zusammengekniffenen Augen auf ihren Rücken starrte. Als schon nach wenigen Minuten draußen ein Auto zum Stehen kam und das gelbe Taxischild ins Fenster leuchtete, drehte sie sich so zur Tür, dass Kersten Hesse ihr Gesicht nicht sehen konnte. Während sie zur Tür ging, sah er ihr mit langem Blick hinterher.

Mamma Carlotta und Annette Müller verabschiedeten sich an der Tür wie Komplizinnen voneinander. Annette Müller bedankte sich sogar, was Mamma Carlotta nicht aus Höflichkeit zurückwies, sondern weil dieser Dank Schuldgefühle in ihr erzeugte, die sie jetzt schon quälten. Die Frau hatte ja keine Ahnung, was sie plante. Sie würde einer Reporterin verraten, dass eine Prominente auf Sylt herumlief, die ein Verhältnis mit einem Mann gehabt hatte, der mittlerweile ermordet worden war. Dumm nur, dass sie Wiebke keinen Hinweis auf den Namen geben konnte und keinerlei Vermutung hatte, wo die Frau wohnte.

Hesse starrte noch lange die Tür an, die hinter der Frau ins Schloss gefallen war. »Die kam mir irgendwie bekannt vor.«

Mamma Carlotta nickte wissend. Eine Prominente, mit der in Käptens Kajüte natürlich niemand rechnete. Kein Wunder, dass sie in dieser Umgebung nicht um Autogramme gebeten wurde! Ein weiterer Beweis für die Richtigkeit ihrer Vermutung! Jetzt musste sie nur noch Wiebke erreichen. Der würden schon Mittel und Wege einfallen, hinter die Identität dieser Frau zu kommen. Hoffentlich war Wiebkes Handynummer nicht längst aus allen Telefonregistern des Hauses Wolf getilgt worden!

Als Erik erwachte, sah er verwirrt die Linie eines Sonnenstrahls, in der der Staub tanzte. In der Nachbarschaft kreischte eine Säge, ein Auto fuhr vorbei, aus dem hämmernde Musik drang. Erschrocken richtete er sich auf und sah auf den Wecker. Schon kurz vor acht! Er hatte doch spätestens um halb sieben aufstehen wollen! Warum hatte seine Schwiegermutter nicht an die Tür geklopft? Das tat sie doch sonst immer, wenn sie wusste, dass er früh aufstehen musste.

Stöhnend schwang er die Beine über die Bettkante. Er hatte schlecht geschlafen, war immer wieder wach geworden, hatte oft ins Haus gelauscht, weil er glaubte, etwas gehört zu haben, war sich aber nicht darüber klar geworden, welches Geräusch ihn geweckt hatte.

Steifbeinig tappte er zur Tür und öffnete sie. Warum war im Erdgeschoss alles ruhig? Seine Schwiegermutter musste längst aufgestanden sein, sie war doch immer als Erste auf den Beinen. Aber in der Küche war alles ruhig. War sie beim Bäcker, um frische Brötchen zu holen? Ja, das war die einzige Erklärung. Wo sie sich aufhielt, war es niemals so still wie jetzt, also konnte sie nicht im Haus sein. Wenn sie allein in der Küche hantierte, klapperte das Geschirr, fiel etwas zu Boden, drangen Selbstgespräche herauf, manchmal auch Gesang oder Verwünschungen, wenn die Eier sich unterstanden, beim schnellen Verrühren den Herd vollzuspritzen, oder der Schinken sich dem Messer widersetzte.

Es klingelte an der Tür, als Erik gerade auf die Badezimmertür zustolperte. Das musste Sören sein! Erik änderte die Richtung und lief, mit nichts als seinen Boxershorts bekleidet, ins Erdgeschoss, riss die Tür auf … und erstarrte. Davor stand die Staatsanwältin! Wohlfrisiert, sorgfältig geschminkt, in einer pinkfarbenen Daunenjacke, dunklen Röhrenjeans und hochhackigen Stiefeletten. Hinter ihr wendete ein Taxi in einer Grundstückseinfahrt und fuhr davon.

Konsterniert starrte Frau Dr. Speck auf Eriks behaarte Brust. »Ich habe mich schon gewundert, dass ich Sie im Büro nicht erreichen kann. Aber dass ich Sie aus dem Bett klingeln würde ...« Der Rest des Satzes wurde von ihrer Empörung verschluckt.

Erik fuhr sich mit einer sinnlosen Geste durch die Haare und trat wortlos zur Seite, damit die Staatsanwältin eintreten konnte. Dankbar stellte er fest, dass in diesem Moment die Bremsen eines Rennrades quietschten und Sören vorm Haus abstieg. Erik machte ungeduldige Gesten, als sein Assistent wie immer umständlich sein teures Rad am Gartenzaun festketten wollte. Sören verstand sofort, als er seinen Chef in Boxershorts vor der Staatsanwältin stehen sah, die gerade mit ihren spitzen Absätzen einen Schritt auf seine nackten Füße zumachte. Entsetzt warf er sein Rennrad an die Hauswand und drängte sich hinter Frau Dr. Speck ins Haus.

»Moin! Verschlafen?«

Erik nickte nur, schob die beiden in Richtung Küchentür und lief die Treppe so schnell hoch, dass er stolperte und sich gerade noch am Geländer festhalten konnte, um nicht zu stürzen.

»Wo ist denn Ihre Schwiegermutter?«, rief Sören ihm nach, als er einen Blick in die Küche geworfen hatte, wo es dämmrig und kalt war, keine Pfanne auf dem Herd stand und der Tisch nicht gedeckt war.

Als Erik nach wenigen Minuten in der Küche erschien, hatte sich die Staatsanwältin gerade in die Bedienung des Kaffeeautomaten vertieft, während Sören den Tisch deckte.

Erik sah sich kopfschüttelnd in seiner Küche um. »Sie ist zum Bäcker gegangen, ohne sich vorher einen Espresso zu kochen?«

Er sah Sören an, der seinen Blick mit dem gleichen Ausdruck erwiderte: Irgendwas stimmt hier nicht!

Die Staatsanwältin glaubte nun zu wissen, wie sie an einen frischen Kaffee kommen konnte, und drückte die richtige Taste. Als das Mahlwerk durch die Küche dröhnte, wandte sie sich zufrieden um. »Ich habe zwar schon im Hotel gefrühstückt, aber ein Espresso geht noch. Steht Ihre Schwiegermutter immer so spät auf?«

»Nur in den Ferien«, murmelte Erik. »Wenn die Kinder länger schlafen.«

Die Staatsanwältin ließ sich am Tisch nieder und sah Sören dabei zu, wie er die Eier und den Schinken aus dem Kühlschrank holte, die Butter auf den Tisch stellte und dazu die Feigenmarmelade, die die Schwiegermutter seines Chefs aus Italien mitzubringen pflegte. Dass Sören unter ihrem Blick nervös wurde, schien sie nicht zu bemerken.

»Der Inhalt der Festplatte wird heute Morgen in Ihr Büro übermittelt«, sagte die Staatsanwältin. »Ich werde sie mir dann gleich ansehen.«

»Was für eine Festplatte?«, fragte Erik.

»Die von Haymo Hesses Computer natürlich.«

»Ach ja.« Es war Erik peinlich, dass er sich nicht auf die Worte von Frau Dr. Speck konzentrieren konnte.

»Obwohl der Tod von Haymo Hesse ja quasi geklärt ist.«

»Sie meinen, wir können davon ausgehen, dass Morten Stöver ihn umgebracht hat?«

»Es spricht doch alles dafür, oder?«

Erik nickte widerstrebend. »Aber warum?«

»Das ist der Punkt!« Die Staatsanwältin stand auf und nahm sich des Schinkens an, den Sören auf ein Schneidebrettchen gelegt hatte. Jetzt schlug er die Eier in eine Schüssel und suchte nach einem Gegenstand, um sie zu verrühren. »Ich nehme an, wenn wir sein Motiv kennen, wissen wir auch, warum er selbst umgebracht worden ist.«

Erik war viel zu unruhig, um sich auf diese Gedanken zu konzentrieren. Wo, um Himmels willen, steckte seine Schwiegermutter? Er murmelte eine Entschuldigung, verließ die Küche und lief die Treppe hoch. Das Anklopfen sparte er sich, sondern riss die Tür auf.

Das Licht flutete in den Raum, der früher einmal Lucias Nähzimmer gewesen war, die Gardinen waren nicht zugezogen. Und schon bevor Erik eingetreten war, wusste er, was ihn erwartete: Mamma Carlottas Bett war leer. Er musste sich an den Schrank lehnen, weil er fürchtete, dass die Beine unter ihm nachgeben würden. Was war in der vergangenen Nacht geschehen? Die Gedanken rasten durch seinen Kopf. Er war als Erster schlafen gegangen, die Schritte der Kinder hatte er auf der Treppe gehört, als er selbst schon im Bett lag. Er wusste noch, dass er die Hoffnung gehabt hatte, Mamma Carlotta möge Hilfe beim Aufräumen bekommen haben, dann hatte er sich auf das Telefonat mit Svea konzentriert und musste danach eingeschlafen sein. Ob seine Schwiegermutter noch einmal das Haus verlassen hatte? Warum sollte sie das tun? War jemand eingedrungen, der sie mitgenommen hatte? Als Geisel?

Er lief wieder die Treppe hinab und stürmte ins Wohnzimmer. Die Terrassentür war geschlossen, alles sah so aus wie am Tag zuvor. Kein Einbruch! Er lief in den Keller, überprüfte die Tür, die in den Garten führte, aber auch hier war alles so, wie es sein sollte. Erik war ratlos. Was sollte er tun? Alarm schlagen? Die Kollegen verständigen? Eine Fahndung einleiten? Wie würde die Staatsanwältin reagieren, wenn sie hörte, dass Carlotta Capella, die Mutter seiner verstorbenen Frau, verschwunden war? Reichte es nicht, dass sie soeben zu der Überzeugung gekommen war, dass dem Herrn Kriminalhauptkommissar eine ausgedehnte Nachtruhe wichtiger war als die Ermittlungen in einem Mordfall? Musste sie nun auch noch feststellen, dass das Bild, das sie von seiner Schwiegermutter gehabt hatte, ein Trugbild gewesen war? Nein, er durfte jetzt nicht mit Kanonen auf Spatzen schießen und keine voreiligen Entscheidungen treffen.

Langsam kehrte er in die Diele zurück, blieb mit einer Hand am Treppengeländer stehen und lauschte auf die Anweisungen der Staatsanwältin, die sogar in der Küche alles besser wusste und Sören kritisierte, weil er angeblich zu viel Öl in die Pfanne gegossen hatte. Ein Name fuhr durch seinen Kopf. Er hörte noch die Stimme des grinsenden Fritz Nikkelsen: »Grüßen Sie Ihre Schwiegermutter von mir.«

Konnte es sein ... war es möglich ...? Nein, diesen Gedanken ließ er nicht zu. Völlig unmöglich!

Sein Assistent empfing ihn mit ernstem Blick. Auf die Frage, die in seinen Augen stand, antwortete Erik mit einem kleinen Kopfschütteln. Sören verstand sofort. Mamma Carlotta schlief nicht mehr, sie war verschwunden.

Sie hatte nicht darüber nachgedacht, wie es sein würde, in tiefer Nacht den Rückweg anzutreten, ohne den Schutz eines Hundes, der auf einen möglichen Angreifer abschreckend wirken musste. Wenn Bello auch klein und niedlich war, konnte er doch knurren wie ein gefährlicher Hofhund. Auf dem Hinweg hatte sie sich sicher gefühlt, jetzt war es vorbei damit.

Inzwischen war es nach eins. Nun war sie allein auf weiter Flur, selbst auf der Westerlandstraße war der Verkehr eingeschlafen, es fuhr nur noch gelegentlich ein Auto vorbei. Sie war, nachdem sie Käptens Kajüte verlassen hatte, kurz stehen geblieben, hatte in die Nacht gelauscht, die auf Sylt nie so lautlos war wie in Umbrien, und so lange Richtung Meer geblickt, bis sie glaubte, die Brandung hören zu können. Ob sie besser wieder hineinging und Tove bat, sie zum Süder Wung zu fahren? Aber als sie von draußen durchs Fenster hineinblickte, sah sie, dass er für Hesse ein Bier zapfte und keinerlei Anstalten machte, auf das Ende seiner Öffnungszeiten zu pochen. Dann würde sie wohl lange warten müssen, bis er in seinen Lieferwagen stieg.

Sie schüttelte den Kopf und setzte sich in Bewegung. Jetzt

nur nicht nachdenken! Nicht an die Angst denken, sondern lieber an etwas, was sie ablenkte. Die Gefahren, die mit der Dunkelheit kamen und mit der ersten Morgendämmerung wieder verschwanden, waren doch gar keine wirklichen Gefahren, sondern nur diffuse Gebilde, die angeblich hinter jeder Ecke lauerten und doch nie hervortraten. Man las höchstens in der Zeitung davon, dass es diese Gefahren tatsächlich gab, dass eine Frau im Dunklen überfallen worden war und dass sie eine gehörige Mitschuld trug, weil sie sich allein in die Nacht getraut hatte.

Mamma Carlotta lief mit großen Schritten die Straße hinab und trat erschrocken zur Seite, als ein Wagen in den Hochkamp einbog. Ein Kastenwagen, wie Wiebke ihn fuhr. Er preschte Richtung Meer und bremste dann völlig unvermittelt mit quietschenden Reifen vor Käptens Kajüte. Mamma Carlotta blieb stehen und starrte zurück. Trotz der Dunkelheit konnte sie erkennen, dass die Tür sich schwungvoll öffnete und jemand aus dem Wagen purzelte, der mit der Kleidung irgendwo hängen geblieben war, wie es bei Wiebke häufig vorkam. Die Laterne auf der anderen Straßenseite gab nur wenig Licht, aber Mamma Carlotta konnte erkennen, dass es eine Frau war, die nun auf Käptens Kajüte zuging, klein und zierlich, leicht vornübergebeugt, als lehnte sie sich gegen den Wind oder als wollte sie mit dem Kopf eher ankommen als mit den Füßen. Das konnte nur Wiebke sein! Wenn Mamma Carlotta recht hatte, brauchte sie gar nicht nach ihrer Handynummer zu suchen. Sie konnte ihr jetzt, an Ort und Stelle, von der Prominenten erzählen, die sich Annette Müller nannte und sich am Tag vor Morten Stövers Tod in dessen Auto geschlichen hatte.

Die Angst vor der Dunkelheit und vor möglichen Gewalttätern war augenblicklich verschwunden. Mamma Carlotta machte auf dem Absatz kehrt und ging zu Käptens Kajüte zurück, zunächst sehr zügig, dann immer zögerlicher. Die Fragen, die mit einem Mal hinter ihrer Stirn aufmarschierten, nahmen ihr den Schwung. Was wollte Wiebke in Käptens Kajüte? Noch dazu um diese Zeit! Hatte sie etwas mit Tove zu schaffen? Oder etwa … mit Kersten Hesse?

Die letzten Meter trat sie nur noch leise auf, obwohl sie wusste, dass ihre Schritte an der Theke sowieso nicht zu hören sein würden. Dann schlich sie sich zu einem der Fenster, um ins Innere von Käptens Kajüte schauen zu können. Und da sah sie es! Wiebke und Kersten Hesse dicht nebeneinander! Die Köpfe zusammengesteckt, in einer tuschelnden Unterhaltung, von der anscheinend weder Tove noch Fietje etwas mitbekommen sollten. Aber Carlotta konnte erkennen, dass Fietje gelegentlich aufblickte, den beiden ins Gesicht sah, als wollte er sich einmischen oder als bildete er sich eine Meinung zu dem, was sie sagten. Dann aber brütete er wieder über seinem Bier und vermittelte den Eindruck, dass nichts ihn berührte, was in seiner Gegenwart geschah. Doch er hörte ihnen zu, davon war Carlotta überzeugt. So gut kannte sie Fietje Tiensch inzwischen.

Erst als die beiden durch einen Wink zu verstehen gaben, dass sie zahlen wollten, erhob sich Fietje, schob seine Bommelmütze zurück und holte seine dicke dunkelblaue Wolljacke vom Garderobenhaken. Er selbst brauchte nicht zu zahlen, er profitierte noch von den vielen Stunden, in denen er Tove während des Syltlaufs beim Verkauf der Würste unterstützt hatte.

Prompt zogen sich die beiden an Fietjes Stammplatz zurück, das Stück Polsterbank an der kurzen Seite der Theke. Mit einem Mal hatten sie es mit dem Zahlen nicht mehr so eilig und steckten die Köpfe wieder zusammen, als gäbe es etwas, das sie erst jetzt bereden konnten, da Fietje nicht mehr in der Nähe war. Auf Tove schien es den beiden nicht anzukommen.

Die Tür von Käptens Kajüte öffnete sich, Fietje schlurfte heraus, wandte sich zum Meer … und fuhr entsetzt herum, als Mamma Carlotta ihn von hinten ansprach. »Signor Tiensch!«

Fietje griff sich ans Herz. »Mannomann, Signora! Sie haben

mir aber einen Schrecken eingejagt.« Kopfschüttelnd betrachtete er sie. »Was machen Sie denn noch hier? Sie müssten längst im Bett liegen.«

Mamma Carlotta wehrte ungeduldig ab und erklärte ihm im Eiltempo, warum sie es sich anders überlegt hatte und zurückgekommen war. »Was haben die beiden miteinander zu schaffen? Haben Sie was gehört?«

Fietje hob die Schultern und ließ sie wieder fallen. »Die kennen sich, so viel habe ich mitgekriegt. Ich glaube, von Juist. Anscheinend sind sie beide von dort.«

»Ist es Zufall, dass sie sich in Käptens Kajüte treffen?«

»Nö, Signora! Die waren verabredet. Der Hesse hat zu der Frau gesagt, es wäre ein Glück, dass sie zufällig auf Sylt sei und sie sich deswegen sehen könnten.«

»Warum ist Wiebke hier?«

Fietje stöhnte, als würde er gepeinigt. »Wegen Grönemeyer, hat sie gesagt. Der ist beim Syltlauf gesehen worden. Von dem wollte sie ein Interview. Aber der hat ihr wohl einen Korb gegeben.«

»Stattdessen hat sie sich mit Kersten Hesse getroffen?«

Fietje dauerte dieses Gespräch schon wieder viel zu lange, und solch inquisitorische Befragungen konnte er sowieso nicht leiden. »Sie hat gesagt, dann wäre sie wenigstens nicht vergeblich nach Sylt gekommen.« Er wischte sich über die Stirn, als hätte er ein Stück Schwerstarbeit hinter sich gebracht. So viele Sätze an einem Stück brachte Fietje Tiensch selten heraus.

»Und was ist mit … amore? Glauben Sie, dass die beiden was miteinander haben?«

Fietje glotzte sie erstaunt an. »Da habe ich nicht so drauf geachtet.« Er wandte sich ab. »Mehr weiß ich wirklich nicht, Signora.«

Mamma Carlotta glaubte ihm, wenn auch ungern. Und auf Fietjes Ratschlag, nun endlich nach Hause zu gehen, weil eine Signora sich nachts nicht allein auf der Straße herumtreiben sollte, antwortete sie mit einem Nicken, als wollte sie ihn beherzigen. Auf sein Angebot, sie zu begleiten, damit sie sicher nach Hause kam, wartete sie allerdings vergeblich.

Sie blickte Fietje nach, bis er von der Dunkelheit verschluckt worden war, dann pirschte sie sich näher an das Fenster heran, das Wiebke und Kersten Hesse am nächsten lag. Von Doppel- oder Dreifachverglasung hatte Tove noch nie was gehört, dennoch war von dem Gespräch, das ohnehin leise geführt wurde, draußen nichts zu verstehen.

Dafür drangen Toves barsche Worte nach draußen: »Ich will jetzt endlich zumachen!« Er pochte auf den Bierdeckel, der offenbar einige Striche aufzuweisen hatte. »Hast du nicht eben gesagt, du willst zahlen? Schließlich muss ich morgen zur Frühstückszeit schon wieder öffnen. Könnt ihr euren Schnack nicht woanders fortsetzen?«

Mamma Carlotta sah, wie Kersten Hesse sein Portemonnaie aus der Hosentasche zog und einen Geldschein auf die Theke legte. Galant half er Wiebke in die Jacke, dann gingen sie auf die Tür zu, und Mamma Carlotta verschwand in aller Eile hinter einer Hausecke.

»Das lohnt sich doch nicht, für die paar Meter ins Auto zu steigen«, hörte sie Kersten Hesses Stimme ganz nah.

Aber Wiebke bestand darauf, ihren Kastenwagen mitzunehmen. Mamma Carlotta beobachtete, dass sie ihn nicht auf den Parkplatz des Hotels Wiesbaden fuhr, sondern ihn am Straßenrand abstellte. Als sie ausstieg und abschloss, stand Kersten Hesse bereits neben ihr. Gemeinsam betraten sie das Anwesen und waren kurz darauf verschwunden.

Folgte Wiebke dem gut aussehenden Mann etwa in sein Hotelzimmer? Mamma Carlotta brach der Schweiß aus. Noch immer war Wiebke für sie die Freundin ihres Schwiegersohns, die nur gerade nicht an seiner Seite war. Wenn sie nun allerdings feststellen musste, dass diese ein Verhältnis mit Kersten Hesse eingegangen war, hatte es wohl keinen Sinn, auf eine

Versöhnung zu hoffen. Dann würde es ihr auch nicht helfen, Wiebke einen Hinweis auf Annette Müller zu geben. Oder doch? Ließ Wiebke sich nur auf einen anderen Mann ein, weil sie glaubte, Erik für immer verloren zu haben? Würde sie Hesse mit Freuden den Laufpass geben, wenn sie sich mit Erik versöhnen könnte?

Mamma Carlotta gehörte nicht zu denen, die früh die Flinte ins Korn warfen. Eilig lief sie aufs Hotel Wiesbaden zu. Sie musste es jetzt einfach wissen. Gerade als sie den Parkplatz überquerte und den Weg betrat, der auf die Haustür zuführte, sah sie, dass hinter einem Fenster im Erdgeschoss, das zum Garten herausführte, das Licht anging. Das musste Kersten Hesses Zimmer sein! Mamma Carlotta sank der Mut. Was hatte Wiebke vor? Würde sie bei Hesse übernachten?

Sie schlich um die Hausecke herum, geschützt durch die Dunkelheit, und hatte nun einen guten Blick ins Zimmer. Sie hatte damit gerechnet, dass die beiden sich küssten, sich gegenseitig die Kleidung vom Leib rissen und in enger Umarmung aufs Bett fielen … aber nichts dergleichen geschah. Wiebke hatte sich auf einen Stuhl gesetzt, der vor einem kleinen Schreibtisch stand, Hesse war stehen geblieben, in der Nähe des Fensters. Zu Mamma Carlottas Erleichterung war seine Stimme gut zu verstehen, denn das Oberlicht war geöffnet.

»Du kriegst so was hin«, sagte er. »Du hast ja Übung.«

Was meinte er damit?

»Und dann?«, fragte Wiebke. »Wenn es alle Welt erfahren hat?«

Hesses Antwort war nicht zu verstehen, da er in diesem Augenblick ans Fenster trat und die Rollläden geräuschvoll herunterließ. Den nächsten Satz konnte Mamma Carlotta sich nur zusammenreimen: »Mir bleibt dann genug Zeit, auf Tauchstation zu gehen.«

Wiebkes Stimme war heller und daher leichter zu verstehen: »Wenn das wahr ist, was du mir erzählt hast …«

Sie wurde von Kersten Hesse unterbrochen. »Glaubst du mir etwa nicht?«

Was Wiebke darauf antwortete, erfuhr Mamma Carlotta nicht mehr. Vom Parkplatz waren knirschende Schritte zu hören. Sie hatte keine Zeit zu überlegen. Wer sie an dieser Stelle erwischte, würde sofort die Polizei rufen. Vermutlich würde es auch viel Lärm geben, Hesse und Wiebke würden auf das Geschehen vor dem Fenster aufmerksam werden und herauskommen. Mamma Carlotta mochte sich nicht ausmalen, wie schrecklich es sein würde, unter Wiebkes Augen von Polizisten vernommen zu werden, die am Ende ein Protokoll anfertigten, um es Erik vorzulegen. Nein! Niemals durfte das passieren.

Wieselflink floh sie tiefer in den Garten hinein, huschte hinter einen Baum, fürchtete, dort gesehen zu werden, eilte zu einem Gebüsch, das aber nicht hoch genug war, um sich dahinter verbergen zu können, versuchte, sich hinter einen Strandkorb zu ducken, und lief schließlich zu einem Holzhäuschen, dessen Tür offen stand. Jemand hatte die Sitzkissen für die Gartenstühle und die Auflagen für die Sonnenliegen aufeinandergestapelt. Darauf lagen warme Decken, die sich die Hotelgäste über die Knie legen konnten, die schon im März die Sonne im Strandkorb genießen wollten. Mit einem Satz sprang Carlotta durch die offene Tür, blieb mit klopfendem Herzen stehen und lauschte nach draußen. Waren ihre Schritte zu laut gewesen, hatte sie sich verraten? Sie machte einen langen Hals. Von hier aus konnte sie den Hoteleingang schemenhaft erkennen. Sie hörte Gemurmel und einen Schlüssel klappern, dann eine Stimme, die laut und deutlich sagte: »Wieso steht die Tür der Laube offen?«

Mamma Carlotta presste sich an die Seitenwand des Häuschens und schloss die Augen. Sie wollte nicht sehen, wie jemand in der Tür erschien, der sie nach draußen zerren und fragen würde, was sie um diese Zeit auf dem Grundstück des Hotels Wiesbaden zu suchen habe. Ganz steif vor Entsetzen hörte sie das Rascheln der Schritte im Gras, das immer näher kam …

Ihre Schwiegermutter braucht aber lange zum Brötchenholen«, bemerkte die Staatsanwältin tadelnd.

Erik sah ein, dass er ihr nicht länger etwas vormachen konnte. Er musste heraus mit der Sprache, musste zugeben, dass seine Schwiegermutter während der Nacht verschwunden und bis jetzt nicht nach Hause gekommen war. Und dann konnte er nur hoffen, dass die Staatsanwältin keine falschen Schlüsse zog. Wenn sie es für möglich hielt, dass Carlotta Capella, Witwe, siebenfache Mutter und vielfache Großmutter, ein Lotterleben führte und die Nacht in einem fremden Bett verbrachte, und zwar ohne ihre Familie zu verständigen, dann würde die Staatsanwältin womöglich nicht damit einverstanden sein, dass er sich in den nächsten Stunden statt mit dem Mordfall Morten Stöver mit dem Verschwinden seiner Schwiegermutter befasste. Aber er musste unbedingt eine Suchaktion starten. Und die Staatsanwältin musste einsehen, dass ihn heute nur der Fall Carlotta Capella interessierte.

Er nahm Sören die Butterdose aus der Hand und stellte sie auf den Tisch, als hätte er damit einen wesentlichen Beitrag zur Frühstückszubereitung geleistet und Sören einen schweren Teil der Arbeit abgenommen. Doch zu einer Erklärung kam er nicht mehr, weil er von einem Geräusch abgehalten wurde. Ein Klopfen! Es kam aus dem Wohnzimmer. Es klang, als pochte jemand an die Terrassentür! Erik sprang auf und lief ins Wohnzimmer, gefolgt von Sören und der Staatsanwältin, die von reiner Neugier getrieben wurde.

Vor der Terrassentür stand ein Rollstuhl. Gerald Vorberg blickte verdutzt von einem zum anderen, als Erik die Tür aufgeschoben hatte.

»Oh, ich wusste nicht, dass Sie noch da sind. Ich wollte nicht stören, aber … Ihre Schwiegermutter hat mich zum Frühstück eingeladen. Danach wollen wir Ukulele üben. Sie meinte, um diese Zeit wären Sie längst im Büro.«

»Das bin ich normalerweise auch«, betonte Erik und schob Vorberg über die Schwelle. »Ihr Besuch trifft sich gut. Ich wollte sowieso heute mit Ihnen reden.« In diesem Augenblick bemerkte er, dass Gerald Vorberg nicht allein gekommen war. »Die Katze muss aber draußen bleiben!« Erik machte eine Bewegung mit dem Fuß, als wollte er die kleine schwarze Katze treten, die offenbar die Absicht hatte, sich ins Haus zu drängen. Erschrocken sprang sie zurück, und Erik nutzte die Gelegenheit, die Terrassentür zu schließen. Den empörten Blick der Staatsanwältin ließ er an sich abprallen.

Gerald Vorberg war anzusehen, dass er lieber kehrtgemacht hätte, erst recht, als Mamma Carlotta nirgends zu entdecken war. »Ihre Schwiegermutter ist gar nicht zu Hause?«

Erik sah die Staatsanwältin nicht an, während er antwortete: »Sie ist wohl beim Bäcker.«

Sören stellte einen Stuhl zur Seite, damit für den Rollstuhl genug Platz war. Erik setzte sich so, dass er Gerald Vorberg ins Gesicht sehen konnte. »Haben Sie inzwischen mit Morten Stöver gesprochen?«

Vorberg blickte unsicher von einem zum anderen, als fragte er sich, was von ihm erwartet wurde. »Ich hab's versucht«, antwortete er schließlich. »Gestern war ich zweimal im Wellenreiter, aber ich habe immer zu hören bekommen, er sei nicht im Haus. Heute werde ich es noch einmal versuchen. Das Behindertentaxi habe ich schon bestellt.«

»Nicht nötig.« Erik stand auf und machte für ihn einen Espresso, ohne ihn zu fragen, ob er überhaupt einen wollte.

Die Staatsanwältin wartete nicht, bis die Tasse vor Gerald Vorberg stand. »Stöver ist tot«, klärte sie ihn auf. »Ermordet. Gestern Vormittag ist er gefunden worden.«

Vorbergs Kinnlade sackte herab, seine Augen weiteten sich. »Was? Aber … wieso?«, begann er zu stottern. Dann legte er die Hände vors Gesicht und schluchzte auf. Seine Schultern zuckten, er atmete schwer.

Erik legte ihm eine Hand auf seinen Oberarm. »Das tut mir sehr leid für Sie«, sagte er leise. »Ich weiß ja, wie wichtig Ihnen das Gespräch mit Stöver war.«

Die Staatsanwältin bewies mal wieder, dass Einfühlungsvermögen nicht ihre Stärke war. Sie dachte nur an den Erfolg der Ermittlungen. »Wir hatten gehofft, Sie hätten mit Stöver noch vor seinem Tod gesprochen und könnten uns helfen.«

Erik wartete, bis Gerald Vorberg die Hände heruntergenommen hatte. »Haben Sie eine Idee, wer Morten Stöver ermordet haben könnte? Kann das mit der Klassenfahrt nach Schweden zu tun haben?«

Gerald Vorberg zuckte hilflos mit den Schultern. »Das kann ich mir nicht denken«, sagte er dann. »Niemand hat Morten Stöver einen Vorwurf gemacht.«

»Und Astrid Leding?«

»Auch ihr nicht. Die Lehrer konnten nichts dafür.«

Erik fiel ein Trost ein, wenn es auch nur ein schwacher war. »Frau Leding ist zurzeit auf Sylt. Wissen Sie das?«

Vorberg schüttelte den Kopf. »Sie ist mir nicht begegnet.«

»Vielleicht können Sie das Gespräch … dieses abschließende Gespräch …« Erik begann zu stottern. »Also, ich meine …«

»Ich soll mit Frau Leding reden, weil Herr Stöver nicht mehr lebt?«

»Ja, genau«, antwortete Erik erleichtert. »Sie war vielleicht nicht diejenige, die Ihren Sohn geborgen hat, aber sicherlich war sie dabei.«

Gerald Vorberg brauchte nicht zu überlegen. »Nein, mit ihr will ich nicht reden«, erklärte er. »Sie ist keine Frau, der ich mich anvertrauen würde. Sie ist so … kühl und unnahbar. Ganz anders als Herr Stöver. Der war ein guter Typ. Dem habe ich vertraut.«

Erik hatte Verständnis für Gerald Vorberg. Ja, er könnte sich auch nicht vorstellen, mit Astrid Leding über Lucia zu sprechen. Die Kälte in ihren Augen hatte ihn vom ersten Augenblick an abgeschreckt.

Der Staatsanwältin schien eine Frage auf den Lippen zu liegen, sie kam aber nicht dazu, sie zu stellen, denn in diesem Augenblick fiel die Haustür ins Schloss. Laut und dröhnend. Und Sekunden später wurde die Küchentür aufgerissen. Mamma Carlotta stand da, mit einer Brötchentüte im Arm und einem Ausdruck auf dem Gesicht, den Erik noch nie gesehen hatte. Ihr Lachen war unecht, ihre Unbefangenheit gespielt, ihre Heiterkeit derart schrill, dass er das Gesicht verzog, noch bevor sie zu reden begann.

»Buon giorno! Wir haben Besuch?« Sie stürzte sich auf die Staatsanwältin, die erfreut lächelte und es sich gefallen ließ, dass ihre Hand geschüttelt wurde, als sollte die Stabilität des Gelenks überprüft werden. In Sörens Richtung kicherte sie, als wäre seine Anwesenheit ein unerwartetes Vergnügen, Gerald Vorberg zwinkerte sie sogar zu, während Erik keinen einzigen Blick von ihr erhielt. Damit war für ihn klar: Sie hatte ein schlechtes Gewissen. Wo, um Himmels willen, war sie in dieser Nacht gewesen? Bei Fritz Nikkelsen?

»Madonna! Der Bäcker hatte verschlafen! Ich musste ganz lange vor seiner Tür warten, bis er endlich öffnete. Und dann habe ich die Apothekerin getroffen, die auch beim Syltlauf mitgemacht hat. Und die hat mir von ihrer Schwägerin erzählt, die sich ebenfalls angemeldet hatte, sich aber kurz vorher einen Meniskusriss beim Training zugezogen hat. Eine Kassiererin von Feinkost Meyer ist auch noch gekommen, um ihr Frühstück zu holen. Man muss sich das mal vorstellen! Die arme Frau hat keine Zeit, morgens zu Hause etwas zu sich zu nehmen. Sie kann nur schnell ihre Familie versorgen, dann hat sie gerade noch Zeit für ein Panino beim Bäcker, ehe sie zu arbeiten anfängt. Dio mio, die Zeit ist verflogen!«

Während sie redete und niemanden zu Wort kommen ließ, der ihre Zeitangaben überprüfen oder infrage stellen konnte, rettete sie das Rührei, das Sören vergessen hatte, warf die Brötchen in einen Korb und stellte ihn so schwungvoll auf den Tisch, dass eins gleich wieder heraushüpfte. Dann wunderte sie sich lang und breit darüber, dass Erik und Sören noch nicht im Büro waren, wo sie doch zurzeit so viel zu tun hatten.

»Wenn ich gewusst hätte, dass la dottoressa heute Morgen zum Frühstück kommt, hätte ich noch Parmaschinken bei Feinkost Meyer gekauft.« Sie warf Gerald Vorberg einen Blick zu, den Erik nicht anders als kokett nennen konnte, und zeigte auf die Ukulele, die auf der Fensterbank lag. »Lerne ich heute einen neuen Akkord?«

Natürlich wartete sie seine Antwort gar nicht ab, sondern blieb, wie Erik es hätte vorhersagen können, auf dem Weg, der von ihrem Fernbleiben während der Nacht so weit wie möglich wegführte. Er war erstaunt darüber, dass die Staatsanwältin als Erste darauf hereinfiel und sich auf ein Gespräch über Musikunterricht im Allgemeinen und die Grifftechnik bei Saiteninstrumenten im Besonderen einließ. Dass sie als junges Mädchen Gitarrenunterricht erhalten hatte, wunderte Erik sehr. Frau Dr. Speck mit einer Gitarre auf dem Schoß am Lagerfeuer, wo sie »Sound of Silence« sang, konnte er sich nur schwer vorstellen.

Außer Sören wollte niemand etwas von dem Rührei haben, trotzdem stand kurz darauf vor jedem ein dampfender Teller. Alle griffen zu und schlürften dazu den Espresso, den ebenfalls jeder zurückgewiesen hatte. Währenddessen sorgte Mamma Carlotta weiter dafür, dass ihr keine unangenehmen Fragen gestellt werden konnten, indem sie der Staatsanwältin von der neuesten Liebe ihrer jüngsten Tochter erzählte, Gerald Vorberg einen kurzen Überblick über die Familie Capella gab, zwischendurch Erik und Sören bedauerte, weil sie schon wieder einen Mordfall zu bearbeiten hatten, und der Staatsanwältin versicherte, dass der Täter bald gefunden sein würde, da sie sich ja höchstpersönlich nach Sylt begeben hatte, um bei der Mörderjagd zu helfen. Dann erkundigte sich Mamma Carlotta, ob sie auch zum Mittagessen mit Frau Dr. Speck rechnen dürfe. Da die Staatsanwältin zögerte, gab sie die Antwort gleich selbst.

»Sie wissen es nicht? Natürlich, wenn ein Mord passiert ist, gibt es sehr viel Arbeit. Ma forse … vielleicht können Sie doch! Also werde ich reichlich kochen, damit alle satt werden.«

Die Staatsanwältin kapitulierte als Erste. Ihre Freude, die Schwiegermutter des Hauptkommissars begrüßen zu dürfen, war schnell nervöser Ungeduld gewichen. Sie stand auf, kaum dass die Teller leer waren, und achtete nicht darauf, dass Sören eigentlich ein weiteres Mal zugreifen wollte.

»Auf die Beine, meine Herren!«, rief sie und wandte sich dann an Gerald Vorberg, der noch immer schweigend dasaß und sich vermutlich entschuldigt und das Haus verlassen hätte, wenn ihm das ohne Hilfe möglich gewesen wäre. »Schade, dass Sie nicht mehr mit Stöver reden konnten. Aber denken Sie bitte nach. Wenn Ihnen noch etwas einfällt, was für unsere Ermittlungen von Interesse sein könnte, rufen Sie uns sofort an.«

Gerald Vorberg nickte, die Worte schienen ihm immer noch zu fehlen. Erik hatte Verständnis für ihn. Der arme Mann lebte seit längerer Zeit allein. Einen solchen Tumult am frühen Morgen hatte er vermutlich lange nicht erlebt. Erik schenkte ihm ein mildes Abschiedslächeln und wünschte viel Spaß beim Ukulelenunterricht, dann verließ er als Letzter das Haus. Verärgert sah er, dass die Staatsanwältin sich zu der kleinen schwarzen Katze hinabbeugte, um sie zu streicheln.

»Wo kommt die jetzt schon wieder her?«, fragte er zornig. »Sobald Vorberg abgereist ist, bringe ich sie ins Tierheim. Sonst meint sie am Ende noch, sie fände hier Asyl.«

Madonna!« Mamma Carlotta brauchte erst einmal einen starken Espresso. »Es tut mir so leid, Signor Vorberg. Ich hatte Sie zum Frühstück eingeladen, und nun …« Sie zeigte mit beiden Händen auf den Tisch, der alles andere als liebevoll gedeckt und nun auch noch vollgekrümelt war. »Gleich werden die Kinder herunterkommen und frühstücken wollen …«

»Dann lassen Sie uns die Zeit nutzen«, unterbrach Gerald Vorberg sie. »Kümmern wir uns um die Ukulele, und frühstücken wir später mit den Kindern zusammen!«

»Bene!« Mamma Carlotta stellte eilig die schmutzigen Teller zusammen, befreite den Tisch von Brötchenkrümeln und wischte den Fleck weg, den die Feigenmarmelade hinterlassen hatte. Dann holte sie die Ukulele und schlug den C-Dur-Akkord, den sie am Tag zuvor gelernt hatte. Aber er klang nicht gut, das hörte sie selbst, und das sah sie auch Gerald Vorbergs Gesicht an. Er nahm ihr bald das Instrument ab und legte seine Hand auf ihre, bis sie aufatmete und sich zurücklehnte.

»So kann man sich der Musik nicht nähern«, sagte er leise. »Sie sind ja total nervös. Sie lassen sich nicht wirklich auf die Ukulele ein.«

Mamma Carlotta stieß die Luft von sich. »È vero! Ich bin … molto confusa.«

»Was ist denn passiert?«, fragte Vorberg mit sanfter Stimme.

Sie blickte in seine Augen, die freundlich auf ihr ruhten, dann seufzte sie und erklärte: »Ich habe eine Dummheit begangen. Ich weiß gar nicht, wie ich es Enrico erklären soll. Hoffentlich hat er mir abgenommen, dass der Einkauf beim Bäcker so lange gedauert hat. Ich war davon ausgegangen, er wäre schon aus dem Haus und hätte sich entschlossen, mich schlafen zu lassen. Dann hätte er gar nicht gemerkt, dass ich heute Nacht nicht zu Hause war.«

Gerald Vorberg sah sie erstaunt an. »Sie waren letzte Nacht nicht zu Hause? Wo, um alles in der Welt, waren Sie denn?«

Mamma Carlotta seufzte tief auf. »Bello und Kükeltje bringen alles durcheinander.« Sie sah Gerald Vorberg dankbar an.

»Was für ein Glück, dass Sie sich um die Katze kümmern, wenn Enrico zu Hause ist. Aber Bello …«

Oben klappte die Badezimmertür, Mamma Carlotta erzählte so schnell wie möglich, dass sie in der Nacht durch das Fiepen des Hundes aus dem Schlaf geholt worden sei. »Ich musste Bello zu Tove Griess bringen, sonst wäre Enrico am Ende noch aufgewacht.«

Gerald Vorberg erfuhr, dass ihr auf dem Hochkamp eine Frau in die Arme gelaufen war, die sich verfolgt fühlte – eine Prominente, der wohl die Paparazzi auf der Spur gewesen waren. Und sie, Carlotta, habe dem Star geholfen, sich in Käptens Kajüte zu retten.

»Vermutlich wollte sie sich mit einem Gast vom Hotel Wiesbaden treffen, aber dazu ist es nicht mehr gekommen. Ich nehme an, ein Reporter hat Wind davon bekommen und wollte Fotos von ihrem appuntamento schießen. Von ihrem … Rendezvous. Sie sagte zwar, der Mann habe sie versetzt, aber … sie wollte ja nicht zugeben, dass sie berühmt ist.«

Gerald Vorbergs Miene schwankte zwischen Verwunderung und Ungläubigkeit. »Eine Schauspielerin? Oder eine Sängerin?«

»Wenn ich das wüsste! Ich kenne mich ja unter den deutschen Prominenten nicht gut aus! Aber sie ist sehr darauf bedacht, nicht gesehen zu werden. Das habe ich schon am Tag zuvor gemerkt, als sie sich in das Auto von Morten Stöver schlich.«

»Und wegen dieser Promifrau sind Sie letzte Nacht nicht nach Hause gekommen?«

Von oben waren die Stimmen der Kinder zu hören, Mamma Carlotta redete immer schneller: »Nein, das lag an Wiebke und Kersten Hesse.«

»Wer ist Wiebke?«

Im Eilverfahren erhielt Gerald Vorberg einen Überblick über Eriks Beziehung zu Wiebke Reimers, erfuhr, woran ihre Liebe gescheitert war, dass Mamma Carlotta jedoch der Meinung war, ihre Gefühle füreinander seien noch immer wach. Und beide würden ihr dankbar sein, wenn sie für eine Versöhnung sorgte.

»Die Signorina ist eine so nette Person.«

Gerald Vorberg hatte Mühe, ihr zu folgen. »Aber … was haben die beiden mit der prominenten Dame zu tun? Und damit, dass Sie nicht zu Hause übernachtet haben?«

»Gar nichts. Aber ich bin ihnen nachgeschlichen, weil ich doch herausfinden musste, ob Wiebke bei Kersten Hesse im Hotel übernachtet. Dabei wäre ich beinahe erwischt worden und habe mich schnell in einer Gartenlaube versteckt. Und die wurde dann abgeschlossen …«

Die Tür öffnete sich. Ida trat ein, in einem weißen Seidenpyjama, der wohl einmal ihrer Mutter gehört hatte, und mit Kükeltje auf dem Arm. »Sie ist übers Dach in unser Zimmer gekommen.« Vorsichtig ließ sie die Katze auf den Fußboden und betrachtete sie mit dem stolzen Blick einer Mutter, deren Kind sich als besonders klug erwiesen hat.

Kükeltje merkte anscheinend, dass man stolz auf sie war, und präsentierte selbstbewusst ihre Kunst, über die Arbeitsplatte zu laufen, ohne die Tassen umzuwerfen, die dort standen. Dass ihre Pfote verheilt war, demonstrierte sie, indem sie auf den Boden sprang und mit ebendieser Pfote an der Tür zur Vorratskammer kratzte. Sie erhielt ein Stück Käse von Ida, die nach dieser Demonstration von Kükeltjes Intelligenz mit dem Tier wieder nach oben ging.

Gerald Vorberg griff zur Ukulele und schlug ein paar Akkorde an. Dann ließ er sie sinken und sah nachdenklich aus dem Fenster. Mamma Carlotta merkte, dass ihm etwas auf der Seele lag. Erwartungsvoll starrte sie ihn an.

»Signora«, begann er schließlich. »Ich kenne Kersten Hesse von früher. Und ich weiß …« Er brach ab und schüttelte den Kopf. »Nur so viel: Nehmen Sie sich vor ihm in Acht.«

Natürlich wollte Mamma Carlotta sich nicht mit dieser lapidaren Aufforderung zufriedengeben. Aber Gerald Vorberg war nicht bereit, mehr zu verraten. Und da die Kinder kurz darauf in die Küche kamen, mussten sie das Gespräch unterbrechen. Gerald Vorbergs Vorschlag, es mit dem F-Dur-Akkord zu versuchen, wies sie bedauernd, aber energisch zurück.

»I ragazzi brauchen ihr Frühstück.« Auch zu Idas Angebot, sich um alles zu kümmern, schüttelte sie nur den Kopf. »Wenn ich auf Sylt bin, sorge ich für la famiglia. Das sage ich Lucia jedes Mal, wenn ich sie auf dem Friedhof besuche.« Außerdem fiel ihr ein, dass sie sich um das Mittagessen Gedanken machen musste. »Wenn die Staatsanwältin zum Essen kommt, muss alles eccezionale sein. Perfetto!«

Sören war sehr unzufrieden, als Erik ihn anwies, der Staatsanwältin zur Hand zu gehen, während er selbst zu Vernehmungen aufbrach.

»Frau Dr. Speck braucht Hilfe, sie kennt sich hier nicht aus«, sagte er in ihrer Gegenwart. Und als sie sich kurz zurückzog, um sich die Nase zu pudern, wie sie es nannte, fügte er leise an: »Ich will sie nicht in meinem Büro allein lassen. Sie ist dreist genug, jede Schublade aufzuziehen und in meinem Computer alle Verzeichnisse zu öffnen, die sie nichts angehen.«

»Das soll ich verhindern?« Sören sah seinen Chef geradezu ängstlich an.

»Wenn es Ihnen nicht gelingt, dann will ich wenigstens wissen, wo sie herumgeschnüffelt hat«, gab Erik zurück und machte sich auf den Weg zu Astrid Leding.

Er sah kein einziges Mal zurück, um nicht Sörens jammervollem Blick begegnen zu müssen. Er ahnte, dass sein Assistent einen weiteren Grund hatte, ihn zu begleiten. Er würde mit seinem Chef beratschlagen wollen, was in der vergangenen Nacht mit seiner Schwiegermutter geschehen sein mochte. Erik wollte nicht hören, dass Sören womöglich den gleichen Verdacht äußerte, der ihm selbst gekommen war. Niemand sollte laut aussprechen, dass seine Schwiegermutter die Nacht im Bett eines Mannes verbracht haben könnte. Schlimm genug, dass diese Vermutung in seinen Gedanken herumgeisterte, auf keinen Fall wollte er, dass sie ausgesprochen wurde.

Erik hatte sich schon den Kopf nach weiteren Möglichkeiten zerbrochen, doch ihm war keine andere Erklärung eingefallen, warum sie, als er schlafen ging, noch zu Hause gewesen und am nächsten Morgen verschwunden war. Das Einzige, was er mit Sicherheit wusste, war, dass sie ein schlechtes Gewissen hatte. Mit allen Mitteln hatte sie zu verhindern gewusst, dass er sie fragte.

Nein, irgendwas stimmte da nicht. Steckte tatsächlich Fritz Nikkelsen dahinter? Noch vor einem Jahr hätte er so einen Gedanken als Absurdität zurückgewiesen, aber im vergangenen Sommer hatte seine Schwiegermutter tatsächlich einen Verehrer gehabt. Dass Liebe und Sex für sie noch eine Rolle spielten, war also nicht ganz von der Hand zu weisen.

Erik war froh, dass er Astrid Leding in ihrem Apartment antraf, sie dagegen zeigte sich über seinen Besuch alles andere als erfreut. »Ich wollte gerade einen Strandspaziergang machen.«

»Ich werde Sie gar nicht lange aufhalten.« Erik ließ sich nieder, ohne von Astrid Leding dazu aufgefordert worden zu sein. Er schwieg, bis sie sich zu ihm setzte, dann erst griff er in die Innentasche seiner Jacke und zog das Foto heraus, das die Staatsanwältin aus Flensburg mitgebracht hatte. Ohne ein Wort legte er es auf den Tisch und beobachtete Astrid Ledings Reaktion.

Sie beugte sich zunächst interessiert über das Bild, dann zuckte ihr Kopf nach vorn. Erik sah, dass sich auf ihrer Stirn feiner Schweiß bildete. Ihre Hände zitterten, als sie das Foto zur Hand nahm. »Woher haben Sie das?«

Erik tat ihr nicht den Gefallen zu antworten. »Geben Sie jetzt zu, dass Sie ein Verhältnis mit Morten Stöver hatten?«

Astrid Leding legte das Bild zurück, stand auf und ging zur Balkontür. Sie starrte hinaus, lehnte die Stirn an die Scheibe und drehte Erik den Rücken zu. Er konnte sie eingehend betrachten, ihre farblose Kleidung, die graue Jeans, die von guter Qualität war, den olivgrünen Pulli, der sicherlich einen Kaschmiranteil besaß, die schwarzen Slipper mit dem Emblem eines teuren Herstellers an der Ferse. Was mochte es gewesen sein, was Morten Stöver an seiner Kollegin faszinierte, was hatte sie an ihm geliebt? Sie waren äußerlich so unterschiedlich, dass es ihm schwerfiel, sich die beiden als Paar vorzustellen. Dennoch lagen sie sich auf dem Foto in den Armen und küssten sich.

Nun drehte sie sich um. »Wird mein Mann davon erfahren?«

»Ich kann Ihnen nichts versprechen«, entgegnete Erik. »Aber zurzeit sehe ich keinen Grund, Ihren Mann darüber aufzuklären. Erst recht nicht, wenn Sie mir endlich die Wahrheit sagen.«

Sie setzte sich ihm wieder gegenüber, drückte die Knie aneinander und legte die gefalteten Hände darauf. »Es war nur ein Flirt«, sagte sie leise. »Nichts von Bedeutung.«

Erik zog die Augenbrauen hoch. »Für Morten Stöver war es die große Liebe. Das haben mir seine Schwester, sein Bruder und seine Schwägerin versichert.«

»Haben sie meinen Namen genannt?« Sie sah Erik herausfordernd an und nahm seine verlegene Miene als Antwort. »Na, also! Woher wollen Sie wissen, dass von mir die Rede war? Er war Junggeselle, er hatte noch andere Beziehungen. Ich habe ihn sogar ein-, zweimal mit anderen Frauen gesehen. Warum auch nicht?«

Erik sah ein, dass ihr Einwand nicht von der Hand zu weisen war, deswegen ging er nicht darauf ein. »Sie haben nicht gemerkt, dass dieses Foto geschossen wurde?«

Sie warf noch einmal einen Blick darauf, dann schüttelte sie den Kopf. »Wir haben uns einmal nach der Schule im Wald getroffen. Morten kannte einen Weg, der mit dem Auto zu befahren war. Fußgänger habe ich dort nicht gesehen.« Ärgerlich wiederholte sie: »Wie sind Sie an dieses Foto gekommen?«

Diesmal antwortete Erik. »Es wurde in Haymos Zimmer gefunden. Hat der Junge Sie nie damit konfrontiert?«

»Warum sollte er?«

»Vielleicht hat er Sie erpresst? Hat er damit gedroht, dieses Foto Ihrem Mann zu zeigen?«

»Nein!« Sie sprühte vor Empörung. »Was hätte er schon von mir verlangen können?«

»Geld vielleicht?« Eriks Stimme blieb leise und ruhig. »Oder gute Noten? Sie waren beim Start in Hörnum dabei. An Morten Stövers Seite hatten Sie sicherlich Zutritt zu den Umkleideräumen und dem Verpflegungszelt.«

»Was wollen Sie damit sagen?«

»Dass Sie genau wie Morten Stöver Gelegenheit hatten, Haymos Trinkflasche zu manipulieren.«

Wieder sprang sie auf. »Was unterstellen Sie mir da?«

»Haben Sie die Gelegenheit genutzt, einen lästigen Erpresser loszuwerden?«

»Wie sollte ich denn an das Gift gekommen sein?«

»Hat Morten es für Sie gestohlen?«

»Nein!«

»Oder haben Sie den Schlüssel für das Haus seiner Schwester an sich genommen? Es dürfte leicht für Sie gewesen sein, herauszufinden, wo er ihn aufbewahrte. Vielleicht hat er auch mal ganz arglos erwähnt, wo der Schlüssel zur Apotheke zu finden ist.«

Erik redete sich regelrecht in einen Rausch hinein. Was er auf dem Weg zu Astrid Leding wie eine schemenhafte Möglichkeit vor sich gesehen hatte, erschien ihm jetzt von Satz zu Satz wahrscheinlicher.

»Aber er ist Ihnen draufgekommen. Daraufhin mussten Sie auch ihn aus dem Weg räumen, weil er damit gedroht hat, Sie zu verraten.« Erik war hochzufrieden über diese Indizienkette. Die Staatsanwältin würde sich wundern, wenn er ihr seine Ermittlungsergebnisse vorlegte. »Sie haben auch sein Apartment im Wellenreiter durchsucht. Gab es noch mehr Beweise für die Affäre, die nicht ans Tageslicht kommen sollte?«

Nun veränderte sich etwas mit ihr. Eine Art Leidenschaft trat hervor, nicht hitzig, sondern eiskalt. Astrid Leding beugte sich vor, und Erik hatte Mühe, vor ihrem sprühenden Blick nicht zurückzuweichen. »Mit diesen Behauptungen kommen Sie nicht weit«, sagte sie leise. »Das Foto beweist nur, dass ich mal nach der Schule mit meinem Kollegen in den Wald gefahren bin, um ein bisschen zu knutschen. Sie haben damit nicht einmal den Beweis, dass ich ein Verhältnis mit ihm hatte. Wenn ich behaupte, es hat nur dieses eine Treffen im Wald gegeben, dann können Sie mir nicht das Gegenteil beweisen. Und alles andere können Sie mir erst recht nicht nachweisen.« Sie hob die rechte Hand. »Ich warne Sie! Bevor Sie mich angreifen, sollten Sie sich genau überlegen, mit wem Sie sich anlegen. Kennen Sie den Staranwalt Kunze? Das ist mein Onkel. Vielleicht haben Sie auch schon vom Landgerichtspräsidenten Riegler gehört? Das ist mein Bruder. Mein Vater war Chefarzt! Und in meinem Bekanntenkreis gibt es viele Leute in einflussreichen Positionen. Auch mein Mann ist in der Lage, Ihnen eine Menge Scherereien zu machen, falls Sie auf die Idee kommen sollten, mich und damit meine Familie zu denunzieren.«

Erik musste sich Mühe geben, sich nicht von ihrer Rede beeindrucken zu lassen. Das schaffte er, indem er sich umsah und sich fragte, warum eine Frau, die offenbar mit dem goldenen Löffel im Mund geboren worden war, in diesem Einzimmerapartment ihren Urlaub verbrachte. Ihm war, als beriefe sich Astrid Leding auf eine Familie, in der sie selbst am Rande saß und den meisten nur dabei zusehen konnte, wie sie mit ihrem Einfluss umgingen.

Er stand auf, räusperte sich und strich sich den Schnauzer glatt. »Ich verspreche Ihnen, Frau Leding«, sagte er, »die Beweise zu erbringen, die bis jetzt zugegebenermaßen nur Vermutungen oder Indizien sind. Wenn es so war, wie ich gesagt habe, dann werde ich es Ihnen nachweisen. Darauf können Sie sich verlassen.«

Carlotta Capella fuhr mit dem Fahrrad am neuen Kurhaus von Wenningstedt vorbei, das »Haus am Kliff« getauft worden war. Ihr gefiel das weiträumige, zweigeschossige Gebäude, auf das die Wenningstedter so lange hatten warten müssen, vor allem aber die verandaähnliche Erweiterung des Erdgeschosses, die vor den Schaufenstern der Geschäfte entlangführte. Normalerweise stieg sie ab und begrüßte dann Frau Kemmertöns, die mehrmals in der Woche hinter dem Schalter der Gästeinformation saß. Anschließend ging sie in den großen Saal mit der riesigen Fensterfront, die den Blick aufs Meer freigab. Manchmal fragte sie sich, warum ihr dieser Blick so besonders gut gefiel, beinahe noch besser als derselbe Blick, den sie vorn, an der Kliffkante, hatte. Irgendwann hatte sie entschieden, dass es wohl an dem Rahmen lag, den die Fensterfront bot. Die Wärme war es nicht, auch nicht der fehlende Wind, es war die Gelegenheit, das Meer als Gemälde zu betrachten, weil es einen Rahmen erhalten hatte und ein Muster aus waagerechten und senkrechten Streben, das die Dimension einschränkte und aus der Urgewalt ein Stillleben machte. Es öffnete sich nur den Augen, berührte die Ohren und die Haut nicht. Sie sah mehr, wenn die anderen Sinne nicht angesprochen wurden, entdeckte so vieles, wenn sie nicht gleichzeitig die Gischt roch, das Salz auf der Haut spürte, den Wind in den Haaren und die Kälte in den Fingerspitzen.

Dieser Tag war windstill und milde, gelegentlich stachen sogar ein paar Sonnenstrahlen durch die Wolken. Das Fahrradfahren machte Spaß. Heute hatte Mamma Carlotta es eilig. Sie warf noch einen langen Blick über den Platz, ehe sie weiterfuhr. Lange war er eine öde Fläche gewesen, aber jetzt wiesen das »Haus am Kliff« und das außergewöhnliche Gebäude des neuen Gosch mit ihrer schönen Architektur darauf und machten einen schönen Platz daraus. Und da jeder schöne Platz auf Sylt mit Strandkörben garniert wurde, war er ein Ort geworden, wo sich alle wohlfühlten. Junge und alte Menschen, Kinder, Hunde und Möwen teilten sich die Fläche, und einer freute sich am anderen, jeder behielt ein Stückchen für sich und die Distanz, die nötig war, um die Umgebung lächelnd betrachten zu können.

Mamma Carlotta hatte es eilig. Sie legte diesmal keine Pause am neuen Kurhaus ein, sondern fuhr auf der Berthin-Bleeg-Straße in Richtung Feinkost Meyer. Sie wollte ihre Einkäufe gern zügig erledigen, um viel Zeit fürs Kochen zu haben, damit die Staatsanwältin, die am Abend zuvor ein so schlichtes Essen vorgesetzt bekommen hatte, davon überzeugt werden konnte, dass es in der Küche von Hauptkommissar Wolf großzügig zuging.

Es sollte gebratenen Fenchel als Vorspeise geben, dann eine Zucchini-Piccata und als Hauptgericht geschmorte Hähnchenkeulen – vorausgesetzt, bei Feinkost Meyer waren Kapernäpfel im Angebot. Was das Dolce anging, war sie sich noch nicht ganz sicher, kam aber, während sie ihr Fahrrad abstellte, zu der Überzeugung, dass Crema italiana genau richtig sei. Wer davon eine Portion aß, nachdem er schon bei den Antipasti, beim Primo und Secondo gut zugelangt hatte, war nach der Crema italiana so satt, dass es an den Qualitäten der Köchin keinen Zweifel gab.

Aber zügig ging ihr Einkauf dann doch nicht vonstatten. Die Auswahl der Zutaten, die von allen Seiten betrachtet und deren Qualität mit anderen Kunden beraten werden musste, brauchte Zeit, insbesondere da der Filialleiter in der Nähe war, von dem sie sich gern in der Richtigkeit ihrer Entscheidungen bestätigen ließ. Als sie die gefüllten Einkaufstaschen an den Fahrradlenker hängte, war es schon spät. Sie musste sich beeilen.

Ida öffnete die Tür, noch bevor Mamma Carlotta den Schlüssel herausgesucht hatte, und nahm ihr die Taschen ab. »Sie haben sich umsonst beeilt, Signora. Erik hat gerade angerufen. Im Büro ist so viel zu tun, dass er nicht zum Essen kommen kann.«

»Und die Staatsanwältin? Und Sören?«

»Die natürlich auch nicht.«

Mamma Carlotta folgte Ida in die Küche und ließ sich auf einen Stuhl fallen. »Dann gibt es das Essen, das ich geplant hatte, eben heute Abend. Ich schaue gleich im Vorrat nach. Es ist noch etwas von der Ribollita da, die mache ich euch warm. Marinierte Antipasti habe ich sowieso genug im Haus ...«

Ida hielt sie zurück. »Nicht nötig, Signora. Wir gehen gleich zum Sport und danach zur Dönerbude.«

Mamma Carlotta wollte gerade protestieren, wurde aber vom Klingeln an der Tür daran gehindert.

»Ich gehe schon, Signora«, erklärte Ida und verschwand.

Mamma Carlotta begann, ihre Einkäufe auszupacken. Auf die Stimme des Jungen, mit dem Ida sprach, achtete sie nicht weiter. Doch dann fiel ihr ein seltsam zirpendes Geräusch auf.

Bevor sie sich einen Reim darauf machen konnte, kam Ida mit einem Jungen ihres Alters in die Küche. Er trug einen Vogelkäfig, in dem ein blaues Federknäuel saß, den Kopf reckte und zwitscherte.

»So ein Vogel stört doch gar nicht«, sagte Ida und sah Mamma Carlotta bittend an. »Das ist übrigens Patrick.«

»Meine Eltern erlauben mir die Woche im Bergsteigercamp nur, wenn sie sich nicht um Bobbi kümmern müssen«, erklärte der Junge.

Mamma Carlotta seufzte auf. »Ich weiß nicht, was Enrico dazu sagen wird.«

»Wir fragen ihn«, schlug Ida vor und versuchte, Optimismus auszustrahlen.

Patrick öffnete den Käfig, um zu demonstrieren, wie zutraulich Bobbi war. Tatsächlich hüpfte der kleine Vogel sofort auf seinen Finger, legte den Kopf schräg, ließ sich seinen Namen vorsprechen und reckte den Schnabel, als wollte er ihn von Patricks Lippen picken. Dann endlich krächzte er: »Bobbi! Bobbi lieb!«

Patricks Plan ging auf, Mamma Carlotta war entzückt. »Er kann sprechen. Magnifico!«

Bobbi zeigte, was er sonst noch im Programm hatte. Zum Beispiel schaffte er es, zielsicher den Brotkorb anzufliegen, in dem noch ein Panino lag, umgeben von unzähligen Krümeln, die er fleißig aufpickte.

Patrick betrachtete ihn stolz. »Zwei, drei Runden muss er täglich fliegen, danach lässt er sich ohne Weiteres wieder in den Käfig sperren. Wenn er nicht rauskommt, wird er anstrengend, dann krächzt er so laut, dass es kaum auszuhalten ist.«

Mamma Carlotta wollte gerade zu bedenken geben, dass es ihrem Schwiegersohn womöglich nicht gefallen würde, von einem Wellensittich umflattert zu werden, und dass Bobbi die Flucht ergreifen könnte, wenn sich die Haustür öffnete ... da kamen die besseren Argumente von anderer Seite. Die Küchentür schob sich auf, und Kükeltje betrat die Bühne. Bobbi war scheinbar noch nie von einer Katze ins Visier genommen worden und hatte als Nachkomme seiner seit Generationen in Käfigen lebenden Vorfahren keine natürliche Angst vor Feinden entwickeln können. Arglos blickte er von oben auf die Katze hinab.

Kükeltjes Instinkt war jedoch voll ausgeprägt, im Gegensatz zu Patricks, der zunächst erstaunlich gleichmütig reagierte und Idas Bemühungen, Kükeltje wieder aus der Küche zu drängen, mit großen Augen beobachtete. Dann erst begriff er schlagartig, dass Bobbi in allergrößter Gefahr schwebte. Kükeltje gelang der Sprung auf den Tisch ohne Anlauf, und die ersten blauen Federn, die durch die Küche schwebten, gaben schließlich auch Patrick schwer zu denken.

Es begann ein Wettlauf mit dem Tod. Bobbi kreischte panisch, tat aber ansonsten nichts Sinnvolles, um sich der Gefahr zu entziehen. Er hüpfte vom Tisch auf die Rückenlehne eines Stuhls, die Kükeltje mit der Pfote leicht erreichen konnte, hüpfte auf die nächste, als die Krallen ihn knapp verfehlten, ohne zu erkennen, dass er dort nicht weniger gefährdet war, und hinterließ schließlich auf der Sitzfläche des Stuhls eine Spur, als wäre ihm der Schreck aufs Verdauungssystem geschlagen. Dann endlich begab er sich dorthin, wo er vor Kükeltje am sichersten war: in die Luft. Er flog auf die glatte runde Kuppel der Küchenlampe, wo er sich jedoch nicht lange hielt, schon bald herunterrutschte und in die Richtung von Kükeltjes aufgerissenem Maul trudelte. Patrick schrie, statt beherzt einzugreifen, Ida versuchte, den konsternierten Bobbi zu fangen und dabei gleichzeitig Kükeltje abzuwehren, Carolin und Felix kamen hereingestürzt, um zu sehen, was das Geflatter, Gekreische und Gefauche zu bedeuten hatte, und Mamma Carlotta bemühte sich, mit einem Geschirrtuch die Katze aus der Küche zu wedeln und den Wellensittich an der Landung auf der Spüle zu hindern, auf der er vor der Katze nicht sicher gewesen wäre.

Zur Überraschung aller rettete sich Bobbi schließlich völlig unerwartet selbst, indem er durch den offenen Spalt der Küchentür flog. Ida war so reaktionsschnell, die Tür ins Schloss zu werfen, ehe Kükeltje durchschaut hatte, was vor sich ging. Als sie merkte, dass sie reingelegt worden war, sprang sie wütend an der Tür hoch, während von der Diele zu hören war, dass Bobbi nicht wusste, was er mit seiner Sicherheit anfangen sollte, kreischend und flatternd herumflog und anscheinend keinen Landeplatz fand. Erst als es Felix gelungen war, Kükeltje mithilfe einer Käsescheibe in die Vorratskammer zu locken, sodass Patrick die Küchentür öffnen und Bobbi den Weg zurück in die Küche weisen konnte, normalisierte sich die Angelegenheit wieder. Bobbi wurde in den Käfig gesperrt und Kükeltje aus der Vorratskammer geholt, ehe sie sich über die Abbracci, das schwarz-weiße Gebäck, das Mamma Carlotta am Vortag gebacken hatte, hermachen konnte. Kükeltjes Bemühungen, an

Patricks Hosenbeinen zum Vogelkäfig hinaufzuklettern, und Bobbis ängstliches Gekreisch, der mit schräg gelegtem Kopf zu ihr hinabblickte, waren nicht weiter schlimm.

»Madonna!« Mamma Carlotta sah Patrick kopfschüttelnd an. »Du wirst deinen Vogel woanders unterbringen müssen.«

»Aber …« Patrick blickte Ida mit schmerzerfülltem Gesicht an, und in Mamma Carlotta keimte der Verdacht, dass er sich ihre Gefälligkeiten nicht zum ersten Mal erschmeichelte. »Wenn der Käfig geschlossen bleibt … oder wenn die Katze in den Garten geschickt wird, bevor Bobbi …«

Carolin war realistischer. »Das funktioniert nicht. Unser Vater will sowieso keine Tiere im Haus.«

»Dass die Katze hier lebt, weiß er nicht«, erläuterte Felix.

Dennoch blieb, als Patrick sich eine halbe Stunde später verabschiedete, der Vogelkäfig da. Und Ida sah sehr verlegen drein, als sie meinte: »Ich werde ihn irgendwo anders unterbringen.«

»Da, wo auch Bello und die Goldhamster gelandet sind?«, fragte Mamma Carlotta.

»Ich versuche es erst mal bei meiner Oma im Altenheim«, gab Ida zur Antwort, sah jedoch nicht besonders optimistisch aus. »Eigentlich sind da Haustiere verboten. Aber so ein Vogel ist ja klein …«

Ida dachte laut darüber nach, ob Bobbi, während sie mit Carolin und Felix zum Sport ging, im Kinderzimmer bleiben könne, sofern sie dafür sorgte, dass die Zimmertür fest im Schloss saß. »Und solange Sie auf Kükeltje aufpassen, Signora …«

»No, no«, wehrte Mamma Carlotta ab. »Ich muss … einen Besuch machen. Molto importante. Sehr wichtig!«

Sie stand auf und ging in die Diele, als wollte sie ihre Jacke holen. Währenddessen überlegte sie, wie sie aus der spontanen Lüge eine glaubhafte Wahrheit machen konnte, damit Ida nicht merkte, dass sie die Verantwortung für Kükeltje nicht übernehmen wollte. Jedenfalls nicht, solange außerdem ein Wellensittich im Haus war.

Wie immer fiel ihr fix etwas ein, womit sie sich ein ruhiges Gewissen verschaffen konnte. Sie würde zu Tove Griess gehen und ihn fragen, ob er in Annette Müller eine Prominente erkannt hatte. Zwar war er niemand, der sich für Klatsch und Tratsch und die Boulevardpresse interessierte, aber wenn die Frau sehr populär war, hatte er sie vielleicht erkannt. Und dann würde sie Wiebke einen Tipp geben, den die nicht ausschlagen konnte. Natürlich würde sie Mamma Carlottas Einladung zum Abendessen annehmen, mindestens aus Dankbarkeit, vielleicht sogar, weil sie sich nach einer Gelegenheit sehnte, Erik wiederzusehen.

Während Mamma Carlotta mit dem Kleiderbügel klapperte, blätterte sie durch das Telefonverzeichnis, das auf dem Garderobenschränkchen lag, und nahm, als sie dort Wiebkes Namen nicht fand, das schnurlose Telefon zur Hand und scrollte durch das Telefonbuch. Aber Wiebkes Handynummer war auch hier gelöscht worden. Von Erik? Oder von den Kindern? Sie würde sich etwas einfallen lassen müssen, um heimlich mit Wiebke Kontakt aufzunehmen.

Das Handy klingelte, während Erik in der Residenz Mauritius die Treppe hinunterging. Er nahm erst ab, als er hörte, dass Astrid Leding im zweiten Stock die Tür zuwarf. Seine Stimme hallte in dem breiten Treppenhaus mit den großen Fenstern wider, als er sich meldete.

»Wo sind Sie, Wolf?« Die Staatsanwältin!

»Ich habe gerade mit Astrid Leding gesprochen«, erklärte Erik und trat auf die Straße. »Wir haben endlich eine Verdächtige.«

»Ehrlich?« Die Staatsanwältin war verblüfft.

Erik schilderte ihr kurz und knapp den Verlauf der Vernehmung und ärgerte sich, als Frau Dr. Speck Zweifel anmeldete.

»Glauben Sie wirklich, das ist ein hinreichendes Motiv? Sie wurde von einem Schüler erpresst und hat ihn sich vom Hals geschafft? Und dann hat sie auch noch ihren Kollegen erstochen, der sie dabei erwischt hat?«

»Wenn das kein Motiv ist!«, ereiferte sich Erik. »Sie will auf keinen Fall, dass ihr Mann etwas von ihrer Liebesbeziehung erfährt.«

»Aber Sie haben keinen Beweis, dass sie mit dem Mordopfer wirklich etwas hatte. Wenn sie sagt, sie hat sich nur einmal kurz mit ihm getroffen, können Sie ihr nicht das Gegenteil beweisen.«

»Ich brauche einen Durchsuchungsbeschluss.«

»Warum das?«

»Wenn sie es war, die Morten Stövers Wohnung durchsucht hat, dann werden wir vermutlich seinen Schlüssel in ihrem Apartment sicherstellen können. Und das, was sie in Stövers Wohnung gefunden hat, ebenfalls.«

»Die Indizien reichen für einen Durchsuchungsbeschluss nicht aus, Wolf, das wissen Sie genauso gut wie ich.« Die Stimme der Staatsanwältin wurde nun milder: »Aber wir werden die Dame im Auge behalten. Meinetwegen.«

»Die ist eiskalt. Der traue ich zu, sich hinter einen Mann zu schleichen und zuzustechen.«

»Nun mal langsam, Wolf! Ich sage ja, wir behalten die Dame im Auge. Jetzt sollten Sie erst mal das Alibi von Kersten Hesse überprüfen.«

»Ich bin auf dem Weg zu Tove Griess.«

»Gut! Ich habe übrigens währenddessen den Inhalt der Festplatte von Haymo Hesses PC durchgearbeitet.«

»Und? Irgendwas gefunden?« Erik ärgerte sich, weil er den knappen Redestil der Staatsanwältin kopierte, ohne es zu wollen.

»Jede Menge Schulkram! Der hat jede Klassenarbeit fotografiert und abgespeichert, vermutlich mit der Handykamera.

Und unzählige Fotos sind drauf! Immer ein und dasselbe Mädchen. Haben Sie inzwischen rausbekommen, wie die Kleine heißt?«

Erik wurde von einem unangenehmen Gefühl beschlichen. »Nein, ich glaube aber auch nicht, dass uns ein Gespräch mit diesem Mädchen weiterhelfen wird.«

»Sagen Sie das nicht! Vielleicht hat er ihr was verraten, um ihr zu zeigen, dass er ihr vertraut. Mädchen mögen so was.«

»Ach, wirklich?« Erik versuchte sich Frau Dr. Speck als Mädchen vorzustellen, das sich geehrt fühlte, wenn man ihm etwas anvertraute, aber es wollte ihm nicht gelingen. Er schüttelte den Gedanken gleich wieder ab. »Also gut, ich werde weiter nach dem Namen fahnden.«

»Kersten Hesse kennt ihn nicht?«

»Nein, den habe ich schon gefragt.« Erik war bei seinem Wagen angekommen und schloss ihn auf.

»Wartet Ihre Schwiegermutter mit dem Essen auf uns, Wolf? In diesem Fall brauchen Sie gar nicht nach Westerland zurückzukommen, wir treffen uns dann bei Ihnen zu Hause.«

Erik spürte eine winzige hämische Freude, als er antwortete: »Ich habe zu Hause angerufen und meiner Schwiegermutter ausrichten lassen, dass wir keine Zeit haben.« Er ließ seine Stimme vorwurfsvoll klingen, als er ergänzte: »Wir haben wirklich genug zu tun. Für eine Italienerin muss ein Essen immer aus vier Gängen bestehen. Dafür haben wir keine Zeit.«

Der Vorwurf prallte an der Staatsanwältin ab. »Dann also heute Abend!«

Erik wollte nicht hinnehmen, dass die Staatsanwältin so selbstverständlich bei ihm ein und aus ging, als wäre es ihr gutes Recht, sich mit seiner Schwiegermutter anzufreunden. Deswegen ließ er ihren Vorschlag stehen, ohne ihn zu kommentieren, und auch, weil er sich vorbehalten wollte, sie zum Essen zu bitten, statt ihr hinterherzulaufen, wenn sie beschlossen hatte, in seinem Haus das Abendessen einzunehmen. Er blieb streng dienstlich. »Können Sie sich erkundigen, ob die Untersuchung von Morten Stövers Wohnung abgeschlossen ist?«

Die Staatsanwältin bewies, dass sie ein gutes Gedächtnis hatte. »Klar! Und Sie wollten noch mit der Mutter des Jungen telefonieren, der ebenfalls während der Klassenfahrt ums Leben kam. Vergessen?«

»Natürlich nicht. Das mache ich, noch bevor ich zu Käptens Kajüte fahre.«

»Gut, ich werde mit dem Leiter der KTU reden, mit diesem Kommissar, der stumm wie ein Fisch ist und ebenso anziehend.«

»Das kann auch Kommissar Kretschmer machen.« Erik hatte Angst, dass Vetterichs direkter Kontakt mit der Staatsanwältin schwerwiegende Folgen für dessen Laufbahn haben könnte. Er bekam Mitleid mit dem altgedienten Spurenfahnder, von dem an diesem Tag wohl zum ersten Mal Kommunikationsfreude, ausführliches Berichten und überdies zügiges Arbeiten verlangt wurde, während er unter den Sylter Kollegen so akzeptiert wurde, wie er war: mundfaul, verdrießlich und ohne die geringste Lust, sich zu beeilen. Als er sich in sein Auto fallen ließ, nahm Erik sich vor, die Staatsanwältin bei nächster Gelegenheit zu fragen, wie lange sie eigentlich auf der Insel zu bleiben gedenke …

Das schlechte Gewissen stand schon neben ihr, als sie die Westerlandstraße überqueren wollte und darauf wartete, eine Lücke im Verkehrsstrom zu finden. Es war nicht nett von ihr gewesen, den Wunsch, ein Auge auf Kükeltje und Bobbi zu haben, so rundheraus abzulehnen. Ida hatte sicherlich durchschaut, dass sie den Besuch nur vorgeschoben hatte, um sich der Verantwortung zu entziehen. So eine Bitte hätte Ida selbst niemals zurückgewiesen.

Mamma Carlotta lief über die Straße und bog schon bald

rechts in den Hochkamp ein. Was hatte sie eigentlich aus dem Haus getrieben? Wovor lief sie davon? Sie brauchte nicht lange zu überlegen. Es waren die Heimlichkeiten, die ihr zu schaffen machten, die sie bei anderer Gelegenheit für lässliche Sünden hielt und in Erinnerung an ihre Ehe sogar für das Mittel, das dafür sorgte, dass ihre Beziehung zu Dino nie auf die Probe gestellt wurde. Heimlichkeiten waren keine Lügen, auf diesen Unterschied hatte sie immer gepocht, wenn Dino ihr einmal auf die Schliche gekommen war und sich beschwert hatte, weil ihm etwas verschwiegen worden war. Jeder Mensch durfte Heimlichkeiten haben, diese Aussage hatte sie sogar einmal dem Pfarrer abgetrotzt, niemand sollte gezwungen werden, seine Gedanken immer und überall zu offenbaren.

Aber dass Erik das Recht genommen wurde, in seinem eigenen Haus über die Zahl der Bewohner zu entscheiden, bedrückte sie trotz allem. Es war nicht richtig, die Kinder dabei zu unterstützen, ein Kätzchen einzuschmuggeln, obwohl Erik es nicht haben wollte. Da spielte es auch keine Rolle, dass ihm mangelnde Wahrheitsliebe entgegengehalten werden konnte. Zwar konnte man ihm vorwerfen, dass er sich mit einer Allergie rausreden wollte, die er augenscheinlich nur simulierte, aber Mamma Carlotta hatte auch Verständnis dafür, dass er den Weg des geringsten Widerstands gewählt hatte. Er fühlte sich den Diskussionen mit seinen Kindern eben nicht gewachsen und schaffte es nur selten, ein Machtwort zu sprechen. Auch deshalb hielt Mamma Carlotta ihren Schwiegersohn für einen liebenswerten Menschen.

Dennoch empfand sie klammheimliche Freude bei der Vorstellung daran, wie Erik überführt werden würde. Es würde ihm keine Ausrede einfallen, wenn er einsehen musste, dass er schon seit Tagen mit einer Katze unter einem Dach lebte, ohne es zu wissen. Wenn Carlotta allerdings an die Folgen dieser Erkenntnis dachte, war es mit der klammheimlichen Freude wieder vorbei. So gutmütig Erik auch war – dass er Kükeltje als neues Familienmitglied akzeptieren würde, war mehr als unwahrscheinlich.

Durch die dünnen Fensterscheiben von Käptens Kajüte drang die Stimme von Helene Fischer, die atemlos durch die Nacht gegangen war, was Mamma Carlotta prompt an die vergangene Nacht erinnerte. Eine weitere Heimlichkeit! Ob Erik ihr die Erklärung abgenommen hatte, beim Bäcker sei es so voll gewesen, dass der Einkauf der Brötchen länger gedauert hatte als sonst? Sie war stolz auf die Idee gewesen, mit einer Brötchentüte nach Hause zu kommen, und hatte gehofft, dass sie sich damit würde herausreden können. Noch besser wäre es natürlich gewesen, sie hätte Erik gar nicht mehr angetroffen, er wäre zu der Überzeugung gekommen, seine Schwiegermutter schlafe noch, und hätte Sören und auch die Staatsanwältin zu einem Frühstück im Bahnhofsbistro überredet. Es würde schwer werden, wenn er überzeugende Erklärungen von ihr haben wollte. Es war ihr klar, dass es einige Indizien gab, die ihre sämtlichen Ausreden widerlegten. So wusste Erik zum Beispiel, dass sie niemals aus dem Haus gehen würde, ohne einen Espresso getrunken zu haben. Aber hatte er eine benutzte Tasse vorgefunden? Nein! War der Kaffeeautomat eingeschaltet gewesen? »No!«

Sie warf einen Blick zur Eingangstür, als sie am Hotel Wiesbaden vorbeiging, und dachte mit Schaudern an die vergangene Nacht zurück. Zum Glück hatte sie es sich auf den Polstern für die Gartenliegen bequem machen können, nachdem sie eingesehen hatte, dass ihr der Weg nach draußen versperrt war. Sie hatte an der Tür gerüttelt und versucht, sie gewaltsam zu öffnen, aber das Gartenhäuschen war von guter Qualität. Die beiden Fenster hatten sich zwar öffnen lassen, aber sie waren so klein, dass höchstens ein fünfjähriges Kind dadurch hätte entwischen können. Und lautes Rufen war nicht infrage gekommen. Zu groß war ihre Sorge gewesen, Erik könnte noch am selben Tag erfahren, dass seine Schwiegermutter aus dem

Gartenhäuschen des Hotels Wiesbaden befreit worden war. Wie hätte sie das erklären sollen?

Als sie sich irgendwann in ihr Schicksal ergeben und in einer Ecke des Holzhauses zusammengekauert hatte, klammerte sie sich an die Hoffnung, jemand möge schon sehr früh am Morgen das Häuschen wieder aufschließen. Dabei war das ein absurder Gedanke! Im März wollte sich ganz sicher kein Hotelgast in aller Frühe in die Sonne setzen, und wer dieses Holzhaus öffnete, ohne zu erkennen, dass darin jemand übernachtet hatte, musste mit Blindheit geschlagen sein.

Es war ihr noch nicht gelungen, sich mit kühn konstruierten Luftschlössern zur Ruhe zu zwingen, da hatte sie das Geräusch gehört. Schritte! Nicht die eines Hotelgastes, der spät nach Hause kam, sondern schleichende Schritte, schlurfende, raschelnde. Jemand war durch den Garten geschlichen, mal hatte sie seine Gegenwart sehr nah gespürt, wenn er sich in der Nähe des Holzhauses versteckte, dann wieder konnte sie seinen Schatten durch eins der kleinen Fenster beobachten. Und dann hatte sie seine schwarze Gestalt sogar erkennen können. Diese schleppenden Schritte und die geduckte Haltung kamen ihr bekannt vor. Aber sie war sich zunächst nicht sicher genug gewesen, um ihn auf sich aufmerksam zu machen. Atemlos hatte sie zugesehen, wie er vor das Fenster von Kersten Hesse schlich, und vor den hellen waagrechten Linien der Rollläden war der Umriss seiner Gestalt klarer zu erkennen gewesen.

Dann endlich hatte es keinen Zweifel mehr gegeben. Dass er sein Ohr an die Rollläden legte und sogar versuchte, durch die hellen Ritzen zu sehen, hatte sie nur bestätigt. Der inselbekannte Spanner! Der Mann, der immer wieder vor fremden Schlafzimmern erwischt wurde, der Erik dann Rede und Antwort stehen und sogar die eine oder andere Nacht in Gewahrsam verbringen musste! Was wollte er hier? Hoffte er, Kersten Hesse und Wiebke Reimers beim Liebesspiel zu beobachten? Oder war er auf etwas ganz anderes aus?

Mamma Carlotta hatte an die Fensterscheibe des Holzhäuschens geklopft und gesehen, wie Fietje zusammenzuckte. Erschrocken hatte er sich umgesehen und sich geduckt, ohne zu wissen, woher das Geräusch gekommen war. Mit fliegenden Fingern hatte Carlotta das Fenster geöffnet. Doch der Griff hatte gequietscht, der Fensterflügel geknarrt ... und schon war Fietje verschwunden gewesen.

»Signor Tiensch«, hatte sie noch leise gerufen und dann lauter, weil es ihr mit einem Mal egal war, ob ein Hotelgast oder der Hotelier selbst sie hören konnte: »Signor Tiensch!«

Sie hätte sicherlich noch lauter gerufen, wenn sich in diesem Augenblick nicht die Tür des Hotels geöffnet hätte. Sie hatte gesehen, wie Wiebke heraustrat. Die Versuchung, sie auf sich aufmerksam zu machen, war groß gewesen, weil Mamma Carlotta an nichts anderes denken konnte als an die Befreiung aus ihrem Gefängnis. Aber als Kersten Hesse neben Wiebke erschien und sie zum Abschied umarmte, fiel ihr gerade noch rechtzeitig ein, was für Erklärungen nötig sein würden, wenn die beiden sie in dem Gartenhäuschen entdeckten. Nein, sie mochte sich nicht vorstellen, welche Vorhaltungen Wiebke ihr machen und was Kersten Hesse ihrem Schwiegersohn erzählen würde. So blickte sie Wiebke nur nach, hörte kurz darauf den Motor ihres Wagens anspringen, sah zu, wie Kersten Hesse die Tür schloss und verschwand. Die Erleichterung, dass Wiebke nicht bei ihm übernachtete, fand keinen Weg zu ihrem Herzen.

Als Mamma Carlotta sich auf die Stuhlkissen sinken ließ, waren ihr die Tränen gekommen.

Erik hatte sich die Telefonnummer von Andrea Burkert auf einem Zettel notiert. Es war eine Handynummer, die Enno Mierendorf ihm gegeben hatte. Die Familie Burkert besaß keinen Festnetzanschluss.

Gleich nach dem ersten Klingeln wurde abgenommen. Eine

helle Frauenstimme meldete sich, die sich so kindlich anhörte, dass Erik erst glaubte, mit Andrea Burkerts Tochter verbunden zu sein. Er vergewisserte sich, dass er tatsächlich Andrea Burkert am anderen Ende hatte, die Mutter von Daniel Burkert. Als Erik den Namen ihres Sohnes ausgesprochen hatte, veränderte sich ihre Stimme. Nun wurde sie dunkler und schwankte, sie war voller Trauer. Von diesem Gefühl befreite Andrea Burkert sich, indem sie Ungeduld und Verärgerung darüberstülpte. »Was soll das denn noch? Die Sache ist vorbei! Wollen Sie unbedingt diese Wunden wieder aufreißen?«

Erik konnte sie gut verstehen. »Es geht nicht mehr um den Tod von Björn und Daniel, Frau Burkert. Wir haben zwei neue Todesfälle. Haymo Hesse und Morten Stöver.«

»Haymo?« Ihre Stimme klang erschrocken. »Von Morten Stövers Tod habe ich in der Zeitung gelesen. Aber Haymo?«

»Er ist beim Syltlauf tot zusammengebrochen«, erklärte Erik. »Er wurde das Opfer eines Mordanschlags.« Dass Morten Stöver unter Verdacht stand, seinen früheren Schüler umgebracht zu haben, verschwieg er.

»Ich habe gelesen, dass Morten Stöver ebenfalls ermordet wurde.«

»Das stimmt. Wir glauben, dass diese beiden Todesfälle etwas mit dem Geschehen auf der Klassenfahrt in Schweden zu tun haben.«

»Das kann ich mir nicht vorstellen.«

»Wirklich nicht? Denken Sie bitte nach. Kann jemand Haymo gehasst haben, weil er nicht schnell genug Hilfe holte? Oder Morten Stöver, weil er nicht verhindert hat, dass die Kinder zum See gingen?«

Diesmal antwortete sie zögernd, nachdenklich: »Am Anfang vielleicht …« Dann wurde ihre Stimme misstrauisch. »Hat Ihnen etwa jemand erzählt, wie ich reagiert habe, als ich von Daniels Tod erfuhr?«

»Wie haben Sie denn reagiert?«, fragte Erik sanft.

»Ich war außer mir. Ich habe geschrien und getobt, habe Haymo einen Versager geschimpft, Morten Stöver verantwortungslos und Astrid Leding eine unfähige Schlampe genannt. Aber …« Erik konnte hören, dass ihr die Tränen kamen und sie ein Schluchzen unterdrücken musste. »Ich habe mich später bei ihnen entschuldigt, und sie haben mir zum Glück verziehen. Heute kann ich gar nicht verstehen, wie ich mich so gehen lassen konnte. Niemand war schuldig, nur Björn und Daniel selbst. Die Lehrer konnten nichts dafür, sie wurden ja auch von jeglicher Schuld freigesprochen, und Haymo war erst recht nicht schuldig. Der arme Junge hat ja selber schrecklich darunter gelitten, dass er seinen Freunden nicht helfen konnte. Und Herr Stöver und Frau Leding … mein Gott, waren die fertig! Sie konnten einem leidtun. Wenn sie auch nicht so viel verloren hatten wie ich. Und wie Herr Vorberg natürlich.« Sie gab einen Laut von sich, als wäre ein Bild vor ihrem geistigen Auge aufgeblitzt. »Gerald Vorberg! Der ist zurzeit auf Sylt. Er hat mir erzählt, dass er mit Morten Stöver sprechen möchte. Sozusagen als letzte Phase seiner Therapie. Mit ihm müssen Sie reden. Vielleicht hat er bei seinem Gespräch mit Herrn Stöver etwas erfahren, was Ihnen weiterhilft.«

»Wir haben mit ihm geredet«, entgegnete Erik. »Leider ist es zu seinem Gespräch mit Herrn Stöver nicht mehr gekommen.«

»Wie schade! Gerald Vorberg hat ja am meisten verloren. Und er ist so tapfer, so sehr bemüht, sein Schicksal zu meistern. Er hat sogar eine Selbsthilfegruppe gegründet.«

»Ich weiß«, unterbrach Erik sie. »›Verwaiste Eltern‹.«

»Für mich war das nichts«, sagte Andrea Burkert. »Aber ich weiß, dass er einigen geholfen hat. Und natürlich auch sich selbst. Ich wollte das nicht, dieses … Sich-alles-von-der-Seele-Reden. Ob ich mich richtig entschieden habe, weiß ich nicht. Ich leide seit Daniels Tod unter starker Migräne. Mein Arzt hat mir geraten, die Selbsthilfegruppe zu besuchen. Vielleich gehe ich mal hin, wenn Herr Vorberg wieder in Flensburg ist. Aber eigentlich … eigentlich möchte ich lieber versuchen, das alles zu vergessen. Daniels Tod und …«

»Das geht nicht«, hörte Erik sich sagen. »Was Sie vergessen nennen, ist in Wirklichkeit nur Verdrängen.«

Er erschrak, weil er sonst nie private Erfahrungen in eine Vernehmung trug, und hoffte, dass Andrea Burkert nicht merkte, warum er so sicher war, dass der Tod eines geliebten Menschen verarbeitet werden musste.

»Kennen Sie sich da aus?«, kam es vorsichtig zurück.

Erik überhörte die Frage. »Ich glaube, Herr Vorberg hat recht«, sagte er. »Man muss sich mit so einem entsetzlichen Geschehen auseinandersetzen, bis man es akzeptieren kann.«

Nun brach Andrea Burkert so unvermittelt in Tränen aus, dass Erik erschrak. »Ich kann es noch längst nicht akzeptieren«, schluchzte sie. Aber ihr Tränenstrom versiegte so plötzlich wieder, wie er ausgebrochen war. »Vielleicht versuche ich es doch mal mit der Selbsthilfegruppe. Gerald Vorberg ist mit der Verarbeitung viel weiter als ich.«

Erik brachte es nicht fertig, das Gespräch schnell zu beenden, obwohl er es gern getan hätte. Doch nachdem er Andrea Burkert geraten hatte, ihren Schmerz nicht mehr zu verdrängen, mochte er sie nicht unterbrechen, als sie ihm erzählte, wie sie vom Tod ihres Sohnes erfahren und zunächst versucht habe, sich für ihr Schicksal an anderen zu rächen. Aber sie habe schnell gemerkt, dass ihr Schuldzuweisungen nicht halfen und dass sie damit das Leid noch vergrößerte.

»Damals hätte ich gern Hass verspürt«, schloss Andrea Burkert das Gespräch. »Hass auf irgendjemanden, den ich schuldig nennen konnte. Aber heute bin ich froh, dass ich zu der Trauer um Daniel nicht auch noch unter Hass leide.«

Fietje kam aus der Tür von Käptens Kajüte geschlurft, blickte auf seine Füße und zog sich die Bommelmütze so tief in die Stirn, als wollte er nichts anderes sehen als die Spitzen seiner

Schuhe. Er ging noch gebückter als sonst und stemmte sich dem Wind entgegen, als müsste er sämtliche Kraftreserven dafür mobilisieren.

»Signor Tiensch«, rief Mamma Carlotta. »Warten Sie! Ich habe mich noch gar nicht richtig bei Ihnen bedankt.« Sie griff nach seinem Arm, als sie ihn erreichte, und sorgte dafür, dass er sich zu ihr umdrehte. »Grazie.«

»Da nicht für«, knurrte Fietje. »Eher muss ich mich entschuldigen. War ja echt blöde von mir, dass ich in der Nacht abgehauen bin. Hätte ich geahnt...« Er brach ab, aber Mamma Carlotta wusste, was er sagen wollte. Er hätte sie noch in der Nacht befreit, wenn er nicht durch die Angst vor Entdeckung vertrieben worden wäre. Aber immerhin hatten ihm die Geräusche, die er in der Nacht gehört hatte, keine Ruhe gelassen, und er war am Morgen zurückgekehrt. »Sie wissen ja, dass ich schon öfter Ärger mit Ihrem Schwiegersohn hatte wegen...«

»Dabei waren Sie diesmal gar nicht als Spanner unterwegs«, entgegnete Mamma Carlotta, denn nachdem man ihr einmal diese deutsche Vokabel erklärt hatte, wusste sie, dass es einem Spanner darauf ankam, sich in die Intimitäten anderer Menschen zu schleichen. In diesem Fall aber war es Fietje nicht darum gegangen, Zaungast der Liebe zu werden, die es für ihn nicht mehr gab, er hatte hören wollen, was Kersten Hesse und Wiebke Reimers zu besprechen hatten. »Oder haben die beiden sich etwa geküsst?«, fragte sie vorsichtshalber.

Aber Fietje schüttelte den Kopf. »Nee, das nicht.«

»Sind Sie sicher, dass die beiden nichts miteinander haben?«

»Das nun auch wieder nicht.«

»Und warum haben Sie gelauscht?«

»Nur so.« Mehr war aus Fietje nicht herauszuholen. Er sei ganz zufällig am Hotel Wiesbaden vorbeigekommen, behauptete er, und habe sich aus alter Gewohnheit an ein Fenster geschlichen, hinter dem Licht zu sehen gewesen war. Aber als Mamma Carlotta ihn ungläubig ansah, ergänzte er unwirsch:

»Die beiden haben in Käptens Kajüte so komisches Zeug geredet. Ich hätte gerne mehr davon erfahren.«

»Komisches Zeug?« Mamma Carlotta machte keinen Hehl daraus, dass sie mehr erwartete.

Fietje seufzte. »Hesse will dieser Reporterin zu irgendeiner großen Story verhelfen. Dafür muss sie ihn aber auch unterstützen, hat er gesagt. Hesse ist wohl keiner, der jemandem einen Gefallen tut, ohne eine Gegenleistung zu erwarten.«

»Was kann das für eine Story sein?«

»Das wollte ich ja rauskriegen.« Fietje sah Mamma Carlotta ärgerlich an. »Wenn Sie mich nicht so erschreckt hätten ...«

»Das muss mit dieser prominenten Dame zusammenhängen«, überlegte Mamma Carlotta. »Kann das sein?« Sie sah Fietje eindringlich an. »War von einer Frau die Rede?«

»Schon möglich.« Fietje drehte sich weg, und Mamma Carlotta wusste, dass er jetzt nur noch antworten würde, was sie hören wollte, um das Gespräch möglich schnell zu beenden. »Fragen Sie doch Tove, der war ja auch dabei.«

Aber Tove wies Mamma Carlottas Fragen noch strikter von sich. »Ich höre nie zu, wenn meine Gäste sich unterhalten«, behauptete er. »Da bin ich total diskret.«

Dass Mamma Carlotta ihm kein Wort glaubte, ließ ihn kalt. Immerhin sagte er, als sie ihm lange genug zugesetzt hatte: »Ich kenne Kersten Hesse schon länger. Mit dem ist nicht gut Kirschen essen, wenn man sich gegen ihn stellt.«

»Er hat Kirschen gegessen?« Mamma Carlottas Deutschkenntnisse reichten für einige Sprichwörter noch nicht aus.

Tove wurde ärgerlich, weil er gezwungen wurde, weitere Erklärungen abzugeben. »Besser, man zeigt ihm nicht, was man von ihm denkt. Als er noch Käpten war, hat es jeder bereut, der ihn schief von der Seite angesehen hat. Und wer nicht loyal war, hatte immer Nachtwache! So lange, bis er zu allem Ja und Amen sagte, was Käpten Hesse anordnete.«

Mamma Carlotta schlürfte ihren Cappuccino und betrachtete

Tove über den Rand der Tasse hinweg. »Sie haben also Angst vor ihm?«

Das wollte Tove empört zurückweisen, besann sich aber im letzten Augenblick anders und brummte nur etwas Unverständliches, was damit endete, dass er schließlich nicht lebensmüde sei, seine Imbissstube nicht verlieren wolle und überhaupt am liebsten keinen Ärger bekäme. Währenddessen schob er die Schokoladenosterhasen in seiner Kuchentheke von links nach rechts und war erleichtert, als er nach Annette Müller gefragt wurde.

»Kennen Sie die Frau? Ich glaube nicht, dass sie mir ihren richtigen Namen genannt hat. Sie muss anders heißen. Sicherlich haben Sie ihr Gesicht schon mal in einer Zeitung gesehen.«

Tove zerbrach sich bereitwillig den Kopf, dann aber zuckte er bedauernd die Schultern. »Ich habe die noch nie gesehen.«

»Il capitano hat auch gesagt, dass sie ihm bekannt vorkam.«

Nun wurde Tove ärgerlich. »Dann fragen Sie doch den Hesse und nicht mich.«

Er stapfte in die Küche, wo Mamma Carlotta ihn rumoren hörte. Sie wusste, er würde erst wieder hinter der Theke erscheinen, wenn er sicher sein konnte, dass das Gesprächsthema vergessen war, das ihn aus dem Gastraum vertrieben hatte.

Als er endlich zurückkehrte, fragte sie lammfromm: »Geht's Bello gut?«

»Vor ein paar Minuten hat er noch im Hof gelegen und gedöst«, gab Tove zurück. »Da sah er nicht so aus, als ginge es ihm schlecht.«

»Und die Goldhamster?«

»Die sitzen in einem Käfig in der Küche. Die Pappschachtel reichte ja auf die Dauer nicht. Ida hat einen alten Käfig aufgetrieben. Ich hoffe, sie glaubt nicht, dass ich die beiden durchfüttere, bis ich Ärger mit dem Gewerbeaufsichtsamt bekomme. Sie hat mir versprochen, dass sie sich nach einem neuen Besitzer umgucken will. Wofür haben wir eigentlich ein Tierheim? Ida tut so, als wäre das ein Tierknast.«

Dazu wollte Mamma Carlotta etwas sagen, kam aber nicht dazu, weil die Tür sich öffnete und ein weiterer Gast in Käptens Kajüte erschien. »Moin!«

Mamma Carlotta fuhr herum. Diese Stimme! Die kannte sie doch!

»Signorina!«, rief sie erfreut.

Wiebke Reimers lachte sie an. »Dachte ich's mir doch, dass ich Sie in Käptens Kajüte finde. Ich weiß ja, dass Sie gerne hier einkehren.« Sie schob sich auf den Barhocker neben Mamma Carlotta und stieß sie kumpelhaft in die Seite. »Bin ich immer noch die Einzige, die eingeweiht ist?«

»Certo!« Mamma Carlotta betrachtete Wiebke eingehend, ihre roten Locken, die vielen Sommersprossen, die bernsteinfarbenen Augen, für die Erik so geschwärmt hatte, und ihren lachenden Mund. Sie hatte sich einen bunten Schal um den Hals gewickelt, der so groß war, dass man ihren Pullover kaum sah, trug enge Jeans und fellgefütterte Stiefel. Ihre Wolljacke zog sie aus und legte sie sich über den Schoß.

»Einen Espresso bitte!«, rief Wiebke, und Tove machte sich an die Arbeit.

Mamma Carlotta wusste vor Freude kaum wohin, und genoss es, dass Wiebke sofort auf ihre Kumpanei zu sprechen kam. Tatsächlich war sie die Einzige, die von Carlottas Vorliebe für Käptens Kajüte wusste, und sie hatte Erik nie etwas von der Freundschaft zwischen seiner Schwiegermutter und Tove Griess verraten. Wie wunderbar, dass Wiebke sich Gedanken gemacht hatte, wie sie Mamma Carlotta treffen konnte!

»Sie hätten mich doch auch im Süder Wung besuchen können.«

Aber Wiebke winkte ab. »Ich habe darüber nachgedacht. Erik ist ja sicherlich nicht zu Hause, aber die Kinder ... Ich weiß doch, dass die Osterferien angefangen haben.«

Mamma Carlotta behauptete, dass Carolin und Felix ebenso entzückt über Wiebkes Besuch gewesen wären wie sie selbst. Das war zwar eine Lüge, aber Höflichkeit und Wahrheit passten eben manchmal nicht zueinander. Dass Wiebke ihr ohnehin nicht glaubte, spielte dabei keine Rolle. Hauptsache, Mamma Carlotta war höflich gewesen. Alle Italiener hielten es so, und Wiebke wusste das.

»Ich habe schon nach Ihrer Handynummer gesucht, Signorina.«

»Sie wollten mich anrufen?« Wiebke sah sie erstaunt an.

»Sì! Ich weiß, dass Sie auf Sylt sind.« Mamma Carlotta sprach schnell weiter, damit Wiebke keine Gelegenheit für Nachfragen hatte, denn sie wollte nicht gern preisgeben, dass sie Wiebke und Kersten Hesse am Vorabend heimlich beobachtet hatte. »Und ich weiß ja auch, dass Sie immer auf der Suche nach Prominenten sind, die Sie fotografieren können.«

Wiebke war schlagartig sehr aufmerksam, das kannte Mamma Carlotta schon. Wenn sie auf der Jagd war, verwandelte sie sich in einen anderen Menschen – leider in einen, der Erik nicht besonders gefiel. Während sie häufig darüber geklagt hatte, dass er seinen Beruf so oft über das Privatleben stellte, hatte er ihr seinerseits vorgeworfen, dass sie ihre Seele verkaufte, um an Fotos eines Prominenten zu gelangen und in dessen Privatleben einzudringen.

»Hier auf Sylt hält sich eine Frau auf, die sich Annette Müller nennt. Bestimmt heißt sie eigentlich ganz anders. Ich glaube, ich habe sie schon öfter auf Titelblättern von Zeitschriften gesehen«, erklärte Mamma Carlotta. »Letzte Nacht habe ich sie beobachtet, wie sie aus dem Garten des Hotels Wiesbaden gelaufen kam, als wäre jemand hinter ihr her. Ein Reporter vermutlich.«

Nun sah Wiebke sehr nachdenklich aus. »Hotel Wiesbaden?« Sie ließ den Namen schwingen und sprach erst weiter, als Tove den Espresso vor sie hingestellt hatte. »Ich bin da gerade eingezogen. Ein angenehmes Haus.«

Mamma Carlotta gab sich erfreut. »Schön, dass Sie in der Nähe vom Süder Wung wohnen.«

»Das hat damit nichts zu tun.«

Mamma Carlotta nickte. Nein, das hatte etwas mit Kersten Hesse zu tun. Aber diesen Gedanken sprach sie natürlich nicht aus. Stattdessen schilderte sie die Frau, die sich Annette Müller nannte, erzählte in aller Ausführlichkeit, was sich zugetragen hatte, beschrieb Annette Müllers weit aufgerissene Augen, ihre Angst und ihre Erleichterung, als sie auf Mamma Carlotta gestoßen war.

Wiebke runzelte die Stirn. »Das hört sich eher so an, als wäre sie in Panik gewesen.«

»Sì, sì. Sie hatte Angst.«

In diesem Moment trat ein Gast ein, der nach frittierten Frikadellen verlangte, die in Käptens Kajüte »Schafsköttel« hießen. Mamma Carlotta hatte sich geschüttelt, als Tove ihr das unbekannte Wort übersetzt hatte, sich standhaft geweigert, einen Schafsköttel zu probieren, und versucht, Tove zu überreden, die frittierten Frikadellen umzutaufen.

Nun jedoch kamen sie ihr sehr zupass. Während Tove die tiefgekühlten Schafsköttel ins heiße Fett tauchte, brodelte und zischte es so laut, dass sie Wiebke etwas zuflüstern konnte, ohne dass es jemand mitbekam.

»Ich habe diese Frau neulich schon einmal gesehen. Da stieg sie in das Auto des Mannes ein, der später ermordet wurde.«

»Morten Stöver?«, flüsterte Wiebke zurück.

Mamma Carlotta erging sich in die Beschreibung sämtlicher pikanter Einzelheiten, während Tove mit dem Einpacken und Abkassieren der Schafsköttel beschäftigt war.

Wiebke griff in die Innentasche ihrer Jacke und zog ein Foto hervor, das Bild einer sehr attraktiven Frau mit hellblonden langen Haaren, einem grell geschminkten Gesicht und riesigen Brüsten. »Könnte es diese Frau gewesen sein?«

Mamma Carlotta zögerte. Nein, diese Frau war es auf keinen

Fall gewesen. Aber musste sie das unbedingt zugeben? Eine kleine Notlüge könnte die Liebe zwischen Wiebke und Erik vielleicht retten. Der Zweck heiligte die Mittel! Wenn mit einer Unwahrheit etwas Gutes zu erreichen war, durfte man nicht kleinlich sein.

Vorsichtshalber gab sie sich unsicher, damit man ihr später keine Vorwürfe machen konnte. »Vielleicht ... aber sicher bin ich mir nicht. Sie war ungeschminkt, dann sieht so eine Frau ja ganz anders aus.«

Wiebke steckte das Foto zufrieden wieder weg. »Die Katzenberger auf Sylt!«, murmelte sie und fügte erklärend hinzu: »Ich habe einen Tipp bekommen, aber ich wollte es nicht glauben.« In ihren Augen glitzerte etwas, was Erik einmal Mordlust genannt hatte und womit er dem Ende seiner Liebesbeziehung ein deutliches Stück nähergerückt war. Wiebke griff noch einmal in ihre Jackentasche, diesmal holte sie ihre Visitenkarte hervor. »Hier, meine Handynummer. Damit Sie mich das nächste Mal sofort anrufen können, wenn Sie die Frau noch einmal sehen.« Nachdenklich schlürfte sie ihren Espresso. »Vor wem mag die Katzenberger davongelaufen sein? Sie ist verheiratet und hat sogar ein Kind! Dass die sich nachts allein auf der Insel herumtreibt ...«

Tove machte einen langen Hals, als der Gast mit seinen Schafskötteln die Imbissstube verließ. »Da ist gerade ein Auto vorgefahren, das Ihrem Schwiegersohn gehören könnte, Signora.«

Mamma Carlotta fuhr herum, und Wiebke sprang von ihrem Hocker. »Nein, Erik will ich hier nicht begegnen.« Sie griff nach Mamma Carlottas Arm. »Wo ist die Toilette?«

»Die ist zu klein für zwei.« Tove wies zur Küchentür. »Dort hinein! Aber die Klappe halten! Ich will keinen Ärger mit dem Hauptkommissar.«

Erik blieb eine Weile neben dem Auto stehen, nachdem er es abgeschlossen hatte, und hielt sein Gesicht dem Wind entgegen, der vom Meer kam. Kurz schloss er die Augen, um noch intensiver zu spüren, wie der Wind kam und ging, einmal eisig über die Haut fuhr und sie dann wieder liebkoste, als wäre er eine laue Sommerbrise. An diesem Tag roch er besonders gut. Ein reiner, klarer Wind, der noch nicht mit den Ausdünstungen der Insel in Berührung gekommen war. Zum Glück war die Tür von Käptens Kajüte geschlossen, das Frittierfett hatte der Luft noch nichts anhaben können.

Das Taxi, das von der Westerlandstraße in den Hochkamp einbog, sah er nur im Augenwinkel. Den Kopf drehte er erst, als er bemerkte, dass es vor dem Hotel Wiesbaden hielt. Die Frau, die ausstieg, kannte er. Astrid Leding! Von wegen Strandspaziergang! Was wollte sie im Hotel Wiesbaden?

Er beobachtete, wie sie hinter dem Friesenwall verschwand, der den Parkplatz von der Straße trennte. Entschlossen änderte Erik sein Ziel und ging auf das Hotel zu. Doch er hatte es noch längst nicht erreicht, als Astrid Leding schon wieder auf dem Hochkamp auftauchte. Diesmal auf dem Sattel eines Fahrrades! Sie wollte rechts abbiegen … aber dann erkannte sie ihn, entschloss sich anders und fuhr in entgegengesetzter Richtung davon. Erik blieb stehen und sah ihr nach, bis sie in die Westerlandstraße eingebogen und verschwunden war.

Nachdenklich ging er zurück. Warum hatte Astrid Leding ihr Fahrrad im Hotel Wiesbaden abgestellt? Das konnte nur etwas mit Kersten Hesse zu tun haben.

»Astrid Leding!« Er flüsterte ihren Namen vor sich hin. Auf sie würde er sich in seinen Ermittlungen konzentrieren, da konnte die Staatsanwältin sagen, was sie wollte!

Es überraschte ihn nicht, dass er der einzige Gast in Käptens Kajüte war. Auf der Theke stand eine Tasse, die noch halb voll war, als wäre ein Gast mit der Qualität des Kaffees nicht zufrieden gewesen und hätte die Imbissstube verlassen, ohne die Tasse auszutrinken. »Moin«, grüßte er.

Tove räumte hastig die Tasse weg, dann schloss er die Küchentür. »Moin, Herr Hauptkommissar. Frühstück gefällig?«

»Nur ein Espresso.«

»Ich führe jetzt auch Coffee to go.« Tove wies auf den Stapel Plastikbecher, als würde er Erik gern mit einem Kaffee in der Hand wieder wegschicken.

Aber Erik blieb bei seinem Wunsch nach einem Espresso, den er an der Theke einnehmen wollte. »Ich habe eine Frage. Es geht um Kersten Hesse. Sie kennen ihn doch, oder?«

Tove drehte sich nicht um, sondern hantierte weiter an dem Kaffeeautomaten herum. »Ist so.«

»Sie waren sein Smutje, habe ich gehört.«

Darauf antwortete Tove nicht.

Erik wartete, bis er ihm die Espressotasse vorsetzte. »Es geht um die Nacht von Montag auf Dienstag. In dieser Nacht wurde jemand umgebracht.«

»Morten Stöver. Davon habe ich gehört.«

»Kersten Hesse behauptet, er habe in dieser Nacht hier gesessen und mit Ihnen getrunken.«

Toves Antwort kam ohne Zögern. »Ist wohl wahr.«

»Die ganze Nacht?«

»Bis gegen zwei oder drei. Wir haben geklönt, getrunken und in Erinnerungen gekramt.«

»Sie können also bezeugen, dass er kurz nach Mitternacht noch in Käptens Kajüte war?«

»Hundertprozentig, Herr Hauptkommissar.«

Erik suchte in seiner Jackentasche nach Kleingeld. »Kann sein, dass ich das noch schriftlich haben muss. Sie bekommen dann eine Vorladung.«

Tove lehnte das Geld, das Erik auf die Theke legte, ab. »Geht aufs Haus!«

Erik sah ihn verwundert an. »So spendabel?«

»Für meinen Freund und Helfer immer gerne!«

Erik betrachtete den Wirt aus zusammengekniffenen Augen,

sein grobes Gesicht, das schlecht rasierte Kinn, die buschigen Brauen und den verschlagenen Blick. »Sie wissen doch, dass Sie die Wahrheit sagen müssen, wenn ich Sie nach einem Alibi frage?«

»Sicher doch, Herr Hauptkommissar.«

Erik stürzte den Espresso hinunter, um die Imbissstube schnell wieder verlassen zu können, da stutzte er. Fragend sah er Tove Griess an. »Was sind das für merkwürdige Geräusche in Ihrer Küche?«

Klappern, Stühlerücken, Schritte, dann ein Fiepen und ein Brummen, das auch ein Knurren sein konnte.

Tove nahm die leere Espressotasse und stellte sie umständlich neben den Kaffeeautomaten, wo bereits mehrere Tassen darauf warteten, gespült zu werden. »Meine neue Aushilfe. Sie soll Brötchen schmieren und spülen. Dabei führt sie gerne Selbstgespräche.«

»Sie schaffen die Arbeit nicht mehr alleine?«

»Ich will mein Frühstücksangebot verbessern, da tut eine weibliche Hand gut. Frauen verstehen doch mehr von dekorierten Brötchen als unsereins.«

Erik hatte Tove schon häufig lügen hören und war sicher, dass er auch jetzt nicht die Wahrheit erfuhr. Aber er ließ es dabei bewenden. »Ach, eins noch, Herr Griess ... Was ist Kersten Hesse für ein Mensch? Wie würden Sie ihn beschreiben?«

Tove zögerte nur kurz. »Ein harter Knochen, wenn er auch schnieke aussieht und immer saubere Fingernägel hat. Der ist nicht zimperlich, weder mit sich noch mit anderen.«

Erik nickte. Ja, so empfand er Kersten Hesse auch. Hart gegen seinen Sohn war er sicherlich gewesen, wenn auch wohl mit besten Absichten. Und hart gegen seine Frau, die ihren Part nicht mehr erfüllte und ihm zur Last geworden war, zumindest kam es ihm so vor.

»Wer sich mit ihm anlegt, könnte es bereuen?«

Tove nickte. »So isses!«

»Und was er haben will, holt er sich notfalls mit Gewalt?«

»Jo!«

Erik zog den Reißverschluss seiner Jacke zu und ging zur Tür. Die Stille, die entstand, als er die Hand auf die Klinke legte und lauschte, versuchte Tove mit Geschirrgeklapper zu übertönen. »Ihre neue Aushilfe sollte mal zum Arzt gehen«, sagte Erik. »Dieses Fiepen ... ich glaube, die hat's mit den Bronchien.«

»Sag ich ihr.«

Erik öffnete die Tür, trat aber noch immer nicht auf die Straße, obwohl es Tove anzusehen war, wie sehr er es sich wünschte. »Ich weiß nicht, warum mir das gerade einfällt, Herr Griess, aber ... dass Tiere in der Küche einer Imbissstube nichts zu suchen haben, wissen Sie, oder?«

»Selbstverständlich, Herr Hauptkommissar.«

Nun zog Erik die Tür ins Schloss und ging auf sein Auto zu. Dass ihm jemand folgte, bemerkte er zu spät ...

Mamma Carlotta und Wiebke saßen am Küchentisch und lauschten dem Gespräch zwischen Tove Griess und Erik.

»Er darf uns nicht bemerken«, wisperte Mamma Carlotta.

Wiebke quittierte ihre Worte mit heftigem Kopfschütteln. Sie wollte Erik auf keinen Fall gegenübertreten, wenn auch aus ganz anderen Gründen als Mamma Carlotta.

Allmählich wurden sie ruhiger. Dort draußen fand offenbar eine ganz normale Vernehmung statt. Es ging um die Bestätigung eines Alibis. Sie brauchten nicht zu fürchten, dass Erik einen Durchsuchungsbeschluss präsentierte, um Toves Küche zu inspizieren.

Wiebke entspannte sich und hatte nun die Nerven, ihre Umgebung näher zu betrachten. Ihr Blick blieb an dem Käfig hängen, in dem die Goldhamster hockten und keinen besonders glücklichen Eindruck machten. Carlotta fragte sich, ob es den beiden im Tierheim von Sylt nicht besser ergehen würde als hier. Sie musste unbedingt mit Ida darüber reden, die jedes Mal, wenn vom Tierheim die Rede war, so entsetzt reagierte, als ginge es um die Auslieferung eines Tieres an ein Versuchslabor.

»Ist das erlaubt?«, flüsterte Wiebke. »Tiere in einer Restaurantküche?«

Mamma Carlotta zog es vor, darauf nicht zu antworten. Am Ende würde Wiebke noch einen Artikel schreiben, in dem sie die hygienischen Zustände in Sylter Imbissstuben aufs Korn nahm. Nein, das durfte man Tove nicht antun. Vor allem deswegen nicht, weil er von Ida überredet worden war, den Goldhamstern Asyl zu gewähren. Sollte er etwa das Opfer seiner Gutmütigkeit werden? Es wäre schon schrecklich genug für ihn, wenn er zugeben müsste, dass er den bittenden Augen eines jungen Mädchens nicht hatte widerstehen können.

Mamma Carlotta reckte den Hals. Sie sah durchs Fenster, dass Bello in einem windgeschützten Eckchen hockte und döste, hinter einem leeren Bierfass, auf verschlissenen Stuhlkissen. Der Napf neben ihm war leer. Wie ein glückliches Tier sah er nicht gerade aus. Vielleicht wäre auch er im Tierheim besser aufgehoben?

Wiebke erhob sich geräuschlos. »Ist das eine schlechte Luft hier!« Ebenso geräuschlos öffnete sie die Tür, die in den Küchenhof führte. Bello merkte auf, sah hoffnungsvoll drein, wedelte heftig mit dem Schwanz und schien es für möglich zu halten, dass eine Salamischeibe den Weg nach draußen fand.

Dann blieb Wiebke wie angewurzelt stehen. Gerade fiel an der Theke der Name Kersten Hesse. Sie runzelte die Stirn und lauschte nun sehr angestrengt. Mamma Carlotta beobachtete sie genau. Wie reagierte sie? Was sagten ihre Augen? Wie wichtig war dieser Mann für Wiebke? Tove nannte ihn hart und rücksichtslos. Konnte Wiebke damit umgehen? Betroffen wirkte sie nicht gerade, eher so, als wunderte sie sich nicht über das, was an der Theke gesagt wurde.

Dann schüttelte sie den Kopf, bückte sich zu dem Goldhamsterkäfig hinab und klimperte leise mit den Nägeln daran. »Süß!« Einer der Hamster verkroch sich ängstlich, der andere kam näher und schnupperte. Wiebke ging in die Knie und versuchte, zwischen die Gitterstäbe zu greifen und das weiche Fell des Goldhamsters zu berühren. Aber das war zu viel, das Tierchen zog sich ängstlich zurück. Wiebke machte noch ein paar Versuche, den Hamster zu locken, doch vergeblich. Sie erhob sich, um sich wieder zu Mamma Carlotta zu setzen, bemerkte jedoch nicht, dass ihr langer Schal sich in dem Verschluss des Käfigs verheddert hatte. Wiebke bewegte sich selten ruhig und achtsam, bei ihr ging immer alles schnell und unbedacht. So bemerkte sie das Malheur erst, als sie sich aufrichtete und ihr Schal die Tür des Käfigs aufriss, der durch den Schwung sogar umgeworfen wurde und mit einem scheppernden Geräusch auf den Rücken fiel. Mamma Carlotta gab einen erschrockenen Laut von sich und sprang auf, Wiebke starrte nur auf die weit geöffnete Tür des Käfigs. Als sie begriff, was geschehen war, hatte der mutigere der beiden Goldhamster die Gunst der Stunde erkannt. Mit einem Satz war er der Gefangenschaft entkommen und entschied sich instinktiv für die Richtung, in der die Freiheit winkte: die offene Küchentür.

Bello hatte sich mittlerweile erhoben und gestreckt. Nun bekam er den Beweis, dass seine Ahnung richtig gewesen war und er, wenn auch nicht auf Wurstreste, so doch auf Unterhaltung hoffen konnte. Der Goldhamster, der aus der Küche flitzte, war für ihn beinahe so interessant wie Mortadella oder Blutwurst. Er zerrte an der Leine, die nach wie vor ein Provisorium war und nicht viel aushielt. Der Goldhamster war gerade zwischen all dem Plunder verschwunden, den Tove hinter dem Haus ablegte und dann dort vergaß, da war Bello schon mit der Leine fertiggeworden. Sie löste sich von dem Regenrohr, an dem Tove sie befestigt hatte, dann ließ Bello seinem Jagdtrieb freien Lauf.

Carlotta und Wiebke hätten gerne geschrien, zwangen sich aber, die Hatz auf Bello und den Goldhamster lautlos anzugehen. Während Mamma Carlotta versuchte, nach Bellos Leine zu greifen, stürzte Wiebke sich auf den Goldhamster, den sie natürlich ebenso wenig zu fassen bekam wie Mamma Carlotta die Leine. Nun änderte der Hamster seine Richtung, zielsicher flitzte er um die Hausecke herum. Bello folgte ihm auf den Fersen. Durch Mamma Carlottas Kopf schoss die Sorge vor einem herannahenden Auto, der Wunsch, die beiden Tiere vor dieser Gefahr zu retten … Aber die Angst davor, Erik auf der Straße in die Arme zu laufen, war noch ein bisschen schneller. Nach zwei, drei Schritten stoppte sie derart unvermittelt, dass Wiebke in sie hineinlief. Sie begriff auf der Stelle, warum Mamma Carlotta sich entschlossen hatte, auf die Verfolgung der beiden Ausreißer zu verzichten, und zeigte darüber hinaus, dass sie genauso fix denken wie handeln konnte.

»Der andere Hamster«, zischte sie und lief zurück.

Wieder wurde ihr der lange Schal zum Verhängnis. Er hatte sich vom Hals gewickelt, geriet ihr erst zwischen die Beine, dann unter den rechten Fuß und sorgte damit für einen jähen Stopp. Dass sie bäuchlings vor der Küchentür landete, wirkte auf den zweiten Goldhamster, der bis dahin noch gezaudert hatte, offenbar wie ein Motivationsschub. Er machte sich auf in die fremde Welt, doch nach wenigen Metern stockte er und drehte sich einmal um sich selbst, als vermisste er die Begrenzung, auf die er in seinem bisherigen Leben stets gestoßen war. Dann hatte er anscheinend begriffen, dass es keine Grenzen mehr für ihn gab. Augenblicke später war er verschwunden.

Im selben Moment tauchte Tove in der Tür auf. »Was ist denn hier los?«

Erik fuhr erschrocken herum, als er das Hecheln vernahm, und machte zwei, drei Schritte rückwärts. Ein Hund sprang ihn an, umkreiste ihn und versuchte, an seinen Hosenbeinen hochzusteigen. Gefährlich sah er zwar nicht aus, aber der unerwartete Angriff übte auf Erik dieselbe Wirkung aus, als stünde er einem scharfen Hofhund gegenüber. Ärgerlich schüttelte er das Tier ab. »Weg!«

Aber der Hund ließ sich nicht abwehren. Er folgte Erik zum Auto und drängte seinen Kopf ins Wageninnere, kaum dass die Tür offen war. Erik griff nach der Leine und hielt den Hund zurück, der zu ihm aufsah, als wartete er auf etwas. Nachdenklich betrachtete Erik ihn. Mit diesem Hund hatte Ida doch vor seiner Haustür gestanden, und er war es auch gewesen, der Morten Stövers Leiche gewittert hatte. Erik rief sich ins Gedächtnis zurück, was seine Schwiegermutter ihm erklärt hatte: Der Hund gehörte dem Mann, der neben Mamma Carlotta gestanden hatte, und war dann von dessen Tochter abgeholt worden.

Kopfschüttelnd betrachtete er das Stück Wäscheleine, das noch am Halsband hing. Kein Wunder, dass das Tier so oft ausbüxte! Warum kam niemand auf die Idee, ihm eine solide Leine anzulegen, die einem Fluchtversuch standhielt? Wie kam er überhaupt hierher? Hatte er hinter Käptens Kajüte nach Essbarem gesucht?

Am liebsten hätte Erik den Hund laufen lassen und nicht weiter darüber nachgedacht, was geschehen würde, wenn er sich mit dem Stück Wäscheleine irgendwo verhedderte. Ob er einfach die Leine entfernen und den kleinen Vierbeiner sich selbst überlassen sollte?

»Moin, Herr Hauptkommissar! Sind Sie auf den Hund gekommen?« Die Stimme klang ironisch, erstaunt und auch ein wenig schadenfroh.

Vor Erik stand Kersten Hesse, der anscheinend gerade vom Strand zurückkehrte. Diesmal war er nicht in Lederschuhen durch den Sand gelaufen, sondern hatte seine Gummistiefel angezogen. Die dunkle Hose mit der exakten Bügelfalte hatte er sorgfältig in die Stiefel gesteckt, die marineblaue Jacke wirkte wie frisch gebürstet, und die Strickmütze mit dem maritimen Emblem über der Stirn sah aus wie neu.

»Können Sie immer noch nicht nachweisen, dass Morten Stöver der Mörder meines Sohnes war?«

Erik verzichtete auf eine Antwort, und Hesse wiederholte die Frage nicht. »Niedlicher Hund übrigens!«, fuhr Hesse fort.

»Er gehört mir nicht«, brummte Erik. »Das ist einer, der ständig ausreißt. Er ist schon öfter aufgegriffen worden.«

»Gibt's denn auf Sylt kein Tierheim?«

»An der Keitumer Landstraße. Da werde ich ihn hinbringen.«

Sein Plan, den Hund einfach laufen zu lassen, war damit vom Tisch. Er war Polizeibeamter, er konnte nicht einfach eine hilflose Kreatur sich selbst überlassen. Also öffnete er die Tür weiter, damit der Hund ins Auto springen konnte.

»Haben Sie mein Alibi überprüft?«, fragte Hesse mit einem Blick zur Tür von Käptens Kajüte.

Erik nickte. »Alles in Ordnung.«

Hesse tippte sich an die Mütze. »Dann noch einen schönen Tag!«

Man sah ihm seine Zufriedenheit sogar von hinten an, als er aufs Hotel Wiesbaden zuging. Erik starrte ihm nach, sein Blick blieb an den Gummistiefeln hängen. Vetterich hatte gesagt, der einzige brauchbare Schuhabdruck in der Nähe von Morten Stövers Leiche stamme von einem Gummistiefel. Und dann fiel ihm das Schuhregal ein, das vor dem Hotel Wiesbaden neben der Eingangstür stand.

Er griff nach der Leine und zerrte den Hund, der sich gerade auf dem Beifahrersitz zusammengerollt hatte, aus dem Auto. »Wir gehen Gassi.«

Der Hund fügte sich schnell und lief neben Erik her. Nur einen einzigen sehnsüchtigen Blick warf er zum Auto zurück, in dem es warm und windstill gewesen war.

Vor dem Hoteleingang blieb Erik stehen und machte einen langen Hals. In der Nähe der Eingangstür war niemand zu sehen, und auch der Parkplatz war menschenleer. Das Schuhregal vor dem Hotel Wiesbaden war tatsächlich jedermann zugänglich. Auch Astrid Leding hätte sich dort bedienen können. Sie hatte ihr Fahrrad vor dem Hotel abgestellt und es sich heute zurückgeholt. Warum nur?

Seine Überlegungen wurden unterbrochen, als er ein Auto auf dem Parkplatz entdeckte, das ihm bekannt vorkam. Wiebkes Pick-up! Er machte einen Schritt darauf zu, starrte das Nummernschild an und blickte dann ins Wageninnere. Er wusste nicht, ob er enttäuscht oder erleichtert war, als er niemanden sah. Warum stand Wiebkes Wagen hier? Wohnte sie etwa im Hotel Wiesbaden, weil auch Kersten Hesse dort abgestiegen war? Oder weil es vom Süder Wung aus gesehen das nächstgelegene Hotel war?

Kersten Hesse stammte von Juist, genau wie Wiebke. Waren sich die beiden nähergekommen?

Entschlossen schüttelte Erik all diese Fragen ab, ging mit dem Hund auf die Eingangstür zu und stellte mit einem Blick fest, dass Kersten Hesse inzwischen seine Gummistiefel säuberlich auf dem Regal abgestellt hatte. Erik zögerte noch, als sich die Eingangstür öffnete. Frau Kruse-Petersen trat heraus. »Suchen Sie jemanden?«

Erik hätte beinahe zu stottern begonnen. Gerade noch rechtzeitig riss er sich zusammen und brachte die Ausrede vor wie die reine Wahrheit: »Mir ist dieser Hund zugelaufen.« Er wies nach hinten zur Straße. »In der Nähe des Hotels. Gehört er vielleicht Ihnen oder einem Ihrer Gäste?« Wie ein besonders engagierter Ordnungshüter blickte er die Hotelbesitzerin an.

Diese betrachtete die Promenadenmischung eingehend, dem die Aufmerksamkeit gut gefiel. Er bedachte sie mit munterem Schwanzwedeln. Dann aber schüttelte Frau Kruse-Petersen den Kopf. »Den habe ich noch nie gesehen. Hunde sind bei uns sowieso nicht erlaubt.«

»Aha.« Erik wandte sich zum Gehen. Doch sobald er hörte,

dass die Tür des Hotels wieder geschlossen wurde, fuhr er herum, griff nach einem der beiden Gummistiefel, steckte ihn sich unter die Jacke und ging eilig auf sein Auto zu. Der Hund sprang begeistert um ihn herum, ihm schien es zu gefallen, dass aus dem langweiligen Spaziergang ein rascher Fußmarsch geworden war.

Erik riss die Autotür auf, schob den Hund in den Wagen, warf den Gummistiefel in den Fußraum und ließ sich auf den Fahrersitz fallen. Dann saß er kopfschüttelnd da. Warum hatte er nicht seinen Dienstausweis gezückt und die Gummistiefel beschlagnahmt? Er musste sich eingestehen, dass er sich nicht mit Kersten Hesse auseinandersetzen wollte. Und dass er Astrid Leding verdächtigte, wollte er auch nicht offen zugeben.

Tove regte sich schrecklich auf und übertönte sogar Udo Jürgens und seine musikalisch vorgetragene Behauptung »Der Mann ist das Problem«.

»Ich habe Ida versprechen müssen, auf die Hamster und den Hund aufzupassen! Und jetzt?«

Mamma Carlotta schob ihn in die Küche, weil im Nachbargarten bereits jemand den Hals reckte, um zu sehen, was hinter Käptens Kajüte los war.

»Wie kann man nur so dämlich sein?« Tove ging auf Wiebke zu, als wollte er sie tätlich angreifen.

Mamma Carlotta drückte die Küchentür fest ins Schloss. »Die Signorina hat es doch nicht absichtlich getan.«

»Ändert das etwas daran, dass die Viecher weg sind? Ob mit Absicht oder ohne, das Ergebnis ist das Gleiche. Und Bello ist sogar in die Hände Ihres Schwiegersohns geraten!« Es klang gerade so, als wäre Erik ein Tierquäler.

Das empörte Mamma Carlotta. »Mein Schwiegersohn würde einem Tier niemals etwas zuleide tun. Er wird dafür sorgen, dass Bello gut untergebracht wird.«

»Im Tierheim etwa?«, brüllte Tove, der wohl vergessen hatte, dass er Bello selbst mehr als einmal dieses Schicksal in Aussicht gestellt hatte.

Mamma Carlotta schluckte die Antwort, die ihr auf der Zunge lag, herunter. Wenn Tove hörte, dass sie der Ansicht war, dem Hund erginge es im Tierheim besser als hinter seiner Imbissstube, dann würde er ihr womöglich Hausverbot erteilen.

Tove fiel trotz seiner Wut ein, dass einige Würste auf dem Grill lagen, die er nicht auch noch verlieren wollte, indem er sie anbrennen ließ. Die beiden Mädchen, die vor der Theke warteten, sahen ihn ängstlich an und schienen sich zu fragen, ob sie von diesem zornigen Wirt überhaupt eine Currywurst und Pommes frites haben wollten. Die Mutigere der beiden äußerte dann aber doch den Wunsch und gab Tove somit Gelegenheit, seine Wut an der Wurst auszulassen. Sie wurde brutal zerstückelt, und die Pommes frites landeten gnadenlos im brodelnden Fett. Danach schien es ihm besser zu gehen. Dem Wunsch nach besonders viel Ketchup kam er jedenfalls nach, ohne zu murren.

Kaum aber hatten die beiden Mädchen die Tür der Imbissstube hinter sich geschlossen, ging Tove schon wieder auf Wiebke los. »Wie blöde sind Sie eigentlich?«

Weiter kam er nicht. Wiebke hatte nicht die Absicht, schweigend zuzuhören, während sie beleidigt wurde. »Sie halten besser Ihr ungewaschenes Maul«, fuhr sie Tove an, dem es prompt die Sprache verschlug. »Jemand, der die Polizei hinters Licht führt, sollte mit Beleidigungen vorsichtig umgehen!«

Mamma Carlotta, die eigentlich dafür sorgen wollte, dass dieser Streit schleunigst beigelegt wurde, verlegte ihr Interesse auf der Stelle. »Was wollen Sie damit sagen, Signorina?«

»Das weiß dieser Wirt ganz genau!« Wiebke bedachte Tove mit einem Blick, unter dem er zu schrumpfen schien. Und dass er mit einem Mal auf die Idee kam, ein Bier zu zapfen, obwohl Fietje nicht auf seinem Platz saß, war für Mamma Carlotta der Beweis, dass er ein schlechtes Gewissen hatte.

Natürlich wollte sie nun auch erfahren, was Tove so in Verlegenheit brachte. »Sie haben meinen Schwiegersohn hinters Licht geführt? Was meint die Signorina damit?«

»Fragen Sie sie doch selbst«, knurrte Tove.

»Das Alibi, das er Kersten Hesse gegeben hat, ist erstunken und erlogen«, erklärte Wiebke bereitwillig. »Kersten war von Montag auf Dienstag nicht hier.«

Mamma Carlotta war erschüttert. »Sind Sie sicher, Signorina?«

»Und ob! Ich weiß, wo er wirklich war.«

»Mitten in der Nacht? Wo denn?« Mamma Carlotta hätte auch noch interessiert, was Wiebke zu dieser Tageszeit außer Haus zu tun gehabt hatte, aber sie konnte es sich denken. Die Reporterin hatte sich mal wieder auf Fotopirsch begeben. Oder war sie etwa mit Kersten Hesse zusammen gewesen?

Wiebke antwortete mit einer wegwerfenden Handbewegung. »Weit weg von Käptens Kajüte war er«, wich sie aus.

»Das müssen Sie Enrico sagen!«, rief Mamma Carlotta, die prompt das Positive dieser Angelegenheit entdeckte. »Kommen Sie heute Abend zum Essen zu uns, Signorina. Die Staatsanwältin wird auch da sein, und dann …«

»Kommt nicht infrage!«, unterbrach Wiebke sie und entzog sich, indem sie sich Richtung Tür bewegte. »Ich schaue mich mal draußen um. Vielleicht entdecke ich ja den Hund und die Goldhamster irgendwo. Ansonsten wird der Hund wohl allein wieder zurückfinden – zumindest, wenn er sich hier zu Hause gefühlt hat.« Der Ton ihrer Stimme verriet, dass sie diese Möglichkeit stark anzweifelte.

Tove entzog sich ein weiteres Mal Mamma Carlottas vorwurfsvollem Blick, indem er in die Küche ging. Sie hörte den Hamsterkäfig klappern und das Geräusch der Tür, die auf den Hof führte. Dann ein großes Gepolter! Der Hamsterkäfig war anscheinend dort gelandet, wo Tove alles entsorgte, was ihm im Wege war.

Währenddessen kam Fietje in die Imbissstube geschlurft. »Moin!« Er blieb stehen und sah sich um. »Wo ist Tove?«

Mamma Carlotta nickte zur Küche und wollte gerade mit Erklärungen beginnen, da erschien Tove schon wieder hinter der Theke. Er hatte Fietjes Frage gehört. Und tatsächlich war er diesmal schneller im Antworten als Mamma Carlotta, was noch nie vorgekommen war. Unbändiger Zorn wirkte auf einen Friesen offenbar beschleunigend.

»Alles weggeworfen!«, fuhr er Fietje an, als wäre der mitschuldig an dem, was in Käptens Kajüte geschehen war. »Käfig, Fressnapf – alles auf den Müll!«

Fietje war mit diesem Hinweis überfordert. Wenn man von ihm erwartete, dass er sich zu ein paar dürftigen Fakten alle anderen dazureimen musste, brauchte er erst einmal ein Jever. Sein Mittagessen, das er nur gelegentlich mit einer Fischfrikadelle vervollständigte!

»Was ist denn los?«, brummte er in seinen Bart, ohne zu vermitteln, dass er wirklich an der Beantwortung seiner Frage interessiert war. Fietje war es lieber, wenn man ihn nicht mit Problemen behelligte, die ihn nichts angingen und für die es sowieso keine Lösungen gab.

Toves Zeigefinger fuhr auf Wiebke los, die schon wieder hereinkam. »Diese …«

»Vorsicht!«, unterband Wiebke seine Worte, die sicherlich nicht schmeichelhaft ausgefallen wären. »Sie sollten freundlich mit mir umgehen. Sie wissen, warum!«

Nun zeigte Fietje ehrliches Interesse an dem Disput. Dass Tove sich von einer jungen Frau den Mund verbieten ließ, fand er so außergewöhnlich, dass er mehr erfahren wollte. »Das ist doch die Freundin von Hauptkommissar Wolf.«

»Das *war* ich«, korrigierte Wiebke.

»Deshalb kann sie trotzdem zu ihm gehen«, fügte Mamma Carlotta flink an, »und ihm sagen, dass er belogen worden ist.« Sie warf Tove einen missbilligenden Blick zu.

»Das können *Sie* ja machen«, sagte Wiebke so leise, als sollte nur Mamma Carlotta sie verstehen. »Ich werde jedenfalls nicht zu Erik gehen.«

»Impossibile!«, gab Mamma Carlotta zurück, ebenfalls sehr leise, obwohl Tove und Fietje keine Mühe hatten, ihre Worte zu verstehen. »Wie soll ich Enrico erklären, was ich weiß? Soll ich ihm etwa verraten, dass ich in Käptens Kajüte war und Sie zufällig hier getroffen habe, Signorina?« Sie wartete Wiebkes Antwort nicht ab, sondern wandte sich wieder an Tove und fragte, diesmal mit lauter Stimme: »Warum haben Sie Kersten Hesse zuliebe gelogen, he? Weil er ihr Capitano war? Oder hat er damit gedroht, überall auf Sylt herumzuerzählen, dass Käptens Kajüte eigentlich Smutjes Kombüse heißen müsste?«

Tove sah so aus, als hätte er auf diese Frage gewartet, als wäre ihm aber noch keine Idee gekommen, was er antworten könnte. Doch er hatte Glück. In diesem Moment öffnete sich die Tür, und ein Mann trat ein, dem sein Beruf an der Nasenspitze anzusehen war. Er trug eine mausgraue Hose, eine unauffällige beige Windjacke und in der linken Hand eine Aktentasche, die er öffnete, während er auf Tove zuging. Vor der Theke zog er ein Blatt heraus und hielt es dem Wirt unter die Nase.

»Gewerbeaufsichtsamt! Bei uns ist eine Anzeige eingegangen. In Ihrer Küche sollen Tiere gehalten werden. Goldhamster! Vielleicht sogar Ratten! Und ein Hund soll sich auch häufig dort aufhalten. Ich bin hier, um diesen Angaben auf den Grund zu gehen.«

Tove sah ihn verblüfft an, dann ging ein breites Grinsen über sein Gesicht. »Immer diese Verleumdungen«, schimpfte er und ging dem Beamten in seine Küche voraus. »Bitte! Sehen Sie sich nur um!« Mamma Carlotta hörte seine Stimme triumphieren. »Alles Verleumdungen!«

Eriks erster Weg nach seiner Rückkehr zur Polizeistation führte zu Kommissar Vetterich, der den Stiefel brummend in Empfang nahm. »Steckt da etwa auch die Staatsanwältin hinter? Muss das auch schon gestern erledigt sein?«

Erik versuchte, den Leiter der KTU zu besänftigen. »Von diesem Stiefel weiß sie nichts. Andererseits ... wenn es um Mordermittlungen geht, ist ja immer alles eilig.«

»Hier wird nicht gehudelt«, gab Vetterich zurück. »Hier wird sorgfältig gearbeitet. Und das braucht nun mal Zeit.«

In dieser Einschätzung bestärkte Erik ihn ausgiebig, ehe er sich vorsichtig erkundigte, wie lange er darauf warten müsse, bis Vetterich das Sohlenprofil des Gummistiefels – selbstverständlich bei allergrößter Sorgfalt – mit dem Abdruck am Tatort verglichen hätte, und was die Untersuchung von Morten Stövers Wohnung ergeben habe.

Die erste Frage beantwortete Vetterich gar nicht, die zweite mit einem wütenden Schimpfen. »Was habt ihr erwartet?«, blaffte er zurück, was Erik so verstand, dass die Untersuchung der Wohnung nichts ergeben hatte. »Wir haben alle möglichen Fingerabdrücke gefunden, auch an den Schranktüren und an den Schubladen. Sogar frische! Aber ich habe kein Vergleichsmaterial. Wer immer sich in dieser Wohnung aufgehalten hat, ist nicht polizeibekannt.«

Erik dachte an Astrid Leding. »Sie bekommen heute noch Abdrücke geliefert. Ich habe mittlerweile eine Verdächtige.«

»Dann ist es ja gut«, knurrte Vetterich. »Die Fingerabdrücke von Morten Stöver selbst habe ich, von seinen Verwandten, von der Putzfrau auch ...«

Erik dachte an den Hund, der im Auto auf ihn wartete, und kürzte das Gespräch ab. »Sie sagen mir Bescheid, wenn Sie wissen, ob der Stiefelabdruck passt?«

Vetterich gab ein zustimmendes Grunzen von sich, mit dem Erik zufrieden war. Er zauderte, als er wieder auf dem Flur der KTU stand. Wie lange konnte man einen Hund bei der Kälte im Auto warten lassen? Andererseits hatte er dem Tier eine Decke untergeschoben, das musste reichen. Oder etwa nicht? Verwöhnt war der Kleine ja nicht, er würde zufrieden sein, dass er nicht mehr Wind und Wetter ausgesetzt war.

Er ging in sein Büro, wo er die Staatsanwältin an seinem Schreibtisch vorfand und Sören auf einem Stuhl davor. Sein Assistent machte alles andere als einen fröhlichen Eindruck. Erik hätte gerne mit den Augen gerollt, wagte es aber nicht. Hoffentlich hatte die Staatsanwältin bald genug von der Arbeit im Polizeirevier Westerland!

»Die Untersuchung von Morten Stövers Wohnung war nicht besonders ergiebig«, sagte sie gerade.

»Ich komme gerade aus der KTU.« Erik berichtete, dass Hesse ein Alibi hatte, und erzählte von Hesses Gummistiefel, verschwieg aber, wie er in dessen Besitz gekommen war. »Das Schuhregal ist für jedermann zugänglich. Der Täter hatte vielleicht die Idee, Kersten Hesse den Mord in die Schuhe zu schieben.«

»In die Gummistiefel«, korrigierte Sören und lachte als Einziger über seinen lahmen Scherz, als wäre er froh, mal wieder einen Grund zur Heiterkeit zu haben.

»Also müsste der Täter jemand sein, der Hesse kennt«, erwiderte die Staatsanwältin. »Jemand, der Haymo kennt, jemand, der von der Klassenfahrt nach Schweden weiß.«

Sie erhob sich, zog den Bauch ein, damit sie den Knopf ihrer Kostümjacke schließen konnte, und atmete, wie es Erik schien, vorsichtig aus, um den Knopf keiner besonderen Belastung auszusetzen. Ihre Jacken und auch ihre Hosen und Röcke waren immer so knapp, dass der Eindruck entstand, sie hätte soeben exakt das Kilo zugenommen, das die Nähte fast zum Platzen brachte.

»Wo können wir in der Nähe was essen?« Sie warf Erik einen vorwurfsvollen Blick zu. »Wenn Sie uns bei Ihrer Schwiegermutter nicht abgemeldet hätten …«

Die Selbstverständlichkeit, mit der sie sich in den Kreis derjenigen einreihte, die von seiner Schwiegermutter bekocht wurden, machte Erik mal wieder sprachlos. So war es Sören, der antwortete: »Gegenüber im Sylt-Entrée, dem Bahnhofsbistro.« Er warf Erik einen verärgerten Blick zu, weil er wusste, wem er es zu verdanken hatte, dass er während dieser Mittagsmahlzeit ohne Antipasti, Primo, Secondo und Dolce auskommen musste.

»Also los, meine Herren!« Die Staatsanwältin ging voran und schreckte mit dem Stakkato ihrer Absätze Enno Mierendorf und Rudi Engdahl auf, die im Revierzimmer über irgendwelchen Akten dösten und keinen besonders dynamischen Eindruck machten. Das änderte sich schlagartig, als die Staatsanwältin ein paar Bemerkungen auf sie abschoss, die allesamt voll ins Schwarze trafen. Jedenfalls saß Polizeimeister Mierendorf mit einem Mal kerzengerade da, und Obermeister Engdahl nahm so zackig ein Telefongespräch an, als wollte er Polizeibeamter des Jahres werden.

Währenddessen raunte Erik seinem Assistenten zu, dass er sich mithilfe eines nachgelaufenen Hundes sehr unauffällig dem Hotel Wiesbaden habe nähern können.

»Ich werde Ida anrufen. Sie soll den Hund aus dem Auto holen und zu seinem Besitzer bringen.«

Sören sah ihn verständnislos an. »Weiß sie denn, wem der Hund gehört?«

»Das ist derselbe Köter, mit dem sie schon einmal vor meiner Tür gestanden hat. Außerdem hat er die Leiche aufgestöbert. Er gehört einem Patienten der Nordseeklinik. Ida wird schon herausbekommen, wie der heißt.«

Sören wunderte sich. »In der Nordseeklinik sind Hunde erlaubt? Das hätte ich nicht gedacht.«

Erik winkte ab. »Vielleicht auch nicht. Am Tatort wurde der Hund von der Tochter des Patienten abgeholt ... Ach, ist ja auch egal!«

Er gab Sören ein Zeichen, damit er der Staatsanwältin folgte, während er selbst zurückblieb, sein Handy hervorzog und seine Telefonnummer wählte.

Ida meldete sich. Sie klang atemlos, weil sie gerade ins Haus gekommen war. »Wir waren beim Sport. Bodyforming!«

Erik widerstand der Versuchung, sich genauer nach dieser Sportart zu erkundigen, und erklärte Ida stattdessen im Eilverfahren, was er von ihr erwartete. »Bitte schwing dich aufs Rad, und fahr sofort los. Den Zweitschlüssel von meinem Auto findest du im Garderobenschränkchen.« Ehe Ida fragen konnte, warum die Sache so eilig war, ergänzte er: »Der Hund scheint das Alleinsein im Auto nicht zu vertragen. Er macht einen sehr ängstlichen Eindruck. Ich will nicht, dass er mir vor lauter Panik das Auto vollkotzt. Du bringst ihn entweder ins Tierheim in der Keitumer Landstraße oder in die Nordseeklinik zu seinem Besitzer. Verstanden?«

Auf Ida war Verlass. Erik war davon überzeugt, dass sie sich, wenn er mit der Staatsanwältin ins Büro zurückkehrte, des Hundes längst angenommen hatte. Frau Dr. Speck würde Ida nicht zu Gesicht bekommen und keine Ähnlichkeiten zwischen dem Mädchen, das bei ihm zu Hause wohnte, und dem, dessen Fotos in Haymos Computer gespeichert waren, feststellen können.

Als Mamma Carlotta das Haus am Süder Wung aufschloss, musste sie über Trainingsschuhe hinwegsteigen und Sporttaschen zur Seite räumen. Neben der Kellertür lag ein Berg schmutziger Wäsche, der den Weg zur Waschmaschine nicht gefunden hatte. »Che disordine! Was für eine Unordnung! Warum … ?«

Sie stockte mitten in der Bewegung. Erst jetzt fielen ihr die grünen Augen auf, die sie aus der dunklen Trainingskleidung anblickten. Im selben Moment erscholl ein Ruf aus der ersten Etage. »Vorsicht, Nonna! Kükeltje liegt auf der Wäsche. Sie wollte sich partout nirgendwo anders hinlegen.«

Kopfschüttelnd betrachtete Mamma Carlotta die Katze, die sich im Recht fühlte und keinerlei Schuldbewusstsein erkennen ließ. In Panidomino gab es viele Katzen, beim Nachbarn, im Weinberg, auf dem Friedhof, um die Kirche herum, Katzen, die Besitzer hatten, und welche, die niemandem gehörten. Aber noch nie hatte Mamma Carlotta es mit einer Katze zu tun gehabt, die den Menschen, mit denen sie zusammenlebte, vorschrieb, wann sie sich um ihre Schmutzwäsche kümmern durften.

»Avanti!« Sie griff nach dem Zipfel eines Wäschestücks, hob es hoch und rollte die Katze damit auf den Boden. »E allora!«

Carlotta kümmerte sich nicht um das empörte Maunzen, sondern packte die Schmutzwäsche und trug sie die Treppe hinab. Im Wäschekeller begann sie zu sortieren, das Farbige in die Buntwäsche, Handtücher und Bettlaken in die Kochwäsche, Eriks weißes Hemd in ... Sie stutzte, weil sie ein Knistern vernahm. Ein Geldschein in der Brusttasche des Hemdes? Carlotta griff hinein, aber was sie in der Hand hielt, war etwas anderes: ein Foto von Ida!

Unschlüssig nahm sie es von einer Hand in die andere. Was hatte dieses Foto zu bedeuten? Sie drehte es herum und betrachtete die Rückseite. Verwischte Buchstaben, zerlaufene Tinte, aber trotzdem gelang es Mamma Carlotta, die ungelenke Schrift zu entziffern: »Ich liebe dich«.

Das musste der tote Junge geschrieben haben. Haymo Hesse! Mamma Carlotta stöhnte auf. Ihre Befürchtungen hatten sich also bewahrheitet. Ida war das Mädchen, für das Haymo Hesse über sich hinauswachsen wollte. »Dio mio!« Hätte er sich nicht in Ida verliebt, könnte er noch leben!

Sie überlegte nicht lange und schob das Foto in ihren Ausschnitt, um es später Erik zu geben. Am liebsten hätte sie es vernichtet, aber das war ihr zu riskant. Womöglich war es Beweismaterial. Es kam nur darauf an, dass Ida es nicht sah. Nein, sie durfte niemals erfahren, dass Haymo Hesse für sie sein Leben aufs Spiel gesetzt hatte.

Mamma Carlotta sah auf die Uhr und gähnte. Zeit für eine

kleine Siesta! Und dann ein doppelter Espresso, bevor sie mit den Vorbereitungen fürs Abendessen begann. Die Staatsanwältin sollte am Abend aus dem Staunen nicht herauskommen!

Sie ging ins Wohnzimmer, wo Kükeltje es sich nun auf einem von Eriks grünen Kissen bequem gemacht hatte. Carlotta setzte sich neben die Katze, woraufhin diese sich ungehalten erhob und aufs nächste Kissen wechselte, weil ihr zu viel menschliche Nähe anscheinend nicht behagte.

Mamma Carlotta legte die Beine hoch und schloss die Augen. In Umbrien war die Siesta heilig, in ganz Panidomino herrschte dann Stille, bis die Mittagshitze vorbei war. Auf Sylt war das anders. Das mochte daran liegen, dass es hier keine Mittagshitze gab.

Aus Carolins Zimmer drang gedämpfte Musik, hinter Felix' Tür war rhythmisches Stöhnen zu vernehmen. Er stemmte also wieder seine Hanteln, weil er nach wie vor mit seinen Oberarmmuskeln nicht zufrieden war, die seine Nonna jeden Abend betasten musste. Aber sosehr sie sich auch beeindruckt zeigte und versicherte, dass er Tag für Tag ein bisschen stärker werde – Felix war anderer Ansicht und trainierte immer weiter.

Ihre Gedanken begannen zu schweben, schwankten zu Bello und den Goldhamstern, wogten zu Wiebke und stiegen schließlich auf, um auf Annette Müller herabzublicken ... da wurde sie durch ein Geräusch aus dem kurzen Schlaf zurückgeholt.

Erschrocken blickte sie auf und sah den Rollstuhl vor dem Fenster. Gerald Vorberg machte sich gerade daran, ihn zu wenden und wieder von der Terrasse zu rollen.

Mamma Carlotta sprang auf. »Signor Vorberg! Warten Sie!« Sie riss die Terrassentür auf und griff nach dem Rollstuhl.

»Tut mir leid«, sagte Vorberg. »Ich wollte nicht stören. Aber Sie wissen ja, ich kann nicht anklingeln.«

»Non c'è problema! Kommen Sie rein!« Mamma Carlotta schob den widerstrebenden Gerald Vorberg ins Wohnzimmer und von dort in die Küche. »Schön, dass Sie mich besuchen.

Ich koche uns einen Espresso, dazu gibt es selbst gemachte Abbracci! In meinem Dorf gehören Abbracci zur Osterzeit dazu.«

Gerald Vorberg gab die Versuche, Carlotta zu unterbrechen, auf und fügte sich. Man sah ihm an, wie peinlich es ihm war, sie während der Siesta gestört zu haben.

Mamma Carlotta tat alles, um ihm die Verlegenheit zu nehmen. So etwas gelang am besten, wenn man eine Bitte vortrug, die aus dem anderen jemanden machte, der eine Gefälligkeit erweisen konnte. »Zeigen Sie mir einen neuen Griff auf der Ukulele? Später könnten Sie mir etwas vorspielen und singen, während ich das Abendessen vorbereite.«

Tatsächlich fühlte Gerald Vorberg sich prompt wohler. Er zeigte ihr noch einmal den C-Dur- und den F-Dur-Akkord, die sie bereits gelernt hatte. Dann gab er ihr die Ukulele in die Hand. »Mit diesen beiden Akkorden können Sie ganz große, weltberühmte Musik begleiten.«

»Molto grande? Molto famoso?« Carlotta machte große Augen.

»Freude schöner Götterfunken.« Gerald Vorberg begann zu singen, ganz leise zunächst, und gab mit der rechten Hand den Takt vor, den Mamma Carlotta zu schlagen hatte. »Viermal F-, viermal C-Akkord!«

Sie versuchte es wieder und wieder, und schließlich gelang es ihr ganz gut.

»Ludwig van Beethoven«, flüsterte Gerald Vorberg, und Carlotta spürte, wie ihr die Hitze in die Wangen stieg. Sie spielte Beethoven! Sie machte sich zum Teil einer überwältigenden Kultur, einer Tradition, einer großen Kunst. Sie, Carlotta Capella aus Umbrien, wurde zu einem Teil von Beethovens Genie.

Als sie merkte, dass ihr die Tränen kamen, beugte sie sich tief über das Instrument, damit Gerald Vorberg das Glitzern in ihren Augen nicht sehen konnte. Die Akkorde kamen immer sicherer, Vorbergs Gesang schwoll an, und die Unsicherheit, ob sie mit der Begleitung nachkam, war verschwunden. »Deine Zauber binden wieder ...« Gerald sang, seine wunderbare Stimme füllte die Küche aus, Carlottas Begleitung wurde immer enthusiastischer. »... wo dein sanfter Flügel weilt.«

Als sie geendet hatten, öffnete sich vorsichtig die Küchentür, und Carolin steckte den Kopf herein. Anscheinend hatte sie nicht zu stören gewagt, bevor der Schlussakkord erklungen war. »Das hört sich richtig gut an.«

Auch Felix erschien, in einem verschwitzten T-Shirt, aber statt mit der Hantel mit seiner Gitarre im Arm. »Können wir es noch mal versuchen?«, bat er. »Ich mache mit.«

Diesmal war die Ukulele zwar kaum zu hören, aber das machte nichts. Carlotta Capella war Teil eines kleinen Orchesters und fühlte sich großartig. Sie war aus ihrer normalen Existenz herausgetreten und hatte sich für Augenblicke zu einem anderen Menschen gemacht, zu einer Frau, die musizierte. Das Glück, das sie erfüllte, hatte nichts mit dem Glück zu tun, wie es bisher für sie ausgesehen hatte, wenn ein krankes Kind gesund geworden war, wenn ein Enkel zum ersten Mal »Nonna« sagte oder wenn sie ihre große Familie betrachtete und darüber staunte, dass es möglich war, so viele Menschen zu lieben und von so vielen geliebt zu werden. Dieses Glück, wie sie es bisher gekannt hatte, war anders, die Befriedigung, Teil der Musik zu sein, erfüllte sie nicht nur mit Dankbarkeit, sondern auch mit unbändigem Stolz.

Die Haustür öffnete sich gerade in dem Augenblick, in dem Felix versuchte, mit einem furiosen Ende zu brillieren. Ida betrat die Küche und bemerkte erstaunt, dass sie auf einer Bühne gelandet war. »Signora!« Sie lachte. »Sie können Ukulele spielen?«

Das wies Mamma Carlotta zwar mit aller Bescheidenheit zurück, aber Gerald Vorberg behauptete, dass sie sehr begabt sei, und sogar Felix ließ sich dazu herab, seiner Nonna ein gewisses Talent zuzusprechen.

»Was hast du mit dem Hund gemacht?«, fragte Carolin leise.

Über Idas Gesicht zog ein Lächeln, das Carolin offenbar nicht erwartet hatte. »Er ist bei Tove Griess.«

»Hat er noch einen genommen?« Carolin konnte es nicht fassen, und auch Felix starrte Ida ungläubig an.

Dass Mamma Carlotta ebenso entgeistert war, schien niemand zu bemerken. Auch, dass sie sich zwingen musste, nicht nachzufragen, von welchem Hund die Rede war, fiel niemandem auf.

»Es war Bello«, sagte Ida. »Er war ausgerissen und ausgerechnet Erik nachgelaufen.«

Nun ließ Mamma Carlotta die Ukulele fallen. »Bello? Er ist gefunden worden?«

Ida nickte. »Erik hat mich gebeten, ihn ins Tierheim oder zu seinem Besitzer in die Nordseeklinik zu bringen. Er selber hatte keine Zeit.«

Felix und Carolin starrten sie immer noch an. »Das hast du natürlich nicht getan«, mutmaßte Felix mit breitem Grinsen. »Das eine würdest du niemals tun, und das andere ist schlecht möglich.«

Ida schüttelte den Kopf. »Der Hund ist wieder in Käptens Kajüte.«

Felix und Carolin lachten ausgelassen und ausgiebig, während Ida ernst blieb. »Ich hoffe, Erik fragt mich nicht direkt, was aus dem Hund geworden ist. Ich würde ihn anlügen müssen.« Schuldbewusst blickte sie Mamma Carlotta an.

Die Schuldfrage war Mamma Carlotta zu schwer, sie passte nicht in diese Küche, in der gerade noch Beethovens Genialität aus jeder Stümperei Wohlklang und aus jeder Lüge Wahrheit gemacht hatte. Sie merkte, dass jemand, der noch »Freude schöner Götterfunken« im Ohr und den Rhythmus in den Fingerspitzen fühlte, keine Angst vor Lügen haben musste, sofern sie niemandem schadeten. »Wie ist das eigentlich passiert?«, fragte sie. »Wie konnte Bello ausreißen?« Sie strich, während sie fragte, über die Saiten der Griffleiste, als wäre ihr die Ukulele wichtiger als die Antwort auf ihre Frage.

»Stellt euch vor …« Ida holte weitere Abbracci aus dem Vorrat, um die Schale auf dem Tisch neu aufzufüllen. »Das Gewerbeaufsichtsamt ist in Käptens Kajüte erschienen. Es hatte eine Anzeige gegeben. Irgendjemand hat Tove angeschwärzt, weil er Tiere in der Küche hält.«

»Oh, verdammt!« Carolin schlug die Hand vor den Mund, und Felix murmelte: »Scheiße!« Er ließ dieses böse Wort durch seine Gitarre bestätigen, indem er ihr eine Dissonanz entlockte, die Kükeltje in die Küche trieb, als wollte sie nachsehen, wer hier derart schaurige Klänge produzierte.

»Er hat die Tiere rechtzeitig freigelassen?«, fragte Carolin, die als Erste ahnte, was in Käptens Kajüte geschehen sein konnte.

Ida nickte, und nun wusste jeder, warum sie so bedrückt war. »Man darf es ihm nicht vorwerfen. Es ging um seine Existenz. Aber die Goldhamster … die sind natürlich über alle Berge. Ich weiß nicht, ob sie in Freiheit überleben können.«

Felix schlug so heftig auf die Saiten seiner Gitarre, dass alle erschraken. »Freiheit!«, sang er, als hätte Marius Müller-Westernhagen mit seinem Lied allen Goldhamstern helfen wollen, die in Käfigen gefangen gehalten wurden. »Freiheit! Das Einzige, was zählt …«

Als Erik im Bahnhofsbistro ankam, hatte die Staatsanwältin bereits den Kellner mit ihren Extrawünschen zur Verzweiflung gebracht. Zum Glück war sie mit dem Salatteller, den man ihr kurz darauf hinstellte, hochzufrieden. »So was Leckeres hatte ich hier nicht erwartet. In so einer Bahnhofskneipe …«

Erik teilte ihr mit dem Stolz des Sylters mit, dass das Entrée zum besten Bahnhofsbistro des Nordens gewählt worden sei. »Von wegen Bahnhofskneipe!«

Die Staatsanwältin blickte sich huldvoll um, stellte fest, dass das Ambiente gepflegt war, bedachte die Korbmöbel mit einem anerkennenden Blick und die grasgrünen Accessoires sogar mit der Bemerkung: »Hier war ja ein Designer am Werk!« Als sie dann noch feststellte, dass es in ihrer Umgebung eine ganze Reihe gut gekleideter Reisender gab, die auf ihren Zug warteten, beschloss sie, sich wohlzufühlen, was sie demonstrierte, indem sie sich nach ausführlicher Beratung durch den Kellner einen Weißwein servieren ließ, der zum besten des Hauses zählte. »Auf Sylt zu arbeiten, das ist ja, als hätte man Urlaub.«

Ob sie der Meinung war, dass Erik und Sören, die tagtäglich auf Sylt arbeiteten, bei ihrer Einstellung in den Polizeidienst einen jahrzehntelangen Urlaub angetreten hatten, ließ sie zum Glück nicht erkennen. Und Erik war froh, dass der Fall Stöver sich nicht in den Sommermonaten abspielte. Sonst hätte die Staatsanwältin womöglich darauf bestanden, im Strandkorb zu ermitteln, und hätte sich mit Erik und Sören im Bikini beraten, um neben der Arbeit das Urlaubsfeeling zu genießen.

Während sie sich Salat und Weißwein schmecken ließ, hielt sie fest, zu welchen Ergebnissen man bisher – natürlich dank ihrer guten Idee, auf Sylt zu erscheinen – gekommen war. »Morten Stöver hat Haymo Hesse umgebracht, so viel steht fest.«

Erik starrte auf seinen Teller, als zählte er die Krabben, die er mitsamt dem Rührei serviert bekommen hatte. »Und das Motiv?«

»Erpressung«, gab die Staatsanwältin zurück. »Das Foto!«

Sören schob den Matjestopf zur Seite, als hätten ihm die Feststellungen der Staatsanwältin den Appetit verdorben. »Das passt aber nicht zusammen«, sagte er sehr bestimmt und wurde feuerrot, als ihm klar wurde, dass er den Mut aufgebracht hatte, der Staatsanwältin zu widersprechen. Aber da es nun einmal geschehen war, blieb er dabei: »Dieses Foto war kein Druckmittel. Nicht für Morten! Er war nicht verheiratet, ihm konnte es egal sein, wenn seine Liebe zu Astrid Leding ans Licht kam.«

»Aber niemand wusste von dieser Beziehung«, gab Frau Dr.

Speck zu bedenken. »Er hat sie geheim gehalten. Nicht einmal seine Verwandten kannten den Namen der Frau, die er liebte. Also muss es ihm doch wichtig gewesen sein, dass niemand von ihr erfuhr.«

»Astrid Leding hat ihn darum gebeten«, behauptete Erik. »Er musste ihr versprechen, nichts zu verraten. Und da er sie liebte, hat er sich daran gehalten.«

»Ist das logisch?«, fragte die Staatsanwältin. »Wenn er sie so sehr liebte, musste es doch in seinem Interesse sein, dass sie sich scheiden lässt.«

»Er hatte eben einen guten Charakter«, warf Sören ein und erinnerte daran, dass er Morten als Einziger näher gekannt hatte. »Ein Ehrenmann.«

Dieses altmodische Wort bedachte Frau Dr. Speck mit einem amüsierten Lachen. »So was gibt's noch?«

Erik unterband Sörens Antwort mit einer knappen Handbewegung. »Die Affäre war doch längst vorbei. Mindestens seit Morten Stöver wieder auf Sylt lebte. Also fast zwei Jahre.«

»Wer sagt das?«, fragte die Staatsanwältin herausfordernd.

»Stövers Angehörige haben das übereinstimmend erklärt.«

Die Staatsanwältin ließ sich von dieser Antwort beeindrucken, und Sören wandte sich wieder seinem Matjesteller zu. »Vielleicht geht es gar nicht um Astrid Leding, sondern um eine andere Frau«, sagte er. »Vielleicht ist es so, wie Astrid Leding gesagt hat: Die beiden haben sich einmal im Wald geküsst. Das war's. Seine große Liebe war aber eine andere.«

Nicht nur Erik nickte, auch die Staatsanwältin ließ sich zu einer bestätigenden Kopfbewegung herab. »Auszuschließen ist es nicht.«

Erik spießte eine Krabbe auf und hielt die Gabel hoch, als wollte er sie allen zeigen. »Wir sollten uns um den Mordfall Stöver kümmern. Ich bin sicher, wenn wir ihn lösen, haben wir den Fall Haymo Hesse ebenfalls gelöst.«

»Rache?«, fragte die Staatsanwältin.

»Dann würde Kersten Hesse als Täter infrage kommen«, antwortete Sören.

»Der hat ein Alibi«, schoss die Staatsanwältin zurück.

Erik runzelte ärgerlich die Stirn. »Schade, Hesse wäre der perfekte Verdächtige. Er hält Morten für den Mörder seines Sohnes. Und wenn der Abdruck seines Stiefels passt …«

Er brach ab, weil die Staatsanwältin seine Rede mit einer scharfen Geste zerschnitt. »Hat dieser Dröhnbüdel sich noch immer nicht gemeldet? Das kann doch nicht so schwer sein, diese beiden Abdrücke zu vergleichen.«

Erik wusste, wen sie als Dröhnbüdel bezeichnete, und versprach, gleich nach dem Essen bei Vetterich anzurufen. »Aber selbst wenn die Abdrücke übereinstimmen und Hesse kein Alibi hätte …«

»Ja, ja!« Die Staatsanwältin unterbrach ihn schon wieder. »An dem Schuhregal konnte sich jeder bedienen. Das wissen wir schon.«

»Zum Beispiel Astrid Leding«, erklärte Erik zufrieden. »Ich werde ihr heute noch Fingerabdrücke abnehmen. Wenn sie mit denen übereinstimmen, die Vetterich in Stövers Wohnung gefunden hat …«

»Und wenn wir Glück haben, dass der Kollege es in drei Tagen hinbekommt, so einen simplen Vergleich zu erledigen«, ergänzte die Staatsanwältin verächtlich. »Gut, dass ich mal hier vor Ort arbeite! Dem KTU von Westerland muss man Beine machen. Dass dieser Vetterich der geeignete Leiter ist, glaube ich immer weniger.«

Erik versuchte, sich seinen Schreck nicht anmerken zu lassen. Vetterichs Stelle war in Gefahr? Er traute der Staatsanwältin zu, den Spurenfahnder verfrüht in den Ruhestand zu schicken und einen jungen, dynamischen Kollegen auf dessen Platz zu setzen. Hastig schob er sich die letzte Gabel Krabbenrührei in den Mund, nahm sein Handy und erhob sich. »Ich rufe ihn an und frage nach den Stiefelabdrücken.«

Während er auf den Bahnsteig ging, fragte er sich, ob er Vetterich von der drohenden Gefahr erzählen sollte. Aber wie das auf den Spurenfahnder wirken würde, konnte er nicht voraussagen. Alles war möglich – gänzliche Arbeitsverweigerung erschien Erik jedoch am wahrscheinlichsten. Und deshalb beschloss er, über die Bemerkung der Staatsanwältin nur zu sprechen, wenn ihm der Augenblick günstig erschien. Dass er ihre Ungeduld und Verärgerung weitergab, indem er sich darüber aufregte, dass er erst jetzt von dem Ergebnis des Abdruckvergleichs erfuhr, konnte Vetterich nicht ahnen.

»Verdammt! Hätten Sie mir nicht gleich Bescheid sagen können? Wir warten schon seit Stunden auf das Ergebnis.«

Aber Vetterich reagierte wie immer. Er legte einfach auf. Und Erik war froh, dass er das Gespräch nicht in Gegenwart der Staatsanwältin geführt hatte, die jetzt vermutlich disziplinarische Maßnahmen in die Wege geleitet hätte.

Er machte ein paar Schritte zur Seite, so weit, dass sich die Tür zum Bahnhofskiosk automatisch öffnete. Kersten Hesse stand an einem Regal und blätterte in einer Zeitschrift. Er blickte kurz auf, bevor sich die Tür wieder schloss, bemerkte Erik aber nicht, weil dieser schon wieder zurückgetreten war.

Erik drehte dem Kiosk den Rücken zu und gab vor, noch zu telefonieren. So konnte er in Ruhe nachdenken. Der Täter hatte offenbar Hesses Gummistiefel getragen. Warum? Natürlich, um den Verdacht auf Kersten Hesse zu lenken. Das wäre auch gelungen – wenn Hesse nicht ein Alibi gehabt hätte. Vetterich hatte an den Sohlen sogar Erdreste vom Lornsenhain sichergestellt, wo Morten Stöver gefunden worden war. Der Boden war so schwer und feucht gewesen, dass die Reste nicht einmal bei Hesses Strandspaziergang aus dem Profil der Stiefel gefallen waren.

Erik nahm das Handy vom Ohr und wollte gerade ins Bistro zurückkehren, da blieb er mit einem Mal wie angewurzelt stehen. Vom Busbahnhof her näherte sich eine Frau, stieg vom

Fahrrad und stellte es in der Nähe der Tür ab, die in den Bahnhofsshop führte. Sorgfältig schloss sie es ab und ging dann auf den Bahnsteig. Dass der Zug aus Niebüll Verspätung hatte, schien ihr zu gefallen, während alle anderen verdrießlich in die Richtung blickten, aus der er kommen musste. Astrid Leding wollte anscheinend jemanden abholen und hatte sich verspätet. Derjenige hätte warten müssen, wenn der Zug pünktlich gewesen wäre.

Erik machte einen Schritt auf sie zu und lächelte. »Nett, dass ich Sie hier treffe! Ich wäre sonst gleich bei Ihnen vorbeigekommen.«

Astrid Leding machte keinen Hehl daraus, dass ihr diese Ankündigung missfiel. »Worum geht's?« Sie blickte nervös die Schienen entlang, wo die Nordostseebahn bald in Sicht kommen musste.

»Ich möchte Sie bitten, noch heute ins Polizeirevier zu kommen.« Er wies auf die gegenüberliegende Straßenseite, wo das Polizeigebäude stand, das früher einmal das Amtsgericht der Insel gewesen war. Das helle Muster im Giebel, das weithin leuchtete, stellte die Schwurhand dar. »Wir brauchen Ihre Fingerabdrücke.«

Zorn stieg in ihre Augen. »Wozu?«

»Ich will sichergehen, dass Sie nicht in Morten Stövers Wohnung waren.«

Sie wandte sich ab. »Ich bin hier, um meinen Mann abzuholen«, sagte sie, ohne Erik anzusehen. »Sie wissen doch ...«

Er wartete auf das Ende des Satzes, aber es blieb aus. »Ja, ich weiß. Ihr Mann soll nicht erfahren, dass Sie mit Morten Stöver eine Affäre hatten.«

Nun fuhr sie herum und blitzte ihn wütend an. »Ich habe Ihnen doch schon gesagt ...«

Aber Erik wollte sich kein weiteres Mal anhören, dass sie nur ein einziges Mal mit Morten Stöver im Wald gewesen sei und ihn nur ein einziges Mal geküsst habe. »Wie Sie das einrichten, dass Ihr Mann nichts davon erfährt, ist Ihre Sache. Ich erwarte, dass Sie spätestens gegen vier im Polizeirevier erscheinen. Wenn nicht, lasse ich Sie holen.«

Nun kam die blaue Nordostseebahn in Sicht, und es entstand Unruhe auf dem Bahnsteig. Erik drehte sich um und ging ins Bistro zurück. Dass Fietje Tiensch seinen Weg kreuzte, der respektvoll die Bommelmütze lüftete, bekam er nur am Rande mit. Er nickte ihm zu, hatte ihn aber im selben Augenblick wieder vergessen.

Die Staatsanwältin hatte anscheinend gar nicht mitbekommen, dass er Astrid Leding auf dem Bahnsteig getroffen hatte, Sören allerdings blickte ihn erwartungsvoll an. Doch Erik erwähnte nicht, was er mit Astrid Leding besprochen hatte. »Wenn Hesse kein Alibi hätte«, sagte er stattdessen, »würde ich Sie jetzt bitten, einen Haftbefehl auszustellen.«

Die Staatsanwältin stand mit einem Blumenstrauß vor der Tür, Erik und Sören hinter ihr, als wären sie ebenfalls Gäste, die darauf warteten, eingelassen zu werden. Mamma Carlotta war dankbar, dass sich so keine Gelegenheit ergab, unter vier Augen mit Erik zu sprechen. Die Frage, wo sie in der vergangenen Nacht gewesen war, stand noch immer in seinem Blick. Aber solange ein Gast anwesend war, bestand keine Gefahr. Sie musste jetzt Zeit gewinnen und darauf hoffen, dass der Mordfall Eriks Kopf ausfüllte und er an nichts anderes denken konnte. Dann würde er den Morgen, an dem er vergeblich auf seine Schwiegermutter gewartet hatte, schon bald vergessen haben. Sie musste nur dafür sorgen, dass sie in den nächsten Tagen nie mit Erik allein war, dass die Staatsanwältin täglich zum Essen kam, dass die Kinder lange aufblieben und nicht ausgerechnet dann zum Sport gingen, wenn sonst niemand im Hause war. So hatte sie es auch gehalten, wenn ihr Dino hinter eine Schmuggelei gekommen war. Dann hatte sie ebenfalls dafür gesorgt, dass sie tagsüber nicht allein und, wenn sie schlafen gingen, zu müde zum Debattieren gewesen waren. Nachdem sie das eine Woche durchgehalten und vorsichtshalber noch dafür gesorgt hatte, dass andere Ereignisse das erste an Aktualität überholten, war es meist so weit gewesen, dass Dino gar nicht mehr genau wusste, worum es eigentlich gegangen war, und die Fakten bereits durcheinanderbrachte. Eine Woche! Das war die Verjährungsfrist für kleine häusliche Konflikte.

Überschwänglich bat sie die Staatsanwältin herein und versuchte, Erik mit einer Geste zu beruhigen, der erschrocken hochblickte, als in der ersten Etage eine Tür klappte. Sie hatte natürlich längst dafür gesorgt, dass die Kinder ihr Abendessen woanders einnehmen würden. Die drei waren ziemlich verdutzt gewesen, als sie ihnen geraten hatte, nach dem Sport zu Tove Griess zu gehen, und ihnen sogar das Geld für die ungesunden Currywürste zugesteckt hatte. Danach sollten sie einen langen Spaziergang mit Bello machen und Ausschau nach den entlaufenen Goldhamstern halten, das würde genug Zeit in Anspruch nehmen. Wenn die Kinder dann zurückkehrten, dürfte die Gefahr, dass Ida der Staatsanwältin auffiel, eigentlich gebannt sein. Blieb nur noch das Risiko, plötzlich mit Erik allein zu sein und sich seiner Befragung nicht entziehen zu können. Aber auch da wurde sie immer zuversichtlicher. Sie musste einfach dafür sorgen, dass Frau Dr. Speck so lange blieb, bis die Haustür gegangen war und die Kinder sich in die erste Etage geschlichen hatten, um der Staatsanwältin, die bei den Wolfs einen sehr schlechten Ruf genoss, nicht zu begegnen. Sie würden erst in die Küche kommen und sich nach den Resten des Abendessens erkundigen, wenn Frau Dr. Speck sich verabschiedet hatte. Danach müsste es eine Kleinigkeit sein, dafür zu sorgen, dass sie mit Erik nicht allein blieb. Ja, dieser Tag würde vorübergehen können, ohne dass ihr Schwiegersohn Gelegenheit bekam, auf die vergangene Nacht zu sprechen zu kommen.

Gerald Vorberg hatte ungläubig gelacht, als sie ihn an ihren

Plänen hatte Anteil nehmen lassen. »Frauen sind ja wirklich raffiniert! Sie kriegen das hin, das traue ich Ihnen zu.« Er hatte auch eingesehen, dass Ida von der Einsicht verschont werden musste, sie könne schuld an Haymos Tod sein. »Das arme Mädchen!«

Es war ein harmonischer Nachmittag gewesen. Die Ukulele hatte sie verbunden, anschließend hatte Gerald Geschichten aus seiner Vergangenheit erzählt, begleitet von Mamma Carlottas Fenchelschneiden, Tomatenwürfeln, Zucchiniputzen, Parmesanreiben, Knoblauchpressen und Schokoladeschmelzen. Die Schwermut war nach und nach von ihm abgefallen, auch wenn er von der schrecklichsten Zeit seines Lebens sprach. Alles Schwere wurde eben leichter, wenn daneben gequirlt, gekocht, gebraten, gehackt, abgeschmeckt, leise geflucht oder gefragt wurde, wie der Geschmack zu verbessern sei. Zum ersten Mal hatte er völlig entspannt gewirkt, als er die gebratenen Zucchini probieren durfte und die Idee hatte, wie sie mit Dill zu verfeinern waren. Danach glaubte er sogar, mit der Verarbeitung seines Schicksals weiterzukommen, obwohl er das Gespräch mit Morten Stöver nicht mehr hatte führen können.

»Vielleicht wäre er ja gar nicht dazu bereit gewesen«, hatte er gesagt, »oder er hätte es nicht fertiggebracht, mir zu erklären, wie Björn aussah, als er aus dem See geborgen wurde. Dann hätte ich ebenso versuchen müssen, auf seine Hilfe zu verzichten. So wie jetzt.«

Nach diesen Worten war Kükeltje auf seinen Schoß gesprungen, als wollte sie ihn trösten, und er hatte seine Wange an ihr weiches Fell gelegt und gemurmelt: »Gleich nehme ich dich wieder mit zu mir. Wir machen uns einen gemütlichen Abend.« Und wenig später hatte er sich verabschiedet.

Die Staatsanwältin setzte sich an den Tisch und betrachtete interessiert die Vorspeise. Mamma Carlotta erklärte ihr gerade, dass der Fenchel hauchdünn gehobelt und während des Bräunens häufig gewendet werden müsse, da klingelte Eriks Handy.

Unter anderen Umständen hätte sie ihn gebeten, das Essen nicht durch ein Telefonat zu stören, das genauso gut später geführt werden konnte, aber in diesem Fall warf sie der Staatsanwältin einen wohldosiert verzweifelten Blick zu, während Erik das Gespräch annahm, und flüsterte: »Die Arbeit ist für ihn immer wichtiger als das Essen. So ist er nun mal.«

Erik wirkte rundum zufrieden, als er sein Handy zurücksteckte. »Ich habe recht gehabt. Astrid Leding war ja wie vereinbart bei uns, um ihre Fingerabdrücke nehmen zu lassen. Inzwischen sind sie mit denen in Stövers Wohnung abgeglichen worden. Ein Volltreffer: Vor allem an den Schranktüren und den Schubladen sind Spuren von ihr gefunden worden. Sie hat Morten Stövers Wohnung durchsucht, keine Frage.«

»Dann muss sie einen Schlüssel gehabt haben«, sagte Sören.

»Sie hat uns belogen, von vorn bis hinten«, meinte Erik. »Ich habe es ja gleich gespürt. Eiskalt ist diese Frau.«

»Vorsicht«, mahnte die Staatsanwältin. »Der Mord ist ihr damit noch nicht nachzuweisen.«

»Sie wird uns einiges erklären müssen.« Erik sah seine Schwiegermutter verlegen an, während er ergänzte: »Eigentlich sollten wir sofort zu ihr fahren. Ich bin gespannt, wie sie sich rauszureden versucht.«

Aber davon wollte die Staatsanwältin zum Glück nichts wissen. »Ihre Schwiegermutter hat den ganzen Nachmittag für uns gekocht. Das können wir ihr nicht antun. Astrid Leding läuft uns nicht weg. Vielleicht ist es sogar ganz gut, wenn wir sie eine Weile zappeln lassen. Sie kann sich ausrechnen, was auf sie zukommt, und wird mit den Nerven fertig sein, wenn wir erscheinen. So jemand macht Fehler.«

»Sie kann sich aber auch viele schöne Ausreden überlegen, während sie auf uns wartet«, gab Sören zu bedenken.

Frau Dr. Speck machte einen langen Hals, um zu sehen, wie Mamma Carlotta das Primo anrichtete, die panierten Zucchinischeiben auf die Teller legte, die Nudeln daneben, das Tomatenmus obenauf und dann zur Krönung das Rucolapesto. »Lassen sie uns lieber gut überlegen, wie wir sie überführen können.«

»Sie meinen ... als Mörderin?«, fragte Sören unsicher.

Erik ließ die Staatsanwältin nicht zu einer Antwort kommen. »Ich bin gespannt, wie sie an Morten Stövers Schlüssel gekommen ist. Und dann soll sie mir erklären, warum sie sich heute Morgen mit einem Taxi zum Hotel Wiesbaden fahren lässt und dann mit einem Fahrrad wieder auf dem Hochkamp erscheint.« Er hob den Zeigefinger, als wollte er um besondere Aufmerksamkeit bitten. »Sie wollte nicht von mir bemerkt werden. So sieht ein Mensch mit einem schlechten Gewissen aus.«

Mamma Carlotta hatte allergrößte Mühe, ihren Mund zu verschließen, und war froh, als Sören nachfragte: »Sie meinen, die hat sich da ein Fahrrad ausgeliehen?«

»Das Hotel Wiesbaden hat keinen Fahrradverleih.« Erik schüttelte den Kopf.

»Geklaut?«

»Nein, ich glaube eher, sie hat ihr Fahrrad in der Nacht dort stehen lassen. Vielleicht, weil sie sich länger aufgehalten hat, als sie wollte. Sie hatte nicht mehr den Mut, in der Nacht nach Westerland zurückzuradeln.«

Mamma Carlotta stand da wie erstarrt, die Gedanken rasten durch ihren Kopf. Astrid Leding! Diesen Namen hatte sie schon gehört. Ida hatte von der Lehrerin gesprochen, Gerald Vorberg auch. Sie stellte die ersten beiden Teller vor die Staatsanwältin und vor Sören hin. Dass ihre Hände bebten, bekam niemand mit.

»Meinen Sie«, fragte Sören nachdenklich, »die hat was mit dem Hesse? Der wohnt doch im Hotel Wiesbaden.«

Erik nickte grimmig. »Dieser Gedanke ist mir heute Morgen auch gekommen. Na, ihr Mann wird sich freuen, wenn wir gleich in ihrem Ferienapartment auftauchen. Unangenehme Fragen können wir Frau Leding jetzt jedenfalls nicht mehr ersparen.«

Damit endete das dienstliche Gespräch vorläufig, und alle widmeten sich dem Essen. Mamma Carlotta lächelte zu jedem Kompliment, das ihr gemacht wurde, erläuterte der Staatsanwältin gern jeden kulinarischen Kniff und beantwortete ihre Frage, wie lange die Hähnchenkeulen schon im Ofen waren, obwohl sie mit den Gedanken ganz woanders war. Die Frau, die sich Annette Müller genannt hatte, war gar keine Prominente, sondern Astrid Leding, Idas frühere Lehrerin! Was mochte in der vergangenen Nacht im Hotel Wiesbaden geschehen sein? Dass Astrid Leding ein Verhältnis mit Kersten Hesse hatte, glaubte Mamma Carlotta nicht. Sie erinnerte sich zu gut, wie Annette Müller reagiert hatte, als er Käptens Kajüte betrat. Abgewandt hatte sie sich und dafür gesorgt, dass er ihr nicht ins Gesicht sehen konnte. Und er hatte gemurmelt, dass sie ihm bekannt vorkäme. Nun verstand Mamma Carlotta. Nicht, weil er das Gesicht in einer Zeitung gesehen hatte, sondern weil er ihr auf dem Elternsprechtag oder auf dem Schulhof schon mal begegnet war!

Sie stand auf und gab vor, sich um die Hähnchenkeulen kümmern zu müssen. Es tat gut, das Gesicht in die Hitze zu halten, die aus dem Backofen strömte. Lange inspizierte sie jede einzelne Keule und kontrollierte mit einem schnellen Druck des Zeigefingers, ob sie sich an dem Punkt des Garprozesses befanden, den sie sich wünschte. So achtete niemand auf sie. Und auch als sie beinahe lautlos die Schmorpfanne aus dem Backofen hob, hatte keiner der drei einen Blick für sie. Erik, Sören und die Staatsanwältin redeten wieder über den Mordfall Stöver, als wären sie unter sich.

»Schade, den Hesse würde ich mir jetzt gern vornehmen«, meinte Erik.

»Aber leider scheidet er als Täter aus«, entgegnete die Staatsanwältin.

Mamma Carlotta stellte die Schmorpfanne mit solchem Schwung auf die Herdplatte, dass Frau Dr. Speck zusammenzuckte. Kersten Hesse kam als Täter nicht in Betracht, weil er ein Alibi hatte? Dieser unangenehme Mensch, den Mamma Carlotta von Anfang an nicht hatte leiden können! Wie sollte sie Erik erklären, dass Haymos Vater sehr wohl Morten Stöver umgebracht haben konnte? Dass er seinen früheren Smutje unter Druck gesetzt hatte, damit er die Polizei belog? Sie musste unbedingt mit Tove reden, damit er seine Aussage korrigierte. Egal, womit Kersten Hesse ihn in der Hand hatte, es durfte nicht sein, dass ihr Schwiegersohn den falschen Mörder jagte.

Verzweifelt gab sie die Kapernäpfel zur Soße und streute Basilikumblätter darüber. Was, wenn Tove nicht bereit war, seine Aussage zurückzunehmen? Sollte sie ihn verraten? Und sich selbst gleich mit? Wie würde Erik reagieren, wenn er hörte, dass seine Schwiegermutter über das falsche Alibi informiert war, weil sie regelmäßig in Käptens Kajüte einkehrte, und dass sie sogar gesehen hatte, wie Astrid Leding aus dem Garten des Hotels geflohen war? Nein, das durfte er niemals erfahren. Sie musste auf andere Weise versuchen, ihn auf die richtige Spur zu lenken.

Ob Gerald Vorberg ihr helfen konnte? Er hatte sie schon am Morgen vor Kersten Hesse gewarnt, auch Tove hatte kein gutes Haar an seinem früheren Kapitän gelassen. Und jetzt war Hesse aus dem Schneider, weil Tove ihm ein Alibi gegeben hatte!

Sie verbrannte sich die Finger, winkte aber ab, als vom Tisch drei Hilfsangebote kamen, von denen ihr jedes nur lästig gewesen wäre. Sie hielt die Hände unter kaltes Wasser und versicherte, dass alles gut sei. »Lasst euch nicht stören. Das Secondo ist gleich so weit.«

Sie hatte Gerald Vorberg am Nachmittag gefragt, warum er sie vor Kersten Hesse gewarnt hatte. Er hatte nicht gern geantwortet, sondern die Ukulele zur Hand genommen, weil er anscheinend eine Melodie brauchte, die seine Worte begleitete.

Auf diese Weise waren auch schlimmste Vorwürfe leichter zur äußern und leichter anzuhören.

»Ich habe mitbekommen, wie er seine Frau behandelt«, berichtete er im Rhythmus von »My Bonnie is over the ocean«. »Verächtlich und von oben herab. Wenn sie sich wehrte, wurde sie lächerlich gemacht, und warum sie auch bei Regenwetter oft mit großer Sonnenbrille herumlief, konnte sich jeder denken.«

Mamma Carlotta hatte sich erschrocken umgewandt. »Sie meinen ...« Sie sprach den Satz nicht zu Ende. Gewalttätige Männer gab es auch in ihrem Dorf, sie wusste, was eine Familie auszuhalten hatte, in der nicht miteinander geredet, sondern jedes Argument mit der Faust vorgebracht wurde.

»Haymo ging es nicht viel besser«, fuhr Gerald Vorberg fort. »Björn hat mir oft erzählt, wie sehr der Junge unter seinem Vater litt. Für Hesse gab es nur ein Erziehungsmittel: Gewalt. Wer sich ihm entgegenstellt, muss mit allem rechnen.« Gerald Vorberg hatte die Ukulele heftig beiseitegelegt, als hätte er die Musik nicht mehr nötig, um seine Erinnerungen zu begleiten. »Ich war früher passionierter Jäger und bin Hesse einmal während einer Treibjagd begegnet. Er hat rücksichtslos geschossen. Wenn er ein Tier haben wollte, legte er auch in die Richtung an, wo die Treiber standen. Der Pächter der Jagd hat ihn daraufhin gemaßregelt. Vor aller Augen! Das hat er später schwer bereut. Hesse hat dafür gesorgt, dass sein Installationsbetrieb keinen Auftrag mehr bekam. Er hat Gerüchte gestreut und am Ende sogar dafür gesorgt, dass die Ehe auseinanderging. Eine Affäre mit der Frau des Jagdpächters hat er begonnen, er bekam ja jede ins Bett.«

»Dio mio!«

»Deswegen warne ich jeden, der versucht, sich mit Kersten Hesse anzulegen.«

Mamma Carlotta freute sich, dass die Staatsanwältin das Essen genoss und sich von Eriks und Sörens Unruhe nicht anstecken ließ. Von der Crema italiana gönnte sie sich sogar eine zweite Portion, bis sie bereit war, sich wieder dienstlichen Belangen zuzuwenden. Auch den Espresso, den Mamma Carlotta ihr anbot, nahm sie gern an, beim Grappa winkte sie zu Eriks Erleichterung jedoch ab. »Also gut. Gehen wir.«

Erik sorgte dafür, dass Sören mit der Staatsanwältin vor ihm das Haus verließ. Er zögerte, bis die beiden außer Hörweite waren, dann flüsterte er seiner Schwiegermutter zu: »Ich hoffe, es wird nicht lange dauern. Wir könnten, wenn ich heimkomme, noch einen Rotwein zusammen trinken.«

Mamma Carlotta wusste, was er damit bezweckte. Kaum hätte er ihnen eingeschenkt, würde er zu fragen beginnen und nicht eher Ruhe geben, bis er wusste, wo sie in der vergangenen Nacht gewesen war.

»Scusa, Enrico«, antwortete Mamma Carlotta und war froh, dass sie nicht zu lügen brauchte. »Sono molto stanca, sehr, sehr müde.« Das entsprach der vollen Wahrheit, denn auf den Stuhlkissen des Hotels Wiesbaden hatte sie wirklich sehr schlecht geschlafen. »Ich räume noch fix die Küche auf, dann gehe ich zu Bett.«

Erik warf ihr einen undefinierbaren Blick zu, ehe er sich fügte. Sie musste ihre Ankündigung wahr machen und wirklich sehr früh schlafen gehen. Mamma Carlotta hielt es für möglich, dass Erik den Besuch bei Astrid Leding abkürzte, um nach Hause zu kommen, solange seine Schwiegermutter noch wach war. So blieb sie eisern bei ihrer Strategie. Als die Kinder herunterkamen, weil die Luft rein war, verabschiedete sie sich. »Ich gehe schlafen. Könnt ihr die Küche aufräumen, wenn ihr die Reste aufgegessen habt?«

Carolin und Felix betrachteten ihre Nonna konsterniert. Sie war noch nie vor ihren Enkeln zu Bett gegangen und hatte noch nie um Hilfe bei der Hausarbeit gebeten. Ida sagte sofort bereitwillig zu: »Natürlich, Signora! Ich kümmere mich darum.«

Eigentlich wollte Mamma Carlotta sich noch nach Bello und

den Goldhamstern erkundigen, die Kinder ermahnen, Kükeltje nicht ins Haus zu lassen, und Ida fragen, ob Bobbi im Altenheim bleiben könne, bis Patrick aus dem Bergsteigercamp zurückgekehrt war, aber da sie fürchtete, die Gespräche könnten sich in die Länge ziehen, schwieg sie und wünschte mit müder Stimme eine gute Nacht.

Wieder war nicht der Türöffner zu hören, sondern das Geräusch einer Balkontür in der zweiten Etage. Erik machte sich nicht die Mühe herauszufinden, ob es wirklich Astrid Leding war, die sich übers Geländer beugte, sondern rief hoch: »Machen Sie auf! Wir haben mit Ihnen zu reden.«

Es kam keine Antwort. Die Balkontür schloss sich wieder, kurz darauf ertönte der Türöffner. Diesmal benutzten sie den Aufzug, zu Eriks Freude war Frau Dr. Speck nicht bereit, auf ihren hohen Absätzen in die zweite Etage zu stöckeln.

In der Tür von Astrid Ledings Apartment stand ein Mann, groß und schlank, mit einem schmalen Gesicht und schütterem dunklem Haar. Er trug einen grauen Anzug, als wäre er direkt nach einer Konferenz in den Zug gestiegen, um nach Sylt zu fahren. »Johannes Leding. Sie wollen zu meiner Frau?«

Er reichte ihnen die Hand und zuckte dabei jeweils mit dem Kopf nach vorn, was wohl eine Art Verbeugung darstellen sollte, zu der Johannes Leding sich jedoch nicht in aller Form und Höflichkeit entschließen konnte. Er trat zur Seite und öffnete die Tür weiter. Astrid Leding saß in einem der beiden Sessel und blickte ihnen entgegen, als würde sie zur Hinrichtung abgeholt. Von ihrer kühlen Ausstrahlung hatte sie eine Menge eingebüßt, sie sah erhitzt aus, ihre Frisur war in Unordnung geraten, als hätte sie sich in emotionaler Aufwallung mehrmals in die Haare gegriffen und dann vergessen, sie wieder zu ordnen. Es hatte sogar den Anschein, als hätte sie geweint.

Sie erhob sich erst, als alle drei Besucher vor ihr standen, dann überließ sie Erik und der Staatsanwältin die beiden Sessel, hockte sich selbst auf die Bettkante und sah zu, wie ihr Mann zwei Stühle vom Esstisch heranrückte, einen für sich, einen für Sören.

»Sie haben meine Fingerabdrücke gefunden?« Es klang eher wie eine Feststellung.

Erik öffnete die Jacke, denn auch diesmal war er nicht gebeten worden abzulegen. »Wie sind Sie in Stövers Wohnung gekommen, Frau Leding? Und was haben Sie dort gesucht?« Dabei sah er nicht Astrid, sondern ihren Mann an und meinte in dessen Augen zu erkennen, dass es nach seiner Ankunft auf Sylt eine Aussprache gegeben hatte, ein Geständnis, wohl auch eine Auseinandersetzung. Ledings Finger waren nervös, sein Blick huschte ruhelos umher.

»Ich habe meinem Mann gerade alles erzählt«, bekannte Astrid Leding. »Mir ist klar, dass ich nicht mehr lügen darf.«

Die Staatsanwältin beugte sich interessiert vor. »Ganz von vorn, bitte! Nur das Nötigste, aber alles Wichtige!«

Astrid Leding warf ihrem Mann einen Blick zu, als wollte sie ihn um Hilfe bitten, aber er betrachtete das Bild, das hinter ihr an der Wand hing, und machte keine Anstalten, ihr beizuspringen.

»Morten und ich«, begann sie leise, »wir haben uns immer gut verstanden. Als Kollegen, meine ich. Irgendwann hat Morten dann angefangen, mit mir zu flirten, und mir schließlich auf einer Kollegenparty gestanden, dass er in mich verliebt sei. Natürlich bin ich nicht auf seine Anmache eingegangen, aber ich muss zugeben ... geschmeichelt hat sie mir trotzdem. Morten war ein Mann, der umschwärmt wurde. Viele Kolleginnen und sogar seine Schülerinnen haben ihn angeschmachtet.«

Johannes Leding sprang auf, als wäre ihm gerade etwas eingefallen. »Möchten Sie etwas trinken?«

Er erntete Kopfschütteln, setzte sich wieder und heftete seinen Blick erneut auf das Wandbild, das ein Mohnblumenfeld zeigte.

»Einmal bin ich dann tatsächlich darauf eingegangen«, fuhr Astrid fort. »Nach der Schule sind wir zusammen in diesen Wald gefahren, und wir haben ein bisschen …«

Sie stockte, und die Staatsanwältin vollendete an ihrer Stelle: »Gevögelt?«

Astrid und Johannes Leding zuckten beide zusammen, als wären sie gleichzeitig geohrfeigt worden: In ihr Gesicht schoss Röte, seines wurde noch eine Spur bleicher.

»Nein! Wir haben nicht … wir haben nur … nur ein bisschen geschmust.« Ihre Stimme brach zusammen, ihre Schultern fielen nach vorn, ihr Kopf hing herab, als wäre er ihr zu schwer. »Und uns geküsst«, fügte sie flüsternd an.

»Nur dieses eine Mal?« Die Staatsanwältin machte keinen Hehl daraus, dass sie ihr nicht glaubte.

»Ich liebe meinen Mann«, sagte Astrid Leding. »Ich bin froh, dass er nun alles weiß.« Sie blickte auf und sah Johannes Leding ins Gesicht, versuchte sogar ein kleines Lächeln, aber es wurde nicht erwidert.

»Das war vor der Klassenfahrt nach Schweden?«, fragte Sören.

Astrid Leding nickte, und Erik setzte nach: »Noch einmal, Frau Leding: Was haben Sie in Morten Stövers Wohnung gesucht?«

»Einen weiteren Abzug des Bildes. Ich wusste, dass er einen hatte.«

»Und? Haben Sie ihn gefunden?«

»Ja.«

»Woher hatten Sie den Schlüssel?«

»Morten hat ihn mir gegeben. Er hatte noch immer die Hoffnung, ich würde eine Nacht mit ihm verbringen. Dann sollte ich ihn benutzen.«

Erik hatte mit einem Mal das Gefühl, ganz nah am Ziel zu

sein. »Als Sie wussten, dass er tot war, sind Sie in seine Wohnung gegangen?« Die Frage kam auf leisen Sohlen, obwohl ihr Inhalt schrie.

Sie zögerte prompt, ließ sich aber nicht verunsichern. »Gewusst habe ich es nicht. Dass er tot ist, habe ich erst von Ihnen erfahren.«

»Warum wollten Sie dann das Bild aus seiner Wohnung holen? Das hätte doch nur Sinn gehabt, wenn Sie damit rechnen mussten, dass die Wohnung von der Polizei inspiziert werden würde. Die Wohnung eines Mordopfers!«

Astrid Leding kämpfte mit den Tränen. »Ich hatte einen Wellnesstag im Wellenreiter gebucht. Bei dieser Gelegenheit wollte ich Morten sehen und mit ihm über Haymo sprechen. Aber Morten war nicht da, und irgendwann bekam ich mit, dass man ihn suchte und sich Sorgen um ihn machte.«

Die Stimme der Staatsanwältin troff vor Spott. »Und da sind Sie sofort auf die Idee gekommen, er könnte umgebracht worden sein?«

Während Astrid Leding nach einem Taschentuch suchte, entschloss sich ihr Mann, an ihrer Stelle weiterzusprechen. »Morten Stöver war bedroht worden. Von Kersten Hesse. Meine Frau ist auf die Idee gekommen, Haymos Vater könnte ernst gemacht haben.«

»Bedroht?«, wiederholte Erik ungläubig und sah von Johannes zu Astrid Leding. »Was hat Morten Stöver Ihnen erzählt, Frau Leding?«

Sie hatte sich nun wieder in der Gewalt. »Die Drohung war wohl anonym gekommen. Per Telefon. Aber Morten glaubte, Kersten Hesses Stimme erkannt zu haben. Der Anrufer drohte damit, ihn umzubringen.«

»Welches Interesse sollte Kersten Hesse haben, Morten Stöver umzubringen?«

»Er glaubte, dass Morten schuld an Haymos Tod sei. Das wissen Sie doch.«

Die Staatsanwältin mischte sich wieder ein. »Was hat Haymo Hesse mit diesem Foto gemacht? Hat er es Ihnen präsentiert? Hat er Sie erpresst?«

Astrid Leding starrte auf ihre Schuhspitzen. »Er hat einmal eine bessere Note von mir verlangt. Eine Fünf hätte ihm den Hals gebrochen, er hat mich mit dem Foto gezwungen, aus der Fünf eine Vier zu machen.«

»Hat er es bei Morten Stöver auch versucht?«

»Nein, ihn konnte er ja nicht erpressen. Morten war nicht verheiratet.«

»Vielleicht wollte er Ihnen einen Gefallen tun?«, warf die Staatsanwältin ein. »Als Dank sollten Sie ihm dann auch einen Gefallen tun. Dafür der Schlüssel zu seiner Wohnung ...«

Astrid Leding fand plötzlich zu ihrer kühlen, beherrschten Art zurück. »Woher sollte Haymo wissen, dass Morten eventuell bereit sein würde, mir einen Gefallen zu tun?«

Dieser Gedanke war nicht von der Hand zu weisen. Erik hatte mit einem Mal das Gefühl, dass Astrid Leding vielleicht doch zu viel Zeit gehabt hatte, sich auf die Vernehmung vorzubereiten. Und ihr Mann wohl auch. Letztlich blieb nichts anderes übrig als ein bisschen Knutschen im Wald zwischen einem unverheirateten Mann und seiner verheirateten Kollegin.

Auf dem Weg hierher hatte Erik die Hoffnung gehabt, das Gespräch mit Astrid Leding zu einem Geständnis und zu einer Verhaftung zu führen. Aber er sah ein, dass er sich geirrt hatte. Die Staatsanwältin schien im Gegensatz zu ihm nicht damit gerechnet zu haben, weder mit dem Geständnis noch mit einer Festnahme.

Aber zum Glück hatte er sein Pulver noch nicht ganz verschossen. »Heute Morgen sind Sie mit dem Taxi zum Hotel Wiesbaden gekommen. Dann sind Sie mit dem Fahrrad nach Westerland zurückgefahren.« Mit einer kleinen Verzögerung ergänzte er: »Eigentlich wollten Sie ja die Uferpromenade entlangradeln, aber als Sie mich auf dem Hochkamp sahen, haben

Sie es sich anders überlegt. Sie wollten mir nicht begegnen. Warum nicht?«

Sie wurde rot vor Verlegenheit. »Tut mir leid, ich war so durcheinander. Ich musste nachdenken …«

»War das Ihr Fahrrad?«

Sie nickte. »Ich habe es mir geliehen, beim Fahrradverleih Bruno auf der Kjeirstraße. Wenn ich auf Sylt bin, leihe ich mir dort immer ein Fahrrad, weil …«

Erik unterbrach sie: »Sie sind also am Abend vorher mit dem Fahrrad zum Hochkamp gefahren und haben dann das Rad vor dem Hotel stehen lassen? Das müssen Sie mir erklären.«

Astrid Leding warf ihrem Mann einen Blick zu. Dessen Augen wurden größer, interessierter. Erik hatte den Eindruck, dass er nun etwas hörte, was ihm neu war. »Ich hatte einen Anruf erhalten«, erklärte Astrid Leding. »Von Herrn Hesse.«

»Sie kennen Herrn Hesse?«, fragte Sören.

»Flüchtig. Ich habe ihn mal beim Elternsprechtag gesehen und auf dem Schulhof, wenn er seinen Sohn abholte.«

»Aber Sie sind sicher, dass er es war, der Sie anrief? Sie haben seine Stimme erkannt?« Erik wunderte sich selbst, wie hartnäckig Sören mit einem Mal war.

Astrid Ledings Blick wurde nachdenklich. »Ehrlich gesagt habe ich mich gar nicht gefragt, ob er es ist. Er hat sich mit dem Namen Hesse gemeldet. Ich solle kurz vor Mitternacht zum Hotel Wiesbaden kommen. Er habe mit mir zu reden.«

Die Staatsanwältin sah sie ungläubig an. »Und dieser Aufforderung sind Sie tatsächlich gefolgt?«

»Ich dachte, es sei klüger«, gab Astrid Leding leise zurück. »Ich wollte wissen, was er mir zu sagen hatte. Es schien mit Mortens Ermordung zu tun zu haben. Und mit Haymos Tod.«

»Sind Sie nicht auf die Idee gekommen, die Polizei zu verständigen?«, fragte Erik.

»Er hat es mir ausdrücklich verboten. Ich kam zu der Überzeugung, dass mir in der Nähe eines Hotels nicht viel passieren kann. Ich sollte auf einer Bank im Garten auf Hesse warten.« Sie blickte auf und sah ihrem Mann ins Gesicht, der sie entgeistert anstarrte. Anscheinend hatte er es bis zu diesem Zeitpunkt nicht für möglich gehalten, dass seine Frau zu einer solchen Unbedachtheit fähig war. Und er schien sich auch zu überlegen, ob es eine Schuld gab, die so schwer wog, dass sie sämtliche Vorsichtsmaßnahmen vergessen hatte.

»Und dann?« Die Staatsanwältin beugte sich gespannt vor.

»Ich wurde von hinten angegriffen«, antwortete Astrid Leding tonlos. »Der Kerl muss im Gebüsch hinter der Bank auf mich gewartet haben. Er hat sich auf mich gestürzt, nach meinem Hals gegriffen, hat sich mit seinem ganzen Gewicht auf mich …« Sie schluchzte auf, ihre Augen blieben jedoch trocken. Einen nach dem anderen sah sie jetzt an, ihren Mann, die Staatsanwältin, die beiden Polizisten. »Aber es ist mir gelungen, ihn abzuschütteln. Ich konnte fliehen. Auf die Straße. An mein Fahrrad habe ich natürlich nicht mehr gedacht.«

»Haben Sie um Hilfe geschrien?«, fragte Sören.

Astrid Leding musste über diese Frage nachdenken. »Ich weiß nicht. Vielleicht … vielleicht auch nicht. Ich bin einer Frau in die Arme gelaufen, die mit ihrem Hund spazieren ging. Die hat mich mitgenommen in eine Kneipe in der Nähe …«

»Käptens Kajüte«, warf Sören ein.

»Kersten Hesse ist anschließend auch dort erschienen.« Astrid Leding blickte nicht auf, als wollte sie die fassungslosen Blicke nicht sehen, als käme ihr erst jetzt in den Sinn, wie fahrlässig sie gehandelt hatte.

Es blieb tatsächlich für Augenblicke still. Die Staatsanwältin war die Erste, die sich fing. »Hesse ist Ihnen gefolgt?«, fragte sie entgeistert.

Astrid sah immer noch nicht auf. »Aber in der Kneipe konnte er mir ja nichts antun. Der Wirt hat mir dann ein Taxi bestellt. Als der Fahrer mich hier abgesetzt hat, habe ich ihn gebeten, erst wegzufahren, nachdem ich in meiner Wohnung angekommen war. Er hatte Verständnis für mich und hat gewartet, bis bei mir das Licht anging.«

Es blieb eine Weile still, jeder versuchte, das, was er gehört hatte, mit allen anderen Fakten in Zusammenhang zu bringen. Auch Johannes Leding. Er wandte sich mit einer brüsken Bewegung an seine Frau. »Warum hast du mir nichts davon erzählt? Wie konntest du ... mitten in der Nacht ... Du wusstest doch gar nicht, ob es wirklich Hesse war, der dich angerufen hat. Das hätte doch auch der Mörder gewesen sein können.«

»Es *war* der Mörder«, gab Astrid Leding zurück. »Kersten Hesse! Er hat Morten gedroht und ihn dann ermordet. Anschließend war ich an der Reihe. Aber ich bin ihm entwischt.« Sie blickte Erik an. »Haben Sie das nicht so prophezeit? Dass ich die Nächste sein könnte? Kersten Hesse ist auf Rache aus. Er glaubt, Morten hätte Haymo auf dem Gewissen, und ich hätte Morten unterstützt. Wahrscheinlich kennt er das Foto auch. Und er wusste, was Haymo vorhatte. Morten sollte ihn dopen, damit er Finisher wird. Kersten Hesse ist so ein Mann. Für den ist jedes Mittel recht, wenn es zum Ziel führt.«

»So gut kennen Sie ihn?« Die Stimme der Staatsanwältin klang spöttisch.

»Nein, ich kenne ihn kaum. Aber ich habe einiges über ihn gehört. Er ist jemand, über den viel geredet wurde, in der Schule, im Kollegium, unter den Eltern. Sein Erziehungsstil fand nicht viele Befürworter, seine Ehe war auch nicht gerade vorbildlich. Es gab aber auch Leute, die nannten ihn konsequent und ehrlich. Ich habe mal einen Kollegen sagen hören: Der weiß, was er will, und redet nicht lange darüber, sondern handelt. Wahrscheinlich war das Doping sogar seine Idee. Er hat vermutlich zu Haymo gesagt: ›Halt dem Stöver das Foto unter die Nase, dann wird er bereit sein, dir was zu geben, damit du durchhältst‹.« Ihre Stimme hatte im Verlauf dieser Sätze an Kraft und Sicherheit zugenommen. »Haymo hat den Syltlauf nicht überlebt, Hesse war sicher, dass Morten schuld daran war, und hat sich für den Tod seines Sohnes gerächt. Und da ich für Morten ausgesagt habe, sollte ich auch dran glauben.«

Die Staatsanwältin erhob sich und blickte auf Astrid hinab. Sie wartete, bis auch Sören und Erik aufgestanden waren, dann erst sagte sie: »Interessante Theorie, Frau Leding! Aber so kann es nicht gewesen sein. Kersten Hesse hat Morten Stöver nicht umgebracht. Er hat nämlich ein Alibi …«

Mamma Carlotta blieb stehen, als sie aus dem Bad kam, lehnte sich aufs Treppengeländer und lächelte. Sie war drauf und dran, die Stufen wieder hinabzusteigen und sich dem fröhlichen Geplauder in der Küche anzuschließen, bezwang sich jedoch. Nein, Erik musste glauben, dass seine Schwiegermutter sich längst im Tiefschlaf befand, wenn er zurückkehrte, und durfte nicht auf die Idee kommen, sie ins Kreuzverhör zu nehmen.

Es kam nur selten vor, dass sie nicht als Letzte schlafen ging, dass im Haus noch gesprochen und gelacht wurde, ohne dass sie dabei war. Aber es gefiel ihr. Hier oben, am Treppengeländer, war sie eine Zuschauerin, die das eigene Leben auf der Bühne des Alltags betrachtete. Sie zwinkerte in das schmale Licht, das durch die nicht ganz geschlossene Küchentür drang, und erfreute sich an der Geschichte, die Felix zum Besten gab. Er übertrieb schrecklich, um Ida zu imponieren, und hörte nicht auf Carolins Ermahnungen, bei der Wahrheit zu bleiben.

Wenn sie die seltene Gelegenheit bekam, so wie jetzt, schaute sie gern ihrem Leben zu und fand wieder einmal, dass es ein gutes Leben war, ein gelungenes Stück, ein Drama, aber auch eine Komödie. Natürlich hatte es schwere Zeiten gegeben – doch welches Leben war schon lebenswert, wenn es nur aus guten Tagen bestand? Dinos lange Krankheit hatte oft alles Fröhliche vertrieben, bei Lucias Tod war der Vorhang sogar gefallen, und es war ihr so vorgekommen, als wäre das Leben vorbei, oder zumindest das Leben, das sich zu leben lohnte. Aber genau wie während Dinos Siechtum das Lachen eines Enkelkindes durchs Fenster gedrungen war, die Stimme ihrer Tochter, das Plaudern einer Nachbarin, so hatte sich der Vorhang auch nach Lucias Tod wieder gehoben, und das Leben war irgendwann weitergegangen. Möglich war das nur gewesen, weil es eine große Familie gab, in der man gemeinsam um Lucia trauerte und deswegen auch gemeinsam dafür sorgte, dass Lucia ihren Platz behielt. Und in der Familie wurde nicht nur geweint, sondern auch bald wieder gelacht.

Prompt musste Mamma Carlotta an Gerald Vorberg denken. Sie stellte sich vor, dass auch er einmal die Stimmen von Frau und Sohn in der Küche gehört hatte, ehe er schlafen gegangen war, vielleicht sogar noch an dem Abend, bevor Björn zu seiner Klassenfahrt aufbrach. Aber in seiner Trauer war er später allein geblieben, es gab niemanden, der den Vorhang wieder hob, damit das Leben weitergehen konnte. Es war zwar weitergegangen, aber hinter einem geschlossenen Vorhang, wo er allein blieb, ohne Menschen, die Anteil nahmen.

Gerade war Idas Stimme zu hören: »Schade, dass es schon so spät ist, sonst könnten wir Herrn Vorberg den Rest der Crema italiana bringen. Ich weiß, dass er sie gern mag.«

»Du meinst, er schläft schon?«, fragte Carolin.

»Keine Ahnung«, antwortete Ida. »Aber was meinst du, was es für eine Anstrengung für ihn ist, zu Bett zu gehen. Mal eben aufstehen, zur Tür laufen und Crema italiana in Empfang nehmen? Das geht nicht. Er ist froh, wenn er liegt und am nächsten Morgen die Kraft hat, wieder aufzustehen.«

Nun herrschte Betroffenheit in der Küche, die Stimmen wurden leiser, und Mamma Carlotta zog sich in ihr Zimmer zurück. Noch bevor sie Licht machte, sah sie den dunklen Fleck auf ihrem Bettzeug. »Kükeltje!«

Wie war die Katze hereingekommen? Hatte sie die Tür offen gelassen, während sie im Bad war? Ja, so musste es gewesen sein. Am liebsten wäre sie mit der Katze auf dem Arm in die Küche zurückgelaufen, um die Kinder auszuschimpfen, weil sie nicht mehr sorgfältig darauf achteten, dass Kükeltje abends bei Herrn Vorberg war. Aber sie wollte nichts riskieren. Wenn sie Pech hatte, kam Erik gerade in dem Moment ins Haus.

Sie öffnete das Fenster und setzte Kükeltje in den Rahmen. Die Katze, die vorher noch in ihrem Arm gedöst hatte, war sofort hellwach. Vorsichtig tastete sie sich aufs Dach und hatte im Nu den First erklommen. Sie würde sich später auf Mäusejagd begeben. Hoffentlich legte sie ihre Beute nicht auf die Terrasse, um zu zeigen, dass sie ein Haustier war, auf das die Familie stolz sein durfte. Erik würde keineswegs stolz sein, sondern irgendwann von einem bösen Verdacht befallen werden. Lange konnte das mit Kükeltje nicht mehr gut gehen …

Carlotta wollte gerade das Fenster wieder schließen, als sie eine Bewegung sah. Am Ende des Gartens, in der Nähe des Zauns. Ein kurzes Blitzen, als hätte der Mond sich in etwas Metallenem gespiegelt, das Schlagen eines Zweiges, das nicht vom Wind herrühren konnte, das Knarren der alten Holzbank in der Nähe der Hecke, hinter der die Kemmertöns ihren Garten hatten.

Mamma Carlotta löschte hastig die Nachttischlampe. Wer auch immer sich da draußen im Garten aufhielt, sollte sie nicht sehen, und außerdem konnte sie so besser die Dunkelheit durchdringen. Jedenfalls nach einer Weile, als sich ihre Augen an das schwache Mondlicht gewöhnt hatten, an die hellen Flecken auf dem Rasen, die schwankenden Schatten der Büsche, die finsteren Einschnitte und die verwischten Konturen, die immer klarer wurden, je länger sie hinausstarrte.

Sie zog sich an den äußeren Rand des Fensterrahmens zurück, als sie erkannte, dass tatsächlich jemand auf der Bank saß. Nicht reglos, sodass die Gestalt Angst machen konnte, sondern in ständiger Bewegung. Der Kopf ging vor und zurück, die Schultern hoben und senkten sich, die Füße scharrten im

Gras. Oder war es nur der Wind, der die Schatten über die Gestalt trieb und somit eine Bewegung vortäuschte, die gar nicht vorhanden war? Dann aber hörte sie ein Klicken, das etwas in ihrer Erinnerung anschlug. Dieser winzige helle Ton war es, der sie sicher machte. So sicher, dass sie die Strickjacke wieder zuknöpfte, die sie gerade ausziehen wollte, das Zimmer verließ und die Treppe hinabschlich. Geräuschlos holte sie ihre dicke Jacke vom Garderobenhaken und öffnete die Kellertür …

Erik und Sören starrten der Staatsanwältin hinterher, die auf ihren hohen Absätzen mit energischen Schritten in der Nacht verschwand. Das Hotel Stadt Hamburg, in dem sie sich einquartiert hatte, war nicht weit, den männlichen Schutz, den Erik ihr anbot, hatte sie geradezu empört zurückgewiesen.

»Die paar Schritte? Wenn Astrid Leding den Mut hatte, in der Dunkelheit nach Wenningstedt zu fahren, werde ich ja wohl keine Angst haben, bei Nacht den Rathausplatz zu überqueren. Dort ist es nie ganz dunkel. Das sollten Sie als Sylter wissen.«

Den Vergleich mit Astrid Ledings unverantwortlichem Handeln fand Erik sehr unpassend, aber er hatte geschwiegen.

»Was macht sie noch hier?«, maulte Sören. »Traut sie uns nicht zu, den Fall ohne ihre Hilfe zu lösen?«

»Die Fälle«, korrigierte Erik. »Ich glaube nicht mehr daran, dass der erste Fall gelöst ist.«

»Sie meinen, Morten war gar nicht der Täter? Haymo wurde von einem anderen umgebracht?«

»Zumindest bin ich mir nicht mehr so sicher. Die Leding hat Dreck am Stecken. Ich glaube, dass sie von Haymo erpresst wurde. Der Syltlauf kam ihr dann gerade recht. Das war für sie die Gelegenheit, ihn loszuwerden und Stöver den Mord in die Schuhe zu schieben.«

»Indem sie ihm das Clonazepam verabreichte?«

»Eine Spur, die uns unweigerlich zu Morten Stöver führen

würde. Das hatte sie sich ausgerechnet. Und es hat ja auch zunächst geklappt.«

Sören lehnte sich entspannt zurück. »Dann müssen wir ihr das nur noch nachweisen.«

»Das kriegen wir hin.« Erik startete den Motor. »Sie hat zugegeben, dass sie in Mortens Wohnung war. Sie hatte also Zugang zu seinem Schlüssel. Sie war ganz sicher nicht in seiner Wohnung, um nach einer Kopie des Fotos zu suchen! Eine glatte Lüge! Sie war dort, um sich den Schlüssel zu holen, mit dem sie in das Haus von Mortens Schwester gelangen konnte.«

»Und von dort in die Apotheke«, ergänzte Sören zufrieden.

Erik legte den ersten Gang ein und rollte von dem großen Parkplatz, auf dem während der Nacht nur wenige Fahrzeuge standen. Sehr langsam, weil sich komplizierte Gedanken und zügiges Fahren für ihn nicht vertrugen.

Er war noch nicht weit gekommen, als die Tür zu dem Hausteil aufgerissen wurde, in dem Astrid Leding wohnte. Ein Mann stürzte heraus. Über seinen grauen Anzug hatte er einen warmen Trenchcoat gezogen, in der Hand hielt er eine Reisetasche. Kopflos stürmte er über den Parkplatz und begann, als er die Kjeirstraße erreicht hatte, sogar zu laufen, als wäre er auf der Flucht.

»Sieht so aus«, meinte Sören, »als hätte es da oben noch einen deftigen Ehekrach gegeben.«

Erik fuhr bis zur Einmündung in die Kjeirstraße und blieb dort stehen. »Leding hat anscheinend kapiert, dass seine Frau nicht nur die Polizei, sondern auch ihn angelogen hat.«

Johannes Leding rannte Richtung Bahnhof, als wartete dort ein Zug auf ihn, den er unbedingt noch erreichen wollte.

Sören blickte auf die Uhr. »Der kommt nicht mehr von der Insel runter. Der letzte Zug geht um zwanzig nach zehn und der erste um kurz nach vier.«

»Vielleicht weiß er das nicht. Oder er hat ein ganz anderes Ziel.«

Erik fuhr wieder an, um Johannes Leding zu folgen, der gerade trotz roter Ampel den Kirchenweg drüben am Bahnhof überquerte. Er blieb vor der Skulptur der »Reisenden Riesen im Wind« stehen und atmete schwer, als wäre ihm jetzt erst klar geworden, dass seine Flucht zwecklos war, weil sie hier zwangsläufig enden musste.

Erik fuhr auf den Parkplatz, der vor dem Bahnhof neu angelegt worden war. Dort standen mehrere Wagen, und er suchte Deckung hinter einem dunklen Mercedes.

»Was wissen wir eigentlich von Leding?«, flüsterte Sören.

Erik strich sich nachdenklich den Schnauzer glatt. »Wir sollten mal nachschauen, was das Internet über ihn erzählt.«

»Ich kümmere mich gleich morgen früh darum«, gab Sören zurück und wollte sich gerade in Mutmaßungen ergehen, als er von einer Frau abgelenkt wurde, die die Kjeirstraße heruntergehetzt kam und sich genau wie Johannes Leding nicht um die rote Ampel scherte, sondern den Kirchenweg überquerte und auf den Bahnhofsvorplatz lief. Direkt auf Johannes Leding zu!

»Sie will ihn zurückholen«, murmelte Sören.

Aber Johannes Leding wandte sich ab, bevor seine Frau ihn erreicht hatte, und ging ins Bahnhofsgebäude. Die Tür schwang gerade zurück, als Astrid Leding sie erreichte und ihrem Mann folgte.

»Er will vielleicht ins Entrée«, meinte Erik, »und sich ordentlich einen auf die Mütze gießen.«

Sören lachte. »Daraus wird nichts. Die schließen schon um neun. Anscheinend will Leding wirklich warten, bis der erste Zug um vier geht.«

Es dauerte nicht lange, und die Schwingtür des Bahnhofs geriet ein weiteres Mal in Bewegung. Astrid Leding trat wieder auf den Bahnhofsvorplatz und kehrte den Weg zurück, den sie gekommen war. Weit und breit war kein Mensch zu sehen. Um den Bahnhof herum war alles menschenleer, die Kjeirstraße lag ebenso verlassen da.

»Angst hat sie nicht«, murmelte Erik. »Nachts allein mit dem Fahrrad nach Wenningstedt … jetzt bei Dunkelheit allein nach Hause … Wir passen besser auf sie auf.«

Er startete den Wagen wieder und machte Anstalten, vom Parkplatz herunterzufahren, als Johannes Leding erneut erschien, auf dem Bahnhofsvorplatz stehen blieb und sich umsah, als suchte er seine Frau, um sie zu bitten, ihn mitzunehmen in die Wärme ihres Apartments.

»Aha, er hat gemerkt, dass das Entrée geschlossen hat und er Stunden warten muss, bis der erste Zug geht.«

Zögernd setzte sich Leding in Bewegung. Er nahm den gleichen Weg wie seine Frau, diese allerdings mit schnellen Schritten, während er langsam einen Fuß vor den anderen setzte.

»Was er jetzt wohl vorhat?«, fragte Erik.

»Er wird bitte-bitte machen«, mutmaßte Sören, »damit seine Frau ihn einlässt. Vielleicht hat er ja Glück.«

Dass ein Auto sich vom Straßenrand löste, gerade als Astrid Leding daran vorbeigegangen war, fiel den beiden Polizisten erst auf, als der Wagen nicht zügig anfuhr, sondern sich zögernd, beinahe im Schritttempo hundert Meter fortbewegte und dann erneut am Straßenrand stehen blieb. Erik überholte ihn langsam, versuchte einen Blick auf den Fahrer zu erhaschen, konnte aber dessen Gesicht nicht erkennen.

Als Astrid Leding die Straße überquerte, um über den Parkplatz auf die Haustür zuzulaufen, fuhr Erik an den Straßenrand und löschte das Licht. Prompt setzte sich der fremde Wagen erneut in Bewegung und folgte Astrid Leding. Als er unter einer Straßenlaterne entlangfuhr, sah Erik, dass es sich um einen dunkelbraunen Alfa Romeo handelt.

»Hesse!«, stieß er hervor. »Was will der von der Leding?«

Der Alfa fuhr in eine Parkbox der Haustür direkt gegenüber. Während Astrid Leding nach ihrem Schlüssel suchte, erstarb der Motor von Hesses Wagen, und die Scheinwerfer erloschen. Erik hingegen fuhr wieder an.

»Vorsicht, Chef!«, mahnte Sören. »Lassen Sie uns erst mal mit Abstand betrachten, was da abgeht.«

Aber seine Warnung kam zu spät. Kersten Hesse war bereits auf den alten Ford aufmerksam geworden, ließ seinen Wagen wieder an und startete augenblicklich. Während die Haustür hinter Astrid Leding zufiel, fuhr er bereits vom Parkplatz herunter.

Sören vergaß jeglichen Respekt. »Sie benehmen sich wie ein Anfänger, Chef! Der hat gemerkt, dass wir auf ihn aufmerksam geworden sind.«

Erik war über seine eigene Unbedachtheit so erschüttert, dass er nichts entgegnete, sondern Sörens Kritik hinnahm und reumütig nickte. »Sie haben recht, ich bin ein Idiot.« Hilflos suchte er nach Erklärungen. »Ich dachte plötzlich, dass sie in Gefahr ist, dass wir sie schützen müssen.«

»Die Mörderin?«, fragte Sören. »Oder haben Sie die Leding nun plötzlich nicht mehr in Verdacht?«

Erik zuckte verzagt die Schultern. »Dass der Hesse ihr auflauert, muss ja einen Grund haben.«

Er wandte sich Sören zu, setzte zu weiteren Vermutungen an, stutzte dann aber und blickte an Sörens rechtem Ohr vorbei. »Da! Schauen Sie mal!«

Sören machte sich klein und gab Erik ein Zeichen, sich ebenfalls so hinzusetzen, dass er nicht gesehen wurde. »Leding?«

Erik blieb aufrecht sitzen. »Er will nicht zu seiner Frau. Er geht ins Hotel Kristall.«

Sören wurde wieder zwanzig Zentimeter größer. Er betrachtete das rot verklinkerte Gebäude auf der anderen Straßenseite. Ein großes blaues Schild machte Werbung für das Hotel garni. »Ob er da noch jemanden antrifft? Soweit ich weiß, hat das Kristall keine Rezeption, die Tag und Nacht geöffnet ist.«

Sie warteten, ohne den Hoteleingang aus den Augen zu lassen, blickten gelegentlich zu Astrid Ledings Balkontür hoch, hinter der längst das Licht angegangen war, und vertrauten irgendwann darauf, dass Johannes Leding im Hotel Kristall ein Zimmer bekommen hatte. Er kam nicht wieder heraus.

»Vermutlich fährt er morgen früh nach Hause«, meinte Sören. »Sollen wir vorher mit ihm reden? Er ist sauer auf seine Frau. Vielleicht so sehr, dass er etwas verrät, was uns hilft.«

Erik startete und machte sich auf den Weg nach Wenningstedt. »Ja, das machen wir. Morgen!«

Sören warf ihm einen Blick zu. »Wir müssen erst die Staatsanwältin fragen?« Mit einem Mal wurde er wütend und schlug mit der flachen Hand aufs Armaturenbrett. »Verdammt! Das stinkt mir! Die soll nach Flensburg zurückkehren! Ist ja ganz nett, dass sie Ihre Schwiegermutter so sympathisch findet, aber allmählich reicht's!«

Die Nacht war nicht so kalt, wie Mamma Carlotta befürchtet hatte. Der Wind war nur noch ein Wispern in den Baumkronen, ein Säuseln auf dem Gras. Die Kälte stach nicht zu, als sie die äußere Kellertreppe in den Garten hochschlich, sie umgab die Nacht. Nach drei Treppenstufen konnte sie den Rasen überblicken, eine weitere, und sie sah auch die Bank am Ende des Gartens und die unruhigen Beine einer Frau. Entschlossen stieg sie die letzten Stufen hoch und ging über den Rasen auf die Bank zu. Ihre Schritte waren geräuschlos im nachtfeuchten Gras, die Frau auf der Bank richtete ihr Augenmerk auf den Himmel und bemerkte sie nicht. Sie hatte den Kopf in den Nacken gelegt, als zählte sie die Sterne.

Als sie angesprochen wurde, fuhr sie so entsetzt in die Höhe, dass die Tasche, die zu ihren Füßen stand, umfiel. »Signora! Was haben Sie mich erschreckt!«

Mamma Carlotta drückte sie auf die Bank zurück und nahm ihre Hände. »Signorina Reimers! Sie wollen Enrico nahe sein? Madonna! Sie hätten doch reinkommen können! Wir hätten zusammen zu Abend essen können. Enrico geht es doch genauso. Auch er hat Sehnsucht nach Ihnen. Er gibt es zwar nicht zu, aber ich bin dennoch sicher, dass es so ist.«

Wiebke entzog sich ihr vorsichtig, als brauchte sie ihre Hände, um die roten Locken aus dem Gesicht zu streichen, die Fingerspitzen mit der Zunge anzufeuchten und damit ihre widerspenstigen Augenbrauen zu glätten. »Das ist mir sehr peinlich, Signora! Nein, niemals würde ich bei Ihnen anklingeln. Ich wollte ja nur … ich dachte …«

Mamma Carlotta unterbrach ihre Erklärungen mit einem energischen Kopfschütteln. »Sie brauchen sich nicht zu rechtfertigen. Ich verstehe das.« Sie erhob sich und machte eine auffordernde Geste. »Kommen Sie rein. Die Kinder sind zwar noch wach, aber Enrico ist nicht zu Hause. Wir können ganz in Ruhe darüber reden, was wir tun, damit alles wieder gut wird.«

Wie ein Blitz fuhr der Gedanke durch ihren Kopf, dass Wiebkes Gegenwart noch einen weiteren Vorteil hatte. Wenn sie im Haus war, konnte sie es sogar wagen, Erik unter die Augen zu treten. Er würde nur Augen für Wiebke haben und gar nicht mehr daran denken, dass seine Schwiegermutter in der vergangenen Nacht nicht in ihrem Bett geschlafen hatte. In diesem Fall brauchte sie nicht so früh schlafen zu gehen, wie sie es notgedrungen geplant hatte.

»Avanti, Signorina!«

Aber Wiebke lehnte nun noch entschiedener ab. Sie erhob sich entschlossen und sah auf Mamma Carlotta herab, als wartete sie darauf, dass auch diese aufstand. »Ich will nicht, dass Erik mich hier sieht.«

»Naturalmente.« Mamma Carlotta hatte noch immer mit der Rührung zu kämpfen, die sie angesichts der stillen Gestalt auf der Gartenbank befallen hatte. War es nicht romantisch, dass Wiebke ausgerechnet dort saß, wo sie letzten Sommer mit Erik so oft dabei zugesehen hatte, wie die Nacht sich über Sylt senkte, bevor die beiden schlafen gegangen waren? Kein Wunder, dass Wiebke sich nicht zu ihrer Sehnsucht bekennen wollte. Sie war ja so eine realistische und resolute junge Frau. Fast hatte man den Eindruck, als wäre es ihr peinlich, bei ihrer Sehnsucht nach Erik erwischt worden zu sein.

Mamma Carlotta erhob sich und gab sich Mühe, sich ihre Gefühlsseligkeit nicht anmerken zu lassen. »Wenn Sie nicht wollen, dass Enrico davon erfährt, werde ich ihm natürlich nichts verraten. Promesso!« Sie zögerte, dann fügte sie an: »Enrico benutzt immer noch Ihr Glas, Signorina. Er liebt es.« Ehe sie sich fragen konnte, ob das überhaupt der Wahrheit entsprach, ergänzte sie etwas, was tatsächlich gelogen war: »Niemand sonst darf es benutzen. Ist das nicht ein Beweis?«

Wiebke sah unruhig nach rechts und links. »Kommen Sie, Signora! Lassen Sie uns woanders hingehen.«

»Woanders?« Carlotta starrte Wiebke verwirrt an. »Wohin?«

Trotz der Dunkelheit konnte sie erkennen, dass Wiebke grinste. »Käptens Kajüte hat bestimmt noch geöffnet. Da können wir ein bisschen reden.«

»Aber es ist schon spät.«

»Egal!«

Mamma Carlotta brauchte nicht lange zu überlegen. Erik würde glauben, dass sie schon schlief, die Kinder waren ebenfalls dieser Meinung, niemand würde also bemerken, dass sie nicht zu Hause war. Und da sie die Kellertür offen gelassen hatte, würde sie ohne Probleme ins Haus zurückkehren können. »D'accordo!« Die Gelegenheit, mit Wiebke zu reden, konnte sie unmöglich verstreichen lassen. Sie würde mit ihr zusammen eine Strategie entwickeln, die das Liebespaar wieder zusammenbrachte. Und außerdem musste sie Wiebke über Annette Müller aufklären!

Wiebke hatte ihren Pick-up nicht vor dem Haus, sondern so abgestellt, dass er Erik beim Heimkommen nicht aufgefallen wäre. Nun wendete sie in einer Grundstückseinfahrt, sodass der Kies nach allen Seiten spritzte, und preschte den Süder Wung entlang, als käme es auf jede Minute an. Mamma Carlotta kannte das und war als Italienerin und Mutter motorbegeisterter Söhne an diese Fahrweise gewöhnt. Sie fühlte sich wohl. Wenn sie Wiebke nicht im Garten gesehen hätte, würde sie jetzt schlaflos im Bett liegen und sich von einer Seite auf die andere wälzen. Da war es doch viel besser, sich mit einer jungen Frau ins Nachtleben aufzumachen, die wie ein durchgeknallter Rennfahrer die schlafende Nachbarschaft aufschreckte.

Als Wiebke in den Hochkamp schlitterte und auf Käptens Kajüte zuhielt, sah Mamma Carlotta, dass über der Eingangstür tatsächlich Licht brannte, das Zeichen, dass Tove noch am Zapfhahn stand. Es schien sich für ihn zu lohnen. Nicht nur Fietje hockte auf seinem Stammplatz, mehrere angeheiterte Kegelbrüder hatten vier Tische zusammengeschoben und hoben, als Mamma Carlotta mit Wiebke eintrat, gerade die Schnapsgläser, um jemanden aus ihrer Mitte hochleben zu lassen. Wiebkes Anblick unterbrach kurz den ungezügelten Frohsinn, aber da sie die Männer keines Blickes würdigte, richtete sich deren Aufmerksamkeit wieder auf das, was sie konsumieren wollten, und auf die lautstarke Veranschaulichung ihrer vielfältigen Qualitäten.

Wiebke schob Mamma Carlotta zu einem Barhocker, der möglichst weit von den Kegelbrüdern entfernt war. Dass sie damit Fietje sehr nahe kamen, schien sie nicht zu stören. Der Strandwärter blickte nur kurz auf, wunderte sich mit einem knappen »Nanu?« darüber, dass die Schwiegermutter des Hauptkommissars um diese Zeit die Imbissstube aufsuchte, und starrte dann wieder in sein Bier, als wollte er klarstellen, dass ihn jede Ansprache nur belästigen würde.

Während Tove eine Runde Pils für die Kegelbrüder zapfte, bestellte Wiebke Rotwein aus Montepulciano, den Tove mit einem tiefen Seufzen eingoss, weil ihn die viele Arbeit mehr verdross, als ihn der gute Verdienst erfreuen konnte.

»Ich hoffe, Ihr Schwiegersohn kommt nicht wieder vorbei, Signora«, knurrte er. »So ein Theater in meiner Küche will ich nicht noch mal haben. Wenn er hier erscheint, bleiben Sie sitzen, wo Sie sind, verstanden? Mir doch egal, was Sie dem Hauptkommissar dann erklären.«

Mamma Carlotta schob empört das Glas zurück, weil Tove den Rotwein so knapp eingegossen hatte, dass nicht einmal der Eichstrich erreicht wurde. Wer sie so feindselig ansprach, hatte keine Großzügigkeit verdient. »Sie haben wohl vergessen, dass wir Sie vor dem Gewerbeaufsichtsamt gerettet haben? Es war Ihr Glück, dass Bello und die Goldhamster ausgerissen sind. Sonst hätte man vielleicht Ihr Ristorante geschlossen.«

Tove hatte es wohl tatsächlich vergessen. Brummend gab er einen so großen Schluck in Mamma Carlottas Rotweinglas, dass es überschwappte, als er es ihr wieder hinschob.

»Wo ist Bello?«, fragte Mamma Carlotta.

»Wo er hingehört«, knurrte Tove zurück. »Er bewacht den Eingang zur Küche. Ich dachte ja, ich wäre ihn los, aber Ida hat ihn zurückgebracht. War ja klar. Ich bin einfach zu gutmütig.«

»Seien Sie doch froh, dass Sie einen Wachhund haben!« Wiebke grinste anzüglich. »So wird niemand auf die Idee kommen, sich an Ihrem kostbaren Eigentum zu vergreifen.«

Tove ging auf Wiebkes Zynismus nicht ein. »Bello wird immer besser. Auf ›Fass‹ reagiert er anstandslos. Wenn der Typ vom Gewerbeaufsichtsamt noch mal hier erscheint, wird er sich wundern.«

»Prost!«, ertönte es vom Tisch der Kegelbrüder, und Tove begann vorsichtshalber mit dem Anzapfen der nächsten Gläser.

»Und die Goldhamster?«, fragte Mamma Carlotta und hätte die Frage am liebsten zurückgezogen, als sie Toves Miene sah. Nein, sie wollte keine Antwort auf ihre Frage, wollte nichts wissen, wenn Ida sie fragte, nicht lügen müssen und nicht mitschuldig sein am schweren Schicksal von zwei unschuldigen Tieren.

Aber es war zu spät. Tove hatte die Frage zur Kenntnis genommen. »Einen habe ich auf der anderen Straßenseite liegen sehen. Platt wie eine Briefmarke. Der andere wird wohl auch nicht weit gekommen sein.«

Mamma Carlotta schluckte und blickte Wiebke erschrocken an, die nun ebenfalls sehr betreten dreinsah. »Dass nur Ida nichts davon erfährt«, flüsterte sie.

Aber Tove winkte ab. »Halten Sie mich etwa für einen herzlosen groben Klotz?«

Mamma Carlotta zwang sich, diese Frage zu verneinen, und war froh, als Tove vollauf damit beschäftigt war, auf jedes Bier eine ansehnliche Krone zu zapfen.

»Ich muss Ihnen etwas sagen, Signorina«, raunte sie Wiebke zu. »Es ist gut, dass wir Zeit haben, ungestört zu reden.«

»Geht's um Erik?« Wiebke sah nicht so aus, als wollte sie über Carlottas Schwiegersohn reden.

»Nein, um Annette Müller.«

»Sie meinen die Frau, die Ihnen nachts in die Arme gelaufen ist? Und die sich vorher in das Auto des Mordopfers geschlichen hat? Diese Schauspielerin, Sängerin oder … Daniela Katzenberger?«

Mamma Carlotta unterbrach sie. »Das ist es, was ich Ihnen sagen will. Die Frau ist keine Prominente, wie ich dachte. Aber sie hat was mit dem Mordfall zu tun. Das wird Sie doch sicherlich auch interessieren. Oder muss es immer um eine verbotene Liebe oder um irgendeine hässliche Eigenschaft gehen, von der eigentlich niemand wissen darf?«

»Mordlust ist auch eine hässliche Eigenschaft, finden Sie nicht?« Wiebke stürzte den Rotwein herunter. Und da ihr gerade einfiel, dass sie den Weg zum Hotel auch zu Fuß zurücklegen konnte, bestellte sie ein weiteres Glas. »Also! Wer ist Annette Müller?«

»Sie heißt eigentlich Astrid Leding«, berichtete Mamma Carlotta. »Sie arbeitet als Lehrerin und hat den Jungen unterrichtet, der beim Syltlauf tot zusammengebrochen ist. Und Ida auch.«

Wiebkes Blick war jetzt sehr aufmerksam. »Woher wissen Sie das, Signora?«

»Beim Abendessen ist darüber gesprochen worden. Enrico hält Astrid Leding für die Mörderin.«

»Ehrlich? Könnte ich davon schon eine Titelzeile machen? Natürlich mit drei Fragezeichen ...«

»No, Signorina!« Mamma Carlotta erschrak. »Das dürfen Sie nicht. Außerdem ...« Sie warf Fietje einen Blick zu, der wie immer einen teilnahmslosen Eindruck machte und sich nicht für das Gespräch zu interessieren schien. »Enrico glaubt nur deshalb, dass Astrid Leding die Mörderin ist, weil er sicher ist, dass Kersten Hesse nichts damit zu tun haben kann.«

Wiebke verstand. »Weil der angeblich ein Alibi hat.«

Tove kehrte gerade von den Kegelbrüdern zurück, die sich Schafsköttel bestellt hatten. Zwar weigerte er sich, die Fritteuse wieder anzustellen, aber die Kegelbrüder hatten versichert, dass sie auch mit kalten Schafsködteln zufrieden sein würden. Er verschwand in der Küche, und Mamma Carlotta hörte die Kühlschranktür gehen.

»Wir sollten ihn überreden, die Wahrheit zu sagen.«

Wiebke schob die Unterlippe vor. »Das ist Eriks Sache. Wenn er so gut in seinem Job ist, wie er immer behauptet, wird er schon rauskriegen, dass der Wirt ihn belogen hat.«

»Sie könnten es ihm sagen, Signorina!« Mamma Carlotta fand, dass dies eine wunderbare Gelegenheit für Wiebke war, sich Erik wieder zu nähern. »Er wird Ihnen sehr dankbar sein, wenn er hört, dass Kersten Hesse doch der Mörder sein kann.«

Aber Wiebkes Miene wollte sich einfach nicht aufhellen. »Was habe ich davon, wenn Erik mir dankbar ist?«

»È vero, Signorina. Dankbarkeit und Liebe ... das sind zwei ganz unterschiedliche Gefühle. Aber ...«

Wiebke unterbrach sie. »Erzählen Sie mir noch mal alles,

was Sie über diese Frau wissen, Signora. Vor allem von der Nacht, in der Sie aus dem Garten des Hotels geflüchtet ist.«

Mamma Carlotta berichtete alles noch einmal mit großer Ausführlichkeit und bemühte sich redlich, auf die Übertreibungen zu verzichten, die einer interessanten Geschichte eigentlich erst die richtige Würze gaben. Obwohl sie wusste, dass auch Wiebke es mit der Wahrheit nie sehr genau nahm, wenn sie aus ein paar vagen Informationen eine brisante Enthüllungsstory machte, versuchte sie, sich an die Fakten zu halten. Und als sie sah, wie Wiebkes Augen sich zu Schlitzen verengten und ihre Stirn sich in Falten zog, versuchte sie sogar, die Sensation kleinerzureden. »Vielleicht hat sie sich auch nur vor einem Tier erschrocken. Und vielleicht hatte sie sich auch gar nicht heimlich in Morten Stövers Auto geschlichen. Kann sein, dass es mir nur so vorgekommen ist.«

Die Kegelbrüder begannen zu singen und wetteiferten darin, wer sämtliche Strophen von »Wir versaufen unser Oma ihr klein Häuschen« kannte und sie sogar trotz schwerer Zunge und verloren gegangenem Rhythmusgefühl singen konnte.

Der Wettbewerb war noch längst nicht entschieden, als Tove bereits ein Literglas in Form eines Stiefels anzapfte, das dem Gewinner des Sängerwettbewerbs versprochen wurde. Und Fietje, der von jedem Anwesenden mittlerweile vergessen worden war, sagte mit einem Mal: »Der Mann von dieser Frau benimmt sich aber auch sehr merkwürdig.«

Mamma Carlotta und Wiebke starrten ihn an, und Tove nahm seinem Stammgast das leere Glas weg und stellte es unter den Zapfhahn. »Was für ein Mann?«

Doch Mamma Carlotta ahnte, wen Fietje meinte. »Astrid Ledings Mann?«

Fietje sprach erst weiter, als er ein frisches Jever vor sich stehen hatte. »Seine Frau hat ihn heute Mittag vom Bahnhof abgeholt.« Er trank einen kräftigen Schluck, was lange dauerte, weil er sich danach erst gründlich den Mund abwischte und dafür sorgen musste, dass auch seine Barthaare von Bier und Schaum befreit waren.

»Na und?«, fragte Wiebke ungeduldig.

»Ich habe gesehen«, fuhr Fietje bedächtig fort, »wie der Leding lange vor Ankunft des Zuges ans Ende des Bahnsteigs gegangen ist. So weit, wie es geht. Und da hat er sich so klein gemacht, dass man ihn kaum sehen und erst recht nicht erkennen konnte. Als dann der Zug kam, hat er sich unter die Leute gemischt, die ausstiegen.« Er atmete tief ein und aus, als hätte er schwere körperliche Arbeit hinter sich und müsste sich erst mal erholen.

Während Mamma Carlotta sich noch überlegte, was das merkwürdige Gebaren von Astrid Ledings Mann zu bedeuten haben könnte, hakte Wiebke nach: »Sie meinen also, der war schon auf Sylt, als seine Frau ihn vom Zug abholen wollte? Und der hat nur so getan, als käme er gerade an?«

»Jo«, antwortete Fietje.

Erik blickte Sören lächelnd nach, der mit seinem Rennrad in der Dunkelheit verschwand. Dass sein Assistent den ganzen Tag über keine Silbe über seine Pläne verloren hatte, rechnete er ihm hoch an. Sein bester Freund wurde an diesem Tag dreißig, die Clique wollte in Westerland die Kneipen unsicher machen. Hätte Sören ihm davon erzählt, hätte Erik ihn gleich nach dem Abendessen in den Feierabend entlassen. Aber Sören hatte die Arbeit über das Privatleben gestellt und nichts verlauten lassen, wohl auch um einen guten Eindruck auf die Staatsanwältin zu machen. Jetzt jedoch wollte er sich den Freunden noch anschließen, sich schleunigst ihrem Alkoholpegel anpassen und noch ein wenig Spaß haben. »Aber morgen früh stehe ich wie gewohnt auf der Matte, Chef! Keine Sorge!«

Die knapp zwanzig Jahre Altersunterschied wurden Erik in diesem Augenblick deutlich vor Augen geführt. Nach diesem langen Tag noch durch die Kneipen zu ziehen und morgen mit akutem Schlafmangel weiterzumachen, wäre für Erik einer schweren Strafe gleichgekommen. Mit einem Mal spürte er die bleierne Müdigkeit, die ihn erst jetzt überfiel, weil er sie erst jetzt zulassen konnte, und gleichzeitig eine Unruhe, die ihn vermutlich am Einschlafen hindern würde. Er merkte, er musste erst Frieden finden, ehe er ins Bett ging. Ein Schlummertrunk würde ihm helfen, ein paar Reste vom Abendessen und jemand, der ihm etwas erzählte, was ihn nicht interessierte, etwas, was ihn garantiert ermüden und ihm die Unrast nehmen würde.

Er schloss die Haustür auf und blieb noch kurz auf der Schwelle stehen. Es fiel ihm schwer, sich von der kühlen Nachtluft zu trennen und sich der Wärme seines Hauses zu überlassen. Die Luft roch besonders gut. Ein leichter, wirbelnder Geruch, hell, wenn er hätte klingen können, durchscheinend, wenn er zu malen gewesen wäre. Er atmete tief durch, doch im nächsten Moment fuhr er erschrocken zurück. Etwas bewegte sich zu seinen Füßen, strich an seinen Beinen entlang, gab einen Laut von sich, der gleichermaßen kläglich wie unverfroren klang, und huschte an ihm vorbei in die Diele.

»Verflixtes Mistvieh!«

Im selben Augenblick polterten in der Küche die Stühle, die Tür wurde aufgerissen, und Felix erschien. »Was ist los?« Währenddessen wischte die Katze zwischen seinen Beinen durch und war schon in der Küche, wo sie mit einem erschrockenen Aufschrei begrüßt wurde.

»Die muss sofort wieder raus!« Erik hängte seine Jacke an den Garderobenhaken. »Wenn Herr Vorberg sich um die Katze kümmert, soll er sie gefälligst nachts im Hause behalten. Ich bin allergisch ...«

»Schön geschmeidig bleiben, Papa«, unterbrach Felix ihn respektlos. »So wahnsinnig allergisch bist du gar nicht. Vielleicht bist du ja überhaupt nicht ...«

Erik schnappte empört nach Luft, kam aber nicht dazu, sich

derartige Unterstellungen zu verbitten. Ida stürzte aus der Küche, mit der schwarzen Katze im Arm, und rannte ins Wohnzimmer. Erik hörte die Terrassentür gehen und atmete auf. Die Katze war draußen. Wenn Gerald Vorberg schon schlief und sie nicht mehr einlassen konnte, dann musste sie sich eben irgendwo ein Plätzchen suchen. Aber auf keinen Fall im Hause Wolf!

Erik ging in die Gästetoilette, um sich die Hände zu waschen, und starrte sein Gesicht im Spiegel an, während er das kalte Wasser über seine Handgelenke fließen ließ. Ob es sinnvoll war, noch jetzt, nach dem Verschwinden der Katze, einen Hustenanfall vorzutäuschen? Niesattacken waren schwer zu simulieren, das hatte er mittlerweile gemerkt, aber rote Augen würden die Kinder vielleicht überzeugen. Er rieb sie so lange, bis sie tatsächlich aussahen, als wären sie leicht entzündet, dann hustete er lange und putzte sich die Nase laut und ausgiebig. Trotzdem wollte sich die Sicherheit des Leidenden, der unter der Unachtsamkeit seiner Mitmenschen einiges zu erdulden hatte, nicht einstellen. Felix' Bemerkung hatte Erik verunsichert. War er etwa durchschaut worden? Er musste alles tun, um den Kindern, wenn er sie schon nicht überzeugt hatte, wenigstens die Unsicherheit zu erhalten. Sonst würde er am Ende die Abende neben einer Katze auf dem Sofa verbringen oder auf seinen Teller aufpassen müssen, damit sie ihm nicht den Schinken vom Brot klaute. Wenigstens musste er seine Schwiegermutter auf seiner Seite haben ...

Die Kinder gaben sich, als er die Küche betrat, verdächtig arglos, so als hätte es nie eine Katze in diesem Haus gegeben. Erik beschloss, es genauso zu halten, und den Zwischenfall nicht weiter zu thematisieren.

Suchend sah er sich um. »Wo ist die Nonna?« Er konnte kaum glauben, dass die Kinder in der Küche hockten, ohne dass seine Schwiegermutter bei ihnen saß, am Herd stand, um etwas aufzuwärmen, oder im Vorratsraum herumkramte und nach einer Nascherei suchte. »Sie ist tatsächlich schon schlafen gegangen?«

»Sie war müde«, gab Felix zurück, während er an einer kalten Hähnchenkeule nagte, und Ida ergänzte schnell: »Keine Sorge, wir räumen alles auf, ehe wir ins Bett gehen.«

Erik sah auf die Uhr. »Wird das nicht langsam Zeit?«

»Wir haben doch Ferien«, maulte Carolin und tunkte eine Scheibe Weißbrot in die Soße, die sie sich heiß gemacht hatte. So tief beugte sie sich darüber, dass eine ihrer Haarspiralen ebenfalls in die Soße geriet. Zum Glück war sie lang genug, reichte bis in Carolins Mundwinkel, sodass sie abgeleckt werden und Carolin weitermachen konnte, als wäre nichts geschehen.

Ida kratzte den Rest der Crema italiana aus der Schüssel. »Ist die Staatsanwältin wirklich so schlimm?«, fragte sie, als wollte sie das Thema wechseln.

»Schlimmer«, erwiderte Erik, ging in die Vorratskammer und kam mit einer Flasche Grappa zurück. In den dunkelsten Farben schilderte er seine Zusammenarbeit mit Frau Dr. Speck, um sicherzustellen, dass Ida fortan einen großen Bogen um sie machen und damit niemals Gefahr laufen würde, von der Staatsanwältin erkannt zu werden. »Unhöflich und unverschämt! Die erscheint einfach auf Sylt, geht bei uns ein und aus und findet nichts dabei, sich von der Nonna bekochen zu lassen. An der hat sie ja einen Narren gefressen. Ich hoffe, sie mischt sich nicht noch weiter in unser Privatleben ein. Wenn sie demnächst mit der Nonna shoppen oder ins Spielcasino gehen will, werde ich ihr aber mal so richtig die Meinung sagen.«

Er griff in die Innentasche seiner Jacke und holte seine Pfeife heraus, steckte sie aber gleich wieder weg, als Carolin ihn mit scharfer Stimme ermahnte: »Papa! Du wirst doch nicht rauchen!«

In der Sorge, dass Carolin eine Grundsatzdiskussion anschließen würde, wechselte auch er das Thema. »War es schwierig, Ida, den Hund im Tierheim loszuwerden?«

Ida sprang auf und begann, den Tisch abzuräumen und das Geschirr in die Spülmaschine zu packen. »Kein Problem«, murmelte sie. »Die wussten, wem der Hund gehört, und haben ihn vermutlich längst dem Besitzer zurückgebracht. Der Kleine haut wohl öfter ab.«

Die Kinder schienen plötzlich an seiner Gesellschaft nicht mehr interessiert zu sein, gähnten demonstrativ und beschlossen kollektiv, nun endlich schlafen zu gehen. Ida hatte mittlerweile die Küche aufgeräumt und folgte Carolin und Felix eilig. Offenbar wollten die drei nicht mit ihm reden, ihn nicht unterstützen in seinen Bemühungen, von der Arbeit ins Privatleben zu wechseln, ihm nicht helfen, in der Geborgenheit der Familie Kraft für den nächsten Tag zu tanken. Wenn Mamma Carlotta im Haus war, gelang ihm das immer mühelos. So wie früher, wenn Lucia auf ihn gewartet hatte und ihm die Gelegenheit gab, sich alle Last von der Seele zu reden. Anschließend hatte er immer gut schlafen und am nächsten Tag erholt aufstehen können. Ach, Lucia …

Er schüttelte den Gedanken an seine verstorbene Frau ab und lauschte nach oben, wo nur das Rumoren der Kinder zu vernehmen war und kein Laut zu ihm herunterdrang, der darauf schließen ließ, dass seine Schwiegermutter durch sein Heimkommen geweckt worden war. Wirklich merkwürdig, dass sie ausgerechnet an diesem Tag so früh schlafen gegangen war. Er hätte sie jetzt gerne in der Küche gehabt, hätte sich über ihre neugierigen Fragen geärgert, immer wieder ihr Angebot zurückgewiesen, schnell ein Omelett für ihn zuzubereiten, hätte eine Geschichte an seinem Ohr vorbeirauschen lassen, die ihn nicht interessierte, hätte über ihre Ermahnungen hinweggehört, dass er besser auf seine Gesundheit aufpassen müsse, und geseufzt, wenn sie ihm einen Einwohner von Panidomino vorhielt, den berufliche Überbeanspruchung das Leben gekostet hatte. All das ging ihm auf die Nerven, aber jetzt vermisste er es. Und außerdem wollte er endlich in Ruhe mit seiner Schwiegermutter über die vergangene Nacht reden, die sie offenbar nicht zu Hause verbracht hatte.

Er trank den Grappa und merkte sofort, dass er kein zweites Glas zu sich nehmen durfte. Die paar Schlucke drehten sich jetzt schon in seinem Kopf. Und mit ihnen die Frage, ob Mamma Carlotta etwa deswegen so früh schlafen gegangen war, weil sie ihm nicht Rede und Antwort stehen wollte. Lange starrte er das Etikett auf der Grappaflasche an und dachte nach, bis er sich eingestand, dass es nur eine einzige Erklärung gab. Ein Liebhaber! Seine Schwiegermutter schlich sich zu einem Mann, wenn im Hause alles schlief! Unvorstellbar eigentlich! Aber welchen Grund gab es sonst? Sie war die ganze Nacht weggeblieben und hatte alles getan, um ihn das nicht merken zu lassen.

Carlotta Capella war für ihn immer, schon als er sie kennenlernte, eine alte Frau gewesen, eine Mamma, eine Nonna, die selbstverständlich keine sexuellen Bedürfnisse mehr hatte. Nun machte er sich klar, dass sie noch nicht einmal sechzig war und damals, als er sie zum ersten Mal sah, jünger als er selbst heute. Aufgrund der langen Krankheit ihres Mannes hatte sie sehr lange auf vieles verzichten müssen. War es da ein Wunder, wenn sie in mancherlei Hinsicht Nachholbedarf hatte?

Aber wer steckte dahinter? Fritz Nikkelsen? Erik schüttelte den Kopf. Nikkelsen war ein Hallodri, aber als Liebhaber seiner Schwiegermutter konnte er ihn sich nicht vorstellen. Der Bäcker? Ein Verkäufer von Feinkost Meyer? Nein, ebenso unmöglich. Oder … Gerald Vorberg? Dessen Schicksal beschäftigte seine Schwiegermutter. Und die Ukulele hatte ein ganz besonderes Band zwischen ihnen geknüpft. Musik, die nicht aus dem Radio dudelte und auch nicht so laut von Felix produziert wurde, dass man sich die Ohren zuhalten musste, sondern Musik, die unter ihren eigenen Händen entstand! Anscheinend hatte diese Erfahrung sie mehr verändert, als Erik erkannt hatte. Aber dass sich seine Schwiegermutter nachts in das Holzhaus im Nachbargarten schlich, um mit Gerald Vorberg allein sein zu können, konnte er sich dennoch nicht vorstellen. Was geschah dort, was nicht auch tagsüber in dieser Küche vor sich gehen konnte?

Nein! Erik schüttelte entschieden den Kopf. Die Antwort, die auf diese Frage zwangsläufig folgen musste, wollte er nicht einmal in Erwägung ziehen. Nein! Nicht seine Schwiegermutter!

Über jede von Mamma Carlottas Ermahnungen schüttelte Wiebke den Kopf. »Das sind doch nur ein paar Meter.«

»Aber vier Gläser Rotwein! Warum lassen Sie den Wagen nicht vor Käptens Kajüte stehen? Diese paar Meter können Sie auch zu Fuß gehen. A piedi ist immer sicherer.«

Endlich gab sich Wiebke geschlagen. »Also gut! Aber eigentlich wollte ich Sie nach Hause bringen. Sie können doch nicht mitten in der Nacht allein durch Wenningstedt laufen.«

»Io?« Mamma Carlotta zeigte auf ihre Brust. »Ich hätte mich sowieso nicht von Ihnen zum Süder Wung fahren lassen, Signorina. Ich steige niemals in ein Auto mit einem alkoholisierten Fahrer.«

»Sie gehen also lieber das Risiko ein, dem Mörder in die Hände zu fallen, der zurzeit auf Sylt unterwegs ist?«, fragte Wiebke, lachte dann aber, um keine Angst in Mamma Carlotta entstehen zu lassen.

Doch es war schon zu spät. Der unbedachte Scherz jagte Carlotta eine Gänsehaut über den Rücken, ihr Herz wurde eingeschnürt, ihr Atem wollte nicht mehr fließen. »Es ist doch erst kurz nach Mitternacht«, flüsterte sie, weil ihre Stimme vor lauter Angst ganz klein geworden war. »Auf Sylt ist um diese Zeit noch viel los.«

Wiebke sah sich vielsagend um, als sie vor dem Hotel Wiesbaden ankamen, denn der Hochkamp war menschenleer. Dann aber bestätigte sie Mamma Carlotta: »Klar, auf der Westerlandstraße geht's noch rund, und im Süder Wung kann Ihnen nichts passieren. Schließlich wohnt dort ein Polizeibeamter. Da wagt sich der Mörder nicht hin.« Wieder lachte sie, doch auch diesmal erzeugte sie auf Mamma Carlottas Miene nicht den geringsten Hauch von Erleichterung. Während Wiebke sich von Mamma Carlotta verabschiedete, lachte sie weiter. Vermutlich würde sie noch immer lachen, wenn sie ihr Hotelzimmer betrat.

Dieses Lachen verletzte Mamma Carlotta. Ein kleiner Teil der Kumpanei, die sie stets mit Wiebke verbunden hatte, wurde in diesen wenigen Augenblicken kaputtgelacht. Und sie wusste: Vor diesen winzigen Verletzungen konnte sie sich nur schützen, indem sie Wiebkes Worten trotzte. Morten Stövers Mörder, der noch immer frei herumlief, konnte ihr nichts anhaben. Warum sollte er ausgerechnet einer italienischen Mamma nach dem Leben trachten? Er hatte ja von ihr nichts zu befürchten. »No, no!« Doch ihre energischen Schritte wurden prompt langsamer, unsicherer, als sie weiterdachte. Der Täter hatte womöglich doch etwas zu befürchten, jedenfalls dann, wenn er wusste, dass sie ihm auf die Schliche kommen konnte. Denn sie wusste, dass jemand als Mörder infrage kam, den Erik von der Liste der Verdächtigen gestrichen hatte ... Diese Gedanken schossen durch ihren Kopf, als ein Wagen von der Westerlandstraße in den Hochkamp einbog und ebenfalls auf den Hotelparkplatz fuhr.

Mamma Carlotta blieb stehen und machte einen langen Hals. Kersten Hesse? Ihr war, als hätte sie sein Profil erkannt. Ob Wiebke schon im Haus verschwunden war? Oder ob Kersten Hesse Gelegenheit hatte, sie anzusprechen und noch einmal in sein Zimmer zu locken?

Mamma Carlotta redete sich tapfer zu, dass es sie nichts anging, ob die beiden sich trafen und was sie miteinander zu bereden hatten, aber was sich in ihrem Kopf an Vernunft formierte, wollte einfach nicht in ihre Beine gelangen. Diese machten kehrt und führten Carlotta Capella zu dem Friesenwall zurück, der den Hotelparkplatz umschloss. Und da sah sie es schon: Wiebke war an der Eingangstür auf den Wagen aufmerksam geworden und kehrte nun zum Parkplatz zurück. Sie schien den Wagen zu kennen, wartete, bis der Fahrer ausstieg, und begrüßte ihn.

»Moin! Gibt's Neuigkeiten?«

Er schloss die Tür nicht. »Gut, dass ich dich sehe. Steig ein.«

Schon saß er wieder hinter dem Steuer und beugte sich über den Beifahrersitz, um Wiebke die Tür zu öffnen. Ohne zu zögern, setzte sie sich zu Kersten Hesse ins Auto.

Mamma Carlotta stand wie angewurzelt da. Musste sie sich Sorgen um Wiebke machen? Vertraute sie sich einem Mann an, der Böses im Schilde führte? Nein, Wiebke kannte Kersten Hesse von früher. Sie waren beide auf Juist aufgewachsen, und sie hatten schon mehrmals vertrauliche Gespräche geführt. Komische Gespräche, so hatte Fietje es genannt. Auf Mamma Carlottas Haut entstand prompt ein Kribbeln, das sie eigentlich schleunigst entfernen, abschütteln, wegklopfen musste, aber wie so oft kam sie nicht gegen das an, was Erik ihre Neugier nannte. Sie wusste, dass sie einen Fehler machte, dennoch schlich sie sich am Heckenrosenwall entlang auf den Parkplatz, duckte sich hinter einem großen SUV und näherte sich dem dunkelbraunen Alfa Romeo Schritt für Schritt, ganz vorsichtig, ohne den Kies zum Knirschen zu bringen. Die letzten Meter konnte sie nur ungesehen überwinden, indem sie sich auf alle viere niederließ und vorwärtskroch, trotz knackender Kniegelenke und schmerzendem Rücken. Entwürdigend, charakterlos! Die Vorstellung, in dieser schmählichen Haltung erwischt zu werden, hätte sie um ein Haar wieder aufgerichtet, aber gerade noch rechtzeitig wurde ihr klar, dass sie sich damit womöglich verraten hätte. So kniete sie nun am Heck des Wagens, in dem Wiebke mit Kersten Hesse sprach, und versuchte den Oberkörper vorsichtig aufzurichten. Es war schon beschämend genug, sich so klein zu machen, aber sich auf Knien erwischen zu lassen, war noch ein Stück herabwürdigender als dieses Ducken, aus dem sie wenigstens schnell würde in die Höhe schießen können, sobald sie entdeckt wurde.

Erst als sie eine einigermaßen erträgliche Körperhaltung gefunden hatte, war sie in der Lage, sich auf die leisen Worte zu konzentrieren, die aus dem Auto drangen.

»Die Polizei ist mir in die Quere gekommen«, hörte sie Kersten Hesse sagen.

»Bei mir war es auch ergebnislos«, entgegnete Wiebke.

»Aber aufgeben kommt nicht infrage.«

»Keine Sorge, ich bleibe dran.«

»Und die Katzenberger?«

»Bis jetzt habe ich noch keine Spur von ihr.« Carlotta merkte, wie Wiebke zögerte. »Könnte sein, dass meine Informantin sich geirrt hat. Sie kennt sich nicht aus in der deutschen Promiszene.«

Mamma Carlotta wartete auf eine Ergänzung, aber sie blieb aus. Warum erzählte Wiebke nicht, dass sie es inzwischen besser wusste? Warum erwähnte sie Astrid Leding nicht? Als Wiebke weitersprach, wurde ihr klar, dass diese Kersten Hesse nicht vertraute. »Wir sind im Hotel Wiesbaden genau richtig. Wenn die Katzenberger hier noch mal auftaucht, werde ich sie vor die Kamera bekommen, das schwöre ich dir.«

Kersten Hesse lachte leise. »Davon bin ich überzeugt. Aber verplemper deine Zeit nicht mit der Katzenberger.«

»Keine Sorge, unseren Plan vergesse ich nicht. Aber wir müssen vorsichtig sein. Die Sache mit deinem Alibi könnte ein Problem werden.«

Kersten Hesses Stimme wurde scharf. »Weil du die Klappe nicht gehalten hast.«

Wiebke ließ sich nichts gefallen. »Du hättest mir sagen sollen, dass du mit diesem Wirt einen Deal machst. Ich habe dir gleich gesagt, das mit uns beiden funktioniert nur, wenn du offen zu mir bist.«

Mit welchen Worten Kersten Hesse sich verteidigte, bekam Mamma Carlotta nicht mehr mit. Denn in diesem Augenblick bemerkte sie, dass sie nicht die Einzige war, die sich auf diesem Parkplatz versteckt hielt. Sie hörte den Kies knirschen, sehr leise, aber in der Stille der Nacht doch gut vernehmbar.

Und sie hörte das Scharren von Schritten, die näher kamen.

Immer näher …

Erik konnte nicht einschlafen. Zunächst hatte er seinen Kindern die Schuld daran gegeben, denn aus ihren Zimmern drang noch lange Musik, Gekicher und Felix' Stimme, der immer, wenn er mit dem Handy telefonierte, so laut redete, als traute er dem Mobilfunknetz nicht. Lange hatte dann noch im Bad das Wasser gerauscht, mehrmals waren die Türen ins Schloss gefallen, bis Ruhe eingekehrt war. Aber nicht in Eriks Innerem. Dort rumorten nach wie vor viele Fragen, die Erinnerungen an Wiebke und Lucia, an Sveas Stimme, an ihr leises Lachen.

Er wollte die Gedanken ausschalten, damit er endlich in den Schlaf hinübergleiten konnte, aber jedes Mal, wenn er auf der Schwelle zum Einschlummern stand, knackte es im Garten, hupte es auf der Westerlandstraße oder bog ein Motorradfahrer in den Süder Wung ein. Schließlich erhob er sich, weil er es nicht mehr aushielt, und trat ans Fenster. Die Nacht war nicht schwarz, sondern grau, die Wolkendecke zerriss gelegentlich und ließ das Mondlicht hindurch. Dann bewegten sich Schatten über die Rasenfläche, bis der Wolkenvorhang sich wieder schloss und die Nacht still vor dem Fenster stand.

Er nahm sein Handy vom Nachttisch, betrachtete es eine Weile und scrollte dann durch seine Telefonkontakte. Beim Eintrag Svea Gysbrecht blieb er stehen, sein Daumen schwebte über ihrem Namen …

Svea rief fast täglich auf Idas Handy an und gelegentlich

auch auf dem Festnetztelefon. Dann ließ sie sich von Mamma Carlotta bestätigen, dass es Ida wirklich so gut ging, wie das Mädchen selbst unermüdlich versicherte, und dass sie keineswegs an der Trennung von ihrer Mutter verzweifelte. Warum meldete sie sich nie auf seinem Handy?

Er legte es wieder zurück, blieb aber am Fenster stehen, weil er merkte, dass es wenig Sinn hatte, sich wieder hinzulegen. Er würde nicht einschlafen können. Jetzt hätte er etwas darum gegeben, seine Schwiegermutter in der Küche rumoren zu hören, ihren Selbstgesprächen zu lauschen oder sich über ein Telefongespräch von einem der italienischen Verwandten zu ärgern, die die Angewohnheit hatten, immer dann anzurufen, wenn er gerade zu Bett gegangen war. Als sein Handy zirpte, zuckte er zusammen. Eine SMS! Stirnrunzelnd nahm er das Mobiltelefon zur Hand. Eine Nachricht von Sören! »Am Strandübergang Seestraße gab es einen Überfall! Melden Sie sich, wenn Sie noch wach sind!«

Erik runzelte ärgerlich die Stirn. Was ging ihn ein Überfall an? Das war Sache der Kollegen, die Nachtschicht hatten. Er starrte das Display seines Handys so lange an, bis es erlosch. Dann war er zu der Erkenntnis gelangt, dass Sören einen guten Grund haben musste, ihn zu verständigen. Anscheinend war er auf dem Nachhauseweg am Tatort vorbeigekommen. Und wenn er der Meinung war, dass sein Chef etwas von diesem Überfall erfahren sollte, war das Opfer womöglich kein Fremder! Jemand, der mit dem Mordfall Stöver zu tun hatte? Astrid Leding? Hatte der Mörder nun sein Werk vollendet und auch sie erwischt?

Mit einem Mal war er hellwach. Warum nannte Sören keinen Namen? Und warum rief er ihn nicht einfach an, statt vorsichtig per SMS nachzufragen, ob Erik noch wach sei? Er hätte klipp und klar sagen können, wer überfallen worden war und dass Erik sofort zum Tatort kommen solle. Hoffentlich kam Sören nicht auf die Idee, die Staatsanwältin zu alarmieren, wenn er seinen Chef nicht erreichte. Frau Dr. Speck würde keinen Augenblick zögern, so viel war sicher.

Erik nahm sein Mobiltelefon wieder zur Hand, um Sörens Nummer zu wählen ... dabei fiel sein Blick durchs Fenster in den Garten. Ungläubig beugte er sich vor und starrte hinaus.

Da! Eine Bewegung auf dem Rasen! Eine Person, die sich von der Hecke löste, hinter der Gerald Vorbergs Ferienhaus lag. Sie bewegte sich geduckt vorwärts und lief nun auf den Kellerausgang zu ...

Mamma Carlotta hielt erschöpft inne und atmete tief durch. In wenigen Augenblicken war es geschafft, dann würde sie in Sicherheit sein, und alles wäre gut. Erik würde nichts von den nächtlichen Ereignissen mitbekommen, sie würde am nächsten Morgen dafür sorgen, besonders aufgeweckt und ausgeschlafen zu wirken, und auf das, was Erik mit Sören am Frühstückstisch besprach, mit keiner Silbe reagieren. Sollte die Staatsanwältin wieder frühmorgens im Süder Wung erscheinen, würde auch sie es nicht schaffen, aus Carlotta Capella irgendeine Meinungsäußerung hervorzulocken.

Sie blieb eine Weile in der Nähe der Hecke stehen, die Eriks Grundstück von dem der Familie Kemmertöns trennte. Dahinter stand das Holzhaus, das für Feriengäste ausgebaut und später sogar für behinderte Gäste barrierefrei ausgestattet worden war. Sie starrte durch die Hecke, bog die Zweige auseinander, um bessere Sicht auf die Eingangstür und die Fenster des Holzhauses zu haben, aber dahinter war alles dunkel, nirgendwo regte sich etwas. Was war mit Gerald Vorberg geschehen? Irgendetwas war passiert. Wenn sie nur wüsste, was.

Auf leisen Sohlen lief sie zur Kellertreppe. Sie musste sich bis zum Morgen gedulden, bis sie erfahren konnte, was geschehen war. Dann würde sie auch herausbekommen, ob Tove Griess etwas damit zu tun hatte. Die Geschichte, die er ihr aufgetischt hatte, war völlig unglaubwürdig gewesen. Sie würde ihn am nächsten Morgen ins Kreuzverhör nehmen müssen, damit er ihr die Wahrheit sagte. Und wenn er sein Versprechen nicht hielt, das sie ihm abgetrotzt hatte? Ja, dann würde sie Erik die ganze Wahrheit sagen.

Nur wie? Was sollte sie antworten, wenn er sie fragte, was sie nachts im Hochkamp gemacht hatte? Nein, dafür würde sich keine glaubhafte Erklärung finden lassen. Und das wusste Tove natürlich. Sie musste abwarten, was morgen geschah. Und natürlich hoffen, dass Erik vorm Schlafengehen nicht die Kellertür kontrolliert und abgeschlossen hatte.

Erik starrte seiner Schwiegermutter hinterher. War sie es wirklich? Sie hatte behauptet, sie sei müde und wolle früh zu Bett. Auch die Kinder waren der Meinung gewesen, die Nonna schlafe schon tief und fest. Aber in Wirklichkeit hatte sie sich aus dem Haus geschlichen. Wohin? Er starrte den Punkt an, wo ihm die Bewegung aufgefallen war. Die Hecke, hinter der sich Gerald Vorbergs Ferienhaus verbarg. War sie von dort gekommen? Hatte sie die letzten Stunden in diesem Haus verbracht? Erik spürte, wie aus der soliden Welt, in der seine Schwiegermutter thronte, zu ihren Füßen die Angehörigen – Kinder, Schwiegerkinder und Enkel –, Stein um Stein herausfiel. In diese Welt war jemand eingedrungen, der nicht dazugehörte. Kein Freund, der zu Besuch kam, sondern ein Fremder, der bleiben und die Angehörigen von ihrem Platz verdrängen wollte. So jedenfalls kam es ihm vor.

Es fiel ihm schwer, sich zu bewegen, er schaffte es nur mit großer Anstrengung. Einen Schritt machte er auf die Tür zu, dann blieb er stehen. Wollte er wirklich die Tür öffnen und seine Schwiegermutter zur Rede stellen? Nach der letzten Nacht hatte er unbedingt mit ihr reden wollen. Da hatte er ja noch auf eine harmlose Erklärung gehofft …

Er lauschte ins Haus hinein und hörte das Geräusch der Kellertür, das leise Schließen, die huschenden Schritte auf der

Diele, das kaum hörbare Knarren der Treppenstufen. Er stand da wie erstarrt, während sich die Tür ihres Zimmers öffnete und beinahe lautlos wieder schloss. Dann war es still im Haus, mucksmäuschenstill. Aus dem Raum, der früher Lucias Nähzimmer gewesen war, drang kein Laut.

Seine Schwiegermutter und Gerald Vorberg? Erik mochte sich gar nicht vorstellen, wie die beiden zusammengesessen, sich bei den Händen gehalten und vielleicht sogar geküsst hatten …

Er schüttelte diese entsetzliche Vorstellung ab, griff wieder nach seinem Handy und suchte Sörens Nummer aus dem Speicher. Nein, er wollte nicht wissen, wie und wo Mamma Carlotta die letzten Stunden verbracht hatte. Was Sören ihm mitzuteilen hatte, wollte er zwar eigentlich auch nicht wissen, aber alles war besser als das, was er von seiner Schwiegermutter auf keinen Fall erfahren wollte.

Sörens Stimme prallte an sein Ohr, laut und ungehemmt, so als wäre er nicht mehr Herr seiner Stimme, als könnte er nur noch auf schwierige mehrsilbige Wörter und Zischlaute achten und nicht mehr auf Klang und Lautstärke. Keine Frage, es war ihm gelungen, in kurzer Zeit nachzuholen, was seine Freunde mit stundenlanger Trinkerei erreicht hatten. »Ich dachte mir, dass Sie noch nicht schlafen.«

Warum dachte er das eigentlich? Es war schon nach Mitternacht. Galt man bereits als Schlafmütze, wenn man auf sechs Stunden Nachtruhe bestand?

»Was ist los?«

»Sie kennen das Opfer, Chef.« Sören musste mehrfach ansetzen, bevor er den Namen herausbrachte: »Gerald Vorberg! Er wurde von Passanten hilflos auf der Erde gefunden. Jugendliche Chaoten haben ihn aus dem Rollstuhl gestoßen, sind johlend damit abgehauen und haben den armen Mann einfach liegen lassen.«

»Gerald Vorberg? Das kann nicht sein.« Erik starrte zur

Hecke hinüber, hinter der das Holzhaus stand. »Völlig unmöglich. Der ist doch …«

»Ich habe ihn selbst gesehen, Chef«, unterbrach Sören ihn. »Er wurde das Opfer von Randa… Randalie…« Sören verließen die rhetorischen Kräfte.

Erik konnte den Blick nicht von dem Punkt lassen, an dem er seine Schwiegermutter bemerkt hatte. Sie war also nicht bei Gerald Vorberg gewesen. Bei wem dann? Nun dachte er nicht mehr an seine Nachtruhe. Die Empörung machte ihn wach, hellwach.

»Das ist ja unglaublich.«

»Sie haben rechts… rechtsradi… radikale Parolen losgelassen, sagt Vorberg. Unwertes Leben, solche und ähnliche Sprüche sind gefallen. Zum Kotzen!«

»Widerwärtig.« Erik riss sich vom Anblick der Hecke los und starrte in den Nachthimmel. »Ist eine Streife vor Ort?«

»Gerade angekommen. Die Kollegen kümmern sich um Vorberg. Der arme Kerl ist natürlich völlig fertig. Sie wollen ihn nach Hause bringen und dafür sorgen, dass er ins Bett kommt. Den Sozialen Dienst habe ich natürlich auch verständigt. Die kommen so schnell wie möglich, aber …«

Er machte eine bedeutungsvolle Pause, und Erik verstand. »Bis dahin soll ich mich um ihn kümmern?«

»Ohne Rollstuhl ist er ja total hilflos. Vielleicht kann Ihre Schwiegermutter …«

»Die schläft schon.«

»Tatsächlich?« Dieses Wort bereitete Sörens Zunge erhebliche Schwierigkeiten. »Wie auch immer … die Kollegen hoffen jedenfalls, dass Sie ihnen behilflich sein können.«

Erik gefiel die Rolle nicht, in die er hineingestoßen wurde. Er hatte keine Ahnung, wie er mit einem Gelähmten umgehen musste. Trotzdem sagte er zu: »Okay, ich kümmere mich um ihn.«

»Nur so lange, bis der Soziale Dienst kommt. Die haben

einen Rollstuhl, den sie Gerald Vorberg fürs Erste zur Verfügung stellen können.« Sören sammelte sich, Erik merkte, dass er sich mit der alkoholbedingten Störung seiner Rhetorik noch nicht abfinden wollte. »Der Mann steht unter Schock. Er sollte jetzt nicht allein sein. Meinen Sie nicht, dass Sie die Signora wecken sollten? Die ist im zwischen... zwischenmensch... na, Sie wissen schon, da ist sie einfach besser.«

»Mal sehen.« Erik blieb noch eine Weile am Fenster stehen, horchte auf Motorengeräusche und wartete darauf, dass ein Wagen in den Süder Wung einbog, dann erst war er bereit, sich anzuziehen.

Als er fertig war, wusste er immer noch nicht, ob er an die Tür klopfen sollte, die sich vor wenigen Minuten hinter Mamma Carlotta geschlossen hatte. Sie würde sich, wenn er es versuchte, vermutlich mit verschlafener Stimme melden und ihm vormachen, er hätte sie aus dem Tiefschlaf geweckt. Vielleicht würde sie ihm im Nachthemd öffnen, vielleicht würde sie darunter noch ihre Kleidung tragen, mit der sie die Treppe hochgeschlichen war.

Nein, er wollte sich nicht anhören, dass sie schon seit Stunden fest schlief, und ebenso wenig wollte er sie fragen, warum sie sich kurz vorher wie ein Dieb ins Haus gepirscht hatte. Vor der Antwort war ihm viel zu bange.

Ihr Herz hatte zum Zerspringen geschlagen, während sie hinter dem Auto gekauert und gelauscht hatte. Ihr Puls hatte gerast, ihr Körper war steif und unbeweglich geworden. Das Knirschen war immer näher gekommen, sehr langsam und vorsichtig. Ganz offensichtlich jemand, der nicht gehört werden wollte. Er kam nicht vom Hoteleingang her, sondern aus der entgegengesetzten Richtung, aus dem Schatten einiger Büsche ...

Mamma Carlotta zog sich die Decke bis zum Hals und ließ die Erinnerung kommen. Vielleicht würde sie im Nachhinein begreifen, was eigentlich geschehen war. Sie war in Deckung geblieben, indem sie sich zentimeterweise vortastete, ohne sich aufzurichten. Ihre Kniegelenke schmerzten, der Rücken tat ihr weh, aber sie zwang sich, in der Hocke zu bleiben, damit sie nicht bemerkt wurde. Schließlich ließ sie sich auf den Knien nieder, weil sie die Hockstellung nicht mehr ertrug. Sie stöhnte lautlos und lehnte die Stirn an die Karosserie. Was hatte derjenige vor, der sich dem Wagen auf der anderen Seite näherte? Plante er einen Überfall? Wollte er Kersten Hesse ans Leder? Oder ging es ihm um Wiebke? Was, wenn er die beiden bedrohte, wenn sie zu fliehen versuchten, die Autotüren aufrissen, heraussprangen … und dann über eine italienische Mamma stolperten, die am rechten Hinterreifen kniete?

Schließlich blieb der Schatten stehen, bewegte sich keinen Zentimeter mehr voran. Dann beugte er sich nach vorn, und der Kopf war zu erkennen. Und was auf dem Kopf saß, hatte Mamma Carlotta schon oft gesehen. Eine Bommelmütze!

Erleichtert und besorgt zugleich fuhr sie in die Höhe und vergaß für einen Augenblick die Angst vor Entdeckung. »Signor Tiensch!«

Fietjes Schatten erstarrte, dann fuhr er herum. Anscheinend hatte er Mamma Carlottas Stimme nicht erkannt, fühlte sich ertappt und war nun nur noch auf Flucht aus. Ein, zwei Schritte, dann kam er ins Straucheln, fiel gegen den nächsten Wagen, rappelte sich nur mühsam wieder auf … und verlor damit die Zeit, die er für seine Flucht dringend benötigt hätte.

Kersten Hesse war bereits aufmerksam geworden, riss die Fahrertür auf und sprang aus dem Wagen. Mit ein paar Sätzen stand er neben Fietje, der vor lauter Entsetzen das Fliehen vergaß. »Was machst du hier, du Penner?«

Mamma Carlotta duckte sich noch tiefer und presste das Gesicht an die Karosserie, als hoffte sie, nicht gesehen zu werden, wenn auch sie niemanden sah.

»Los, mach den Mund auf!«, hörte sie Kersten Hesse schreien. »Was willst du?«

Fietjes Stimme war so leise, dass Mamma Carlotta sie nicht verstehen konnte. Mamma Carlotta löste sich vorsichtig von dem Wagen und starrte die Beifahrertür an, die sich nach wie vor nicht bewegte. Hatte sie Glück? Blieb Wiebke im Wagen sitzen?

Nun vernahm sie ihre Stimme durch die geöffnete Fahrertür. »Lass ihn doch, Kersten!« Eine Bewegung zeigte ihr, dass Wiebke sich übers Lenkrad beugte. »Das ist ein Spanner, den kennt hier jeder. Der dachte wohl, wir hätten Sex im Auto.«

Das war der Moment, in dem Mamma Carlotta die Chance sah, unbemerkt davonzukommen. Sie blickte um den Wagen herum und erkannte die Füße von Kersten Hesse in den teuren Lederschuhen und Fietjes Füße in den ausgetretenen Schnürstiefeln. Sie standen dicht voreinander, anscheinend hatte Kersten Hesse den Strandwärter beim Schlafittchen gepackt und schüttelte ihn nun gründlich durch. Sein Schimpfen war so laut, dass Mamma Carlotta es wagte, die Flucht zu ergreifen. Für eine Frau, die sich der Sechzig näherte, startete sie, wie sie selbst fand, mit beachtlichem Tempo. Es waren nur wenige Meter bis zu dem Heckenrosenwall, hinter dem sie sich auf die Knie warf und wartete. Gab es einen überraschten Ausruf, kamen Schritte hinter ihr her? Nein, Kersten Hesse schien sie nicht bemerkt zu haben. Noch immer schimpfte er auf den armen Fietje los, und wieder bat Wiebke ihn, den Spanner laufen zu lassen. »Der ist harmlos!«

Mamma Carlotta hoffte, dass Kersten Hesse sich dieser Ansicht bald anschloss und nicht darauf bestand, die Polizei zu verständigen. Diese Sorge schüttelte sie allerdings schnell wieder ab, als sie sich ins Gedächtnis rief, dass Kersten Hesse etwas auf dem Kerbholz hatte und deswegen den Kontakt mit der Polizei wohl eher meiden würde. Vorsichtig bewegte sie sich auf die Straße, während Fietje noch immer von Kersten Hesse traktiert wurde, der ihn erst von sich wegstieß und nach ihm griff, sobald Fietje ins Straucheln geriet und zu stürzen drohte. »Hat dich jemand geschickt? Sollst du mich auskundschaften? Willst du wissen, was ich mit der Journalistin zu besprechen habe?«

In diesem Moment hörte Mamma Carlotta einen Hund. Bello! Wo er war, war auch Tove. Und wo Tove war, konnte sie auf Hilfe hoffen. Kopflos rannte sie auf ihn zu. Er stand vor seiner Imbissstube und starrte der Frau, die auf ihn zuhielt, mit offenem Mund entgegen. An der provisorischen Leine hatte er den Hund, der aufgeregt zerrte und bellte, und neben ihm lag etwas so Außergewöhnliches, dass Mamma Carlotta darüber ihre Angst vergaß. Die letzten Meter ging sie langsam, weil sie es nicht schaffte, gleichzeitig zu fliehen und sich zu wundern. Als sie bei Tove ankam, ließ sie sich von Bello anspringen, ohne ihn abzuwehren. »Was ist das? Wo haben Sie den her?«

Die Versuchung, sich umzudrehen und einfach weiterzuschlafen, war groß. Der Wecker war zum Schweigen gebracht worden, Erik hatte sogar die Kraft besessen, die Taste zu drücken, die verhinderte, dass er nach zwei Minuten erneut loslegte. Es war also riskant, sich zu entspannen und die Augen wieder zu schließen. Aber die Lider sanken ganz von selbst herab, sein Körper wurde schwer, in seinem Kopf dröhnte die Müdigkeit. Zum Glück schaffte er es, in einer übermenschlichen Anstrengung den Oberkörper aufzurichten und die Augen zu öffnen. Im selben Augenblick hörte er, dass in der Küche etwas zu Bruch ging. Seine Schwiegermutter war also schon auf den Beinen. Dass eine Tasse dran glauben musste, konnte zwei Gründe haben. Entweder waren ihre Hände noch fahrig vor Müdigkeit, oder aber sie war schon derart tatendurstig, dass das Kücheninventar ihrem frühen Elan nicht standgehalten hatte. Erik fühlte sich schlagartig noch schwächer, wenn er daran dachte, wie er selbst wohl in zwölf Jahren nach knapp vier Stunden Schlaf mit den Espressotassen umgehen würde.

Einige Stunden zuvor war seine Schwiegermutter im Nachthemd auf dem Treppenabsatz erschienen, als er die Treppe gerade hinuntergegangen war. »Enrico! Was ist los? Ist was passiert?«

Er hatte zu ihr hochgesehen, bemerkt, dass sie daran gedacht hatte, ihre Haare zu verstrubbeln, aber nicht, ihre Strümpfe auszuziehen. Als sie hörte, warum er mitten in der Nacht das Haus verlassen wollte, war sie zurück in ihr Zimmer gelaufen.

»Un momento! Ich ziehe mir kurz etwas über, dann komme ich mit. Der arme Signor Vorberg! Was sind das nur für schreckliche Menschen, die so etwas tun?«

Von da an hatte Erik sich um nichts mehr zu kümmern brauchen. Seine Schwiegermutter hatte sich auf Gerald Vorberg gestürzt, als er von zwei Polizisten aus dem Auto getragen wurde, hatte ihn mit einem Wortschwall empfangen, ihr Mitleid über ihn ausgeschüttet, ihre Hilfsbereitschaft hinter ihm hergetragen und ihre Bestürzung über die schreckliche Tat in vielen Ausrufen zum Ausdruck gebracht. Erik hatte nur danebengestanden und mit seiner Müdigkeit gekämpft. Ein wenig hatte er sie bewundert, denn ihr war anzumerken, dass sie jahrelang ihren Mann gepflegt hatte. Mit geschickten Händen hatte sie Gerald Vorberg geholfen, sie wusste genau, wo sie zupacken musste, damit er bequem saß, und hatte keine Scheu vor Berührungen.

Dann war sie dem Wagen des Sozialen Dienstes entgegengelaufen, hatte die beiden Mitarbeiter eingehend informiert und ihnen sämtliche Befürchtungen zu Ohren gebracht, die sie selber hegte, und war ihnen zur Hand gegangen, als sie Gerald Vorberg in den Rollstuhl hoben. Man hatte ihm angesehen, wie erleichtert er war, als er mit beiden Händen in die Räder greifen und den Rollstuhl ein paar Zentimeter nach links oder rechts drehen konnte. Das Erste, was er sagte, war, dass er nun ganz gut allein zurechtkomme. »Danke. Aber ich bin es ja gewöhnt, mich selbst zu versorgen. Ich kann das.«

Erik wollte ihn eigentlich bitten, ihm die Täter zu beschreiben, aber er sah schnell ein, dass Gerald Vorberg dazu nicht in der Lage war. Nicht in dieser Nacht. »Wir reden morgen darüber.«

Vorberg wirkte sehr mitgenommen und brauchte nun erst einmal Ruhe, das vermittelten ihm auch die strengen Blicke der beiden Sozialarbeiter.

Erik hatte prompt schuldbewusst gelächelt. »Vielleicht kommen Sie morgen zum Frühstücken rüber?«

»Wir könnten auch wieder Ukulele üben«, hatte Mamma Carlotta eingeworfen.

»Falls ich dann schon im Büro sein sollte, rufen Sie mich an«, hatte Erik ergänzt. »Ich komme dann gleich nach Hause und nehme das Protokoll auf. Sie brauchen sich nicht extra nach Westerland zu bemühen.«

Gerald Vorberg hatte nur genickt und sich mit dem Rollstuhl auf die Schlafzimmertür zubewegt. In seinen Rücken fragte Erik: »Warum waren Sie so spät noch unterwegs, Herr Vorberg? Ist das nicht gefährlich?«

Vorberg fuhr so schnell herum, dass Erik erschrak. »Hätten Sie mich das auch gefragt, wenn ich auf zwei gesunden Beinen vor Ihnen stünde?«, fragte er mit schneidender Stimme.

Erik erschrak. »Ich dachte ja nur …«

»Können Sie sich vorstellen, wie das ist, wenn man monatelang sich nur dorthin bewegen kann, wo der Pfleger einen hinschiebt?« Erik wagte nicht zu antworten, und Gerald Vorberg fuhr empört fort: »Nein, das können Sie nicht. Deshalb wissen Sie auch nicht, was es bedeutet, sich gegen Mitternacht auszumalen, wie das Meer aussieht, und sich die Freiheit zu nehmen, zum Strand zu rollen und es zu betrachten.«

Einer der Mitarbeiter des Sozialen Dienstes machte eine beschwichtigende Handbewegung. Erik nickte und erklärte, dass es ihm leidtue, eine unbedachte Frage gestellt zu haben.

Mamma Carlotta wechselte das Thema, indem sie anbot, im Wohnzimmer des Holzhauses zu übernachten, um Gerald Vorberg nicht allein zu lassen. Aber darauf reagierte er ähnlich wie auf Eriks Frage.

»Wenn ich sage, ich komme allein zurecht, dann ist das so.« Nein, er wollte keine Hilfe, wollte niemanden mehr bei sich haben, wollte alleine zurechtkommen, weil er froh war, dass er endlich so weit war, ohne Hilfe leben zu können. »Danke für den Rollstuhl«, sagte er zu den Mitarbeitern des Sozialen Dienstes und bemühte sich nun um Freundlichkeit, als er sich an Erik und Mamma Carlotta wandte. »Danke! Und entschuldigen Sie bitte, dass ich so barsch war. Ich weiß Ihre Unterstützung wirklich zu schätzen. Aber jetzt ...«

Er sprach den Satz nicht zu Ende, doch Erik verstand ihn auch so. Die Worte seiner Schwiegermutter wären nicht nötig gewesen. »Sie brauchen Ruhe, d'accordo! Nach diesem schrecklichen Erlebnis müssen Sie sich erst mal erholen.«

»Ich hoffe, wir finden Ihren Rollstuhl wieder«, ergänzte Erik. »Wir werden danach suchen, das verspreche ich Ihnen.«

Als er nun, am nächsten Morgen, die Treppe hinunterging, dem Kaffeeduft, der Wärme, der Behaglichkeit entgegen, nahm er sich vor, umgehend die Kollegen zu verständigen, die an diesem Tag Streife fahren würden, damit sie nach einem herrenlosen Rollstuhl Ausschau hielten.

Am Fuß der Treppe blieb er stehen. In den Morgenstunden hatte sich ein kräftiger Wind erhoben. Jetzt fiel ihm ein, dass er vom Rütteln an der Dachkante im Schlaf gestört worden war, vom Jaulen in einem Türspalt und vom Schlagen eines Zweiges. Erik war mit dem Wind groß geworden, er liebte ihn, während seine Schwiegermutter sich bereits bei Windstärke sechs fürchtete.

Mamma Carlotta begann schon zu reden, als sie seine Schritte vor der Küchentür vernahm: »Buon giorno, Enrico!« – und hörte nicht auf, während sie ihm Espresso anbot, sich dafür entschuldigte, dass sie die Panini vom Vortag aufgebacken hatte, und darüber lamentierte, dass die Feigenmarmelade zur

Neige ging und sie bei ihrem nächsten Besuch unbedingt mehr mitbringen müsse. »Wird la dottoressa zum Frühstücken kommen?«

»Ich hoffe nicht«, gab Erik mürrisch zurück. »Im Hotel Stadt Hamburg gibt es ein exzellentes Frühstücksbüfett.«

Er öffnete die Schranktür, um sich ein Wasserglas zu holen, doch seine Schwiegermutter ging dazwischen und riss die Tür der Spülmaschine auf. »Das schöne Glas, das Signorina Reimers dir geschenkt hat ... ich spüle es schnell mit der Hand.«

Erik beobachtete kopfschüttelnd, wie sie das Glas unter heißes Wasser hielt und es dann abtrocknete.

»Ich hätte ebenso gut ein anderes Glas nehmen können.«

»Ich weiß doch, Enrico, dass du dieses Glas liebst.«

Erik nahm es entgegen und überlegte nur kurz, ob er diese Behauptung richtigstellen sollte. Aber da seine Schwiegermutter schon weiterredete, raffte er sich nicht dazu auf.

»Der arme Sören wird heute wohl erst später erscheinen. Er hat sicherlich einen ...« Sie griff sich an den Kopf und ergänzte vorsichtig: »Brummschädel?«

»Er hat versprochen, pünktlich zu sein«, gab Erik zurück. »Trotz seiner Trinkerei gestern Abend. Immerhin durfte er heimfahren, nachdem er Gerald Vorberg gefunden hatte.«

»Aber der Sturm!« Während Mamma Carlotta das Rührei zubereitete, redete sie unaufhörlich von dem Sturm, hörte nicht darauf, dass Erik sie korrigierte, wollte das Fauchen und Klappern da draußen auf keinen Fall nur einen Wind nennen, und machte sich Sorgen um Sören, der mit seinem Rennrad womöglich von der Straße gepustet wurde. Sie redete ohne Pause, als wollte sie auf keinen Fall etwas gefragt werden.

Erik betrachtete sie, ihre schnellen Bewegungen, die flinken Augen, die immer noch dunklen Locken, ihren Mund, der ständig in Bewegung war und es zwischendurch auch noch schaffte, die Haare aus dem Gesicht zu pusten, die ihr lästig waren. Hatte sie ein schlechtes Gewissen? Redete sie deshalb an diesem Morgen besonders viel, damit er keine Gelegenheit hatte, sie zu fragen, wo sie neuerdings ihre Nächte verbrachte? Wie würde sie reagieren, wenn er den Namen Fritz Nikkelsen ins Spiel brachte?

Er überlegte, ob er sie unterbrechen und zu einer Erklärung zwingen sollte, aber er wusste, dass der Zeitpunkt ungünstig war. Sören würde bald erscheinen, und nach dem Frühstück würden sie zeitig aufbrechen müssen, damit die Staatsanwältin nicht vor ihnen im Polizeirevier erschien und sie mit Vorhaltungen empfing. Dass Erik und Sören quasi schon beim Frühstück mit ihrer Arbeit begannen und die vor ihnen liegende Arbeit besprachen, würde sie nicht besänftigen. Vermutlich würde sie ihm diese Erklärung nicht einmal glauben.

Mamma Carlotta missfiel es, dass Erik und Sören es eilig hatten, weil sie in Sorge waren, dass die Staatsanwältin eher mit dem Frühstücken fertig sein würde als sie selbst. Eigentlich hatte sie gehofft, dass Sören viel Zeit brauchen würde, bis sein Blick klar und seine Wangen wieder rosig werden würden. So etwas war mit gesunder Kost zu erreichen, das wusste niemand besser als Mamma Carlotta, und davon sollte er reichlich bekommen.

Aber Sören verweigerte jede Nahrungsaufnahme, sah nur mit gequältem Gesichtsausdruck zu, wie Erik sein Rührei verzehrte, beteuerte jedoch, dass er sich stark genug fühle, seinen Dienst zu versehen. »Wer feiern kann, kann auch arbeiten«, zitierte er. »Das hat mein Vater früher gesagt.« Immerhin hatte er es ja sogar mit seinem Rennrad bis zum Süder Wung geschafft, was Mamma Carlotta höchsten Respekt abnötigte.

Erik bestärkte den pädagogischen Grundsatz von Kretschmer senior, während er ungeniert auch die Rühreiportion konsumierte, die Sören zugedacht gewesen war, und seinen Assistenten bat, wenn er schon nicht essen wolle, die Zeit zu nutzen, um die Streifenpolizisten zu informieren.

»Sie sollen nach dem Rollstuhl fahnden. Diese Chaoten haben ihn garantiert irgendwo stehen lassen.«

Mamma Carlotta war zwar froh, dass sie nun, nach Sörens Erscheinen, nicht befürchten musste, dass Erik sie nach der vorletzten Nacht fragen würde, aber zu dem Vorfall der vergangenen Nacht hatte sie natürlich eine Menge zu sagen und redete kein bisschen weniger als vorher. Und Sören, der sich nun bewogen und auch stark genug fühlte, den entsetzlichen Vorfall aus seiner Sicht zu schildern, wurde immer wieder mit Ausrufen des Erschreckens und der Abscheu unterbrochen. »Madonna! So was hat es in meinem Dorf noch nie gegeben.«

Sie nahm sich fest vor, den armen Gerald Vorberg mit viel Zuwendung, unzähligen lustigen Geschichten und jeder Menge guten Essens zu versöhnen und ihn vergessen zu lassen, dass es Menschen gab, die mit Behinderten so grausam umgingen.

»Aber sei vorsichtig«, warnte Erik. »Du hast ja letzte Nacht gehört, dass er nicht mehr Hilfe haben will, als er unbedingt braucht.«

Sören schien nun zu merken, dass das Reden ihm über die körperlichen Beschwerden hinweghalf, und genoss Mamma Carlottas Interesse so ausgiebig, dass er schließlich sogar zu einem Brötchen griff, als hätte das Erzählen seinen Appetit angeregt.

»Es war entsetzlich«, berichtete er, »als ich sah, wie der arme Mann am Boden lag. Ich hatte ihn rufen hören, musste aber erst eine Weile suchen, bis ich ihn fand. Er war fix und fertig und den Tränen nahe. Offenbar hatte er schon öfter gerufen, aber niemand hatte ihn gehört oder gesehen.«

Darüber hätte Mamma Carlotta gerne noch länger gesprochen, aber Erik drängte schon bald zum Aufbruch. »Es gibt viel zu tun.«

»Will die Staatsanwältin heute Mittag bei uns essen?«, rief Mamma Carlotta ihnen nach.

»Mag sein, dass sie das will, aber ich werde sie daran hindern«, gab Erik zurück, während er seine Jacke anzog. »Heute Abend wird es sich wohl nicht vermeiden lassen. Sie kommt ja einfach mit, ohne sich erst einladen zu lassen. Aber heute Mittag muss ein Fischbrötchen reichen.«

Mamma Carlotta schüttelte sich. »Pesce in un panino! Terribile!«

Sie verabschiedete sich von Erik und Sören, als brächen die beiden zu einer mehrwöchigen Reise auf, warnte sie noch einmal eindringlich vor dem Sturm und versprach ein gutes Abendessen, für das sie gleich die Einkäufe erledigen werde, trotz des Sturms. Doch dann überlegte sie es sich anders.

»No, nicht gleich! Erst werde ich warten, ob Signor Vorberg mich braucht.«

Doch dann, als Eriks Wagen anfuhr, fiel ihr ein, dass es noch etwas Wichtigeres gab, etwas, das keinen Aufschub duldete. Die Kinder schliefen noch, sicherlich würde auch Gerald Vorberg lange ruhen, um sich vom Schrecken der vergangenen Nacht zu erholen, so würde es niemandem auffallen, dass sie in Käptens Kajüte einen Cappuccino trank. Sie musste unbedingt mit Tove reden. Und sie würde ihm nicht ersparen, dem Polizeirevier Westerland so bald wie möglich einen Besuch abzustatten.

Die Staatsanwältin erschien nach ihnen im Polizeirevier. »Puh! Der Wind ist so über den Rathausplatz gefegt, dass ich Mühe hatte, geradeaus zu gehen.«

Erik atmete erleichtert auf, als er ihr sogar weismachen konnte, dass er nicht gerade erst seine Jacke an den Haken gehängt hatte, sondern bereits in die Arbeit vertieft war. Sein Gruß fiel knapp aus, als wollte er sich ungern von solchen Höflichkeiten stören lassen. Und dann setzte er seinem Arbeitseifer die Krone auf: »Wir haben gestern Abend noch einiges herausgefunden.«

Die Staatsanwältin sah ihn ungläubig an. »Nachdem ich ins

Hotel gegangen war?« Sie nahm auf der anderen Seite von Eriks Schreibtisch Platz, zupfte den kurzen Rock ihres Kostüms in die Nähe ihrer Knie und richtete mit ein paar geübten Handgriffen ihre Frisur. »Sie sind nicht nach Hause gefahren, als ich im Hotel war?«

Erik ließ die Frage unbeantwortet und berichtete von Johannes Leding und seiner Flucht aus dem Ferienapartment. »Mir scheint, seine Frau soll annehmen, dass er mit dem Zug nach Flensburg gefahren ist. Aber er hat sich im Hotel Kristall eingemietet. Kommissar Kretschmer versucht gerade, etwas über ihn herauszufinden. Wir wissen nicht viel von ihm.«

»Er könnte etwas mit dem Mordfall Stöver zu tun haben?«

»Mord aus Eifersucht wäre möglich. Die Beteuerung von Frau Leding, sie habe nur ein einziges Mal der Versuchung nachgegeben, erschien mir nicht besonders glaubhaft. Johannes Leding könnte die Gelegenheit genutzt haben, seinen Rivalen loszuwerden.«

Die Staatsanwältin lehnte sich zufrieden zurück. »Noch was?«, fragte sie.

Erik freute sich, dass er eine weitere Überraschung für sie hatte. »Kersten Hesse hat die Leding observiert. Wir haben beobachtet, wie er ihr nachgefahren ist, als sie vom Bahnhof zurückkam.« Dass dieser auf Eriks Auto aufmerksam geworden war und die Flucht ergriffen hatte, ließ er unerwähnt. »Ich werde ins Hotel Kristall gehen und mit Johannes Leding reden, sobald Kommissar Kretschmer mit seinen Recherchen fertig ist. Mal sehen, was er uns zu sagen hat.«

Aber die Staatsanwältin hielt ihn zurück. »Besser, wir beobachten ihn erst mal und tun so, als glaubten wir, dass er nach Flensburg zurückgekehrt ist. Mal sehen, was der gute Herr Leding vorhat.«

Erik gab widerstrebend nach, weil er einsah, dass die Staatsanwältin recht hatte. Sie würden mehr über Johannes Leding herausbekommen, wenn sie ihn zunächst in Sicherheit wiegten.

»Kersten Hesse«, wiederholte die Staatsanwältin nachdenklich. »Die Leding hat behauptet, Morten Stöver sei von ihm bedroht worden.«

»Kann aber auch sein, dass sie nur den Verdacht von sich ablenken wollte. Sie spürt, dass sie kurz vor der Entlarvung steht. Vielleicht hätte sie mich mit ihrer Aussage sogar verunsichert. Aber sie hat natürlich nicht damit gerechnet, dass Hesse ein Alibi hat. Als sie das hörte, war sie ganz schön überrascht.«

Sören betrat mit ein paar Ausdrucken in der Hand den Raum, schien aber mit seiner Ausbeute nicht besonders zufrieden zu sein. »Unbeschriebenes Blatt«, sagte er mürrisch. »Keine Vorstrafen, auch sonst nichts Auffälliges.« Er ließ sich seine schlechte körperliche Verfassung nicht anmerken und begrüßte die Staatsanwältin nur knapp, ehe er mit vorgetäuschter Dynamik fortfuhr: »Johannes Leding stammt aus kleinen Verhältnissen, er ist der einzige Akademiker in seiner Familie. Jura hat er studiert, aber ein Prädikatsexamen hat er nicht geschafft. So konnte er sich seinen ursprünglichen Wunsch, Richter zu werden, nicht erfüllen. Das Risiko, sich selbstständig zu machen und eine Kanzlei zu eröffnen, war ihm zu groß. Deshalb hat er sich von der Stadt Flensburg anstellen lassen. Er ist stellvertretender Leiter des Rechtsamtes und gilt als ehrgeizig, aber weitgehend erfolglos. Ihm scheint das Charisma zu fehlen, was Durchstarter brauchen. Die Hochzeit mit Astrid Leding war wohl bisher sein größter Erfolg. Vermutlich hatte er sich ausgerechnet, dass er danach gute Beziehungen haben und seine Karriere ganz von selbst laufen würde, aber er hatte sich getäuscht. Nicht einmal die Amtsleitung hat man ihm übertragen, als die Stelle frei wurde, sondern einen Jüngeren genommen, der sich von außen beworben hatte.«

Erik nickte, als wären ihm sämtliche Indizien vorgetragen worden, die gegen Johannes Ledings Unschuld sprachen. »Er hatte Angst, dass seine Frau sich von ihm trennt«, vermutete er. »Das wäre sein allergrößter Misserfolg gewesen, dann hätten ihre Verwandten auf ihn hinabgesehen. Als Astrids Ehemann gehörte er immerhin zu der honorigen Sippe und wurde akzeptiert.«

»Die Leding ist arrogant«, konstatierte Sören. »Sicher hat sie ihn spüren lassen, dass sie ihn für einen Versager hält ...«

»... Wenn ihm klar wird«, unterbrach die Staatsanwältin, »dass sie mit einem Lehrer was anfängt, der ebenfalls aus kleinen Verhältnissen stammt ...«

»... statt mit dem Schulleiter oder besser noch mit dem Bürgermeister ...« Sören schien das Spiel Spaß zu machen.

»... dann könnte so ein Typ ausrasten.« Erik wollte nun auch mitmachen. »Er schlägt um sich. Der Liebhaber seiner Frau muss sterben, und seine Frau bekommt den Denkzettel, den sie verdient hat, indem sie unter Mordverdacht gerät.«

»Und was ist mit Haymo Hesse?«, fragte Sören. »Wie passt der da rein?«

»Den hat wohl wirklich Morten Stöver auf dem Gewissen«, antwortete Erik.

»Und was ist mit seinem Vater?«, fragte Sören. »Warum hat Kersten Hesse die Leding im Visier?«

»Wenn er der Täter wäre«, antwortete Erik, »dann will er vielleicht seine Rache vollenden und nach dem Lehrer seines Sohnes nun auch die Lehrerin umbringen, die bei der Klassenfahrt in Schweden dabei war.«

»Er hat ja dummerweise ein Alibi«, bemerkte Sören. »Aber der Abdruck seiner Gummistiefel ...« Doch dieser Satz blieb in der Luft hängen.

Erik rief Polizeimeister Enno Mierendorf zu sich. Er und Obermeister Rudi Engdahl bekamen den Auftrag, das Hotel Kristall im Auge zu behalten und sich Johannes Leding an die Fersen zu heften, sobald er das Haus verließ. »Kann sein, dass der Kerl was im Schilde führt«, erklärte er.

Mamma Carlotta lauschte die Treppe hoch. Als aus den Kinderzimmern nach wie vor kein Laut drang, machte sie sich auf den Weg. Sie würde später ihre Einkäufe erledigen, niemandem würde auffallen, dass sie vorher einen Besuch in Käptens Kajüte machte.

Sie nahm sich nicht die Zeit, Handschuhe anzuziehen und die Kapuze unter dem Kinn zuzubinden. Beides bereute sie jedoch, als sie mit dem Fahrrad in den Hochkamp einbog. Der Wind erfasste sie auf der breiten Straße, riss ihr die Kapuze vom Kopf und sorgte dafür, dass ihre Finger eiskalt und unbeweglich wurden. Ihre Haare überließ sie dem Wind, die Hände steckte sie abwechselnd in die Taschen ihrer Jacke, um sie einigermaßen warm zu halten.

Als sie am Hotel Wiesbaden vorbeifuhr, ließ sie das Rad rollen und machte einen langen Hals. Der Parkplatz war beinahe leer. Kersten Hesses Alfa stand neben einem dunklen Mercedes, Wiebkes Pick-up war nicht zu sehen. Wo mochte sie sein? Mit der Kamera auf der Pirsch? Auf der Suche nach dieser Frau Katzenberger? Oder war sie hinter Astrid Leding her?

Aber Mamma Carlotta hatte keine Zeit, darüber nachzudenken, sie musste nun einen pädagogischen Auftrag erfüllen. Tove war völlig verbohrt gewesen, als sie ihn in der vergangenen Nacht vor Käptens Kajüte angetroffen hatte. Aber er musste einsehen, dass sie recht hatte. Und wenn es ihm noch so lästig war.

Als sie ihr Fahrrad vor der Imbissstube abstellte, öffnete sich gerade die Tür, und zwei Männer traten heraus, jeder von ihnen mit einem Becher Coffee to go in der Hand. Mit ihnen schwappte »Das schöne Mädchen von Seite eins« heraus, und Mamma Carlotta hörte einen zum anderen sagen, dass der Kaffee in dieser Imbissstube hoffentlich besser sei als das Musikangebot.

Sie wollte gerade die Tür öffnen und sich Howard Carpendales Sehnsüchten stellen, als sie Fietje heranschlurfen sah.

Die Bommelmütze hatte er so tief ins Gesicht gezogen, dass es aussah, als spielte er Blindekuh, sein Blick war auf die Füße gerichtet, die Hände hatte er tief in den Taschen seines Troyers vergraben. Mühsam stemmte er sich gegen den Wind, als hätte er im Lauf der letzten Nacht abgenommen und sei nun zu leicht für diese Wetterlage.

Sie wartete, bis er herangekommen war. »Hat Signor Hesse Ihnen letzte Nacht wehgetan?«, fragte sie mitfühlend.

Fietje schob die Bommelmütze nach hinten, sodass er Mamma Carlotta ansehen konnte. »Nö, das wohl nicht.« Er ging an ihr vorbei und öffnete die Tür von Käptens Kajüte. »Ich habe Ihnen gleich gesagt, dass alles in Butter ist.«

Fietje Tiensch wollte nichts davon hören, dass manche Beschwerden sich erst am nächsten Tag zeigten, so wie ein blauer Fleck auch erst nach Stunden sichtbar wurde. Ihm war es nicht das erste Mal passiert, dass man ihn als Spanner durchgeschüttelt, beschimpft, bedroht und sogar geohrfeigt hatte. »Ich kann das ab«, war sein einziger Kommentar gewesen. Und dass es ihm nicht darum gegangen war, Sex im Auto zu beobachten, sondern etwas von dem Gespräch zwischen Kersten Hesse und Wiebke Reimers zu belauschen, dazu wollte er nichts sagen.

Dabei blieb er auch, als er an der Theke saß und sein Frühstücksbier bestellte. »Ich weiß von nix.«

Er hatte Glück, dass Mamma Carlotta schnell von ihm abließ, weil sie sich um Tove zu kümmern hatte. Der Wirt hatte noch nicht einmal ihre Cappuccinotasse unter den Kaffeeautomaten gestellt, da bekam er schon zu hören: »Sie gehen heute noch zu meinem Schwiegersohn ins Polizeirevier? D'accordo?«

Tove brummte, dass er noch nie in seinem Leben freiwillig ein Polizeirevier betreten habe, drehte ihr dabei aber den Rücken zu, als wollte er auf Nummer sicher gehen. Er wusste ja, dass es schwierig war, auf einer Ansicht zu beharren, wenn man in Mamma Carlottas sprühende Augen blickte. »Ich hab ja nix geklaut. Man hat mir das Teil untergeschoben.«

»Aber ich weiß, wem es gehört.«

»Dann können Sie es ja dem Besitzer zurückgeben!«

»Und wie soll ich erklären, wo ich es gefunden habe?«

Tove fingerte statt einer Antwort an seinem alten CD-Spieler herum, als fiele ihm plötzlich auf, dass Howard Carpendale nicht die richtige Geräuschkulisse bot. Warum er mehr auf Mireille Mathieu baute, wusste er vermutlich selber nicht.

»Außerdem muss mein Schwiegersohn nach Fingerabdrücken schauen. Da waren Verbrecher am Werk!«

»Nun übertreiben Sie mal nicht!« Tove zog es immer noch vor, Mamma Carlotta nicht anzusehen, und beschäftigte sich lange mit dem Kakao, den er über ihren Cappuccino streute. »Das waren irgendwelche Schüvkemaker!«

»Schüvke …« Mamma Carlottas Zunge wollte da nicht mitmachen. »Che cos'è?«

»Faxenmacher! Alberne Kerle!« Tove knallte ihr den Cappuccino hin und widmete sich der Krone auf Fietjes Bier, als ginge es darum, etwas besonders Kunstvolles zu produzieren. »Ich habe keine Zeit, nach Westerland zu fahren. Soll ich am helllichten Tage meinen Laden dichtmachen?«

Auf diese Frage wusste Mamma Carlotta eine Antwort, sie kam aber nicht dazu, sie zu äußern. Denn die Tür öffnete sich, der Wind jaulte herein, und es wurde jemand in die Imbissstube gepustet, den sie nur zu gut kannte. Normalerweise bekam sie einen Schrecken, wenn sie in Käptens Kajüte auf einen Bekannten stieß, denn es konnte ja jemand sein, der Erik später davon erzählte. Doch zum Glück fiel Mamma Carlotta sofort eine wunderbare Ausrede ein, als Ida entgeistert fragte:

»Signora! Sie hier?«

Mamma Carlotta fuhr auf ihrem Barhocker herum. »Buon giorno, Ida! Dormito bene?« Wie immer, wenn sie für Augenblicke um eine Erklärung verlegen war, verfiel sie erst mal ins Italienische. So konnte sie später, sobald ihr eine gute Idee gekommen war, von Verständigungsschwierigkeiten reden, wenn die wohlüberlegte deutsche Erklärung sich nicht mit der spontanen italienischen decken wollte. Erst, als sie sich lang und breit in italienischer Sprache darüber gewundert hatte, dass Ida schon wach war, berichtete sie, für alle verständlich, dass sie hergekommen sei, um mit Bello Gassi zu gehen. »Und da dachte ich, ich könnte ja vorher einen Cappuccino trinken.«

Ida lachte erfreut. »Hatten wir nicht gestern gesagt, dass ich heute das Gassigehen übernehme?« Sie trug ihren Sportanzug, den sie immer anzog, wenn sie joggen gehen wollte. »Ich möchte heute Morgen nach Kampen laufen. Das ist die richtige Strecke für Bello.«

»Madonna!« Mamma Carlotta schaffte es, außerordentlich überrascht auszusehen. »Und ich dachte ...« Was sie angeblich gedacht hatte, führte sie nicht weiter aus. Es reichte, dass Ida am Abend nichts erzählen konnte, was zu Schwierigkeiten mit Erik führen würde.

»Der Köter liegt im Küchenhof, wenn der Wind ihn nicht über den Zaun geweht hat«, knurrte Tove. »Wie lange eigentlich noch? Du hast gesagt, du wirst den Besitzer bald finden.«

Ida sah ihn unglücklich an. »Ich habe überall Zettel an Bäume und Laternenpfähle gehängt. Bestimmt wird sich Bellos Herrchen bald melden.«

»Wenn nicht, kommt der Köter ins Tierheim«, blaffte Tove.

»Aber da hat ihn niemand lieb«, gab Ida kläglich zurück.

»Hier hat ihn auch niemand lieb!« Tove betrachtete Ida kopfschüttelnd. »Hier kriegt er nur was zu fressen und wird vernünftig erzogen, mehr nicht.« Nun wurde er mit einem Mal friedfertiger. »Ich hab ihn bald so weit. Der ist vom gefährlichen Wachhund nicht mehr weit weg.«

Ida warf Mamma Carlotta einen Blick zu, als erwartete sie Hilfe von ihr. »Bello ist doch kein Wachhund«, sagte Mamma Carlotta daraufhin. »Dazu ist er viel zu niedlich.«

Zum Glück wartete Tove mit einer Antwort, bis Ida in der Küche verschwunden war, um Bellos Napf zu spülen.

»Dann ist die Überraschung umso größer«, meinte er dann, »wenn er gestreichelt werden soll und unerwartet zuschnappt.«

Mamma Carlotta war entsetzt. »Aber was, wenn es ein Kind ist, das Bello streicheln will?«

»Sollen die Eltern ihren Bödels doch klarmachen, dass man einen fremden Hund nicht streicheln darf!«

Ida setzte sich neben Mamma Carlotta an die Theke. »Ist es nicht wunderbar, dass die Goldhamster zurückgefunden haben?«

Mamma Carlotta sah sie mit offenem Munde an. »Die beiden ... die sind wieder da?«

Ida nickte strahlend, während Tove sich dem Kaffeeautomaten zuwandte und einen Espresso produzierte, von dem er anschließend nicht wusste, wem er serviert werden sollte.

»Total süß«, plauderte Ida weiter. »Wenn Tiere sich wohlfühlen, entwickeln sie einen sechsten Sinn, um dorthin zurückzufinden, wo man nett zu ihnen ist. Das zeigt doch, dass sie hier gut aufgehoben sind. Oder glauben Sie etwa, sie wären ins Tierheim zurückgelaufen?«

»Nix da!«, protestierte Tove. »Wenn du meinst, dass ich aus meiner Küche einen Altersruhesitz für Goldhamster mache, dann hast du dich geschnitten. Das Gewerbeaufsichtsamt ...«

Ida ließ ihn nicht ausreden. »Ich weiß ja, dass die beiden nicht ewig in Ihrer Küche bleiben können. Aber wenn das Wetter besser ist, können Sie den Käfig nach draußen stellen. Und bis die ersten Herbststürme kommen, habe ich bestimmt jemanden gefunden, der die beiden nimmt. Meine Ma kommt ja bald zurück, vielleicht kann ich sie überreden.«

Sie rutschte von dem Hocker herunter und ging erneut in die Küche. Mamma Carlotta hörte, dass sie den Goldhamstern liebevolle Worte zuwarf, und sah Tove an, der mit angewiderter Miene an dem Espresso nippte und Carlottas Blick partout nicht erwidern wollte.

Sie stand auf, ohne ihn aus den Augen zu lassen, ging zur

Küchentür und warf einen Blick auf den Käfig, der unter dem Tisch stand. Tatsächlich! Zwei Goldhamster hockten darin, einer stellte sich auf die Hinterbeine, als wollte er Mamma Carlotta begrüßen, der andere schnüffelte herum, als müsse er sein Zuhause noch kennenlernen.

Kopfschüttelnd kehrte Mamma Carlotta zur Theke zurück und wurde von Tove mit so zorniger Miene empfangen, dass sie nicht wagte, etwas Anerkennendes zu sagen.

Vorsichtig fragte sie nur: »Ida hat nichts gemerkt?«

»Die sehen doch alle gleich aus.«

Weiter kam er nicht, denn Ida kehrte mit Bello zurück, der sich vor Freude wie ein Brummkreisel gebärdete. Während er sich abwechselnd drehte, an Mamma Carlottas Beinen hochsprang und versuchte, auf Fietjes Schoß zu gelangen, sagte Ida: »Ich mache mir Sorgen um Herrn Vorberg. Er ist noch nicht aufgestanden. Hoffentlich ist alles okay bei ihm. Ich gehe doch jeden Morgen für ihn einkaufen. Aber auf mein Klopfen hat er nicht reagiert. Nun habe ich ihm die Tüte mit der frischen Milch an die Türklinke gehängt.«

»Du bist ein gutes Kind, Ida.« Mamma Carlotta konnte das Mädchen beruhigen. »Er hat eine schreckliche Nacht hinter sich. Kein Wunder, dass er sich erst mal ausschlafen muss.«

Ida schlug die Hand vor den Mund, als sie erfuhr, was Gerald Vorberg zugestoßen war, und auch Tove und Fietje hörten nun aufmerksam zu. »Aber er wird seinen Rollstuhl zurückbekommen«, schloss Mamma Carlotta und warf Tove einen bedeutungsvollen Blick zu. »Dann ist alles wieder gut.«

Ida verkündete, dass sie sich um Gerald Vorberg kümmern wolle, sobald er aufgestanden sei, und Mamma Carlotta bestärkte sie darin. »Du kannst ihn dann zu mir bringen, wenn er nicht allein sein will. Gemeinsam werden wir es schaffen, ihn von diesem schrecklichen Überfall abzulenken. Vielleicht werden wir ein bisschen Ukulele spielen ...«

Mamma Carlotta trank die Tasse leer und erhob sich, als

wollte sie gehen. Kaum hatte Ida jedoch mit Bello die Imbissstube verlassen und zu allen Ermahnungen Mamma Carlottas, die den Sturm betrafen, brav genickt, setzte sie sich wieder. »Avanti!«, sagte sie zu Tove. »Dann sind Sie fürs Mittagsgeschäft wieder da. Frühstücksgäste sind ja nicht mehr zu erwarten.« Tove verschlug es die Sprache, daher fuhr sie fort: »Und Sie, Signor Tiensch, gehen eben eine halbe Stunde früher in Ihr Strandwärterhäuschen. Sie sind schon so oft zu spät zum Dienst erschienen, da dürfen Sie ruhig mal zu früh kommen.«

Auch dem Strandwärter fiel auf diese ungeheuerliche Feststellung nichts ein. Mit dem Schaum auf der Oberlippe starrte er Mamma Carlotta an, als hätte sie ihm vorgeschlagen, demnächst den Anonymen Alkoholikern beizutreten.

Sören suchte das Internet nach weiteren Informationen über Johannes Leding ab, und die Staatsanwältin telefonierte nebenan mit ihrer Dienststelle. Erik legte den Kugelschreiber zur Seite und lauschte, als er sie sagen hörte: »Kann sein, dass ich morgen wieder da bin. Die Westerländer Mordkommission wird dann ohne mich zurechtkommen müssen.«

Erik spürte, wie sich in seiner Körpermitte die Wut zu einem dicken Kloß verdichtete und gegen seine Atmung drückte. Er hatte Mühe, ruhig Luft zu holen. Was für eine Frechheit! Da tat die Staatsanwältin tatsächlich so, als hätte sie wesentlich zu den Ermittlungsergebnissen beigetragen! Nichts hatte sie in Wirklichkeit getan, was nicht auch von Erik und Sören allein erreicht worden wäre.

»Nein, diesen Tag noch«, hörte er sie sagen. »Heute Nachmittag habe ich eine Verabredung. Privat, zugegeben. Ich möchte eine Dame zum Kaffee einladen, die wunderbar für mich gekocht hat. Das bin ich ihr schuldig.«

Der Kloß löste sich auf, die Wut spritzte in seinen ganzen Körper. »Und heute Abend«, fuhr Frau Dr. Speck fort, »mache ich noch einmal in Familie. Echt nett, an einem großen Tisch in der Küche zu sitzen und sich anzusehen, wie gekocht wird. Die Schwiegermutter von Hauptkommissar Wolf ist eine sehr unterhaltsame Person. Eine richtige italienische Mamma! Dabei noch ziemlich attraktiv. Ich glaube sogar, dass sie gar nicht so lammfromm ist, wie sie tut.« Sie kicherte und klopfte mit dem Bleistift ein sinnloses Stakkato auf den Schreibtisch. »Aber das macht sie ja noch sympathischer. Schade nur, dass unser Hauptkommissar pädagogisch nicht besonders begabt ist. Seine Kinder haben es noch kein einziges Mal für nötig gehalten, pünktlich zum Essen zu erscheinen. Seine Lebensgefährtin ist bisher auch noch nicht aufgetaucht. Die Liebe hat wohl nicht lange gehalten. Mir scheint, er ist gar nicht mehr mit dieser Journalistin zusammen …«

Erik wollte aufspringen, fragte sich aber noch bevor er sich zu dieser Anstrengung aufraffte, welchen Sinn sie hatte, und blieb sitzen. Statt zornig ins Nebenzimmer zu laufen und die Staatsanwältin zu fragen, wie sie dazu komme, seine Fähigkeiten als Vater infrage zu stellen, wo sie doch selbst keinerlei Erfahrung mit Kindern hatte, zog er seine Schreibtischschublade auf und holte eine Tafel Trauben-Nuss-Schokolade heraus. Nervennahrung! Die hatte er jetzt nötig. Was hatte die Staatsanwältin gesagt? Seine Schwiegermutter sei gar nicht so lammfromm, wie sie tue? Damit spielte sie vermutlich auf den Morgen an, an dem Mamma Carlotta mit schlechtem Gewissen nach Hause gekommen war und ihnen eine Geschichte aufgetischt hatte, die ihr niemand glaubte. Er brach ein Stück Schokolade ab und schob es sich in den Mund. Wehe, er bekäme heraus, dass die Staatsanwältin respektlos über seine Schwiegermutter sprach und mit Mutmaßungen nicht hinterm Berg gehalten hatte! Das würde er nicht auf sich beruhen lassen. Niemals!

Wie immer ließ er die Schokolade schmelzen und wartete darauf, dass am Ende nur noch die Haselnusskerne und die Rosinen auf seiner Zunge lagen. Als er anfing, die Nüsse mit den Zähnen zu knacken, hatte er sich tatsächlich ein wenig beruhigt. Und die Aussicht, die Staatsanwältin am nächsten Tag zum Bahnhof bringen zu dürfen, tat ein Übriges. Aus seinem Zorn wurde ganz langsam Resignation und dann eine wohltuende Gleichgültigkeit. Sollte sie doch reden, was sie wollte! Sollte sie doch mit seiner Schwiegermutter Kaffee trinken und sich am Abend an seinen Tisch setzen – es war ihm egal. Zum ersten Mal fühlte er sich ihr sogar überlegen. Er hatte einen Tisch in seiner Küche, an dem er nicht allein saß, er hatte Kinder, wenn die Staatsanwältin sie auch für schlecht erzogen hielt, er fühlte sich ihr sogar in seiner Trauer um Lucia überlegen, weil er sicher war, dass Frau Dr. Speck nicht einmal einen Menschen hatte, um den sie trauern konnte. Das Einzige, was es vermutlich in ihrer Erinnerung genauso gab wie in seiner, war eine Liebe, die in die Brüche gegangen war.

Wiebke! Ihr Name klang immer noch in ihm, wenn er ihn flüsterte. Svea? Der Klang dieses Namens war weicher, voller, auch lauter. Er freute sich auf ihre Rückkehr, und er war gespannt, welches Gefühl in ihm entstehen würde, wenn er sie wiedersah.

Er schreckte aus seinen Gedanken hoch, als Enno Mierendorf ins Zimmer blickte. »Haben Sie einen Moment Zeit? Da wird gerade ein merkwürdiges Fundstück abgeliefert. Das könnte Sie interessieren.«

Erik erhob sich und ging hinter Mierendorf her. Er ärgerte sich, als er im Nebenzimmer einen Stuhl scharren und kurz darauf die Schritte der Staatsanwältin hinter sich hörte.

Tove Griess stand in der Nähe der Tür, als wollte er sich keinen Meter weiter ins Polizeirevier begeben, als eben notwendig war. »Moin«, grüßte er, als Erik eintrat. »Das Fundbüro ist hier wohl nicht, aber ich dachte, das Ding bringe ich lieber hierhin. Heute Morgen hat ein Gast erzählt, es hätte letzte Nacht einen Überfall gegeben. Auf so einen armen Teufel, der das Ding vermutlich dringend braucht.«

»Das Ding« war ein Rollstuhl, und dass es sich um Gerald Vorbergs Rollstuhl handelte, erkannte Erik auf den ersten Blick. »Wo haben Sie ihn gefunden? Und wann?«

»Letzte Nacht, als ich meinen Laden abschloss. Er stand hinter dem Haus, sauber zusammengeklappt, sodass man ihn kaum sehen konnte. Beinahe wäre er mir gar nicht aufgefallen.«

Erik blickte sich nicht um, als die Staatsanwältin sich einmischte. Damit wollte er ihr zeigen, dass sie mit diesem Überfall nichts zu tun hatte. Aber sie setzte sich natürlich über seine nonverbale Äußerung hinweg. »Ein Überfall letzte Nacht? Davon weiß ich ja gar nichts.«

»Das hat nichts mit unseren beiden Mordfällen zu tun.«

Nun war auch Sören aus seinem Zimmer gekommen, und Erik war froh, dass er der Staatsanwältin erzählte, wie er Gerald Vorberg gefunden und in Sicherheit gebracht hatte.

»Wer tut denn so was?« Immerhin war die Staatsanwältin so empört, wie Erik es sich wünschte.

»Wenn ich das wüsste! Vermutlich irgendwelche verkappten Rechtsradikale, die sich erst Mut antrinken müssen, damit sie es schaffen, einen hilflosen Mann im Rollstuhl zu überfallen.«

»Rechtsradikal? Gibt es dafür Hinweise?«

»Herr Vorberg hat ausgesagt, dass sie entsprechende Parolen abgelassen haben. Unwertes Leben und so ...«

Die Staatsanwältin schüttelte sich. »Haben Sie eine Fahndung eingeleitet?«

»Viel wissen wir leider nicht von diesen Chaoten«, erklärte Erik. »Herr Vorberg war heute Nacht nur eingeschränkt vernehmungsfähig. Ich werde im Laufe des Tages noch mal mit ihm reden, er wohnt ja direkt nebenan. Vielleicht kann er uns Hinweise auf die Täter geben.«

»Solche Typen haben einen Denkzettel verdient«, ereiferte sich die Staatsanwältin, wurde dann aber mit einem Mal nachdenklich. »Was haben Sie gesagt?«, wandte sie sich an Tove

Griess. »Der Rollstuhl stand hinter Ihrem Haus? Säuberlich zusammengeklappt?«

Tove nickte brav, machte aber keinen Hehl daraus, wie lästig es ihm war, dieser Dame, die sich nach seiner Ansicht schrecklich wichtigmachte, eine nähere Erläuterung zu geben.

Die Staatsanwältin wandte sich an Erik. »Ich hätte angenommen, solche Typen schmeißen den Rollstuhl irgendwohin, wenn sie ihren Triumph ausgekostet haben. Dass sie ihn ordentlich zusammenklappen und so abstellen, dass er nicht auffällt, finde ich, gelinde gesagt, ungewöhnlich.«

Tove wollte die Sache zum Abschluss bringen. »Reiner Zufall, dass ich ihn gesehen habe. Normalerweise gehe ich vorne raus. Diesmal aber habe ich die Eingangstür von innen abgeschlossen und bin durch meinen Küchenhof gegangen, weil ich ... na ja, da habe ich ihn dann stehen sehen. Ich habe noch den Hochkamp rauf- und runtergeguckt ...«

»Hochkamp?«, wiederholte die Staatsanwältin. »Heißt so nicht die Straße, in der das Hotel steht, wo Hesse abgestiegen ist?«

»Jo«, antwortete Tove.

»Sie wissen, dass Kersten Hesse dort wohnt? Kennen Sie ihn?«

»Jo.«

Erik ging in sein Büro zurück, um der Staatsanwältin zu zeigen, wie überflüssig ihre Fragen waren. Hatte sie nichts Wichtigeres zu tun? Um die Ergreifung dieser Chaoten würden sich die Streifenbeamten kümmern. Schrecklich, dass Frau Dr. Speck der Meinung war, ohne sie könne kein Fall zu einem guten Ende geführt werden. »Wollen Sie behaupten, Hesse hätte etwas mit dem Rollstuhl zu tun?«, warf er über die Schulter zurück.

Vorsichtshalber ließ er seine Bürotür geöffnet, damit er zuhören und sich weiterhin darüber ärgern konnte, was die Staatsanwältin sagte. Wenn sie Tove Griess noch weiter nervte, würde der nie wieder freiwillig hier erscheinen. Es war ja schon ein kleines Wunder, dass er sich als verantwortungsbewusster Bürger erwiesen und den Rollstuhl abgegeben hatte!

»Was sagen Sie? Sie kennen Kersten Hesse?«

Tove Griess schien keine Lust mehr zu haben, der Staatsanwältin Rede und Antwort zu stehen, deswegen war es Sören, der sich äußerte: »Herr Griess ist Besitzer der Imbissstube am Hochkamp. Bei ihm hat Herr Hesse sich in der Nacht aufgehalten, in der Morten Stöver ermordet wurde.«

Nun zog Erik es vor, ins Revierzimmer zurückzugehen. Die simple Rückgabe eines verloren gegangenen Rollstuhls wurde plötzlich doch zu einem Teil des Falls, den er gerade bearbeitete. »Das Alibi!«, erinnerte er die Staatsanwältin.

Tove schwieg, seine Miene nahm einen trotzigen Ausdruck an. Es war ihr abzulesen, dass er sich vornahm, nie wieder hier zu erscheinen, weil man immer damit rechnen musste, dass aus einer Mücke ein Elefant gemacht wurde.

»Herr Griess ist früher mal zur See gefahren«, erläuterte Sören weiter, »und Kersten Hesse war damals sein Kapitän.«

Die Staatsanwältin erinnerte sich. »Sie haben in der Nacht, in der Morten Stöver ermordet wurde, in Erinnerungen gekramt?«

»Jo«, bestätigte Tove. »Ich kann dann jetzt wohl gehen …« Er legte die Hand auf die Klinke und wartete auf Zustimmung, die jedoch ausblieb.

Die Staatsanwältin wandte sich an Erik. »Wie heißt das Opfer des Überfalls? Was ist das für ein Mann?«

»Gerald Vorberg«, antwortete Erik und fügte ungern an: »Der Vater von einem der beiden Jungen, die in Schweden ums Leben gekommen sind.«

»Und das halten Sie für einen Zufall?« Aufgeregt fasste die Staatsanwältin zusammen: »In der Straße, in der Hesse wohnt, wird ein Behinderter aus seinem Rollstuhl gestoßen. Und der wird später säuberlich zusammengeklappt hinter dem Haus gefunden, in dem Hesse sich aufgehalten hat, als Morten Stöver ermordet wurde.«

Erik spürte, wie die Ungeduld in ihm zu brodeln begann. »Der Überfall geschah am Strandübergang Dünenstraße«, mahnte er leise und nur mühsam beherrscht. »Und warum sollte Kersten Hesse so was tun?«

Die Staatsanwältin packte Tove am Arm und schob ihn vor sich her. Der Wirt war derart verblüfft, dass er glatt vergaß, sich dagegen zu wehren, und in die Richtung stolperte, in die die Staatsanwältin ihn drängte. Sie, die trotz ihrer hohen Absätze mehr als einen Kopf kleiner war als Tove, schien ihn dennoch zu überragen, derart groß war ihre Entschlossenheit. Sie stieß Tove auf einen Stuhl und schaute sich nach Erik und Sören um.

»Was soll das hier?«, fragte Tove. »Ich habe nichts gemacht. Im Gegenteil! Ich habe den Rollstuhl zurückgebracht …«

Weiter kam er nicht. Die Staatsanwältin schnitt ihm mit einer so herrischen Bewegung das Wort ab, dass Toves Verblüffung noch größer war als seine Angst.

Frau Dr. Speck sah Erik an, als hätte sie soeben das Rad erfunden. »Ein Verdächtiger wie Hesse hat uns die ganze Zeit gefehlt, Wolf! Nur weil der ein Alibi hatte …«

»Das hat er immer noch«, warf Erik ein und sah Tove auffordernd an, der seinen Blick jedoch nicht bemerkte, sondern auf die Staatsanwältin starrte wie das Kaninchen auf die Schlange.

Diese setzte ein maliziöses Lächeln auf. »Ich glaube, der nette Herr Griess will sich das gerade noch mal überlegen.«

Tove war noch niemals für irgendjemanden der nette Herr Griess gewesen und dementsprechend entgeistert. Als die Staatsanwältin und auch Erik und Sören sich zu ihm an den Tisch setzten, sah er aus, als überlegte er, wie er seine Flucht in die Wege leiten könnte. Der nette Herr Griess, das begriff er mit einem Schlage, sollte mit Freundlichkeit dazu gebracht werden, etwas zuzugeben, was der Herr Griess, den niemand nett fand, auf keinen Fall wollte.

Erik konnte nicht umhin, die Staatsanwältin zu bewundern. Schon bald überlegte sich Tove, welcher Ärger schwerer wog – der mit der Polizei und der Staatsanwaltschaft oder der mit seinem früheren Kapitän. Und als ihm klargemacht wurde, dass Kersten Hesse keine Gelegenheit bekommen würde, sich für seinen Verrat zu rächen, weil man ihn noch in der nächsten Stunde festnehmen würde, gab er auf. Ja, er hatte gelogen. Kersten Hesse hatte ihm versichert, dass er nichts mit dem Mord an Morten Stöver zu tun habe, dass es aber besser sei, wenn er von vornherein nicht in Verdacht geriete, weil dann der wahre Täter Gelegenheit haben würde, den Kopf aus der Schlinge zu ziehen. Tove versicherte, dass er Kersten Hesse zwar eine Menge zutraue, aber keinen kaltblütig geplanten Mord. Deswegen war er davon ausgegangen, mit seiner Lüge der Wahrheit zum Sieg zu verhelfen.

»Womit hat er Sie erpresst?« Erik kannte Tove besser als Frau Dr. Speck und wusste, dass der Wirt nichts nur aus alter Freundschaft tat.

Auch hier dauerte es nicht lange, bis Tove einknickte. Es hatte einmal einen Matrosen gegeben, der eines Morgens verschwunden und Tage später an Land gespült worden war. Tot! Und Tove hatte Nachtwache gehabt und sich kurz vorher eine Schlägerei mit diesem Matrosen geliefert, in der es um ein Fass Rum und eine Jamaikanerin gegangen war. Kein Wunder, dass er sofort in Verdacht geriet. Aber Kersten Hesse hatte Tove ein Alibi gegeben, und so war sein Smutje unbehelligt geblieben.

»Ich hatte mit dem Tod des Matrosen wirklich nichts zu tun«, beteuerte Tove. »Aber Kersten meinte, darauf käme es nicht an. Eine Hand wäscht die andere, hat er gesagt. Er hat mir damals geholfen, jetzt könne ich mich revanchieren.«

»Und womit hat er Ihnen gedroht?«, fragte Erik.

»Ganz Sylt sollte erfahren, dass ich einen Matrosen auf dem Gewissen habe und dass ich nie Kapitän, sondern nur Smutje war.«

Tove ließ keinen Zweifel daran, dass seine zweite Sorge die größere war. Sein Ruf, der nie gut gewesen war, wäre damit vollends ruiniert. Am Ende würde man noch von ihm verlangen, seiner Imbissstube einen anderen Namen zu geben!

Als die Staatsanwältin nun sogar lobende Worte für ihn fand und anerkannte, dass er sich, wenn auch etwas verspätet, dennoch zur Wahrheit durchgerungen habe, war er mit einem Mal so aufgekratzt, dass er ihr sogar nach dem Mund redete. Er habe Kersten Hesse zwar eigentlich keinen Mord zugetraut, aber wenn er es sich jetzt noch mal richtig überlege …

»Es könnte sogar sein, dass er das damals selbst war, der dem Matrosen eins übergebraten hat.«

Die Staatsanwältin erhob sich zufrieden und hatte augenblicklich das Interesse an Tove Griess verloren. »Lassen Sie Hesse herbringen«, sagte sie zu Erik. »So schnell wie möglich.«

Mamma Carlotta hatte ihre Einkäufe erledigt und klingelte nun bei der Nachbarin, denn sie wusste, dass Frau Kemmertöns donnerstags freihatte und sich dann dem Hausputz widmete, von dem sie sich gern ein Stündchen ablenken ließ. Mit ihrer Vermutung, dass Frau Kemmertöns nichts davon mitbekommen hatte, was in der vergangenen Nacht geschehen war, hatte sie richtiggelegen. Frau Kemmertöns war außer sich, als sie hörte, was dem armen Herrn Vorberg angetan worden war. Wenn sie außer sich war, äußerte sich das etwa so, als hätte sich Mamma Carlotta vom Briefträger in Panidomino erzählen lassen, dass die Haushälterin des Pfarrers durch einen Brief vom Finanzamt erschreckt worden war. Eine interessante, aber keineswegs bewegende Information. Doch Mamma Carlotta kannte die Nachbarin inzwischen gut genug, um zu erkennen, wenn sie ehrlich erschüttert war. Das war sie in diesem Fall ohne Zweifel. Sie zog Carlotta ins Haus, beklagte lauthals und mit ein paar erstaunlichen Adjektiven das Schicksal des armen

Herrn Vorberg und griff sogar zu theatralischen Gesten, die Carlotta noch nie bei ihr gesehen hatte.

»Unwertes Leben? Pfui Deibel! Ich hoffe, Ihr Schwiegersohn erwischt diese Schweine und wirft sie von der Insel. So ein braunes Pack will hier keiner!«

Während sie sich ausmalten, welche Strafe für solche widerlichen Verbrecher die richtige war, stärkten sie sich an dem Tee, den Frau Kemmertöns gekocht hatte und dem sie heimlich ein halbes Schnapsglas Pfefferminzlikör zuzufügen pflegte, wovon nur wenige Eingeweihte wussten. Herr Kemmertöns gehörte nicht dazu. Als er einen Blick in die Küche warf, war er davon überzeugt, dass seine Frau mit der Schwiegermutter des Hauptkommissars eine Mischung aus Darjeeling und Pfefferminztee trank. Ehe er um ein Tässchen bitten konnte, wurde er mit der Erzählung abgelenkt, dass Rechtsradikale die Insel unsicher machten.

Herr Kemmertöns kehrte kopfschüttelnd zum Aufräumen in den Keller zurück. »Neonazis! Elendes Pack! Herr Vorberg muss wohl erst mal Schlaf nachholen. Die letzte Nacht wird ihm noch in den Knochen sitzen.«

Die beiden Damen bestätigten ihn lebhaft und erinnerten sich gegenseitig an spektakuläre Ereignisse ihres Lebens, die ebenfalls zur Folge gehabt hatten, dass sie am nächsten Tag bis gegen Mittag geschlafen hatten. Es dauerte eine Weile und mehrere Tassen Tee inklusive Pfefferminzlikör, bis die beiden Frauen ein weiteres Mal an Gerald Vorberg dachten und auf die Idee kamen, auch ihm ein Tässchen Tee anzubieten.

Sie waren gerade aus dem Haus getreten, als die Kinder am Gartentor erschienen, alle drei in Sportkleidung und mit dem schweren Atem, mit dem Sportler alle Nichtsportler beschämten.

»Madonna!«, rief Mamma Carlotta. »Ihr könnt doch bei diesem Sturm nicht joggen gehen!«

Ida hatte Bello an der Leine, der sich auf Mamma Carlotta

stürzte und zu hoffen schien, dass sie ein Stück Wurst in der Jackentasche hatte.

Ida betrachtete voller Sorge die Türklinke zu Gerald Vorbergs Haus, an dem nach wie vor die Einkaufstüte baumelte und vom Wind hin und her geschlagen wurde. »Es wird ihm doch nichts zugestoßen sein?«

»Dio mio!« Mamma Carlotta fiel prompt der Besitzer einer Trattoria in Città di Castello ein, der nach einer seelischen Erschütterung einen Schlaganfall erlitten hatte. Zwar war er nicht überfallen worden, sondern hat nur mit ansehen müssen, wie seine Tochter ihre sieben Sachen packte und zu einem Mann ins Auto stieg, den sie auf keinen Fall heiraten sollte, aber wenn so ein vergleichsweise harmloses Ereignis schon zu schweren gesundheitlichen Schäden führen konnte, was geschah dann erst nach dem, was Gerald Vorberg widerfahren war?

Ida klopfte an der Tür des Holzhauses. »Herr Vorberg?«

Doch es rührte sich nichts. Sie versuchte es auch an den Fenstern, aber mit ebenso wenig Erfolg. Während Carolin dafür sorgte, dass Frau Kemmertöns nichts davon mitbekam, dass Bello an der schönsten Blüte ihres Staudenbeetes das Bein hob, und Felix mit einem weiten Ausfallschritt seine Waden dehnte, kroch in Mamma Carlotta die Angst hoch. Und sie sah Frau Kemmertöns an, dass auch sie sich Sorgen um ihren Feriengast machte.

Tove war mittlerweile entlassen und Sören zum Hotel Wiesbaden geschickt worden, um Kersten Hesse zur Vernehmung abzuholen. Währenddessen versuchte Erik, der Fantasie der Staatsanwältin Grenzen zu setzen. »Es ist nicht sicher, dass er Morten Stöver umgebracht hat. Wir haben noch eine Verdächtige. Vergessen Sie das nicht.«

»Astrid Leding?« Die Staatsanwältin schüttelte verächtlich den Kopf. »Sie vergessen anscheinend, dass Morten Stöver von Hesse bedroht worden ist.«

»Sagt Astrid Leding.«

»Ich weiß nicht …« Die Staatsanwältin blieb skeptisch.

»Und was ist mit ihrem Mann?« Erik beschloss, Enno Mierendorf und Rudi Engdahl anzurufen, um zu hören, ob sie Johannes Leding mittlerweile zu Gesicht bekommen hatten. Aber vor allem, um sich dem Gespräch mit der Staatsanwältin zu entziehen.

»Sie rufen im richtigen Moment an, Chef«, meinte Enno Mierendorf. »Leding kommt gerade ins Hotel zurück. Der hat wohl einen Spaziergang gemacht.«

»Haben Sie gesehen, wann er das Hotel verlassen hat?«

»Nö, Chef. Der muss wohl schon länger unterwegs sein.«

»Was ist mit seiner Frau? Haben Sie die auch gesehen? Die wohnt ja gleich gegenüber.«

»Sollten wir die auch observieren?«, kam es unsicher zurück.

Erik ärgerte sich. Nein, das hatte er den beiden nicht ausdrücklich aufgetragen. Und da sie in die Ermittlungsarbeit nicht eingebunden waren, konnte er von ihnen nicht erwarten, dass sie so vorausschauend waren. »Hätte ja sein können, dass Sie Astrid Leding zufällig gesehen haben.«

»Nö, haben wir nicht.« Erik hörte Geraschel in der Leitung, dann sagte Enno Mierendorf: »Er ist jetzt im Hotel verschwunden. Sollen wir auf Posten bleiben?«

»Ja. Und jetzt sollten Sie auch ein Auge auf das Haus haben, in dem die Leding wohnt. Der rote Gebäudeteil! Vom Parkplatz aus können Sie leicht die Residenz Mauritius und das Hotel Kristall im Auge haben.«

»Geht klar, Chef!«

Erik legte auf und bemerkte, dass die Staatsanwältin ihn beobachtete. »Sie glauben nicht daran, dass Hesse der Täter ist?«

Erik wich aus. »Na ja … es muss ja einen Grund haben, dass er sich ein falsches Alibi beschafft. Ein reines Gewissen hat er also nicht.«

»Eben!« Sie stand am Fenster, sehr aufrecht, mit graziös

gekreuzten Füßen und eingezogenem Bauch, und blickte hinaus. Ihre Frage kam ganz unvermittelt: »Sind Sie eigentlich noch mit dieser Journalistin zusammen?«

Es gelang Erik, sich keine Erregung anmerken zu lassen. »Nein!«

»Ich habe sie gesehen. An dem Tag, an dem ich auf Sylt angekommen bin.« Die Staatsanwältin drehte dem Fenster den Rücken zu. »Ich habe sie mit einem Mann zusammen gesehen.«

Es kostete Erik übermenschliche Anstrengung, mit ruhigen Händen seine Schreibtischschublade aufzuziehen und den Rest der Trauben-Nuss-Schokolade herauszuholen. Mit versteinerter Miene hielt er sie der Staatsanwältin hin. »Möchten Sie auch?«

Aber sie machte nur eine ärgerliche Handbewegung. »Ich habe mir den Mann genauer angesehen. Ich dachte, es könnte Sie interessieren. Aber wenn Sie gar nicht mehr mit ihr zusammen sind …«

Erik war froh, dass er niemals ein Stück Schokolade schnell zerkaute, sondern immer den langsamen Genuss vorzog. So kam er jetzt nicht in die Versuchung, unüberlegt zu antworten oder nachzufragen, sondern wartete auch diesmal, bis die Schokolade geschmolzen war.

Die Staatsanwältin hatte nicht die Geduld, auf eine Reaktion zu warten. »Es war Kersten Hesse. Merkwürdig, oder?«

Erik knackte die Nüsse und zerbiss die Rosinen. Danach fühlte er sich stark genug für eine Antwort: »Überhaupt nicht merkwürdig. Frau Reimers stammt ebenfalls von Juist. So wie Kersten Hesse. Alle Juister, die auf der Insel aufgewachsen sind, kennen sich. Juist ist ja viel kleiner als Sylt.«

Er war froh, als das Telefon klingelte. Sören war am anderen Ende, seine Stimme klang atemlos. »Hesse ist getürmt.«

»Was?« Erik starrte die Staatsanwältin erschrocken an, die prompt näher kam und sich neben ihn stellte.

»Sein Auto ist weg, sein Bett unberührt.« Sören hatte offenbar die Schwäche überwunden, die der Restalkohol hervorgerufen hatte. »Konnte er wissen, dass wir ihn durchschaut haben?«

»Das wissen wir ja selbst noch nicht lange.«

»Fragen Sie, wann Hesse zum letzten Mal gesehen wurde«, mischte sich die Staatsanwältin lauthals ein.

Sören hatte ihre Frage gehört. »Er ist spät nach Hause gekommen, nach Mitternacht. Eins der Zimmermädchen, das im Haus wohnt, hat zufällig aus dem Fenster gesehen und ihn bemerkt. Und sie hat auch festgestellt, dass zur gleichen Zeit ein anderes Auto auf den Parkplatz fuhr.«

»Ein Hotelgast?«, fragte Erik aufgeregt.

Sörens Stimme klang mit einem Mal anders, bedrückt und ein wenig verlegen. »Eine Journalistin, die ebenfalls im Hotel Wiesbaden wohnt. Sie fährt einen Pick-up. Sie ist zu Kersten Hesse ins Auto gestiegen.«

»Und dann?«

»Das Zimmermädchen ist schlafen gegangen. Mehr hat sie nicht gesehen.«

»Haben Sie mit Wiebke gesprochen?«

»Sie hat zeitig gefrühstückt und bald darauf das Haus verlassen. Wohin, ist nicht bekannt.«

Erik dachte so lange nach, bis Sören rief: »Sind Sie noch dran, Chef?«

Erik räusperte sich umständlich. »Kersten Hesse muss also in der Nacht das Hotel wieder verlassen haben. Warum?«

»Ich fahre zur Verladestation«, erklärte Sören. »Mal sehen, ob sich dort jemand an den braunen Alfa erinnert. Das ist ja nicht gerade ein Allerweltsauto.«

Erik legte auf und informierte die Staatsanwältin, dann griff er erneut zum Telefon und sorgte dafür, dass eine Fahndung eingeleitet wurde. Er gab eine Personenbeschreibung durch, beschrieb auch Hesses Auto, so gut er konnte, und kündigte an, dass er das Kfz-Kennzeichen noch durchgeben werde. »Alle Parkplätze durchsuchen! Wenn Hesse heute Morgen die Insel nicht verlassen hat, muss das Auto zu finden sein.«

Die Staatsanwältin hatte schon ihren Mantel geholt, als Erik das Telefon zurücklegte. »Wir sollten uns Hesses Hotelzimmer vornehmen.«

Erik griff ebenfalls nach seiner Jacke. »Wir nehmen einen Streifenwagen. Da passt der Rollstuhl rein. Gerald Vorberg wartet sicherlich schon darauf.«

Kükeltje drängte sich durch die Büsche, stellte den Schwanz auf, als sie Bello sah, und sorgte dafür, dass sie nicht näher herankam, als Bellos Leine reichte.

»Kükeltje!«, rief Ida, und Carolin lief zu der Katze, um sie auf den Arm zu nehmen, weil ihre Nonna in großer Sorge war, dass sie vom Wind davongetragen werden könnte.

In diesem Moment hörten sie im Holzhaus etwas rumoren. Es dauerte nicht lange, und die Tür öffnete sich. Gerald schaute verdutzt die Besucher an, die ihn besorgt betrachteten. »Was ist denn hier los?«

»Wir haben uns Sorgen um Sie gemacht.« Ida trat einen Schritt auf ihn zu. »Wie geht es Ihnen?«

Gerald Vorberg sah elend aus, blass und übernächtigt, als hätte er wenig geschlafen. Seine Augen waren rot gerändert, und seine Hände vibrierten, als er nach den Rädern des einfachen Rollstuhls griff, um ihn umzudrehen. »Einigermaßen.« Er machte Anstalten, in sein Haus zurückzurollen.

»Können wir Ihnen helfen?« Ida nahm die Einkaufstüte von der Türklinke und trug sie ihm hinterher. »Soll ich Ihnen Frühstück machen?«

Aber Vorberg drehte sich wieder zurück und schüttelte den Kopf. Er lächelte Ida an. »Danke, das schaffe ich schon allein. Die letzte Nacht war anstrengend, ich habe kaum geschlafen. Heute brauche ich Ruhe.« Nun blickte er Frau Kemmertöns an.

»Ich werde vorzeitig nach Hause zurückfahren. Vielleicht morgen schon. Aber natürlich bezahle ich die ganze Woche.«

Mamma Carlottas Herz floss über vor Mitleid. »Sie wollen hier nicht mehr bleiben, wo man Sie so schlecht behandelt hat?«

Gerald Vorberg lächelte höflich. »Eigentlich habe ich hier viel Freundlichkeit erfahren.« Als er Ida anblickte, vertiefte sich sein Lächeln noch. »Aber was letzte Nacht passiert ist ...« Er führte den Satz nicht zu Ende, doch Mamma Carlotta wusste auch so, was er sagen wollte. Genau wie die anderen. Die Kinder und auch Frau Kemmertöns standen betreten da, nickten und schwiegen. Allen Gesichtern war der Zorn über diese Menschen anzusehen, die einem Behinderten so etwas antaten.

In diesem Augenblick bremste ein Streifenwagen vor dem Haus der Kemmertöns. Neugierig reckte Mamma Carlotta den Hals, so sah sie als Erste, dass die Staatsanwältin auf der Beifahrerseite ausstieg.

»Bello muss weg«, zischte sie Ida zu und zeigte auf eine Öffnung am Ende des Zauns, wo sie mühelos aufs Grundstück der Wolfs wechseln konnte. Während Ida sich eilig entfernte, beschloss Carolin, dass auch Kükeltje ihrem Vater besser nicht unter die Augen geriet, und da Felix nicht zurückbleiben wollte, schloss er sich den Mädchen an.

Als Erik mit der Staatsanwältin eintraf, fand er nur die Nachbarin und seine Schwiegermutter vor, die vor der offenen Tür des Ferienhauses standen. Er schob Gerald Vorbergs Rollstuhl vor sich her, die Staatsanwältin lief voran, ignorierte Frau Kemmertöns und Gerald Vorberg, ignorierte sogar, dass der Wind mit ihrer Frisur machte, was er wollte, und stürzte sich auf Mamma Carlotta. »Signora! Wie schön, Sie zu sehen! So brauche ich Sie nicht anzurufen.«

»Anrufen? Mich?«

»Ich möchte Sie zum Kaffee einladen. Heute Nachmittag.

Ich lasse ein Taxi kommen, und wir fahren nach Kampen in die Kupferkanne. Dort ist es herrlich, gerade bei diesem Wetter! Wenn der Wind draußen pfeift, ist es drinnen noch gemütlicher.«

Mamma Carlotta schaute sie verwirrt an. »Aber … wollen Sie denn heute Abend nicht zum Essen kommen?«

»Wenn Sie mich einladen …« Die Staatsanwältin kicherte verschämt. »Dann natürlich gern.«

»Sì. Ich rechne mit Ihnen. Aber wenn ich abends kochen soll, muss ich nachmittags einkaufen und habe keine Zeit.«

»Schade, dann werden wir das Kaffeetrinken wohl verschieben müssen«, meinte die Staatsanwältin. »Umso mehr freue ich mich auf das Abendessen.«

Mamma Carlotta wusste nicht, ob sie es bedauern oder ob sie erleichtert sein sollte. Einerseits fühlte sie sich geschmeichelt, von einer so wichtigen Dame wie der Staatsanwältin eingeladen zu werden, und traute sich sogar zu, diese Gelegenheit zu nutzen, für ihren Schwiegersohn das eine oder andere gute Wort einzulegen, wollte aber andererseits nicht illoyal sein. Denn dass Erik nicht damit einverstanden sein würde, wenn seine Schwiegermutter einen Kaffeeklatsch mit der Staatsanwältin abhielt, las sie ihm an den Augen ab. »Sicherlich haben wir heute Abend Zeit für eine angenehme Unterhaltung«, sagte sie. »Würde Ihnen Gnocchigratin mit Zucchini, Ziegenkäse und Haselnüssen schmecken? Dann mache ich das als Primo!«

»Klingt wunderbar!«, jubelte die Staatsanwältin und wandte sich dann endlich Gerald Vorberg zu.

»Hier ist das gute Stück«, sagte Erik und schob Herrn Vorberg den Rollstuhl entgegen.

Auf dessen Gesicht zeigte sich endlich ein Lächeln. »Ich dachte schon, diese Chaoten hätten ihn auf die Müllhalde oder vom Kliff geworfen.«

»Sie haben ihn pfleglich behandelt«, erklärte Erik, »und ihn ordentlich zusammengeklappt neben Käptens Kajüte abgestellt.«

Er warf seiner Schwiegermutter einen Blick zu, den diese sofort verstand. Sie griff nach Frau Kemmertöns' Arm, schob sie ein paar Meter weiter und sorgte dafür, dass sie Erik beide den Rücken zukehrten. Das würde ihn glauben machen, dass sie seine Worte nicht hörten. Aber natürlich konnte sie mühelos verstehen, was er sagte, wenn sie Frau Kemmertöns ein Zeichen gab, damit sie schwieg. Da die Nachbarin als gebürtige Friesin ohnehin lieber schwieg als redete, war es leicht, sie vom Vorzug des Zuhörens zu überzeugen.

»Denken Sie bitte noch mal nach, Herr Vorberg«, hörten sie Erik sagen. »Können Sie uns die Täter heute eingehender beschreiben? Das Alter, ihr Aussehen?«

»Jung waren sie«, antwortete Gerald Vorberg. »Höchstens Mitte zwanzig. Ansonsten kann ich heute nicht viel mehr sagen als letzte Nacht. Es war ja dunkel, und sie haben dafür gesorgt, dass ich nicht viel von ihren Gesichtern sehen konnte. Außerdem hatte ich Angst und stand unter Schock.«

»Die Sprache?«, erkundigte sich die Staatsanwältin. »Haben sie geredet? Mit Ihnen? Oder miteinander?«

»Hochdeutsch. Nicht besonders gepflegt.«

Mamma Carlotta verlor das Interesse. Erik erfragte ja nur das, was sie schon in der Nacht von Gerald Vorberg gehört hatte. Sie drehte sich um, entschlossen, sich nicht mehr abschieben zu lassen.

»Frau Kemmertöns und ich helfen Herrn Vorberg in seinen Rollstuhl.« Nun wandte sie sich direkt an ihn. »Und Sie kommen mit in meine Küche, und ich mache Ihnen ein gutes Frühstück, Herr Vorberg. Heute dürfen Sie sich mal bedienen lassen. Nach dieser schrecklichen Nacht! Und wir können noch ein bisschen Ukulele spielen, das wird Sie auf andere Gedanken bringen.«

Schade«, sagte die Staatsanwältin wenig später im Hotel Wiesbaden. »Ich wäre gerne mit Ihrer Schwiegermutter in die Kupferkanne gegangen. Das wäre mal was anderes gewesen als das Reden mit Kollegen über Juristerei oder über Polizeiarbeit.«

Erik behielt seine Ansicht zu diesem Vorhaben für sich und begann damit, Kersten Hesses Hotelzimmer zu durchsuchen. Er war schnell damit fertig. »Papiere, Geld und Handy hat er mitgenommen.« Er lehnte sich gegen die Fensterbank. »Vielleicht ist er gar nicht abgehauen, sondern ... verschwunden?«

Er sah der Staatsanwältin an, dass ihr dieser Gedanke auch schon gekommen war. »Sie werden wohl Ihre Freundin anrufen müssen. Oder besser gesagt Ihre Exfreundin.«

Erik erschrak. »Nur weil sie mit Hesse gesehen wurde?«

Die Staatsanwältin korrigierte: »Weil sie in der Nacht zu Hesse ins Auto gestiegen ist. Vielleicht sind die beiden zusammen weggefahren.« Sie trat unangenehm nah an Erik heran. »Wie gesagt, ich habe sie mit Hesse gesehen. Ich hatte den Eindruck, die beiden waren sehr vertraut miteinander.«

»Warum sagen Sie es nicht ganz direkt? Sie vermuten, dass die beiden was miteinander haben.«

Die Staatsanwältin ging ins Bad, obwohl sie dort bereits Hesses erstaunlich dürftiges Kosmetikangebot in Augenschein genommen hatten.

»Sie ist nicht mit ihm zusammen weggefahren«, rief Erik ihr nach. »Dann stünde ihr Auto auf dem Parkplatz.«

»Rufen Sie Frau Reimers trotzdem an!« Die Stimme der Staatsanwältin hallte in dem bis zur Decke gefliesten Raum. »Vielleicht weiß sie etwas.«

Erik zog seufzend das Handy aus der Tasche, das in diesem Moment zu läuten begann. Sören! »Der Alfa ist gerade gefunden worden, Chef! Auf dem Parkplatz der Buhne 16. Er ist der Besatzung eines Streifenwagens aufgefallen.«

»Und Hesse?«

»Weit und breit nicht zu sehen.«

»Wir treffen uns dort. Die Kollegen sollen schon mal mit der Suche nach ihm beginnen.«

»Sie meinen …«

»Richtig, jedes Sandkorn muss umgedreht werden.«

»Glauben Sie wirklich, dass man ihn umgebracht und am Strand verscharrt hat?«

Darauf ging Erik nicht weiter ein. »Sie können meinen Wagen nehmen«, sagte er stattdessen. »Die Staatsanwältin und ich sind mit einem Streifenwagen unterwegs. Der Weg zur Buhne 16 ist breit genug.«

Während sie das Hotel verließen, sagte Erik: »Sie sollten schon mal die Bereitschaftspolizei anfordern. Für den Fall, dass wir Hilfe brauchen.«

Sie kamen gleichzeitig mit Sören auf dem Parkplatz von Buhne 16 an. Zwei Männer der KTU hatten den braunen Alfa geöffnet und untersuchten ihn. Auf Eriks Frage reagierten sie ungehalten. Wie alle Spurenfahnder wollten sie erst gefragt werden, wenn sie mit ihren Untersuchungen fertig waren.

Aber einer ließ sich doch zu einer Antwort herab: »Der Wagen war offen, der Schlüssel fehlt. Auf dem Beifahrersitz gibt es Blutspuren.«

»In dem Wagen ist eine Gewalttat verübt worden?« Erik trat näher heran.

Aber er wurde mit einer herrischen Geste zurückgehalten. »Vorsicht! Wir sind mit der Umgebung des Wagens noch nicht fertig.« Als Erik gehorsam stehen blieb, wurde er mit einer Erklärung belohnt: »Nein, der Alfa wurde nur zum Transport benutzt.«

Der Weg durch die Dünen war tatsächlich breit genug. Normalerweise durfte er natürlich nicht befahren werden, nicht einmal von Fahrrädern, aber dies war ein Notfall. Und man hatte den Weg eigens so gut ausgebaut, damit auch ein Krankenwagen zum Strandaufgang gelangen konnte.

Erik zeigte auf die Schuhe der Staatsanwältin. »Glauben Sie, dass Sie das schaffen?« Er meinte die letzten Meter durch den Sand.

»Natürlich!« Ärgerlich zog sie die Schuhe aus und stapfte auf Strümpfen los, lehnte sich gegen den Wind, kam aber schon bald ins Straucheln, weil sie das Laufen auf flachen Sohlen anscheinend nicht gewöhnt war. Erik blieb nichts anderes übrig, als ihr seinen Arm zu reichen, damit sie vorwärtskam.

Als sie auf dem höchsten Punkt des Strandübergangs angekommen waren, griff der Wind nach ihnen, als wäre er ihr Feind. Die Staatsanwältin schien es so zu empfinden, für Erik war der Wind immer ein Freund gewesen, nicht einmal von einem Sturm fühlte er sich angegriffen. Er gehörte zu seiner Insel, so wie er selbst.

»Wenn es je Spuren gegeben hat«, murmelte er, »sind sie jetzt verweht.«

Er kniff die Augen zusammen, legte eine Hand darüber, um sie vor dem Wind zu schützen, und blinzelte zu den Männern der KTU. Offenbar hatte das Suchen bereits ein Ende gefunden. Nicht weit entfernt, höchstens fünfzig Meter, standen mehrere Spurensucher mit gebeugten Rücken da und betrachteten etwas, was zu ihren Füßen lag.

»Sie haben ihn.« Erik machte sich von der Staatsanwältin frei. Es war ihm nun egal, wie sie auf Strümpfen über den Strand kam, ob sie im Sand versank oder stecken blieb.

Sören befand, dass er nicht anstelle seines Chefs als Kavalier einspringen musste, und eilte hinter ihm her, ohne die Staatsanwältin zu beachten.

Der Mann lag auf dem Bauch, die schwere Stichverletzung im Nackenbereich war sandüberkrustet, das Blut rostbraun. Erik trat zögernd näher – nicht nur weil er noch immer vor jeder Gewalt zurückschreckte, sondern auch weil er sich bewusst war, dass das, was nun folgen musste, unter anderen Umständen eine schwere Indiskretion gewesen wäre. Er musste in das Intimste eines Menschen eingreifen, war gezwungen, ihm seine Würde und das Recht auf seinen Körper zu nehmen. Es fiel ihm schwer, auch nach so vielen Dienstjahren.

Gerald Vorberg wollte kein Frühstück von Mamma Carlotta, ein Mittagessen, das sie nur für ihn gekocht hätte, lehnte er erst recht ab und wies sogar ihre selbst eingelegten Antipasti zurück, die sie ihm bringen wollte.

»Danke, Signora. Sie sind sehr nett.«

Nicht einmal beim Kofferpacken durfte sie ihm helfen. Er versicherte, er schaffe das alles allein und sei stolz darauf, bei den meisten Verrichtungen keine Unterstützung mehr zu benötigen.

»Ich bin froh über alles, was ich allein bewältige. Können Sie sich das nicht vorstellen?«

Mamma Carlotta konnte es sich gut vorstellen und hörte deshalb bald auf zu insistieren. Erst recht, als Gerald Vorberg beteuerte, dass er sie ganz sicherlich verständigen werde, falls er wider Erwarten doch Hilfe nötig hätte.

»Tut mir leid wegen Kükeltje«, lenkte er schließlich von Mamma Carlottas Hilfsangeboten ab. »Um die Katze werden Sie sich nun allein kümmern müssen.«

Mamma Carlotta versicherte, dass ihr das gar nichts ausmache, obwohl das nicht der Wahrheit entsprach und sie sich im Gegenteil Sorgen machte, wie Kükeltje beizubringen sei, dass sie im Hause Wolf nur in Eriks Abwesenheit willkommen war. Aber natürlich wollte sie Gerald Vorberg damit nicht belasten.

Gegen Mittag riefen die Kinder an und teilten mit, dass sie sich einer Gruppe von Gleichaltrigen anschließen wollten, die die Absicht hatten, bei Gosch Fischbrötchen und Heringssalat zu essen. Ida allerdings ließ ausrichten, dass sie bald heimzukehren gedachte, weil sie sich um Bello kümmern wolle und im Altenheim mit einer Pflegerin verhandeln müsse, die sich gegen Bobbi, den Wellensittich, ausgesprochen habe. Außerdem wollte sie nach Herrn Vorberg sehen, weil sie Mamma

Carlotta nicht glauben konnte, dass dieser wirklich ohne jede Unterstützung bleiben wollte.

Schweren Herzens trug Mamma Carlotta die Ukulele zu Gerald Vorberg, allerdings erst, nachdem sie noch einmal »Bruder Jakob« geübt und sich an der Musik berauscht hatte, die sie mit ihren eigenen Händen produzierte. »Grazie tante«, sagte sie, als er die Tür öffnete, und hielt ihm die Ukulele hin. »Es war ... meraviglioso.«

Gerald Vorberg ließ die Hände im Schoß liegen. »Schön, dass Sie so viel Spaß daran hatten. Wissen Sie was? Ich schenke sie Ihnen.«

Mamma Carlotta war fassungslos, drückte die Ukulele an ihr Herz, versprach jede Menge Antipasti als Gegenleistung, dann aber fiel ihr ein, dass Gerald Vorberg ja am nächsten Tag abreisen wollte, drängte daher noch einmal ihre Hilfe beim Packen auf und bestand, als er erneut ablehnte, darauf, dass man sich unbedingt irgendwann wiedersehen müsse.

»Dann werde ich Ihnen zeigen, was ich alles auf der Ukulele gelernt habe.«

Diese Aussicht gefiel Vorberg, zu diesem Angebot nickte er endlich. »Vielleicht finden Sie einen Lehrer in Ihrem Dorf.«

Prompt fiel Mamma Carlotta der Organist ihrer Kirche ein, der Gitarre spielen konnte. »Den werde ich fragen.«

Sie trug die Ukulele zurück, als hielte sie eine Kostbarkeit in Händen, der festes Zugreifen schaden könnte. In der Diele warf sie die Jacke einfach übers Treppengeländer, ging in die Küche und ließ sich auf den nächsten Stuhl fallen. Sie betrachtete das Instrument wie ein neugeborenes Baby, das mit seinem ersten Schrei ein Familienmitglied geworden war. Auch diese Ukulele gehörte nun zu ihr! Was würden die Angehörigen in Panidomino sagen, die Nachbarn, ihre Freundinnen! Carlotta nahm sich vor, eifrig zu üben, bevor sie nach Umbrien zurückkehrte, damit sie die Ukulele mit auf die Piazza nehmen konnte, wie der Sohn von Signora Cuffaro seine Querflöte, seit er in Rom Musik studierte. Alle würden sich dann um sie scharen und zu singen beginnen, wenn sie fehlerfrei die Akkorde zu »Freude schöner Götterfunken« spielte. Das kannten viele, denn der Zahnarzt in Panidomino spielte es auf dem CD-Player, wenn ein besonders schmerzempfindlicher Patient in seinem Stuhl saß. Er behauptete dann, die Musik wirke wie eine schmerzlindernde Droge, aber alle wussten, dass er eigentlich nur verhindern wollte, dass das Stöhnen des Patienten auf die Piazza drang und die Einwohner von Panidomino anschließend lieber ihre Zahnschmerzen als eine Wurzelbehandlung aushielten. Mehrmals täglich brauste »Freude schöner Götterfunken« aus dem Fenster des Zahnarztes, und da der Eisverkäufer eigentlich Opernsänger hatte werden wollen und gerne sowohl sein Talent als auch seine Textsicherheit unter Beweis stellte, kannte Mamma Carlotta jedes Wort, wenn sie auch mit Formulierungen wie »Tochter aus Elysium«, »feuertrunken« und »wo dein sanfter Flügel weilt« genauso wenig anfangen konnte wie der Eisverkäufer. Aber so wie dieser sein Gesangstalent gern zur Geltung brachte, tat sie das Gleiche mit ihren Deutschkenntnissen und sang, als verstünde sie jedes Wort. Die Akkorde schlug sie immer sicherer und schaffte den Wechsel vom C- zum F-Akkord immer geschmeidiger.

Sie hatte »Freude schöner Götterfunken« mindestens zehnmal gesungen, als ihr in den Sinn kam, dass die Musik zwar ein wunderschöner Zeitvertreib war, aber auch die Versuchung bot, die Zeit zu vertrödeln. Noch nie im Leben hatte sie Zeit vertrödelt. Selbst wenn sie sich zum Ausruhen niederließ, passte sie dabei auf ein Enkelkind auf, entkernte ein paar Kirschen oder stickte ein Blümchen auf die Stelle einer Tischdecke, wo einer ihrer kettenrauchenden Söhne ein Brandloch hinterlassen hatte.

Konnte man wirklich am hellen Vormittag musizieren und singen – in einem Haus, in dem Bügelwäsche wartete, die

Fenster geputzt und die Gardinen gewaschen werden konnten? Andererseits erschien Mamma Carlotta »Freude schöner Götterfunken« als Argument wesentlich schwerwiegender als »Bruder Jakob«, weil Beethoven einfach recht haben musste. Und so sang sie noch eine Strophe, bis sie die Ukulele sinken ließ und sich überlegte, ob sie ihre neue Kunst vielleicht in Käptens Kajüte zu Gehör bringen sollte. Der Wunsch nach einem Publikum regte sich frech in ihr, fiel aber gleich wieder in sich zusammen, als sie sich die Gesichter von Tove Griess und Fietje Tiensch vorstellte. Nein, es war wohl nicht klug, wenn sie sich die neue Freude durch Geringschätzung gleich wieder nehmen ließ.

Dennoch konnte es nicht falsch sein, Käptens Kajüte einen Besuch abzustatten, bevor sie sich an die Vorbereitungen fürs Abendessen machte. Tove musste gelobt werden, weil er es geschafft hatte, ins Polizeirevier von Westerland zu gehen und seiner Bürgerpflicht nachzukommen. Nur so würde er motiviert sein, auch in Zukunft so zu handeln, wie es sich für einen anständigen Menschen gehörte.

Erik ging Richtung Meer, drehte dem Fundort von Hesses Leiche den Rücken zu und zog sein Handy hervor.

Kommissar Vetterich, der Leiter der KTU, kam hinter ihm her. »Die Spurenlage ist schwierig, Wolf. Der Wind! Wenn es Spuren gegeben hat, sind sie nicht mehr zu erkennen. Keine Fußspuren, keine Radspuren, nichts.«

Erik nickte. Ja, der Wind. Es war nicht das erste Mal, dass er ihre Arbeit erschwerte. »Suchen Sie bitte trotzdem.«

Vetterich schnappte beleidigt nach Luft. »Was denken Sie denn?«

Erik kam nicht mehr dazu, sich zu entschuldigen. Vetterich hatte sich schon umgedreht und stapfte zurück. Als Dr. Hillmot am Strandübergang auftauchte, wechselte Erik die Richtung und ging auf den dicken Gerichtsmediziner zu, der sich erst mal erholen musste, bevor er die Anstrengung der letzten Meter auf sich nehmen konnte.

Die Staatsanwältin war ins Strandbistro gegangen, um einen Tee oder, noch besser, einen Prosecco zu ordern. Auf der Terrasse war zwar nichts los, aber das war bei dieser Kälte und dem Wind kein Wunder. Erik wusste, dass das Bistro eine Woche vor Ostern öffnete, und hoffte, dass die Staatsanwältin sich dort lange aufhalten und die Wärme genießen würde.

Sören trat hinter ihn und sah wie er aufs Meer hinaus. Da waren sie beide gleich. Der Blick auf den Horizont tat dem einen wie dem anderen gut, aus Bestürzung wurde dann ruhiger Ernst, aus Abscheu geduldiges Sichfügen.

»Sie denken an Astrid Leding?«, fragte Sören.

»Ja, und an ihren Mann. Ich frage mal bei den Kollegen nach, ob sie irgendwas über die beiden herausgefunden haben.«

Erik wählte Enno Mierendorfs Nummer, ohne den Blick vom Meer zu nehmen, von seinem grauen Wiegen, Heranwälzen und dem weiß schäumenden Auslaufen. »Gibt's was Neues von Astrid oder Johannes Leding?«

Mierendorf verneinte. »Um halb zehn ist Johannes Leding von seinem Spaziergang zurückgekehrt. Kurz darauf haben wir gesehen, wie Astrid Leding zum Bäcker gegangen und wenig später in ihre Wohnung zurückgekehrt ist. Seitdem hat keiner der beiden das Haus beziehungsweise das Hotel wieder verlassen.«

Erik bedankte sich und ging, ohne auf Sörens fragenden Blick zu achten, zu Dr. Hillmot, der sich gerade stöhnend auf den Knien niedergelassen hatte und mal wieder sein Lamento anstimmte, das jeder kannte und das allen zum Halse raushing. »In meinem Alter sollte man sich nicht mehr hinknien müssen.«

Erik überhörte seine Klagen. »Können Sie mir sagen, wie lange er schon tot ist?«

Dr. Hillmot vergaß vor lauter Empörung seine Arthroseknie

und sein Übergewicht. »Jetzt fragen Sie mich schon, bevor ich den Toten überhaupt in Augenschein genommen habe?«

»Tut mir leid, Doc. Aber es ist wichtig. So über den Daumen gepeilt – vor oder nach Mitternacht?«

»Auf jeden Fall nach Mitternacht.«

Dr. Hillmot wollte zu einer langatmigen Erklärung ansetzen, wurde aber zu Eriks Erleichterung von Vetterich unterbrochen: »Abgelegt wurde er aber erst später. Kurz vor sechs hat es geregnet. Der Tote wurde erst danach hierhergebracht.«

Sören kam und zog ihn mit sich. »Sie müssen jetzt endlich Frau Reimers anrufen, Chef. Sieht so aus, als wäre sie die Letzte, die Hesse lebend gesehen hat. Außer dem Mörder natürlich.«

»Oder der Mörderin.«

Nun war es Sören, der sich an Dr. Hillmot wandte. »Das gleiche Muster wie bei Morten Stöver? Von oben zugestochen? Von einem großen Menschen?«

Dr. Hillmot stöhnte unwillig. »Aber nageln Sie mich bitte nicht fest.«

»Fürs Erste reicht das.« Sören wandte sich halblaut an Erik: »Astrid Leding ist groß.«

»Johannes Leding auch.«

»Einer von den beiden könnte sich heute Nacht mit Kersten Hesse getroffen und ihn in eine Falle gelockt haben. Er ist aus dem Auto gestiegen, und einer der Ledings hat zugestochen.«

»Dann muss der Täter ihn ins Auto zurückbugsiert, den Wagen auf den Parkplatz gefahren und die Leiche zum Strand gebracht haben.«

Sören runzelte die Stirn. »Das würde Astrid Leding nicht schaffen. Und ihr Mann sieht auch nicht so aus, als hätte er einen Bizeps wie Stahl.«

»Dann muss es also anders gewesen sein.« Erik spürte nun das Fieber in sich, das ihn immer erfasste, wenn er glaubte, auf der richtigen Fährte zu sein. »Er oder sie hat sich mit Kersten

Hesse am Strand verabredet. Und dann …« Er machte eine unmissverständliche Geste.

»Warum sollte Hesse sich darauf eingelassen haben?«

»Das kann er uns leider nicht mehr sagen. Aber Hesse war eine schillernde Persönlichkeit. Denken Sie nur an den Ruf, den er genoss. Kein sympathischer Mann! Der hatte Dreck am Stecken! Wir kennen den Dreck nur noch nicht.«

Sören war dennoch nicht überzeugt. »Die Ledings haben kein Auto. Wie sollten sie zur Buhne 16 gekommen sein?«

»Mit dem Fahrrad vielleicht? Dass Astrid Leding ein Leihfahrrad hat, wissen wir. Und Angst vor der Dunkelheit hat sie nicht.«

»Wenn es Johannes Leding war, dann hat er vielleicht ein hoteleigenes Fahrrad genommen, bieten ja viele Hotels heutzutage an. Außerdem gibt es neben dem Kristall einen Fahrradverleih. Wenn die mal vergessen, ein Rad abzuschließen …«

Aber Erik schüttelte den Kopf. »Er ist zu Fuß zurückgekommen, sagt Enno. Und sie haben Astrid Leding gesehen, wie sie das Haus verließ, um zum Bäcker zu gehen.«

Sören schlug sich vor die Stirn. »Freunde aus Hamburg haben mal in diesem Apartmenthaus gewohnt. Die haben ihre Fahrräder immer hinter dem Haus abgestellt, da gibt es viele Fahrradständer. Und außerdem gibt es einen Hintereingang. Kann also gut sein, dass die Leding von hinten gekommen ist. Da hat sie ihr Fahrrad abgestellt und ist dann vorne raus, um sich beim Bäcker ein paar Brötchen zu kaufen.«

»Dass wir keine Fahrradspuren entdeckt haben, ist kein Wunder. Bei dem Wind!« Erik konzentrierte sich wieder auf den Horizont, obwohl ihm die Ruhe fehlte, die er für diesen Blick brauchte. Er schaffte es diesmal nicht, sich auf dieser Linie zu verirren, sondern starrte sie an, als wollte er abmessen, wie lang sie war. »Ein Motiv haben beide«, sagte er dann leise, kehrte mit den Wellen zum Strand zurück und wandte sich Sören zu, der ihn nicht aus den Augen gelassen hatte. »Johannes Leding fürchtet um seinen Ruf. Seine Frau wurde von Haymo Hesse erpresst und wollte ihn loswerden. Der Syltlauf schien ihr eine gute Gelegenheit zu sein. Aber Morten Stöver hat erkannt, was sie getan hat, deswegen musste er auch dran glauben. Und Kersten Hesse …« Erik geriet ins Stocken.

»Der hat Morten bedroht, das hat die Leding ausgesagt.«

»Er hat sie auch nachts ins Hotel Wiesbaden bestellt.«

»Angeblich! Das könnte auch der Mörder gewesen sein.«

»Wirklich merkwürdig, dass sie sich darauf eingelassen hat. Regelrecht verdächtig.«

Das fand Erik auch. »Da muss es um etwas gegangen sein, was auch Astrid Leding betraf. Was das war, müssen wir noch rauskriegen.« Sören sah sich um und blickte zum Bistro. Um seine Lippen spielte ein Lächeln, als er ergänzte: »Schade nur, dass wir die superschlaue Staatsanwältin zurzeit nicht an unserer Seite haben. Die wüsste bestimmt, was nun zu tun ist.«

»Hoffentlich macht sie ihr Versprechen wahr und reist morgen ab«, brummte Erik. »Während des Abendessens müssen wir sie noch ertragen. Aber meine Schwiegermutter wird schon dafür sorgen, dass ihre Redebeiträge gering sind.« Erik machte ein paar Schritte auf das Strandbistro zu. »Bevor wir Astrid Leding verhaften, sollten wir noch ein paar Beweise sammeln. Was halten Sie davon, wenn wir uns ihr Fahrrad ansehen? Vielleicht hat die Staatsanwältin ja Lust, uns zu begleiten. Vorausgesetzt, sie hat sich von dem Anblick der Leiche erholt …«

Aber Sören hielt ihn zurück. »Gute Idee, aber erst müssen Sie Frau Reimers anrufen. Die Staatsanwältin wird Sie gleich daran erinnern. Es ist besser, wenn Sie dann schon selbst darangedacht haben.«

Wiebke meldete sich nach dem ersten Klingelton. »Erik?«

Sie hatte seinen Namen offenbar noch eingespeichert, oder sie erkannte noch immer seine Nummer, wenn er sie anrief. Das tat ihm gut, obwohl er nicht ausschließen wollte, dass

Wiebke einfach vergessen hatte, seine Nummer aus ihrem Verzeichnis zu löschen.

Er wandte sich ab und machte ein paar Schritte an der Wasserkante entlang, mit dem Blick aufs Meer. Der Tote, die Männer der KTU, der Gerichtsmediziner – das alles ließ er in seinem Rücken. Und schon nach wenigen Augenblicken war er ganz allein mit Wiebke. »Wie geht es dir?«

»Rufst du mich an, um mich das zu fragen?« Ihre Worte klangen aggressiv, ihre Stimme jedoch war es nicht. Sie blieb frisch und unbekümmert, wie er sie am liebsten mochte.

»Warum bist du auf Sylt?«

»Der Job.« Jetzt veränderte sich Wiebkes Stimme. Ihre beiden Berufe waren es ja, die sie getrennt hatten. Wiebke wusste, was Erik von ihrer Jagd auf Prominente hielt, er hatte ihr oft genug vorgeworfen, dass sie sich in die Intimsphäre anderer Menschen drängte und ihnen die Möglichkeit nahm, ein paar unbeschwerte Tage auf der Insel zu verbringen. Und sie hatte sich oft beklagt, wenn Erik über einen neuen Fall sein Privatleben vergaß. »Also, was willst du?«

»Du warst letzte Nacht mit Kersten Hesse zusammen.«

Wiebke schien verblüfft zu sein und zögerte mit der Antwort. »Woher weißt du das? Und was geht es dich überhaupt an?«

»Ihr seid beobachtet worden.«

»Hast du etwa jemanden auf mich angesetzt?« Nun schwankte ihre Stimme zwischen Staunen und Abwehr und hörte sich so an, als könnte sie in Gelächter ausbrechen und ihn gleichzeitig anschreien. »Du bist eifersüchtig?«

Erik zuckte zusammen. Himmel, das Gespräch lief in eine völlig falsche Richtung. »Hesse ist tot«, sagte er, um Wiebkes Gedanken schleunigst dorthin zu führen, wo er sie haben wollte. Nicht im privaten Teil seines Lebens, sondern im beruflichen.

»Was?«

»Ich bin am Strand von Buhne 16. Hier liegt er. Kersten Hesse ist ermordet worden.«

Es blieb still im Hörer, bis Erik weitersprach. Während er schilderte, was Wiebke wissen durfte, fragte er sich, ob die Telefonverbindung überhaupt noch stand oder längst zusammengebrochen war, weil es am anderen Ende so ruhig blieb. Das Telefonnetz auf Sylt war nicht gut, insbesondere außerhalb der Ortschaften. »Bist du noch dran?«

»Ja, klar. Aber wer kann das gewesen sein?«

Darauf antwortete Erik natürlich nicht. Stattdessen fragte er: »Was war in der letzten Nacht? Hat Hesse dir etwas anvertraut? Er muss nach eurem Gespräch noch einmal losgefahren sein. Weißt du, wohin?«

Wieder rauschte in der Leitung nichts als Stille.

»Erzähl mir von ihm«, bat er nun eindringlicher. »Was weißt du über ihn? Gibt es etwas, was mir in meinen Ermittlungen helfen kann?«

Nun endlich reagierte Wiebke. Sie habe Hesse von klein auf gekannt, doch sie hätten sich aus den Augen verloren, als sie beide von Juist weggezogen seien. Über das unerwartete Wiedersehen auf Sylt hätten sie sich gefreut und sich getroffen, um sich gemeinsam an schöne Tage zu erinnern. Nach Haymos tragischem Tod habe Wiebke versucht, Kersten Hesse zu trösten und für ihn da zu sein, damit er jemanden zum Reden hatte.

»Das ist alles«, versicherte sie. »Er wollte in den nächsten Tagen nach Flensburg zurück. Den Mord an seinem Sohn hielt er für aufgeklärt. Eigentlich wollte er noch warten, bis du auch den Mörder des Mörders findest, aber das hat ihm zu lange gedauert.«

»Kannst du dir vorstellen, wer Hesse umgebracht haben könnte? Wurde er bedroht?«

»Keine Ahnung!«

Er versuchte es eindringlicher, doch Wiebke blieb dabei, sie könne ihm nicht helfen. Aber immerhin versprach sie, ihn anzurufen, wenn ihr noch irgendetwas von Bedeutung einfallen sollte. So wie es jeder versprach, der froh war, die Polizei und ihre lästigen Fragen wieder los zu sein.

Als er zu Sören zurückging, hatte Erik plötzlich große Angst, dass Wiebke an der Buhne 16 auftauchen könnte, um Fotos zu machen, damit sie als Erste einen Sensationsbericht an sämtliche Zeitungsredaktionen schicken konnte.

Tove Griess starrte seine Bratwürste an, als wären sie daran schuld, dass sie sich nicht verkaufen ließen. Carlotta hatte ihn schon oft gefragt, warum er so viele Würste auf den Grill legte, obwohl kein einziger Gast in Sicht war. Wenn dann endlich einer kam, musste dieser sich mit einer verschrumpelten Wurst zufriedengeben, die kurz vor dem Zustand des Ungenießbaren gerettet worden war, während alle anderen dem Ende durch Verbrennen entgegensahen und dann fluchend von Tove entsorgt wurden.

Auch diesmal verteidigte er sich so wie immer: »Wenn eine Großfamilie reinkommt, muss ich alle auf einmal bedienen können.«

Mamma Carlotta behauptete, dass jeder Gast lieber ein paar Minuten auf eine frische, knusprige Bratwurst warte, als auf der Stelle mit einer halb verkohlten abgespeist zu werden, aber Tove wollte sich mal wieder nicht reinreden lassen. Seine Laune war an diesem Tag noch schlechter als sonst. Fietje Tiensch hockte an seinem Stammplatz und versuchte sich unsichtbar zu machen. Er schien sogar darüber nachzudenken, wie er die Bestellung eines neuen Jever aufgeben konnte, ohne Tove zu verärgern.

Obwohl die Insel sich mit Ostergästen füllte, wartete Tove vergeblich auf eine Großfamilie, nicht ein einziger Gast ließ sich blicken. Seit Gosch auch an der Uferpromenade, gegenüber der Konzertmuschel, eine Filiale eröffnet hatte, waren Toves Umsätze noch weiter zurückgegangen. Daran änderte auch sein neues Verkaufskonzept nichts. Mit Coffee to go war der Verlust nicht wettzumachen.

Er drehte an den Knöpfen seiner Musikanlage herum. Kurz darauf ertönte die Stimme eines Mannes durch Käptens Kajüte, der behauptete, ein bisschen Spaß müsse sein, dann wäre die Welt voll Sonnenschein …

Toves Gesicht sah jedoch so aus, als könnte kein Sonnenschein ihn aufheitern. »Was machen Sie überhaupt zu dieser Zeit hier?«, blaffte er Mamma Carlotta an. »Sonst sind Sie doch mittags immer mit Antipasti, Primo und was weiß ich noch alles beschäftigt.«

»Secondo und Dolce«, ergänzte Carlotta. »Aber heute Mittag muss ich nicht kochen. Erst heute Abend. Dann allerdings etwas besonders Gutes. Die Staatsanwältin wird wieder zu Gast sein.« Sie versuchte Tove mit ihrem Speiseplan aufzuheitern. »Es gibt Räucherforellen in Tomatencreme, dann Gnocchigratin e poi Involtini agli spinaci, das sind Rinderrouladen mit Spinat. Und dann noch Zuccotto als Dolce.«

Tove sah so aus, als schwirrte ihm der Kopf, und Fietje starrte Mamma Carlotta an, als hätte er mit dieser Aufzählung gleich mehrere Probleme. Er erfasste sie nicht in diesem Tempo, begriff erst recht nicht, wie ein einziger Mensch so viele Gerichte an einem einzigen Abend produzieren konnte, und hätte sich nicht einmal in der Lage gefühlt, all das zu konsumieren, was die Schwiegermutter von Hauptkommissar Wolf am Abend auf den Tisch bringen würde.

Mamma Carlotta ließ sich weder von Toves Schroffheit noch von Fietjes Schwerfälligkeit in ihrer Laune beeinträchtigen. Sie war nicht nur in Käptens Kajüte erschienen, um sich einen Cappuccino zu genehmigen, sondern vor allem, um pädagogisch zu wirken. Lob, das wusste jeder, der schon einmal ein Kind erzogen hatte, sorgte dafür, dass ein Wohlverhalten, selbst wenn es nur rein zufällig oder durch Drohungen zustande gekommen war, wiederholt und irgendwann zu einer guten Charaktereigenschaft wurde.

»Ich bin stolz auf Sie, molto orgogliosa«, begann sie.

»Hä?« Auf Tove war noch nie jemand stolz gewesen, mit dieser Würdigung konnte er nicht umgehen. »Warum das denn?«

»Sie haben es geschafft«, half Mamma Carlotta ihm auf die Sprünge. »Sie sind wirklich zu meinem Schwiegersohn gegangen und haben den Rollstuhl von dem armen Herrn Vorberg abgegeben. Deswegen bin ich stolz auf Sie.«

Tove knallte den Cappuccino auf die Theke, sodass der Milchschaum auf die Untertasse schwappte. Derart wütend sah er aus, dass Mamma Carlotta es nicht wagte, sich zu beschweren, sondern die Tasse hochhob und nach einer Papierserviette suchte, um den Milchschaum aufzutupfen.

»Ich wollte, ich hätte nicht auf Sie gehört«, schimpfte er. »Jetzt habe ich nix wie Scherereien!«

Mamma Carlotta erkundigte sich vorsichtshalber nach dem Wort »Scherereien«, das sie eigentlich zu kennen glaubte, was sie nun aber für einen Irrtum hielt. Wie konnte jemand Scherereien bekommen, der eine gute Tat vollbracht hatte?

»Diese verrückte Staatsanwältin war bei ihm«, brüllte Tove. »Diese Trappelfoot, für die Sie heute Abend kochen wollen.«

Mamma Carlotta verzichtete darauf, sich nach der Vokabel »Trappelfoot« zu erkundigen. Dass sie ein Schimpfwort zu hören bekommen hatte, verstand sie auch so.

»Die redet einen ja besoffen«, fuhr Tove fort. »Und plötzlich hat man was zugegeben, ohne dass man es richtig gemerkt hat. Wahrscheinlich bekomme ich jetzt sogar eine Anzeige wegen Falschaussage. Und das nur, weil Sie mir eingeredet haben, dass ich den Rollstuhl zurückgeben muss.«

Mamma Carlotta begann zu ahnen, worüber Tove sich aufregte. Trotzdem fragte sie: »Was denn für eine falsche Aussage?«

»Ich muss mich direkt wundern, dass er hier noch nicht aufgetaucht ist«, wütete Tove, ohne Mamma Carlottas Frage zu beantworten. »Aber das wird er noch. Sobald er erfahren hat, was die Staatsanwältin weiß. Und dann wird er sich was einfallen lassen, womit er sich rächen kann.«

Nun reichte es Mamma Carlotta. »Silenzio!«, rief sie so laut, dass Fietjes Ellenbogen von der Theke rutschte und seine Stirn auf das künstliche Usambaraveilchen schlug, während Tove das Glas überlief, das er gerade für Fietje anzapfte. »Was reden Sie da von Falschaussage, Anzeige und Rache? Wer will sich an Ihnen rächen, Signor Griess? He?«

Die Tür öffnete sich, und ein Gast trat ein, den das wütende Gesicht des Wirtes nicht abschreckte.

»Kersten Hesse natürlich!«, donnerte Tove.

»Hat sich das schon rumgesprochen?«, fragte der Gast und sah freundlich von einem zum anderen. »Ich hab's auch gerade gehört. Als Gärtner des Hotels erfährt man es oft als Erster, wenn was passiert ist. Die Leute reden drüber, und keiner merkt, dass man in der Nähe Unkraut jätet ...«

»Kannst du dich mal ein bisschen deutlicher ausdrücken?«, fuhr Tove den jungen Mann an. »Was ist mit Kersten Hesse?«

»Tot ist er!« Der Gärtner blieb so freundlich, wie er schon beim Eintreten ausgesehen hatte. »Umgebracht! An der Buhne 16!«

Der Fahrradverleiher starrte Erik fassungslos an. »Polizei?«

Er brauchte eine Weile, bis er begriff, dass nicht er im Fokus des Interesses stand, sondern eine Kundin. Und dann brauchte er noch einmal doppelt so lange, bis er einsah, dass er der Polizei Einsicht in seine Geschäftsunterlagen geben musste. Jammernd und klagend öffnete er schließlich den Ordner, in dem er die Duplikate der Mietvereinbarungen abheftete, die er mit jedem abschloss, der ein Fahrrad bei ihm auslieh. Fein säuberlich vom Kunden unterzeichnet und mit der Nummer des Personalausweises versehen. Unglücklich händigte er Erik das entsprechende Blatt aus und ließ sich ein weiteres Mal versichern, dass er alles richtig mache und der Polizei in einem solchen

Fall eine Auskunft geben müsse. Denn natürlich gehe ihm Datenschutz über alles, betonte er immer wieder.

»Ich weiß allerdings nicht, wo die Kundin wohnt. Sie werden das Fahrrad vermutlich sowieso nicht finden.« Er wies auf den Eintrag. »In der Residenz Mauritius gibt es viele Wohnungen.«

»Danke, wir wissen, wo wir suchen müssen.«

Erik ließ sich von Sören zeigen, wie man in den Hof des Apartmenthauses gelangte, in dem Astrid Leding wohnte. Hinter dem Postgebäude gab es eine Waschanlage, vor der eine Reihe von Autos stand, und viele Postwagen, die auf der Rückseite des Gebäudes beladen oder entladen wurden. Ein zweigeschossiges Parkdeck gehörte zum Apartmenthaus und eine lange Reihe von Fahrradständern neben dem hinteren Eingang. Erik brauchte nicht lange zu suchen, bis er das Fahrrad mit der entsprechenden Nummer vom Fahrradverleih fand. Als er es näher in Augenschein nahm, traute er seinen Augen nicht: Am Lenker befanden sich ganz eindeutig Blutflecken.

Sören beobachtete seinen Chef ängstlich. »Wir werden nicht auf die Staatsanwältin warten?«, fragte er, weil er ahnte, was Erik vorhatte.

Dieser schüttelte den Kopf. Als sich die hintere Eingangstür öffnete und ein Bewohner des Hauses heraustrat, ergriff Erik die Gelegenheit, ehe die Tür wieder ins Schloss fallen konnte. »Kommen Sie! Jetzt schnappen wir sie uns!«

Er ging voran und holte den Aufzug ins Erdgeschoss, während Sören die KTU verständigte, damit sie das Fahrrad abholte und es untersuchte.

Das war erledigt, als der Aufzug in der zweiten Etage hielt und Erik auf den Klingelknopf neben dem Schild 234 drückte.

Zunächst blieb alles still. Erst als er wieder und wieder läutete, waren endlich Schritte zu vernehmen. Leise Schritte, die sich näherten, als sollten sie nicht gehört werden. Dann ein Wischen auf der anderen Seite des Türblattes in der Höhe des Spions, der dort angebracht war.

»Aufmachen!«, rief Erik.

Die Tür öffnete sich nur einen Spalt, aber Erik stieß sie mit der Faust ganz auf.

Erschrocken fuhr Astrid Leding zurück. »Mein Gott, haben Sie mich erschreckt!«

»Warum haben Sie nicht sofort geöffnet?«

Sie strich sich die Haare glatt und lockerte den Ausschnitt ihres Pullovers. Mit dieser Geste holte sie sich ihre Sicherheit zurück, aber ihre Stimme zitterte dennoch, als sie antwortete: »Weil ich Angst vor dem Mörder habe natürlich. Ich traue mich nicht mehr aus dem Haus. Sie wissen doch ...«

»Hören Sie auf mit dieser Schmierenkomödie«, ging Erik dazwischen. »Ich nehme Sie fest wegen des Verdachts, sowohl Morten Stöver als auch Kersten Hesse umgebracht zu haben.«

Sie starrte ihn an, ihre Unterlippe zitterte, als wollte sie zu weinen beginnen. »Kersten Hesse?«

Erik wurde jetzt ganz ruhig. »Ihr Fahrrad wird soeben von der KTU abgeholt. Das Blut am Lenker ist sogar mit dem bloßen Auge zu erkennen. Und es würde mich sehr wundern, wenn es sich nicht um Kersten Hesses Blut handelt.«

Nun wich sie Richtung Balkontür zurück, als überlegte sie, sich mit einem Sprung übers Balkongeländer zu entziehen. »Ich war das nicht. Sie irren sich.«

Erik griff nach ihrem Arm und gab Sören einen Hinweis, damit er die Handschellen von seinem Gürtel löste und sie Astrid Leding anlegte.

Sie ließ es schluchzend über sich ergehen. »Ich will meinen Mann anrufen.«

»Das können Sie im Revier tun.«

»Johannes soll meinen Onkel verständigen und sofort nach Sylt kommen.«

Erik lachte und wunderte sich selbst darüber, wie hässlich es klang. »Der ist längst hier, Frau Leding. Er hat Sylt nie verlassen. Ganz in Ihrer Nähe hat er sich ein Hotelzimmer genommen. Ich nehme an, er hat Sie beobachtet. Weiß er, was Sie getan haben?«

Sie sah ihn entgeistert an. »Er ist gar nicht nach Flensburg zurückgefahren?«

Erik drängte sie zur Tür. »Er hatte wohl einen Verdacht und wollte Sie im Auge behalten. Wir werden ihn natürlich noch befragen. Womöglich hat er uns etwas Interessantes mitzuteilen.«

Carlotta hatte Mühe, sich zu konzentrieren. »Madonna!« Wie sollte man die besten Zucchini aus dem Gemüseregal suchen, wenn einem so viele Fragen durch den Kopf jagten! Kersten Hesse war ermordet worden? Hatte sie ihn nicht insgeheim für Morten Stövers Mörder gehalten? Und was war mit Wiebke? Hatte sie etwas damit zu tun? »Dio mio!«, flüsterte sie. Ob außer Mamma Carlotta noch jemand wusste, dass Wiebke womöglich die Letzte gewesen war, mit der Hesse vor seinem Tod gesprochen hatte?

Sie suchte die ganze Gemüseabteilung nach gelben Zucchini ab, jedoch ohne Erfolg. Der Verkäufer, der gerade von der Milch- und Käseabteilung zum Gemüse wechselte, zuckte bedauernd die Schultern. »Tut mir leid. Die Zucchini sind bei uns alle grün.«

Nach ungefähr zehn Minuten wusste er, dass ein Gnocchigratin farblich wesentlich ansprechender sei, wenn sowohl grüne als auch gelbe Zucchini verarbeitet würden, dass es geschmacklich zwar kaum einen Unterschied mache, dass jedoch Carlottas Mutter immer darauf bestanden habe, die Zucchini zweifarbig zu verwenden, was somit zu einer Tradition geworden sei. »E le tradizioni sono molto importanti.«

Dann wechselte Mamma Carlotta geschmeidig zur neuen Inselsensation. »Haben Sie auch schon gehört, dass an der Buhne 16 ein Mord geschehen ist?«

Ja, der junge Mann hatte bereits in der Tiefkühlabteilung

Andeutungen vernommen, war also leider nicht zu überraschen. Doch immerhin legte er eine angemessene Erschütterung an den Tag und machte sich nützlich, indem er Carlotta einen Ziegenweichkäse empfahl und ihr sogar half, statt des alten Mimolette, den sie vergeblich suchte, einen Parmesankäse zu finden, der ähnlich schmeckte.

Die Räucherforellen fand sie mühelos, für die roten Paprikaschoten musste sie leider in die Gemüseabteilung zurück, was aber nicht schlimm war, weil sie sich somit noch von dem netten Verkäufer verabschieden konnte, was sie vorher vergessen hatte.

Bei der Überlegung, ob genug Weinbrand für die Forellenpaste im Hause war, wurde sie von hinten angesprochen. »Sie planen wieder ein gutes Essen?«

»Signor Vorberg!« Mamma Carlotta fuhr herum. »Wie geht es Ihnen? Haben Sie sich erholt?«

Gerald Vorberg sah nicht so aus, als ginge es ihm besser. Noch immer war sein Gesicht bleich, sein Lächeln gequält.

Während sie sich von ihm erzählen ließ, dass er mit so viel Optimismus nach Sylt gekommen sei und nun tief deprimiert heimfahren müsse, entschied sie sich unauffällig noch einmal für Tiefkühlspinat statt für den frischen, um nicht ein weiteres Mal in die Gemüseabteilung zurückkehren zu müssen. Mit großem Bedauern sah sie, dass Gerald Vorberg im Einkaufskorb auf seinem Schoß Reiseproviant gesammelt hatte.

»Wie schade, dass Sie Sylt schon verlassen müssen!«

Während Carlotta an der Fleischtheke dafür sorgte, dass die Verkäuferin die Rouladen besonders dünn schnitt, versicherte sie ihm jedoch, wie gut sie ihn verstand. Und als Gerald Vorberg ihr bei der Auswahl des Käses für die Involtini half, bedauerte sie noch mehr, dass er nicht länger bleiben wollte. »Ich hätte in den nächsten Tagen auch gern Involtini nur für Sie gemacht. Sie werden mit dem Gruyère und mit Spinat gefüllt.«

Sie führte Daumen und Zeigefinger zusammen und küsste sie mit spitzen Lippen, wie es alle Italiener machten, die von gutem Essen redeten.

»Morgen früh wird mein Gepäck abgeholt«, berichtete Gerald Vorberg. »Das Behindertentaxi habe ich auch schon bestellt.« Er klopfte auf die Armlehnen seines Rollstuhls. »Was bin ich froh, dass ich das gute Stück zurückbekommen habe. Wenn die Zeit reicht, werde ich noch einen Besuch in Käptens Kajüte machen und dem Wirt danken, dass er den Rollstuhl bei der Polizei abgegeben hat.«

Das hörte Mamma Carlotta mit großer Freude und bestärkte Gerald Vorberg in diesem Vorhaben. Sie hoffte, dass Tove danach endlich auf die Seite der Menschen wechselte, die sich anständig benahmen. Dann musste er doch merken, wie gut es tat, gelobt zu werden und Dank zu ernten.

Auf ihre Bitte, noch ein letztes Mal mit ihr Ukulele zu spielen und ihr zum Abschied etwas vorzusingen, lächelte er. »So wie beim ersten Mal? In Ihrer Küche? Beim Kochen?«

Die Aussicht schien ihm zu gefallen, und Mamma Carlotta bejahte freudig. Sie bedauerte, dass sie ihn nicht zum Abendessen einladen konnte, aber wenn die Staatsanwältin zu Besuch war und die Gefahr bestand, dass bei Tisch über den neuen Fall gesprochen wurde, würde es Erik nicht recht sein, einen weiteren Gast im Haus zu haben.

Sie seufzte. »Ja, ich werde kochen. Obwohl ich damit rechnen muss, dass Enrico, Sören und die Staatsanwältin keine Zeit zum Essen haben werden. Ein neuer Fall!«

Während sie sich gemeinsam auf den Rückweg machten, erzählte Carlotta alles, was sie über den Mord an Kersten Hesse wusste. Viel war es nicht, aber da Vorberg noch nichts von dieser neuen Sensation wusste, fiel es nicht auf, wenn sie hier und da etwas dazumogelte, was die Geschichte noch spannender machte, als sie ohnehin schon war.

»Komisch«, schloss sie nachdenklich, »dass schon wieder

jemand sterben musste, der etwas mit der Klassenfahrt nach Schweden zu tun hatte.«

»Ja«, murmelte Gerald Vorberg. »Sehr merkwürdig.«

»Ich muss unbedingt mit der Freundin meines Schwiegersohns sprechen. Die weiß sicherlich mehr. Schließlich kannte sie Hesse gut und hat in der letzten Nacht sogar noch mit ihm gesprochen.«

Gerald Vorberg schüttelte erstaunt den Kopf. »Waren Sie etwa schon wieder nachts unterwegs?«

Mamma Carlotta kicherte wie ein junges Mädchen, das sich trotz elterlichen Verbotes mit einem Mann getroffen hatte. »Ich muss Wiebke unbedingt zum Essen einladen. Wenn ich dann das Gespräch auf Kersten Hesse bringe, wird sie Enrico verraten, was sie weiß. Momentan will sie sich ja nicht bei ihm melden. Und er nicht bei ihr! Es wird wirklich Zeit, dass ich mich um die beiden kümmere.«

Kükeltje kam ihnen entgegengelaufen. Schnurrend ging sie Carlotta um die Beine und rieb ihr Fell an den Rädern des Rollstuhls.

Gerald Vorberg streichelte sie, ehe er weiterrollte. »Ich werde die Kleine vermissen.«

Kükeltje zauderte, folgte dann jedoch Mamma Carlotta ins Haus, obwohl Gerald Vorberg sie gelockt hatte, damit sie mit zu ihm kam. Als Carlotta ihre Einkäufe in die Küche trug, dachte sie nicht mehr an Kersten Hesse, sondern nur noch daran, wann Erik endlich erfahren sollte, dass eine Katze bei ihm eingezogen war, ohne dass er es gemerkt hatte.

Frau Dr. Speck hörte sich zufrieden an, was Erik und Sören in der Zeit, in der sie sich im Hotel frisch gemacht hatte, herausgefunden hatten. »Blut am Fahrradlenker? Wenn das Hesses Blut ist, haben wir sie.«

Sie hatte sich umgezogen, trug nun eine dunkelblaue Hose, einen Ringelpulli und darüber eine Wolljacke. So leger und maritim hatte Erik die Staatsanwältin noch nie erlebt. Sogar auf ihre hohen Absätze hatte sie verzichtet und helle Turnschuhe angezogen.

Astrid Leding war in eine Zelle geführt worden. Erik wollte sich Zeit lassen bis zu ihrem Verhör, sie sollte eine Weile schmoren, bis sie ins Vernehmungszimmer gebracht wurde. Nicht selten war ein Verdächtiger nach einer längeren Zeit in dieser Umgebung schon bereit, ein Geständnis abzulegen.

»Wir sollten jetzt noch möglichst viele Beweise und Indizien zusammentragen«, sagte die Staatsanwältin, »damit sie gar nicht erst anfängt, sich herauszureden.«

Dynamisch erhob sie sich und gab allein durch ihre Körperhaltung zu verstehen, dass ohne sie in diesem Kommissariat vermutlich nichts laufen würde und Astrid Leding nur durch ihren unermüdlichen Einsatz zu überführen sei. Es fehlte nur noch, dachte Erik, dass sie sich die Hände rieb und anbot, Astrid Leding mal eben ganz allein, zwischen Kaffee und Abendessen, zu einem Geständnis zu zwingen.

Dass dieser Gedanke tatsächlich nicht fern war, wurde ihm klar, als sie mit ihrer großsprecherischen Art daran erinnerte, dass sie schon am Vormittag einen großen Erfolg errungen hatte, indem sie der Eingebung gefolgt war, Tove Griess führe die Polizei an der Nase herum.

Erik brachte es nicht fertig, diesen Hinweis unkommentiert zu lassen, was sicherlich klüger gewesen wäre. »Was haben wir davon? Ist Kersten Hesse dadurch vielleicht als Mörder überführt worden?«

Verärgert zog sich die Staatsanwältin in das Büro zurück, das sie okkupiert hatte, als sie im Polizeirevier Westerland eingezogen war. Auch Sören verabschiedete sich in sein Zimmer, um den lästigen Papierkram zu erledigen. Erik war froh über die Ruhe, die sich nun auftat. Die Stimmen aus dem Revierzimmer kamen nur gedämpft herüber, das Klacken der Computertastatur aus dem Büro der Staatsanwältin war so leise, dass es nicht störte, und Sörens Papiergeraschel war kaum zu hören. Die Autos auf der Keitumer Landstraße bewegten sich in einem gleichförmigen Strom, regelmäßig unterbrochen zwar durch die rote Ampel, aber ohne quietschende Bremsen oder lautes Hupen. Sogar die Schreie der Möwen drangen so rhythmisch durchs Fenster, dass sie Erik wie der Teil einer Aufführung vorkamen, in dessen Drehbuch gestanden hatte: Möwengeschrei!

Er lehnte sich zurück, strich sich gedankenvoll den Schnauzer glatt und dachte nach. Astrid Leding hatte er von Anfang an in Verdacht gehabt. Sie war ihm viel zu glatt erschienen, so schwer zu fassen, und so schicklich und angemessen in ihren Reaktionen, dass es schien, als könne nichts Lasterhaftes ihr etwas anhaben. Doch gerade das hatte in ihm den Verdacht erzeugt, dass sie ein Mensch war, der ungewöhnlichen Lebensumständen mit ungewöhnlichen Maßnahmen begegnete. Er konnte sich vorstellen, dass sie jetzt, in ihrer Zelle, mehr darunter litt, dass sie sich Stunden der Leidenschaft gegönnt hatte, als unter den Folgen, die sie zur Mörderin gemacht hatten. Für sie womöglich so etwas wie eine zwangsläufige Reaktion, der sie nicht hatte ausweichen können.

Er dachte an ihre einflussreichen Verwandten, die sich bald postieren würden, und die Arroganz, die sie umgab, geboren in der Sicherheit, dass lästige Gesetze dazu da waren, das einfache Volk in Schach zu halten. Ihrem Mann hingegen war dieses Selbstverständnis fern, und er würde es wohl nie erreichen, so gern er es auch wollte. Dass er es wollte, war auf den ersten Blick zu erkennen.

Erik fiel ein, dass er Johannes Leding eigentlich gleich nach der Verhaftung seiner Frau einen Besuch hatte abstatten wollen. Doch das hatte noch Zeit. Es war gerade so schön ruhig. Und es konnte nicht falsch sein, erst mal möglichst viele Beweise zusammenzustellen, die er Astrid Leding im Vernehmungszimmer vorlegen konnte.

Ihm fiel die Festplatte ein, die die Staatsanwältin in Haymos Jugendzimmer beschlagnahmt hatte. Nichts Wichtiges, hatte sie gesagt, Schulkram, Klassenarbeiten, die er gespeichert hatte.

Er vertiefte sich noch mal in die Dateien, die der Junge gespeichert hatte. Die Staatsanwältin hatte recht gehabt, Haymo hatte jede Menge Schulkram auf seinem Rechner, jede Klassenarbeit, die er geschrieben hatte, war fotografiert und abgespeichert worden. Die Fotos von Ida versetzten Erik erneut einen Stich. Er würde seine Schwiegermutter anrufen, damit sie dafür sorgte, dass die Kinder auch diesmal beim Abendessen nicht dabei waren. Ein Glück, dass die Staatsanwältin in seinem Haus so unbeliebt war. Die drei würden gern bereit sein, in der Dönerbude zu essen, wenn sie einen Zwanzigeuroschein in die Hand gedrückt bekamen.

Seine Hand war ein paar Zentimeter vom Telefon entfernt, als er mitten in der Bewegung stockte. Ungläubig starrte er den Bildschirm an. Was war das? Wie hatte die Staatsanwältin so etwas übersehen können?

Sie feierten Abschied, Mamma Carlotta, Gerald Vorberg und Kükeltje, die sich so selbstverständlich dazugesellte, als wäre sie in dieser Küche längst zu Hause. Vorberg sang »La bamba« und hielt dabei die Ukulele vor der Brust, mit der er sein Lied so leicht und ungeziert begleitete, dass Carlotta sich fragte, ob sie sein Geschenk überhaupt annehmen durfte. Die Ukulele schien zu ihm zu gehören wie seine Stimme, wie der Text zu den Noten.

Aber er wollte davon nichts hören. »Ich habe sie Ihnen geschenkt, basta! Sie können mir ja später von Ihren Fortschritten erzählen. Über einen Brief würde ich mich freuen.«

Mamma Carlotta versprach es hoch und heilig, während sie die Zucchini für das Gnocchigratin würfelte und die Haselnüsse im Rhythmus von »La bamba« hackte.

Felix kam nach Hause, warf die Tür donnernd ins Schloss und unterbrach die Hausmusik, indem er schilderte, wie sehr er sich beim Indoorcycling verausgabt habe. So erschöpft ließ er sich auf einen Stuhl fallen, als brauchte er nicht nur Bewunderung für seine Leistung, sondern vor allem heiße Schokolade und jede Menge Abbracci.

Aber seine Nonna war mit ganzem Herzen bei einer anderen Sache, schob ihm nur die Schüssel mit den Abbracci hin und vergaß die heiße Schokolade im selben Moment wieder. Auch die Diskussion, warum jemand auf einem aufgebockten Fahrrad in den vier Wänden des Sportvereins nach Musik in die Pedale trat, statt mit dem Fahrrad, das im Schuppen stand, gegen den Wind zu radeln, fiel nur kurz aus. Daraufhin holte Felix seine Gitarre und gesellte sich mit solcher Kraft den Musizierenden hinzu, dass er sogar die Küchenmaschine übertönte, mit der seine Nonna die Räucherforellen zu Mus verarbeitete.

Kükeltje verließ prompt die Küche, in der es ihr zu laut wurde, während Mamma Carlotta die Forellenpaste in Förmchen füllte und in den Kühlschrank stellte. Die Tomatencreme köchelte, Vorberg unterbrach die Demonstration des Rasgueado-Anschlags für einen Espresso und mehrere Abbracci, woraufhin auch Felix seine heiße Schokolade erhielt.

Ein besonderer Nachmittag, sehr familiär, vertraut, sehr emotional. Für Gerald Vorberg schien er genauso sentimental zu sein wie für Carlotta. Das schwere Schicksal des Mannes im Rollstuhl war immer noch da, noch spürbar, doch der Augenblick durfte seine Schönheit behalten.

Währenddessen erschienen die Mädchen, Carolin mit ebenso wichtiger Miene wie ihr Bruder, denn sie fühlte sich nach einer Stunde Pilates wie jemand, der den Mount Everest bezwungen hatte, Ida allerdings mit Schuldbewusstsein im Gesicht. Der Grund dafür begann sofort zu bellen und an Mamma Carlottas Beinen hochzuspringen.

»Bello!« Mamma Carlotta war entsetzt. »Der Hund hat hier nichts zu suchen!«

Aber wer konnte schon jemandem böse sein, der vor lauter Wiedersehensfreude durchdrehte und jeden Einzelnen begrüßte, als wäre er wochenlang verschollen gewesen?

»Erik wird so bald nicht hier auftauchen«, beruhigte Ida sie. »Rechnen Sie damit, Signora, dass das Abendessen ausfällt oder erst später beginnt. Erik hat zu tun.«

»Ist etwa schon wieder ein Mord passiert?«

Doch Ida winkte ab. »Das wohl nicht, aber die anderen Morde sind anscheinend aufgeklärt.«

»Wir waren vor dem Pilateskurs noch joggen«, berichtete Carolin. »Und da haben wir gesehen, dass Papa jemanden ins Polizeirevier gebracht hat.«

»Ich habe meine frühere Lehrerin sofort erkannt«, fügte Ida an.

»Signora Leding?« Mamma Carlotta ließ sich entgeistert auf einen Stuhl sinken und zog Bello auf ihren Schoß.

»In Handschellen!«, betonte Ida. »Stellen Sie sich das vor!«

»Madonna!« Bello landete wieder auf dem Fußboden, weil Mamma Carlotta, wenn sie aufgeregt war, unmöglich still sitzen konnte. Sie sprang auf, sammelte die Geschirrtücher ein, die sie in der ganzen Küche verteilt hatte, sah aus, als wollte sie sie fein säuberlich auf die Haken hängen, warf sie aber einfach auf die Spüle und einen Scheuerschwamm hinterher. »Enrico bringt niemanden mit Handschellen aufs Revier, der nur eine Aussage machen soll.«

»Todsicher nicht.« Felix zog ein wichtiges Gesicht. »In so einem Fall besteht Fluchtgefahr.«

Mamma Carlotta vergaß Gerald Vorberg und die Ukulele. Sie ging zum Fenster und zupfte ein paar Basilikumblätter ab, die sie dann achtlos zur Seite legte. Die Gedanken rasten durch ihren Kopf. Astrid Leding war heimlich in das Auto von Morten Stöver gestiegen! Sie war aus dem Garten des Hotels Wiesbaden geflohen. Sie hatte sich ihr mit einem falschen Namen vorgestellt und sich in Käptens Kajüte weggedreht, als Kersten Hesse eingetreten war. Hatte sie nicht von ihrem nächsten Mordopfer erkannt werden wollen? Dio mio!

Vorberg erinnerte an seine Anwesenheit. »Die Leding ist also für die Morde verantwortlich?« Er schüttelte den Kopf und sah Mamma Carlotta an, als fragte er sich, was aus der Welt geworden sei, seit sie für ihn zusammengebrochen war. »Ich habe die Frau ja noch nie gemocht. Zwar hatte Ihr Schwiegersohn mir vorgeschlagen, mich an sie zu wenden, weil ich bei Herrn Stöver zu spät gekommen war. Aber ich wusste gleich, dass mir ein Gespräch mit Frau Leding nicht helfen würde.« Er reichte Mamma Carlotta die Ukulele. »Danke für alles«, sagte er lächelnd, und Ida erhielt einen besonders freundlichen Blick. »Ich weiß nicht, wie ich die Zeit auf Sylt überstanden hätte, wenn ich hier nicht so freundlich aufgenommen worden wäre.«

Mamma Carlotta versicherte, dass so was selbstverständlich sei, beteuerte, dass sie die Stunden mit ihm genossen habe, bedankte sich ein weiteres Mal für die Ukulele und für den Musikunterricht und beklagte so lange den Überfall auf Gerald Vorberg, bis die Kinder sämtliche Türen geöffnet und dafür gesorgt hatten, dass er mit seinem Rollstuhl das Haus verlassen konnte.

Dann beschloss sie, die Involtini zu klopfen, womit sie einen guten Teil ihrer Erschütterung loswurde. »Astrid Leding!«, rief sie immer wieder, während der Fleischklopfer auf die Rouladen niederfuhr. »Eine Mörderin! Madonna!«

Erik wollte das Triumphgefühl nicht, nein, wirklich nicht. Und er schämte sich dafür, dass es trotzdem da war und ihn ein Stück größer machte, als er vor den Schreibtisch der Staatsanwältin trat. »Wir hätten die Leding schon eher verhaften können«, sagte er, als sie endlich aufsah. »Im PC von Haymo Hesse finden sich reichlich Beweise gegen sie.«

Das Gesicht der Staatsanwältin wurde nicht neugierig, erst recht nicht schuldbewusst, es wurde prompt arrogant, noch arroganter als sonst. »Kann nicht sein. Ich habe mir die Festplatte genau angesehen.«

Und nun sprach er es tatsächlich aus! Nie hätte er für möglich gehalten, dass er so viel Häme empfinden und sich derart daran erfreuen könnte, der Staatsanwältin ihre Überheblichkeit heimzuzahlen. »Vielleicht hätten wir sogar den Mord an Hesse verhindern können, wenn wir das früher gesehen hätten.«

Nun endlich zeigte sich Unsicherheit in den Augen von Frau Dr. Speck. Und im selben Augenblick bereute Erik, was er gesagt hatte. Das war gemein gewesen, hundsgemein!

»Ich habe was übersehen?« Ihre Stimme war nun so klein und staunend, dass Erik sich endgültig wie ein Schuft vorkam.

»Das hätte jedem passieren können«, versuchte er seine Äußerung wiedergutzumachen und bat sie, in sein Büro zu kommen. Dort zeigte er auf den Bildschirm. »Schauen Sie sich die Daten an. Haymo Hesse hat auffällig viele Klassenarbeiten gespeichert.«

»Das habe ich gesehen. Abfotografiert und gespeichert! Ich hab's Ihnen auch erzählt.«

»Er hat nicht nur die Arbeiten von Frau Leding gespeichert, sondern auch die anderer Lehrer.«

»Was soll das für ein Beweis sein?«

Erik war die Lust an der eigenen Überheblichkeit längst vergangen, deswegen war seine Stimme ruhig und ohne jeden Vorwurf. »Die Speicherdaten liegen immer vor dem Datum der jeweiligen Klassenarbeiten. Haymo Hesse kannte den Inhalt sämtlicher Arbeiten, bevor sie geschrieben wurden.«

Der Staatsanwältin blieb der Mund offen stehen. »Die Leding wurde also nicht nur einmal erpresst, wie sie uns weismachen wollte, sondern in viel größerem Umfang.«

»Offenbar sollte sie die Arbeiten herausrücken, die sie selbst plante, und auch die ihrer Kollegen. Sie muss sie bestohlen, ihr Vertrauen missbraucht haben.«

»Und das alles für ein relativ harmloses Foto? Nein! Das kann sie uns jetzt nicht mehr weismachen.«

Erik war ganz ihrer Ansicht. »Von wegen nur einmal im Wald ein bisschen geschmust und geknutscht! Die Leding hatte mit Morten Stöver ein Verhältnis, todsicher! Und Haymo Hesse hat es rausbekommen. Wahrscheinlich gibt es noch andere Bilder. Kompromittierende Fotos!«

»Die waren vielleicht in Kersten Hesses Besitz.«

»Wir haben aber nichts gefunden, als wir sein Zimmer durchsuchten.«

Die Staatsanwältin war schon wieder obenauf. »Die muss er ja nicht in seiner Nachttischschublade aufbewahrt haben, Wolf. Vielleicht hat er sie in seinem Computer zu Hause gespeichert oder in seinem Handy?«

»Jedenfalls sind die Erpressungen anscheinend weitergegangen. Deshalb musste Astrid Leding auch ihn loswerden. Sie hätte nicht nur um ihre Ehe, sondern auch um ihren guten Ruf fürchten müssen. Die honorige Familie! Was hätten der Landgerichtspräsident, der Staranwalt und der Chefarzt gesagt, wenn Fotos die Runde gemacht hätten, die Astrid Leding im Bett eines Kollegen zeigten? Mit allen unschönen Einzelheiten?«

Die Staatsanwältin zögerte trotzdem. »Lieber Mord als beim Seitensprung erwischt werden?«

»Die Leding ist so eine, die sich für superclever hält. Die meint, ihr traut niemand einen Mord zu. Und sie ist schlau genug, uns an der Nase herumzuführen.«

Die Staatsanwältin griff nach Eriks Arm, als wollte sie ihn mit sich ziehen. »Wir sollten jetzt nicht mehr warten. Kommen Sie!«

Erik hatte gerade noch Zeit, Sören einen Wink zu geben, damit er ihnen folgte, dann ging er hinter der Staatsanwältin her. Enno Mierendorf, der ihnen über den Weg lief, erhielt den Auftrag, die Tatverdächtige unverzüglich zur Vernehmung zu bringen.

Astrid Leding war blass und hatte rot geränderte Augen, als sie den kargen Raum betrat und sich gleich drei Personen gegenübersah. Schweigend nahm sie Platz, ohne ein Wort sah sie einen nach dem anderen an.

Die Staatsanwältin ergriff das Wort. Kurz und präzise brachte sie auf den Punkt, dass sich weitere Beweise gefunden hätten, die gegen Astrid Leding sprächen. »Sie hatten eine Liebesbeziehung mit Morten Stöver, vermutlich sogar eine lange und sehr intensive. Und Haymo Hesse hat Sie erwischt.«

Erik wunderte sich, dass Astrid Leding keinen Versuch mehr machte, den Verdacht zu bestreiten. »Ja, er hat mich erpresst. Aber deswegen bringe ich ihn nicht um.«

»Wusste Morten Stöver von der Erpressung?«

»Ja. Er hat versprochen, mir den Erpresser vom Hals zu schaffen.«

»Indem er ihn umbrachte?«

»So konkret hat er das nicht angekündigt.«

»Aber als Haymo tot war, haben Sie geglaubt, er hat ihm Clonazepam verabreicht, um Ihnen zu helfen?«

»Ja.«

»Hat er das zugegeben?«

»Ja. Er wollte mir helfen.«

»Weil er Sie liebte?«

»Ja.«

»Wollte er dann nicht auch, dass Sie sich von Ihrem Mann trennen?«

Sie wurde noch eine Spur blasser. »Ja, das wollte er gern.«

»Hatten Sie nun gleich den nächsten Erpresser am Hals? Wollte Morten Stöver Sie zwingen, sich scheiden zu lassen und zu ihm zu kommen? Weil er doch Ihretwegen einen Menschen umgebracht hatte?«

Nun zögerte sie. »So direkt hat er das nicht geäußert.«

Sören mischte sich mit einer Entschlossenheit ein, die Erik verwunderte: »Was war das mit der Drohung, von der Morten Stöver gesprochen hat? Wie konnte Kersten Hesse ihn bedrohen?«

Nun stiegen ihr Tränen in die Augen. »Ach, das hatte ich nur meinem Mann erzählt. Er war misstrauisch geworden.«

»Es stimmt also gar nicht?«, hakte Sören nach. »Morten ist nicht von Hesse bedroht worden?«

Sie schüttelte den Kopf und sah auf ihre Hände, als schämte sie sich. Erik fiel auf, dass sie sehr ruhig wirkte, ihre ganze Körperhaltung drückte merkwürdigerweise Ruhe und Gelassenheit aus. So, als hätte sie sich in ihr Schicksal gefügt, als hoffte sie nicht mehr auf einen guten Ausgang und wäre bereit, jede Strafe auf sich zu nehmen.

Dann aber schnellte ihr Kopf hoch, und der Eindruck war zunichtegemacht. »Ich brauche Ihnen gar nicht zu antworten! Ich will meinen Anwalt sprechen.«

Sören stand auf. »Ich sorge dafür, dass er verständigt wird.«

Er verließ eilig den Raum, als wollte er sich auf der Stelle darum kümmern. Aber als Erik ihm folgte, wartete Sören am Ende des Flurs auf ihn. Erik bemerkte gleich, dass etwas in Sören vorging, was in dem Vernehmungszimmer keinen Platz mehr gehabt hatte. Er sah sich um, bemerkte, dass die Staatsanwältin bereit war, sich um Astrid Ledings Rückkehr in die Zelle zu kümmern, und folgte Sören dann.

Sein Assistent wartete, bis sie wieder in Eriks Büro angekommen waren. »Kann sein, dass die Leding es doch nicht war«, platzte er dann heraus. Und er war bereit, diese Behauptung zu wiederholen, als die Staatsanwältin ebenfalls hereinkam. »Mir ist da gerade etwas eingefallen …«

Eriks Anruf war gar nicht nötig gewesen. Mamma Carlotta hätte die Kinder auch ohne seinen Hinweis aus dem Haus geschickt, bevor die Staatsanwältin erschien. »Certo, Enrico! Sie darf Ida nicht sehen.«

Leider hatte er ihr nicht sagen können, wann die Vernehmung Astrid Ledings abgeschlossen sein würde. »Aber wir werden kommen, sobald es geht. Die Staatsanwältin freut sich ja so sehr auf den Abend.« Den letzten Satz hatte er mit einem tiefen Seufzen angefügt.

In den Stolz, der prompt in Mamma Carlottas Innerem geplatzt war und sie bis in die Fingerspitzen ausgefüllt hatte, waren dann aber doch ein paar kleine Fragen und Zweifel getropft. »Eigentlich komisch, Enrico! Diese Frau kann sich ein gutes Essen in einem teuren Restaurant leisten ...«

»... aber nur allein«, hatte Erik ergänzt. »Sie hat keine Familie. Das ist das Besondere, was wir ihr bieten können, was sie nirgendwo anders bekommt. Wenn auch die Kinder am Tisch säßen, würde es ihr noch besser gefallen.«

»Sì, sì, la famiglia!« Das seufzte Mamma Carlotta noch ein paarmal vor sich hin, während sie den Tisch deckte und das Essen so weit vorbereitete, dass es schnell fertig sein würde, wenn die Staatsanwältin erschien. Dass Erik am Ende des Telefonats noch gesagt hatte: »Ich hoffe, wir beide haben bald Zeit, in Ruhe miteinander zu reden«, bedrückte sie. Eigentlich war sie schon voller Hoffnung gewesen, dass ihr Schwiegersohn aufgrund der beruflichen Beanspruchung die Nacht längst vergessen hatte, in der sie nicht zu Hause gewesen war. Mit welcher Erklärung sie sich herausreden würde, wenn es tatsächlich zu einem Gespräch kam, wusste sie immer noch nicht.

Sie nahm Kükeltje auf den Arm, die sich im Einkaufskorb zusammengerollt hatte, und trug sie in den Garten. So schnell es ging, schloss sie die Terrassentür wieder, ehe die Katze zwischen ihren Beinen ins Haus zurückschlüpfen konnte. »No, no, Kükeltje!«, rief sie ihr durch die geschlossene Tür zu. »Das geht nicht! Enrico will das nicht!«

Auf dem Wohnzimmertisch lag das Telefon, das sie anzugrinsen und ihr zuzuwinken schien. Unter den Augen der Katze, die durch die Terrassentür starrte, griff sie danach, ließ sich ins Sofa sinken und wählte Wiebkes Nummer. »Signorina!«, rief sie so laut, als Wiebke sich meldete, dass Kükeltje sich erschrocken verzog und im Dämmerlicht verschwand. »Wissen Sie schon, was passiert ist?«

Mit der Neuigkeit, dass Kersten Hesse ermordet worden war, konnte sie Wiebke leider nicht beeindrucken, wohl aber damit, dass Astrid Leding verhaftet worden war.

»Wissen Sie das genau, Signora?«

»Die Kinder haben gesehen, dass sie in Handschellen ins Polizeirevier gebracht wurde. Und gerade hat Enrico es mir am Telefon bestätigt.«

»Wirklich?« Wiebke fragte so zögernd, dass Mamma Carlotta es für nötig hielt, sie mit weiteren Indizien zu überzeugen. Wiebke schien ihr nicht glauben zu wollen. »Denken Sie daran, dass sie mir einen falschen Namen genannt hat. Annette Müller! Dass sie in der Nacht allein auf der Straße unterwegs war ...«

»Sie ebenfalls, Signora.« Carlotta konnte hören, dass Wiebke grinste, reagierte aber nicht darauf. Einwände dieser Art mochte sie nicht besonders gern.

»Und ich habe auch gemerkt, dass sie in Käptens Kajüte von Kersten Hesse nicht erkannt werden wollte.«

Nun war Wiebke überzeugt. »Wir sollten uns treffen, Signora. Sicherlich erfahren Sie heute von Erik noch mehr. Das würde mich sehr interessieren.«

Mamma Carlotta spürte prompt den Widerwillen in der Nähe des Herzens, obwohl sie sich gerade noch auf ein Gespräch mit Wiebke gefreut hatte. Wenn diese an einer Sache sehr interessiert war, dann fand sie sich am nächsten Tag meistens in einer Schlagzeile wieder. Doch das war es nicht, was Mamma Carlotta wollte. Ihr ging es nur darum, zwei Menschen wieder zusammenzuführen, die es ohne ihre Hilfe nicht schafften, sich zu ihrer Liebe zu bekennen. Trotzdem antwortete sie: »Volentieri! Heute Abend kommt die Staatsanwältin zum Abendessen, da wird sicherlich über die Verhaftung geredet.«

»Ich bin gespannt, was Sie mir morgen zu erzählen haben.«

Mamma Carlotta beruhigte sich damit, dass sie, wenn sie sich mit Wiebke traf, ja nur das zuzugeben brauchte, was ohnehin jeder wusste, und dann schleunigst auf Wiebkes Beziehung zu Erik kommen würde. Vorsichtshalber ergänzte sie: »Vielleicht erfahre ich auch gar nichts.«

Wiebke lachte. »Wenn Sie was wissen wollen, bekommen Sie doch alles heraus.« Ihre Stimme veränderte sich. »Ich muss aufhören, Signora. Ich bin immer noch hinter der Katzenberger her.«

Und schon hatte Wiebke aufgelegt. Mit einem Gefühl des Missbehagens ging Mamma Carlotta in die Küche zurück. Sie musste Wiebke zwar einiges erzählen, damit es ein langes und befriedigendes Gespräch wurde, durfte aber nicht zu viel verraten. Erik sollte auf gar keinen Fall merken, dass die Informationen, die Wiebke womöglich verbreitete, aus seinem eigenen Haus gekommen waren.

Erik holte Kaffee aus dem Automaten, der im Revierzimmer stand, dann erst forderte er Sören auf: »Schießen Sie los.«

Sören holte tief Luft. Die Anwesenheit der Staatsanwältin sorgte dafür, dass ihm die Worte nicht so leicht über die Lippen kamen wie sonst, wenn er mit Erik allein war. »Haben Sie sich mal überlegt, warum die Leding das Rad nicht gesäubert hat, ehe sie es abstellte? Wer ist denn so dumm, ein Rad mit Blutspuren in einen Fahrradständer zu stellen, wo es von jedem gesehen werden kann? Jeder, der genau hinschaut, hätte erkennen können, dass jemand mit dem Rad gefahren war, der Blut an den Händen hatte.«

Die Staatsanwältin hatte sofort eine Antwort parat: »Mörder sind dumm. Sonst würden sie ihre Probleme anders lösen als mit Mord.«

Aber man sah ihr an, dass ihr das eigene Argument nicht gefiel. Sie hatte wohl nur verteidigen wollen, was sie gerade erst die Lösung der Fälle genannt hatte. Erik war voller Verständnis. Wer sich am Ziel glaubte, ließ sich nicht gern zum Start zurückschicken. »Sie meinen, das Rad ist von jemand anders benutzt worden? Aber von wem? Es war doch bestimmt abgeschlossen.«

»Wir müssen das Apartment der Leding noch durchsuchen.«

»Wenn sich der Schlüssel dort nicht findet«, sagte die Staatsanwältin, »hilft uns das nicht weiter. Dann konnte das Rad von jedem benutzt werden und gibt uns keinen Rückschluss auf den Täter.«

»Ich nehme an«, antwortete Sören ruhig, »dass es abgeschlossen war. Aber es könnte jemanden geben, der genau weiß, wo sich der Schlüssel befindet.«

Erik starrte seinen Assistenten an. Er wusste plötzlich, worauf Sören hinauswollte. Aufmunternd nickte er ihm zu.

»Wir wissen«, fuhr Sören fort, »dass Johannes Leding nachts in großem inneren Aufruhr zum Bahnhof gelaufen und dann zurückgegangen ist und sich im Hotel Kristall einquartiert hat. Ich weiß außerdem, dass für die Apartments immer zwei Schlüssel ausgegeben werden. Es ist doch möglich, dass er den Schlüssel, der für ihn vorgesehen war, noch in der Tasche hatte. Er könnte also, wenn seine Frau nicht zu Hause war, in ihr Apartment gehen, den Fahrradschlüssel an sich nehmen und ihn hinterher wieder zurücklegen.« Er sah in das verblüffte Gesicht der Staatsanwältin und ergänzte: »Johannes Leding geht davon aus, dass niemand von seiner Anwesenheit auf Sylt weiß. Er kann sich sicher fühlen. Hätten wir ihn nicht gesehen, würden wir an ihn nicht einmal denken.«

»Er will seiner Frau den Mord in die Schuhe schieben?«, fasste die Staatsanwältin zusammen.

»Aus Rache«, bestätigte Sören wie aus der Pistole geschossen. »Er hat nun begriffen, dass er von ihr betrogen worden ist. Sein Leben ist sowieso ruiniert, da will er selbst wenigstens mit weißer Weste aus der Sache herauskommen.«

Erik blickte seinen Assistenten an, als sei er stolz auf ihn. »Aber warum hat er Kersten Hesse umgebracht?«

»Weil der seine Frau erpresst hat. Weil er viele peinliche Einzelheiten hätte erzählen können, wenn er am Leben geblieben wäre. Weil er drauf und dran war, die heile Welt der Ledings zu zerstören. Auch das, was nach außen hin noch heil war. Da hat er sich gesagt: Wenn schon, dann soll die auf der Strecke bleiben, die dafür verantwortlich ist. Astrid Leding! Bevor sie die Affäre mit Morten Stöver einging, war die Welt von Johannes Leding in Ordnung. Astrid sollte dafür büßen, dass es damit vorbei war. Sie war schuld daran! Leding hat nicht nur zwei Morde begangen, sondern wollte noch ein drittes Leben zerstören, indem er dafür sorgte, dass seine Frau als Mörderin hinter Gittern verschwindet.«

Die Staatsanwältin sprang auf. Man sah ihr an, dass Sören sie überzeugt hatte. »Also los! Wir schnappen uns den Kerl.«

Die Besitzerin des Hotels Kristall stand in der Tür und begrüßte Erik und Sören, die ihr beide bekannt waren, freundlich. Der Staatsanwältin warf sie einen überraschten Blick zu. »Ist was passiert?«

Erik beruhigte sie. »Wir möchten nur mit einem Gast sprechen, Johannes Leding. Ist er im Haus?«

Die Besitzerin trat zurück und ließ die drei Besucher eintreten. Der Eingangsbereich war klein, rechts ging eine steile Treppe nach oben, weiter hinten gab es einen winzigen Raum hinter einer Glasscheibe, der als Rezeption diente. Dort hing ein Schlüsselbrett, auf das die Hotelbesitzerin einen routinierten Blick warf. »Zimmer 64! Der Schlüssel ist nicht da, anscheinend ist Herr Leding unterwegs.«

Ein junges Mädchen kam die Treppe herunter, das einen Stapel frischer Handtücher auf dem Arm hatte.

»Hast du Herrn Leding gesehen?«

Das Mädchen blieb stehen und sah seine Chefin erstaunt an. »Herr Leding? Ist der schon wieder da?«

»Ja, seit gestern.«

Ein zweites Zimmermädchen drängte sich an Erik vorbei. »Er sitzt gegenüber im Raffelhüschen und trinkt Kaffee.«

Erik machte einen Schritt vor, als wollte er dem ersten Mädchen nachlaufen. »Was hat Ihre Mitarbeiterin Sie gerade gefragt?« Aufgeregt zitierte er: »Ist der schon wieder da?«

Die Hotelbesitzerin sah ihn erstaunt an. »Ja, er war morgens ausgezogen und ist in der Nacht wieder eingezogen. Er hatte Glück, dass das Zimmer noch frei war.«

In diesem Augenblick ging die Tür auf, und Johannes Leding erschien, akkurat gekämmt, gut rasiert, nach einem Eau de Cologne duftend. Seinen Anzug hatte er im Schrank hängen lassen, unter dem offenen Mantel trug er eine Freizeithose, dazu ein Polohemd und einen leichten Pulli. Verblüfft starrte er die beiden Polizeibeamten und die Staatsanwältin an.

Sören sorgte mit ein paar Schritten dafür, dass er hinter Johannes Leding stand und ihm den Ausgang versperrte.

Erik trat auf Leding zu. »Wir müssen mit Ihnen reden.«

»Woher wissen Sie, dass ich hier wohne?«

Auf diese Frage erhielt er keine Antwort. »Wir gehen auf Ihr Zimmer«, erklärte Erik und schob Leding zur Treppe.

Ein paar Minuten später saßen Erik und die Staatsanwältin in den beiden Sesseln des Zimmers und Johannes Leding auf dem Schreibtischstuhl, während Sören in der Nähe der Tür stehen geblieben war.

Johannes Leding wiederholte seine Frage: »Woher wissen Sie, dass ich hier bin?«

Erik gönnte ihm auch diesmal keine Antwort. »Sie sind auf Sylt geblieben, was niemand erfahren sollte. Sie waren schon vorher auf Sylt, ebenso heimlich. Warum?«

Leding machte keinen Versuch zu leugnen. »Wegen meiner Frau. Ich hatte das Gefühl, dass sie mich betrügt.«

»Mit Morten Stöver?«

Er nickte. »Und der Hesse kommt mir auch komisch vor. Der scharwenzelt ständig in ihrer Nähe herum. Der will was von meiner Frau. Oder ...« Er zögerte. »Oder sie von ihm.«

»Waren Sie schon am Sonntag auf der Insel? Am Tag des Syltlaufs?«

Johannes Leding zögerte, schien dann aber einzusehen, dass Leugnen zwecklos war. Also nickte er.

Erik gab Sören ein Zeichen, der sofort verstand und sich über die Nachttischschublade und den Schrank hermachte. Ledings Protest nahm niemand zur Kenntnis.

»Ich habe gesehen«, fuhr Erik fort, »dass Ihre Frau Sie am Bahnhof vom Zug abgeholt hat.«

»Sie hat nicht gemerkt, dass ich schon da war.« Leding verzog das Gesicht zu einem schiefen Grinsen. »Und Sie anscheinend auch nicht. In dem Gewühl, das immer am Bahnsteig herrscht ...«

In diesem Augenblick hatte Sören gefunden, was er suchte. Triumphierend hielt er einen Schlüssel hoch. »Der gehört zum Apartment Ihrer Frau.«

Johannes Leding reagierte gleichgültig. »Ja, den hatte sie mir direkt nach meiner Ankunft gegeben.«

Die Staatsanwältin beugte sich vor. »Sie konnten also das Apartment Ihrer Frau betreten.«

Johannes Leding zupfte nervös an seinem Pullover herum und stellte den Kragen seines Polohemdes auf. »Theoretisch ja. Habe ich aber nicht getan.«

Die Staatsanwältin überhörte seine Antwort. »Sie haben sich ihren Fahrradschlüssel geholt und sind mit ihrem Rad zur

Buhne 16 gefahren. Wie haben Sie es geschafft, Kersten Hesse dorthin zu bestellen? War er völlig arglos?«

Johannes Leding starrte sie mit offenem Mund an. »Wovon reden Sie?«

»Von dem Mord an Kersten Hesse«, warf Erik ein.

»Hesse ist ...?« Johannes Leding brach ab, als könnte er das schreckliche Wort nicht aussprechen.

Die Staatsanwältin wollte sich keine seelische Erschütterung vorspielen lassen. »Und Morten Stöver? Hatten Sie den bestellt, um mit ihm über Ihre Ehe zu sprechen? ›Wir sind ja zivilisierte Menschen, lassen Sie uns vernünftig miteinander reden.‹ War Morten Stöver bereit, sich auf so ein Gespräch einzulassen?«

Johannes Leding begann zu stottern. »Nein! Wieso ...?«

Die Staatsanwältin erhob sich und sah auf ihn herab, mit so amtlicher Miene, dass es Erik eiskalt den Rücken hinabrieselte. »Ich nehme Sie fest wegen des dringenden Verdachts, sowohl Morten Stöver als auch Kersten Hesse ermordet zu haben.«

Frau Dr. Speck sah sich um, als könnten die Kinder sich irgendwo versteckt haben. »Die werte Nachkommenschaft ist schon wieder nicht zu Hause?«

Mamma Carlotta redete lang und breit über das Sporttraining der Kinder, brachte sämtliche Kenntnisse über Pilates, Zumba und Bodyforming an, erwähnte, dass Felix und seine beiden Freunde, mit denen er Musik machte, täglich ein Ausdauertraining absolvierten, und kam so ganz unauffällig auf die Verbotenen Dosen und damit auf die Musik im Allgemeinen und dann im Besonderen zu sprechen. Im Nu ging es nur noch um die Ukulele, die Gerald Vorberg ihr geschenkt hatte, und um »Freude schöner Götterfunken«, das Mamma Carlotta schon ziemlich bravourös begleiten konnte. Der Bitte, eine Probe ihres Talents zu geben, entsprach sie jedoch nicht. »No, no, so weit bin ich noch nicht.«

Aber es war nicht mehr die Rede von den Kindern, erst recht nicht von dem Mädchen namens Ida, in das Haymo Hesse verliebt gewesen war. Und Mamma Carlottas Erklärungen, warum das Gnocchigratin so farblos war, und die Diskussion darüber, warum es auf Sylt keine gelben Zucchini zu kaufen gab, führte noch weiter von Ida weg. Die Staatsanwältin wurde sogar ausgesprochen redselig und erzählte ein paar Geschichten aus ihrer Kindheit und Jugend, die Mamma Carlotta in ihrem Herzen bewahrte, um sie später auf der Piazza von Panidomino zum Besten zu geben. »An dem Abend, als die Staatsanwältin bei uns zu Besuch war ...« So würde sie mit ihren Erzählungen beginnen und schon mit dieser Einleitung großen Eindruck machen.

Erik hatte natürlich nichts dergleichen im Sinn und Sören auch nicht. Kein Wort würde den beiden über die Lippen kommen, wenn demnächst in Ennos oder Rudis Gegenwart der Name der Staatsanwältin fallen sollte. Dass sie als Sechzehnjährige so enge Hosen getragen hatte, dass ihr Vater sie einmal zu Hause einschloss, dass sie sich durch den Einfluss eines Freundes sogar der Punkszene genähert hatte und auf jeder Party die meisten Joints konsumieren konnte, war immerhin bemerkenswert und nichts, was man im Polizeirevier Westerland mit der Person der Staatsanwältin in Verbindung gebracht hätte.

Tatsächlich wurde Frau Dr. Speck für Augenblicke zu einem ganz anderen Menschen. Während sie erzählte, redete sie langsamer, aus dem Stakkato ihrer Wörter wurde ein Andante, ihr Gesichtsausdruck war gelöst, der rechthaberische Ernst verschwand völlig daraus. Mamma Carlotta stellte fest, dass Erik sie fasziniert beobachtete. Die private Eva Speck hatte er bis jetzt anscheinend noch nie zu Gesicht bekommen. Als ihr die Bemerkung herausrutschte, dass sie während des Studiums zwei Liebhaber gleichzeitig gehabt habe, die nichts voneinander gewusst hätten, fand sie wohl, dass sie es mit dem privaten Geplauder übertrieben hatte. Der weiche Zug um den Mund verhärtete sich wieder, ihre Sätze wurden erneut schnell, kurz und schroff, sie flogen nicht mehr, sie wurden abgeschossen.

»Wir müssen die Leding morgen entlassen«, sagte sie. »Aber eine Nacht soll sie ruhig noch in Gewahrsam verbringen.«

Mamma Carlotta fuhr herum. »Sie ist also doch nicht die Mörderin?«

Die Staatsanwältin sah sie erstaunt an, als fragte sie sich, woher die Schwiegermutter des Hauptkommissars den Namen der Verdächtigen kannte. Erik warf Mamma Carlotta einen mahnenden Blick zu, woraufhin diese sich zum Herd zurückdrehte, »Scusa« murmelte und sich schwor, den Mund zu halten, wenn es ihr auch noch so schwerfiel.

Sören schien von diesem Intermezzo nichts mitbekommen zu haben. »Wir müssen nur noch nachweisen, dass es ihr Mann war. Hoffentlich ringt er sich bald zu einem Geständnis durch.«

Mamma Carlottas gute Vorsätze waren schlagartig dahin. Zwar konnte sie sich eine Nachfrage gerade noch verkneifen, aber ihre weit aufgerissenen Augen und ihr geöffneter Mund sprachen Bände.

»Den kennen Sie auch?«, fragte die Staatsanwältin.

Mamma Carlotta hatte sich wieder in der Gewalt. »No, no«, wehrte sie ab. »Ich dachte nur …«

Was sie gedacht hatte, ließ sie in einer Verwünschung untergehen, gab vor, sich verbrannt zu haben, und redete so lange von kaltem Wasser und Eiswürfeln, bis Erik nicht mehr an die Neugier seiner Schwiegermutter dachte.

»Wenn wir nicht zufällig mitbekommen hätten, dass er schon vorher auf Sylt war«, fuhr Sören fort, »wäre es schwierig geworden, ihm den Mord an Morten Stöver auch noch nachzuweisen.«

»Er scheint sich vorher gut informiert zu haben«, meinte

Erik. »Wahrscheinlich hat er seine Frau genau beobachtet. Und Kersten Hesse auch! Die Idee, seine Gummistiefel zu benutzen …«

»… war nicht besonders clever«, vervollständigte die Staatsanwältin den Satz. »Der Schuhabdruck reicht nicht einmal als Indiz.«

»Das sehe ich anders«, widersprach Erik. »Jeder konnte den Stiefel stehlen, das stimmt. Jeder«, betonte er. »Eben auch seine Frau.«

Mamma Carlotta widmete sich erleichtert dem Hauptgang. Meno male! Es war also heraus. Erik wusste nun auch, was Fietje beobachtet hatte: dass Johannes Leding längst auf Sylt gewesen war, als seine Frau ihn vom Bahnhof abholte. Gott sei Dank! Es war schwer, etwas zu wissen, wovon Erik keine Ahnung hatte, und ihm etwas vorzuenthalten, was er unbedingt wissen musste.

Gerade als sie die Involtini agli spinaci servierfertig machte und noch mit der Vollendung der Soße beschäftigt war, klingelte es an der Tür. Während Erik öffnete, überschlug Mamma Carlotta bereits die Anzahl der Rouladen und stellte fest, dass es notfalls für einen weiteren Gast reichen würde, wenn er kein guter Esser war.

Als sie Dr. Hillmots Stimme hörte, erschrak sie. »Dio mio! Il dottore!«

Bei der Verteilung der Involtini würde sie Fingerspitzengefühl brauchen. Nur gut, dass von dem Zuccotto genug da war.

Der dicke Gerichtsmediziner erschien in der Küchentür und gab vor, vom Donner gerührt zu sein, weil er angeblich nicht auf die Idee gekommen war, dass er beim Essen stören könnte. Er tat so, als wollte er auf der Stelle kehrtmachen, zierte sich jedoch nicht lange, als Mamma Carlotta ihn zurückhielt. »Überredet! Aber ich werde nichts essen!«

»Nur ein bisschen.«

»Also gut, ein klitzekleines bisschen.«

In beängstigender Geschwindigkeit verleibte sich Dr. Hillmot die Forellencreme ein und freute sich über den Rest des Gratins, der eigentlich für alle drei Kinder hätte reichen sollen, wenn sie später nach Hause kamen und feststellten, dass auswärts genossenes Essen nicht halb so sättigend war wie das, was ihre Nonna ihnen vorzusetzen pflegte. Dr. Hillmot hatte auch keine Probleme damit, gleich mit den Involtini weiterzumachen, und schien nur von der Frage gestört zu werden, die die Staatsanwältin an ihn richtete: »Wenn Sie nicht wegen des Essens gekommen sind, warum dann?«

Dr. Hillmot fiel es wie Schuppen von den Augen, schalt sich einen vergesslichen alten Mann, kam wieder einmal zu der Erkenntnis, dass er pensioniert werden müsse, und zog dann endlich eine Plastiktüte aus der Innentasche seiner Jacke, in der ein Handy steckte. »Das habe ich in der Hosentasche des Toten gefunden.«

Erik nahm die Tüte vorsichtig zur Hand. »Ist es schon erkennungsdienstlich behandelt worden?«

Dr. Hillmot nickte und betrachtete zufrieden die Involtini, die Mamma Carlotta auf den Tisch stellte. »Wunderbar, Signora! Das Beste, was ich jemals gesehen habe! Einfach … grandioso!«

Er griff nach Mamma Carlottas Hand, küsste sie, kümmerte sich nicht um ihr entgeistertes Gesicht und antwortete nun: »Ja, Vetterich hat es schon untersucht. Da sind nur die Abdrücke des Toten drauf.«

Daraufhin riss Erik die Tüte auf und holte das Handy hervor.

»Aber Vetterich meinte«, fuhr Dr. Hillmot fort, »Sie sollten es so schnell wie möglich bekommen. Da ist eine SMS drauf, sagte er, die letzte Nacht gekommen ist. Kann ja sein, dass sie wichtig ist. Und weil Vetterich so viel zu tun hat, habe ich mich erboten, Ihnen das Ding zu bringen.«

Mamma Carlotta machte einen langen Hals, als Erik das Menü aufblätterte, merkte aber schnell, dass sie nichts erkennen konnte, und hoffte darauf, dass Erik der Staatsanwältin erklären würde, wie die SMS lautete.

Diese hatte zurzeit mehr Augen für die Involtini als für Kersten Hesses Handy, legte aber das Besteck sofort zur Seite, als Erik las: »Komm sofort zur Buhne 16. Ich habe ihn.«

Außer Dr. Hillmot hatten nun alle die Involtini vergessen. Und er aß schamlos einen gehörigen Vorteil heraus, während Sören sich über das Handy beugte und ergänzte: »W!«

Die Staatsanwältin vergewisserte sich: »W? Wer mag das sein?«

Erik sah auf, sein Blick traf den seiner Schwiegermutter. Sie dachten beide das Gleiche, sie las es in seinen Augen und er in ihren. Ob Sören von derselben Idee angesteckt worden war, ließ sich nicht sagen, die Staatsanwältin jedenfalls war frei von jedem Verdacht.

»Willi, Wolfgang, Waltraud?« Sie sah auffordernd in die Runde. »Gibt es in dem Karussell unserer Täter und Tatverdächtigen jemanden, dessen Name mit W beginnt?«

Nun schwante auch Sören etwas. »Niemand«, antwortete er hastig, als wollte er Frau Dr. Speck am Weiterdenken hindern.

Aber vielleicht sorgte gerade das bei ihr für Misstrauen. Sie sah einen nach dem anderen an, auch Dr. Hillmot, der ihren Blick arglos erwiderte, und blieb dann an Mamma Carlottas Gesicht hängen, die sich redlich Mühe gab, den Involtini ihre ungeteilte Aufmerksamkeit zu schenken. Aber gerade, als sie anfangen wollte, das Rezept zu erläutern, ging der Staatsanwältin auf, was das urplötzlich aufgetretene Schweigen zu bedeuten hatte, und sie wandte sich an Erik: »Wie hieß doch noch gleich Ihre Freundin mit Vornamen?«

Erik war froh, als das Zuccotto gegessen und der letzte Espresso getrunken war. Sogar die Staatsanwältin und Dr. Hillmot, der nicht gerade mit Sensibilität gesegnet war, spürten, dass es Zeit wurde zu gehen. Als Sören den Anfang machte und sich verabschiedete, war Erik ihm dankbar. Und als die Staatsanwältin gönnerhaft ergänzte, dass die Beamten des Polizeireviers Westerland mit dem Rest der Arbeit wohl allein fertigwürden, kannte seine Erleichterung keine Grenzen. Er war sogar bereit, über diese Beleidigung hinwegzuhören. Hauptsache, die Staatsanwältin reiste morgen ab! Endlich!

Seine Schwiegermutter wurde nicht nur von Dr. Hillmot mit Komplimenten und Dank überschüttet und mit mehreren Handküssen in Verlegenheit gebracht, auch die Staatsanwältin versicherte unermüdlich, dass dieser Abend im Hause des Hauptkommissars etwas Besonderes für sie gewesen sei. »Schade nur, dass die Kinder nicht dabei waren!«

Nun wurde Mamma Carlotta sogar mit einer Umarmung und zwei gehauchten Küssen in der Nähe ihrer Schläfen geehrt. Erik mochte gar nicht hinsehen. Dieses Theater! Seine Schwiegermutter würde noch nach Jahren davon reden, dass sie von der Staatsanwältin geherzt worden war, und womöglich zu der Ansicht kommen, dass Frau Dr. Speck eigentlich eine ganz reizende Person sei. Mamma Carlotta hegte für alle Menschen Sympathien, die ihr Essen lobten. Demnächst würde er sich anhören müssen, wenn es mal wieder Ärger mit der Staatsanwältin gab, dass er selbst schuld daran sein müsse, weil jemand, der so freudig bei allen vier Gängen zugriff, unmöglich ein schlechter Mensch sein könne.

Er wartete nur so lange, bis das Taxi mit der Staatsanwältin abgefahren war. Dann ging er ohne ein Wort ins Wohnzimmer und schloss die Tür fest hinter sich, damit seine Schwiegermutter nicht auf die Idee kam, ihm zu folgen und mit ihm den Verlauf des Abends zu diskutieren. Als er hörte, dass die Kinder nach Hause kamen, hätte er am liebsten auch noch den Schlüssel umgedreht.

Aber er blieb ungestört, während er Wiebkes Telefonnummer wählte. Gott sei Dank! Er hätte das Gefühl gehabt, dass sein Herzklopfen unter der Jacke zu erkennen gewesen wäre.

»Erik! So spät noch?«

Er räusperte sich erst umständlich, ehe er sagte: »Ich muss dich sprechen, Wiebke. Heute noch.«

»Ich wollte gerade ins Bett gehen.«

Am einfachsten wäre es gewesen, ihr den Vorschlag zu machen, ins Hotel Wiesbaden zu kommen, aber er bezwang sich. Mit Wiebke in einem Hotelzimmer allein zu sein, das traute er sich noch nicht zu. »Können wir uns irgendwo treffen? Im Haus am Kliff vielleicht? Vielleicht hat die Knüppelknifte noch geöffnet.«

»Wenn schon, dann in Käptens Kajüte. Das sind für mich nur ein paar Schritte.«

»Also gut. In fünf Minuten bin ich da.«

Er schlich sich durch den Flur und aus dem Haus, als hätte er etwas zu verbergen. Als er in den Hochkamp einbog, trat Wiebke gerade auf die Straße. Erik erkannte sie an ihrer Silhouette, an den schlanken Beinen, der kurzen Jacke, dem Lockenkranz um ihren Kopf. Auch sie erkannte ihn sofort und wartete auf ihn. Beinahe hätte er den Arm um sie gelegt, als sie gemeinsam weitergingen, aus reiner Gewohnheit.

Tove Griess traute seinen Augen nicht, als die beiden eintraten, und drehte sogar seine Musikanlage leiser, als wäre es ihm unangenehm, dass der Hauptkommissar etwas von Anton aus Tirol erfuhr, dessen Stimme durch die Imbissstube dröhnte. Erik suchte den Tisch aus, der am weitesten von der Theke entfernt war, wobei sich in Käptens Kajüte eigentlich alles in Hörweite befand. Aber am Nachbartisch saßen drei Männer, die sich derart lautstark unterhielten, dass die Hoffnung bestand, sein Gespräch mit Wiebke könne unbelauscht bleiben.

Sie bestellten Bier, das umgehend serviert wurde. Wiebke schaffte es in der kurzen Zeit bis dahin, die Plastikblumen vom Tisch zu werfen, ihren Schal um ein Stuhlbein zu wickeln und sich beinahe selbst zu strangulieren. Das warme Gefühl, das in

Erik angesichts dieser Katastrophen entstand, wollte er eigentlich nicht, aber es ließ sich nicht ändern, dass ihm das Vertraute gefiel, wenn er sich auch seit Monaten einredete, dass er froh sein könne, von dem Chaos, das Wiebke anrichtete, zukünftig verschont zu bleiben.

»Du hast Kersten Hesse in der vergangenen Nacht eine SMS geschickt?«, begann Erik.

Wiebke sah ihn verblüfft an. »Wie kommst du darauf?«

Sie lachte, als sie hörte, warum ihr Name beim Abendessen ins Spiel gekommen war, und wurde ernst, als Erik ihr erklärte, dass die Staatsanwältin am liebsten sofort mit einem Haftbefehl losmarschiert wäre. Damit übertrieb er zwar, und er fragte sich, warum er auf Wiebke Eindruck machen wollte, aber tatsächlich hatte es ihn einiges an Überredung gekostet, die Staatsanwältin daran zu hindern, Wiebke höchstselbst zu vernehmen, und zwar so bald wie möglich.

»Du kanntest Kersten Hesse«, führte er nun an. »Die Staatsanwältin hat dich sogar mit ihm zusammen gesehen. Ihr seid nachts in Hesses Auto beobachtet worden. Und diese Kurznachricht hört sich so an, als wärst du hinter jemandem her. Das passt zu dir.«

Wiebke trank ihr Glas leer und winkte sofort ein neues herbei. »Kersten ist also von seinem Mörder zum Strand gelockt worden«, stellte sie fest und blickte Erik mit gekrauster Stirn an. »Du glaubst doch nicht im Ernst, ich könnte ihn in eine Falle gelockt haben?«

»Natürlich nicht. Aber es könnte ja sein, dass jemand etwas von dieser SMS mitbekommen hat. Der Mörder zum Beispiel!«

»Und der ist Kersten gefolgt und hat ihn abgefangen, bevor er mich treffen konnte?«

»Zum Beispiel.«

»Ich habe Kersten aber keine SMS geschickt.«

Erik wartete, bis Wiebke ein neues Bier serviert bekommen

hatte. Als Tove Griess am Nachbartisch stehen blieb und mit den drei Männern ins Gespräch kam, senkte er seine Stimme. »Der Absender der SMS war auch nicht zu erkennen. Die Nachricht ist anonym verschickt worden. Wenn du mir früher eine SMS geschickt hast, konnte ich deine Nummer im Display erkennen.«

»Siehst du!«

»Aber das kann man ändern.«

»Warum hätte ich das tun sollen? Und sicherlich kann ein Polizist trotzdem feststellen, von welchem Handy eine SMS verschickt worden ist.«

»Also hat jemand diese SMS geschrieben, der den Eindruck erwecken wollte, sie käme von dir.«

»Dieses große W muss ja nicht zwangsläufig etwas mit mir zu tun haben.«

Aber daran wollte Erik nicht glauben. »Wem sonst wäre Kersten Hesse zum Strand gefolgt? So gut wie dich kennt er niemanden auf Sylt.«

Nun wurde Wiebke nachdenklich. »Meinst du wirklich ...?«

»Es muss jemand gewesen sein, der dich kennt.« Erik warf einen Blick zu Tove Griess, der immer noch am Nachbartisch stand. »Wir haben zwei Verhaftungen vorgenommen. Es spricht alles dafür, dass Johannes Leding der Täter ist. Kennst du ihn?«

Wiebke brauchte nicht lange zu überlegen. »Ich kenne nur seine Frau.«

»Wie gut?«

»Ich weiß, wie sie aussieht und dass sie Lehrerin in Flensburg ist. Kerstens Sohn wurde von ihr unterrichtet. Ich habe aber nie ein Wort mit ihr gewechselt.«

Erik wurde nachdenklich. Sollten sie Astrid Leding am nächsten Tag wirklich die Zellentür öffnen? Entsprach alles, was Johannes Leding zu seiner Verteidigung vorgebracht hatte, doch der Wahrheit?

Er wurde durch ein seltsames Geräusch aus seinen Gedanken aufgeschreckt. »Hörst du das auch? Dieses komische Fiepen?«

»Das bildest du dir ein«, antwortete Wiebke so schnell, dass sie unmöglich auf das Geräusch gelauscht haben konnte.

Tove fuhr erschrocken herum und bewies damit, dass er ihr Gespräch mit angehört hatte. »Genau! Kann gar nicht sein.«

Erik bedachte ihn mit einem vielsagenden Blick. »Ihre Küchenhilfe war wohl immer noch nicht beim Arzt.«

Tove Griess lief schnurstracks in die Küche, das Fiepen hörte sofort auf, anschließend fiel die Tür ins Schloss, die von der Küche in den Hof führte. Der Wirt hatte sie mit einem Knall zugeworfen, damit es bis in den Gastraum zu hören war und Erik nicht auf die Idee kam, die Küche von Käptens Kajüte zu kontrollieren. Natürlich wusste Tove, dass er durchschaut worden war, aber da Erik einmal darüber hinweggegangen war, hoffte er wohl, dass er es auch ein zweites Mal tun würde. Der Kriminalhauptkommissar war ja nicht das Gewerbeaufsichtsamt.

Tove grinste frech, als er zurückkam. »Ich habe sie nach Hause geschickt«, behauptete er. »Wurde sowieso Zeit, dass sie Feierabend macht.«

Erik tat so, als glaubte er jedes Wort, und wandte sich wieder an Wiebke. »Was weißt du von Hesse, was ich nicht weiß? Kannst du dir vorstellen, warum er umgebracht wurde? Wieso hat er überhaupt dieser SMS vertraut und sich in der Nacht noch einmal aufgemacht? Die einzige Erklärung ist doch, dass er glaubte, die Nachricht sei von dir.«

Wiebke zögerte und schüttelte dann den Kopf. »Keine Ahnung. So gut kannte ich ihn ja auch gar nicht. Wir hatten uns jahrelang nicht gesehen.«

Erik beugte sich vor und hätte beinahe ihre Hand genommen. Ganz aus Versehen. »Wiebke, wenn du hinter einer Sache her bist, die mit Hesse zu tun hat … Ich verspreche dir, ich werde versuchen, dir die Story nicht kaputt zu machen, wenn du mir hilfst.«

Aber ihre Miene verschloss sich nun, das Vertraute, das für eine Weile weich und warm gewesen war, wurde wieder lästig und sogar störend und bestätigte ihn darin, dass sie nicht zusammenpassten. Wenn Wiebke etwas wusste, würde sie ihm nichts verraten, ehe sie ihre Titelgeschichte verkauft hatte, so viel stand fest. Möglich aber auch, dass sie wirklich nichts wusste …

Wiebke schob ihren Stuhl zurück und wickelte sich den Schal um den Hals. »War's das? Ich bin müde, ich möchte schlafen gehen.«

Erik zog seine Geldbörse hervor und winkte nach Tove Griess. In diesem Moment wurde es am Nachbartisch lauter. Zwischen zwei Männern war eine Meinungsverschiedenheit entstanden, die der dritte vergeblich zu schlichten versuchte. Schon sprangen die beiden Kontrahenten auf und gingen aufeinander zu.

»Aufhören!« Tove Griess machte Anstalten, sich in das Handgemenge zu werfen.

Erik legte einen Geldschein auf den Tisch und griff nach Wiebkes Arm. »Lass uns sehen, dass wir hier wegkommen!«

Er schob das Töpfchen mit dem Plastikosterei über den Schein, damit er nicht wegflog, dann drängte er Wiebke vor sich her zur Tür. Als er sie öffnete, flogen bereits die Fäuste, ein Stuhl kippte um, ein Glas ging zu Bruch.

Sie waren noch nicht an der Einfahrt zum Hotel Wiesbaden angekommen, als die Tür von Käptens Kajüte aufsprang und jemand auf die Straße taumelte, der Fersengeld gab, als er merkte, dass er verfolgt wurde. Nicht von seinem Widersacher, auch nicht von Tove Griess, sondern von einem Vierbeiner.

»Fass!«, ertönte die Stimme des Wirtes, und ein Hund, den Erik in der Dunkelheit nicht genau erkennen konnte, flog auf den Mann zu und verbiss sich in seinen Beinen. Der Mann schrie, stürzte und hielt sich die Arme über den Kopf, um sich zu schützen.

Erik war zutiefst erschrocken. »Jetzt treibt er es zu weit.«

Er wollte auf den Mann zurennen, der immer noch am Boden lag, wurde jedoch von Wiebke zurückgehalten. »Da kommt schon Hilfe«, sagte sie und zeigte auf drei Männer, die sich um den am Boden Liegenden kümmerten. Erik konnte erkennen, dass sie ihm aufhalfen und einer von ihnen, vermutlich Tove Griess, den Hund am Halsband ergriff und wegzog. »Nichts passiert«, sagte Wiebke. »Du musst dich nicht um alles kümmern.«

Als sie ihn zum Abschied küsste, war er überrascht. Wenn er es nicht für unmöglich gehalten hätte, wäre er sogar davon ausgegangen, dass sie ihn nur deshalb küsste, um ihn von dem Hund abzulenken, der Toves Gast angefallen hatte. Tatsächlich schmiegte sie sich so lange in seinen Arm, bis von Tove und dem Hund nichts mehr zu sehen war und die drei Gäste sich davongemacht hatten.

»Eigentlich war es doch ganz nett mit uns beiden«, murmelte Wiebke.

Erik antwortete nicht. Er wusste nicht einmal, ob er nicken oder den Kopf schütteln sollte.

Der Morgen begann dunkel und kalt. Mamma Carlotta wurde von der Glocke geweckt, die von der Friesenkapelle herüberkam. Ihr fiel ein, dass der heutige Karfreitag in ganz Deutschland ein Feiertag war, anders als in Italien. Nur gut, dass auf Sylt trotzdem die Geschäfte geöffnet waren. Wo der Tourismus regierte, war es gerade an den Feiertagen besonders voll. Die Neuankömmlinge, die schon am Vorabend auf der Insel eingetroffen waren, und diejenigen, die im Laufe des Tages dazukommen würden, brauchten Lebensmittel, um die Kühlschränke ihrer Ferienapartments zu füllen.

Mamma Carlotta lauschte ins Haus. Noch war alles ruhig.

Die Kinder würden lange schlafen, und Erik hatte angekündigt, erst später ins Kommissariat zu gehen. Schlimm genug, dass er an einem Feiertag arbeiten musste! Zum Glück fuhr die Staatsanwältin heute nach Flensburg zurück, und Astrid Leding wurde wieder auf freien Fuß gesetzt. Ersteres gab Erik die Möglichkeit, seine Arbeit wieder in dem Tempo zu erledigen, die er am besten vertrug, und Letzteres hatte Zeit.

Mamma Carlottas Gedanken wurden wieder schwer, sickerten nur noch zähflüssig durch ihren Kopf, kamen beinahe zum Erliegen und vermischten sich schließlich mit Traumsequenzen. Wiebke und Erik, die sich über Bello beugten, Kükeltje auf Gerald Vorbergs Schoß, die Ukulele, die wunderbare Töne hervorbrachte, die Nachbarn auf der Piazza, die Carlottas Spiel bewunderten und ihr applaudierten, Astrid Leding, die sich mit einem Messer in der Hand auf Morten Stöver zubewegte, Johannes Leding, der aus dem Dünengras aufstand und zu Kersten Hesse schlich, der ihm den Rücken zudrehte …

Die Bilder wurden aufgewirbelt durch ein kurzes Erschrecken, fielen dann wieder herab und sackten durch das schwere Erwachen in den Schlaf zurück. Dort wurden sie unsichtbar, sie verschwanden und waren vergessen, als Carlotta erneut aufwachte. Der Morgen war heller geworden, kalt war sein Licht immer noch. Im Hause war es nach wie vor ruhig. Dies war die Zeit, in der der Espresso besonders gut schmeckte, die stillen Minuten, bevor die Pflicht rief, die Gewohnheit sich einmischte und aus einem dicken Batzen Daseinsfreude das Leben machte, das Carlotta Capella liebte. Ein guter Espresso, möglichst ein doppelter, stieß die Tür zum Tag auf, die dann bis zum Abend einladend offen stehen würde. Mittags eine kleine Siesta, das reichte, um ihn bis zu seinem Ende auszukosten.

Aber heute? An diesem Morgen aufstehen, sich in die Küche begeben und so tun, als hätte es nie eine Nacht gegeben, in der sie nicht nach Hause gekommen war? Wenn Erik bald in die Küche kam, würden sie für eine Weile allein sein. Und dann würde womöglich die Frage kommen, auf die sie keine Antwort geben konnte. Was sollte sie dann sagen? Einfach so lange von den Dingen reden, bis er seine Frage vergessen hatte? Bei Dino hatte das funktioniert. Aber ob Erik auch so leicht zu übertölpeln war?

Mamma Carlotta stellte fest, dass das Flattern in der Magengegend nachließ. Sie würde einfach lang und breit davon reden, dass Erik am Abend ohne eine Erklärung das Haus verlassen hatte und erst zwei Stunden später zurückgekehrt und dann schnurstracks zu Bett gegangen war. Sie fühlte sich immer sicherer, je länger sie darüber nachdachte. Wer dazu fähig war, durfte ihr nicht mit Vorwürfen kommen! Darüber ließ sich lange lamentieren, sicherlich so lange, bis Sören erschien. Sie würde Erik die großen Sorgen schildern, die sie und die Kinder sich gemacht hatten, weil er plötzlich unauffindbar gewesen war, würde behaupten, sie hätten ihn zunächst im ganzen Haus und dann sogar in der Nachbarschaft gesucht, hätten mit den Taschenlampen in jede Ecke des Gartens geleuchtet und sich viele, viele Gedanken gemacht.

So etwas dauerte lange, jedenfalls bei Carlotta Capella. Und bei solchem Klagen und Jammern gab es keine Pausen, in denen Erik etwas einwerfen konnte. Blieb nur das Problem, dass er später von den Kindern die Wahrheit erfahren könnte. Und sollte er seine Schwiegermutter fragen, warum sie ihn nicht einfach angerufen habe, würde sie ebenfalls in Erklärungsnöte geraten. In Wirklichkeit war er ja erst vermisst worden, kurz bevor er zurückkam, als Felix im Fernsehen ein Konzert der Toten Hosen sehen wollte und bei dieser Gelegenheit feststellte, dass sein Vater sich nicht mehr im Wohnzimmer aufhielt, wo sie ihn alle vermutet hatten. Ida, das gute Kind, hatte ihn sofort suchen wollen, war aber von den anderen davon abgehalten worden. Zum Glück war Erik dann ja erschienen, noch bevor Ida nach ihrer Jacke greifen konnte. Und anschließend war er die Treppe hochgestapft und hatte nur ein einziges Wort gesagt: »Nacht!«

Nun sprang Mamma Carlotta aus dem Bett, so dynamisch, als erwartete sie jeden Augenblick die Staatsanwältin zum Frühstück. Warum war sie nicht gleich auf die Idee gekommen, dass Wiebke dahintersteckte? Erik musste sich mit ihr getroffen haben! Das erklärte, warum er nicht reden, sondern allein sein wollte. Und das gab viel Gesprächsstoff, der Erik todsicher von der Nacht wegführen würde, in der sie selbst nicht nach Hause gekommen war.

Sie lief ins Bad, sang unter der Dusche »O sole mio« und stand schon eine halbe Stunde später in der Küche vor dem Espressoautomaten. Nun musste sie das Feuer schüren, solange es glühte. Erik und Wiebke näherten sich einander wieder an. Sie musste aufpassen wie ein Luchs, damit sie merkte, wann ihre Hilfe gefragt war.

Erik hatte sich gerade seinen Pullunder übergezogen, als sein Handy klingelte. Vetterich war am anderen Ende. »Sagen Sie mal, Wolf, was sollen wir eigentlich mit dem Gummistiefel machen, den Sie neulich eingeliefert haben? Gibt's dazu einen zweiten, der auf seinen Kumpel wartet?«

Erik musste grinsen, denn Scherze von Vetterich waren sehr selten. »Wegwerfen! Der wird nicht mehr gebraucht. Sein Besitzer ist tot.« Er ging mit dem Handy in der rechten Hand ins Bad, kontrollierte seinen Schnauzer, glättete ihn sorgfältig mit der linken Hand und stieg dann die Treppe hinab. »Und sonst?«

»Wir haben das Apartment der Leding durchsucht. Der Fahrradschlüssel, der Sie interessiert, hat sich gefunden. Ansonsten nichts von Bedeutung.«

»Dann machen Sie sich jetzt an das Zimmer von Kersten Hesse?«

»Schon erledigt! In Hotelzimmern geht's ja immer fix.«

»Also haben Sie nichts gefunden, was wir nicht schon kennen?«

»Das wollte ich nicht sagen. Wir haben was gefunden. Und es kann durchaus sein, dass Sie das nicht bemerkt haben, als Sie sich die Sachen des Sohnes angesehen haben. Ich bin sogar ziemlich sicher.«

Erik betrat die Küche, ohne seine Schwiegermutter zur Kenntnis zu nehmen, die ihn wie eh und je mit einem viel zu lauten »Buon giorno, Enrico!« begrüßte.

»Ein USB-Speicherstick«, fuhr Vetterich fort. »Der war mit Klebeband unter einem Regalbrett befestigt. Entweder vom Vater oder vom Sohn. Solche Verstecke kennen wir natürlich. Da gucken wir immer zuerst nach.«

»Haben Sie sich den Inhalt schon angesehen?«

»Ich habe das gute Stück gleich in meinen Computer gesteckt. Da sind Fotos drauf, die werden Sie garantiert interessieren.«

Erik wedelte Mamma Carlottas Angebot, ihn mit Rührei und kross gebratenem Schinken zu versorgen, zur Seite, beendete das Telefonat mit Kommissar Vetterich und wählte eine Nummer, die er so oft anrief, dass er sie mit einer Kurzwahl bedacht hatte.

Die Stimme seines Assistenten klang schon sehr aufgeweckt. »Ich bin gleich bei Ihnen, Chef.«

»Gut! Mit dem Frühstück müssen wir uns beeilen. Vetterich hat etwas Interessantes für uns.«

Erik sah seine Schwiegermutter schuldbewusst an, als er das Telefon weglegte. Er wusste ja, dass sie es nicht leiden konnte, wenn eine Mahlzeit nur flüchtig eingenommen wurde, für die sie viel Mühe aufgewendet hatte. »Tut mir leid, wir müssen schnell weg.«

Mamma Carlotta sah erstaunlicherweise sehr zufrieden aus. »Für ein Rührei wird die Zeit noch reichen. Es ist ungesund, mit leerem Magen zu arbeiten. Der arme Sören! So ein junger Mann braucht erst recht ein gutes Frühstück!«

Erik nickte ergeben. Sie hatte ja recht, auf fünf Minuten kam es nicht an. Und warum das Frühstück für seinen jungen Assistenten wichtiger sein sollte als für ihn, wollte er nicht diskutieren.

Als er später mit Sören aufbrach, waren sie jedenfalls beide gesättigt und nach Aussage von Mamma Carlotta mit allen Nährstoffen versorgt, die für einen erfolgreichen Arbeitstag nötig waren.

»Vetterich hat nicht gesagt, was das für Bilder sind?«, fragte Sören, als sie losfuhren.

»Sie kennen ihn ja. Dem muss man alles aus der Nase ziehen.«

»Sollen wir die Staatsanwältin benachrichtigen?«

Erik erschrak. »Sind Sie wahnsinnig? Ich bin froh, wenn die im Zug sitzt und uns in Ruhe lässt.«

Sören gab sich entrüstet. »Sie meinen wirklich, wir schaffen das ganz allein, wenn sich auf dem Speicherstick neue Indizien finden?«

Erik ging auf seinen Scherz ein. »Es wird natürlich schwer. Aber wenn wir uns richtig Mühe geben, schaffen wir das.«

Sören lachte, wurde aber schnell wieder ernst. »Die Leding hat jetzt lange genug geschmort, oder? Ich finde, wir sollten erst mal dafür sorgen, dass sie entlassen wird.«

Aber Erik war dagegen. »Erst die Fotos, von denen Vetterich gesprochen hat.« Er erzählte Sören von seinem Gespräch mit Wiebke. »Ich bin gar nicht mehr so sicher, dass wir die Leding entlassen können. Wiebke kennt ihren Mann nicht und er sie auch nicht. Wie sollte Leding darauf kommen, eine SMS an Kersten Hesse zu schreiben, die sich liest, als wäre sie von Wiebke?«

Nun wurde auch Sören nachdenklich. »Aber Astrid Leding ist Frau Reimers bekannt?« Als Erik nickte, sagte Sören nachdenklich: »Kann natürlich sein, dass wir auf dem Holzweg sind und dass das W gar nichts mit Frau Reimers zu tun hat.«

Mamma Carlotta trank erleichtert einen weiteren Espresso. Was hatte sie für ein Glück gehabt! Wenn Erik etwas sehr Wichtiges zu erledigen hatte, würde er vermutlich den ganzen Tag im Büro bleiben, trotz des Feiertags. Er hatte ihr jedenfalls geraten, das Mittagessen ausfallen zu lassen. Sollte er wider Erwarten schon früh zu einem Ermittlungsergebnis gekommen sein, wollte er sich mit einem kleinen Imbiss zufriedengeben. »Aber ich werde dafür sorgen, dass wir am Abend rechtzeitig Schluss machen. Dann freuen wir uns über ein gutes Essen«, hatte er ergänzt.

Und obwohl er in der Mehrzahl gesprochen hatte, war es Mamma Carlotta wichtig gewesen, Sören ausdrücklich zum Abendessen einzuladen, damit sie nicht mit Erik allein sein musste und es womöglich doch noch zu den lästigen Fragen kam, die sie vermeiden wollte.

»Aber es muss Fisch geben«, hatte Erik noch in der Tür gesagt. »In Deutschland wird am Karfreitag immer und überall Fisch gegessen.«

Sie würde also nach den Antipasti ein Apfelsüppchen mit Räucherlachs servieren und danach Rotbarsch in Frühlingsgemüse. Wie gut, dass es bei Feinkost Meyer ein so umfangreiches Fischangebot gab! Die Kinder würden froh sein, mal etwas anderes zu bekommen als das, was die Dönerbude bot. Sie musste nur dafür sorgen, dass der Abend lang wurde, Sören sich wohlfühlte und die Kinder keine Lust verspürten, sich zum Sport aufzumachen. Dann hatte sie wieder einen Tag gerettet, und die Gefahr, dass Erik auf die Nacht zurückkam, in der sie nicht nach Hause gekommen war, würde wieder ein Stück kleiner sein.

Sie hörte Schritte auf der Treppe, Felix steckte den Kopf in die Küche. »Ich gehe an den Strand! Ausdauertraining!«

»Un momento, Felice!« Mamma Carlotta sprang auf und folgte ihrem Enkel zur Haustür. »Niemals ohne Frühstück!«

»Ich bin zu spät. Ben und Finn warten schon.«

»Kein guter Sportler trainiert, ohne etwas im Magen zu haben«, behauptete Mamma Carlotta, die eigentlich keine Ahnung hatte, wie ein Sportler zu guten Leistungen kam.

Aber sie hatte ins Schwarze getroffen, Felix ließ sich schnell überreden, den Tag mit einem Rührei statt mit Liegestützen zu beginnen. Auch Carolin und Ida, die nun schlaftrunken in der Küche erschienen, wollten sich erst der Leibesertüchtigung widmen, wenn sie was Gutes im Magen hatten.

Ida trug Kükeltje auf ihren Armen in die Küche. Anscheinend hatte die Katze im Kinderzimmer übernachtet, was Mamma Carlotta tunlichst übersah, um sich nicht darüber empören zu müssen, dass die Kinder sich derart unverblümt über die Anweisungen des Hausherrn hinwegsetzten.

»Signora, können Sie vielleicht mit Bello Gassi gehen?«, fragte Ida und ließ Kükeltje zu Boden, die sich sofort schnuppernd in Richtung Speisekammer bewegte. »Nach dem Sport muss ich unbedingt zu meiner Oma. Bobbi ist in Gefahr. Die Altenpflegerin hat ein paar Federn im Zimmer herumfliegen sehen und macht sich nun Sorgen wegen der Hygiene. Hoffentlich gibt das keinen Stress.«

Mamma Carlotta holte Kükeltje aus der Speisekammer und schloss die Tür. »Ich hoffe, du bringst Bobbi nicht noch einmal hierher. Du weißt ja, wie Kükeltje auf den Vogel reagiert.«

Ida nickte bekümmert. »Aber ich habe Patrick versprochen, mich um Bobbi zu kümmern.«

Mamma Carlotta startete einen pädagogischen Versuch. »Manchmal muss man auch Nein sagen können, Ida.«

Das Mädchen blickte sie treuherzig an. »Sie sagen auch nie Nein, Signora.«

»Doch, manchmal schon, per esempio …« Mamma Carlotta fiel gerade nichts aus ihrem Leben ein, was als gutes Beispiel herhalten konnte. Aber eine passende Geschichte hatte sie sehr schnell parat, denn in Panidomino hatte einmal ein Mann gewohnt, der zu seiner eigenen Hochzeit zu spät gekommen war, weil er, als er das Haus verließ, einer vorübergehenden Touristin eine Bitte nicht hatte abschlagen können. Sie hatte ihre fünfjährige Tochter aus den Augen verloren, und der Bräutigam brachte es nicht fertig, die verzweifelte Mutter allein suchen zu lassen. Als die Kleine endlich gefunden war, hatte der Standesbeamte eine andere Hochzeit vorgezogen, die Mutter der Braut einen Nervenzusammenbruch erlitten und die Braut sich mehrmals die Frage gestellt, ob sie einen derart unzuverlässigen Mann überhaupt haben wollte. Gerade als er um die Ecke kam und ihr erklären wollte, warum er zu spät kam, hatte sie die Antwort gefunden: Nein! Sie hatte dem Mann, dem sie eigentlich ewige Treue schwören wollte, den Brautstrauß vor die Füße geworfen und ihn zum Teufel gejagt.

»So kann es gehen, wenn man nicht in der Lage ist, eine Bitte abzulehnen«, schloss Mamma Carlotta.

Ida war schwer beeindruckt, aber Carolin gab ihr den Rat, den Erzählungen ihrer Großmutter besser keinen Glauben zu schenken. »So viele Geschichten, wie die Nonna erzählt, können in einem einzigen Dorf gar nicht passiert sein.«

Auf diese Behauptung wollte Carlotta nicht weiter eingehen. »Ist Signor Vorberg eigentlich schon abgereist?«, fragte sie.

Natürlich wussten die Kinder nichts davon, aber es entspann sich eine dieser Debatten, die Mamma Carlotta liebte, ein langes Hin und Her über das Schicksal Gerald Vorbergs, über seine Tapferkeit und über seinen Wunsch, durch ein Gespräch mit Morten Stöver mit seinem Unglück besser fertigwerden zu können.

»Molto tragico, dass es dazu nicht mehr gekommen ist!«

Diesmal war Ida sogar bereit, ein wenig von der Klassenfahrt nach Schweden zu erzählen, von Björn Vorberg, den sie gemocht hatte, von Haymo Hesse, der so gerne cool sein wollte, es aber nie schaffte. Dass Haymo in sie verliebt gewesen war, das einzige Mädchen, das sich, wenn auch nur aus Mitleid, mit ihm abgegeben hatte, erwähnte sie nicht. Mamma Carlotta vermutete, dass sie es gar nicht wusste.

»Jetzt ist Haymo tot«, sagte Ida traurig, »und Herr Stöver auch. Sogar Haymos Vater lebt nicht mehr. Und meine Lehrerin ist verhaftet worden. Ich verstehe das alles nicht.«

»Eine ganz schön verrückte Klasse, in der du warst.« Felix sah Ida so anerkennend an, als wäre es ihr zu verdanken, dass ihr Lehrpersonal sich so wesentlich von seinem unterschied. »Eure Paukerin bringt einen nach dem anderen um.«

Mamma Carlotta fiel ein, dass noch jemand verhaftet worden war. »Vielleicht ist auch ihr Mann der Täter. Ich glaube, Enrico weiß es noch nicht so genau.«

»Aber ... warum?« Ida blieb der Mund offen stehen.

Darauf konnte Mamma Carlotta natürlich keine Antwort geben. Zwar hätte sie jetzt gerne die Zeit bis zum Einkaufen dafür genutzt, sich den unzähligen Vermutungen hinzugeben, die ihr durch den Kopf geisterten, aber ihr fiel mit einem Mal ein, dass es neben dem Fischeinkauf bei Feinkost Meyer noch eine andere Pflicht für sie gab. Und natürlich würde sie genug von dem Rotbarsch nach Hause tragen, damit es auf jeden Fall für alle reichte, wenn ihr gelungen war, was sie vorhatte ...

Während die Kinder darüber diskutierten, wie aus einer bis dato unbescholtenen Lehrerin eine Mörderin werden konnte, schlich sie sich aus der Küche, nahm das Telefon aus seiner Ladestation und ging damit ins Wohnzimmer.

Wiebke meldete sich schon nach dem ersten Klingeln. »Wir wollten uns heute treffen, Signorina«, flüsterte Mamma Carlotta. »Ich werde gleich mit Bello Gassi gehen. Das wäre eine gute Gelegenheit.«

Wiebke schien zu zögern. »Ich glaube, ich weiß schon alles, Signora. Ich habe gestern Abend noch mit Erik gesprochen.«

»Aha!« Mamma Carlotta hatte also richtig vermutet. Erik

hatte sich mit Wiebke getroffen, diese Angelegenheit entwickelte sich ganz nach ihren Wünschen.

Dann aber erschrak sie. Wiebke wollte sich nicht mehr mit ihr treffen? Wie sollte sie dann die Einladung zum Abendessen aussprechen? Wie sollte es ihr gelingen, Erik und Wiebke zusammenzuführen, damit sie sich wieder versöhnten?

»Ich glaube, Signorina, es gibt Neuigkeiten, von denen Sie noch nichts wissen«, behauptete sie. »Kommen Sie einfach zum Friedhof. Wir können uns an Lucias Grab treffen. Sie kennen es doch?«

»Also gut, meinetwegen. In einer Stunde?«

»D'accordo!«

Der Dorfteich war von steingrauer Farbe, seine Oberfläche aufgeraut, unruhig und friedlos. Kein schöner Ort an diesem Tag. Einsam lag er da, der hölzerne Steg ragte ins Wasser wie eine Speerspitze in erobertes Land, während er sonst eine Brücke war, die den See näher brachte. Das Schilfgras am Rand wogte nicht, es zuckte hin und her, zischte im Wind und schüttelte sich. Die Wolken hingen tief. Zwar waren sie nicht dunkel und bedrohlich, aber doch so gewaltig, dass Mamma Carlotta unwillkürlich den Kopf einzog, als könnte der Himmel einstürzen.

Sie fühlte sich an diesem Tag nicht wohl am Dorfteich von Wenningstedt. Kein Mensch war zu sehen, in der Ruhe, die Feiertagsstimmung hätte sein können, lag etwas Ultimatives, als könnte gleich ein Unwetter losbrechen. Die Luft roch nicht gut, sie fühlte sich auf der Haut nicht gut an, sie schmeckte nicht. Sogar Bello schien es zu spüren. Er wirkte lustlos, hatte seine Neugier verloren und trottete ohne jede Begeisterung neben Mamma Carlotta her.

In der Nähe der Friedhofspforte blieb sie stehen und sah sich um. Von Wiebke keine Spur. Ob sie hier auf sie warten sollte? Sie versuchte sich zu erinnern, was sie verabredet hatten, kam dann aber zu dem Schluss, dass von Lucias Grab die Rede gewesen war. Also würde sie dort auf Wiebke warten, währenddessen die weißen Tulpen in eine Vase stellen und Unkraut entfernen oder den Grabstein säubern, bis Wiebke kam.

Als sie das weiße Holztor hinter sich schloss, fühlte sie sich wohler. Sie ging zu Lucia, zu ihrer Tochter, die auf sie wartete. Diese Gewissheit hob alles andere auf. Keine Mutter, die zu ihrem Kind ging, ließ sich von einer schlechten Stimmung zurückhalten. Nicht einmal von einer bösen Ahnung …

Der Friedhof von Wenningstedt war ein kleiner Park, kein Gräberfeld, in dem ein Stein neben dem anderen stand, ein bepflanztes Rechteck aufs nächste folgte. Auf der Rasenfläche standen unregelmäßig verteilt die Grabsteine, davor gab es jeweils ein kleines Rund, das von den Angehörigen bepflanzt wurde. Keine Grabstätte hatte die Form eines Sarges.

Lucia hatte in der Mitte dieser Rasenfläche ihre letzte Ruhe gefunden. Weiße Kiesel lagen vor dem hellen Stein, der ihren Namen trug. Sie hatte alles Weiße geliebt. So hatte Erik weiße Primeln gepflanzt, und die weißen Tulpen, die Mamma Carlotta in der Hand hielt, würden das Zentrum eines hellen, leuchtenden Flecks werden.

Sie hatte gerade nach der Vase gegriffen, die Erik hinter dem Grabstein aufbewahrte, als sie die Bewegung am Ende des Friedhofs bemerkte. Im hinteren Teil, dort, wo sich ein lichter Wald anschloss, der so schmal war, dass die Häuser dahinter durch die Nadelbäume schimmerten, schien es nicht so einsam zu sein wie sonst. Friedhofsarbeiter? In dem Holzhaus, das dort stand, bewahrten sie ihre Gerätschaften auf, daneben gab es ein Areal, das von einem Friesenwall umschlossen wurde. Dort standen Container, in die der abgeschnittene Rasen und verwelkte Blumen wanderten. Der Wall hatte eine Öffnung, aber Mamma Carlotta konnte nicht erkennen, ob sich dahinter etwas bewegte. Vielleicht lief auch jemand hinter dem Holzhaus entlang. Sie meinte, das Schlagen von Zweigen zu sehen, das Wirbeln von Tannennadeln. Oder täuschte sie sich?

Sie richtete sich auf, sah sich um und stellte fest, dass sie allein war. Niemand sonst war zu sehen, kein Klappern einer Gießkanne war zu hören, auf den Bänken saß niemand. Sie wich unwillkürlich einen Schritt zurück, als käme eine Gefahr auf sie zu. Sie war allein und spürte doch, dass es etwas gab, nicht weit entfernt, was zu diesem Friedhof gehörte. Es ging nicht um ein Auto, das vorüberfuhr, um die Klingel eines Fahrrades oder das Schnattern einer Ente, das vom Teich herüberdrang, nein, was sie hörte, war näher. Viel näher!

»Wiebke?« Sie wollte den Namen laut rufen, konnte ihn aber nur flüstern. »Lucia!« Sie starrte über den Grabstein hinweg und lauschte vergeblich auf eine Entgegnung, auf ein Zeichen ihrer Tochter.

Auf einmal meinte sie, schnelle Schritte zu hören, flinke Bewegungen zwischen den Büschen, ein Scharren, ein Flattern, das Zurückschnellen von Zweigen. Im Wäldchen hinter dem Holzhaus! Dann ein ganz anderes Geräusch, eine ganz andere Bewegung. Lang gezogenes Knirschen, gleichmäßiges Rollen, der Ton einer Bremse, die einen Reifen zum Stillstand brachte. Hinter dem Friesenwall!

Bello wurde unruhig, zerrte an seiner Leine, witterte in die Richtung, in die Mamma Carlotta blickte. Dann glaubte sie, Personen zu erkennen, die sich hinter dem Holzhaus bewegten. Die Erleichterung senkte sich über sie, Mamma Carlotta lächelte, steckte die Blumenvase in die Erde und nahm Bellos Leine.

»Avanti, Bello!«

Sie ging auf die Bewegung zu, immer noch lächelnd – und blieb dann wie vom Donner gerührt stehen. Mit offenem Mund starrte sie auf das, was sie zu sehen bekam, unfähig, einen Laut von sich zu geben oder zu reagieren …

Die Staatsanwältin rief im richtigen Moment an. »Ich stehe am Bahnsteig. Der Zug muss gleich kommen.« Sie lachte spöttisch und sogar ein bisschen neckisch. »Irgendwelche neuen Erkenntnisse, Wolf?«

Erik antwortete so ruhig, wie es ihm möglich war. »Ja, durchaus. Seit zwei Minuten kenne ich den Zusammenhang zwischen der Klassenfahrt nach Schweden und den drei Todesfällen.«

»Was?« Die Staatsanwältin schien sich setzen zu müssen, derart verblüfft war sie. »Haben Sie etwas entdeckt?«

»Fotos! Gespeichert auf einem USB-Stick, der in Hesses Zimmer versteckt war. Fotos von Morten Stöver und Astrid Leding. Nicht knutschend in einem Auto im Wald, sondern im Bett. Genauere Schilderungen erspare ich Ihnen. Der Hintergrund ist sehr gut zu erkennen. Zwar werde ich das noch abgleichen lassen, aber ich darf wohl jetzt schon sagen, dass diese Fotos in Schweden gemacht wurden, im Zimmer einer Jugendherberge, in dem die Lehrer untergebracht waren. Wir haben Vergleichsfotos, die Haymo Hesse und auch andere Schüler gemacht haben. Die sind ebenfalls auf dem Speicherstick.«

»Der Beweis, dass Morten Stöver und Astrid Leding ein Verhältnis hatten?«

»Nicht nur das.« Erik musste sich hüten, seinen Triumph allzu deutlich werden zu lassen. »Sie haben die Zeit in Schweden für ihre Liebe genutzt, haben die Kinder sich selbst überlassen und sich im Bett vergnügt, statt ihrer Aufsichtspflicht nachzukommen.«

»Wollen Sie damit sagen ...« Die Staatsanwältin sprach den Satz nicht zu Ende.

»Genau!«, bestätigte Erik trotzdem. »Von wegen Astrid Leding war verletzt, und ihr Kollege musste ihr einen Verband anlegen! Alles gelogen! Sie waren zusammen im Bett, als die Kinder im See ertranken. Und es gab jemanden, der das wusste, der sie durchs Fenster fotografiert hat, der sie aber nicht verraten hat.«

»Haymo Hesse!« Jetzt klang die Stimme der Staatsanwältin wieder so wie immer, herrisch und selbstbewusst. »Er hat die beiden erpresst. Und Morten Stöver hat dafür gesorgt, dass die Erpressungen aufhören. Er war genauso erpressbar wie Astrid Leding.«

»Hier ging es nicht um Ehebruch, sondern um eine viel schwerere Schuld. Angst vor Strafverfolgung, Angst davor, dass das ganze Leben auseinanderbricht ... ja, so was kann durchaus Motivation für einen Mord sein. Wir wissen endlich, was Morten Stöver getrieben hat.«

»Aber wer hat Stöver und Hesse umgebracht?«

Diese Frage hatte Erik sich gerade gestellt, als der Anruf der Staatsanwältin gekommen war. Jetzt fiel ihm die Antwort ein. Er sprang so heftig auf, dass sein Stuhl umfiel. Sören, dem anscheinend im selben Moment dieselbe Erkenntnis gekommen war, fuhr ebenfalls in die Höhe.

»Ich melde mich«, stieß Erik hervor und warf das Telefon zurück, ehe die Staatsanwältin protestieren konnte.

Das Entsetzen nagelte Mamma Carlotta auf den Fleck. Aber nicht lange, dann kehrte das Leben in ihren Körper zurück. Gerade rechtzeitig!

Mit fliegenden Fingern löste sie Bello von der Leine und rief so laut und barsch, wie sie es von Tove gehört hatte: »Fass!«

Bello raste los, auf den Mann zu, der sich soeben drohend erhoben hatte. Das Messer in seiner Hand war nicht lang, aber eine tödliche Waffe, das war auch auf die Entfernung und sogar trotz der Bäume zu erkennen, die die Tat schützen sollten. Unter der Linken des Angreifers wand sich eine junge Frau, duckte sich weg, versuchte sich zu befreien, zu fliehen, dem Schutz des Holzhauses zu entgehen, damit sie gesehen wurde. Doch es gelang ihr nicht. Dass Mamma Carlotta trotzdem auf sie aufmerksam geworden war, lag nur daran, dass sie auf Wiebke gewartet und sich umgesehen hatte.

Der Mann hatte Bärenkräfte und hielt sie fest, die rechte Hand mit dem Messer immer noch drohend erhoben. Wiebke versuchte zu schreien, brachte aber vor lauter Angst und Entsetzen nur ein Wimmern hervor, ein Würgen, ein verzweifeltes Klagen. Sie war voll und ganz darauf konzentriert, den Angriff abzuwehren, ihm auszuweichen, der Gefahr zu entrinnen, ihr Leben zu retten. Der Hass im Gesicht des Mannes musste mörderisch sein, ihre weit aufgerissenen Augen spiegelten ihn.

Aber dann kam eine andere Macht ins Spiel, klein, niedlich, auf vier Beinen. Bello raste auf den Mann zu, Sekunden bevor seine Hand mit dem Messer auf Wiebke niederfuhr, die sich nun wegduckte, ihm den Rücken zukehrte und ihm damit genau die Stelle bot, wo auch Morten Stöver und Kersten Hesse den tödlichen Stich erhalten hatten. »Ein großer Mann«, hatte Dr. Hillmot gesagt, »der Angriff ist von oben gekommen.«

Nun aber wurde der große Mann von einem Hund angesprungen, der, obwohl er klein und niedlich war, voller Aggression steckte. Sie war ihm von einem Mann anerzogen worden, der ebenfalls aggressiv reagierte, wenn er einen Angriff befürchtete oder auch nur erahnte. Tove Griess hatte ganze Arbeit geleistet. Bello verbiss sich in die Hose des Angreifers, zerriss den Stoff und war erst zufrieden, als der Mann vor Schmerz aufschrie und das Messer fallen ließ.

Im selben Moment war Wiebke Reimers auf den Beinen und erkannte ihre Chance. Mit aller Kraft warf sie sich auf den Angreifer und schrie gleichzeitig aus Leibeskräften: »Hilfe!«

Mamma Carlotta war in Sekundenschnelle bei ihr. Während Wiebke die Hände Gerald Vorbergs festhielt, unterstützt von Bello, der nun sogar nach seinem Gesicht schnappte, kniete Mamma Carlotta sich auf seine Beine. Gerald Vorberg hatte genug damit zu tun, den Hund abzuwehren, gegen die Wut der

Frauen konnte er nichts mehr ausrichten. Als endlich jemand ihr Schreien hörte und über den Friedhof gelaufen kam, hatte er bereits aufgegeben. Der Tourist, der zu Hilfe eilen wollte, brauchte nur noch das Handy zu zücken und die Polizei zu alarmieren.

Mamma Carlotta schluchzte vor Zorn, Erschöpfung und Enttäuschung. »Signor Vorberg! Perché?« Sie trommelte wütend auf seine Beine, damit sie ihm wehtaten. »Sie haben mich belogen. Warum?«

Sören hatte sich schon hinters Steuer geworfen, ehe Erik das Auto erreichte. Das war ihm nur recht, denn in Stresssituationen pflegte er noch vorsichtiger zu fahren als sonst. Erregung und rasantes Autofahren passten für ihn nicht zusammen, Verfolgungsfahrten waren ein Albtraum für ihn.

Sören fiel es leichter, die Verkehrsvorschriften zu ignorieren. Er raste nach Wenningstedt hinein, ohne sich um die empörten Autofahrer zu kümmern, die ihm hinterherhupten und ihm einen Vogel oder sogar den Mittelfinger zeigten.

»Vielleicht kriegen wir ihn noch«, stieß er hervor. »Kann ja sein, dass das Behindertentaxi ihn noch nicht abgeholt hat.«

»Behindertentaxi«, wiederholte Erik abfällig. »Der Kerl hat uns einen Bären aufgebunden, so dick wie ein alter Grizzly.«

Eriks Handy klingelte, bevor der Süder Wung in Sicht kam. Obwohl er entschlossen war, sich jetzt nicht aufhalten zu lassen, zog er doch sein Handy hervor und schaute aufs Display. »Rudi Engdahl«, las er ab. Er nahm das Gespräch an und stellte das Gerät auf laut.

»Was gibt's? Wir haben keine Zeit für …«

Aber der Obermeister ließ ihn nicht zu Wort kommen. »Wir haben gerade einen Anruf bekommen. Von einem Mann, der sagt, er rufe im Auftrag Ihrer Schwiegermutter an.«

»Was?« In Erik schossen gemischte Gefühle hoch. Wut, Gereiztheit, aber auch Angst und Sorge. »Was ist passiert?«

»Eine Frau wurde auf dem Friedhof überfallen, und Ihre Schwiegermutter hilft dabei, den Kerl in Schach zu halten.«

Erik hatte noch nicht entschieden, wie er auf diese Nachricht reagieren sollte, aber Sören glaubte zu wissen, was nun zu tun war. Er schoss am Süder Wung vorbei, nahm das Tempo nur kurz zurück, als er an der Kreuzung ankam, wo die Rechtsabbiegenden Vorfahrt hatten, und raste geradeaus weiter zum Dorfteich. »Das ist er!«

»Aber warum sollte er eine Frau überfallen? Und wen überhaupt?«

Sören wusste keine Antwort darauf, beharrte aber auf seiner Meinung, indem er weiter aufs Gas drückte. Mit quietschenden Reifen hielten sie vor der Friedhofspforte und sprangen aus dem Wagen. Sören zückte seine Pistole, während sie auf den Friedhof liefen. Im hinteren Teil hatten sich mehrere Leute versammelt, die aufgeregt durcheinanderriefen. Erik hatte nur einen kurzen Blick für Lucias Grab, dann lief er auf die kleine Menschenansammlung zu. Sie öffnete sich, als jemand erkannte, dass nun endlich zwei Männer kamen, die wussten, was zu tun war.

Gerald Vorberg lag am Boden und hatte jeden Widerstand aufgegeben. Mamma Carlotta löste sich von ihm, als sie ihren Schwiegersohn erkannte, und kümmerte sich nun um die Frau, die Gerald Vorbergs Opfer hatte werden sollen. Erik traute seinen Augen nicht, als er die verstörte Person erkannte, die sich an einen Baumstamm lehnte und Mühe hatte, sich auf den Beinen zu halten.

»Wiebke! Was wollte der Kerl von dir?«

Mamma Carlotta holte aus dem Vorrat, was sich dort fand, und klagte unablässig darüber, dass sie keinen Imbiss vorbereitet hatte, weil sie ja nicht ahnen konnte, dass Besuch kommen würde. »Madonna! Nur Antipasti, Prosciutto e Panini.«

»Das reicht«, sagte Erik immer wieder. »Wiebke macht keinen Besuch bei uns, ich will ihr nur ersparen, mit aufs Revier zu kommen.«

Mamma Carlotta lobte ihren Schwiegersohn für seine Rücksichtnahme und bestätigte, wie wichtig es sei, dass Signorina Reimers nun mit aller Behutsamkeit behandelt werde. »Was sie mitgemacht hat! Dio mio! Sie hat dem Tod ins Gesicht gesehen.«

Auch Wiebke bemühte sich, Carlottas Emotionen zu mäßigen, aber sie hatte genauso wenig Erfolg wie Erik. Als sie schließlich am Tisch saßen, vor sich ein Sammelsurium von mariniertem Gemüse, einem Teller mit Schinken und einem Brotkorb, war noch nicht viel zur Sache geäußert worden. Mamma Carlottas Klagen hatten alles zugedeckt.

»Ich wollte Sie heute Abend zum Essen einladen, Signorina! Enrico sagt, es muss Fisch auf den Tisch, weil Karfreitag ist. Rotbarsch in Frühlingsgemüse habe ich geplant und ein Apfelsüppchen mit Räucherlachs ...«

»Ich komme gern«, sagte Wiebke der Einfachheit halber und erreichte damit tatsächlich, dass Mamma Carlotta endlich zu reden aufhörte und Erik das Gespräch überließ.

»Was wolltest du auf dem Friedhof?«

Prompt wurde Mamma Carlotta wieder unruhig, wollte schon etwas einwerfen, aber Wiebke kam ihr zuvor: »Ich gehe öfter dorthin, wenn ich Ruhe haben will. Kannst du dich daran erinnern, dass du mir Lucias Grab gezeigt hast? Da habe ich gemerkt, wie gut es tut, diesen Friedhof zu besuchen. Er ist so weit weg vom Alltag.«

Erik sah sie misstrauisch an. Diese Erläuterung erschien ihm nicht besonders glaubhaft, aber er beließ es zu Mamma Carlottas Erleichterung dabei. »Wer wusste, dass du zum Friedhof gehen wolltest?«

»Niemand.« Mamma Carlotta bewunderte sie dafür, dass sie antwortete, ohne sich durch einen Blick zu ihrer Komplizin zu verraten.

»Gerald Vorberg war also zufällig auch dort?«

»Er hat mich wohl beobachtet und ist mir gefolgt. Vielleicht wusste er, was Kersten mir anvertraut hatte. Damit war ich ebenfalls zu einer Gefahr für ihn geworden.«

»Wie hast du ihn zur Strecke gebracht? Er ist groß und stark. Ich kann gar nicht glauben, dass du ihn erfolgreich abgewehrt hast. Und nicht nur das, du hast ihn sogar überwältigt.«

»Die Signora hat mir geholfen. Sie kam gerade zur rechten Zeit.«

Nun begann Mamma Carlotta unruhig auf ihrem Stuhl hin und her zu rutschen. Hoffentlich glaubte Erik diese Erklärung. Hoffentlich mussten sie nicht von Bello reden! Dann würde auch vieles andere zur Sprache kommen, was Erik nicht erfahren sollte. Andererseits könnte er vielleicht bei der Suche nach Bello helfen. Der Hund war ja über alle Berge, nachdem er seine Aufgabe erfüllt und Gerald Vorberg zu Fall gebracht hatte. Wie sollte sie das nur Ida erklären?

Erik sah noch immer so aus, als wären ihm Wiebkes Erläuterungen suspekt. »Warum wollte Vorberg dir ans Leder? Was hattest du ihm getan? Weißt du etwas von ihm? Warst du eine Gefahr für ihn?«

Wiebke legte das Besteck zur Seite und sah Erik nicht an, während sie antwortete: »Kersten hat mir erzählt, dass er Vorberg misstraute.« Sie warf Mamma Carlotta einen kurzen Blick zu, die nun wusste, dass erneut etwas zur Sprache kommen würde, von dem Erik nur das erfahren durfte, was er unbedingt wissen musste. »Er hatte Astrid Leding im Garten des Hotels Wiesbaden beobachtet. Sie schien dort auf jemanden zu warten. Und dann wurde sie plötzlich von hinten angegriffen, jedenfalls kam es Kersten so vor. Und er meinte auch, gesehen zu haben, dass es Gerald Vorberg gewesen war. Ein gelähmter Mann, der im Rollstuhl saß! Kersten konnte kaum glauben, dass er plötzlich auf beiden Beinen stand und einen verdammt gesunden Eindruck machte. Aber Astrid Leding konnte rechtzeitig fliehen, und Kersten war sich nicht ganz sicher …«

»Wann war das?«

»In der Nacht von Dienstag auf Mittwoch. Kersten weiß, dass ich gut recherchieren kann. Er hat mich auf Gerald Vorberg angesetzt. Er meinte, das wäre doch eine tolle Story für mich. Wenn ich ein Foto von ihm hätte, wäre das ein Schocker. Ein Gelähmter, der Rache an denen nimmt, die seine Familie zerstört haben!«

»Warum ist Hesse damit nicht zu mir gekommen?«

Wiebke antwortete nun sehr zögerlich. »Angeblich, weil er mir diese gute Story zuschanzen wollte, aber …« Sie warf Erik einen schuldbewussten Blick zu, ehe sie fortfuhr: »In Wirklichkeit steckte wohl etwas anderes dahinter. Ich weiß nur, dass er Astrid Leding von da an observiert hat.«

»Warum?«

»Um sie zu schützen. Er wollte ihr helfen, wenn Gerald Vorberg sich ihr nähern sollte.«

Erik sah sie ungläubig an. »Kersten Hesse als Gutmensch?«

Wiebke wurde verlegen. »Natürlich wollte er Vorberg auch auf frischer Tat ertappen.«

Erik verstand mit einem Mal. »Ihr habt euch die Arbeit geteilt. Du warst hinter Vorberg her und Hesse hinter der Leding.«

»Ich weiß nicht, was er wirklich vorhatte.«

Mamma Carlotta stellte erschrocken fest, dass Eriks Augen hart wurden, dass sie Wiebke musterten, als wäre sie eine Fremde. »Du wolltest es auch nicht wissen. Hauptsache, du würdest deine Story bekommen.«

Sören ließ die marinierten Champignons liegen und wandte sich Wiebke zu. »Sie haben Vorberg beobachtet? Immer in der Hoffnung, dass er sich aus seinem Rollstuhl erhebt und Sie ihn fotografieren können?«

Ehe Wiebke antworten konnte, fuhr Erik fort: »Und? Wird morgen in der Zeitung stehen, dass ein Gelähmter zum Mörder wurde? Dass er uns erfolgreich den Behinderten vorgespielt hat? Dass die Polizei darauf reingefallen ist, während eine clevere Journalistin die Sache schnell durchschaut hat?«

Wiebke sah aus, als fiele ihr die Antwort schwer. »Ich habe zwischendurch nicht mehr an Vorbergs Schuld geglaubt. Ich dachte, Kersten hätte sich geirrt. Vorberg ist doch von Rechtsradikalen überfallen worden.«

»Daran hattest du keinen Zweifel?«

Sie schüttelte den Kopf. »Ich konnte mir nicht vorstellen, dass er das nur simuliert hat. Und dann hörte ich, dass Astrid Leding verhaftet worden ist. Damit war für mich klar, dass Kersten sich geirrt haben musste.«

Vor dem Haus fuhr ein Wagen vor, eine Autotür schlug zu, Schritte kamen auf die Haustür zu. Mamma Carlotta stand auf und ging zum Fenster. »Ein Taxi!«, rief sie und lief schon zur Tür, bevor es klingelte.

Einer Italienerin war Höflichkeit heilig. Sie freute sich aus Prinzip über jeden Besuch, hieß auch die Gäste willkommen, die unerwünscht waren, und ließ keinen Besucher spüren, dass sein Erscheinen lästig war. In Panidomino wurde sogar Dinos alte Tante freundlich begrüßt, die heimlich über die Bilderrahmen strich und unter den Teppich sah und später alle Verwandten darüber aufklärte, wie sauber oder vernachlässigt die Haushalte der jeweils anderen Verwandten waren. Sogar dem mittlerweile erwachsenen Sohn früherer Nachbarn, die schon vor über zehn Jahren nach Chiusi gezogen waren, wurde einladend die Tür geöffnet, obwohl er immer nur dann zu Besuch kam, wenn er abgebrannt war, nichts zu essen im Haus, aber großen Hunger hatte.

So wurde auch dieser Gast jauchzend begrüßt, obwohl Mamma Carlotta wusste, dass er vor allem Erik nicht willkommen sein würde. »La dottoressa!«, rief sie besonders laut, damit er die Gelegenheit hatte, sich auf das Erscheinen der Staatsanwältin vorzubereiten.

»Der Zug musste ohne mich fahren«, verkündete die Staatsanwältin strahlend. »Als Ihr Schwiegersohn am Telefon etwas von neuen Ermittlungsergebnissen sagte, habe ich beschlossen, ihm weiterhin zur Seite zu stehen. Ich glaube, das Verhör wird nicht einfach werden. Er braucht meine Unterstützung.«

Erik hatte das Gefühl, alles zu wissen und alles zu verstehen, als er den Raum betrat, in dem Gerald Vorberg auf ihn wartete. Er hatte den Stuhl dicht an den kleinen Tisch gerückt, als wollte er seine Beine nicht zeigen, und erhob sich nicht, als Erik mit Sören und der Staatsanwältin eintrat, als wollte er seine Rolle weiterspielen. Er erwiderte Eriks Gruß nicht, sah nur einen nach dem anderen an und schien den Blick erst aus jedem Gesicht lösen zu wollen, wenn er genug Unbehagen hinterlassen hatte. Erik rechnete damit, dass Vorberg die Aussage verweigern würde, setzte sich umständlich, glättete seinen Schnauzer und beobachtete, wie Sören sich vorsichtig niederließ, als hätte er Angst vor einem eiskalten Stuhl, und die Staatsanwältin die Beine übereinanderschlug und Erik auffordernd ansah, damit er das Verhör begann.

Er riss sich zusammen. »Wie lange haben Sie nach dem Unfall im Rollstuhl gesessen?«

Zu seiner Überraschung antwortete Gerald Vorberg unverzüglich: »Ein gutes Jahr. Während die Verantwortlichen für die Tragödie ihr Leben weiterführten, als wäre nichts geschehen.«

»Woher wussten Sie von dem Verhältnis zwischen Morten Stöver und Astrid Leding?«

»Ich war früher leidenschaftlicher Jäger, bin jeden Tag durch den Wald gelaufen. Ich kannte jeden Bock in meinem Revier. Und Liebespaare, die mit dem Auto in meinen Wald fuhren, habe ich regelmäßig zum Teufel gejagt.«

Erik glaubte zu verstehen. »Morten Stöver und Astrid Leding auch?«

Ein böses Lächeln zuckte in Gerald Vorbergs Mundwinkeln. »Die habe ich nicht weggeschickt, sondern beobachtet. Ich habe sie gleich erkannt, die beiden Lehrer.« Nun wurde seine Stimme lauter. »Schöne Vorbilder! Solchen Pädagogen vertraut man seine Kinder an! Was ist bloß aus unserer Gesellschaft geworden!«

»Was haben Sie mit Ihrem Wissen gemacht?«, fragte Sören.

»Zunächst nichts. Ich habe die beiden mit dem Handy fotografiert. Und ich habe mir vorgenommen, ihnen dieses Bild unter die Nase zu halten, wenn sie meinem Sohn jemals Schwierigkeiten machen sollten. Björn war kein besonders guter Schüler, er brauchte verständnisvolle und großzügige Lehrer. Beides wollte ich mir mit diesem Foto erkaufen, wenn es nötig sein sollte.«

Erik nickte, als hätte er Verständnis für Gerald Vorberg. »Und? War es nötig?«

»Vorsichtshalber habe ich Björn eingeweiht, bevor er nach Schweden aufbrach. Ich habe ihm eine Kamera mitgegeben. Er sollte die beiden Lehrer beobachten und fotografieren, wenn er sie zusammen im Bett erwischte. Das Abitur ist dir sicher, habe ich zu Björn gesagt, über den Numerus clausus brauchst du dir keine Gedanken mehr zu machen. Aber Björn wollte nicht. Er meinte, das sei Sache der Lehrer, das gehe niemanden was an. Aber er hat mit seinem Freund Haymo darüber geredet, noch bevor sie losfuhren. Und der hatte keine Skrupel. Er hat die Kamera genommen und versprochen, ein Auge auf den Stöver und die Leding zu haben.« Er stieß ein Lachen hervor, das eher wie ein Stöhnen klang. »Haymo war ja auch kein guter Schüler.«

»Sie hatten einen Autounfall erlitten, Sie waren schwer verletzt, lagen in einer Schweizer Klinik, saßen dann ein Jahr im Rollstuhl ...« Erik ließ den Satz schweben. »Haben Sie Kontakt zu Haymo Hesse aufgenommen?«

»Erst Monate später. Als ich stundenweise ohne Rollstuhl

zurechtkam, wurde ich nach Hause entlassen. Dort fand ich Björns Hinterlassenschaft vor. Was er mit nach Schweden genommen hatte, war mir ins Haus gebracht worden. Die Kamera war nicht dabei.«

Nun mischte sich die Staatsanwältin ein. »Aber Sie wussten ja, wer sie hatte.«

»Ja, ich habe mich mit Haymo in Verbindung gesetzt. Er hatte jede Menge Fotos gemacht.« Wieder sah er die drei Anwesenden so nachdrücklich an, als müssten sie ohne weitere Erläuterung begreifen, wozu er sich daraufhin entschlossen hatte.

»Sie wollten Rache«, stellte Sören fest.

Vorbergs Gesicht verdüsterte sich, seine Augen wurden zu Schlitzen, der Hass drang ihm aus jeder Pore. »Die beiden sind die Mörder meines Sohnes. Sie haben auch meine Frau auf dem Gewissen. Sie sind schuld, dass ich alles verloren habe.«

Erik bemühte sich, Vorbergs Emotionen zu unterbrechen. »Sie wurden immer unabhängiger von Ihrem Rollstuhl, haben aber nach außen so getan, als wären Sie weiterhin darauf angewiesen?«

»Das gehörte zu meinem Plan.«

»Wussten Sie, dass Haymo die Fotos nutzte, um seine Lehrerin zu erpressen?«

»Ich habe es geahnt. Sein Vater hat es sicherlich gebilligt oder ihn sogar dazu gedrängt. Der alte Seebär war nie zimperlich, wenn es darum ging, etwas zu erreichen.« Wieder dieses böse Lächeln, das Erik ihm am liebsten aus den Mundwinkeln geschlagen hätte. »Ich hatte Glück. Morten Stöver hatte ja so schreckliche Schuldgefühle. Er war ohne Weiteres bereit, sich mit mir zu treffen. Und er war erleichtert, als ich Verständnis dafür hatte, dass dieses Treffen auf Sylt stattfinden sollte, wo uns niemand beobachten konnte.« Nun trieb er es sogar so weit, sein Lächeln hörbar zu machen. Glucksend stieß er etwas hervor, was Erik unerträglich war. »Als ich merkte, dass die

Leding auch auf Sylt war, habe ich mein Glück gar nicht fassen können. Da konnte ich sie ja gleich mit erledigen! Es hätte beinahe geklappt ...«

»Im Garten des Hotels Wiesbaden.«

Gerald Vorberg griff sich an den Kopf. »Wie kann man nur so dumm sein, sich auf eine anonyme SMS hin mitten in der Nacht auf ein solches Treffen einzulassen?«

»Woher kannten Sie ihre Handynummer?«

»Die habe ich in Björns Schulsachen gefunden. Die netten Lehrer! Die Schüler durften sie ja jederzeit anrufen, wenn sie Probleme hatten.«

»Und dann haben Sie ihr eine anonyme SMS geschickt?«

»Ich hatte gar nicht damit gerechnet, dass sie wirklich kommt. Aber die Frau steigt tatsächlich mitten in der Nacht aufs Fahrrad! Das war für mich nur ein weiterer Beweis. Die hatte ein schlechtes Gewissen, sie wollte nichts riskieren. Sie hatte Angst, dass jemand etwas wusste und es ausplaudern würde, wenn sie nicht spurte.« Dass Astrid Leding seinem Angriff entkommen war, machte Gerald Vorberg noch immer zu schaffen. »Obwohl ich natürlich froh sein konnte, dass sie mich nicht erkannt hatte.«

»Aber Kersten Hesse hat Sie gesehen.«

»Wieder hatte ich Glück.« Gerald Vorberg sah aus, als wäre das ein Beweis dafür, dass er alles richtig gemacht hatte. »Er wollte nicht derjenige sein, der mich anzeigte. Dann wäre auch seine Rolle zur Sprache gekommen.«

»Dass er seinen Sohn bei den Erpressungen unterstützt hat?«

»Genau! Aber ich habe natürlich schnell gemerkt, dass er sich jemanden an seine Seite geholt hatte. Eine Journalistin! Eine richtige Zecke! Die war mir auf den Fersen! Ließ sich einfach nicht abschütteln.« Er sah Erik nun direkt an. »Die hat sogar manche Nacht in Ihrem Garten verbracht, mit der Kamera im Anschlag.« Er lachte, als er Eriks Betroffenheit bemerkte, und erzählte weiter: »Kersten Hesse zum Strand zu locken, war einfach, aber diese Zeitungstante war clever. Und sehr, sehr misstrauisch. Aber dann – ich konnte es gar nicht fassen – suchte sie mit einem Mal die Einsamkeit und ging zum Friedhof. Da dachte ich …« Der Triumph fiel aus seinem Gesicht. Es war, als hätte er seine Niederlage zwischenzeitlich vergessen und jetzt fiele sie ihm wieder ein. »Dass mir ausgerechnet Ihre Schwiegermutter einen Strich durch die Rechnung macht …«

Er stand so unvermittelt auf, dass Erik erschrak. Gerald Vorberg war groß, sehr groß. Ihn auf seinen beiden Beinen zu sehen, war derart ungewohnt, dass Erik diese Tatsache als Bedrohung empfand. Sören und der Staatsanwältin schien es genauso zu gehen. Auch sie sprangen auf, als rechneten sie damit, sich verteidigen zu müssen.

Aber Gerald Vorbergs Stimme war weich und ruhig, diesmal zeigte er ein Lächeln, das zu dem Mann gehörte, der er einmal gewesen war. »Es tut mir leid, dass ich Ihre Schwiegermutter enttäuscht habe, Herr Wolf. Sie ist eine so nette, warmherzige Frau. Ich hoffe, sie wirft die Ukulele nicht weg, sondern versucht es weiter und denkt dabei mal an mich.« Sein Lächeln vertiefte sich sogar. »Grüßen Sie die Signora bitte von mir. Sie wird die Einzige sein, die irgendwann mal an mich zurückdenkt. Und Ida auch. Sie wird sicherlich ebenso enttäuscht sein. Das tut mir sehr leid. Das … ja, das ist das Einzige, was ich bedaure …«

Mamma Carlotta nahm die Ukulele zur Hand, legte sie aber kurz darauf so heftig wieder weg, als hätte sie in der Zwischenzeit alles eingebüßt, für das sie vorher gestanden hatte: für den Glanz der Musik, für Wunschbilder, für etwas ganz Neues, das mit der Ukulele in ihr Leben getreten war. Nun war sie nur noch das Geschenk eines Mörders. Sie warf dem Instrument immer wieder einen Blick zu, während sie den Räucherlachs in

Streifen und den Porree in Ringe schnitt, die Äpfel würfelte und die Zwiebeln hackte.

Als sie alles angedünstet hatte und mit Cidre ablöschte, hatte sie ihren Zorn überwunden. Gerald Vorberg hatte ihr die Tür zu einer neuen Welt aufgestoßen. Dass er etwas Schreckliches getan hatte, war eine andere Sache. Und dass er es getan hatte, weil er mit einem furchtbaren Schicksal gestraft war und damit nicht fertigwerden konnte, änderte alles noch einmal. Nein, sie würde das Angebot nicht ablehnen, sie wollte noch einmal versuchen, etwas zu lernen. Irgendwann würde sie auf der Piazza sitzen und musizieren!

Doch der Schreck, Wiebke in den Händen eines Mannes zu sehen, der kurz zuvor noch ihr ganzes Mitleid besessen hatte, war noch längst nicht überwunden. Und das Gefühl, versagt zu haben, als sie einem Mann vertraut hatte, der mit so finsteren Absichten nach Sylt gekommen war, tat weh. Hätte sie ahnen müssen, was er im Schilde führte? Der Rotbarsch hatte eine Menge auszuhalten, während sie darüber nachdachte. Und die Frühlingszwiebeln, Zuckerschoten, Radieschen und Champignons wurden so erbarmungslos gehackt und der Bärlauch derart mitleidlos zu den Pinienkernen und dem Parmesan in den Mixer geworfen, dass Mamma Carlotta ihren Zorn danach verarbeitet und ihre Hände in Unschuld gewaschen hatte. Nein, kein argloser Zeitgenosse hatte auf die Idee kommen können, dass der arme, vom Schicksal gebeutelte Gerald Vorberg in Wirklichkeit ein Meuchelmörder war!

Während sie das Gemüse in der Pfanne anschwitzte, drängte sich ein weiterer Name in ihre Gedanken, der ein neues Gesicht bekommen hatte. Wiebke Reimers! Hatte Carlotta auch in diesem Fall einen Fehler gemacht? War es wirklich richtig, Erik wieder mit Wiebke zu versöhnen? Würde es überhaupt gelingen? Hatte sie sich geirrt, als sie glaubte, dass Erik voller Sehnsucht nach Wiebke war? Sie hatte seinen misstrauischen Blick und seine harten Augen nicht vergessen, als er erkannte, dass

Wiebke mal wieder ihr Beruf wichtiger gewesen war als seine Ermittlungen. Sie hatte ihm verschwiegen, was sie wusste, auch diesmal war es ihr nur auf die Titelstory angekommen. Vielleicht hätte der Mord an Kersten Hesse sogar verhindert werden können, wenn Erik rechtzeitig gewarnt worden wäre? Aber Wiebke wollte das Foto haben, mit dem Gerald Vorberg überführt werden konnte. Sie hatte tatsächlich in Kauf genommen, dass Erik irgendwann aus einer Zeitung erfahren hätte, wie Gerald Vorberg sich gerächt hatte und dass eine Journalistin schneller gewesen war als die Polizei.

Zornig griff Mamma Carlotta nach dem Milchtopf, entfernte die Vanillestange, gab Eier und Zucker hinzu, holte einen Schneebesen aus der Schublade und begann zu schlagen. Wie gut, dass beim Kochen so viele Emotionen zu verarbeiten waren! Die Crème Caramel, die es als Dolce geben würde, war bestens dafür geeignet, an ihr jeden Zorn auszulassen. Dann aber, während sie Zucker und Wasser zum Karamellisieren in die Pfanne gab, war Fingerspitzengefühl gefragt, negative Gefühle konnten hier nur das Dessert verderben. Und als die Crème im Backofen war, wurde ihr klar, dass in der anderen Waagschale etwas lag, was eindeutig für Wiebke sprach. Sie hatte Erik nichts von Bello verraten, hatte darüber geschwiegen, dass sie mit Mamma Carlotta auf dem Friedhof verabredet gewesen und dass Eriks Schwiegermutter zu ihrer Mitwisserin geworden war. Das musste man ihr hoch anrechnen. Ganz abgesehen davon, dass sie Milde verdient hatte, nachdem sie solche Todesängste hatte ausstehen müssen.

Stöhnend ließ Carlotta sich auf einen Stuhl sinken und betrachtete die Karamellcreme durch das Fenster des Backofens. Was sollte sie tun? Erik zu einem Glück verhelfen, das womöglich gar keins war? Wiebke für etwas bestrafen, ohne sie für das belohnen zu können, was sie ebenfalls getan hatte? Mamma Carlotta wusste nicht mehr ein und aus. Und wenn sie daran dachte, dass sie Ida gestehen musste, was mit Bello geschehen war, wurde ihr regelrecht schlecht. Niemand hatte auf den Hund geachtet, während Gerald Vorberg überwältigt wurde, Mamma Carlotta hatte ihn sogar total vergessen und erst wieder an ihn gedacht, als Erik und Sören aufgetaucht waren. Und dann – aber das würde sie niemals zugeben – war sie sogar erleichtert gewesen, dass Bello weit und breit nicht zu sehen war …

Sie warf einen Blick auf die Uhr, dann sprang sie entschlossen auf und holte ihre Jacke vom Garderobenhaken. Die Kinder waren noch nicht zu Hause, womöglich hatte sie eine kleine Chance, Idas Leben in Ordnung zu bringen, ehe das Mädchen zurückkam. Bello hatte schon einmal bewiesen, wie klug er war. Er wusste, wo die Menschen wohnten, die sich um ihn kümmerten. Vielleicht war es ihm gelungen, dorthin zurückzufinden, wo er gefüttert wurde und zu einem scharfen Wachhund gemacht worden war. Mamma Carlotta würde Tove wohl zugutehalten müssen, dass durch seine Erziehung ein schweres Verbrechen verhindert worden war.

Der Wirt sah ihr wütend entgegen, als sie Käptens Kajüte betrat. »Da sind Sie ja endlich! Wird auch Zeit!« Er beugte sich über die Theke. »Sie haben den Köter nicht wiedergefunden? Das ist doch …«

Carlotta begriff schlagartig, dass ihre Hoffnung umsonst gewesen war. »Woher wissen Sie, dass ich ihn verloren habe?«

Tove nickte zu Fietje, der wie immer über seinem Jever saß, die Bommelmütze tief in die Stirn gezogen, und den Sinn des Lebens auf dem Grund des Glases zu suchen schien. »Der war auch auf dem Friedhof.«

»Signor Tiensch?« Mamma Carlotta fuhr zu Fietje herum. »Sie waren da und haben Frau Reimers nicht geholfen?«

Fietje hob den Kopf und wischte sich erst mal den Bierschaum vom Mund, ehe er antwortete: »Eigentlich dachte ich ja, ich müsste dem armen Mann im Rollstuhl helfen.«

Mamma Carlotta sah ihn verdutzt an. »Perché? Warum denn das?«

Fietje seufzte, weil er ahnte, dass nun viele Wörter auf ihn zukamen, wo er es doch so gerne bei möglichst wenigen beließ. »Weil die Journalistin ... die Freundin Ihres Schwiegersohns ... weil die dem armen Mann nachgeschlichen ist. Immer mit der Kamera im Anschlag.«

Mamma Carlotta zog die Jacke aus, obwohl sie sich nicht lange aufhalten wollte. Aber diese Angelegenheit brachte sie prompt ins Schwitzen. »No, no, Signor Tiensch! Umgekehrt! Gerald Vorberg ist ihr nachgeschlichen. Und dann hat er sie angegriffen.«

»Nö!« Fietje trank sein Glas aus und hielt es Tove hin, damit er es wieder füllte. »Erst ist er ihr hinterher, als sie auf den Friedhof ging. Ich dachte noch, was hat eine Frau wie sie auf dem Friedhof zu suchen? Noch dazu, wo da nix los ist? Ganz einsam war es da.«

»Dachte sie jedenfalls«, ergänzte Tove, »weil du dich sicherlich gut versteckt hast. Elender Spanner!«

Dieses Thema wollte Fietje nicht vertiefen, deswegen fuhr er zügig fort, obwohl es ihm sichtlich schwerfiel. Erst recht, weil er kein Glas in der Hand hielt, das ihm beim Formulieren half. »Irgendwann ist sie dann auf ihn aufmerksam geworden, und von da an haben sich die Rollen vertauscht. Er hat sich vor ihr versteckt, sie hat sich die Augen nach ihm ausgeguckt, und dann ...« Fietje hoffte, dass seine Schilderungen ausreichten und er nicht gezwungen war, in Einzelheiten zu gehen.

Mamma Carlotta tat ihm den Gefallen, die Geschichte für ihn zu vollenden. »Dann ist er aus dem Rollstuhl aufgestanden und hat sie angegriffen.«

»Jawoll.« Fietje nahm dankbar sein Bier in Empfang.

»Und du bist abgehauen, so schnell du konntest«, höhnte Tove.

Mamma Carlotta führte nachdenklich die Tasse mit dem Cappuccino zum Mund, den sie gar nicht bestellt hatte. Wiebke war also längst auf Gerald Vorberg aufmerksam geworden, der

Angriff hatte sie nicht vollkommen überrascht. Auch hier war ihr wieder ein gutes Foto wichtiger gewesen als ihre eigene und auch Mamma Carlottas Sicherheit.

Sie zeigte auf die Schokoladenhasen in Toves Kuchentheke. »Ich brauche zehn Stück als Tischdekoration. Schließlich ist übermorgen Pasqua.«

»Seit wann reden Sie Friesisch, Signora?«

»Friesisch? Io?«

»Jedenfalls beinahe. Pasken! So heißt Ostern auf Friesisch.«

»Und Ostersonntag«, ergänzte Fietje grinsend, »ist bei uns Hicken-Bicken-Sonntag.«

Mamma Carlotta wunderte sich ausgiebig über diese neuen Vokabeln und vor allem über die unvermutete Ähnlichkeit zwischen der italienischen Sprache und dem Friesischen. Dann wurde sie wieder ernst. »Wie sage ich Ida, dass Bello verschwunden ist?«

»Nicht mein Problem!« Tove gab sich Mühe, so böse und gemein auszusehen, wie das jeder unzufriedene Kunde von ihm gewöhnt war. Die Schokoladenhasen flogen in eine Tüte, dass man um ihre großen Ohren bangen musste. »Ich bin froh, dass ich den Köter los bin. Jetzt noch diese verfluchten Goldhamster! Wenn Ida sie nicht bald abholt, bringe ich sie höchstpersönlich ins Tierheim! Da hätten sie es sowieso viel besser als hier. Ich weiß gar nicht, was Ida gegen das Tierheim hat!«

Erik ärgerte sich über die Selbstverständlichkeit, mit der die Staatsanwältin in sein Auto stieg und ihn nach Wenningstedt begleitete. Ein Anruf im Hotel Stadt Hamburg hatte genügt, um ihr für eine weitere Nacht ein Zimmer zu reservieren. Und dass sie bei seiner Schwiegermutter willkommen war, schien für sie außer Frage zu stehen. Was ihn jedoch am meisten ärgerte, war, dass sie damit sogar recht hatte. Mamma Carlotta freute sich ja über jeden Gast.

Aber ausgerechnet heute würde auch Wiebke dabei sein. Dass seine Schwiegermutter aber auch immer jeden zum Essen einladen musste, der ihr über den Weg lief! Er schickte ein Stoßgebet zum Himmel, dass Wiebke die Einladung seiner Schwiegermutter nur angenommen hatte, weil ihr auf die Schnelle kein Grund eingefallen war, sie abzulehnen. Erik hoffte inständig, dass Wiebke mit irgendeiner Begründung – und wenn sie noch so fadenscheinig war – dem Abendessen fernblieb.

Die Staatsanwältin und Sören waren mit ihren Gedanken noch bei den Gesprächen, die sie mit Astrid Leding und ihrem Mann geführt hatten, bevor sie die beiden in die Freiheit entließen. Sören war seitdem sehr bedrückt. »Dass Morten wirklich dazu fähig war, einem Jungen Gift zu verabreichen!« Diesen Satz sagte er nicht zum ersten Mal.

»Wo die Liebe hinfällt«, meinte die Staatsanwältin lakonisch. »Er konnte seine Geliebte nicht leiden sehen. Und als Haymo ein Dopingmittel von ihm verlangte, hat er die Chance ergriffen, Astrid Leding an sich zu ketten. Ihre Dankbarkeit sollte für Stöver der Weg zum Glück werden.«

Erik dachte darüber nach, ob er auch zu einer solchen Liebe fähig wäre, zu einer Liebe, die nur Erfüllung fand, wenn ein Verbrechen vorausgegangen war. Seine Liebe zu Lucia war groß gewesen, allumfassend! Aber hätte er dafür einen Mord begangen? Nein, das konnte er sich nicht ausmalen, und vor allem konnte er sich nicht vorstellen, dass Lucia etwas so Schreckliches gebilligt hätte. Schon gar nicht konnte er sich vorstellen, dass aus einer solch zerstörerischen Liebe etwas erwachsen könnte, was der Beziehung ähnlich war, die er mit Lucia geführt hatte.

»Wir dürfen nicht vergessen, den Lieferwagen abzuholen, den Vorberg am Campingplatz abgestellt hat«, sagte Erik zu Sören. »Ganz schön clever. Dort fällt ein Wagen nicht auf, da stehen immer viele Autos rum.«

Sören stöhnte auf. »Ich möchte nicht wissen, wie oft er damit auf der Insel unterwegs war.«

Die Staatsanwältin mischte sich ein. »Was war eigentlich in der Nacht, in der er den Überfall simuliert hat?«

»Vorberg glaubte, er könnte Hesse in dieser Nacht erwischen«, entgegnete Erik. »Er hatte ja gemerkt, dass er ihm auf der Spur war. Wiebke und Hesse! Sie sollten beide beseitigt werden. Aber natürlich nicht auf einen Schlag. Das traute er sich nun doch nicht zu. Als er sah, dass Wiebke zu Hesse ins Auto stieg, sah er seine Felle davonschwimmen, denn alle beide auf einmal aus dem Weg zu räumen, das traute er sich nun doch nicht zu. Für diese Nacht musste er seinen Plan aufgeben.«

Sören sah jetzt sehr zufrieden aus. »Und als er sich seinen Rollstuhl zurückholen wollte, hatte Tove Griess ihn schon entdeckt und mitgenommen.«

Erik wirkte nicht minder zufrieden. »Vorberg brauchte eine Erklärung für den fehlenden Rollstuhl und hat sich die Geschichte mit den Rechtsradikalen ausgedacht.«

Gemächlich bog er in den Süder Wung ein. Er genoss es, dass die Staatsanwältin ihn nicht zur Eile antreiben konnte. Die Fälle waren gelöst, die Jagd nach dem Täter war vorbei.

Als der Wagen vor seinem Haus ausrollte, kam von der anderen Seite ein Pick-up angeprescht. Wiebke! Sie erschien ja immer, als wäre sie auf der Flucht oder als hätte sie eine Sturmwarnung gehört und müsste dafür sorgen, dass alle Sylter evakuiert würden. Wiebke wollte also tatsächlich den Abend in seinem Haus verbringen! Vielleicht, um ihm zu erklären, warum sie ihm nichts von Kersten Hesses Verdacht verraten hatte? Warum sie geschwiegen hatte, obwohl sie wissen musste, dass er zwei Unschuldige verhaftete? Oder um ihn glauben zu machen, dass sie tatsächlich zwischenzeitlich nicht mehr an Gerald Vorbergs Schuld geglaubt hatte?

Während er ausstieg, spürte er, dass ihn die Antworten auf

diese Fragen nicht mehr interessierten. Und als Wiebke auf der anderen Straßenseite ebenfalls aus dem Wagen kletterte, ausnahmsweise ohne von ihrem langen Schal zu Fall gebracht zu werden, spürte er trotz allem, dass sie sich noch nahe waren. Er würde weder ihr noch sich selbst etwas erklären müssen. Es war eine Nähe, die nun endlich die Möglichkeit erhielt, sich aufzulösen. Schlagartig war ihm bewusst, dass sie sich fremd sein würden, wenn sie sich das nächste Mal begegneten.

Und Wiebke wusste es offenbar auch. Sie blieb neben der Fahrertür stehen, zauderte und schien sich zu überlegen, ob sie wirklich der Einladung seiner Schwiegermutter folgen wollte, und er tat nichts, um ihr die Entscheidung zu erleichtern. Er hörte in seinem Rücken die Beifahrertür zuschlagen, die Schritte der Staatsanwältin, die sich aufs Haus zubewegten, und Sörens nervöses Husten, als er ihr folgte.

In diesem Augenblick bog ein Taxi in den Süder Wung ein und stellte sich zwischen Erik und Wiebke. Ihr Blickkontakt wurde unterbrochen, die Nähe zerschnitten. Die Beifahrertür des Taxis öffnete sich, und eine große, schlanke Frau stieg aus, das blonde Haar hochgesteckt, das schmale, blasse Gesicht und die grauen Augen ungeschminkt. Sie streckte sich, als hätte sie eine lange Fahrt hinter sich, und strich sich die Bluse glatt, die locker über ihre schmalen Jeans fiel.

Erik starrte sie an, als fragte er sich, welche Begrüßung angemessen war. »Svea!« Mehr brachte er nicht heraus.

Sie blieb in der geöffneten Tür stehen und lächelte. »Ich habe es in New York nicht mehr ausgehalten.«

Nun wusste er, wie er sie begrüßen wollte. Er ging auf sie zu und umarmte sie. »Ich freue mich, dass du wieder da bist«, murmelte er, und es war ihm egal, dass die Staatsanwältin ihn beobachtete, dass Sören vermutlich amüsiert lächelte, dass der Taxifahrer sich umständlich räusperte, dass die Haustür sich öffnete und ein Schwall von italienischen Wörtern sich in den Süder Wung ergoss.

Erik ließ Svea erst los, als ein Schrei ertönte. »Mama!«

Ida kam den Süder Wung entlanggeradelt, gefolgt von Carolin und Felix, sprang vom Rad, ließ es einfach zu Boden fallen und warf sich in die Arme ihrer Mutter, nachdem Erik einen Schritt zur Seite getreten war.

»Mein Kind!«

Erik betrachtete die beiden lächelnd, dachte an Lucia, die ihre Kinder auch so stürmisch an ihre Brust gedrückt hatte, wenn sie von einem Besuch in Italien zurückkehrte, und war erleichtert, als er keinen Schmerz, kein Würgen in der Kehle spürte. Er hörte, dass ein Motor ansprang. Der Pick-up auf der anderen Straßenseite fuhr mit durchdrehenden Reifen an, wie es Wiebkes Gewohnheit war. Sie warf keinen Blick zurück, als sie auf die Einmündung in die Westerlandstraße zuraste.

»Ich habe dir etwas mitgebracht«, sagte Svea zu ihrer Tochter, als Ida sich endlich von ihr löste.

Sie öffnete die hintere Tür des Taxis, und heraus sprang ein Hund, eine struppige, schwarz-weiße Promenadenmischung mit kurzen Beinen, einem Stummelschwanz und kleinen, spitzen Ohren. Er stürzte sich auf Ida, sprang an Carolin und Felix hoch, umrundete Erik, raste zur Tür, kläffte Mamma Carlotta an und kehrte zurück, um Ida in die Arme zu springen, die sie einladend geöffnet hatte.

»Bello!«, rief Mamma Carlotta.

Erik drehte sich um. »Du weißt, wie der Hund heißt?«

Genau wie Lucia früher riss seine Schwiegermutter die Augen auf und macht eine Geste, als wollte sie den Himmel anflehen. »Name? Io? No, no, ich meinte nur … schön! Der Hund ist schön! Bello! Dio mio, Enrico, so viel Italienisch solltest du mittlerweile können …«

»Du wünschst dir doch schon so lange einen Hund«, sagte Svea zu Ida. »Den hier habe ich im Tierheim gesehen, ehe ich nach New York aufgebrochen bin, und habe ihn reservieren lassen.« Sie lachte Ida an. »Stell dir vor, was ich gerade im Tierheim gehört habe. Der Hund war ausgebüxt und tagelang verschwunden. Eine halbe Stunde bevor ich ihn abholen wollte, ist er wieder abgegeben worden. Ist das nicht ein lustiger Zufall?«

Ida nickte überwältigt, Carolin und Felix standen mit offenen Mündern da, und Erik fiel nichts anderes ein, als zu fragen: »Wie soll der Hund denn heißen?«

»Bello!«, rief Ida und lachte Mamma Carlotta an, während sie den Hund ins Haus trug, der sich erstaunlich zutraulich in ihre Arme schmiegte.

Erik griff nach Sveas Hand und war glücklich, dass sie ihm nicht entzogen wurde. »Ich habe oft an dich gedacht.«

Sie antwortete mit dem schönsten Lächeln, das er je gesehen hatte, und ließ seine Hand nicht los, während sie das Haus betraten, begleitet von dem Blick der Staatsanwältin, von Sörens Lächeln, den erstaunten Augen der Kinder, dem Wortschwall seiner Schwiegermutter, in dem immer wieder von großer Überraschung die Rede war und mehrmals das Wort Amore vorkam. Welche Kraft dieses Wort hatte! Als die Staatsanwältin feststellte, dass Sveas Tochter doch große Ähnlichkeit mit dem Mädchen habe, in das Haymo Hesse verliebt gewesen sei, konnte Erik ihr ohne schlechtes Gewissen ins Gesicht lügen und felsenfest behaupten, er sehe keinerlei Ähnlichkeiten. Erstaunt spürte er, dass sich die Kraft, unter der er selbst sich jetzt stark fühlte, wohl der Staatsanwältin vermittelte. Jedenfalls schien sie zu verstehen, warum Ida von Haymos Liebe zu ihr nichts wissen sollte, und wiederholte ihre Frage nicht. Wie einfach plötzlich alles war! Mamma Carlotta hatte recht: Amore machte es möglich!

Erik ertrug es sogar mit stoischer Ruhe, dass Bello sich in seine Hausschuhe verbiss, und sagte kein Wort, als er die schlafende Katze in Mamma Carlottas Einkaufskorb entdeckte. Das alles konnte er später klären, wenn Svea nicht mehr neben ihm saß. Dann würde er auch endlich seine Schwiegermutter fragen, wo und mit wem sie die beiden Nächte verbracht hatte, in denen sie sich aus dem Haus geschlichen hatte. Aber eigentlich spielte das gar keine Rolle mehr. Wichtig war in diesem Moment nur Sveas Hand in seiner und ihr Knie an seinem.

Dass die Staatsanwältin beschloss, noch ein paar Tage Urlaub auf Sylt zu machen, war ihm egal, dass Mamma Carlotta diesmal ihre Einladung in die Kupferkanne annahm, ebenfalls, und dass die Katze, die sich jetzt aus dem Korb erhob, sich reckte und ungehalten um sich blickte, einen Namen hatte, war auch von untergeordneter Bedeutung. Nicht einmal der Kampf zwischen Bello und Kükeltje um die Vorherrschaft in dem neuen Hoheitsgebiet konnte ihn aus der Ruhe bringen, und den sanften Hinweis, er sei wohl schlagartig von seiner Tierhaarallergie geheilt worden, ignorierte er einfach.

Während alle anderen sich bemühten, Kükeltjes Aggression und Bellos Gekläff in erträglichen Grenzen zu halten, nutzte er diesen wunderbaren Moment der Unaufmerksamkeit, um Svea zu küssen. Ein ganz leichter, schwebender Kuss war es, der von seinen Lippen zu ihren flatterte und unmöglich jemandem aufgefallen sein konnte, weil sich alle unter dem Tisch oder neben ihren Stühlen, jedenfalls auf Augenhöhe mit den beiden Tieren befanden, die dazu überredet werden sollten, sich zu vertragen.

Es wurde ein schöner Abend. Aus der Staatsanwältin wurde ein weiteres Mal eine Frau mit einer Vergangenheit, mit Sehnsüchten und Enttäuschungen und sogar mit Humor. Auch Sören gab ein paar Anekdoten zum Besten, für die er von Mamma Carlotta gefeiert wurde. Anscheinend hatte sie erst jetzt bemerkt, dass Sören noch ein Leben außerhalb dieses Hauses hatte, in dem sie für ihn kochte. Die Kinder verrieten ein paar Abenteuer, die ihrer Nonna mehrere »Madonna!« entlockten, und Kükeltje wartete freundlicherweise, bis die Crème Caramel verzehrt war, ehe sie einen Wettlauf mit Bello durchs Haus anzettelte, den sie gewann, weil sie sich auf dem Pfosten des Treppengeländers halten konnte, während Bello vergeblich versuchte, ihren Schwanz zu erwischen, und dabei bellte, was das Zeug hielt. Währenddessen riefen alle anderen entweder der Katze oder dem Hund Kommandos zu, die aber weder das eine noch das andere Tier befolgte.

Ja, ein wirklich schöner Abend! Erik sah in Sveas Augen und dachte, dass er, mit diesen Augen vor sich, auch in einer japanischen Metrostation oder in einem Fußballstadion während des Elfmeterschießens, fernab der Nordsee, glücklich sein könnte. Den Gedanken, dass auch Gerald Vorberg einmal ein so glücklicher Mann gewesen sein mochte, schob er einfach beiseite. Ebenso wie den Satz, den Vorberg einmal ausgesprochen hatte und der Erik im Gedächtnis geblieben war: »Wer einen anderen hasst, der hasst am Ende auch sich selbst.«

REZEPTANHANG

Ribollita

Für meine Nonna war dieser Eintopf Resteverwertung. Was an Gemüse übrig war, wurde in eine Tonschüssel gegeben, mit Zwiebelringen belegt und mit Olivenöl beträufelt. Das Ganze wurde dann in den Ofen geschoben, überbacken und war fertig, wenn die Zwiebelringe goldbraun waren. Ich koche die Ribollita aber immer frisch.

Zutaten: natürlich Olivenöl, 1 gehackte Möhre, gehackte Zwiebeln (so viel, wie Sie wollen oder vertragen können), 1 gehackte Selleriestange, 3 geschälte Tomaten (Sie können auch Tomaten aus der Dose nehmen, certo! Die sind gar nicht so schlecht), 1 Zweig frischer Thymian, 2 gewürfelte Kartoffeln, 675 g Wirsingkohl, den Sie vorher in Streifen schneiden, und weiße Bohnen, entweder 150 g frische oder 100 g getrocknete, die Sie eine Nacht in kaltem Wasser einweichen müssen.

Öl in einem Topf erhitzen, Möhre, Zwiebeln und Sellerie zufügen und weich dünsten. Keine hohe Flamme, sonst brennt das Gemüse an, und immer mal wieder durchrühren. Tomaten, Thymian und Kartoffeln zugeben, ein paar Minuten mitdünsten, dann Kohl und Bohnen zufügen. 2 l Wasser dazugeben und kräftig salzen. Das Ganze muss dann 2 Stunden kochen, aber bei geringer Temperatur. Köcheln, sagt man in Germania. Danach kann man die Suppe schon essen, aber ich mache es in Panidomino anders. Ich nehme ein paar Scheiben Bauernbrot, lege eine Auflaufform damit aus und gieße die Suppe darüber. Das Ganze dann im Backofen garen, mit Pfeffer bestreuen und mit Öl beträufeln. Einfach, aber delizioso!

Artischockenherzen mit Tomaten und Oliven (Cuori di carciofi con pomodori e olive)

Zutaten für 4 Personen: 16 Artischockenherzen (ruhig aus der Dose, die sind sehr gut), 16 Cocktailtomaten, je ein Glas grüne und schwarze Oliven, aber ohne Steine, 2 Knoblauchzehen, 3 El Balsamicoessig, Salz und Pfeffer

Artischockenherzen vierteln, Tomaten halbieren, wenn man will, muss man aber nicht. Alles mit den Oliven in einer Schüssel mischen. Knoblauch abziehen und durch eine Knoblauchpresse drücken. Essig mit Knoblauch, Salz und Pfeffer verrühren. Olivenöl unterschlagen. Eine köstliche Marinade! Sie muss unter das Gemüse gemischt werden und eine halbe Stunde durchziehen. Vielleicht noch mit ein paar Basilikumblättern garnieren? Perfetto!

Hähnchenbrust mit Mozzarella (Petto di pollo con mozzarella)

Zutaten für 4 Personen: 4 Hähnchenbrustfilets, Salz, Pfeffer, 2 große Tomaten, 125 g Mozzarella, 3 El Olivenöl, Basilikumblätter

Als Erstes den Backofengrill vorheizen! Die Hähnchenbrustfilets mit Salz und Pfeffer würzen, die Tomaten und den Mozzarellakäse in Scheiben schneiden. Dann das Öl in einer Pfanne erhitzen und die Hähnchenbrustfilets anbraten. Anschließend wird das Fleisch mit den Tomatenscheiben belegt und mit Pfeffer bestreut, dann kommen noch die Mozzarellascheiben darauf, die ebenfalls gepfeffert werden. Nun die Pfanne für 5–10 Minuten unter den Grill, bis der Käse anfängt zu verlaufen. Vor dem Servieren mit Basilikumblättern bestreuen – basta!

Als Beilage serviere ich am liebsten Salat und Butterreis oder, wenn die Zeit nicht reicht, auch nur Toastbrot.

Mokkacreme mit Mascarpone (Budino con mascarpone e caffè)

Zutaten für 4 Personen: 1 Päckchen Vanillepuddingpulver, 60 g Zucker, 2 Eigelbe, 1 l Milch, 2–4 El Mokkalikör, 250 g Mascarpone, 125 g Löffelbiskuits, 125 ml starker Mokka oder Espresso, 1 Tl Kakaopulver

Puddingpulver mit Zucker, den Eigelben und etwas Milch verrühren. Restliche Milch zum Kochen bringen. Den Topf vom Herd nehmen und das angerührte Puddingpulver in die Milch rühren. Noch mal kurz aufkochen lassen, aber attenzione! Nicht dass er Ihnen anbrennt!

Nun den Pudding abkühlen lassen, dabei immer mal umrühren. Wenn er kalt ist, Likör und Mascarpone unterrühren. Die Hälfte davon in eine flache Schüssel geben, die Löffelbiskuits darauf verteilen und den Mokka (oder Espresso) darüberträufeln. Nun die restliche Pudding-Mascarpone-Creme darauf verteilen und das Ganze mit Kakao bestäuben. Mein Dino liebte diese Nachspeise!

Spaghetti mit Schinken

Zutaten für 4 Personen: 400 g Spaghetti, 100 g gekochter Schinken (am Stück), 150 g Perlzwiebeln, 1 Bund Basilikum, 3 El Olivenöl, 1 Knoblauchzehe, 100 g Parmesan am Stück, 100 g Parmaschinken, Pfeffer

Die Spaghetti kochen (al dente), inzwischen den gekochten Schinken in kleine Würfel schneiden. Die Perlzwiebeln schälen und die Basilikumblätter in Streifen schneiden. Nun das Öl in einer großen Pfanne erhitzen, die Schinkenwürfel und die Perlzwiebeln darin anbraten. Klein geschnittenen Knoblauch dazugeben. Mittlerweile müssten die Spaghetti fertig und auch abgetropft sein. Nun den Parmesankäse hobeln (das geht sehr gut mit einem Sparschäler) und mit dem Parmaschinken in die Pfanne geben und untermischen. Aber zwei Löffel Käse zurücklassen für das Finale! Alles noch 3–4 Minuten braten, dann mit Salz und Pfeffer würzen und die Basilikumblätter untermischen. Die Spaghetti in eine Schüssel füllen, das Schinkengemisch darübertun und alles mit dem restlichen Parmesan bestreuen.

Allora, Sie müssen wirklich frische Perlzwiebeln verwenden, die eingelegten, die es bei Feinkost Meyer in Wenningstedt gibt, eignen sich leider nicht.

Spinatlasagne

1 Schalotte, 2 Knoblauchzehen, 3 El getrocknete Tomaten (in Öl), 3 El Olivenöl, 400 g geschälte Tomaten aus der Dose, 50 ml trockener Weißwein (wenn Sie es gewöhnt sind, beim Kochen ein Schlückchen zu trinken, muss es natürlich etwas mehr sein), Salz und frisch gemahlener Pfeffer, 200 g frischer Blattspinat, 500 g Ricotta, frisch geriebene Muskatnuss (va bene, Muskatpulver geht auch), 25 g Butter, 25 g Mehl, 300 ml Milch, 50 g geriebener Parmesan, 250 g Lasagneblätter, 150 g Mozzarella (in Scheiben geschnitten)

Sie denken daran, tiefgekühlten Spinat zu nehmen? Sì, ich habe es selber versucht. Und – davvero! – er schmeckt auch sehr gut.

Die Schalotte und den Knoblauch fein würfeln und die getrockneten Tomaten ebenfalls. In einer großen Pfanne 2 El Öl erhitzen, Schalotte, Knoblauch und die getrockneten Tomaten andünsten. Nun die Dosentomaten mitsamt dem Saft hinzufügen und auch den Wein, den Sie noch nicht getrunken haben. Die Tomaten sollten Sie mit einer Gabel zerdrücken, das geht ganz leicht, denn die Tomaten sind ja sehr weich. Bei mittlerer Hitze etwa 10 Minuten kochen, dann ist die Soße dickflüssig geworden. Nun mit Salz und Pfeffer kräftig würzen!

Den Spinat in kochendem Salzwasser kurz blanchieren, in ein Sieb gießen, gut ausdrücken und dann klein hacken. Anschließend mit dem Ricotta vermischen, mit Muskatnuss, Salz und Pfeffer kräftig würzen.

Nun den Backofen auf 180 Grad vorheizen. Währenddessen für die Käsesoße die Butter zerlassen, das Mehl darin goldgelb anschwitzen und dabei rühren, damit nichts anbrennt. Den Parmesan unterrühren und die Soße bei schwacher Hitze etwa 10 Minuten köcheln lassen. Eine ofenfeste Form mit Öl ausstreichen und lagenweise Lasagneblätter und Spinat-Ricotta-Mischung einfüllen, immer im Wechsel. Dann das Ganze mit der Käsesoße begießen und mit dem Mozzarella belegen. Die Lasagne im Backofen etwa eine Stunde überbacken. Dann ist sie goldbraun und duftet wunderbar!

Olivenpaste (Tapenade)

Zutaten für 4 Personen: 200 g schwarze Oliven (ohne Steine), 2 Knoblauchzehen, 1 El Kapern, 1–2 Chilischoten, 100 g gehäutete Tomatenwürfel, etwa 100 ml Olivenöl, frisch gemahlener Pfeffer, Thymian (gerebelt)

Chilischoten längs aufschneiden und entkernen, dann mit den Oliven, dem Knoblauch, den Kapern, den Tomatenwürfeln und dem Olivenöl in einen hohen Rührbecher geben. Alles mit einem Mixstab pürieren und dann mit Pfeffer und Thymian abschmecken. Auf Ciabattascheiben streichen – e basta! Schmeckt wunderbar zum Wein! In Panidomino hat jede Hausfrau diese Zutaten immer im Haus. Wenn überraschender Besuch kommt, schnell die Tapenade zubereiten – und alle sind begeistert.

Omelett mit Mozzarella

Das war das erste Essen, das ich meinem Dino nach unserer Hochzeit vorsetzte. Schön einfach, aber er war tatsächlich schwer beeindruckt.

Zutaten für 2 Personen: 2 Tomaten, 1 Knoblauchzehe, 125 g Mozzarella, 6 Eier, Salz, frisch gemahlener Pfeffer, 20 g Butter, gehackte Basilikumblätter

Die Tomaten in dünne Scheiben schneiden, Knoblauch durch eine Presse drücken und auf den Tomatenscheiben verteilen. Mozzarella ebenfalls in Scheiben schneiden. Dann für die Omeletts die Eier gut verschlagen, mit Salz und Pfeffer würzen. Butter in einer Pfanne zerlassen, die Hälfte der Eiermasse hinzugeben und bei schwacher Hitze 4 bis 5 Minuten stocken lassen, dabei einen Deckel auflegen. Die untere Seite muss bräunlich sein, dann das Omelett auf einen Teller gleiten lassen und warm stellen. Das zweite Omelett auf die gleiche Weise zubereiten. Dann die Tomaten- und Mozzarellascheiben auf die Omeletts legen und mit Basilikumblättchen bestreuen.

Ossobuco

An dieses Essen habe ich mich erst nach dem zweiten Hochzeitstag getraut, aber dann ist es mir gleich hervorragend gelungen. Von da an hat mein Dino es an jedem Hochzeitstag bekommen – vorausgesetzt, er hatte an den Tag gedacht und mir Blumen geschenkt …

4 Kalbshaxenscheiben mit Knochen (je 200 g), 1 Möhre, 1 Stange Staudensellerie, 1 kleine Stange Porree, 1 Knoblauchzehe, 1 Zwiebel, 3 Fleischtomaten, 100 ml Olivenöl, 30 g Butter, 100 ml Weißwein, Salz, frisch gemahlener Pfeffer, ½ l Fleischbrühe, 1 Bund Petersilie, ½ Tl geriebene Schale von einer Biozitrone

Möhre, Staudensellerie und Porree in Scheiben schneiden, Knoblauch und Zwiebel würfeln. Die Tomaten mit kochendem Wasser übergießen, dann kurz in kaltes Wasser legen, danach kann man sie ganz leicht häuten. Anschließend würfeln!

Das Fleisch gut anbraten, in einem anderen Bräter das Gemüse andünsten und mit Wein angießen. Das Fleisch auf das Gemüse legen, die Brühe und die Tomatenwürfel hinzufügen. Diesen Bräter dann in den vorgeheizten Backofen schieben (etwa 180 Grad) und 1,5 Stunden garen.

Eigentlich ganz einfach, ich weiß überhaupt nicht mehr, warum ich vor diesem Gericht so einen großen Respekt hatte. Aber … Madonna, ich war sechzehn, als ich heiratete, und musste das Kochen erst lernen.

Allora, während das Fleisch gart, die Petersilie klein schneiden und sie mit der Zitronenschale kurz vor Ende der Garzeit zum Fleisch geben. Das Ganze vielleicht noch mit Salz und Pfeffer abschmecken – und fertig ist das Ossobuco!

Fenchel als Antipasti

Zutaten für 4 Personen: 2 Fenchelknollen, fein gehobelt, 2 Fleischtomaten, gewürfelt, 2 Knoblauchzehen, gehackt, etwas Olivenöl zum Anbraten, Salz, Pfeffer und Balsamicoessig

Den gehobelten Fenchel in Olivenöl anbraten, bis er bissfest und leicht gebräunt ist. Dabei immer wieder etwas umrühren. Dann die Tomatenwürfel und den Knoblauch zugeben, aber nur kurz. Anschließend alles mit Pfeffer und Salz abschmecken. Den Fenchel auf einen Servierteller geben und mit Balsamicoessig abschmecken. Am besten eine Stunde durchziehen lassen, ehe Sie ihn servieren, dann schmeckt er am besten.

Zucchini-Piccata

Zutaten für 4 Personen: 1 Zucchini, 2 Eier, 80 g + 2 El geriebener Parmesan, 1 Zwiebel, 2 Knoblauchzehen, 100 ml + 2 El Olivenöl, 8 Tomaten, 1 Zweig Thymian, Salz, Pfeffer, Zucker, 400 g Nudeln, 1 Bund Rucola, 2 El Pinienkerne

Zucchini in dünne Scheiben schneiden, Eier in einer Schüssel verquirlen, 80 g Parmesan zufügen und vermengen. Die Zucchinischeiben darin wenden und in einer beschichteten Pfanne von beiden Seiten mit etwas Olivenöl je 1 Minute braten und mit Salz und Pfeffer würzen.

Zwiebel in Würfel schneiden, die eine Knoblauchzehe abziehen und etwas andrücken, Tomaten vierteln und würfeln. Zwiebel und Knoblauch in einem Topf mit dem Öl goldgelb anschwitzen. Tomaten zufügen, Thymian dazugeben und mit Salz, Pfeffer und etwas Zucker abschmecken.

Nudeln kochen. Währenddessen die Pinienkerne in einer Pfanne ohne Öl goldgelb rösten und wieder abkühlen lassen. Die zweite Knoblauchzehe abziehen, Rucola grob klein schneiden und zusammen mit dem Öl kurz mixen. Pinienkerne, Knoblauch und restlichen Parmesan zufügen und noch einmal mixen. Nudeln mit den gebratenen Zucchini, der Tomatensoße und dem Pesto anrichten.

Meine Schwägerin nimmt übrigens statt der Zucchini lieber Auberginen. Das schmeckt auch molto bene.

Italienische Hähnchenkeulen

Zutaten für 2 Personen: 2 Zwiebeln, 2 Knoblauchzehen, 2 Zweige Rosmarin, 2 Hähnchenkeulen, Salz und Pfeffer, 3 El Olivenöl, Zucker, 2 Tl Tomatenmark, 1 Dose stückige Tomaten (ca. 400 g Einwaage), 200 ml Hühnerbrühe, 100 g Kapernäpfel, 3 Zweige Basilikum

Zwiebeln in Streifen schneiden, Knoblauch hacken. Von einem Rosmarinzweig die Nadeln abstreifen und hacken. Die Hälfte des Knoblauchs mit gehacktem Rosmarin mischen.

Die Haut der Hähnchenkeulen mit den Fingern leicht lösen und die Rosmarin-Knoblauch-Mischung darunterschieben. Keulen salzen und pfeffern und in einem Bräter in 2 El heißem Öl rundherum anbraten, dann herausnehmen.

Zwiebel, restlichen Knoblauch und den zweiten Rosmarinzweig

in den Bräter geben und bei mittlerer Hitze 3 Minuten braten. Eine Prise Zucker und Tomatenmark einrühren und kurz mitbraten. Tomaten und die Brühe hinzufügen und aufkochen. Hähnchenkeulen dazugeben und im heißen Ofen bei 200 Grad 40–45 Minuten garen. Umluft ist hier nicht ratsam. Kurz vor Ende der Garzeit die Keulen evtl. mit Alufolie abdecken und, falls die Flüssigkeit fast vollständig verdampft ist, noch etwas Brühe angießen.

Bräter aus dem Ofen nehmen, Kapernäpfel zugeben und die Tomatensoße evtl. nachwürzen. Mit Basilikumblättern bestreuen, mit etwas Olivenöl beträufeln und dann servieren.

Crema italiana (Italienische Creme)

250 g Mascarpone, 200 ml Schlagsahne, 100 g weiße Schokolade, 30 g Zucker, 80 g Löffelbiskuits, 50 g Pralinen (ich nehme am liebsten die Kugeln von Rocher), 30 g gemahlene Haselnüsse, 75 ml Amaretto, 25 ml Kaffee

Die Schokolade im Wasserbad schmelzen und etwas abkühlen lassen. Die Mascarpone locker aufschlagen. Die Sahne mit dem Zucker steif schlagen. Die geschmolzene Schokolade mit Mascarpone vermischen und die Sahne unterheben. Die Creme ruhen lassen, bis sie etwas fest wird.

In der Zwischenzeit die Biskuits zerkrümeln und die Pralinen klein schneiden. Nüsse, Kaffee und Likör zufügen und alles vorsichtig vermengen. In eine Glasschüssel eine dünne Nussschicht geben, darauf eine Schicht Mascarponecreme. Diesen Vorgang noch zweimal wiederholen. Das Dessert über Nacht oder einige Stunden im Kühlschrank durchziehen lassen.

Abbracci (Italienisches Schwarz-Weiß-Gebäck)

Für den weißen Teig: 100 g Zucker, 45 g Margarine, 50 g Butter, 250 g Mehl, ½ Päckchen Backpulver, 3 Tl geschlagene Sahne (es geht aber auch Magerquark, wenn man nicht zunehmen möchte), 1 Prise Salz, 1 Tl Honig

Für den schwarzen Teig: 120 g Zucker, 40 g Margarine, 60 g Butter, 250 g Mehl, ½ Päckchen Backpulver, 30 g Kakaopulver, 1 Prise Salz

Für den weißen Teig Margarine und Butter mit dem Zucker in einer Schüssel cremig rühren. Backpulver und Mehl mischen und dazugeben, dann alle anderen Zutaten untermischen. Den Teig mit den Händen zusammenkneten, zu einer Kugel formen und in Folie gewickelt für eine halbe Stunde in den Kühlschrank legen. Für den schwarzen Teig ebenso vorgehen, jedoch zu Backpulver und Mehl noch den Kakao geben.

Nach der Ruhezeit im Kühlschrank aus beiden Teigen Hörnchen formen und jeweils ein weißes und ein schwarzes aneinanderfügen. 8–12 Minuten bei 180 Grad Umluft backen.

Crostini con cipolle

Zutaten für 4 Personen: 4 große weiße Zwiebeln, 100 g Pecorino, 4 El Honig, 8 Scheiben Weißbrot, nicht zu frisch und nicht zu dünn geschnitten, schwarzer Pfeffer

Die Zwiebeln sollten alle ungefähr die gleiche Größe haben. Wenn sie abgezogen sind, verteilen Sie sie auf einem Blech, das Sie mit Alufolie ausgelegt haben. Sie werden 45 Minuten bei 180 Grad gebacken, bis sie weich und ein bisschen eingefallen sind. Nun werden sie gewürfelt, darüber kommt schwarzer Pfeffer.

In der Zwischenzeit toasten Sie das Brot und bestreichen es mit Honig. Darauf die Zwiebeln verteilen und darüber den in hauchdünne Späne gehobelten Pecorino geben. Am besten essen Sie die Crostoni noch lauwarm.

Auberginenauflauf (Le melanzane di parma)

Das Rezept habe ich von meiner Schwiegermutter, die eine Schwester in Parma hatte. Daher auch der Name. Allerdings behauptet meine Schwägerin, Dinos Schwester, das Rezept stamme aus Neapel, und ein Onkel von mir ist sich ganz sicher, dass das Rezept zum ersten Mal in Sizilien, in Siracusa, gekocht wurde. Egal! Es schmeckt jedenfalls köstlich!

Zutaten für 6 Personen: 2 kg Auberginen, 1,5 kg Tomaten, 4 Knoblauchzehen, 150 geriebener Parmesan, 1 Bund Basilikum, 2 Tl Zucker, grobes und feines Salz und Olivenöl

Die Auberginen der Länge nach in Scheiben schneiden, schichtweise in ein Sieb mit großen Löchern geben (Nudelsieb) und jede Schicht mit grobem Salz bestreuen. Darauf einen Teller legen und die Auberginen eine halbe Stunde ziehen lassen, damit sie später nicht mehr bitter schmecken.

In der Zwischenzeit die Tomatensoße zubereiten: Tomaten mit den zerdrückten Knoblauchzehen, 3 El Öl, einigen Basilikumblättern, etwas Salz und 2 Tl Zucker etwa 10–15 Minuten in einem Topf kochen lassen. Dann abkühlen lassen und durch ein Sieb streichen.

Nun das Salz von den Auberginen entfernen und sie gut abtrocknen. In reichlich Olivenöl frittieren, aber nicht alle Auberginenscheiben auf einmal, sondern immer schön portionsweise. Dann auf Küchenkrepp abtropfen lassen.

Eine feuerfeste Form einfetten, 2–3 El Tomatensoße hineingeben, eine erste Schichte frittierter Auberginen, dann wieder einige Esslöffel Soße, eine dünne Schicht Käse und einige Basilikumblättchen. So weitermachen, bis alle Zutaten verbraucht sind. Mit der Tomatensoße, Basilikum, Parmesan und 2–3 El Öl enden. Die Parmigiana im Ofen bei 180 Grad 30–45 Minuten backen, bis sich eine goldene Kruste bildet.

Pane fritto con la marmellata (Frittiertes Brot mit Marmelade)

Ein sehr einfaches Dolce, aber mein Dino hat es geliebt und immer bekommen, wenn Weißbrot übrig geblieben war. Das Rezept hat mir ein Mann geschenkt, der in der Nähe von Arezzo eine Backstube betrieb. Das Pane fritto wurde ihm aus den Händen gerissen – hat er jedenfalls behauptet.

Zutaten für 4 Personen: 8 Scheiben Weißbrot (am besten vom Vortag), 175 ml Milch, 50 g und noch 2–3 El Zucker, 100 g Paniermehl, 2 Eier, 8 El Marmelade (Dino mochte am liebsten Brombeermarmelade), 2 Tl Zimt, 400 ml Olivenöl

2 Scheiben Brot in die mit 50 g Zucker gesüßte Milch tunken. Zwischen die beiden Scheiben 2 gehäufte Esslöffel Marmelade geben. Alles im Mehl wälzen, dann in den aufgeschlagenen Eiern und zuletzt im Paniermehl. So machen Sie es auch mit den anderen Scheiben. Dann das Öl schön heiß werden lassen, die Brotscheiben hineingeben und mehrmals wenden, damit sie eine goldgelbe Farbe bekommen. Aus der Pfanne nehmen und zum Abtropfen auf Küchenkrepp legen. Dann mit einer Zucker-Zimt-Mischung bestreuen und noch warm servieren.

Gnocchigratin

Zutaten für 4 Personen: 200 g gelbe oder grüne Zucchini, 50 ml Olivenöl und ein wenig Öl für die Auflaufform, Salz, Pfeffer aus der Mühle, 1 Würfel Gemüsebrühe, 200 g Gnocchi, 150 g Ziegenweichkäse, 40 g Haselnüsse, 50 g Parmesan, 30 g Paniermehl

Den Backofen auf 200 Grad vorheizen. Die Zucchini fein würfeln, das Olivenöl in der Pfanne erhitzen und die Zucchini bei mittlerer Hitze 5 Minuten dünsten. Mit Salz und Pfeffer abschmecken.

Den Brühwürfel in kochendem Wasser auflösen, die Gnocchi

zugeben und kochen. Dann abgießen. Den Ziegenkäse würfeln, die Nüsse hacken. Die Gnocchi mit den Zucchini vermischen, anschließend Ziegenkäse und Nüsse untermengen.

Parmesan und Paniermehl vermischen. Die Gnocchi-Zucchini-Mischung in eine eingeölte Auflaufform füllen. Mit Paniermehl und Parmesan bestreuen. 10 Minuten im Ofen überbacken.

Räucherforelle in Tomatencreme

Zutaten für 4 Personen: 80 g Butter, 400 g geräucherte Forellenfilets, 1 El Weinbrand, 2 El Olivenöl, ½ Zwiebel, 1 rote Paprika, 100 g Tomatenmark, 100 ml Sahne, Salz und Pfeffer

Die Butter im Wasserbad zerlassen. Währenddessen die Forellen in der Küchenmaschine zu einer Paste verarbeiten, in eine Schüssel geben, die zerlassene Butter und den Weinbrand unterziehen und alles mit Salz und Pfeffer abschmecken. Die Forellenpaste in kleine Formen verteilen und einige Stunden im Kühlschrank fest werden lassen.

Das Olivenöl in einer Pfanne erhitzen. Gehackte Zwiebeln und die gewürfelte Paprikaschote darin weich dünsten. Das Tomatenmark untermengen, mit Salz und Pfeffer abschmecken und 15 Minuten köcheln. Vom Herd nehmen und etwas abkühlen lassen, dann in der Küchenmaschine zu einer Paste verarbeiten. Diese in eine Schüssel geben und mit der Sahne verrühren. Auf die Teller 2 El Tomatencreme geben und die Formen mit der Forellenpaste daraufstürzen.

Involtini agli spinaci (Rinderrouladen mit Spinat)

Zutaten für 4 Personen: 400 g frischer Blattspinat, 50 g Butter, 8 dünne Rouladen, 8 dünne Scheiben Gruyère, 3 gehackte Möhren, 1 El Olivenöl, 5 El trockener Weißwein, 2 gehackte Schalotten, 1 geschälte und gewürfelte Tomate, Salz und Pfeffer

Den Spinat 5 Minuten in dem Wasser dünsten, das nach dem Waschen noch an ihm haftet. Wenn er zusammenfällt, abtropfen lassen und so viel Flüssigkeit wie möglich ausdrücken. Die Hälfte der Butter in einer Pfanne zerlassen, den Spinat hineingeben und bei geringer Hitze 5 Minuten dünsten. Die Fleischscheiben auslegen und gleichmäßig dünn klopfen. Je eine Scheibe Fleisch mit einer Scheibe Käse belegen und je zwei Drittel der Möhren und des Spinats in gleichen Mengen auf die Scheiben geben. Aufrollen und mit Küchengarn binden. Öl und restliche Butter in einer Pfanne erhitzen und die Involtini rundum anbraten. Den Wein zugießen und kochen, bis er verdunstet ist, dann die gehackten Schalotten und die gewürfelte Tomate zugeben und mit Salz und Pfeffer würzen. Abdecken und bei geringer Hitze 20 Minuten garen. Die verbliebenen Möhren zufügen und 5 Minuten kochen, dann den restlichen Spinat zugeben und 5 Minuten mitkochen. Die Involtini vom Garn befreien und in der Soße servieren.

Zuccotto

Zutaten für 4–6 Personen: 150 g Löffelbiskuits, 75 ml Grand Marnier, 350 ml Sahne, 75 g Kakaopulver, 2 El Puderzucker, 100 g gehackte Schokolade, 10 g gehackte Mandeln

Löffelbiskuits mit etwas Grand Marnier beträufeln. Eine runde Form oder Schüssel damit auslegen. Die Sahne steif schlagen und die Hälfte in eine zweite Schüssel füllen. Kakaopulver und Puderzucker unter die eine Hälfte rühren, Schokolade und Mandeln unter die andere. Eine Schicht Kakaosahne einfüllen und glatt streichen, mit einer Schicht Löffelbiskuits abdecken und diese gleichmäßig mit Grand Marnier beträufeln. Die Schoko-Mandel-Sahne einfüllen und mit den restlichen Löffelbiskuits bedecken. Mit dem restlichen Grand Marnier beträufeln. Etwa 4 Stunden im Kühlschrank ziehen lassen, dann auf einen Servierteller stürzen.

Das Zuccotto kann man übrigens auch geeist servieren. Dann gehört es für 3–4 Stunden in die Tiefkühltruhe.

Apfelsüppchen mit Räucherlachs

100 g geräucherter Lachs, 1 Stange Porree, 1 Apfel, ½ Zwiebel, 1 El Butter, 50 ml Cidre, 450 ml Brühe, 250 ml Sahne, 1 Lorbeerblatt, ½ Becher saure Sahne, Kerbel nach Geschmack, Salz und Pfeffer

Räucherlachs in feine Streifen, den Porree in Ringe schneiden, den Apfel würfeln, Kerbel und Zwiebel fein hacken.

Die Hälfte des Porrees in Salzwasser für die Garnitur bissfest garen. Währenddessen die Zwiebel in der Butter glasig andünsten, danach den restlichen Porree und die Hälfte der Apfelwürfel hinzugeben und leicht andünsten. Mit dem Cidre ablöschen. Anschließend mit Brühe auffüllen und das Lorbeerblatt hinzugeben. Die Zutaten weich kochen, Sahne hinzufügen.

Sobald der Porree und der Apfel gar sind, das Lorbeerblatt entnehmen und die Suppe pürieren. Mit Salz und Pfeffer abschmecken.

Die Suppe in Teller füllen, mit Kerbel, Porree und Apfelwürfeln garnieren und die Lachsstreifen hinzufügen. Dazu saure Sahne servieren.

Rotbarsch mit Frühlingsgemüse

Zutaten für 4 Personen: 4 Rotbarschfilets, 2 El Olivenöl, 4 Frühlingszwiebeln, 100 g Zuckerschoten, 100 g Radieschen, 200 g Champignons, 1 Bund Bärlauch, 1 El Pinienkerne, 5 El Olivenöl, 1 Prise Salz, 50 g Parmesan

Frühlingszwiebeln in feine Ringe und Zuckerschoten in Stücke schneiden. Radieschen und Champignons halbieren. Bärlauch, Pinienkerne, Olivenöl und Parmesan im Mixer pürieren, aber nicht zu fein.

Champignons und Radieschen in einer Pfanne langsam bei mittlerer Hitze anschwitzen. Frühlingszwiebeln und Zuckerschoten dazugeben und garen, mit Salz und Pfeffer würzen und die Butter dazugeben.

Rotbarschfilet in einer heißen Pfanne auf der Fleischseite ca. 2 Minuten braten und auf der Hautseite zu Ende braten.
Dazu das Bärlauchpesto servieren.

Crème Caramel

Zutaten für 6 Personen: 500 ml Milch, 1 Vanillestange, 2 Eier, 3 Eigelb, 150 g feiner Zucker

Die Milch mit der Vanillestange in einem Topf zum Sieden bringen. Vom Herd nehmen und eine Viertelstunde ziehen lassen. Die Vanillestange danach entfernen. Eier, Eigelb und 120 g Zucker hell und schaumig rühren. Die Milch unter Rühren langsam zugießen. Die Eiermilch durch ein feines Sieb in eine Schüssel füllen. Den Ofen auf 180 Grad vorheizen. Den restlichen Zucker mit einem Esslöffel Wasser in einer beschichteten Pfanne sanft erhitzen, bis er karamellisiert. Den Karamell in sechs kleine feuerfeste Portionsformen gießen, die Creme dazufüllen und die Formen auf ein tiefes Backblech setzen. Dieses bis auf halbe Höhe der Formen mit kochendem Wasser füllen. Im Ofen 20 Minuten garen. Die Formen aus dem Wasserbad nehmen und auskühlen lassen. Die Crème auf Teller stürzen.